35muertos

Sergio Álvarez

35muertos

ALFAGUARA

© 2011, Sergio Álvarez
c/o Guillermo Schavelzon & Asoc., Agencia Literaria
www.schavelzon.com

© De esta edición:
2011, Distribuidora y Editora Aguilar, Altea, Taurus, Alfaguara, S. A.
Calle 80 Nº 9-69
Teléfono (571) 6 396000
Bogotá - Colombia

• Aguilar, Altea, Taurus, Alfaguara, S. A.
Av. Leandro N. Alem 720 (1001), Buenos Aires
• Santillana Ediciones Generales, S. A. de C. V.
Avda. Universidad, 767, Col. del Valle,
México, D.F. C. P. 03100 . México
• Santillana Ediciones Generales, S. L.
Torrelaguna, 60. 28043 Madrid

ISBN: 978-958-758-061-7
Impreso en Colombia - *Printed in Colombia*
Primera edición en Colombia, mayo de 2011

Diseño:
Proyecto de Enric Satué

© Fotografía de cubierta: «Desplazados» de Juan Fernando Ospina
Diseño de cubierta: Santiago Mosquera Mejía

Para todos nosotros

Los hechos narrados en este libro son fruto de la ficción; cualquier parecido con situaciones o personajes reales es pura, purita, coincidencia.

me lleva él o me lo llevo yo,
pa' que se acabe la vaina...

EMILIANO ZULETA

ese muerto no lo cargo yo,
que lo cargue el que lo mató…

Botones cometió el último crimen nueve meses después de muerto; mientras vivió y anduvo suelto por Colombia asesinó a trescientos veinticuatro ingenuos que tuvieron la mala suerte o el atrevimiento de cruzarse con la rabia, las ambiciones o las armas que el bandolero siempre escondió bajo la ropa. Como todo buen asesino, Botones siguió matando mientras se pudría en el cementerio. No tuvo que gastar una bala más, ni apuñalar a otra víctima ni forzar las muñecas para ahorcar al condenado. Le bastó con mi humilde ayuda. Fui yo, güevón desde antes de nacer, quien rasgó las carnes de la parturienta y dio origen a la hemorragia que añadió otra muerte al listado de crímenes cometidos por este ex cabo del ejército. El bandolero se había echado un polvazo con Cándida, había convertido el orgasmo en siesta y se había despertado nostálgico y con ganas de oír a Javier Solís. Ponía la aguja sobre el acetato, cuando el instinto de matón le alertó que lo rodeaba un silencio peligroso. ¡Cándida!, gritó Botones, y al ver que la mujer se había ido, recordó la devoción con la que lo había amado y se sintió aún más intranquilo. Se asomó a la ventana, revisó la calle y, a pesar de la soledad y el silencio, pudo ver el casco de uno de los miles de soldados que el ejército había desplegado para cercarlo. ¡Perra traidora!, escupió Botones, se puso los pantalones y corrió a inspeccionar la casa. Al llegar al patio trasero, el instinto de matón lo volvió a proteger y, en vez de salir, asomó el sombrero y casi que vio rebotar contra las baldosas la bala que agujereó el fieltro. No había ruta de escape. Botones regresó al interior, les avisó a Víctor y a Emma, el matrimonio que lo acompañaba, del cerco de los militares, les aconsejó que escondieran los hijos y les ordenó que, si alguien golpeaba a la puerta, abrieran rápido y actuaran con normalidad. Y si preguntan por mí, dicen que no me conocen, que nunca me han visto, añadió con la sonrisa fría con la que solía acompañar las órdenes. El bandolero regresó al cuarto, agarró la ametralladora, se acurrucó en un rincón e intentó acallar la tos que también lo perseguía. Había escapado de cercos idénticos y pensó que si lograba contener el primer asalto, podría resistir hasta la noche y aprovechar la oscuridad para huir. Corría junio de 1965, Bogotá había dejado de ser un pueblo apagado por el frío y la llovizna para convertirse en una ciudad bulliciosa y colorida gracias a las ilusiones que buscaban en las calles los miles de desplazados de la última oleada de violencia. No había industria, comercio ni carros, los tugurios aún no se habían tragado la sabana y la ciudad crecía protegida por el verdor de unos cerros donde el sol jugueteaba con los mismos tonos verdes que teñían los uniformes de los militares. Alirio Beltrán, entréguese y a cambio se le respetará la vida, anunció en la calle una voz militar amplificada por un megáfono. Botones no contestó, sabía que el ejército lo tenía condenado a muerte y que la oferta era tan sólo una manera más de decirle que esta vez no lo iban a dejar escapar, que por fin iban a librarse de él. Hay que entrar, ese bandido no va a entregarse, dijo Arellana, el coronel que dirigía el asalto. Rogelio y El Indio, los dos agentes secretos que habían sobornado a Cándida, asintieron y, seguidos por un teniente y un par de soldados, cruzaron la calle y tocaron a la puerta de la casa donde estaba escondido Botones. ¿Y esa habitación cerrada?, preguntó Rogelio al matrimonio, después de revisar sin resultados el resto de la casa. Es de un inquilino que está de viaje y dejó la pieza con llave, contestó Emma. Rogelio miró dentro de los ojos de la mujer. Tumben esa puerta, ordenó el Indio. Los golpes de los fusiles hicieron saltar la cerradura, y detectives y militares quedaron frente a un cuarto oscuro y maloliente que bien podría ser la entrada del infierno. Cúbranme, dijo el Indio y dio el paso necesario para cruzar el umbral del infierno. ¡Espere!, gritó Rogelio, pero el Indio no alcanzó a oírlo; la oscuridad y el mal olor fueron rotos por los fogonazos y el tartamudeo de la ametralladora de Botones. Al ver caer al Indio, Rogelio, el teniente y los soldados se atrincheraron y respondieron al fuego. Acabaron la munición sin poder asaltar el cuarto y no tuvieron más opción que pedir una tregua. ¡Claro!, un descansito nos viene bien a todos, tosió Botones. Rogelio y los militares salieron de la casa arrastrando el cadáver del Indio, y Alirio Beltrán aprovechó para acomodar armarios, mesas y colchones contra puertas y ventanas. A partir de ese instante, siempre que algún soldado intentaba asaltar la casa, un tiro certero lo hacía retroceder: a veces hacia el sitio que le servía de refugio y otras hacia la muerte. Cinco horas y media, trescientos treinta minutos, casi un minuto por cada uno de sus crímenes, resistió Botones al acoso de unos militares que no sólo le temían, sino que lo admiraban más a él que al coronel con fama de traidor y chulavita que los comandaba. Mientras la balacera subía y bajaba de intensidad, la noche mordió el atardecer y Nidia Lozano llegó a casa y llamó a la suegra para preguntarle si Rubén, el soldado que dos noches atrás le había propuesto matrimonio, formaba parte del operativo militar. Claro, mi hijo tiene tan mala suerte que dónde más iba a estar, contestó la suegra. Nidia se tomó un tinto y se encerró en el cuarto a pedirle a la Virgen de Chiquinquirá que la ayudara y que no permitiera que Rubén cayera asesinado por las balas de Botones. Pero, entre el ruido de tanto plomo, de los cañones y del rumbar de los motores de los tanques y del avión militar que acosaban a Botones, la Virgen no alcanzó a oír las peticiones de la mujer. Así que cuando terminaron los rezos de Nidia, Rubén estaba muerto. Y aunque el disparo de Botones destrozó la nariz, la boca y la frente de Rubén, más grande fue el hueco que hizo en el corazón de Nidia. Dos años llevaba la muchacha eludiendo las manos del soldado y negándole la pruebita de amor a pesar de que, cada vez que él la tocaba, sentía la vida escurrírsele entre las piernas. Pasada la medianoche, Nidia dejó de rezar, cruzó las calles que conducían al lugar del combate, forcejeó con los soldados que custodiaban los cadáveres y consiguió confirmar que entre los cuerpos tendidos en el andén estaba el cuerpo de Rubén. Acarició el rostro del soldado e intentó llorar, pero las lágrimas se negaron a darle alivio y más que tristeza sintió rabia. La carne fría y las ropas manchadas por la sangre le hicieron entender que era la virgen más ingenua del planeta; más ingenua, más inútil y más sorda que la Virgen de Chiquinquirá. El frío terminó de entristecerla, Nidia miró la única estrella que había en el cielo y decidió que no iba a pasar sola ni una noche más, que ella no iba a ser otra víctima de esa batalla. Tapó el cuerpo de Rubén, bajó por la Veintisiete sur, llegó a la Caracas y buscó la entrada de un depósito de materiales para construcción al que iba las mañanas de los sábados a poner en orden la contabilidad. ¿Quién es?, preguntó Fabio Coral, el dueño del depósito. Nidia se atragantó y no pudo contestar. Fabio iba a dar media vuelta para buscar la escopeta cuando Nidia se desmayó. El golpe del cuerpo contra el suelo y el pedazo de falda que alcanzó a ver le quitaron el miedo a Coral y le hicieron abrir la puerta. El cuarentón, que llevaba años soñando con desposar a Nidia, cumplió con la ilusión de llevarla en brazos hasta la cama, pero como ella no recobró la conciencia, no tuvo más remedio que dejar de mirarle las piernas e ir a buscar un vaso de agua. Se demoró en lavar el vaso y cuando regresó al cuarto ella estaba sentada sobre la cama y miraba los afiches de mujeres desnudas que cubrían las paredes de la habitación. Tal vez aquel no era el lugar más indicado para pasar la primera noche de viudez, pero ¿adónde más podía ir? No quería estar sola, quería sentir calor y llorar en un sitio donde alguien la escuchara y, sobre todo, no se burlara de ella. ¿Y quién mejor para acompañarla que Fabio Coral? El hombre llevaba meses rogándole que le aceptara una invitación a salir, le pagaba por unas horas de trabajo tanto como le pagaban en el restaurante por ser cajera toda la semana e, incluso, el domingo pasado le había adelantado una quincena para que ella pudiera celebrarle el cumpleaños a Rubén. Nidia contó la historia, lloró, se lamentó, aceptó recostarse en la cama, le pidió a Fabio que la abrazara y, cuando las manos de él empezaron a acariciarle los senos, apretó los labios y dejó que la humedad que tanto había temido los últimos años la inundara. Fabio la desnudó, se desnudó y unos segundos después Nidia conocía mejor el cuerpo de Coral que el cuerpo de Rubén. Mientras Fabio intentaba besarla, Nidia recordó los juegos eróticos que Rubén describía y supo que Fabio jamás había hablado con Rubén, porque lo que hacía era torpe y agresivo. ¡Tan duro no!, protestó Nidia. Perdona, dijo Fabio, y quedó desconcertado. Nidia supo que lo que no pasara en ese momento, no iba a pasar nunca y cerró los ojos, se puso boca arriba y abrió las piernas. Fabio se montó sobre ella. Nidia lo dejó que hiciera los movimientos de que era capaz y, cuando sintió que él desfallecía, se apretó contra él y se puso a llorar. Quiero que vivamos juntos, le dijo él apenas recobró el aliento. En esta piecita no le cabe una mujer, sólo esa porquería de afiches, contestó Nidia. Podemos hacer otra pieza, materiales sobran, sonrió Fabio. Nidia iba a negarse de nuevo, pero un vacío en el estómago le hizo presentir que había quedado embarazada y decidió callar. Mi mamá asistió a los funerales de Rubén, consoló a la ex suegra, aguantó los pésames de los militares, tiró a la basura la condecoración que Arellana puso sobre el ataúd y, pasadas las nueve noches de rezos en memoria del difunto, empacó sus pertenencias en una caja de cartón y recorrió las calles que la llevaban desde la pieza donde vivía hasta la entrada del depósito de materiales para construcción El Porvenir. En el camino tropezó con las flores, los escapularios y las ofrendas que gentes venidas de toda Colombia ponían sobre los escombros de la casa donde había muerto Botones, y sintió ganas de patearlo todo, pero alzó la mirada, intentó perdonar y continuó su camino. Los polvos que remplazaron las torpezas de la primera noche y las conversaciones en las que se contaron la vida ayudaron a que entre mis papás surgiera una intimidad que con el transcurrir de las semanas pareció convertirse en amor. Un amor que hizo fácil el embarazo de Nidia, que recibió la bendición del cura del barrio y que hizo felices a los clientes del depósito porque mi papá lo expresaba fiando los materiales y dando buenos descuentos a los compradores. La gente decía que aquellos descuentos eran uno más de los muchos milagros que el alma de Botones andaba haciendo por Colombia. Mi papá también creyó en milagros y, cada noche antes de dormirse, le daba las gracias al bandolero por haber matado a Rubén Mejía Rincón. El viejo dormía abrazado a mi mamá, se levantaba temprano, hacía tinto, prendía el radio para oír noticias, abría el depósito y regaba sobre el mostrador los filtros para la buena suerte que le había comprado a una bruja. Vivía silbando canciones, hizo construir la habitación nueva y, un sábado, se escapó hasta los almacenes de la Once y compró ropa para estar más presentable ante mi mamá y ante las visitas que ella recibía. Una noche, cuando estábamos sentados frente al barranco desde el que después se suicidó, el viejo me contó entre lágrimas que cuando la veía dormir se ponía a llorar de felicidad. Mi mamá se tomaba el tinto que mi papá le llevaba, pereceaba otro ratico, preparaba el desayuno y pasaba el resto de la mañana revisando el inventario y paseando la barriga por El Porvenir. Al mediodía preparaba el almuerzo y en la tarde se sentaba en el cuarto a tejer ropa para mí. Fueron días felices, o al menos eso creyó mi papá que, igual que yo, nunca aprendió que en este mundo los sentimientos no trasmutan ni son reciclables. Mi mamá no sólo tejía con las agujas, sino que tejía también la vida y los sentimientos propios con la vida y los sentimientos de mi papá. El día que mi mamá rompió aguas, ambos pensaron que habían llegado a la última curva antes de la recta de la felicidad. En una maleta metieron piyamas, levantadoras y pañales, y en la camioneta del depósito recorrieron nerviosos la Caracas hasta llegar a la Plaza de los Mártires, bajaron por la Once y pararon junto a la entrada del Hospital de San José. Ese niño viene con ímpetu, dijo el médico, y mi papá sonrió orgulloso. Mi mamá subió a la camilla y mi papá se sentó a esperar la buena nueva sin imaginar que en el mismo momento en que yo asomara y viera el planeta en el que siempre iba a estar perdido, dentro de mi mamá iba a empezar una hemorragia. Parecía un síntoma normal, pero fue arreciando y ni la profunda alegría que mi mamá sintió cuando me tuvo en los brazos ni los especialistas que mi papá corrió a buscar cuando los médicos del San José se mostraron impotentes para contener el desangre, ayudaron a curar a mi vieja. Está en manos de Dios, dijo el último ginecólogo que la examinó. Mi papá le dio un puñetazo y le dijo que era un ladrón y que no iba a pagarle tan sólo por decir lo mismo que podía decir un cura. El escándalo no cambió el diagnóstico del ginecólogo, pero sirvió para despertar a mi mamá. Es mejor resignarse, Fabio, dijo mi vieja. No voy a resignarme, respondió mi papá. Mi mamá volvió a cerrar los ojos. Mi papá se quedó mirándola, vio en la cara de ella la misma expresión que llevaba la noche que fue a golpear a la puerta de El Porvenir y pensó en Botones. Recordó que, como lo había planeado, Botones había resistido hasta la llegada de la noche. Desesperado, Arellana mandó a llamar a Castillo, un mayor al que odiaba pero que acababa de hacer un curso sobre gases tóxicos en los Estados Unidos, y le pidió el favor de que le diera apoyo. Castillo desplegó su equipo y fumigó la casa donde resistía Botones con bombas flig. Los gases no sólo enceguecieron y aturdieron a Alirio Beltrán, sino que obstruyeron todavía más los pulmones del bandolero. Herido en una mano y ahogado por los gases, Botones intentó apagar a tiros los reflectores que el ejército había instalado para impedir que usara la oscuridad para escapar. Falló por primera vez en la vida y la calle siguió iluminada, dispuesta a servir de escenario para la escena de su muerte. Botones recargó la ametralladora, saltó por el hueco que uno de los cañones de artillería había abierto en la fachada de la casa y corrió en zigzag y dando zancadas en el afán de evitar las balas. El público presente y los locutores de radio que trasmitían en directo la batalla tuvieron el honor de ver al asesino más temible de Colombia convertido en una gacela tímida y asustada. La buena suerte de Botones había acabado, pero su puntería regresó por un instante y logró matar a un soldado que estaba escondido debajo de una carrocería estacionada enfrente de la casa. Eso sí, no alcanzó a usar aquella carrocería de refugio ni mucho menos a saltar la tapia de tierra que lo separaba del potrero por donde planeaba huir. Una ráfaga de disparos lo detuvo. Dispararon los soldados, los suboficiales, los oficiales, Arellana y hasta el mayor Castillo, pero sólo una bala acertó en el cuerpo de Botones. El plomo se clavó justo en la nuca y lo dejó tendido en el suelo. Tal vez no había más remedio que matarlo, tampoco lo iban a dejar escapar, concluyó mi papá al final de aquel recuerdo. Mi viejo se puso filosófico y pensó que también mi mamá había intentado aquella misma noche una fuga y que también a ella el destino le estaba negando la posibilidad de huir de la muerte. Pero habría sido mejor que mi papá no hubiera pensado en fugas y mucho menos que se hubiera acordado de Botones porque, como si lo hubieran oído, los fantasmas de tantos muertos que habitan Colombia empezaron a rondar la habitación del Hospital de San José. Es una lástima tener que morirse cuando uno es tan feliz, dijo mi mamá. No vas a morirte, contestó mi papá. Seamos sinceros, Fabio, ambos sabemos que no hay remedio, es más, siento que es Rubén quien me está llamando, debe de ser que todavía me quiere y espera que lo acompañe en la tumba. Seguro que se siente solo, muy solo.

yo soy la muerte, yo soy la muerte,
la muerte soy,
yo soy la muerte…

¿Y por qué tan impresionado?
Es que es berraco.
¿Berraco qué?
Ver todos esos cadáveres, los heridos…
Uff…
Y los que se salvaron, llorando del susto.
Mejor no cuente, que me pone la carne de gallina.
Necesito hablar, si no hablo, me estallo.
Usted ya no estalla; si no estalló con la bomba…
No bromee con esas cosas.
Entonces qué hago, ¿me pongo a llorar?
Tampoco, pero respete un poquito.
Bueno, perdone…
Necesito llorar.
Llore, así se calla.
¿Otra vez burlándose?
Huy, usted está muy jarto, mejor me voy.
No, no, no me vaya a dejar solo.
¿Le da miedo?
No, pero no quiero estar solo.
Me quedo, pero me deja hablar.

Hable, pero no se burle.

Bueno, pero ya deje la cara trágica…

Ya le dije que no puedo.

Inténtelo, da cagada verlo hablar llorando.

Es que fue muy tenaz ver los pedazos de gente por ahí.

Cálmese, más bien tome un sorbo de cerveza.

No me entra.

Abra la boca.

Gracias, me vuelve el alma al cuerpo.

Ojalá, porque la necesita.

Tiene razón hermano, necesito un alma…

Ya, tranquilo…

Había un niño y me le acerqué y todavía gemía.

Tome, tome otro sorbo…

Gracias, hermano, usted es un santo.

La verdad sí, después de saber lo que hace esa gente, sí, soy un santo…

> *lo que pasa es que la banda está borracha,*
> *está borracha…*

Mi papá decía que una muerte en el momento oportuno le daba aliento a la vida; sin embargo, la muerte de mi mamá no sólo le acabó las pretensiones de filósofo de barrio, sino que lo dejó sin fuerzas para seguir viviendo. El viejo salió del hospital, caminó hasta el banco, retiró dinero, se montó en la camioneta y, conmigo en la otra silla, manejó hasta el atrio de la iglesia del Olaya. Ayúdeme a organizar el entierro, yo no soy capaz, le dijo al padre Serna mientras tragaba lágrimas. Se fue de la iglesia, llegó a la casa de Esneda, una vecina que vivía enamorada de él, le entregó otros billetes y, sin siquiera mirarme, me dejó en sus brazos. Después guardó el dinero que le quedaba, volvió a subir a la camioneta y manejó hasta La Góndola, un bar de mala muerte que había en la esquina de la Décima con Cuarta. A mi mamá la enterraron el padre Serna, Cristinita, la única hermana de mi mamá, un puñado de vecinos y unos cuantos curiosos. Fue un funeral triste porque Esneda se empeñó en llevarme y no paré de llorar, porque llovió todo el tiempo y porque mi papá, aunque el cura lo mandó a llamar y lo esperó varias horas, no apareció por el cementerio. El viejo estuvo bebiendo más de una semana en La Góndola, pasando la cerveza con lágrimas y dejando que el tiempo se fuera mientras ponía una y otra vez en la rocola *Nuestro juramento*, de Julio Jaramillo. *Si tú mueres primero, yo te prometo, escribiré la historia de nuestro amor, con toda el alma llena de sentimiento, la escribiré con sangre, con tinta sangre, del corazón*, cantaba hasta que se quedaba dormido sobre la mesa. El dinero se acabó e intentó pagar con el reloj, pero la Avispa, una mujer que había comprado el bar hacía poco y a la que no le gustaban los empeños, se negó a recibírselo. Es hora de que sea varón y vuelva a la casa, le dijo. Mi papá le rogó, lloró, se hizo el desprotegido y, como la lástima no le funcionó, intentó conseguir el licor gritando y poniéndose agresivo. La Avispa soltó un bramido y dos hombres a medio vestir salieron de detrás de una cortina y no se demoraron más de un segundo en echar a mi viejo de La Góndola. El viejo se tragó la sangre y el orgullo y se subió a la camioneta, pero no pudo ni siquiera prenderla porque había perdido las llaves en la pelea. Desorientado, se puso a caminar; mientras lo hacía, le entró un arranque de arrepentimiento y decidió ir a visitar la tumba de mi madre. Era de madrugada y tuvo que saltar la reja del cementerio para poder entrar. Pasó junto a los mausoleos de los próceres de la patria, siguió por el camino circular que lleva a las galerías de los muertos anónimos y buscó hasta encontrar la tumba marcada con el nombre de Nidia Lozano Suárez. Se paró frente a la lápida y leyó una y otra vez las palabras escritas en el mármol, pasando los dedos encima de ellas como si fuera ciego y el nombre de mi mamá estuviera escrito en braille. Un rato después la soledad y el llanto lo vencieron y se quedó dormido. Esneda, que usaba parte del dinero que mi papá le había dejado para cambiar las flores de la tumba de mi vieja, lo encontró dormido y medio empeloto porque algún doliente había llegado antes que ella y había decidido aprovechar la borrachera del viejo para hacerse a un vestido de paño y un par de zapatos nuevos. Un caldo de costilla cura cualquier pena, le dijo Esneda a mi papá cuando lo vio despertar y corrió a servirle la comida que le tenía preparada. El viejo le hizo caso y ella aprovechó para llevarme a casa e instalarme en la cuna que él mismo había comprado para recibirme. Al anochecer, cuando mi llanto lo desesperó, mi papá se levantó, me envolvió en un cobertor y volvió a llevarme a casa de Esneda. No soy capaz de oírlo llorar, confesó, y salió directo a beber a una tienda. En esas siguió de ahí en adelante, se tomaba el primer trago de aguardiente apenas despertaba, mantenía la botella debajo del mostrador para ir tomando de ella durante el día; en la tarde cerraba El Porvenir e iba a beber con los amigos, y cuando lo echaban de las tiendas volvía a casa, buscaba en la alacena de la cocina otra botella de aguardiente y se encerraba en la habitación que había mandado a construir para mi madre a seguir bebiendo y oyendo a Julio Jaramillo. El alcohol le agrietó las cualidades de buen negociante y empezó a acabar con el dinero que había acumulado durante los años que llevaba en Bogotá. Un par de meses más de borrachera y habría conseguido quedarse sin dinero, pero la vida es caprichosa y quería que la ruina de mi padre se materializara de una manera más cruel. Un amanecer, entró a casa y, al abrir la alacena, descubrió que había olvidado comprar el aguardiente. Borracho, sacó la camioneta del garaje y cogió por la Caracas, llegó a la Veintidós y se desencantó al confirmar que La Sultana, la única cigarrería que solía abrir a esa hora, estaba cerrada. Terco como siempre, el viejo pisó el acelerador y siguió en busca del bar de la Avispa. No alcanzó a llegar, el semáforo de la Primera estaba en rojo, mi papá se lo saltó y estrelló la camioneta contra un taxi que intentaba llevar a la Hortúa a unos hombres que habían sido heridos en una pelea callejera en el barrio Santander. Los carros quedaron como acordeones y mi viejo perdió la conciencia y sólo la recobró cuando lo sacaron del calabozo para llevarlo a la Cárcel Distrital. Desde la enfermería de la cárcel, mi papá llamó a Esneda y la mujer tuvo que gastar dos mañanas en el Telecom del Restrepo para ubicar en Barbacoas, un alejado pueblo de Nariño, a un hombre llamado Martín Navarro. Navarro la escuchó con calma, le hizo un par de bromas sobre el mal carácter de mi padre, le contó que se habían conocido en una mina de oro y le dijo que iría a Bogotá a ponerse al frente de la situación. Barbacoas quedaba lejos, estaba incomunicado del centro del país y Navarro se demoró quince días en llegar, pero apenas apareció, abandonó en un corredor del depósito la maleta y la guitarra que llevaba y salió directo para la Distrital. De la cárcel fue al juzgado y, después de reírse con el secretario de las locuras de mi viejo, consiguió una cita con el juez que llevaba el caso. El juez, un hombre igual de bonachón que Navarro, aceptó tomarse unos aguardientes y le prometió a Martín que dejaría libre a mi padre si indemnizaba al dueño del taxi y si conseguía que los dos heridos que había vuelto a herir retiraran la denuncia por lesiones personales. Martín obedeció al juez, repitió con los familiares de los heridos el ritual del aguardiente y, al son de unos boleros que interpretó con melancolía, les ofreció como indemnización los ahorros que le quedaban a mi papá. ¿Por qué no lo cuidamos entre los dos?, le preguntó Esneda a mi papá cuando salió de la cárcel y fue a recogerme a casa de ella. Podría ser, pero déjemelo unos días, quiero ponerme al frente de mi vida, contestó mi viejo. Esneda ayudó a barrer y a organizar mi cuarto, mi papá se esforzó en bañarme, cambiarme los pañales y darme tetero y, sobre todo, intentó aceptar que mi mamá había muerto y que no estaría para cuidarnos ni a él ni a mí. Así duramos varias semanas, el viejo trabajaba duro e intentaba estar a mi lado. Martín ejercía de tío y Esneda vivía pendiente de los detalles que eran incapaces de percibir los dos hombres. Fue otra tregua corta. Una mañana, sonó el teléfono, mi padre corrió a contestarlo y tropezó con la voz de Jorge Aguirre, el gerente de la distribuidora que proveía de cemento y arenas a El Porvenir. Tengo orden de embargarlo, dijo Aguirre. Usted sabe que si me da unas semanas podré pagar, dijo mi viejo. No puedo, insistió Aguirre, y mi papá empezó a tratarlo de traidor y a recordarle las decenas de veces que le había hecho pagos anticipados para ayudarle a solventar los problemas económicos de la distribuidora. Una semana después llegó la notificación del embargo. Mi pobre viejo empezó una larga peregrinación, primero de juzgado en juzgado intentando ganar tiempo y después de amigo en amigo tratando de conseguir dinero prestado, pero ¿quién le iba a prestar plata a un borracho que acababa de salir de la cárcel? Con la noticia del embargo, los demás proveedores se negaron a seguir despachando mercancías y El Porvenir se acabó. Martín intentó ayudar, pero no conocía a nadie en Bogotá ni tenía dinero y, para completar la desgracia, mi padre empezó a tratarlo mal. Le incomodaba cada sugerencia que salía de la boca del tío y creía que era una desconsideración que Martín se pusiera a tocar guitarra y a cantar mientras él sufría por la angustia que le producía el desalojo. El día que la policía llegó a hacer el desahucio, Martín había salido a comprar los pasajes para volver a Barbacoas y en El Porvenir sólo estábamos el viejo y yo. Mi papá besó la foto de mi madre que guardaba en la billetera, alistó la escopeta y decidió que iba a hacer lo mismo que había hecho Botones. Bloqueó la entrada del depósito con los bultos de cemento que le debía a Jorge Aguirre y, cuando la policía asomó por la esquina de la calle, hizo un disparo al aire y les exigió que se fueran por donde habían llegado. De aquí sólo me sacan muerto, amenazó. Ayúdeme con ese loco, le dijo a Martín el sargento de policía que dirigía el desahucio cuando lo vio aparecer por la esquina de la casa. Martín caminó hasta la entrada del depósito. ¿Qué hace, hermano?, le dijo. Defiendo lo mío, contestó mi papá. Esta no es la manera, añadió Martín. No veo otra, replicó mi papá. Deme el arma y nos evitamos problemas, dijo Martín. No, dijo mi papá, y le apuntó al tío. ¿Me va a matar?, preguntó Martín. Si toca, sí. ¡Se le corrió una teja!, exclamó Martín. Si no me va a ayudar, es mejor que se vaya, amenazó mi papá. Al menos déjeme entrar a recoger mis cosas, contestó Martín. Entre, pero no me vaya a salir con bobadas, aceptó el viejo. Navarro saltó por encima de los bultos y siguió de largo. En lugar de hacer la maleta, se puso a pensar cómo solucionar el problema y de tanto darle vueltas y vueltas a la situación se acordó de una botella de aguardiente que tenía escondida en el equipaje. Cogió la botella, fue a mi habitación, me alzó y caminó hasta donde estaba mi padre. Después de ponerme entre el viejo y él, sacó la botella de aguardiente. Fabio, tantas semanas sin tomarse un trago lo están enloqueciendo. A mi papá le brillaron los ojos. ¿Quiere un trago? No, contestó mi papá. Uno solo, para relajarse. No, lo único que quiero es que no vengan a robarme, que me respeten el trabajo. Uno de despedida, hermano, estamos en la guerra y puede ser la última vez que nos veamos, dijo Martín. Mi papá sonrió con tristeza, soltó la escopeta y agarró la botella. Era la primera vez que bebía desde que había salido de la cárcel y, de verdad, el sorbo de aguardiente lo relajó. Igual, de aquí no me muevo, dijo. Fresco, sólo nos estamos despidiendo, dijo Martín. El viejo se tomó el segundo trago y repitió que no se iba a dejar sacar, se tomó el tercer trago y empezó a dudar sobre la eficacia de lo que hacía. Al llegar al sexto, empezó a llorar, a caminar por el patio y a hablar sobre lo que era justo e injusto en este mundo. Después describió las parrandas que había disfrutado en compañía de Aguirre y, por último, se puso a evocar a mi mamá. Navarro lo dejó desahogarse, le sirvió el séptimo trago y le dijo: Vámonos para el pueblo, esta ciudad no sólo es muy fría, sino que lo tiene salado; va a ver que el calorcito de Barbacoas le saca tanta tragedia del corazón. El viejo siguió llorando. Piense en ese pelao, hermano, el chino no tiene la culpa de nada. Mi papá me miró. ¿Entonces?, preguntó Martín. Mi papá asintió con la cabeza. Tiene razón, hermano, esto no es más que una tontería. Vaya usted mismo y dígaselo al sargento, dijo Martín. Mi papá se tomó otro trago, se secó las lágrimas, saltó por encima de los bultos que hacían las veces de trinchera, caminó hasta donde esperaban los policías y le pidió al sargento dos días para hacer el trasteo y entregar el lote sin resistencia. Es un trato, contestó el policía a pesar de las reticencias de Jorge Aguirre, que también estaba en el lugar. Mi papá se acercó a su antiguo amigo. Ahí tiene el trabajo de toda mi vida, espero que lo destruya a usted de la misma forma en que me ha destruido a mí, dijo, y le escupió en la cara. Aguirre ni se movió. El viejo le dio un apretón de manos al sargento, volvió al depósito, me puso sobre sus piernas y se sentó, en compañía de Martín Navarro y de sus boleros, a tomarse el poco aguardiente que quedaba en la botella.

Yo no quiero que me hablen de penas ni sentimientos,
yo quiero vivir mi vida alegre, feliz, contento...

Fácil, compadre. Coge el muerto, le acerca el machete a la garganta y corta bien derechito, sin torcerse ni para arriba ni para abajo. Después profundiza con cuidado, no va y sea que corte la lengua y se tire el trabajo. Mete la mano y saca la lengua por el agujero que ha hecho en el cuello. Nadie se lo imagina, pero las lenguas son muy largas y cuando uno las ve salir por entre la carne abierta entiende por qué la gente no se calla jamás, por qué habla tanta mierda. Ya con la lengua afuera, pone el muerto en el piso, junto a los otros, y, si todavía no está tieso, le endereza los brazos y los pies. La gracia es que el cuerpo y la lengua queden alineados, como haciendo juego, para que valga la pena tomarse la molestia de ponerle la corbatica.

qué risa me da el que se suicida,
dejando lo bello que tiene la vida…

La vida habría ido bien, mi viejo se habría amancebado con una negra culona y cariñosa y yo me habría convertido en un comerciante barrigón y padre de una jauría de bastardos si en Colombia, en esa misma Colombia que nos había echado de Bogotá y que sólo iba a Barbacoas a robarse el oro que guardaba la tierra, unos políticos no hubieran necesitado también robarse unas elecciones. Más se demoró mi viejo en llegar a Barbacoas que en retomar el comercio minorista de oro. El hombre era buen mercader y cumplía con las dos reglas que ayudaban a prosperar en la minería barbacoana: era atento con las putas y sabía beber aguardiente con los mineros. Con el calorcito y los buenos negocios, mi papá recobró el instinto paternal. En el día yo era la sombra pequeña del viejo y en las noches me mecía junto a él en una hamaca, mientras Toña, una negra de unos quince años que algunas veces se quedaba a dormir en casa, fritaba pescado y nos lo servía acompañado de yuca y patacones. Los sábados, el hombre me llevaba a ver los partidos de fútbol y los domingos íbamos a bañarnos al río, a disfrutar de la libertad de vagar por la selva y a recordar a mamá, sentados al borde de un barranco desde donde se veía al río Telembí formar un laberinto de curvas sobre la costa nariñense. Era una vida tranquila y divertida y aunque no estuviera mi mamá, el hombre y yo éramos una familia. Pero, como pasa siempre que llegan la felicidad y la plata, mi papá, en lugar de disfrutarlas, empezó a estar inconforme y a planear negocios que le sirvieran para «darle un porvenir al hijo». Tenía mala memoria mi viejo y había olvidado que la palabra *porvenir* le traía mala suerte. Usted no es más que un aventurero igual a los demás aventureros que vagan por Barbacoas, así que no se haga tantas ilusiones, le decía el tío Martín. No, hermano, usted olvida que levanté de la nada uno de los depósitos de materiales para construcción más grandes del sur de Bogotá y que, a punta de tesón y de paciencia, me quedé con el amor de Nidia. Está volviéndose loco, Fabio, no sólo hace planes imposibles, sino que está empezando a inventarse el pasado, añadía el tío. Yo, que ya iba a cumplir cinco años, no entendía los planes de mi viejo ni las objeciones de mi tío, pero estaba feliz de que el hombre cultivara tantas ilusiones porque se ponía generoso y me daba plata para comprar dulces en las tiendas del pueblo. Nada más justo que una empresa conformada por los propios trabajadores, repetía mi viejo a los mineros para convencerlos de que hicieran una cooperativa que explotara el oro que aún quedaba en las tierras de Barbacoas. La idea no logró arrancar; los mineros, que los sábados llegaban puntuales a la improvisada cancha de fútbol del pueblo, se demoraron más de un mes en ponerse de acuerdo en la fecha y el lugar adecuados para juntarse a hablar de la cooperativa, y en la primera reunión aparecieron tantos resentimientos y egoísmos que la discusión se convirtió en gritería y hubo varias peleas. Así que al viejo, como a todo soñador, le tocó intentar cambiar el mundo solo. No era fácil, el oro barbacoano estaba concedido a perpetuidad a la Gold Mine Company, una multinacional americana que se llevaba el metal sin siquiera pagar impuestos y que ordenaba espantar a tiros a quienes intentaran recoger las migajas de oro que la draga de la compañía no alcanzaba a engullir. Pero mi papá se empecinó y, de tanto hacer averiguaciones, entendió que las llaves para entrar al negocio de la minería industrial estaban en los bolsillos de los políticos. El viejo, que jamás había votado en su vida, abandonó la indiferencia y se puso a cortejar a los hombres importantes de la región. No le pararon muchas bolas, una cosa es saludar a un pequeño comerciante que va por la calle y otra muy distinta sentarse a hablar de negocios con él. El proyecto estaba atascado cuando Javier Juaristi, el cura de Barbacoas, organizó un bautizo colectivo para inaugurar la iglesia que acababa de construir. A la ceremonia, presidida por la Virgen de Atocha, asistí yo como la víctima del bautizo, mi papá como mi papá, el cura como representante de Dios y el senador nariñense Avelino Ortiz del Castillo como representante del Estado y padrino oficial de los bautizados. Después de la misa, el alcalde del pueblo y el cura ofrecieron un pequeño agasajo, y mi padre aprovechó la ocasión para comentar el proyecto de la compañía minera al senador. Lo que puede hacer el comején, dijo el senador después de escuchar a mi papá. ¿El comején?, preguntó mi papá. Fíjese, los comejenes se tragan la iglesia del pueblo, toca hacer una nueva y el acto de inauguración sirve para que usted y yo hablemos de negocios. Entonces, ¿le gusta la idea?, dijo mi papá. Me gusta y creo que más que compadres, podríamos ser socios, dijo el senador.

Mi papá, que estaba preparado para todo, menos para una respuesta afirmativa, enmudeció de la emoción. Ven para acá, ahijado, me dijo Ortiz del Castillo para darle tiempo al viejo de que se serenara. Caminé hacia un hombre alto, blanco, bien afeitado, vestido con un impecable traje de lino y dueño de unos ojos claros y limpios y me sentí tan halagado como mi padre. La celebración terminó, pero mi padre salió de allí tan ilusionado que la fiesta siguió durante días en su pecho y se podía asistir a ella con sólo mirarlo a los ojos. El viejo empezó a trabajar más duro, se mostraba generoso con los mineros, llenó un cuaderno entero de cuentas fabulosas y hasta decidió tratar con cariño y respeto a Toña. No le crea a ese tipo, le advertía el tío Martín, esa familia ha sido siempre la dueña del pueblo y, a pesar de tanto oro que le han sacado a la tierra, mire la miseria en que vivimos, mire cómo dejaron a los negros que durante siglos les sirvieron de esclavos. Todo el mundo tiene derecho a cambiar, contestaba mi viejo. ¡Qué va!, Del Castillo debe de ser testaferro de la Gold, le habrá dicho que sí tan sólo para tenerlo controlado. No sea negativo, Martín, de pronto está aburrido de los gringos y se quiere independizar, se defendía mi padre. Ajeno a las palabras del tío Martín, mi papá mantenía la ilusión y cada vez que el senador aparecía por el pueblo iba a hablar con él. ¡Qué voy a hacerle campaña a ese güevón!, exclamó el tío Martín cuando llegaron las elecciones y mi papá le pidió que pusiera en la fachada de la casa un afiche electoral donde posaban Ortiz del Castillo y el Muelón, al que el senador apoyaba para presidente de la República. El viejo fue el primero en votar y, depositada la papeleta en la urna, nos unimos al grupo de partidarios del senador y empezamos a animar a la demás gente para que votara por Ortiz del Castillo. Unas negras me pusieron una camiseta estampada con la imagen del Muelón, me enseñaron las consignas que debía repetir y se divirtieron todo el día viéndome gritarlas a medias. La euforia fue creciendo y la gente la calmó con un sánduche, con unos tragos y con la fiesta que se formó apenas cerraron la escuela donde estaban las urnas. No tiene mamá, pero ya se consiguió un montón de mamacitas, dijo el tío Martín cuando apareció por el baile y vio cómo las negras seguían divirtiéndose conmigo. ¡Senador!, lo imaginaba celebrando el triunfo en su casa de Pasto, exclamó mi viejo cuando, al amanecer, Ortiz del Castillo se bajó de un jeep que estacionó en el patio de nuestra casa. La vida no es tan fácil, compadre, esto de la política tiene sus complicaciones, contestó el senador. ¿Puedo ayudarle en algo?, preguntó mi papá. Es posible, dijo el senador. Soy todo oídos, dijo mi viejo. Usted debe de saber que a veces el pueblo es ignorante y no sabe votar, dijo Ortiz del Castillo. Es lo común, dijo mi papá. El senador asintió y empezó a quejarse porque la gente, en lugar de apoyar a un hombre honesto como el Muelón, había votado por el dictador que se le oponía. Después habló de una junta que había tenido ese mediodía con el gobernador del departamento y mencionó que estaban haciendo falta unos voticos para evitar que el dictador se tomara el poder. En resumen, necesitamos que usted nos ayude a poner orden en estas elecciones y, de paso, aseguramos nuestro negocio de la mina, remató el senador. Mi viejo lo miró, me miró a mí, alzó la cabeza y miró hacia el cielo. Tal vez, en ese momento, mientras miraba las estrellas, alcanzó a entender que debía cuidarse de lo que le estaban proponiendo. ¿Qué hay que hacer?, preguntó nervioso el viejo. Nada del otro mundo, usar la influencia que usted tiene sobre ciertas personas de la región y coordinar un trabajito para que en las urnas aparezcan los votos que nos están haciendo falta. ¿Me asegura que si le ayudo podemos contar con la licencia de explotación? Claro, no se lo diría si no estuviera seguro, contestó el senador. Entonces sí, dijo mi papá. Subimos en el jeep, fuimos hasta la escuela, uno de los hombres abrió la puerta y caminamos hasta el salón donde estaban las urnas. ¡Por Colombia!, exclamó el senador y alzó una urna y retiró el primer sello. Después explicó cuáles votos sacar y le entregó a mi padre los votos por los que había que remplazarlos. ¿Qué hacemos con esto?, preguntó mi viejo cuando volvimos a la casa y descargamos en el patio los votos y las actas electorales que habíamos sacado de la escuela. El senador le alcanzó al viejo una caneca con gasolina. Yo, yo, yo, grité cuando vi al viejo sacar del bolsillo una caja de fósforos. Tome, dijo mi papá. Prendí el fósforo y lo arrojé sobre el montón de papeles. El patio se iluminó y la luz empezó a juguetear con la oscuridad y a proyectar nuestras sombras sobre las paredes de la casa. Ya ves, Fabio, es sencillo, dijo el senador, ahora tenemos que hacer lo mismo en los demás pueblos de la región. ¿Nos vamos de paseo?, pregunté cuando vi a mi viejo hacer una maleta. Sí, contestó él. ¡Qué rico!, dije mientras veía cómo mi viejo ponía una por una las balas en el tambor del revólver. Hacía fresco, las chicharras callaban y el viento había desaparecido, era como si el mundo hubiera entendido la importante misión que mi viejo debía cumplir y se hubiera relajado para permitir que la cumpliera sin contratiempos. Disfruta el paseo, me dijo el senador cuando llegamos al río. Claro, sonreí ilusionado. Mi viejo prendió el motor, la lancha sacudió el agua, giró sobre sí misma y enfiló río abajo. Llegamos, dijo mi padre y me sacudió para despertarme. Bajamos de la lancha, y empezamos a caminar por la calle central de un pueblo llamado Roberto Payán. Golpeamos en una casa a medio construir y de la casa salió un hombre que se puso feliz de ver a mi padre. Fue la última vez que se puso feliz de verlo. El amigo de mi papá nos hizo entrar, discutió un rato con mi viejo y, al final, aceptó ayudar. Con sigilo, fuimos a otra casa, conseguimos otro par de ayudantes, caminamos hasta la escuela y repetimos el trabajo que habíamos hecho en Barbacoas. Sin descansar, salimos de Roberto Payán y empecé a disfrutar de ver los pueblos en la lejanía, de llegar a ellos, de pisar playas desconocidas, de preguntar por gente importante, de ver el respeto que esa gente le tenía a mi viejo, de trastear urnas a escondidas y, sobre todo, de ser el encargado de encender la hoguera con la que nos despedíamos de cada lugar. ¿No vamos a seguir viajando?, pregunté cuando volvimos a Barbacoas. Vamos a viajar mucho, sólo tenemos que esperar que nos llegue un telegrama, contestó mi viejo. Bueno, dije, y me puse a esperar el nuevo paseo mientras el viejo se dedicaba a liquidar los negocios que tenía pendientes y a vender el oro que había acumulado. Se está precipitando, le advirtió el tío Martín. No, intervenía yo muy orgulloso, mi papá hizo un trabajo muy importante y ahora el senador le va a ayudar a que tenga una mina más grande que la de los gringos. Ay, Fabio, también está volviendo loco al niño, añadía el tío Martín. No es eso, Martín, es que el muchacho tiene más olfato para la plata que usted, lo contradecía mi padre. Me sentía orgulloso y habría crecido apoyado en ese orgullo, si el telegrama que el viejo estaba esperando hubiera llegado. ¡Al fin!, dije la tarde en la que vi al viejo empacar ropa en la misma maleta que habíamos llevado a Roberto Payán. Sí, volvemos a viajar, dijo sin entusiasmo mi papá. Subimos a un jeep, sorteamos la hilera de huecos que formaban la carretera de salida de Barbacoas y vimos al carro arañar los abismos que convierten la llanura en cordillera hasta que llegamos a Pasto. La ciudad estaba levantada al borde de un volcán, era fría, los hombres usaban ropas gruesas y se echaban el sombrero hacia adelante, como si hacerlo los defendiera de una erupción sorpresiva de la montaña. ¿Vamos a vivir aquí?, pregunté al entrar a la habitación del hotel. Un tiempo, sonrió mi viejo. ¿Te gusta?, preguntó. Mucho, dije. Así viviremos de ahora en adelante, dijo mi viejo. ¿Gracias al senador? Y también a mí, aclaró él. Almorzamos y salimos a conocer la ciudad. Era bonita, armada con paredes blancas y tejas de barro, tenía una plaza tan grande como un barrio de Barbacoas, unas calles derechitas, un montón de iglesias y un río. Ahora no puede atenderlo, está reunido con el gobernador, nos dijo la gorda que abrió la puerta en la casa de Avelino Ortiz del Castillo. Debe de estar arreglando lo de nuestra empresa minera, dijo mi papá. Nunca lo confirmamos porque el senador tuvo que viajar a Bogotá antes de poder recibirnos. De Pasto no me muevo hasta que me atienda, dijo mi viejo y organizó una rutina para esperar. Dormíamos hasta tarde, almorzábamos en el hotel, salíamos a caminar y, en la noche, me enseñaba a leer. Vas a heredar un imperio y es bueno que empiece ya su educación, decía. Así estuvimos hasta que alguien avisó a mi papá que el senador había vuelto. Salimos del hotel y antes de ir a casa de Ortiz del Castillo, mi papá me llevó a hacer lo que nunca habíamos hecho durante los dos meses que llevábamos esperando en Pasto: rezar. Echamos limosna en la alcancía de la iglesia y volvimos a subir la cuesta que llevaba hasta la casa del senador. No está y no sé a qué hora llega, fue la única respuesta que nos dio la gorda. ¿Qué le pasará a esa mujer?, le pregunté a mi papá. Quién sabe, contestó el viejo y frunció los hombros. ¿Y qué vamos a hacer? Esperarlo, contestó mi papá. ¿Cómo se atreve a venir a esta altura de la noche a mi casa?, exclamó Ortiz del Castillo, cuando por fin se bajó del mismo jeep en que había ido a Barbacoas. Seis meses esperando un telegrama en el pueblo y dos meses esperándolo en este páramo, quiero saber qué está pasando, dijo mi viejo. Le advertí que necesitaba tiempo, contestó el senador. Un tiempo no es toda la vida, dijo mi viejo. Hay que esperar al menos otro un año. ¿Por qué?, preguntó mi viejo. Cosas de la política, dijo el senador. Ese no fue el acuerdo, dijo mi papá. Señor Coral, esos asuntos se tratan en Bogotá, los lleva el presidente de la República. Por eso, dijo mi papá. ¿Por eso qué?, preguntó el senador. Nosotros le ayudamos a ese muelón a encaramarse en el poder, ahora él debe ayudarnos a nosotros. ¿De qué está hablando?, dijo el senador. Pues del fraude electoral que les organicé, dijo mi viejo. Es mejor que sea prudente, señor Coral; si fuera usted, no iría por ahí hablando de fraudes que no sucedieron. ¿Fraudes que no sucedieron?, repitió mi papá. Exacto, afirmó el senador. ¿Entonces esto tampoco está sucediendo?, dijo mi papá y encañonó al senador. ¿Ya se acordó del fraude?, preguntó mi papá. Sí, lloriqueó el senador. ¿Y de nuestro trato? Sí, sí, sí, repitió el senador. Menos mal, escupió mi papá. Si me deja de apuntar, le explico lo que está pasando, rogó Ortiz del Castillo. Mi papá apartó el revólver. Mire, señor Coral, usted no fue el único que ayudó al presidente, aquí en Pasto yo hice lo mismo que usted hizo allá en su tierra, pero, la verdad es que ni yo he podido hablar con él. ¿Cómo así?, preguntó mi viejo desconcertado. El presidente se olvidó de nosotros, dijo el senador. No le creo nada, dijo mi papá y volvió a encañonarlo. Créame, suplicó el senador, el presidente nos traicionó a todos. Entonces, ¿qué hizo dos meses en Bogotá? Esperar, igual que usted aquí, dijo el senador. ¡Mentiroso!, ¡malparido!, gritó mi papá y le pegó con el revólver al senador. ¡No me haga daño, le estoy diciendo la verdad!, rogó el senador. ¡Papá, papá, no vaya a matar al padrino!, intervine. El senador me miró con los ojos azules llenos de lágrimas. Mi padre también me miró, volvió a mirar al senador, dudó un momento y bajó el revólver. Vamos, no perdamos más tiempo con este hijueputa, dijo, y me cogió de la mano. Intenté despedirme del senador, pero había desaparecido. Y así como desapareció Ortiz del Castillo, desapareció nuestra felicidad. Mi padre regresó silencioso a Barbacoas y no quiso ni hablar con el tío Martín. Una noche, en un bar del pueblo, un minero lo llamó traidor y regalado, y él no sólo no discutió ni peleó, sino que salió del bar en silencio y se encerró en casa. Despidió a Toña a pesar de que la negrita duró tres días llorando antes de irse. Fueron unos días muy duros, el viejo me golpeaba si preguntaba algo, si hacía algún ruido o si no estaba listo para ir a comprarle aguardiente a alguna de las tiendas del pueblo. Tomaba desde el amanecer y en las noches vagaba por las afueras del pueblo. La gente empezó a murmurar que se había vuelto loco y, en las mañanas, al verlo entrar con cara de fantasma, yo temía que lo que la gente decía fuera verdad.

Un domingo, preocupado porque el viejo llevaba dos días sin volver a casa, fui a contárselo al tío Martín. No se preocupe, mijo, debe de estar durmiendo la borrachera en alguna finca, me dijo Ofelia, su mujer. Nos vamos de paseo, lo invito, dijo Quique, el hijo que Ofelia había tenido antes de conocer al tío. Eso, vamos de paseo, dijeron todos. Bajamos en canoa hasta una playa, nos bañamos, hicimos un sancocho y estuvimos nadando y jugando fútbol. En la tarde, cuando volvíamos a casa, nos detuvimos junto al barranco al que solíamos ir con papá a recordar a mi madre. Estábamos sentados, disfrutando del paisaje, cuando vimos un bulto flotar sobre las aguas. El tío se levantó para ver mejor y dijo que no era un bulto, que era un muerto. ¿Un muerto?, preguntó sorprendida Ofelia. Miré fijamente hacia aquello que flotaba sobre las aguas y supe que era mi viejo. Tal vez porque nadie más en Barbacoas estaba tan cerca de la muerte, o tal vez me lo dijo la distancia; porque ese muerto que flotaba en la lejanía sólo podía ser el padre lejano que nunca había terminado de aceptarme.

039 se la llevó…

Fue una borrachera muy tenaz, después de treinta años trabajando como choferes y al fin nos habíamos comprado un bus, y no un busecito cualquiera: ¡un ejecutivo! Fuimos a reclamarlo y no nos la creíamos. Íbamos firmando uno a uno los papeles que nos alcanzaban y nos costaba aceptar que al terminar de hacerlo nos iban a entregar aquel superbús. Se acabó la emoción de firmar y nos subimos con mi compadre al animal. Caminamos de atrás hacia adelante, acariciamos la cojinería, revisamos el suelo y el techo, pasamos la registradora, brilla-mos la consola y probamos la radio. Lo conseguimos, compadre, nos tocó sudar mierda, pero lo conseguimos, decía mi compadre y nos reíamos y nos abrazábamos. Yo ni decía nada porque si hablaba me iba a poner a llorar y no iba a hacerlo delante del compadre. Esto tenemos que celebrarlo, dijo el compa. Sí, vamos, que mi mujer está preparando un sancocho y toda la familia está reu-nida para vernos llegar en esta nave. Qué mujer ni qué mujer, compadre, hay que ir al menos un rato donde las putas, no nos vamos a poner santos ahora que tenemos platica. Huy, no sé, es que si no llego rápido, mi mujer se pone como una fiera. Un ratico, compa, nos echamos unas cervecitas donde la Avispa y para la casa. No sé, re-petí. Ya me imagino la cara que van a poner esas bandi-das cuando estacionemos el bus delante de La Góndola y vean que les tapa toda la fachada, ja, ja, ja. Pues sí, un par de cervecitas no le dañan el día a nadie, dije. Así que hicimos tronar el motor del ejecutivo, lo sacamos del parqueadero del concesionario y cogimos rumbo a La Góndola. Huy, qué pipí, dijo Mariana, una puta gordi-ta que siempre se me había negado, pero que ese día se puso dócil. Sí ve, hermano, los milagros que hace el bi-llete. Eso veo, compadre, eso veo, le contesté. Una cerve-cita se nos volvieron tres cervecitas, tres cervecitas se nos volvieron cinco cervecitas y el ratico que íbamos a pasar en La Góndola se nos volvió un polvo largo y carnudo que me eché con la Mariana y una borrachera terrible que se pegó mi compadre. Yo manejo, insistió él cuando salimos. No, compadre, usted está muy borracho, a mí al menos me pegó mi buena despertada la Mariana. No, yo quiero llegar conduciendo este bus a su casa, insistió el compadre y se sentó al timón. Le repetí que no, pero el compadre se puso agresivo y yo decidí no pelear con él; no era la primera vez que manejaba tan borracho y nunca le había pasado nada. Me senté a su lado y lo vi arrancar, coger la Décima a toda velocidad, salpicar de tierra a los pocos peatones que andaban a esas horas por la calle y cerrar un campero de algún mafioso que volvía a casa muy seguramente después de estar en los mismos menesteres que nosotros. Esta nave no la para nadie, se rió el compadre. ¿Quién va a parar este monstruo?, sonreí. El compadre se animó más y cogió la Caracas como si fuera una pista de carreras y yo me agarré duro y empecé a ver cómo pasaban a un lado y a otro las luces de las casas y de los edificios. Estaba tan embobado viendo nuestra propia velocidad que tampoco vi la pareja que cruzó la Caracas sin calcular la velocidad a la que íbamos nosotros. Marica, me tiré la pintura del bus, gritó el compadre cuando sintió el golpe. Y mató a esos dos, dije yo. ¿Qué hacemos?, preguntó el compadre. Miré hacia adelante y vi la soledad de la avenida. Vámonos, dije, no vamos a amargarnos el día más importante de nuestra vida por un accidente. ¿Será?, dudó mi compadre. Sí, vámonos, insistí. ¿Y por dónde paso?, preguntó mi compadre porque los dos cuerpos estaban delante de nosotros. Por donde pueda, le contesté. Bueno, dijo él, y aunque las manos le temblaban, se subió sobre el separador, dejó atrás los cadáveres y arrancó de nuevo.

de misterio está lleno el mundo,
no sé qué sentirá tu alma...

Ni siquiera la muerte de mi papá detuvo la tragedia y, dos años después del suicidio del viejo, apareció por Barbacoas Cristinita, la única hermana de mi mamá. Pequeña, gruesita, de pelo ensortijado y ojos maliciosos, Cristinita bajó de la flota el culo al que iba pegada, sonrió como si fuera la dueña de la felicidad y le estampó a Quique un beso en la mejilla. El tío Martín dio un paso adelante para recibir el mismo afecto, pero un carraspeo de Ofelia lo dejó con la mejilla a milímetros de los labios de Cristinita. Para superar la tensión, Cristinita se afanó en preguntar si yo era yo. ¿Quién más va a ser?, contestó Ofelia. ¡Qué primor de criatura!, berreó Cristinita, y me refregó los besos que se le habían quedado atorados por culpa de los celos de Ofelia. Cuando se quedó sin aire, me soltó, se recogió el pelo, sacudió el par de tetas que intentaban hacerle contrapeso al trasero y soltó la frase que estuvo a punto de costarme la vida: he venido a adoptar al niño. Quique me miró asustado y yo fruncí los hombros. ¿Dónde es la casa?, preguntó mi tía. Por allí, contestó el tío Martín, y señaló en dirección al rancho que compartía con Ofelia. Por allá, corrigió Ofelia y señaló en dirección a la casa de mi papá. ¿No sería mejor que se quedara con nosotros?, sugirió el tío. ¿Para qué, si hay una casa vacía para ella?, contestó Ofelia. Quique, que sabía que las decisiones de Ofelia eran definitivas, me hizo una señal y le ayudé a alzar la maleta de Cristinita. ¿Qué es adoptar?, preguntó Quique. No sé, le contesté. Suena a enfermedad, dijo Quique. No estoy enfermo, dije. Quién sabe, debe ser una enfermedad muy rara, rió Quique. Pues sí, asentí, y me quedé callado. La que no calló ni un segundo fue Cristinita, que, ajena a los celos de Ofelia, se puso a contar al tío Martín las peripecias del viaje entre Pasto y Barbacoas. Queda en buenas manos, me dijo Ofelia cuando llegamos a la casa de mi papá. De eso no hay duda, dijo el tío. Suerte, dijo Quique como si no fuéramos a vernos nunca más. Seguí con la mirada a la familia que me había cuidado los últimos dos años y cuando dieron la vuelta a la esquina y la calle quedó vacía, me sentí igual que la tarde que vi el cadáver de papá flotando en el Telembí. El cuerpo metido en un ataúd, los rezos de las mujeres, el cuchicheo de los niños y el sonido de las paladas de tierra contra la madera me habían desbaratado. Vivía preguntándome si el viejo se había matado por culpa mía, si era culpa de mi mamá, si era culpa del alcohol o si era culpa del mal negocio con el senador. Mi cabeza y mi cuerpo de niño no conseguían descifrarlo y en lo único que se ponían de acuerdo era en llorar. Me sentaba frente al Telembí y dejaba ir las horas imaginándome que mis papás no estaban muertos, que se habían ido de viaje y que, si me quedaba allí esperándolos, en algún momento iban a volver e iba a poder abrazarlos. Me salvó Quique. El hijo adoptivo del tío Martín sabía pescar, cazar sapos, matar pájaros con la cauchera, espantar a pedradas a los perros, enlazar y montar a escondidas burros y caballos y, lo mejor, sabía hacer juguetes con sólo la ayuda de un martillo, unas tablas y un par de puntillas. Gracias a los juegos con él pude ir olvidando la cara de muerto de mi viejo. Por los días en que apareció Cristinita, ya no lloraba sin motivo, no me sentía extraño en la casa del tío, podía dormir sin tener pesadillas; hasta había vuelto a visitar la casa de mi papá y, también con la ayuda de Quique, había convertido la casa en escenario de nuestros juegos. Pero Quique, el tío y Ofelia se habían ido y me habían dejado enfrente de aquella mujer que no paraba de dar manotazos para quitarse de encima los mosquitos y que seguía mirándome como si fuera de su propiedad. Cristinita me ponía nervioso;

aunque no la había visto nunca, la sentía familiar y esa cercanía no me gustaba, me producía miedo. Y si el primer encuentro había sido desafortunado, la llegada a la casa fue un desastre. ¡Qué caos!, dijo Cristinita apenas entramos. Vi el castillo que habíamos armado con Quique, la mesa que habíamos envuelto en una cobija para convertirla en el barco pirata que intentaba asaltar el castillo, la calavera que habíamos cosido en la cobija y las armas y los escudos de los piratas y no supe dónde estaba el caos del que hablaba Cristinita. Mejor sigamos, añadió ella y entró al cuarto de mi papá. Aquí podemos quedarnos, dijo. La idea no me gustó, la cama de mi viejo era donde Quique y yo descansábamos y hacíamos planes, y no quería a esa mujer metida allí. Tráeme una escoba, mi amor, vamos a limpiar este mugrero, dijo Cristinita. Quise explicarle que no había ningún mugrero, pero sentí miedo; el viejo me había pegado muchas veces por contradecirlo y no quería arriesgarme a lo mismo con un desconocido. Salí al patio, busqué la escoba y se la llevé a Cristinita. Ya vuelvo, voy a buscar una cosa, le dije. No te demores, necesito que me ayudes, ordenó mi tía. Me senté debajo de un guayabo y me puse a pensar. No había conocido a mi mamá, pero Cristinita no tenía nada que ver con la imagen que me había hecho de ella. Mi mamá no iría por ahí repartiéndole besos a cada hombre que se cruzara, no se iba a poner a dar órdenes sin siquiera haber jugado conmigo o sin haberme hecho algo rico de comer. Tampoco sabía mucho sobre mamás y se me acabaron rápido las comparaciones y no tuve más remedio que regresar a la casa. Mi tía había barrido, limpiado el polvo, desarmado el castillo y el barco, y había tirado a la basura las armas y los escudos y puesto a remojar la cobija. Tampoco tuve valor para protestar, pero cogí un martillo y me puse a armarlo todo de nuevo. Al oír los martillazos, Cristinita, que ya acomodaba la ropa en el cuarto de mi papá, se asomó a la sala. Pero ¿qué haces?, preguntó. Seguí martillando. ¿Todo esto era tuyo? Me puse a llorar. Perdona, dijo, e intentó besarme. Retrocedí. ¿Qué te pasa? No quiero que nadie duerma en la cama de mi papá, dije. Pero si vamos a dormir juntos, contestó Cristinita. No quiero dormir con nadie, repliqué. Entiendo…, si no quieres que duerma en la cama de tu padre, dormiré en otro cuarto, pero hay que arreglar un poco esta casa, no vamos a vivir en medio del desorden, dijo. Esta mujer no entiende nada, alcancé a pensar. ¿Para dónde vas?, preguntó cuando me vio caminar hacia la puerta. En lugar de contestarle apuré el paso y eché a correr. Tan sólo quería alejarme de Cristinita, pero entré a la casa del tío Martín y oí a Ofelia y al tío gritar y, al fondo de la gritería, oí a Quique llorar. Di media vuelta y caminé hacia la plaza del pueblo, pasé junto a la iglesia, vi unos mineros tomando cerveza, unos niños jugando fútbol, el bus que había traído a Cristinita y al chofer del bus intentando lavarlo con unos baldes. La calle me llevó al Telembí y, por el color del agua, supe que la noche empezaba a darle empujones al día. Esa vieja no me gusta, debe de ser una traidora, igual que mi papá, que se tiró por un barranco, igual que mi mamá, que se murió apenas nací; no quiero tenerla cerca, no quiero irme con ella, y si me tengo que ir a alguna parte, prefiero irme solo, pensé. Como si hubieran escuchado mis pensamientos, los grillos y las chicharras empezaron a chillar y el bullicio confuso de aquellos animales me dio más ganas de escaparme. Me levanté y busqué el camino que bordeaba el río. Oscureció por completo. Las chicharras empezaron a cantar más desesperadas y a mí se me pasó parte de la rabia y el cuerpo se me llenó de miedo. Debía regresar, pero ¿para qué? El tío me había entregado a Cristinita, Ofelia peleaba a toda hora y Quique se había despedido sin preguntarme siquiera si en verdad quería irme de su casa. Seguí caminando, la noche se hizo silenciosa y, de pronto, me empezó a sonar el estómago. Había pensado que podía encontrarme con una culebra, con un extraño que me obligara a volver a casa como le había pasado una vez a Quique o, incluso, tropezar con la Llorona, el Mohán o algún otro espanto, pero no se me había ocurrido que el primer problema iba a ser el hambre. Miré el río sin saber qué hacer. ¿Cómo se soluciona un problema de noche y estando lejos de casa? No se me ocurría nada y ya me iba a poner a llorar cuando un reflejo en la corriente me llenó de ilusión. ¡El oro! Si lavaba oro, tendría dinero; si tenía dinero, podría comprar comida; y si tenía comida, podría seguir huyendo. Bajé por el barranco, pisé la playa y corrí hacia el río, pero apenas el agua mojó mis pies desperté de la ilusión y supe que había celebrado antes de tiempo: no tenía batea y sin batea era imposible lavar oro. ¡Qué mal!, renegué: no se soluciona un problema y aparece el siguiente. Salía del río decidido a devolverme y a entregarme a la besuquería y las órdenes de Cristinita, cuando, bajo unas palmas, vi una sombra cuadrada y de hombros caídos; afiné la mirada y supe que era un rancho. ¿Y si me colaba en aquel lugar y cogía una batea? Otra vez creí que estaba aprendiendo a resolver problemas y otra vez me sentí feliz porque gracias a aquella habilidad ya nadie podría detenerme. Abrí el broche de la cerca, caminé en dirección al rancho, comprobé que no hubiera ninguna luz prendida y vi que justo detrás del rancho había una enramada. Las bateas debían de estar allí. Entré a la enramada, vi herramientas tiradas en un rincón, la chatarra de la compañía minera que los campesinos acostumbraban acumular, unos rejos, una bicicleta dañada y, colgadas de un horcón, el grupo de bateas. Están húmedas, la casa no debe de estar abandonada, pensé cuando cogí la primera. Pensar siempre me ha traído mala suerte y más me demoré en hacerlo que en oír los ladridos del primer perro. Sabía muy bien que los perros ajenos son más agresivos e incapaces de oír razones, y salí corriendo. El ladrido del perro despertó a otro y los dos animales empezaron a perseguirme. No era la primera vez que me tocaba huir de unos perros, pero nunca lo había hecho de noche, por un camino desconocido, con una batea en la mano y con hambre. No sentía los pies, mi corazón corría más rápido que mis piernas y, a pesar de que el miedo no me dejaba pensar, alcanzaba a imaginar que los dueños de la casa iban a despertarse y a disparar sobre mí. Durante unos metros logré escapar de los perros, pero, cuando me acercaba al río, el más grande de ellos me alcanzó y me clavó los colmillos en la pierna. ¡Malparido!, grité, y, antes de que volviera a morderme, le estampé la batea en la cara. El animal chilló del dolor y reculó. Apareció el otro perro y lo recibí con un golpe igual. Los animales guardaron distancia, pero siguieron atentos a atacarme. No podía darles la espalda, así que se formó entre nosotros una especie de danza ritual: yo retrocedía y ellos ganaban espacio, gruñendo y mostrando los dientes. Ya imaginaba que iba a morir destrozado por los colmillos cuando la selva hizo que los animales se quedaran sin venganza. Habíamos llegado al borde de un barranco, retrocedí un paso más, resbalé y caí.

Por qué miras así y no confías a mí
tus hondos pensamientos...

Más de diez horas buscando oro entre el agua y no había encontrado ni una pepita; estaba cansado, con el alma triste y, para que no me acorralara el aburrimiento, decidí ponerme una camisa limpia, subir en la canoa y remar hasta el caserío. Pasé junto a las casas de otros mineros y entré al billar; quería oír música, tomarme una cerveza y ver a Estrella, la más joven de las últimas mujeres que habían llegado a trabajar allí. Estrella decía que tenía diecisiete, pero no serían más de catorce o quince los años que andaba dando vueltas por este mundo. Flaca y sin tetas pero con buen culo, los labios apenas delineados y los ojos rasgados, Estrella trabajaba como jugando, saltaba de mesa en mesa y bailaba y cantaba y nunca era seguro que aceptara irse a la cama con uno. Estrella me gustaba y, a punta de paciencia y buen humor, la fui cercando, la fui conquistando hasta lograr que me saludara con felicidad y que se sentara a hablar conmigo sin que hubiera oro de por medio. ¿Ya se va?, me preguntó cuando pagué la última cerveza. Sí, hoy me fue mal y mañana quiero madrugar a ver si encuentro algo. Quería pedirle una cosa. Sonreí. Tengo ganas de ir hasta Barbacoas. ¿A estas horas? Sí. Son dos horas de viaje. Ya lo sé, pero la noche está linda, mire la luna. ¿Y para qué quiere ir al pueblo? Para nada, sólo quiero ponerle unas pilas nuevas al radio, sintonizar una emisora de boleros y flotar por el río oyendo música triste y tomando ron. Buen plan, dije. Parar en una de las playas y hacer el amor con la luna mirándome, para que se ponga celosa, añadió. La miré y creí ver las imágenes del río en sus ojos. Revisé mis manos, cincuenta años lavando oro arrugan, cansan. Recordé la cara que había visto esa misma tarde ante el espejo, la cara que en ese momento veía Estrella, y supe que era la oportunidad que había estado esperando; aquella invitación era uno de los últimos placeres que iba a darme la vida. Bueno, contesté. Estrella me dio un beso y corrió a comprar las pilas y la botella de ron. La brisa está fresquita, va a ser un viaje muy rico, dijo cuando llegamos junto a la canoa. La miré de reojo, intentando rastrear en el short y en la blusa de tela raída una señal de su origen; sólo pude imaginar tristezas, y como no quería dañar la noche, decidí olvidar el pasado. Estrella se sentó en la única banca de la canoa y puso las pilas nuevas al radio. Arriba, sobre el barranco, se veían las luces del caserío y se escuchaba todavía una ranchera; junto a nosotros caían las sombras de los árboles mutilados que habían aguantado la última creciente del río y enfrente, iluminado por los reflejos de la luna, estaba el caudal tranquilo del Telembí. ¿Me deja remar?, preguntó Estrella. ¿Sabe remar? Sé mucho más de lo que se imagina, dijo, y me quitó el remo. Me senté al otro extremo de la canoa y saqué la botella de ron. ¿Quiere un trago? Claro, contestó ella. Me puse a verla remar. ¿Qué me mira? Nada, sólo la miro. Ah… La brisa le agitaba la blusa, la tela del short se le pegaba a las nalgas, a esas nalgas que eran lo único que tenía de mujer. Téngame el remo un momento, dijo de pronto. Cogí el remo. Quiero que me dé el viento, añadió y se quitó el short y la blusa. El brasier, a pesar de ser muy pequeño, seguía siendo grande para sus senos adolescentes, la brisa le alborotaba el pelo y tenía piel de gallina por el frío. Se va a agripar. No, siempre he navegado desnuda por los ríos, estoy acostumbrada, dijo y volvió a coger el remo. Preferí no mirarla más y me puse a buscar una estrella de las del cielo. Un rato después se cansó, me pasó el remo y se sentó. Era muy tarde, las chicharras se habían callado y la noche estaba quieta. Me sentía extraño, las manos me temblaban, tenía las venas brotadas y la verga impaciente. En aquella época culiaba poco, un polvo cada mes, de pronto un polvo cada quince días, pero ver a Estrella semidesnuda, con el radio en el brazo, moviendo la cabeza al ritmo de la música, ver su espalda morena todavía intacta y la tela de los cucos escondiéndose entre la carne de las nalgas me puso muy arrecho. ¿Usted no tiene hijos?, dijo de pronto. ¿Hijos? Sí, hijos. No. ¿Por qué? ¿No le gustan los niños? Sí, pero no ha habido con quien. ¿Pero ha querido tener hijos? Alguna vez. Yo podría ser su hija. De pronto. ¿Y si lo fuera? No lo es. Pero podría serlo. Sería una embarrada. ¿Por qué? Porque usted me tiene arrecho. ¡Qué bien! ¿Qué bien qué? Sentir que me desea, me gusta. Me quedé callado, intentando mantener al mismo tiempo el equilibrio de la canoa y el mío. ¿Quiere que hagamos el amor?, preguntó. Claro, le contesté. Yo también quiero. Pues paremos. No, todavía no. ¿Por qué? Quiero disfrutar de la brisa otro ratico. Volví a remar tranquilo, con la certeza de que ya no iríamos hasta Barbacoas, de que amaneceríamos satisfechos y abrazados en una playa. Tome otro trago, dije, y le alcancé la botella. Ella tomó un sorbo largo, puso la botella sobre la canoa y cogió la totuma de achicar, recogió agua y empezó a humedecerse el pelo. ¿Sabe por qué quiero estar con usted? La verdad no, ¿por qué? Quiero quedar embarazada. El ron que tenía en la boca se me atragantó. Con el cabello mojado, Estrella se veía aún más hermosa, los rizos le caían por la cara y los labios se le habían puesto morados por el frío. ¿Quedar embarazada? Sí. ¿Para qué quiere un hijo? Para cuidarlo y para no estar sola. ¿Y quiere un hijo mío o sólo quiere un hijo? Usted es buena gente, no estaría mal tener un hijo suyo. ¿Y si digo que no? ¿Va a decir que no? De pronto. Sería una lástima perder esta luna, este río, esta brisita; la noche está perfecta para estar los dos. Para estar los dos sí, pero no para hacer un hijo. Tampoco es seguro que vaya a quedar embarazada, nunca he quedado embarazada. Callé y seguí remando. Estrella tomó otro trago y subió el volumen a la música. ¿Por aquí quedan las dragas?, preguntó. Sí, allá adelante. Me gustan esas dragas. ¿Por qué? Es increíble verlas ahí detenidas, quietas en medio del barranco, se siente uno como en otro planeta, como esa gente que fue a la luna. Es verdad. ¿Cuánto llevarán ahí? Años. ¿Años? Sí, cuando llegué aquí ya estaban ahí, chupando oro. ¿Se pudrirán algún día? Me imagino que sí, pero se van a demorar, el hierro es duro. Entonces, ¿qué dice? ¿De qué? De nosotros. ¿De nosotros o del niño? ¿Le da miedo? No sé, estoy sorprendido. Si quedo embarazada me voy a vivir con usted. Eso sería una locura. ¿Por qué? Ya estoy viejo, se aburriría. De pronto no. Tendría que pensarlo. ¡Qué remilgado, cuántos mineros se morirían por una propuesta así! Tampoco sé si me está hablando en serio. Es en serio. Usted todavía es una niña, dije. Puede, pero conozco la vida y conozco a los hombres. Es más complicado de lo que uno cree; además, si lo piensa bien, usted no la pasa mal, vive de fiesta y sólo se acuesta con el que le gusta. ¿No quiere ni intentar? No creo que esté en edad de intentar nada. Usted no es viejo, es un hombre alegre, más joven que muchos otros. Tal vez, pero no tanto como usted. Que mal que sea tan complicado. Es que, la verdad, no sé qué contestar. No conteste, sólo hagamos el amor a ver qué pasa. Paré de remar, necesitaba otro trago. Me gustaría que lo hiciéramos bien rico, con tranquilidad, pensando que si quedo embarazada va a estar bien, que no a va a ser problema. Tomé el trago. Ella volvió a la música, se recogió y se abrazó las piernas. Está haciendo frío, póngase la ropa. No quiero, me gusta estar así. Hágalo por mí, así puedo remar más tranquilo. No quiero que reme más tranquilo, quiero que esté muerto de ganas de hacerme el amor. Ganas tengo, pero sin hijos. Olvídese de los hijos, dijo y empezó a llorar. Por favor, Estrella, no me haga esto, vamos a dañar el momento. No se preocupe, en un rato se me pasa, dijo ella. Me puse a remar con fuerza, tratando de sintonizarme con la noche, intentando ver los animales que beben en las orillas y que, cuando presienten un peligro, huyen. No se ponga triste, comprendo que no le guste mucho mi idea, no soy boba, dijo un rato después. Me quedé mirándola, allí, desprotegida, semidesnuda, oyendo canciones de amor, y pensé que el bobo era yo, que no valía la pena amargarse, que debía complacerla, que si quedaba embarazada y se iba a vivir conmigo no iba a durar, pero al menos habríamos tenido un tiempo para los dos. Pensé que si nunca había dejado embarazada a ninguna mujer tal vez no podía tener hijos y que tener o no tener hijos no tenía en verdad tanta importancia. ¿Le gusta ese bolero?, pregunté. Sí, me gusta mucho. ¿Por qué? Está muy bien que un hombre diga que no puede ni respirar sin uno. ¿Tener un hombre a punto de asfixiarse le parece romántico? Sí, eso se llama amor, pero se ve que usted no entiende. ¿No entiendo? No, tal vez por eso la vida no le ha dado hijos. ¿Y si le digo que sí, que hagamos el amor y que si queda embarazada nos vamos a vivir juntos…? ¿Lo dice en serio? Sí. ¿De verdad? De verdad. Me haría muy feliz. Pues hagámoslo, paremos en la siguiente playa y que sea lo que Dios quiera. ¿No lo dice sólo porque está arrecho? No. ¿Seguro? Como usted misma dijo, cualquiera estaría encantado con esa propuesta. Entonces, ¿por qué dudó tanto? Usted me agarró desprevenido. ¿Y ya se le pasó el susto? Sí. ¿Seguro? Segurísimo. ¿Le gusto de verdad? Usted sabe que sí. ¿Me quiere? Podría decirse. Yo sé que me quiere, siempre lo he sabido. Me está haciendo sentir como un niño. Es mejor sentirse como un niño que sentirse viejo. Eso sí. Bueno, paremos, pero escoja bien la playa. ¿Por qué bien? Para que nadie nos vea, quiero que esta noche sea bien íntima. A estas horas, no creo que haya nadie. Siempre hay alguien, pescando o simplemente mirando el río como hace usted cuando no le da sueño. Tampoco es mucha la gente que no puede dormir. Uno nunca sabe. Paremos en la playa que hay junto al barranco, esa playa me gusta, propuse. Esa está bien, es medio peligrosa, una buena playa para el amor. Estábamos cerca, empecé a remar más tranquilo. ¿Por qué apaga el radio? Quiero estar sola con usted, sin música. ¿Me quiere enamorar por completo? Le brillaron los ojos. Es muy bonito, dijo. Sí, este río es muy bonito. No hablaba del río, hablaba del amor. Ah, perdone. No es nada, ya lo conozco. ¿Y si no la quisiera? No importa, yo lo quiero y me quedaría un hijo de un hombre que quise. ¿De dónde saca esas ideas? De ninguna parte, están ahí, salen solas. La abracé por la espalda. Ahí está la playa, dijo ella. Llevé la canoa a la orilla y mientras la ataba a un árbol, Estrella se zambulló. Me quedé mirando los cucos y el brasier que dejó tirados y pensé que para cualquiera podían ser dos prendas sucias e insignificantes pero que, en ese momento, le daban sentido por completo a mi vida. Báñese conmigo, el agua está rica. Me desnudé, entré en el río y fui dejando que el agua me mojara los pies, las rodillas, las nalgas, y cuando el agua estuvo más arriba de mi cintura llegué junto a Estrella e intenté abrazarla. Estrella se escabulló y empezó a jugar, a mojarme el pelo, a dar vueltas a mi alrededor. La perseguí y cuando la alcancé, me abrazó y empezó a besarme. Me sentí joven, sentí deseos de tener esa mujer en mi casa y de bañarme con ella todas las noches y hasta sentí ganas de hacerle el hijo que me había pedido. Salimos del agua, me tiré en la playa y ella se arrodilló a mi lado y empezó a acariciarme la verga. La dejé jugar un rato y después la agarré con fuerza, la tiré sobre la arena y me monté encima de ella. Estrella dio un gemido fuerte, casi se colgó de mí y yo me quedé quieto, respirándola, dejando que de verdad la luna tuviera tiempo de vernos. Ella me soltó y empezó a probar posiciones, la dejé hacer y la sentí perdida quién sabe en qué sueños mientras disfrutaba de su aliento a ron y del fuerte olor a sexo. Cuando ella se cansó, la puse bocabajo, con la mirada hacia el barranco y me puse detrás de ella y volví a entrar. Ella empezó a gemir y yo iba entrando y saliendo cuando ella dijo: ¡El niño, el niño! Excitado, repetí: Sí, ¡el niño!, ¡el niño!, pero ella se apartó. Intenté cogerla de las caderas para volver a entrar, pero Estrella fue más rápida y logró ponerse de pie. ¡El niño, el niño!, repitió Estrella. Todavía borracho por la excitación, levanté la cabeza y vi a ese niño flaquito y mechudo tirado sobre la arena. Estrella corría en dirección a él y yo apenas pude recobrar el aliento y preguntarme: ¿de dónde habrá caído ese pelao?

quisiera y no quisiera...

Desperté en una hamaca, cubierto por una sábana manchada de sangre, con dolor hasta en las uñas y con un principio de infección en la pierna que me había mordido el perro. A mi lado había una muchacha con cara de niña y un hombre envejecido que me miraba con la misma cara de asombro con la que a veces me miraba mi papá. La mujer sonrió al verme abrir los ojos, empezó a dar gracias a Dios y a besar al minero. Ni muriéndose puede uno estar lejos del besuqueo, pensé incómodo. ¿Qué pasó, mijo, quería volar?, preguntó el minero. Ojalá pudiera volar, contesté. Todos queremos volar alguna vez, dijo la muchacha. Sí, pero no nos tiramos por un barranco, sonrió el minero. Me caí, aclaré. Todos nos caemos alguna vez, dijo la muchacha. Pues sí, dijo el hombre y la acarició. ¿Qué te pasa, por qué andabas por ahí tan solito?, preguntó la muchacha. Nada, contesté. Algo te pasa, dijo ella. Nada, repetí, pero no pude evitar que la voz se me quebrara y que los ojos se me llenaran de lágrimas. Un rato después, mientras tomábamos un caldo de pescado que preparó Estrella, así se llamaba la muchacha, me sentí más relajado y empecé a contarles mis desventuras. Les expliqué por qué quería irme de Barbacoas y les pedí el favor de que me dejaran vivir con ellos mientras me curaba y recobraba las fuerzas necesarias para seguir mi viaje. No, contestó el minero hablando con un tono de voz y una convicción que volvieron a recordarme a mi viejo. ¿No le vas a ayudar a un pobre niño?, preguntó Estrella. Claro que le voy a ayudar, dijo el minero. ¿Entonces?, insistió Estrella. Voy a llevarlo a Barbacoas. No quiero volver allá, intervine. No vamos a subirlo en una canoa, todavía está malito, dijo Estrella. Peor estaba cuando lo trajimos hasta aquí y no le pasó nada, repuso el minero. Pobrecito, dijo Estrella, él no quiere volver por allá, no tenemos derecho a obligarlo. Sí, no quiero volver, insistí. Eso se lo dices a tu tía, dijo el minero. Déjelo aquí unos días, yo lo cuido, dijo Estrella. No, lo mejor es que regrese a su casa, decidió el minero. Pero ¿por qué?, insistió Estrella. La tía y la demás gente del pueblo deben de estar muy preocupados. Dejémoslo aquí al menos esta noche. El hombre miró a Estrella. Bueno, pero sólo esta noche, dijo. Fue una noche bonita, disfruté de esa paz triste que solía darme la selva, del rumor y la brisa del río y de las charlas y los juegos tramposos de Estrella. Asomaba el amanecer cuando nos subimos a la canoa y empezamos a sortear la corriente del Telembí. El vaivén de la embarcación, los brazos firmes del minero sobre los remos y la brisa pegándome en la cara me hicieron recordar los viajes que había hecho con mi papá, y me entró una tristeza imposible de esconder. Al verme triste, Estrella empezó a hablar, a contar de dónde era, cuántos hermanos tenía y cómo había llegado hasta el caserío donde había conocido al minero. No recuerdo la historia, pero era cruel y Estrella la contaba con tantos detalles y suspenso que se me fueron los malos recuerdos y el viaje se me hizo corto. Más nos demoramos en amarrar la canoa y en poner un pie en el embarcadero de Barbacoas, que en armarse un terrible revuelo a mi alrededor. Nadie más famoso en un pueblo que un bobo, un ladrón o un huérfano. Un pescador me reconoció y corrió a avisarle a Cristinita. Un par de minutos después la vi venir bufando, con la respiración chapaleándole por el calor, corriendo a la máxima velocidad que podían alcanzar sus pies pequeñitos y dejando que la mayoría de carnes redondas y blanquecinas que le forraban los huesos se movieran a un solo ritmo. Frenó en seco haciendo un hoyo en la arena, me alzó, me abrazó y empezó a besarme. Fue horrible, Cristinita estaba llorando y no sólo me besaba con su babosería habitual, sino que me mojaba la cara con las lágrimas. De Cristinita me salvaron Ofelia, el tío y Quique. Se cayó de un barranco, repitió Ofelia y miró a Cristinita con rabia cuando el minero terminó de contar cómo me había encontrado. Muchas gracias, dijo el tío, y apretó la mano del minero en un intento de evitar que Ofelia fuera a empezar una riña ahí mismo. Muchas gracias, sollozó Cristinita, y le estampó un beso al pobre minero ante la mirada perpleja de Ofelia y la mirada divertida de Estrella. Bueno, nos vamos, intervino Ofelia, y me cogió de la mano. ¿Para dónde?, ripostó Cristinita, y se nos atravesó. Pues para mi casa, contestó Ofelia. El niño vive conmigo, dijo Cristinita. ¿Para qué lo quiere, para dejar que se caiga por otro barranco?, atacó Ofelia. Ya sé que me equivoqué, pero tengo derecho a reparar mi error, respondió Cristinita, y me agarró de un brazo. Ofelia me jaló hacia ella y Cristinita se mantuvo firme. Asustado por la pelea y todavía más adolorido por los tirones de las mujeres, me puse a llorar. ¿Por qué no lo deja en nuestra casa un par de días?, al menos mientras se tranquiliza, medió el tío. Cristinita negó el permiso y se arrodilló ante mí. Perdóname, por favor, pidió con lágrimas en los ojos. Pobrecita, venir desde tan lejos sólo para que la desprecies, intervino Estrella. Miré a Cristinita y supe que la tristeza que tenía en los ojos era sincera, y miré a Ofelia y me acordé de lo rico que cocinaba y no supe qué decidir. Ve con tu tía, mi amor, se ve que te quiere mucho, insistió Estrella. Bueno, voy con usted, dije a mi tía, pero no quiero que me dañe mis juguetes. Cristinita me abrazó. Me apretó durísimo sin recordar que tenía el cuerpo destrozado por la caída. ¿Me prometes que si estás triste vas a visitarme?, preguntó Estrella. Te lo prometo, le dije y ella me dio un beso que no me molestó tanto como los besos de Cristinita. Tienes que dormir bien y reposar, dijo mi tía apenas entramos a la casa, y me acomodó en la cama. Me sentí bien cuando me cubrió con la sábana y mis músculos se relajaron por primera vez en muchas horas y dejaron que el sueño los invadiera. Soñé con un viaje a unas tierras parecidas a las que rodeaban Pasto, había también un volcán, un río, y una cabaña donde Estrella, Ofelia y Cristinita cultivaban una huerta y se disputaban arreglar la casa y cocinar para mí. Desperté feliz, un chorro de luz entraba por la ventana y en el patio de la casa las golondrinas cantaban llamando el atardecer. Abrí un ojo y supe que Cristinita estaba junto a mí. Volví a cerrar el ojo mientras decidía cuál era la mejor manera de saludarla. Mi tía, que se dio cuenta de que estaba despierto, me hizo las cosas más fáciles. Empezó a acariciarme el pelo, a hablarme en voz baja. La sensación me gustó, enredaba las yemas de sus dedos en mis cabellos con un cariño y una dulzura que nunca había conocido, mientras susurraba que estaba feliz de tenerme y afirmaba que me iba a cuidar tan bien como lo hubiera hecho mi propia madre. Cuando sentí que se levantaba para salir de la habitación, abrí los ojos. Hola, dije como si acabáramos de conocernos. Hola, mi amor, dijo ella, y esta vez la palabrita me sonó mejor. No te vayas a mover, quédate quietico. ¿Por qué?, ya me cansé de estar acostado. Bueno, dame un segundo te alcanzó otra almohada y te sientas. La miré con miedo, ¿y si me acostumbraba a tenerla cerca y después desaparecía? Cristinita me trajo la almohada, me pasó la mano por la mejilla y corrió a la cocina. El cuarto estaba ordenado y olía tan rico que no daban ganas de salir de allí. Un caldito para que te mejores, dijo Cristinita mientras me alcanzaba la bandeja. Estaba delicioso y mi estómago, que estaba igual de confuso que yo, terminó por entender que habíamos vuelto a casa. ¿Te gustó? Le respondí con una sonrisa. ¿Qué te duele? Todo, contesté, porque en parte era cierto y porque había descubierto que estar enfermo podía traerme ventajas. Te voy a preparar un baño con árnica y verás que se te pasa el dolor y te mejoras más rápido. Cristinita volvió a la habitación acompañada de un platón, echó agua caliente, añadió el árnica, me bajó de la cama y me metió en el platón. Después se arrodilló y con una totuma empezó a mojarme los hombros y la cabeza. Sentí rico, me gustó el calorcito del agua tibia al bajar por mi piel, el cariño con el que mi tía me revisaba cada rasguño y la suavidad de sus manos al frotarme y masajearme el cuerpo. Quiero que estés bien, que sepas que te quiero y que vine a llevarte a Bogotá para asegurar tu porvenir, dijo de pronto. Asentí con la cabeza, pensé que había aparecido otra vez la palabra porvenir y de nuevo me dio miedo. Ella me envolvió en la toalla, me secó y me hizo la curación de la mordedura del perro. ¿Me puedo mecer en la hamaca? Claro, dijo ella. Al pasar por la sala descubrí que Cristinita había vuelto a armar el castillo y el barco pirata. ¿Quedaron bien?, preguntó. No pude contestarle, tenía un nudo en la garganta. Cristinita repitió la pregunta. Los ojos se me llenaron de lágrimas, ella me imitó y sumó a las lágrimas un abrazo que, por primera vez, más que incomodarme, me hizo sentir protegido. Esa tarde fue a visitarme Quique, se rió cuando le conté lo de la fuga y el incidente con los perros. Al anochecer llegaron el tío Martín y Ofelia, y también ellos estaban más relajados. Cuando se fueron, Cristinita me llevó a la cama, prendió una vela y me leyó un libro llamado *El Principito*. Era inteligente aquel principito, viajaba solo, se encontraba gente rara de la que no sentía miedo y no le ponía mucho cuidado al asunto del porvenir. Cerramos el libro, las aventuras del principito quedaron aplazadas hasta el otro día y Cristinita dijo que estaba agotada y necesitaba un buen baño. La frase habría pasado inadvertida si Cristinita no se quita el vestido, el brasier y los cucos, camina hasta la cómoda, busca una toalla, se enrolla en ella y sale rumbo al baño. Era la primera vez que una mujer no me espantaba antes de desnudarse y esa desnudez tan tranquila y natural terminó por hacerme perder el miedo, por hacerme sentir que tenía un hogar. Me preguntaba si estaba bien que uno viera a la mamá desnuda, cuando mi tía salió de la ducha y me resolvió la pregunta. Desnuda, se sentó a arreglarse las uñas de los pies. Me sentí en otro mundo, de pronto la vida era suave, nadie gritaba, el aire olía a perfume y no había ningún problema si la gente quería estar sin ropa. Después de arreglarse los pies, Cristinita sacó unas cremas de la maleta y empezó a untárselas. Una para las manos, otra para los párpados, esta para el cuello y otra para la cara. Acabó de encremarse, se puso una piyama que tampoco le cubría mucho y se metió en la cama conmigo. Me encantó su olor, sentí alegría del calorcito que me daba y, cuando me abrazó, supe para qué servía tanta crema porque quedé perdido entre la suavidad de su piel. Dormí tranquilo y volví a soñar con el mismo volcán, la misma cabaña y la misma huerta. Al otro día, cuando desperté, me quedé mirándola. ¿Se parecería a mi mamá? ¿Eso era tener una mamá? Todavía no creía que esa mujer fuera a ser mi compañía de ahí en adelante. Al ver que no la abrazaba, Cristinita me jaló de nuevo hacia ella. Duerme otro ratico, mi vida, murmuró. Me dejé abrazar, la dejé enconcharse alrededor mío, que metiera la mano entre mi pelo y dejé que la tibieza y la respiración de ella me volvieran a poseer. Fueron semanas muy bacanas, jugaba con Quique todo el día, me bañaba al anochecer y comía lo que Cristinita me preparaba. Después ella repetía el ritual de las cremas, se acostaba a mi lado, me abrazaba y nos quedábamos dormidos al mismo tiempo como si fuéramos una sola persona. Me empecé a sentir tan feliz en brazos de Cristinita que un par de noches, cuando mi tía aceptó una invitación de Ofelia y el tío para ir a bailar, no pude dormirme hasta que ella regresó. Los domingos organizábamos paseos al río y jugábamos fútbol y ponchados y comíamos sancocho. En menos tiempo del que creía, me acostumbré al besuqueo de Cristinita y hasta me empezó a hacer falta que me besara. Pero, entre tanto paseo, tanta visita y tantas noches compartidas, se acabó el tiempo que mi tía podía estar en Barbacoas. Una mañana me encontré parado en la puerta de mi casa, acompañado de dos maletas y viendo cómo mi tía le echaba llave a la casa donde habíamos aprendido a ser una familia. El tío Martín, Ofelia y Quique vinieron a ayudarnos a llevar las maletas hasta la flota que nos iba a llevar a Pasto y de allí a Bogotá. Barbacoas estaba silencioso, era temprano y en las calles flotaba esa melancolía que cubre los amaneceres de los pueblos donde se baila, se toma licor y se escucha música toda la noche.

Caminé detrás de mi tío y por un momento volví a preguntarme si era bueno irme. Los viajes con mi padre habían terminado mal y volví a sentir miedo, pero, como si adivinara mis dudas, mi tía me apretaba la mano y lograba trasmitirme seguridad. Me lo cuida, dijo Ofelia a Cristinita cuando el chofer encendió el motor y ordenó a los pasajeros subir al bus. Este niño es mi vida, contestó Cristinita. Suerte, pelao, me dijo el tío Martín y empezó a despeinarme. Despeinado, me paré frente a Quique. ¿Me va a ir a visitar?, le pregunté. ¿Para qué?, si en Bogotá no hay sapos ni pájaros, contestó. Sí hay, dijo Cristinita, yo he visto muchos. Entonces sí, dijo Quique. Listo, lo espero. Gracias por la comida tan rica, le dije a Ofelia. Aquí tiene una casa, mijo, nunca se olvide de eso. Mientras no me grite, me atreví a decir. Si no se lo busca, contestó ella. Bueno, igual con lo rico que cocina cualquiera vuelve, intervino mi tía. Eso espero, dijo Ofelia y sonrió. El chofer pitó y Cristinita se apuró a repartir besos. Subí a la flota, me acomodé en un asiento y cuando la flota se movió y el mundo empezó a convertirse en una postal, me di cuenta de que el tío, Ofelia y Quique se habían puesto a llorar.

el arranque era de mano,
el freno frenaba un poco retrasado…

Mire, mija, su simca, dijo Agustín cuando volteamos la esquina de la Caracas con Cuarenta y cinco y vimos que los encapuchados que acababan de pintar consignas comunistas en el muro de un almacén de alfombras se subían a un carro igualito al que él me había regalado de Navidad. Seguro se lo robaron para ponerse a hacer fechorías, dijo Agustín. «Oligarquía vendepatria», alcancé a leer mientras Agustín aceleraba en dirección al simca. ¿Qué hace? Pues seguirlos, no voy a permitir que dañen el muro y mucho menos que me roben el carro. Está loco, llame a la policía y avíseles, dije. Le recuerdo que soy policía. Pensionado de la policía, le respondí. Mientras me bajo a llamar ya se han escapado, dijo y aceleró más. Ni siquiera sabemos si es nuestro carro, no sea terco. Es nuestro carro, mire la calcomanía que tiene pegada en el vidrio trasero. Agustín, dije, esa calcomanía está de moda, la tienen en el mismo sitio todos los carros de Bogotá. Ese es nuestro simca, puedo jurarlo. Me agarré del asiento y empecé a rezar; conocía a Agustín y sabía muy bien cuándo era inútil discutir con él. Subimos por la Cuarenta y cinco y salimos a la Treinta. Era un domingo de madrugada, la ciudad estaba desierta; nosotros andábamos a esas horas por la calle porque a Hernandito, mi hermano mayor, le había dado un ataque cardiaco y acabábamos de dejarlo hospitalizado en la Clínica de Marly. Alcánceme el revólver que hay en la guantera, pidió Agustín. ¿Para qué? Pues para dispararles, ya casi los tengo a tiro. Alcé la cara y vi el simca que perseguíamos unos cincuenta metros adelante de nosotros. No, no quiero que empiece a dispararle a nadie. Rápido, mija, que pierdo el chance. A la velocidad que va, si me suelto de la silla me voy de cara. Por Dios, Inés, sólo tiene que estirar la mano y alcanzarme el revólver. Ya le dije que no quiero que le dispare a nadie, insistí. Agustín, que también me conocía y sabía cuándo era inútil discutir conmigo, soltó una mano del volante, abrió la guantera y estaba a punto de coger el revólver, cuando los hombres que perseguíamos nos dispararon. No sé si el tiro pasó cerca o pasó lejos, pero casi me mata del susto. Tome, tome, dije y le entregué el arma. Tenga la cabrilla, me dijo Agustín. ¿Está loco?, ¿se le olvido que todavía no sé manejar? Sólo téngala derecha, vamos por una avenida. Me da miedo. ¡Inés!, gritó Agustín. Cogí el volante. Agustín sacó la mano por la ventana y empezó a disparar. Del carro que perseguíamos respondieron de nuevo con disparos. ¡Dios mío!, grité y solté la cabrilla. ¡Maldita vida, Inés!, chilló Agustín mientras nuestro carro corcoveaba y se subía al andén. Agustín soltó el revólver, cogió el volante y evitó que nos estrelláramos contra una caseta de dulces. ¿Sí ve?, le dije, ¡casi nos matamos por su culpa! Treinta años casada con un policía y no ha aprendido a controlar los nervios, dijo Agustín mientras aceleraba y volvía a acercarse al simca. Me agaché, si Agustín quería hacerse matar, problema de él, pero no quería morirme esa noche, tenía dos hijos y quería cuidarlos y responder por ellos. Se les acabó la munición, dijo Agustín cuando vio que no volvían a disparar sobre nosotros. Mejor, dije y volví a ponerme derecha en la silla. Ahora sí los voy a joder, dijo Agustín y empezó a acelerar y a recortarles terreno. Estábamos a punto de alcanzarlos cuando los encapuchados giraron por la Diecinueve hacia el occidente. Agustín también giró. Los encapuchados se metieron en la Zona Industrial y empezaron a dar vueltas y vueltas a ver si podían despistarnos, pero Agustín conducía muy bien y los hombres no lograban dejarlo atrás. Llegábamos a la Avenida de las Américas, muy cerca de la carrilera, cuando oí el tren. Los encapuchados se saltaron la barrera de contención. ¡Hijueputas!, me van a acabar el carro, dijo Agustín y también se saltó la barrera de contención. ¡Virgen santísima!, grité y cerré los ojos al ver que una locomotora se nos venía encima. Nos salvamos por milímetros. Los hombres, que habían disminuido la velocidad, debieron de quedar medio tontos al ver a Agustín pasar delante del tren porque al llegar a las Américas no vieron el camión que subía por la avenida. ¡Se mataron!, exclamé al ver y oír el terrible tortazo. ¡Malparidos comunistas!, ahora sí me acabaron el carrito, dijo Agustín mientras frenaba e impedía que nos estrelláramos contra los estrellados. Me quedé mirando los dos carros chocados y de entre las latas arrugadas del simca y de un montón de botellas de leche rotas vi salir a los dos encapuchados. ¡Quedaron vivos!, dije sorprendida. Ahora sí van a ver estos malparidos, dijo Agustín y se metió al potrero por el que intentaban huir los encapuchados. No siga con esto Agustín, ¡déjelos!, grité, porque tuve un mal presentimiento. Agustín no me escuchó. Mejor lo sigo, no vaya y sea que haga una locura, pensé. Pasé por encima de los vidrios y la leche derramada y me metí también al potrero. Uno de los muchachos cojeaba y el otro lo jalaba y le gritaba que se apurara, que los iban a agarrar. El que gritaba se detuvo un instante para coger al herido por la cintura, pero no pudo ayudarle porque el otro trastabilló y, al perder el equilibrio, hizo que los dos cayeran al suelo. ¡Malparidos, hasta aquí llegaron!, gritó Agustín y empezó a darle patadas al primero que encontró. Llegué junto a ellos y el corazón se me aceleró y sentí que me iba a morir. ¡No dispare, Agustín, no dispare! Déjeme, este cabrón se tiene bien ganado un tiro, dijo Agustín y apuntó. Desesperada, le agarré la mano y le hice errar el disparo. ¿Qué le pasa?, chilló Agustín y se sacudió y logró tirarme sobre el pasto. Al ver que Agustín volvía a apuntar, me tiré sobre el encapuchado al que apuntaba. ¡Está loca, está loca!, gritaba Agustín, mientras yo le arrancaba la capucha al muchacho. ¡Por Dios!, dijo Agustín cuando el rostro quedó al descubierto. Mire, mire, dije. ¿Y el güevón del Marcos qué hacía pintando esas maricadas?, dijo Agustín al descubrir que era el mayor de nuestros hijos. No sé, contesté y corrí a quitarle la capucha al otro. ¡Mario!, dijo Agustín al verlo. Gracias señor, agradecí y me senté sobre el pasto a tomar un poco de aire. Debería matar a estos dos hijueputas, no merecen ser mis hijos, dijo Agustín y se sentó a mi lado.

¿a quién, a quién no le gusta eso?

Cristinita trabajaba en una escuela del barrio San Jorge, veinte cuadras al sur de la calle donde había muerto Botones. Tres días después de llegar a Bogotá, sonó un reloj despertador, Cristinita se desperezó, dio un salto para salir de la cama, me levantó, me empujó hasta el baño, me duchó con agua fría y me refregó con un estropajo como si en lugar de tener algo de mugre tuviera encima todo el barro de Barbacoas. Ya desmanchado, me vistió con mi mejor ropa, me sirvió jugo de naranja, huevos pericos, pan francés y chocolate. Lávate bien los dientes, ordenó mi tía mientras se estacionaba junto a la puerta del baño ansiosa por peinarme, enfundarme en una chaqueta y envolverme el cuello en una bufanda de lana. El sol rompía el cielo bogotano y asomaba sobre la cresta de los cerros al tiempo que de los mismos cerros bajaba un viento helado que me entumecía la cara, las orejas y las manos. Eran apenas las siete de la mañana, Cristinita me cogió de la mano, me hizo correr, saltar y hacer piruetas entre los buses y los carros y conseguimos llegar vivos al otro lado de la Caracas. Subimos por la Cuarenta y cinco, pasamos junto a una fama, una carbonería y la panadería San Carlos hasta llegar a la esquina donde la Cuarenta y cinco se partía en dos y formaba una isla sobre la cual quedaba la Concentración Escolar Antonio Ricaurte. Al ver a Cristinita, un grupo de niños se arremolinó a su alrededor y empezó a preguntarle quién era yo. Mi sobrino, contestaba Cristinita con orgullo y los niños me miraban como si fuera un dios, o, como mínimo, un extraterrestre. ¿Qué pasará?, me preguntaba intimidado porque aún no había descubierto que mi condición de sobrino de una profesora me iba a servir para compartir las onces de la mayoría de alumnos y para evitar los golpes que debían soportar los demás. No está mal esto de estudiar, concluí unos meses después cuando le había cogido la práctica a leer, a sumar, a restar y a jugar con mis amigos en el patio de la Antonio Ricaurte. Era rico ir a la escuela, jugar fútbol con Pataepalo y Martínez, buscar desesperado el balón mientras Pataepalo me empujaba y hacía zancadillas y yo trataba de mantener el equilibrio porque, si me caía, Pataepalo tendría el camino libre para marcar el gol y Martínez iba a volver a repetir una y otra vez que jamás volvería a jugar conmigo en el mismo equipo. Me gustaba pedir las llaves de la pequeña biblioteca de la escuela a mi tía y sentarme con mis amigos a ojear unos libros ilustrados con mapas y fotos de lugares lejanos que había donado a la escuela el consulado de un país extranjero y que el director, aparte de nosotros, no dejaba que nadie más tocara. Y también me gustaban unas cuantas niñas, sobre todo Ana María Henao, una monita que llegó una mañana de abril, se sentó sola en uno de los bancos de la primera fila, nos enamoró a todos con la negativa de saludarnos y sus inquietantes ojos azules y que, igual como llegó, desapareció un día triste de junio. La escuela me entretuvo; sin embargo, con el paso del tiempo, cuando el cariño, los besos y la deliciosa sazón de Cristinita se me volvieron rutinarios y cuando leer, sumar y restar dejaron de ser una novedad, empecé de nuevo a sentirme triste. ¿Qué te pasa?, me preguntaba Cristinita, y yo era incapaz de contestarle. Ella me alzaba, me besaba, me consentía y trataba de hacerme reír, pero sólo conseguía que llorara más. A veces, cuando estaba en la escuela y veía los golpes que les daban los maestros a los niños o los golpes que les daban los niños a los otros niños, o cuando salía al patio y me sentía perdido entre las carreras y la gritería de mis compañeros, la vida se me deshacía entre malos recuerdos y sentía deseos de salir corriendo de allí, de volver junto a Quique, de estar cerca de la tumba de mi papá y de sentir el calor, la libertad y el horizonte abierto que el río Telembí les daba a las calles de Barbacoas. Aquella tristeza habría terminado por destruir mi vida junto a Cristinita si no hubiera aparecido la revolución. Era noviembre, había cumplido ocho años, las clases estaban a punto de acabarse y la escuela estaba reunida en el patio para ver la final del campeonato interescolar de microfútbol. Jugaban los profesores de mi escuela contra los de una escuela lejana, desconocida y, por tanto, enemiga. El partido iba bien, estábamos felices y, a cinco minutos del final, ganábamos por un gol. Los del otro equipo empataron. Un minuto después, un jugador del equipo contrario se escapó y quedó mano a mano con nuestro arquero. El arquero se tiró a los pies del contrario y le quitó el balón sin tocarlo, pero el jugador del otro equipo se tiró al piso y simuló una falta. Penalti, señaló el árbitro. ¡No, no, no!, gritó nuestro arquero y empezó a reclamar mientras que los otros jugadores, los alumnos y profesores empezábamos a chiflar para apoyarlo. El árbitro expulsó a nuestro arquero y, ante la provocación, los maestros de mi escuela asaltaron el campo y lo rodearon. Los maestros de la otra escuela también saltaron al campo y se encararon con los de la mía. Eres un malparido, le gritaban los de mi escuela al jugador que había simulado la falta. Sean justos, fue falta, contestaba el tramposo. La discusión aumentó, y unos y otros empezaron a empujarse, a darse puñetazos y patadas. Mi tía, a pesar de ser la más chiquita de las maestras, estaba en primera línea de combate; gritaba, maldecía y saltaba al cuello de cuanto enemigo se encontraba. El tropel habría tenido consecuencias fatales si el director de la escuela no se hubiera hecho a un megáfono y empezado a amenazar a los maestros con despedirlos del trabajo si seguían dando mal ejemplo a los alumnos. La batalla campal se detuvo, pero mi tía siguió gritando y repartiendo patadas sin que nadie pudiera contenerla. De la multitud salió un flaco de gafas, la abrazó por detrás y empezó a arrastrarla para sacarla del campo de juego. ¡Déjeme, déjeme!, gritaba Cristinita. Al llegar junto a uno de los arcos, mi tía dejó de revolverse y el flaco la soltó; se sacudió como una gallina, giró sobre sí misma, encaró al flaco y le pagó el pacifismo con una tanda de maldiciones, arañazos, puñetazos y patadas. El flaco hacía fintas para evitarla mientras le pedía que por favor respirara hondo, contara hasta diez y se tranquilizara. El público, que ya había vuelto a las improvisadas tribunas, empezó a chiflar de nuevo. Al ver que estaba haciendo el ridículo, mi tía se detuvo. Vamos a tomar una gaseosa, le propuso el flaco. Una gaseosita para que se relaje, gritó alguien entre el público. La carcajada fue general y a mi tía no le quedó más opción que sonreír y aceptar la invitación. El hombre se llamaba Marcos Durán y no sólo era tranquilo y caballeroso, sino también estudiante de arquitectura, buen conversador, amigo de los profesores de la otra escuela y, para más señas, comunista. Bueno, con el tiempo aprendí que comunista, exactamente comunista, no era; Marcos «no comulgaba con el revisionismo de la Unión Soviética, al contrario, seguía la línea china dictada por el presidente Mao y era militante activo de un partido de izquierda, el Movimiento Obrero, Revolucionario e Independiente, MOREI». A mi tía le gustó la carreta de Marcos Durán y decidió seguirle la cuerda y hacerse militante del MOREI. Marcos empezó a visitar nuestra casa, a llevarnos libros, periódicos y revistas sobre temas sociales y a invitarnos a unas reuniones en las que se hablaba de la injusticia, de la represión, de la lucha de clases y «del inevitable advenimiento del socialismo». Gracias a Marquitos empezamos a ir a mítines, manifestaciones y protestas; oímos cantar temas sociales a un grupo llamado El Son Popular y asistimos al estreno de *La agonía del muerto*, una divertida obra de teatro que representaba un grupo llamado, no podía ser de otra forma, El Teatro Libertario. Con tanto trabajo por hacer, tanta gente generosa por conocer, tantos buenos propósitos por cumplir y tanta historia y filosofía por masticar, me empecé a olvidar de mis tristezas repentinas y fui dejando atrás las nostalgias por Barbacoas. La revolución se metió en mi sangre, el amor por el río Telembí se me convirtió en admiración al Yangtsé, un río que aparecía siempre en las fotos de las revistas *China Reconstruye* y *China Revista Ilustrada* y que era el río que el presidente Mao solía pasar a nado para darle ejemplo de fortaleza a la gran nación oriental. Olvidé las excitantes cacerías de sapos que había compartido con Quique por la lectura de *Las semillas y otros cuentos*, un librito de narraciones edificantes que se convirtió en mi Biblia particular y gracias al cual me enteré de que existían las estaciones y que en el mundo había una fruta llamada albaricoque. Aún ahora recuerdo los primeros días de militancia de mi tía en el MOREI como una época maravillosa. Vivíamos rodeados de un montón de gente que se preocupaba por el presente y el futuro de los demás, que discutía sobre cómo construir un mundo mejor, que estaba dispuesta a dar la vida por una causa y que, además de eso, me tenía cariño y creía que mi orfandad, más que una tragedia irreparable, era la fuerza que iba a convertirme en un gran revolucionario. No habían pasado ni tres meses desde la aparición de Marcos Durán, y mi tía y yo nos habíamos hecho a una rutina revolucionaria. Salíamos de la escuela, almorzábamos, íbamos a la sede que el MOREI tenía en el barrio San Carlos, nos encontrábamos con otros militantes y salíamos a recorrer los barrios de los alrededores. Eran barrios pobres donde se iban instalando las gentes que la violencia y la pobreza del campo obligaban a huir a la ciudad y donde, decían los compañeros, «estaba el terreno abonado para concienciar a las masas e involucrarlas en la construcción del cambio». Los sábados asistíamos a reuniones de estudio, donde se discutían las ideas de Marx, Engels, Lenin y Mao y donde se trazaban estrategias para conseguir que el MOREI creciera y lograra un fuerte arraigo popular. Nunca he sido bueno para las teorías y siendo un niño mucho menos, pero estaba tan feliz que me entusiasmaba todo lo que oía y de tanto oírlo me lo aprendía de memoria. Así supe que nada en este mundo era peor que ser trotskista, que Albania estaba del lado de los chinos, que eran los buenos, y que Kruschov había sido un enano calvo y traidor. De pronto, la vida era formidable, vivía en un mundo de ensueño, una especie de Disneylandia comunista, donde la realidad estaba hecha con fábulas, personajes heroicos, bandidos sanguinarios y donde no faltaba ni siquiera un tío rico de verdad. Se llamaba Felipe Sáenz Escobar, era nieto de un ex presidente de la República, militante acérrimo del MOREI y el hombre que la vida nos había enviado para confirmar nuestros ideales: Si los enemigos creían en la revolución era porque la revolución tenía la razón y, además, estaba destinada a ganarle la partida a la historia. Felipe era un hombre alto, de piel clara, ojos acaramelados, frente luminosa y sonrisa franca que andaba siempre muy elegante y montado en un vosvaguen negro con forma de cucarrón. A diferencia de la mayoría de militantes del MOREI, Felipe era puntual para llegar a las reuniones, organizado para hacer el trabajo político, atento y servicial con los compañeros y compañeras y un benefactor de la causa que no dudó en convertirse en mi padre adoptivo. Me daba consejos, me llevaba regalos y decidió que sería su secretario, quien siempre le debía ayudar a subir al carro las chapolas, los afiches y las pancartas, quien lo acompañaba a repartirlas de un lado a otro de la ciudad y estar con él cuando terminara el trabajo revolucionario y empezara el remate de siempre: la rumba. No tomes tanto aguardiente, ya sabes que te hace daño, le dijo una de esas noches de fiesta Felipe a mi tía. Ay, Felipe, no seas aburrido, le contestó ella. A las dos de la mañana Cristinita sintió náuseas y Felipe se ofreció a llevarla a la casa. Cruzamos la noche bogotana, pasamos por la Primera, la calle en la que se había estrellado mi viejo, por la esquina donde había quedado El Porvenir y llegamos al apartamento que compartíamos con Cristinita. El tío rico me ayudó a entrar a Cristinita, a acostarla, a prepararle un agua aromática y estuvo un buen rato esperando a ver si mi tía mejoraba o si tocaba llevarla a una clínica. No es nada, son unos mareos que me dan de vez en cuando, insistía Cristinita. Felipe se fue, me arrunché con mi tía, ella me echó los crespos por la cara y nos dormimos. Al otro día, mi tía se levantó, puso un disco de la Fania y se puso a arreglar la cocina mientras yo veía televisión. Estaban buenos los dibujitos, el Correcaminos tenía jodido al Coyote, y como por encima del ruido del televisor y de la música de la grabadora oía cantar a Cristinita, me sentía completo y feliz. Así que, cuando mi tía me llamó por primera vez no le puse mucho cuidado, querrá que le ayude, mejor me hago el pendejo, pensé. El cuarto grito sonó desesperado, así que decidí saltar de la cama y ver para qué me necesitaba mi tía. Salí a la sala y vi a Cristinita pálida, aferrada al mesón de la cocina, como pidiendo perdón y ayuda al vacío. Corrí, la agarré y empecé a llevarla hacia el cuarto. ¿Qué pasa, qué pasa?, le pregunté. Ella no me contestó, empezó a convulsionar y del susto la dejé caer al piso. Al verla en el suelo, me puse a llorar. Ella dejó de convulsionar, pero quedó blanca como el papel del libro con fotografías de la escuela. Estaba tirada allí, vestida con su ropa de hacer la limpieza y con la cara y las manos manchadas de polvo, y me recordó el cadáver de mi papá cuando lo sacaron de las aguas del río Telembí. Me tiré sobre ella, empecé a darle cachetadas, a decirle que se despertara, a suplicarle que por favor no se muriera. Habría muerto de la angustia si no suena el teléfono. Era Felipe, que llamaba para saber cómo había amanecido mi tía. En medio del llanto le dije que mi tía se había muerto y él me decía que le contara bien qué pasaba y yo le insistía que estaba muerta. Felipe me dijo que buscara a algún vecino y que lo esperara, que iba para nuestra casa. Dejé a Cristinita en el piso y salí a buscar a la dueña de la casa que vivía en el segundo piso. La mujer no estaba porque era fin de semana y se había ido para una finca que tenía en Sasaima. Timbré en otra de las puertas y me abrió Vicky, una vecina que no hacía más que pelear con mi tía, pero que no dudó ni un momento en ayudarme. Vicky se acercó, le escuchó el corazón, me dijo que no me preocupara, que estaba viva, y me ayudó a ponerla en la cama. ¿Hay alcohol?, preguntó Vicky. No, le contesté. Toma, ve a comprar, dijo mientras me daba unos billetes y, de paso, consúltale al de la droguería si podemos hacer algo más. Sí, dijo el hombre de la droguería con mucha seguridad, llamar a un médico. Güevón, pensé y corrí de nuevo para la casa. La rabia se me pasó porque cuando di la vuelta a la esquina, vi a Felipe estacionando el vosvaguen. El nieto del ex presidente bajó del carro, me dio un abrazo y entró conmigo al apartamento. ¿Cómo sigue?, preguntó a Vicky. No sé, dijo ella. Felipe se acercó a mi tía, puso cara de preocupación y le pidió a Vicky que le ayudara a llevarla hasta el carro. Fuimos a la Clínica Bogotá y a mi tía se la llevaron en una camilla. Un coma diabético, dijo un médico más tarde. ¿Entonces?, preguntó Felipe. Hay que internarla, hacerle exámenes y ver cómo reacciona a la medicación. Caminé por la sala de espera, miré por la ventana la calle Trece y me pregunté qué iba a hacer mientras mi tía estaba hospitalizada. ¿Qué miras?, preguntó Felipe. No sé, nunca había pensado que podía quedarme solo, sin Cristinita. Tú no estás solo, dijo Felipe. Pues sin mi tía en casa, voy a estar solo, respondí. No, recuerda que para las emergencias estamos los compañeros. ¿Los compañeros?, pregunté. En estos días, mis hijas y mi mujer están de vacaciones, así que te invito a casa a que me hagas compañía. ¿Verdad? Sí, ahora vamos a tu apartamento, recogemos ropa y te vas conmigo. Gracias, le dije. ¿Tienes hambre?, preguntó Felipe. Las tripas me lloran, contesté. Salimos de la clínica, subimos al carro y fuimos hasta Las Colonias, un asadero de pollos que había en el cruce de la Trece con Caracas. Al principio comimos cabizbajos, pero, después, nos pusimos a hablar sobre la mejor manera de organizar los días que íbamos a pasar juntos y terminamos conversando muy animados. Todo va a ir muy bien, concluyó el tío rico. Cruzamos la ciudad dos veces, una hacia el sur en busca de mi ropa y otra de regreso al norte en busca de la casa de Felipe. Apenas iba a cumplir nueve años y, a pesar de la vida que llevaba y de la jerga revolucionaria que oía a diario, las diferencias entre los ricos y los pobres no eran para mí más que discursos. Pero cuando llegué a la casa de Felipe, el corazón me dio un golpe y me di cuenta de que la injusticia y la desigualdad de las que hablaban Marcos Durán, Pacho Moscoso y los demás compañeros del MOREI eran en verdad muy injustas. Llevaba meses caminando El Lucero Alto, El Lucero Bajo, La Estrella, Meissen, y esos barrios no eran barrios, eran un montón de casuchas pegadas a una montaña que siempre estaba a punto de derrumbarse. La casa de Felipe estaba en el Chicó, un sector donde las casas ocupaban grandes superficies de terreno y donde había vigilantes en las esquinas. La entrada de cada casa estaba precedida por un jardín con prado, sillas y fuente y las puertas de los garajes eran más grandes que la puerta de mi escuela porque lo habitual era que cada familia tuviera dos carros. La casa de Felipe no era la mejor del barrio, pero era muy lujosa. Del garaje a la casa se accedía por un corredor decorado con unos cuadros muy raros y al llegar a la sala uno quedaba enfrente de la chimenea, varias alfombras orientales, unos muebles de cuero blanco y una vidriera que iba del suelo al techo y que daba a un jardín interior. ¿Te gusta?, preguntó Felipe cuando vio mi sorpresa. Está preciosa, fue lo único que atiné a contestar. Vamos, te muestro el resto de la casa, dijo Felipe. Dudé en seguirlo porque sentí miedo de ensuciar la alfombra blanca y mullida de las escaleras, de empañar el pasamanos de madera y de la mirada de los próceres capitalistas y explotadores que me vigilaban desde las paredes. Aquí vas a dormir, dijo Felipe y me mostró el cuarto de las niñas. Quedé asombrado, la habitación parecía sacada de una película, estaba llena de juguetes y los colores de los muebles hacían juego con los de las paredes. Lo único que no me gustó, era que no había duda de que en aquella habitación dormían dos niñas. Después de subir la maleta, Felipe me mostró la sala de estar, el cuarto de huéspedes, su inmensa habitación matrimonial, el estudio, los otros dos baños y la salita para ver televisión. No sabía que una casa necesitara tantos cuartos, le dije. Bueno, es una forma de organizarse, contestó Felipe. Regresamos a la sala y apareció Conchita, una muchacha de unos veinte años, pecosa y muy simpática, que me miró con recelo. Te presento a nuestro invitado, dijo Felipe, se va a quedar unos días y quiero que lo trates como a un hijo. Apenas oyó las palabras de Felipe, Conchita cambió de actitud y se puso manos a la obra. Subió conmigo al cuarto, me ayudó a acomodar la ropa, me dejó escoger en cuál cama podía dormir, me enseñó el baño del cuarto de las niñas, dijo que, si quería, podía meterme en la tina y la puso a llenar con un montón de agua tibia y espuma. ¡Qué rico!, así cualquiera se olvida de que tiene una tía a punto de morirse, pensé con algo de remordimiento cuando estaba jugando entre el agua. ¿Qué te gusta comer?, me dijo Conchita antes de retirarse. Es que no sé, le contesté. Te voy a hacer algo bien rico, dijo ella y desapareció. Cuando me aburrí de jugar en la tina, me vestí y bajé a comer con Felipe. Unos trozos de carne oscurecidos por una salsa negra me enseñaron que hay muchas maneras de preparar la carne y me tuvieron masticando mientras Felipe me contaba detalles familiares. Volví al cuarto y me acosté a dormir mirando el azul del cielo raso. Fueron unos días muy divertidos, me despertaba tarde, Conchita me llevaba el desayuno a la cama, desayunaba y me ponía a ver televisión. A mediodía, Felipe volvía del trabajo y almorzábamos en aquel comedor al que iban llevando la comida plato por plato y donde nunca hacía falta un buen postre. Después íbamos con Felipe a visitar a mi tía a la clínica y de allí salíamos a cumplir con nuestro trabajo político. Ya casi a medianoche, cuando habíamos llevado a los otros compañeros del MOREI a las casas, íbamos a un buen restaurante y volvíamos al Chicó. Pasó la semana, mi tía mejoró y, el viernes siguiente, la víspera de que mi tía saliera de la clínica, Felipe invitó a algunos compañeros a su casa, encendió la chimenea y armó un asado para despedirme. Mientras dorábamos carne, salchichas y mazorcas en el fuego, ellos se pusieron a hablar sobre la historia de Colombia, «sobre la cadena de tragedias, injusticias e improvisaciones que es la historia de Colombia». Discutieron sobre si el país estaba listo para el cambio y se hicieron ilusiones con el futuro que nos esperaba. Al final de la noche, cuando ya estaba lleno, me atreví a preguntarle a Felipe si llegaría el día en que todos viviéramos como él vivía. No sé, es difícil pero de pronto, dijo el tío rico. Me reí esperanzado, miré con detenimiento la casa, el jardín y la chimenea, los muebles y dije: Ojalá, sería muy chévere.

vení, vení...

Me volví comunista después de un orgasmo. Corría el año 1974, acababa de adoptar al niño y estaba saliendo con Marcos Durán, un estudiante de arquitectura que había conocido en un partido de microfútbol y que resultó ser militante del MOREI. El hombre era buena gente, me hacía compañía y a veces se acostaba conmigo, pero, la verdad, ni la pasaba tan rico ni me había enamorado de él. Lo que me atraía del tipo era la carreta que echaba, la historia que explicaba sobre el capitalismo, los medios de producción y la plusvalía y la afirmación de que los hombres éramos iguales y que teníamos la obligación de ser conscientes de esa igualdad y de construir una sociedad más justa. Aunque el cuento era muy parecido al que echaban las monjas en el convento, en el MOREI la carreta era más práctica; uno compartía los problemas y las inquietudes de la gente y, en lugar de decirles que se resignaran y esperaran la voluntad de Dios, los incitaba a luchar por construir un país mejor. Empecé a ir a las reuniones del MOREI, a hacer trabajo político y a dictar talleres de literatura y de teatro para subir el nivel cultural del pueblo. Así, de reunión en reunión y de mitin en mitin, se me fue alargando la relación con Marcos y, a pesar de la pobreza afectiva y sexual, avanzó hasta una propuesta de irnos a vivir juntos. No quería aceptar y dejaba ir el tiempo sin decirle ni que sí ni que no y hasta le puse los cuernos unas cuantas veces con Felipe Sáenz Escobar, un abogado de buena familia que también estaba ilusionado por discurso del MOREI. Una tarde, el niño se fue a jugar fútbol con los amigos, y Marcos, que había quedado de recogerme para ir a organizar una reunión en El Lucero, tuvo un problema en la universidad y no apareció por el apartamento. Estaba aburrida, sin ganas de estar encerrada y como le había tomado cariño a la gente de El Lucero, decidí ir a dar una vuelta por allí. Cogí un bus viejo, aguanté el traqueteo del viaje, me bajé en Meissen, atravesé La Estrella y empecé a subir la cuesta que llevaba a la casa de Clara, una campesina que siempre nos prestaba el lugar para reunir a los simpatizantes. Me abrió la puerta Vicente, el marido de Clara. Fue al médico con los niños, me dijo cuando pregunté por la esposa. Estaba agotada por la caminata y puse cara de decepción. Siga, se toma algo y la espera, dijo Vicente. No tenía otro lugar adónde ir, así que le acepté la invitación y me senté en una butaca que había en el patio, mejor dicho, en el pedazo de tierra que hacía las veces de patio. Vicente intentaba recortar una lámina de tríplex de segunda mano que había conseguido en la obra donde trabajaba para ponerla en remplazo de las tablas podridas que hasta ese momento habían servido de puerta a la casita. La tarde estaba luminosa, no había brisa y hacía algo de calor. Vicente tenía desabotonada la camisa, sudaba y el sudor le mojaba la frente, le escurría por la cara, el cuello y el pecho y volvía brillantes los músculos y las venas brotadas por el esfuerzo. Lo había visto otras veces y, no puedo negarlo, Vicente me gustaba. Era un hombre alto, fornido, cercano a los cincuenta años, dueño de unas canas preciosas que hacían juego con la piel tostada por el sol, la nariz aguileña y con unos ojos azules que estaban siempre llenos de felicidad. Vicente era paciente y luchador, un hombre que se levantaba con optimismo cada día, trabajaba duro, conseguía el dinero necesario para alimentar a la familia y le quedaban ánimos para seguir arreglando el rancho y para colaborar con la revolución. Era impactante e incluso esperanzador verlo sonriente a pesar de los problemas y miserias que llevaba a la espalda; uno se sentía admirado y confirmaba que la honradez y la perseverancia todavía existían en el mundo. Saboreé la limonada que me ofreció y me fijé en la magnífica vista sobre la ciudad que había desde aquella loma. Allá en la lejanía, detrás de los edificios del Centro y de las avenidas nuevas del occidente, se podía ver la mancha de cemento y ladrillo extendiéndose, tragándose la sabana de Bogotá. Bonita vista, dijo Vicente y dejó de serruchar. Sí, linda, impresiona cómo crece la ciudad. ¿Le da miedo?, preguntó él. Un poquito, contesté. A todos nos da miedo la ciudad, en el fondo nunca dejamos de ser campesinos, dijo Vicente. O campesinas, le sonreí con coquetería. Campesinas muy bonitas, dijo Vicente. No tan bonitas como el atardecer, le contesté mirando para otra parte. Tiene razón, los atardeceres de esta ciudad son embrujadores, dijo Vicente un poco cortado. Como para sentarse a mirarlos, le dije de nuevo con coquetería. Como para sentarse a mirarlos, repitió él y se sentó en el suelo, casi a mis pies. El sol empezó a caer y nosotros nos quedamos allí, quietos, callados, viéndolo hundirse entre la sabana mientras iba dejando en el horizonte rastros violetas. El espectáculo solar terminó, pero Vicente siguió sin moverse y yo empecé a preguntarme si no sería mejor salir de aquella casa. No alcancé a tomar una decisión. Vicente empezó a acariciarme los pies. Me puse a pensar en Clara, la mujer que le había dado cinco hijos al hombre que en ese momento me tocaba, una mujer que parecía muchos años mayor que él y que no estaba en casa porque había tenido que llevar a los niños a un médico que atendía a kilómetros de distancia. Vicente subió la mano y me acarició los muslos, después se arrodilló y empezó a apretarme los senos. Bogotá desapareció, me invadió el olor del hombre, olvidé a Clara, dejé que mis labios mordieran los labios de Vicente y que él desabotonara mi pantalón, pasara las manos por mi estómago y las metiera entre mis cucos. Besaba bien Vicente, tenía un ritmo sereno y minucioso que le sirvió para irme llevando hacia el cuarto y para empujarme sobre la cama que compartía con Clara. No recuerdo bien a qué hora se desnudó, pero recuerdo con claridad el momento en que su cabeza canosa se clavó en medio de mis piernas y recuerdo con excitación el momento en que su lengua tibia se metió en mi sexo. Vicente lamió con paciencia, dejó que su lengua explorara cada uno de mis pliegues y fue capaz de localizar con la punta de la lengua el clítoris tan pequeñito que había heredado de mi mamá. El deseo se me volvió placer y empecé a gemir y me hubiera venido en ese momento, si no es porque abro los ojos y veo pegadas a la pared las fotos de los niños de la pareja. No, no, Vicente, esto no está bien, dije. Vicente sacó la cabeza de entre mis piernas y se quedó mirándome avergonzado. Es verdad, esto no es revolucionario, dijo mientras se recostaba en la cama junto a mí. Nos quedamos ahí, otra vez, quietos, mirando el techo lleno de goteras, sin cruzar palabra, cada uno a la espera de que el otro empezara a vestirse. Pero ninguno se movió ni intentó coger la ropa. Vicente empezó a acariciarme de nuevo, empezó a untar mis labios, mi cuello y mis senos de los restos de mí misma que aún tenía en la boca y, otra vez, me dejé envolver en sus caricias tranquilas y pacientes, dejé que el deseo me invadiera y que Vicente se montara encima de mí. Cerré los ojos para que nada me perturbara. Un instante después él empezó a entrar y salir con calma y empecé a desear que él se metiera más adentro y empecé a ayudarle cogiéndolo de las nalgas y empujándolo contra mí. ¡Qué rico, qué rico!, Vicentico, gemía. El marido de Clara empezó a bufar y yo a patalear y estaba a punto de venirme cuando él se detuvo: Dese la vuelta, que con ese culo tan lindo que tiene es un desperdicio terminar tan rápido. Tiene toda la razón, me reí mientras me ponía en cuatro. Sentí las manos grandes y callosas de Vicente apretarme las nalgas y sentí cómo entraba de nuevo y como volvía a embestir. Clavé la cara contra la almohada y empecé a gritar y a llorar y a morderla. Mientras más gritaba y más mordía la pobre almohada, más embestía Vicente, hasta que llegó el momento en que no pude aguantar y un caudal tibio empezó a salir de mí y fue a estrellarse contra el que Vicente intentaba dejarme. Quedé como muerta, tirada boca abajo contra las cobijas y gasté un buen rato en recobrar el aliento. ¡Qué embarrada!, dije y empecé a ponerme la ropa. Sí, qué embarrada, contestó Vicente mientras también se vestía. Mejor me voy, dije. Él me abrió la puerta. Caminé por las calles de El Lucero como una zombi, con la cabeza baja de la vergüenza y con una sensación muy rara porque cuando me acordaba de Clara me sentía como una puta y una traidora, pero cuando me dejaba llevar por la palpitación y los recuerdos que todavía tenía en el cuerpo me sentía mucho más viva de lo que nunca había estado. Esa noche no pude dormir, cerraba los ojos y sentía el aliento de Vicente en mi boca o el golpeteo de su cuerpo contra el mío. Insomne, me puse a pensar en las monjas y a pensar en la revolución y a pensar en la liberación femenina y tuve como una iluminación y entendí que el amor debía ser absoluto y no debía contaminarse con miedos ni pudores. No iba a tener más sexo a medias, acababa de entender que hacer bien el amor era una parte muy importante de hacerse comunista.

Yo tengo ya la casita,
que tanto te prometí...

A comienzos de 1975, Pacho Moscoso, líder espiritual del MOREI, importó la Política de los Pies Descalzos, una «valiosa táctica revolucionaria» traída de la China del presidente Mao. El asunto consistía en enviar universitarios y profesionales a dar lecciones de marxismo en los campos y municipios alejados del país para «explicar el socialismo y conseguir que los intelectuales se acerquen a la dura realidad de los obreros y campesinos». ¡Doble ganancia!, exclamaron los militantes del MOREI que oían a Moscoso y estallaron en vítores y aplausos. Volví a contagiarme de la euforia de los militantes, me acordé de los negros de Barbacoas y creí que cuando esos negros supieran que era posible dejar atrás la explotación iban a hacer tremenda rumba y a ponerse a luchar para ayudar al cambio político. ¡Podríamos volver a Barbacoas!, le dije esa noche a mi tía cuando estábamos arrunchados en la cama. No sé. ¿Por qué no?, insistí. No es tan es fácil, mi amor, aquí tengo un trabajo estable y usted puede estudiar y forjarse un futuro, contestó Cristinita. Pero si Pacho Moscoso dijo que la revolución es el futuro, dije repitiendo la frase que más había oído aquella tarde. Ahora estoy cansada, mi vida, mañana hablamos, dijo ella y empezó a acariciarme. Quedé triste, sabía que cuando Cristinita se ponía tan cariñosa era porque había tomado ya una decisión y no había nada que discutir. Pasó mañana, pasaron otros días, se convirtieron en semanas y meses y, cada vez que volvía a sugerir el regreso a Barbacoas, mi tía me evadía o decía que estaba agotada o que tenía dolor de cabeza o que ese tema necesitaba reflexión. Mientras ella reflexionaba, empezamos a ir a las fiestas que se hacían para despedir a los compañeros que se descalzaban. Las rumbas no sólo eran un derroche de buenos deseos, esperanzas y sueños, sino que servían para discutir qué iban a hacer aquellos a los que las obligaciones familiares y profesionales les impedían irse de Bogotá. No vamos a quedarnos aquí sin hacer algo que ayude a cambiar a Colombia, dijo en una de aquellas fiestas el Pollo Fajardo, un estudiante de medicina que había decidido terminar la carrera antes de cumplir la orden de Moscoso. Es verdad, deberíamos hacer algo más que asistir a tanta fiesta, lo apoyó Antonia, su novia. Recuerden que mientras haya conciencia revolucionaria siempre encontraremos la forma de ayudar, dijo Moscoso solemne, a pesar de que ya el alcohol le había puesto los cachetes y la nariz rojos. Y, en este caso, ¿cuál sería la forma?, preguntó mi tía. He pensado profundamente este asunto y creo que se debería fundar una comuna en Bogotá, contestó Moscoso con el énfasis que usaba cada vez que creía que estaba incubando una idea destinada a cambiar el mundo. ¿Una comuna?, preguntó Antonia algo desconcertada. Claro, ¡una comuna!, ¿cómo no se nos había ocurrido antes?, exclamó el Pollo. Sí, una comuna que haga más fácil la vida diaria de los comuneros, que sirva para coordinar con precisión el trabajo revolucionario y, sobre todo, que ponga en práctica y sin más dilación el verdadero socialismo, añadió Moscoso ya en trance de iluminación mística. ¡Y la vamos a hacer en pleno corazón de esta nación represiva y feudal!, exclamó Antonia. ¡Por la primera comuna revolucionaria de Colombia!, brindó de inmediato mi tía y todos alzaron las botellas de cerveza y brindaron con una alegría que me siguió llenando de esperanza. El comité constituido esa misma madrugada para hacer la comuna quedó conformado por Cristinita, el Pollo, Antonia, Memo Cristancho, un jefe del sindicato de los maestros, y Zulma, una obrera de las curtiembres de San Benito que era el último levante amoroso de Cristancho. En la improvisada sesión, el comité pidió a Zulma, a Antonia y a mi tía que buscaran el lugar para fundar la comuna. Las tres caminaron de norte a sur y de oriente a occidente de Bogotá y, después de discutir y sopesar las diferentes opciones, se decidieron por una casa en La Candelaria, el barrio colonial de la ciudad. El sitio era ideal, allí quedaban la sede de El Teatro Libertario, centro de efervescencia cultural del MOREI, la Casa de Amistad Colombo-China, lugar de donde salían las directrices y el dinero que movían a Moscoso, la Biblioteca Luis Ángel Arango, el Palacio de Justicia, el Congreso de la República y la Casa Presidencial, lugares que, si la Política de los Pies Descalzos daba los frutos esperados, pronto estarían habitados o al mando de compañeros del MOREI. La casa tiene siete habitaciones espaciosas, dos patios, una cocina tan grande como las habitaciones, un buen lavadero y hasta una buhardillita, informó Antonia en la siguiente reunión. Y vamos a ahorrar mucho dinero porque está deshabitada desde hace años y la dueña la arrienda muy barata, añadió Zulma. La revolución es larga y difícil, pero a veces tiene suerte, dijo el Pollo. Seguro, las revoluciones también necesitan suerte, confirmó Antonia y le dio un beso al Pollo. Pero ¿está en buen estado?, preguntó Memo, las casas de ese barrio son viejísimas. Está algo sucia y hay que pintarla, pero hicimos cuentas y aun así es mucho el dinero que podemos ahorrar, contestó mi tía. Memo y el Pollo sacaron los pocos ahorros que tenían en el banco y les dieron a ellas el dinero necesario para pagar los primeros meses de arriendo. Empecemos a trabajar el Sábado Santo para que hasta Cristo se entere de que se acabaron la falta de solidaridad, la injusticia y la explotación en este país, propuso el Pollo. Sí, dijo Zulma, que se enteren Cristo y los curas de que el mundo va a dejar de pertenecerles. Bueno, dijo Memo sonriente, está muy bien esa fecha, pero ¿quién se va a encargar de pintar la casa? ¿Cómo que quién?, exclamó Antonia, nosotros mismos, no es justo seguir dejando los trabajos duros en manos del pueblo oprimido. Es verdad, el cambio debe empezar por la misma adecuación del sitio, dijo el Pollo. No sé, no estoy seguro dijo Memo. ¿Cómo así que no está seguro?, preguntaron el Pollo, Zulma, Antonia y mi tía. Bueno, bueno, aprobado, balbuceó Memo y dio por terminada la reunión. Al amanecer del sábado, Memo, Zulma, el Pollo y Antonia llegaron al apartamento en el que vivíamos con mi tía y, después de tomar tinto y empacar los materiales que habíamos comprado la víspera, salieron junto a nosotros camino a La Candelaria. Una concesión pequeñoburguesa, dijo el Pollo cuando paró un taxi. A veces toca hacer concesiones, ¿o cómo vamos a llevar tantas brochas, baldes, pinturas y escobas?, lo apoyó Antonia. Los demás asintieron y eran casi las siete de la mañana cuando el taxi abandonó el sur de Bogotá, subió por la calle Primera y pasó junto al bar de la Avispa. Si supieran lo que vamos a hacer, esos borrachos se unirían a nosotros en lugar de andar enredados con putas, dijo Zulma cuando vio salir del lugar un grupo de hombres. Lástima que todavía no sepan que este sábado será para Colombia lo mismo que el dieciocho de marzo fue para la comuna de París, dijo el Pollo. La gritería de los borrachines quedó atrás y, después de subir por las calles empedradas de La Candelaria, el taxi paró frente a la entrada de la casa que mi tía, Antonia y Zulma habían arrendado. Memo y el Pollo vieron la fachada y pusieron cara de preocupación. ¿La revisaron bien antes de firmar el contrato?, preguntó Memo. Claro, minuciosamente, contestó Zulma. No parece estar en muy buen estado, dijo el Pollo. No sean misteriosos y entremos para que vean que esta es la casa ideal. Bueno, entremos, dijo Memo. Mi tía metió la llave en la cerradura e intentó abrir, pero la chapa se atascó. ¡Qué raro!, el otro día abrió sin problemas, dijo ella. Espere lo hago yo, dijo Memo e intentó abrir, también sin éxito. Lo intentaron el Pollo, Zulma y Antonia y como la cerradura tampoco giró, Memo les pidió que se apartaran y de un patadón hizo saltar la puerta. Apareció un corredor estrecho que olía a humedad. Grande sí es porque le cabe mucha basura, dijo Memo al salir del corredor y tropezar con el montón de periódicos, ropa podrida, vidrios rotos y muebles viejos que había tirado en el patio. El Pollo se rió, pero Cristinita, Zulma y Antonia lo miraron con ganas de despellejarlo y le tocó tragarse la risa. La verdad, no me la imaginaba tan acabada, se atrevió a decir Memo. Pero si es perfecta, insistió Zulma, está bien ubicada y le sobra espacio. Lo que pasa es que en Colombia los hombres están mal acostumbrados y los asusta ver un poquito de mugre, se defendió mi tía. ¿Tú crees que con sólo limpiarla va a mejorar?, preguntó el Pollo. Claro, y en lugar de seguir hablando, hagámosle al trabajo, contestó Antonia y empezó a repartir las escobas y los traperos que habíamos llevado. Mi tía buscó un enchufe, conectó la grabadora que había conseguido para la ocasión y puso a sonar un casete de Celia Cruz. Hay tanto que hacer, que uno no sabe por dónde empezar, dijo Memo. Empieza por los cuartos que, con toda seguridad, es lo que más vas a usar, contestó Cristinita. Huy, Memito, ¡qué fama de perro!, rió Zulma. Tienen razón estas viejas, empecemos por los cuartos a ver si los estrenamos, dijo el Pollo y le picó el ojo a Antonia. Pues sí, estoy que me estreno, dijo Memo y le palmoteó una nalga a Zulma. Mientras ellas limpiaban la cocina, los baños y el patio trasero, el Pollo, Memo y yo nos pusimos a preparar las habitaciones para darles la primera mano de pintura. Movimos y desarmamos muebles, quitamos telarañas, raspamos paredes y barrimos una y otra vez, pero, a pesar de la buena voluntad, a Memo y al Pollo les costaba mantenerse animados. Al entrar a la primera habitación descubrieron que los suelos de madera estaban podridos y tocaba cambiarlos, al raspar las paredes quedó claro que la humedad las había invadido por completo y que para arreglarlas se necesitaba mucho más que una mano de pintura. Se sumaba que las instalaciones eléctricas eran un montón de cables pelados a los que daba miedo acercárseles y que los cielos rasos tenían más grietas y más humedad que las paredes. A mí, al contrario, me parecía chévere que la casa estuviera tan acabada porque así había más trabajo revolucionario por hacer. Sólo esto faltaba, dijo Memo cuando al raspar una pared rozó un tubo y el tubo empezó a gotear. Pero, faltaba más. El lento lagrimeo del tubo empezó a hacerse continuo y unos minutos después se convirtió en un chorro de agua que hizo de la habitación un pantano. Nos perdonan muchachas, pero o nos vamos de aquí o esta casa se nos va a venir encima, dijo Memo cuando las compañeras se acercaron a ver el desastre. No seas complicado Memito, eso se arregla cerrando el registro, dijo Zulma y fue y lo cerró. ¿Sí ven?, dijo, problema resuelto, dijo Antonia. Y, por favor, trabajen con cuidado y no cojan los tubos a golpes, los regañó mi tía. No cogí el tubo a golpes, es que esta casa no tiene arreglo, contestó Memo; tocaría tumbarla y hacerla de nuevo. Memo tiene razón, dijo el Pollo, lo mejor es rescindir el contrato y alquilar otra casa. No, dijo Antonia, lo que hay que hacer es dejar el drama y terminar de hacer el aseo. Sí, dijo mi tía, a ustedes no les gustó la casa y están empeñados en encontrarle defectos. Lo que pasa es que ustedes son unos pequeñoburgueses a quienes el mundo jamás les ha dado un golpe y sólo porque hay que hacerle unos ajustes a esta casa ya se asustaron. Se ve que los tienen muy malcriados, añadió Cristinita. Sí, y así creen que van a hacer la revolución, apuntó Zulma. El Pollo se calló, pero Memo, fiel a su espíritu de sindicalista, siguió discutiendo. No sean necias, muchachas, si nos ponemos a arreglar esta casa, sí que no vamos a tener tiempo de hacer la revolución. Mire, Memo, lo que pasa es que a dirigentes como usted, el partido los consiente demasiado y ya no quieren hacer trabajos duros, atacó Cristinita. No mezcles las cosas, Cristina, contestó Memo. Claro, tú no quieres mezclarte en nada, mucha reunión para allá, mucha reunión para acá y nada de realidad, intervino Zulma. Sí, añadió Antonia, si sólo vale lo que ustedes dicen, ¿por qué no buscaron la casa? No es eso, muchachas, medió el Pollo, la casa no sirve, ¿qué les cuesta aceptar que cometieron un error? El único error que cometimos fue pensar que ustedes sí eran verdaderos revolucionarios, dijo Zulma. Es verdad, dijo Antonia, o pensar que no les daba miedo hacer un par de días de albañiles. Sí, nuestro error fue pensar no sólo que eran más revolucionarios, sino que eran más hombres, remató Cristinita. Las voces se volvieron gritos y los hombres empezaron a citar a Marx y a Lenin, y las mujeres a burlarse de ellos. Allí habría terminado la historia de la «Comuna Héctor Lavoe», si no es porque a mí me dio tristeza verlos discutir y, en uno de esos silencios que fracturan hasta la peor de las discusiones, me atreví a decir: Es verdad que la casa no es tan bonita como la de Felipe Sáenz Escobar, pero peleando no vamos a arreglarla. Todos callaron y me miraron como si en lugar de hablar hubiera ladrado. El pelao tiene razón, cómo vamos a tener comuna, si antes de empezar la gente se dedica a poner problema por todo, dijo Antonia y se soltó a llorar. Es verdad, ¡qué mala voluntad!, dijo mi tía y también se puso a llorar. A ustedes hasta un niño les gana en ser revolucionarios, insistió Zulma. Memo y el Pollo quedaron callados, quietos, como convertidos en parte de la basura que llenaba la casa, y cogieron las herramientas y volvieron al trabajo. Las mujeres hicieron lo mismo y al rato no sólo volvió la paz, sino que volvió la alegría, porque Zulma había llevado mercado y se puso a cocinar y a la voz de Celia se le sumó el olor de un sancocho de pescado. Repito, dijo el Pollo cuando terminó con el primer plato de sancocho. Yo también, que esto de ser albañil da mucha hambre, dijo Memo. Terminamos el almuerzo con un refajo y con el infaltable tinto. Pasamos la tarde limpiando los patios, recogiendo basura en bolsas, llevando las bolsas hasta la puerta de la casa, buscando un zorrero por las calles de La Candelaria y ayudándole al hombre a subir las bolsas a la zorra. Al final del día, las habitaciones estaban limpias, los patios despejados, se podía disfrutar de los colores de los baldosines y el olor a detergente que había impregnado toda la casa hacía que la música sonara mejor. Animados, hombres y mujeres se pusieron a hacer planes sobre el futuro de la comuna y empezaron a negociar qué habitación iba a coger cada uno y a soñar sobre cómo iban a decorar el lugar. Hora de irnos, dijo orgullosa Antonia y le dio un beso al Pollo a pesar de la gran cantidad de mugre que le cubría la cara. Es verdad, ya es hora de hacer otras cositas, dijo Zulma y le estampó un beso a Memo. Esperen recojo los casetes y la grabadora, pidió Cristinita. No, todavía no nos vamos, dijo el Pollo. ¿Y eso?, preguntó Memo. Quiero revisar las grietas del cielo raso, contestó el Pollo. ¿Para qué?, preguntó Memo. Para tener una idea del material que se necesita para arreglarlo, contestó el Pollo. Pues sí, así ganamos tiempo, dijo Antonia. Memo ayudó al Pollo a subirse a una escalera. ¿Cómo lo ve?, preguntó Memo. Medio jodido, dijo el Pollo y empezó a hurgar con un palustre entre las grietas. ¿No será peligroso ponerse a hacer eso?, preguntó mi tía. Peligroso es no saber cómo está, contestó Memo. Deberíamos haber empezado por ahí, dijo Zulma cuando vio que el suelo se volvía a ensuciar. Déjelo así y mañana lo miramos con calma, propuso mi tía. No, ya estoy acá arriba, dijo el Pollo y siguió escarbando. ¡Dios mío!, gritó. ¡Dioooooos!, íbamos a decir los demás, pero no tuvimos tiempo porque el cielo raso ya nos había caído encima.

Ah, cuerpo cobarde, cómo se menea…

Abrí las puertas de mi cuerpo al amor. Como era joven y bonita, y los compañeros vivían arrechos de tanto hablar del cambio y la libertad, me empezaron a pasar cositas emocionantes. Aunque la gente comenzó a murmurar que dejaba a Marcos por puro interés, formalicé la relación clandestina que tenía con Felipe Sáenz Escobar. Felipe era elegante, culto, tierno y hábil en la cama y, aunque estaba a años luz de la furia sexual de Vicente Peñuela, era mejorcito que Marcos. Tuvimos luna de miel, viajamos por media Colombia y compartimos el trabajo de militantes del MOREI, pero el amor no prosperó. El man tenía dos hijas y, más que una amante llena de curiosidad, buscaba a alguien que remplazara a la burguesita neurótica y sin tetas con la que había cometido el error de casarse. A mí, el tema del matrimonio me espantaba, así que dejé que el fuego erótico lo apagaran una serie de citas incumplidas y una charla llena de mentiras y lágrimas que por supuesto no sirvió para reconciliarnos. Por esos días me propusieron crear una comuna revolucionaria y la casa que habíamos alquilado para fundarla resultó ser un fraude y nos tocó organizar una fiesta para poder pagar los materiales y los albañiles que tuvimos que contratar para que el lugar fuera habitable. La noche de la inauguración de la comuna se reunió en la casa el mundillo revolucionario que giraba alrededor de Pacho Moscoso y del MOREI. Había hijos de las familias más aristocráticas, profesionales, estudiantes universitarios, obreros, campesinos; también artistas, escritores, sindicalistas y hasta el compañero Hua, amigo personal de Moscoso y encargado de las relaciones de la República Popular China con los movimientos maoístas de América Latina. Estaba Colombia entera dispuesta a bailar, a comer y a beber para colaborar con los primeros comuneros marxistas que iba a tener el país. El pistoletazo de salida lo dio Pacho Moscoso que, borracho como siempre, habló del pasado, del presente y del futuro, y hasta predijo que aquella comuna iba a ser «la muestra del brillante futuro que les esperaba al socialismo y a la nación». Después del discurso de Moscoso empezó lo importante: la rumba. La abrió, no podía ser de otro modo, un concierto de El Son Popular, que rompió el silencio con *Anacaona*, siguió con salsita de Carlos Puebla, algo del escaso repertorio propio y después silenció los instrumentos y dejó que el equipo de sonido reventara la noche con música de Ismael Rivera, Héctor Lavoe y la Fania. En la vida había visto gente más feliz, las compañeras reían, coqueteaban e imponían el ritmo, los compañeros les seguían el paso, las cortejaban y buscaban bailar con ellas lo más apretadito posible. Era esperanzador caminar por los patios y ver a la gente más dispar conversando; universitarios hablando de política agraria con los campesinos, hijos de grandes industriales oyendo de boca de los obreros las tácticas que usaban los papás para explotarlos y, en los rincones más apartados, ver a los fundamentalistas de la revolución enzarzados en largas discusiones ideológicas. Hubo un instante en que me paré en la puerta de la cocina y mientras observaba el revuelo y la alegría pensé que para cambiar el país no se necesitaba tanto discurso ni tanta guerra, que era posible hacerlo sólo con una causa sencilla, un poco de licor y una buena dosis de música. Muévase, compañera, me dijo Zulma al ver que me demoraba en servir unos aguardientes que alguien pedía ansioso. Perdón, contesté y corrí a servir los aguardientes. Ya no cabe más gente, dijo Antonia, que había ido a la entrada de la comuna a llevarles algo de beber a Memo y al Pollo que esa noche ejercían de porteros. Nos va a tocar pedir en arriendo la casa de al lado, sugirió Zulma. Desde que no nos engañen de nuevo, dijo Antonia, y Zulma y yo soltamos la carcajada. A medianoche, cuando el hambre empezó a acosar, bajamos el volumen a la música y empezamos a vender la lechona. Aunque no había podido ir a la fiesta, Clara, la mujer de Vicente Peñuela, nos la había preparado. Con el estómago lleno, los conversadores tuvieron más ánimos para seguir contándose la vida, los fundamentalistas tuvieron más saliva para defender sus planteamientos y los rumberos tuvieron más energía para volver a la pista de baile y seguir demostrando que los suelos de la casa habían quedado firmes y bien arreglados. Felipe, Marcos y Vicente Peñuela, que desde temprano andaban detrás de mí, también recobraron los arrestos y cada uno por su lado volvió a hacerme insinuaciones eróticas. Pero el futuro no se inaugura todas las noches y, ese día, antes que aceptar propuestas de alguno de mis ex amores, quería inaugurar también un nuevo amante. Candidatos sobraban, la revolución apenas empezaba y, a pesar del derroche de doctrina feminista, en las reuniones, mítines, actos culturales y fiestas que organizaba el MOREI los hombres siempre eran mayoría. Mientras repartía licor había hecho inventario de novedades masculinas y había detectado un par de prospectos. El primero, Lucho «el Diablo» Tirado, un actor costeño que hacía prácticas en El Teatro Libertario; era moreno, crespo y espaldón e iba vestido con abarcas, camiseta desteñida, sombrero vueltiao y un pantalón de lino que dejaba ver su buena dotación sexual. A mí me tocó con una burra, le escuché decir sin sonrojarse en medio de una charla sobre iniciaciones sexuales que mantenía con los actores del grupo de teatro. La frase sonó brutal pero, no puedo negarlo, alcanzó a excitarme. El segundo, Armando Castro, era un estudiante de artes de la Universidad Nacional que, al contrario que el Diablo, no era exótico, sino un flaquito con cara de despistado y un halo de misterio, como si detrás de los ojos inquisidores con que lo miraba a uno escondiera un profundo secreto; un secreto que a mí me dieron ganas de desentrañar. Si a los nuevos candidatos amorosos sumaba al compañero Hua, que se había tomado unos tragos, había olvidado la paciencia china y andaba todo baboso cortejándome e, incluso, a Memo y al Pollo, que no hacían más que mirarme, estaba claro que la fiesta era un éxito también para mí. Pasado el volate de la comida, entré a mi cuarto, me quité el delantal, me cambié la blusa, me puse una minifalda, me pinté los labios, me puse pestañina y me solté el cabello. Así, más sensual, me metí a la pista y empecé a bailar. Coqueteaba y me portaba amable, pero si alguno de los pretendientes se ponía confianzudo, cambiaba de pareja. De risa en risa y de evasión en evasión, los tenía en vilo; ellos revoloteaban a mi alrededor o iban y venían por la casa examinando a los rivales y esforzándose por disimular que se morían de ganas de acostarse conmigo. A la madrugada, cuando la rumba perdió fuelle y los compañeros empezaron a despedirse, revisé la casa y vi que Vicente Peñuela y el compañero Hua dormían borrachos en las sillas del patio. Se me ocurrió darles trago a los demás pretendientes y quedarme con el que lograra mantenerse en pie hasta el final. La salsa cedió el paso a los boleros, y las parejas estables y las que se habían conocido aquella noche empezaron a bailar pegaditas. Era una época esperanzadora, cada día arrancaba una nueva lucha, una nueva huelga, una idea o un amor. Zulma bailaba feliz con Memo, el Pollo confirmaba su amor por Antonia, un sindicalista de Telecom llamado Abel Romero aprovechaba la borrachera de Moscoso para gallinacearle a la mujer, y hasta el niño, que había sido uno de los más activos colaboradores de la fiesta, había abandonado los deberes revolucionarios y practicaba con la hija de un compañero de Buenaventura los pasos de bolero que le habían enseñado las negras de Barbacoas. Los boleros se bailan más suave, insinuó el Diablo y pegó su pecho contra el mío. El Diablo sabía moverse, apretarlo a uno y rozarlo sin vergüenza. ¿Y usted qué hace amacizándose con ese corroncho?, preguntó Armando Castro cuando abandoné al Diablo y acepté bailar con él. Armando ya se creía con derechos sólo porque un rato antes, en una ida al baño, había dejado que me diera un beso. ¡Ay, Armando!, ¿qué le pasa?, no me diga que tiene celos. Sí, tengo celos, contestó. ¡Qué apasionado!, me reí y me apreté contra él para que no hiciera más reclamos. Más tranquilos esperaban Felipe y Marquitos; estaban convencidos de que haber accedido a mi cama en el pasado les daba ventaja. Pero el trago es traicionero y una hora después Marcos empezó a vomitar, víctima del aguardiente. ¿Me puedo quedar?, preguntó cuando regresó del baño. Claro, le dije. ¿Contigo?, preguntó. Conmigo, le contesté. ¿Cómo hacemos? Vaya a mi cuarto y me espera en la cama. Marcos me miró orgulloso y se fue en busca de mi habitación. Estoy muerto del sueño, pero no me quiero ir, me dijo Armando Castro un rato más tarde. ¿Y, eso?, pregunté. Usted sabe, dijo él. No, no sé, dije. Me quiero quedar con usted, ¿cómo hacemos? ¿Sabe dónde queda la buhardilla? Sí. Ahí hay una cama, acuéstese y yo voy en un rato, le dije. Quedaban Felipe y el Diablo, que habían hecho buenas migas y charlaban animados con Memo y el Pollo mientras las mujeres seguían en la pista. Así son las fiestas en Colombia, idénticas a la vida, al final somos las mujeres quienes siempre nos quedamos bailando solas. Estoy muy borracho para conducir, ¿puedo dormir aquí?, preguntó Felipe cuando el aguardiente también lo venció. No sé, le contesté. Por favor, me rogó. Es que no sé, repetí. Cristina, dijo y entornó los ojos. Acomódate en el cuarto del niño. ¿Te espero allí?, preguntó. Ve, le dije y le acaricie la cara. La idea había funcionado y el licor había escogido por mí. Iba a dormir con el Diablo Tirado. Consciente del triunfo, el Diablo volvió a la pista y, a pesar de que debía haberse bebido más de dos botellas de aguardiente, empezó a bailar con Zulma, con Antonia, conmigo y hasta con el niño. Nos vamos a dormir, dijo Memo porque no le gustó la alegría y la confianza con la que Zulma bailaba con el Diablo. Nosotros también, dijo el Pollo, que también se había puesto celoso con el Diablo. ¿Tranco la puerta?, preguntó el niño. Muy bien, pelao, en la jugada hasta última hora, dijo Memo y le dio un abrazo de borracho al niño. Lavaba un vaso en la cocina, cuando sentí una mano inmensa apretarme una nalga. ¿Qué pasa, compañero?, pregunté cuando me giré y tropecé con el Diablo. Que usted está muy buena, compañera y dan ganas de cogerla por todas partes. ¡Por Dios, Diablo!, ¿qué son esas palabras?, pregunté. No son palabras, es pura calentura, Cristinita, dijo el Diablo y me acorraló contra el lavaplatos. ¡Oye!, que el niño nos ve… El niño está revisando si la casa sobrevivió a la fiesta, contestó el Diablo mientras empezaba a tocarme los senos. Ay, Diablito, por favor, aquí no, le dije. El Diablo me agarró más fuerte y empezó a besarme. Me moví para zafarme de él, tumbé unas botellas y el estruendo de vidrios rotos resonó por toda la casa. ¿Qué pasó?, preguntó el niño que, asustado, había corrido hacia la cocina. Nada mi amor, contesté nerviosa mientras el Diablo empezaba a recoger los vidrios. Vamos te acuesto, mi amor, añadí. Pero en mi cama está Felipe, dijo el niño. El Diablo nos ayudó a alzar a Felipe y a llevarlo a la buhardilla donde dormía Armando Castro. ¿Salió bien la fiesta?, preguntó el niño cuando lo cobijaba. Perfecta, mi vida, te has portado como un gran comunero. ¿De verdad? De verdad, mi amor, le dije y lo besé. De nuevo en la cocina, el Diablo volvió al ataque. Ahora no, Diablito, quiero arreglar un poco, no me gusta levantarme y encontrar tanto desorden. El Diablo, como todo hombre seguro de tener un polvo como premio, se puso dócil y me ayudó a lavar las ollas, a secar los platos y a barrer los dos patios. Si queremos disponer de una cama, hay que hacer otro movimiento, dije cuando ya la casa estaba ordenada. Los movimientos que sean necesarios, contestó el Diablo. Entramos a mi habitación, alzamos a Marcos, lo llevamos a la buhardilla y lo acomodamos en la misma cama donde dormían Felipe y Armando. Tuve que ir un momento al baño y cuando entré a mi cuarto, el Diablo había tirado la camiseta desteñida y el pantalón de lino en el suelo y estaba desnudo y boca arriba sobre la cama. ¿Y tú crees que los dos cabemos en esta cama tan chiquita?, me preguntó. Si te doblas ese aparato, sí, le contesté. O si lo guardo en un estuchito, dijo el Diablo y me jaló hacia él. El Diablo me besó enterita y, cuando me sintió húmeda, hundió la lengua dentro de mí. El jugueteo entre su lengua y mi clítoris fue tan rico que no dudé en chuparle la verga y, cuando ya no pude más con el vacío, volví a besarlo y le rogué que me la metiera. Me sentía por fin completa, cuando alguien empujó la puerta. Cristina, Cristina, dijo una voz allá afuera. ¿Quién es?, preguntó el Diablo. No sé, pero esperemos que se vaya, contesté. El Diablo se bajó y nos quedamos ahí, quietos, desnudos, con la respiración contenida y el deseo todavía entrelazándonos. Cristina, ¿estás ahí?, dijo de nuevo la voz. El Diablo me miró. ¿Quién es?, insistió. Ni idea, mentí. Cristina, llevo semanas buscándola, espiándola, escondiéndome para poderla ver, no entiendo por qué se la pasa evitándome. ¡Así que no sabes quién es!, dijo el Diablo. Me quedé callada y evité mirarlo. El Diablo dejó de abrazarme y vi cómo la erección que tenía empezaba a desaparecer. Cristina, Cristina, Cristinita, la amo, la amo, dijo por último Vicente Peñuela, antes de dejarse caer junto a la puerta y ponerse a llorar.

quítate la máscara,
¡bandolera!

La capacidad de organización y trabajo que mostraban los comuneros hicieron que la comuna se convirtiera en un sitio mítico. La casa era el lugar donde se hacían las reuniones, se organizaban pintadas y pegas de afiches, se programaban mítines, huelgas de hambre e invasiones de tierras; se redactaban acuerdos sindicales, se hacían listas electorales, se diseñaban planes descabellados, se celebraban los más sonados éxitos, se lloraban los inevitables fracasos, se formaban las más amorosas parejas y hasta se realizaban matrimonios que bendecía un cura revolucionario... pero cura al fin y al cabo. La actividad artística era frenética, cualquier grupo de teatro que necesitara espacio para hacer sus ensayos tenía un lugar asignado en la casa, se organizaban exposiciones de arte revolucionario y, al menos una vez a la semana, se podía oír música en vivo y hasta bailar porque El Son Popular había decidido que la comuna era el sitio adecuado para hacer los ensayos. Los comuneros colaboraban en la cocina, en el aseo de la casa, compartían los alimentos y vivían pendientes de las necesidades de los otros. Si el Pollo se peleaba con el papá y no tenía cómo pagar la matrícula de la universidad, se hacía una fiesta para ayudarle a recoger fondos; si Zulma se ponía a llorar porque Memo le ponía los cuernos, se organizaba un paseo o una salida al cine o hasta una ida a una discoteca para que se olvidara de tantas traiciones. Si mi tía quería irse un fin de semana para Melgar con Armando Castro, un novio nuevo al que apodaban el Fantasma, Antonia se encargaba de cuidarme para que Cristinita pudiera disfrutar de la vida de mujer libre. Pero si la solidaridad dentro de la comuna era abundante, hacia el exterior era ejemplar: que se enfermaba el hijo de un compañero, desde la comuna se contactaba con los compañeros médicos del MOREI y se conseguía no sólo la consulta, sino también las drogas necesarias para atender al niño. Que una familia era desahuciada por no pagar el arriendo, pues se acogía en la comuna mientras se hacía una colecta, se le buscaba un trabajo a la cabeza de la familia o se le hallaba sitio en alguna de las invasiones que impulsaba el MOREI. Aunque la comuna era un centro de actividad vital y revolucionaria del cual se beneficiaban decenas de personas, el más beneficiado de todos era yo. En lugar de una madre, tenía un abanico de madres, Cristinita me cuidaba y consentía, Antonia me enseñaba historia y Zulma me enseñaba a curtir cuero y a hacer billeteras y llaveros. En lugar de un padre tenía un montón de tutores, Memo me llevaba a las reuniones de los sindicatos, me explicaba cómo hablarles a los obreros para cautivarlos, me ayudó a pulir los pasos de baile y hasta me alcahueteó para que me tomara mis primeras cervezas. El Pollo me enseñó a manchar con jeringas llenas de tinta el uniforme de los policías que nos acosaban en las manifestaciones, a dar los primeros auxilios a un herido, a hacer cocteles molotov y a armar y desarmar una pistola que tenía escondida en el armario. El Diablo Tirado me enseñó a andar en zancos, a hacer sancocho de pescado, a bailar vallenato y a hablarles sin timidez a las mujeres. La pasaba genial y, la verdad, cada día era un poco más feliz. Un tiempo después de vivir en la comuna, seguí los consejos del Pollo y Memo e independicé mi cuarto del cuarto de Cristinita. Al comienzo me dio duro y a veces me le pasaba en las noches para que me arrunchara, pero desde una noche en que el Pollo casi me pilla tratando de abrir la puerta de mi tía, dejé de hacerlo y aprendí que perder una piel suave y tibia duele y produce pánico, pero sirve para conocer la libertad. En esa época, no se pintó en Bogotá o en los pueblos de los alrededores ni una sola pared ni se pegó un solo afiche sin que yo fuera uno de los campaneros apostados para avisar si venía la policía. Me gustaba ese trabajo; era agradable sentir el viento frío de la noche, la llovizna, el miedo que mete en el cuerpo la aparición imprevista del ejército y me gustaba pasar al otro día por los lugares y ver los afiches o consignas que cubrían por completo las paredes. De la ingenuidad de creer que había conseguido una gran familia pasé a la doble ingenuidad de creer que mi familia estaba conformada por un grupo de héroes capaces de cambiar el mundo. Pero ni el mundo quiere cambiar ni los cambios los hacen los héroes, y yo, que nunca he dejado de cargar la mala suerte de mis papás, vine a confirmarlo el Primero de Mayo de 1975, el día de la mayor manifestación obrera que recuerde Colombia. No era una celebración normal, el país había cambiado de presidente pero no de problemas y, ante la arrogancia del borracho que había remplazado al defraudador, la izquierda colombiana, en un extraño momento de lucidez, intentó unirse y, cosa aún más extraña, materializó el intento en una nueva central obrera y en una celebración conjunta de la fiesta de los trabajadores. En la semana previa a la manifestación hubo en la comuna una agitación tenaz, se pintaban con letras rojas sobre telas blancas o amarillas pancartas con lemas como: «Por la unidad de la clase obrera», «Liberación o muerte», «No nos detendrán», «Abajo el imperialismo norteamericano», «Abajo la oligarquía vendepatria», «Fuera las camarillas vendeobreros». Cada frase no era sólo un lema, era la concreción de una esperanza; cada banderín, un compañero más en la lucha; cada brazalete, un obrero más sumado a la causa; cada chapola, una buena nueva para los explotados del país. En la comuna también se establecieron comandos para organizar a los manifestantes, grupos de militantes que llevaran la voz y no dejaran jamás de gritar las consignas escogidas, y una brigada especial para vender *El Tribuno Rojo*, el periódico que por esos días lanzaba a la calle el MOREI. La noche del treinta de abril había tantos compañeros en la comuna que no había ni sitio para dormir; en mi cama dormían algunos campesinos venidos de Córdoba, en las otras habitaciones había obreros, sindicalistas y hasta indígenas llegados de los más alejados rincones de Colombia. Eran casi las cinco de la mañana cuando terminamos de pintar la última tela. El Pollo, Memo, Antonia y Zulma se acostaron en las sillas de la sala, y yo me eché a dormir encima de unas pancartas que decían «¡No nos vencerán!». Me despertaron los pasos de unos campesinos a los que había levantado el frío bogotano y que hablaban acurrucados en el único rincón del patio donde quedaba espacio. Lo mejor es organizarnos de una vez, dijo Memo, que había sido el último en levantarse pero que siempre era el primero en dar órdenes. Los campesinos enrollaron las pancartas que pedían reivindicaciones para sus regiones; llegaron los obreros que se solidarizaban con las huelgas que se adelantaban en ese momento, los indígenas que pedían el regreso de las tierras que después de quinientos años aún les seguían robando, y los compañeros de Tumaco, que pedían un acueducto para que los hijos no se les siguieran muriendo de gastroenteritis. Cuando pasamos junto a la casa presidencial, el cura que solía casar a los compañeros dijo: Algún día, en este lugar no dormirá un borracho traidor sino una pareja revolucionaria. Seguimos por la Séptima, entramos al barrio de Las Cruces, bajamos por la calle Tercera y caminamos junto a los bares de mala muerte que había entre las carreras Octava y Décima. Esto también hay que acabarlo, dijo otro compañero cuando vio todavía encendido el letrero del bar de la Avispa. Bueno, una cervecita y una buena hembra no son contrarrevolucionarias, dijo uno de los negros de Tumaco. Entre risas y discusiones, llegamos al Hospital de La Hortúa. Era temprano pero había mucha gente; se veían viejos, niños, mujeres embarazadas y hasta perros. Sobre nosotros volaba un helicóptero; a lado y lado de la calle estaban apostados los soldados y la policía antimotines, y ante ese despliegue mi ingenuidad creció y hasta creí que en verdad la burguesía tenía miedo de que el pueblo pudiera quitarle el poder. Empezamos a marchar por la Décima, la gente se amontonaba a nuestro paso, los periodistas miraban la multitud con respeto, los fotógrafos enloquecían tomando fotos y el helicóptero de la policía seguía haciendo ruido. La marcha subió por la Jiménez y volteó por la Séptima en busca de la Plaza de Bolívar. Cuando llegamos, estaba repleta; las banderas ondeaban con energía, y el orador de turno dejaba claro cuál era la situación del país. El sol se alzó enérgico, pero la gente no se movió y escuchó con paciencia los discursos: Notificamos al imperialismo yanqui y a sus cipayos que cuando llegue la hora de que el pueblo tome en sus manos los destinos de la nación, estaremos junto a él en los juicios y acciones revolucionarios que sancionen ejemplarmente a quienes tantas veces lo han vendido y atropellado.

Al final, cuando ya era imposible añadir más sobre el brillante futuro que le esperaba a la patria, los miles y miles de asistentes a la manifestación nos pusimos de pie y empezamos a cantar: Arriba los pobres del mundo, de pie los esclavos sin pan, gritemos todos unidos, viva La Internacional. Mientras cantábamos, cerrábamos los puños y alzábamos los brazos en señal de lucha y mirábamos a la tribuna y sentíamos que en verdad el pueblo unido no podía ser vencido. Canté con toda la voz que me quedaba después de gritar tantas consignas, mirando el rostro esperanzado de los campesinos, viendo el rostro feliz de las mujeres, complacido de la mirada recia de los obreros, pensando en mi papá y mi mamá, en las noches pasadas sin dormir y en que todos los que estábamos allí reunidos íbamos a construir un mundo mejor. Cuando la canción se acabó, sonó un aplauso atronador, se oyeron más consignas y todos nos quedamos quietos, extasiados, como si se nos hubiera aparecido Dios o, al menos, uno de sus ángeles. Pasada la euforia, los estómagos empezaron a gemir, algunos niños a llorar y a los asistentes no nos quedó más remedio que aceptar que la manifestación había terminado. Este éxito hay que celebrarlo, dijo mi tía. Todos asentimos, y al salir de la plaza hicimos una colecta y compramos aguardiente y comida. Al llegar a la comuna, acomodamos en un rincón el material que había sobrado, limpiamos los patios y dejamos la casa lista para que se pudiera bailar. Zulma estrenó un equipo de sonido que para reconciliarse con ella le había regalado Memo, y la voz de Carlos Puebla dio inicio a la celebración. Del «por ahí llegaron y por ahí se fueron» de Puebla pasamos al *Jala jala* de Richie Rey y al *Pa' Colombia entera* de Héctor Lavoe. La fiesta se puso tan buena que, más que la celebración del éxito de una manifestación, parecía la celebración de la toma del poder y habría sido la mejor rumba hecha en la comuna si Memo y el Pollo no se emborrachan. Vi el primer mal síntoma cuando fui al baño y vi a Memo discutir con mi tía. ¿Por qué estás tan esquiva?, decía Memo mientras agarraba a mi tía de un brazo. Al verme, Memo la soltó y regresó al lugar donde la gente estaba bailando. Mi tía me sonrió y se metió al baño. Pelao, vaya al cuarto de su tía y tráigame el casete de Celia Cruz, me dijo el Diablo, que siempre era el encargado de poner la música. Fui en busca del casete y cuando entré al cuarto encontré al Pollo sentado en la cama. ¿Qué hace aquí, Pollito, con lo buena que está la fiesta?, le pregunté. Nada mijo, nada, sólo quería descansar un rato, han sido unos días muy duros, me contestó. Ánimo, Pollito, que cada vez estamos más cerca del triunfo, le dije antes de coger el casete y volver a donde el Diablo. Un rato después, cuando ya era de noche y el ambiente empezaba a pasar de la felicidad a la nostalgia, vi a Antonia discutir con el Pollo, vi a Zulma intervenir en la discusión, vi cómo el Pollo daba la espalda a las dos mujeres y cómo Antonia se echaba a llorar mientras Zulma intentaba consolarla. Esto se va a poner teso, dijo el Diablo y me acarició la cabeza. No entendí nada, me había tomado un par de aguardientes y, la verdad, estaba animadísimo practicando pasos de baile con la misma niña negrita que había bailado conmigo la noche de la inauguración de la comuna. Pero la inocencia no lo salva a uno del desastre, y un rato después Memo, ya muy borracho, intentó amacizar a mi tía y, como ella no se dejó, la agarró furioso de los brazos e intentó besarla delante de toda la fiesta. Memo se volvió loco, pensé, solté a mi pareja y corrí a defender a mi tía. No fue necesario. El Pollo se me adelantó y de un fuerte jalón arrancó a mi tía de los brazos de Memo. Gracias, Pollito, usted sí es un caballero, dijo mi tía borracha y besó al Pollo. Eres una traicionera, gritó Memo y trató de darle un puño a mi tía. Cálmate Memo, pidió el Pollo mientras protegía con su cuerpo a mi tía. Usted no sólo es un sapo, es otro maldito traidor, contestó Memo y se echó encima del Pollo. Los dos hombres cayeron al piso y empezaron a darse golpes y fue tal la gritería que Zulma y Antonia, que hablaban en otra habitación, volvieron al salón de la fiesta a ver qué estaba pasando. ¿Y tú, qué haces ahí parada en lugar de separarlos?, le preguntó Antonia a mi tía. A mí no me haga reclamos, Antonia, los que se están peleando son ellos, dijo mi tía con esa sonrisa satisfecha que ponía siempre que estaba pasada de tragos. Mientras Antonia le hacía reclamos a mi tía, Zulma se metió en medio del combate y, con la ayuda del Diablo y de Felipe Sáenz Escobar, intentó parar la pelea. Los dos hombres estaban furiosos y cuando por fin lograron separarlos tenían los ojos morados y las narices sangrantes. Cristinita, Cristinita, yo te amo, decía el Pollo, que era el más borracho y el que había llevado la peor parte en la pelea. Cállate hijueputa, le decía Memo y se revolvía para soltarse y volver a tirarse encima del Pollo. ¿Sí ves?, por tu culpa, le dijo Zulma a mi tía. La culpa no es de nadie, así es la vida, contestó mi tía. No, Cristina, a mí me lo habían insinuado, pero no me imaginaba que usted fuera capaz de traicionarnos, dijo Zulma. ¿Traicionarlas?, preguntó mi tía sin dejar de sonreír. Déjala, dijo Antonia, no vale la pena. Pues sí, dijo Zulma, no vale la pena. Ja ja ja, se rió mi tía, lo que pasa es que ustedes viven en el pasado, no saben qué es el materialismo, no tienen una actitud revolucionaria verdadera, gritó mi tía cuando Zulma le daba la espalda. Puede que seamos unas retrógradas, dijo Zulma volviéndose a poner en frente de mi tía, pero no somos ningunas perras.

con la pata pelá...

Mi llegada a la política coincidió con el desencanto de los estudios de arquitectura y con el estallido de la crisis afectiva que arrastraba por mi incapacidad y la de mis viejos de aceptar mi homosexualidad. Necesitaba ilusiones y mentiras, y se me apareció la revolución. Empecé a malgastar el tiempo en mítines, manifestaciones, jornadas culturales y hasta aburridos grupos de estudio, y el despiste llegó tan lejos que me enredé con una compañera llamada Cristina; Cristinita, para los amigos, decía ella con sensualidad. Dos años lo intenté, no le encontré sentido a la revolución, dejé que mi relación con Cristina se convirtiera en un desastre para mi dignidad erótica y me enamoré platónica e inútilmente de un compañero llamado el Pollo Fajardo. Me negaba a aceptar la nueva decepción cuando, en un pleno del MOREI, Pacho Moscoso expuso un proyecto político que tenía nombre bíblico: la Política de los Pies Descalzos. El proyecto me gustó y apenas hicieron circular el papel en el que los interesados debían inscribirse, fui el primero en hacerlo. La mañana siguiente cancelé mi matrícula en la universidad, le avisé a mi mamá la decisión de irme de casa y me puse a escoger la ropa y los libros que quería llevarme a la nueva aventura. Con la maleta hecha, revisé los lugares que me proponían para descalzarme y como ninguno me convenció, fui a hablar con Cristóbal, un tío que era amigo de parranda del gobernador de Cundinamarca. Después de comentar los últimos chismes de la familia con mi tío, le confesé el motivo de mi visita y el hombre, que pasaba horas enteras diciéndole a mi mamá que la consentidera iba a volverme marica, alzó la mano derecha y me hizo un gesto para que me callara. Sonriente, el tío cogió el auricular del teléfono, marcó con lentitud un número, consiguió que le pasaran al gobernador y se citó con él para tomarse unos wiskicitos. Pasados unos días, el gobernador firmó un decreto extraordinario que en la línea tres del parágrafo tres me nombraba maestro de una escuela rural anexa a un municipio llamado Guayabal de Síquima. Medio día montado en un bus destartalado de la Rápido Tolima, un encuentro tenso con el supervisor escolar del municipio, que estaba molesto porque mi nombramiento había dejado sin empleo a un recomendado suyo, y una hora y media a caballo por un camino real que databa de la época de la Colonia, antecedieron mi llegada a la Escuela El Pajonal. La escuela no era más que una bodega abandonada, pero la vista era magnífica; enfrente había unos potreros de un pasto que se veía tan vigoroso que daban ganas de comerlo y al respaldo había un bosque que servía como sombra a un cafetal y por encima del cual asomaban unos farallones donde, me explicó el campesino que me sirvió de guía, se había escondido en tiempos de la Violencia un famoso bandolero apodado Botones. Aparte de mi cuarto, la escuela tenía un aula para veinte niños, una bodeguita para guardar los inexistentes materiales didácticos y un pequeño y mal ventilado corredor que, en un exceso de optimismo, el guía acompañante me presentó como la cocina. El nido de ratas y los escorpiones que encontré cuando barrí mi cuarto, las intrigas del supervisor escolar, la mirada desconfiada de los terratenientes de la región y el chisme de que al anterior maestro lo habían asesinado los guerrilleros que habían remplazado a Botones me hicieron sospechar que la Política de los Pies Descalzos tenía poco futuro. Para completar los malos augurios, mi llegada coincidió con la Semana Santa y no había terminado de desempacar los libros cuando un terrateniente me informó que debía ceder la escuela y mi cama a un cura viejo y mañoso al que los campesinos llamaban con devoción el Padrecito Raúl. Ver al cura dando misa en el mismo púlpito desde el cual pensaba concienciar a los campesinos de que la religión es el opio del pueblo, ver la felicidad de los campesinos al donarle gallinas, marranos, frutas y cargas de café al malicioso curita y ver el esfuerzo que un grupo de jornaleros hizo el Viernes Santo para levantar en uno de los potreros una cruz de treinta metros de alto, terminó de agrietar mis maltrechas ilusiones revolucionarias. El curita se largó y, para olvidar la desesperanza, me puse a dictar clase. Las sonrisas de los niños, las historias que contaban y los afanes que pasaba cada día para mantenerlos motivados con el español y las matemáticas me hicieron recobrar un poco la fe. Unos días después me había hecho a una rutina, daba clase toda la mañana, gastaba las tardes leyendo y descansaba de las lecturas viendo esconderse el sol detrás de los farallones que seguían siendo refugio de bandoleros. Esos primeros días de soledad fueron felices y me sirvieron incluso para serenarme y reflexionar, pero la vida en Colombia no acostumbra a dar treguas largas ni mucho menos acepta períodos de reflexión. Una tarde estaba tirado en la hamaca disfrutando de la lectura de *El Quijote*, cuando vi venir hacia la escuela una figura solitaria; la figura se fue aclarando, tomó forma precisa y se detuvo frente a mí. Era un muchacho algo menor que yo, bajo pero fornido, armado con un fusil, calzado con unas botas pantaneras y dueño de unos ojos limpios y vivaces que alcanzaron a perturbarme. Vengo de parte de mi comandante Capulina, dijo. ¿Capulina?, pregunté entre curioso y alterado. Sí, el comandante del frente guerrillero que está a cargo de esta región. Ah, perdone, no sabía que le decían así. Así se llama, dijo el muchacho con solemnidad. ¿Y para cuándo es la cita?, pregunté. Para ya, contestó el muchachito. ¿Para ya?, pregunté nervioso, porque a la perturbación que me producía el guerrillero le sumé el temor que me producía la invitación del jefe guerrillero. Cada profesor que llega a esta escuela debe presentarse ante mi comandante, la reunión con usted se atrasó por culpa de la Semana Santa, así que la orden es que lo lleve hoy. Deme un minuto, le pedí. Mientras me calzaba unas botas iguales a las que el muchachito traía, observé mis manos: estaba temblando. Ojalá pueda caminar tranquilo detrás de ese pelado tan bonito, pensé. El muchacho echó a andar, lo dejé adelantarse y lo seguí intentando disimular mi inquietud, pero un par de veces estuve a punto de caer porque en lugar de fijarme en el camino tenía puesta la mirada en el cuerpo que había debajo del camuflado. Después de tres largas horas de tortura sexual, llegamos a unas cuevas junto a las cuales la guerrilla había improvisado un campamento que, más que una base para tomarse el poder, parecía una aldea del neolítico. Tirado en una hamaca estaba un guerrillero gordo, con bigote al estilo Pancho Villa, con unos ojos pequeños que se movían a gran velocidad, una nariz ancha y torcida y unos labios finos que parecían una cicatriz abandonada sobre el rostro regordete. Capulina ordenó al muchacho retirarse, me indicó que me sentara en un banco de madera y se sentó frente a mí en una actitud tan agresiva que supe que allí no iba a haber una conversación sino un interrogatorio. ¿Entonces?, pregunté para apurar la situación. Capulina prendió un tabaco y, después de la primera bocanada de humo, empezó a hablar. Me extraña que haya tardado tanto en venir a visitarme, profesor. Lo miré asombrado. Se nota que usted es un novato y no sabe cómo es la vida en el campo. La verdad, sí, soy un novato en la vida rural, dije. Pues le voy a explicar cómo es lo que usted llama vida rural y, de paso, le voy a explicar la gran cantidad de errores que usted ha cometido desde su llegada a esta zona, añadió. Según la versión de Capulina, yo hablaba mucho de comunismo pero me había arrodillado ante la Iglesia, era servil en el trato con los terratenientes, trataba con demasiada condescendencia a los niños, me pasaba tardes enteras sin hacer nada y ni siquiera había sido lo suficientemente varón como para responder a los requerimientos de las campesinas. Es que hasta esa puta cruz que usted dejó poner en el potrero me amarga la vista, cerró Capulina. En lo de la crucecita estamos de acuerdo, bromeé. Capulina sonrió. No debió haber dado permiso de ponerla. ¿Y qué iba a decir?, el potrero no es mío. Eso no importa, el cura estaba en su escuela, ahí manda usted. Bueno, tal vez debí ser más enérgico. ¿Y por qué no le ha metido mano a la Nury?, la muchacha le ha hecho tres visitas. No me gusta, le dije incómodo. Pues sepa que ha ido a visitarlo con mi autorización. No sabía que usted también controlaba la vida sexual de las campesinas. El sexo también es un arma, me replicó. Si usted lo dice, dije. ¿No será que usted es marica?, preguntó. Sonreí. Sólo intento ser un buen maestro y evitar que un campesino de estos me pique en pedacitos con un machete. No crea, más de uno de estos campesinos se sentiría feliz de que un señorito de ciudad como usted le preñara una de las hijas. Bueno, no vine a preñar campesinas, vine a dar clases a los niños y a enseñar el socialismo a los campesinos, contesté. Error, dijo Capulina, usted vino sólo a dar clases, nada de ir por ahí hablando mierda, en esta región la revolución la hacemos nosotros. Pero si tenemos el mismo objetivo, nuestros trabajos se complementan, repliqué. No necesito su ayuda, usted con sus teorías lo único que hace es confundir a la gente, dijo Capulina. Al contrario, les doy luces para que entiendan la lucha armada, contesté. Aquí no queremos bobos de ciudad que vengan a enseñarnos cómo se hace la guerra, dijo Capulina. Usted no me puede prohibir que hable con la gente, dije. Sí puedo, dijo él, sacó el revólver de la cartuchera y me apuntó. ¿Me va a matar como al otro maestro? Yo no maté a ese güevón, él se mató solito, dijo, y guardó el arma. Entonces, ¿no puedo hacer trabajo político?, pregunté. No, lo tiene prohibido. Bajé la cabeza y me quedé mirando el suelo con impotencia y ganas de llorar. ¡Emilio!, gritó Capulina, un guarapito, que estamos resecos. Al ver llegar al guerrillero con las totumas me di cuenta de que el momento había sido tan tenso que hasta me había olvidado de él. Bebimos. ¿Estamos claros?, insistió Capulina cuando estiró la mano para despedirme. Sí, le contesté, y acepté el apretón de manos. Lléveselo por donde lo trajo, le ordenó Capulina a Emilio. Echamos a andar en la oscuridad y, un rato después, cuando ya me había resignado a las órdenes de Capulina, me volvió el nerviosismo erótico. No se preocupe, el comandante es un hombre severo pero, mientras uno le haga caso, es buena persona. Sonreí con tristeza. El muchacho se relajó y empezó a hablar. Me contó que había pasado directo de una cuadrilla de bandoleros a ese frente guerrillero, añadió que en la región se llevaba una vida tranquila, que el ejército iba poco y que, como ellos eran un frente pequeño, los latifundistas y los campesinos de la región no tenían problema en pagar las vacunas que se necesitaban para mantenerlos. La vida por aquí es más bien aburrida, sólo le ponen picante las mujeres. Preferí no hacer ningún comentario a la frase de Emilio. Tengo cerveza, dije cuando llegamos a la escuela. Emilio asintió y entró conmigo a la casa. Y usted, ¿no tiene muchos problemas con las mujeres de la región?, le pregunté cuando ya habíamos destapado las cervezas. No. ¿Y eso por qué? Porque tengo los mismos problemas que usted, contestó Emilio. La cerveza se me atragantó. Salvo un par de experiencias amargas en un cine erótico, nunca había estado con un hombre y la naturalidad con la que aquel campesino se confesaba homosexual me desarmó. Y, ¿cómo se las arregla?, me atreví a preguntarle. Con mañita, dijo y sonrió. Pues nos tocará así, le dije y brindé con la cerveza. Del brindis pasamos a los abrazos, de los abrazos a los besos, de los besos a las caricias y de las caricias al placer de la desnudez. Emilio me trató con dulzura y después de morderme el cuello me puso en cuatro, me metió la verga y me hizo sentir ese palpitar y ese golpeteo que consiguen que uno se sienta por fin realizado. Habría querido que el abrazo final fuera eterno y me habría quedado así el resto de la vida, pero los grillos habían callado, las estrellas empezaban a apagarse y era seguro que el reloj de oro de Capulina ya marcaba la hora del regreso de Emilio al campamento. Lo despedí con el beso que tantas veces evité darles a los hombres que había deseado, le rogué que volviera pronto, vi cómo se perdía en la oscuridad y me quedé sentado en la puerta de la escuela, intentando saber por qué me sentía como flotando, por qué, a pesar de que Emilio ya se había marchado, lo sentía y lo olía dentro de mí. Así que, entre las amenazas de Capulina, el desencanto que me produjo la actitud servil de los campesinos con el cura y el amor de Emilio, se me olvidó la revolución. Concluí que era innecesaria, que, si observaba con detenimiento, el mundo estaba bien organizado. Los campos florecían, los terratenientes también se enfermaban, los jornaleros amaban a sus mujeres y se revolcaban y parían hijos con ellas, las campesinas eran felices soñando con los forasteros, los guerrilleros eran felices tirándose a las campesinas, las madres de las campesinas soñaban con que sus hijas quedaran preñadas del hijo del patrón y los campesinos soñaban con que la guerrilla les ayudara a convertirse en patrones. La vida tenía un orden y para cambiarlo había que destruir los sueños de todos. La política es el oficio de los ingenuos o de los ambiciosos, la gente sabia no piensa en ella, se dedica a buscar el amor, a buscar la felicidad, me repetía a mí mismo. Emilio se convirtió en el eje de mi existencia, iba a visitarme cada vez que conseguía despistar a Capulina o me citaba en algún cafetal o en el recodo de algún camino o de alguna quebrada. De encuentro en encuentro, me convertí en un guerrillero más, conocía mejor que nadie la región y sabía de memoria los movimientos de los hombres de Capulina. La vida era ajetreada pero feliz. A veces, el comandante pasaba por la casa y me hacía una corta visita, a las campesinas empecé a hablarles de lo enamorado que estaba de una novia que tenía en Bogotá y a los alumnos empecé a trasmitirles los restos del amor que Emilio me metía en el cuerpo. Deberíamos hablar con Capulina y explicarle que somos pareja, así sería más fácil vernos, me atreví a sugerir un día. Nos manda a fusilar, contestó Emilio. No, ser marica es algo normal, seguro que Capulina entiende, a fin de cuentas los tres somos revolucionarios. No se haga ilusiones, ¿no ve a los campesinos?, se desviven por ayudarnos, pero apenas llega el cura corren tras él. ¿Y?, dije. Apenas le digamos a Capulina que somos maricas, nos pierde el respeto, concluyó Emilio. Salvo esa discusión, nunca tuvimos la menor diferencia, pasaba un mes y pasaba otro, el sol seguía saliendo, los niños aprendían a leer, los atardeceres seguían siendo preciosos y hasta empezaba a creerme que la vida podía llegar a ser perfecta. Y lo habría sido si Fanny Guzmán, la directora de la escuela más cercana, no decide organizar un almuerzo entre maestros para celebrar el Veinte de Julio. Dueña de unos dientes grandes y preciosos, Fanny era una cuarentona morena y bien armada que pasaba por una etapa de madurez carnal y que, gracias a ello, ejercía de objeto sexual de la región y de amante oficial de Capulina. La mujer nos alegró la sobremesa con chistes, sacó una guitarra de un armario y nos deleitó cantando los éxitos de María Dolores Pradera; nos emborrachó, nos puso a bailar y terminó la tarde despachando a casa a todos los invitados menos a mí. Una vez solos, Fanny me invitó a una pequeña salita que tenía junto al dormitorio, me contó su vida y, después de hacerme tomar unos tragos más, empezó a hablarme de lo sola que se sentía y empezó a acariciarme la mano. Un poco porque estaba borracho, un poco por curiosidad, un poco porque me parecía divertido manosearle la mujer a Capulina y sobre todo porque tenía una cita con Emilio y quería quemar tiempo, le seguí la corriente a Fanny. La dejé hacer y le acariciaba las tetas, cuando, a través del vidrio de la ventana, vi los ojos enfurecidos de Emilio. Capulina, que era un guerrillero bien patriota, había decidido que un polvo generoso con Fanny era la mejor celebración de la fiesta nacional y había mandado a Emilio a avisar que iba a pasar la noche allí. Me quité a Fanny de encima y corrí hasta la puerta, vi las guirnaldas que decoraban el patio, las materas con las margaritas y las rosas, los letreros que ponían nombre a cada una de las plantas, pero no vi a Emilio. Usted también le tiene miedo a Capulina, dijo Fanny. Seguí hurgando la oscuridad en busca de Emilio. Pues yo no, pero parece que soy la única en esta región que no le tiene miedo a ese fantoche. Usted no le tiene miedo, sólo se revuelca con él, riposté. Mejor váyase, profesor, me ha defraudado, dijo Fanny. Salí del lugar y decidí que lo mejor era cumplirle la cita a Emilio. Al amanecer, cuando ya era seguro que Emilio no iba a llegar, me levanté de la piedra donde lo esperaba y me fui para la escuela. Caminé acosado por la tristeza y sólo tuve un respiro cuando iba llegando, pues me entró la ilusión de que tal vez Emilio estuviera allí esperándome. Pero no, abrí la puerta y los únicos que estaban eran los alumnos. Fueron días terribles, siempre a la espera de la señal que nunca llegó. O, mejor dicho, que llegó tarde y llevada por una cuadrilla de guerrilleros. Señor profesor, dijo Capulina con sorna mientras yo veía los ojos de Emilio mirándome con odio. Comandante, ¿y ese milagro de tenerlo por aquí? Ya ve, siempre toca trabajar. Y, ¿por qué por estos lados?, si puede saberse, añadí. Pues porque aquí el hombre lo ha acusado de dos cositas bastante graves. Callé.

La primera y la más importante, de tratar de convencerlo para que se retirara de la guerrilla y se pasara al MOREI, y la segunda, y más personal, es la de seducir a mi mujer. Miré a Emilio, bajó la mirada. ¿Tiene algo que alegar?, preguntó Capulina. Seguí callado, ¿qué iba a decirle?, ¿que era marica?: me traicionaba a mí. ¿Que jamás le había hablado del MOREI a Emilio?: traicionaba mis ideales. ¿Que todo el problema era porque Emilio y yo éramos amantes?: traicionaba a Emilio. Cada explicación era una traición y preferí comerme las palabras. ¿Nada que decir?, insistió Capulina. Yo seguí en silencio. Lo único que quería era tener un momento a solas con Emilio para darle explicaciones y para pedirle perdón. ¿Nada que decir?, repitió Capulina. ¿Para qué?, usted vive muy bien informado, le dije. No crea, uno también se lleva sus sorpresas, quién iba a pensar que usted con esa cara de bobo le iba a echar mano a mi mujer, dijo y me pegó el primer golpe. Emilio y los otros guerrilleros hicieron lo mismo. Empecé a encajar golpes y golpes, me cubría la cara con las manos y en lo único que pensaba era en que Emilio me golpeaba con más saña que los demás. No más, no me lo vayan a matar a golpes que tengo ganas de fusilarlo, dijo Capulina. La palabra fusilar sí la oí y perdí toda esperanza. Dejé que me amarraran las manos, que me condujeran al pie de un árbol y que me vendaran los ojos. Quítenle las botas, están buenas y pueden servirle a alguien. Me las quitaron y me volvieron a acomodar al pie del árbol. Ahí no lo pongan que el arbolito no tiene la culpa de las cagadas de este hijueputa, dijo Capulina. Emilio se acercó y me empujó lejos del árbol. Traidor, me murmuró al oído. La vida entera se me vino encima, no quería morirme sin volver a hablar con mi mamá, sin volver a ver a mis amigos del MOREI y, lo más importante, sin aclararle a Emilio lo que en verdad había pasado con Fanny. ¡Formen!, gritó Capulina. Un montón de botas pisaron con firmeza la tierra. ¡Apunten! Se formó un silencio, durante el cual pensé que era muy triste que a un revolucionario lo matara otro revolucionario y me puse a rezar. ¡Fuego!, gritó Capulina y sonaron varios disparos. El sonido de los disparos se apagó y seguía vivo, de pie y sin sentir ninguna herida. Quería tocarme, saber qué había pasado, pero estaba tan bien amarrado que mis movimientos sólo consiguieron hacerme caer al suelo. El golpe me estremeció y me revolvió todo el miedo, la tristeza y la desesperanza y me puse a llorar. Ja ja ja, se rió Capulina. Llora como una niña, reían los otros guerrilleros mientras uno me quitaba la venda y me soltaba las manos. Tembloroso, sin creer aún que seguía vivo, buscaba a Emilio. Capulina se acercó, sacó el revólver y me lo puso en la boca. ¿Sabe qué?, al otro maestro lo maté por enredarme a la Fanny, pero ese güevón tuvo la mala suerte de cortejar a la hembra cuando todavía me gustaba mucho. Así que a usted, hermano, y a petición de Emilio que le ha tomado aprecio, lo voy a perdonar, pero debe irse de la región esta misma noche. ¿Esta noche?, balbuceé. Mejor dicho, ¡ya mismo!, amenazó Capulina. Me agaché a coger las botas. No he terminado, señorito, dijo Capulina y me dio una patada que me alejó un par de metros de él. Sumercé se va ya mismo, pero sin botas; quiero que vaya donde sus compañeros del MOREI y les cuente cómo aplicamos los revolucionarios de verdad esa maricada que ellos llaman la Política de los Pies Descalzos.

Sombras son la gente
a la la la, la la, la la…

Como era natural, la comuna no sobrevivió a la trifulca amorosa y sexual del Primero de Mayo. La casa pasó de ser el caldero de los más nobles ideales marxistas a convertirse en escenario de la más retorcida de las telenovelas latinoamericanas. Memo y Zulma buscaron otro lugar donde vivir, Antonia abandonó al Pollo, el Diablo dejó el teatro y puso una taberna vallenata y el Fantasma Castro hizo honor a su apodo y desapareció. Mi tía arrendó el tercer piso de un edificio del Marco Fidel Suárez y pasamos de vivir en una casa llena de gente, música e ilusiones a estar en un apartamento solitario y sin muebles donde no se podía ni poner la radio porque Cristinita siempre tenía mal genio o dolor de cabeza. Yo extrañaba las charlas con los compañeros, las atenciones de las compañeras, las salidas a hacer trabajos revolucionarios, las fiestas permanentes y fue tanta la desolación, que extrañaba hasta las peleas de las últimas semanas. El único que no me abandonó fue el Pollo. El hombre, en lugar de amargarse por la ida de Antonia, decidió seguir con la lucha revolucionaria y, cansado de la cobardía de la dirección del MOREI, se hizo colaborador del deme, el movimiento guerrillero que había surgido como reacción al fraude electoral del Muelón. Secuestramos un camión lleno de leche, y la repartimos en los mismos barrios adonde el MOREI sólo va a hablar mierda, me contaba el Pollo. Asaltamos a unos policías y les quitamos los revólveres, seguía. Conseguimos una bazuca y la disparamos contra la embajada gringa. Esas historias se convirtieron en el alimento que me sostenía; escucharlo me emocionaba, me llenaba de sueños y me daba fuerzas y paciencia para aguantar las desesperanzas de mi tía. Tiene que estudiar pero también tiene que hacer mucho deporte para estar listo cuando llegue el momento de empuñar las armas, me repetía el Pollo. No eran buenos tiempos para empuñar las armas, los dictadores de derecha se habían instalado en el vecindario y en Colombia el borrachín que gobernaba permitía que los militares reprimieran la protesta social con torturas, desaparecidos y asesinatos. Pero a nadie le quitan el hambre ni lo visten ni le dan casa tan sólo persiguiéndolo o matándolo, y a pesar de la represión, la inconformidad crecía y la izquierda colombiana no tuvo más opción que mantenerse unida y organizar un paro cívico. El caos y los muertos que dejó el paro y las noticias sobre revoluciones que llegaban del exterior llenaron de inseguridad a los dueños del país y, cobardes como siempre, empezaron a pedir que se aumentara aún más la represión o que se les cediera el poder a los militares. El rumor de golpe de Estado se convirtió en tema de conversación en las casas de las familias gobernantes, y como la dirección del MOREI pertenecía a esas mismas familias, el asunto llegó de inmediato a una reunión del comité central del partido. Los integrantes del comité dijeron que era el momento de perseverar, que se estaban dando las condiciones para el cambio político, pusieron cara de optimismo y juraron mantener las banderas revolucionarias en alto. Pero apenas terminó la reunión, la mayoría de miembros del comité sacó los ahorros del banco, hizo maletas y se fue de Colombia. Estaba claro que esos manes eran unos cobardes, me dijo el Pollo cuando hablamos. ¿No será tan sólo una táctica de despiste?, pregunté. No, el MOREI está muerto, lo mató un chisme, se rió el Pollo. Intenté contradecirlo, pero la realidad le dio la razón; sin dirigentes hubo desbandada general y de ser un movimiento en alza, el MOREI pasó a ser un grupo de nostálgicos que, más que seguir intentando el cambio, se dedicaban a criticar a quienes lo habían traicionado. No hubo golpe. Colombia es un país hipócrita y los militares han preferido siempre mandar en la sombra, pero sí hubo una nueva farsa electoral y al borrachín lo remplazó un gordo gangoso que vestía trajes oscuros, corbatines ridículos y que cargaba con una inmensa fama de bruto. La fama, cosa extraña en un político, resultó cierta, y unas semanas después el gordo salió en la televisión y anunció el «Estatuto de Seguridad», un decreto que convertía en ley de la república la represión ejercida por los militares. El Estatuto de Seguridad enturbió aún más el ambiente; de perseguir a la izquierda se pasó a perseguir a todo aquel que no estuviera de acuerdo con el régimen y el país se volvió tan peligroso que la gente aparcó los deseos de bienestar e igualdad y se refugió de nuevo en el silencio y la resignación. Pero no todo fue malo, el mismo miedo que acabó con los sueños de gran parte del país hizo renacer los sueños y los buenos propósitos de quienes aún no se daban por vencidos. La noche siguiente al discurso del gangoso, alguien timbró a nuestra puerta, mi tía dudó en abrir pero al final lo hizo y tropezó con la cara ya un poco regordeta de Memo. Cristinita intentó cerrar la puerta, Memo lo impidió. Cristina, por favor, dijo alguien detrás de Memo y mi tía supo que era Zulma. Detrás de Zulma entraron el Pollo, Antonia, el Diablo y hasta el Fantasma. Acomodados en la sala, los ex comuneros explicaron que querían reconciliarse, hicieron una severa autocrítica de lo ocurrido en la casa de La Candelaria, lloraron, se pidieron excusas, aceptaron perdones y sellaron el acto colectivo de contrición con unos aguardientes. Es mejor estar unidos y empezar a cuidarnos los unos a los otros, dijo mi tía cuando el licor confirmó que habían acabado los rencores. Sí, ahora, más que preocuparnos por el futuro del país, tenemos que preocuparnos por nuestra supervivencia, dijo Memo. Así estábamos, entre la incertidumbre de la represión y la esperanza de los amigos recobrados, cuando el Diablo llamó a mi tía para pedirle que le prestara un dinero. Aunque el Diablo nunca devolvía los préstamos, mi tía me dijo que fuera a la calle Diecinueve, comprara unos discos y los llevara a la piecita donde vivía el ex actor de teatro. Hacía frío, pero comprar música siempre anima y me subí en un bus viejo, aguanté las vueltas inútiles que dio la chatarra y, cuando tuve los elepés bajo el brazo, busqué Belén, el barrio donde el Diablo estaba instalado. Menos mal que vino alguien, dijo doña Susana, la dueña de la casa. ¿Qué pasa?, pregunté. Se lo llevaron unos tipos muy raros. ¿Unos tipos muy raros?, repetí. Sí, balbuceó doña Susana y cerró la puerta. El portazo en la cara y la llovizna que empezaba a caer me confundieron; sin embargo busqué un teléfono público y marqué el número de la casa de Felipe Sáenz Escobar. Don Felipe salió del país anoche, contestó Conchita y me colgó el teléfono. Espéreme ahí, toca ponerse a buscar a ese güevón antes de que lo maten, dijo el Pollo, que fue la siguiente persona a la que llamé. Esa tarde hicimos por primera vez un periplo que se nos convertiría en rutina y que terminamos por bautizar como «La ruta de los desesperados». Horas y horas recorriendo las mismas calles, cruzando las mismas puertas y haciendo las mismas preguntas en centros de salud, clínicas, hospitales, estaciones de policía y cuarteles del ejército hasta terminar revisando los cuerpos de muertos anónimos en las neveras de la morgue de Bogotá. Es angustioso ir por ahí preguntando por alguien que uno quiere, soportando la lástima, el miedo, la desconfianza y hasta el odio que hay en la mirada de los interrogados. A medianoche, cansados y sin haber conseguido ningún indicio del paradero del Diablo, volvimos al apartamento y le contamos lo que había pasado a mi tía. Toca llamar a Antonia, al fin de cuentas el papá es militar, dijo Cristinita. Pues sí, tocó recurrir al cabrón de mi ex suegro, dijo el Pollo. No te preocupes, así me toque llorarle, consigo que nos ayude, contestó Antonia. Tenemos que recogerlo en la Escuela de Caballería, exclamó mi tía emocionada unas horas después, cuando recibió la llamada de respuesta de Antonia. Casi te matan, dijo el Pollo al ver el cuerpo y la cara del Diablo destrozados por los golpes y las torturas, y lo ayudó a subir al taxi. Lo peor es que quieren que uno les diga lo que no sabe, así hubiera sido un sapo no tenía idea de lo que me preguntaban, lloriqueó el Diablo. Tranquilo, hermano, dijo Cristinita y lo abrazó. Al Diablo lo cuidamos entre el Fantasma, mi tía y yo, porque Antonia nos visitó esa misma tarde y le dijo al Pollo que sobre él ya había orden de captura y lo mejor era que se escondiera durante unos meses. El Pollo se negaba a huir, pero todos apoyamos la idea de Antonia y ante la presión general no le quedó más opción que hacerle caso a la ex mujer e ir a pasar un tiempo en una casita que los abuelos tenían en las afueras de Girardot. Estoy jarto de este encierro, dijo el Pollo un mes después cuando llamó a saludar y nos propuso al Diablo y a mí que fuéramos a visitarlo. Es muy peligroso, dijo mi tía. Lo mejor es que cada cual se quede tranquilo en su casita, la apoyó el Fantasma. No me parece justo que el Pollo siga solo, dijo el Diablo. Es verdad, lo menos que podemos hacer es ir a visitarlo, dije. Mis ruegos convencieron a Cristinita y mientras la flota dejaba atrás el frío de Bogotá, el Diablo y yo disfrutamos de los vallenatos que ponía el chofer de la flota y nos entretuvimos viendo la fiereza con la que el río Sumapaz rompe la montaña y forma el cañón junto al cual está construida la carretera que lleva a Girardot. Este pueblo está muy bacano, dije cuando llegamos. Sí, el Pollo no está escondido, sino de vacaciones, sonrió el Diablo. El Pollito es de buenas hasta para esconderse, contesté. En una tienda, el Diablo compró cervezas, pan y salchichón y preguntó cuál era el mejor camino para ir hasta la dirección que el Pollo nos había dado. Buscan la salida a Tocaima y antes de que se acabe el pueblo van a ver un grupo de casitas con techos pintados de rojo, ahí es, contestó el tendero. ¿Por qué será que uno es más libre en tierra caliente que en tierra fría?, preguntó el Diablo. Seguro porque no tiene tanta ropa encima, contesté mientras me quitaba la camiseta. También hay piscina, rió el Diablo cuando llegamos al conjunto de casas. Sólo falta que ese güevón en lugar de estar esperándonos esté dormido o borracho, dije cuando golpeamos y nadie abrió. No creo, el Pollo nunca toma solo ni duerme hasta tarde, contestó el Diablo. No me asuste Diablito, dije. Vigile que no venga nadie, me pidió el Diablo. Lo vi buscar la parte trasera de la casa, lo oí resoplar mientras trepaba por la pared y oí el golpe seco cuando cayó dentro del patio. No entre, ordenó el Diablo cuando me abrió la puerta. ¿Qué pasa, hermano?, pregunté. Vaya y busque un médico. Entendí que al Pollo le había pasado algo y corrí a cumplir la orden del Diablo. No puede entrar hasta que venga la policía, confirmó el enfermero que llevé hasta el lugar. Llegamos tarde, pelao, dijo el Diablo y me abrazó. ¿Qué pasó?, insistí. El Diablo no dijo nada, empezó a llorar y en su cara se volvió a instalar la expresión de desamparo y angustia que tenía la mañana que lo recogimos en la Escuela de Caballería. Con la muerte del Pollo, las pocas ilusiones revolucionarias que nos quedaban se nos convirtieron en delirio de persecución; nos sentíamos intranquilos en casa, evitábamos las calles que antes caminábamos y dejamos de visitar a nuestros mejores amigos. El golpe para mí fue tenaz porque si a alguien quería y admiraba era al Pollo, y aunque al comienzo parecía estar tranquilo, cuando vi en el entierro la cara de rabia y dolor de Memo, las lágrimas de Antonia y Marcos, y cuando vi caer la primera palada de tierra sobre el ataúd, empecé a llorar y ya no paré de hacerlo durante días. Tienes que ir a estudiar, no puedes seguir encerrado en casa, me ordenó mi tía. No quiero ponerme a estudiar, quiero averiguar quién mató al Pollo. ¿Y qué vas a hacer cuando lo averigües?, preguntó ella. Vengarme, le dije. Mi tía no contestó, dejó que se me pasara la rabia y gastó los días siguientes consolándome con palabras, besos, caricias y buenas comidas hasta que consiguió que aceptara ir de nuevo a clases. Le hice caso, pero, la verdad, no le encontraba sentido a estudiar. Oía al maestro de historia hablar de guerras pasadas y me parecía imbécil hablar de otras guerras sin haber resuelto la que teníamos enfrente, veía a la flaca que daba álgebra resolver ecuaciones y me parecía inútil que estuviera enredada en problemas abstractos mientras afuera en la calle estaban matando a los amigos; oía a la cucha que nos daba biología y ahí sí se me desgranaban las lágrimas porque cada tres minutos la viejita decía con inocencia la palabra vida. El Fantasma y el Diablo me sacaban a pasear para intentar que olvidara la muerte del Pollo pero, aunque oía con detenimiento los consejos que me daban, no lograba dejar atrás ni la tristeza ni las ganas de venganza. Me habría ganado el resentimiento si la vida no hubiera decidido enseñarme que un dolor así de profundo sólo lo curan desgracias aún peores. Una noche, cuando ya habíamos visto las noticias y estábamos a punto de acostarnos, alguien tocó a la puerta. Zulma, contestó una voz temblorosa cuando pregunté quién era. Abrí, y Zulma, en lugar de saludarme, cruzó la sala y empujó la puerta de la habitación de mi tía. ¿No está aquí?, preguntó. ¿Quién?, preguntó mi tía. ¿No está aquí?, preguntó de nuevo Zulma. ¿Quién?, preguntó otra vez mi tía. Zulma, en lugar de contestar, se echó a llorar. ¿Qué pasa, Zulma? Es Memo, hace dos noches no va a la casa y tampoco ha llamado, no sé nada de él. ¿Y por qué no habías dicho nada?, preguntó mi tía. Es que Memo suele perderse días enteros y no quise armar el revuelo y que resultara una falsa alarma; no quería quedar en ridículo. Uf, dijo mi tía. Perdóname por entrar así, Cristina, estoy tan asustada que preferí pensar que se había vuelto a enmozar contigo a aceptar que se lo había llevado el ejército. Mi tía miró con rabia a Zulma, pero corrió al teléfono y llamó al Diablo y al Fantasma. La última vez que lo vieron estaba en una reunión de apoyo a unos obreros de una textilera que va a entrar en huelga, dijo el Fantasma después de hacer varias averiguaciones. Hicimos sin éxito el recorrido de los hospitales, los batallones y la morgue y cuando volvimos a la casa de Zulma encontramos la prueba final de que se lo había llevado el gobierno: el lugar estaba completamente revuelto y la mamá de Memo y el hijo de Zulma y Memo estaban encerrados y amarrados en la cocina. Después de la desaparición de Memo, la lista de compañeros arrestados, torturados o fugados se disparó. Cristinita llamaba a alguna amiga y le contestaban que ya no vivía en esa casa. El Diablo llamaba a algún actor conocido para que le prestara un libro y le decían que nadie sabía de él. El Fantasma llamaba a algún militante del MOREI para consultarle sobre otro militante del MOREI y la mujer del militante le colgaba el teléfono o se ponía a llorar. Con la desaparición de tanta gente, la vida se va llenando de agujeros, ya no hay a quién contarle nada, a quién hacerle una visita, ni siquiera a quién criticar, y al final uno no sólo tiene miedo, sino que ni siquiera sabe quién es. Cristinita, en lugar de asustarse, se puso a liderar la búsqueda de los amigos, a organizar las protestas frente a los batallones donde llevaban a los detenidos e, incluso, a ir a las revistas y periódicos para intentar que alguien denunciara lo que estaba pasando. Y no estuvo sola, le dio fuerzas y le ayudó el Fantasma. Fue sorprendente ver cómo el hombre se multiplicó. Estaba pendiente de las necesidades de la familia de cada compañero arrestado, era el más valiente cuando tocaba ir a los cuarteles a preguntar por los compañeros, encabezaba las manifestaciones de protesta y era el más eficaz para conseguir sitios de refugio donde esconder a los amenazados. La desgracia volvió sólido el cariño que unía a mi tía y al Fantasma, siempre estaban juntos, el uno adivinaba los pensamientos del otro, se les ocurrían los mismos planes y las noches que podían reposar tranquilos hablaban entre sí horas enteras y amanecían con una cara de felicidad que les tocaba disimular para no empeorar el dolor de los deudos de los desaparecidos o asesinados. Armando se instaló con nosotros y, unas semanas después, dejó de lado el tinte político de sus palabras y empezó a hablarle a mi tía de matrimonio. Podría ser, contestaba ella, ya es hora de tener hijos, no les vamos a dar gusto a los capitalistas de que acaben con nosotros. Armando la abrazaba, la acariciaba y la besaba con una ternura que no parecía la ternura de un fantasma sino amor de verdad. Verlos queriéndose me hizo sentir mejor; dejé de llorar, de masticar deseos de venganza y hasta volví a cogerle cariño al colegio. El amor es escaso pero cuando aparece es generoso, y las idas a cine con el Fantasma, las tardes enteras cocinando y oyendo música, los partidos de basquetbol en el parque y hasta la lectura compartida de los periódicos me fueron curando y terminé por aceptar la muerte del Pollo y por cultivar la esperanza de que Memo reapareciera. ¿No ha venido Armando?, me preguntó mi tía una noche, cuando se cansó de esperarlo a la entrada de un teatro y decidió regresar al apartamento. No, le contesté. Cristinita cogió la agenda y llamó a media humanidad, pero nadie le dio razón del Fantasma. Después me hizo vestir e hicimos de nuevo el periplo de los desesperados, pero no lo encontramos. Había desaparecido.

no volverán los tiempos de la cometa,
cuando yo, niño, brisas pedía a san Lorenzo…

Llegué al parque y vi los árboles, el pasto, las bancas de madera y los caminos que subían a la montaña y me olvidé del frío, el hambre y las humillaciones de los últimos días. Joaquín me miró con los ojos cansados y supe que el parque también lo ilusionaba y decidí que lo mejor era hacerle caso y reposar un rato. Entrábamos cuando llegaron la mujer y el hijo. Tal vez estaba loco, tal vez tantos días caminando me habían trastornado, lo cierto es que cuando la mujer pasó a mi lado se me pareció a Flor y cuando la vi sonreír se me pareció todavía más y cuando la vi ponerse a empujar el columpio donde subió al hijo, casi pensé que era ella. Joaquín corrió hacia el otro columpio y no tuve más opción que ir a empujarlo. Quedamos uno junto al otro y ella se puso nerviosa y yo, al ver el escote y sentir el olor de su pelo, me estremecí y, por momentos, olvidé la angustia que cargaba y hasta alcancé a acordarme de que la vida podía ser bonita. Los niños se cansaron del columpio y ella sacó de una bolsa un balón y se lo entregó al hijo y el niño miró a Joaquín y le dio el balón y empezaron a jugar. Me senté en una de las bancas, ella se sentó en otra y nos pusimos a vigilar a los niños, mientras allá, a unos cuantos metros, Bogotá seguía con los afanes, el bullicio y la indiferencia. Me habría gustado hablarle, saber cómo era su voz, saber cuál era su historia; pero las ropas sucias y arrugadas no me ayudaban y pensé que los niños estaban pasándola bien y que no valía la pena dañar el momento intentando hablarle a la mujer. El silencio me devolvió al pasado. Vi a Flor y a las dos niñas muertas en el patio de la casa, vi los cadáveres del resto de la gente del pueblo y sentí otra vez culpa y volví a pensar que nunca debí haber salido a pescar. También sentí de nuevo ganas de morirme y de nuevo supe que ni eso podía hacer porque como habían dejado vivo a Joaquín no tenía siquiera derecho a suicidarme. De nuevo los niños se cansaron y la mujer sacó del bolso unos sánduches y le ofreció uno al hijo y otro a Joaquín. No, no se moleste, corrí a decirle, pero Joaquín ya estaba mordiendo el sánduche. Volví a la banca y me puse a mirar cómo la mujer sacaba un recipiente con jugo y les daba de beber a los niños. En ese momento, noté que la mujer tenía los muslos firmes y que el pelo le brillaba y las manos eran elegantes y, a pesar de su indiferencia, me sentí halagado. Los niños comieron y volvieron al fútbol. Pero en Bogotá el sol nunca dura y el cielo se nubló y empezó a correr un viento frío y ella se puso un saco que le tapó el escote y le dijo al niño que era hora de irse. El ruido de la ciudad volvió a ser fuerte, el frío arreció, los días perdidos en esas calles se me juntaron y sentí de nuevo ganas de morirme o, al menos, de ponerme a llorar. Pero si no lloraba delante del niño, mucho menos iba a hacerlo delante de aquella mujer. Ella caminó hasta su hijo y recogió el balón. No, no, dijo Joaquín y le quitó el balón de las manos a la mujer. Amor, nos vamos, otro día siguen jugando, mintió la mujer. Joaquín se aferró al balón. La mujer me miró y tuve que intervenir. Nosotros también nos vamos, dije, y le quité el balón a Joaquín y se lo entregué a la mujer. Joaquín empezó a llorar. Sentí un vacío en el pecho y empecé a temblar. La mujer se impacientó, cogió al hijo de la mano y buscó la salida del parque. Joaquín quiso seguirla, pero lo agarré de un brazo. El juego terminó, le dije. Lloró más. Los hombres no lloran, le dije y le di una cachetada. Joaquín pasó de llorar a gemir. Ni se quejan, dije y lo sacudí. Él siguió llorando y confirmé que lloraba igual que la mamá, que lloraba igual que las hermanas, que lloraba igual que yo cuando él se dormía y me dio tanta rabia que volví a pegarle. El golpe fue tan duro que cayó y casi vi cómo el ojo se le iba hinchando y amoratando. Empecé a arrastrarlo para salir del parque. Él se resistió. Iba a volver a pegarle, pero empezó a llover y tuve que alzar la cara para ver si hallaba un sitio donde escampar. No había nada cerca y la lluvia arreció y formó charcos y los carros empezaron a salpicarnos. Joaquín seguía llorando y me dieron ganas de patearlo, de tirarlo a uno de los carros y alcancé a alzarlo, pero logré contenerme y cuando volví a ponerlo sobre el andén, como si hubiera entendido que acababa de salvarle la vida, Joaquín se calló y sonrió. Aquella expresión de alegría me dejó claro que más que tirarlo a él, era yo quien quería mandárselo a los carros. Me sentí peor y me puse a mirar la ciudad como si no fuera real, sino como si fuera una foto vieja, una foto desleída por la humedad y de una ciudad a la cual yo no iría jamás. Empezó a caer granizo, y Joaquín se puso a jugar. Verlo feliz a pesar de los golpes que acababa de recibir me hizo soltar las primeras lágrimas. A las primeras le siguieron muchas más y no tuve más remedio que sentarme en el andén. Los carros volvieron a salpicarme, pero ya no me importó; pensé en Dios y di gracias por la lluvia y el granizo; mientras siguieran cayendo, Joaquín iba a seguir jugando y no iba a darse cuenta de que el papá se había puesto a llorar.

pero el amor es más fuerte…

La reaparición de Memo, en lugar de mejorar el ánimo de mi tía, lo empeoró; permanecía intranquila y no paraba de repetir que el corazón le decía que Armando estaba vivo y que por eso no iba a dejar de buscar hasta encontrarlo. En su empeño, recorría una y otra vez los hospitales y las guarniciones militares de Bogotá haciendo siempre las mismas averiguaciones; tanto que ya la conocían y la saludaban con cariño a pesar de que siempre tenían que contestarle que no había ninguna novedad. No me quedaba más remedio que acompañarla, satisfacía todas sus peticiones, me colaba en sitios insospechados para intentar conseguir datos nuevos, ponía cara de hijo desamparado cuando ella trataba de inspirarle lástima a algún militar y hasta me hice amigo de algún médico de las centrales de urgencias para que estuvieran atentos y me avisaran cuando llegara alguien que correspondiera a la descripción de Armando Castro. En la búsqueda del Fantasma, conocí la segunda parte de la tragedia que viven las familias de los desaparecidos. A las indagaciones inútiles le siguieron las reuniones con gente que prometía ayudar y que nunca salía con nada y los encuentros con personajes extraños que se aprovechaban de las ilusiones y la desesperanza de mi tía y le vendían información falsa sobre el lugar donde podría estar el Fantasma. Después empezaron las reuniones para colaborar con familiares de otros desaparecidos y las asociaciones para hacer memoriales y protestas que tampoco daban fruto y que siempre terminaban en peleas entre unos y otros o en la tristeza egoísta de ver cómo los familiares de los demás aparecían y la persona que uno buscaba seguía perdida. La idea es que se relaje un poco y que el aire puro la haga olvidar de tanta tristeza, le dijo Zulma a mi tía una tarde. No me siento capaz de salir sin él, contestó mi tía. Tienes que intentarlo, Cristina, no puedes seguir encerrada llorando como si el mundo se hubiera acabado. Zulma insistió tanto que mi tía no tuvo más remedio que aceptar la invitación y, al otro día, subimos por primera vez a un renol doce nuevecito que el sindicato de los maestros acababa de asignar al uso personal de Memo e hicimos nuestro primer paseo desde la desaparición del Fantasma. Bajamos por la calle Trece, vimos

Fontibón, Madrid, tomamos el desvío que lleva a El Rosal y llegamos a un grupo de casas blancas y techos de arcilla llamado Subachoque. Mientras viajábamos, veía los paisajes verdes y las montañas azulosas de la sabana, los cultivos de papa, arveja y maíz y no me parecía justo que estuviéramos haciendo un paseo tan bonito sólo para olvidar a alguien que mi tía todavía amaba. En El Rosal, Zulma compró claveles y le regaló una docena a mi tía, y apenas llegamos a Subachoque nos invitó a almorzar. El aire limpio, la serenidad del lugar y la buena comida le dieron ánimos a Cristinita y decidimos caminar. Lo hicimos hasta que la calle se convirtió en camino y el camino se convirtió en potrero. Nos sentamos a hablar en el pasto, Zulma nos contó que con el nuevo embarazo Memo había cambiado y le había prometido que iba a dejar de tomar y de andar con otras mujeres. Pues ya es hora, mija, no sé cómo le aguanta tanto, dijo mi tía. Lo quiero, Cristina, el amor aguanta todo. Mi tía cogió de las manos a Zulma y se puso a llorar mientras yo no sabía bien qué hacer. Y no tuve más remedio que ponerme a mirar dónde estaban unos perros que ladraban en la distancia. Cuando mi tía dejó de llorar, caminamos otro rato. Llegamos a una quebradita y cuando el sol declinó y un viento frío y cortante nos empezó a pegar en la cara, decidimos que era hora de volver al pueblo. El camino era de subida y se nos hizo más largo, así que tuvimos que parar a descansar en un parquecito que había unas calles antes de la plaza. Era tarde, pero el parque todavía estaba lleno, el ambiente dominical se mantenía en el aire y la gente seguía conversando, tomando cerveza y viendo jugar a los niños. No acabábamos de sentarnos sobre un tronco viejo cuando mi tía salió a correr hacia un extremo del parque. ¡Mírelo, mírelo!, gritaba. Zulma, a pesar de la barriga, decidió seguirla y yo, igual que había hecho toda la tarde, no tuve más opción que ir detrás de ellas. ¡Armando!, dijo mi tía y se acercó a un hombre que jugaba con una niña en uno de los rodaderos del parque. ¿Armando?, preguntó Zulma. ¡Sí, Armando!, exclamé, porque había llegado junto a ellas y había comprobado que aquel hombre era el Fantasma. ¡Armando, Armando, qué felicidad!, exclamó mi tía y trató de abrazar al Fantasma, pero el Fantasma manoteó y se la quitó de encima. ¿Quién es esta?, preguntó una mujer que estaba con él. No sé, dijo Armando Castro, alguna loca. ¡Armando, Armando!, ¿qué pasa?, insistió mi tía y se agarró del brazo del Fantasma. El Fantasma volvió a soltarse, cogió a la niña y abrazó a la mujer y buscó la salida del parque. Armando, amor, ¿qué pasa?, dime qué pasa, siguió diciendo mi tía mientras lo seguía. No insistas, Cristina, no vale la pena, dijo Zulma y agarró a mi tía. Déjame Zulma, por favor, dijo mi tía y trató de seguir detrás de Armando. Ayúdeme a cogerla, me ordenó Zulma y yo agarré a mi tía. Déjenme, por favor, insistió mi tía, pero no pudo forcejear más porque se desmayó. El regreso fue desolador, Cristinita lloraba y peleaba con nosotros por haberla cogido mientras nosotros callábamos y tratábamos de entender lo que había pasado. Tal vez no era él, dijo Zulma cuando ya entrábamos a Bogotá. Claro que era él, dijo mi tía, lo sabes tan bien como yo. No sé, ya estaba oscuro, insistió Zulma. ¡Era él!, gritó mi tía y zanjó la discusión. Es mejor no decirle ni una palabra de esto a nadie, sugirió Zulma antes de despedirse. Tengo derecho a saber qué está pasando, contestó mi tía. Al menos déjame que hable con Memo, insistió Zulma. Bueno, asintió mi tía y entró al apartamento y se encerró en su habitación a llorar. Si la vida con Armando desaparecido había sido triste, con la fugaz aparición del hombre se volvió insoportable y se llenó de llantos, complicaciones y consultas permanentes entre los ex comuneros. Es que no me lo explico, Marquitos, dijo mi tía unos días después, cuando decidió pedir la opinión de Marcos Durán. Pues yo lo veo claro, Cristina, contestó Marcos. ¿Qué ves claro?, preguntó mi tía. Pues que el Fantasma era un sapo, un tira, un infiltrado del ejército en el MOREI. No diga eso Marquitos, es una acusación muy grave. ¿Acaso no lo ve?, esos eran los misterios del hombre, esa era la razón de sus desapariciones, estoy seguro de que ese hijueputa fue el que vendió al Diablo, a Memo y el que hizo matar al Pollo. No quiero oír una palabra más, Marcos, dijo mi tía, lo llamé para que me diera un consejo, no para que juzgara sin pruebas a Armando. Allá usted, crea lo que quiera, Cristina, pero no me pida que le diga mentiras. Mejor váyase, Marcos, dijo mi tía. Sí, mejor me voy, dijo Marcos y se fue. La charla con Marcos acabó de desestabilizar a mi tía. Los días siguientes iba y venía como zombi por la casa, lloraba mientras intentaba dar las clases y vivía pendiente del teléfono con la falsa esperanza de que Armando o al menos Zulma o Memo llamaran para aclararle lo que estaba ocurriendo. No puedo vivir ni un día más así, le dijo una tarde a Zulma, o ustedes me dan alguna razón de lo que ocurre o voy a buscar a Armando así me toque levantar cada piedra de Subachoque. Cristina, Memo hace lo que puede, pero no es fácil saber la verdad, nadie va a decirle a un sindicalista si ese man es un tira o no y mucho menos nos va a decir dónde vive. Por qué no vamos otra vez y buscamos, Zulma, usted mejor que nadie sabe cómo se sufre por amor.

Bueno, vamos a ir, pero démosle un poco más de tiempo a Memo. Bien, aceptó mi tía. Pero esa misma madrugada, después de haber dado y dado vueltas en la cama, mi tía empezó a sudar frío y me dijo que no podía esperar más, que debía ir a buscar a Armando. Vestidos con unas bufandas y unos sacos que habíamos comprado días atrás en una feria artesanal, salimos al frío de la avenida Caracas. No había amanecido, la ciudad todavía estaba cubierta por la niebla, el viento nos pegaba en la cara y los pocos buses que pasaban iban con gente colgando de las puertas. Al final, un taxi nos llevó a Paloquemao y subimos a la flota que iba a Subachoque acompañados de unos cuantos comerciantes y de un montón de mujeres que iban a trabajar en los cultivos de flores. La flota empezó a rodar por la calle Trece en sentido contrario a los carros que buscaban el centro de Bogotá mientras mi tía lloraba y yo buscaba su hombro para recostarme y dormir un rato más. Nos bajamos en la plaza de Subachoque, Cristinita me amarró la bufanda, me cogió la mano y me hizo caminar en dirección hacia el parque donde habíamos tropezado con Armando Castro. En el parque todo parecía muerto, y no sólo no daban ganas de estar ahí, sino que daban ganas de hacer trasladar ese parque a un lugar menos desapacible. Y ahora, ¿qué hacemos?, pregunté. Mi tía miró alrededor y en su cara apareció todo el desamparo que nos había llevado hasta Subachoque. Mamita, esta no es hora de llevar los niños al parque, gritó el chofer de un tractor que apareció por una de las calles y los campesinos que transportaba soltaron la risa. Mi tía empezó a llorar. Yo no sabía qué hacer, cualquier cosa que dijera podía lastimarla o enfurecerla, y mientras buscaba las palabras adecuadas para darle apoyo, sonaron las explosiones. ¿Qué fue eso?, preguntó mi tía. Sabía muy bien que eran disparos pero no lo quise decir. A los disparos le siguieron unos gritos de mujer que no sólo rompieron el silencio del pueblo, sino que rompieron la noche porque en ese mismo instante empezó a amanecer. ¡Armando!, gritó mi tía y echó a correr en busca del lugar de donde habían venido las explosiones. La seguí. Ya casi la alcanzaba cuando Cristinita se estrelló con un tipo que huía. ¡Marcos!, gritó Cristinita, pero el hombre no contestó, sino que la quitó del medio y siguió corriendo. Mi tía quiso seguir a Marcos, pero los gritos de la mujer volvieron a llenar la calle y ella prefirió correr hacia la puerta desde la cual, con la misma niña en sus brazos, la mujer del domingo pedía ayuda. Mi tía ni la miró, siguió de largo hacia el fondo de la casa. La curiosidad me ganó, entré a buscar a Cristinita y la encontré abrazada al cuerpo de un hombre que se desangraba. No se había equivocado, el tipo era Armando Castro. O, para ser más exacto, el Fantasma, porque en ese momento Armando Castro sufrió la última convulsión y murió.

life is only half way in our hands…

Nunca me enloquecí por él, pero lo quise, tal vez mucho más de lo que creía. Fue el amor puro con el que uno sueña pero que va aplazando por ir en busca de sensaciones más rápidas, más peligrosas, más salvajes. No era guapo ni fuerte ni tenía pinta de varón, pero era simpático y tenía una mirada triste que me ablandaba por dentro y me ponía a imaginar escenas románticas. Con el tiempo, entendí que fueron aquellas sensaciones tan tiernas que me inspiraban sus ojos las que me llenaron de ganas de vivir y me llevaron a traicionarlo. Nos conocimos en una fiesta en la casa de la Cuatro Vientos y estuvimos mucho tiempo haciéndonos coquitos, pero sólo nos cuadramos el día que fuimos a ver *Flashdance*. No estaba muy convencida de ir con él a cine, pero como él no dudó en obedecerme cuando le insinué que le dijera una mentira a mi mamá para que me dejara salir, sentí que el man empezaba a entender la vida y que se había ganado la oportunidad. El pelao era retímido y el impulso sólo le alcanzó para decir la mentira porque cuando le abrí la puerta se puso todo rojo y no supo ni siquiera cómo saludarme. Había pensado en él toda la noche y me había imaginado que apenas diéramos la vuelta a la esquina el man me iba a arrinconar y me iba a besar con furia. Pero ni lo intentó, al contrario, se puso a decir que se sentía mal de decir mentiras y alcanzó a amargarme el rato. Subimos a la buseta y decidí que no la iba a pasar mal por culpa de los escrúpulos de nadie y apenas nos sentamos, le cogí la mano. El pelao se relajó e intentó hablar, pero la verdad sabía muy poco de temas importantes: no entendía mucho de marcas de ropa, el horóscopo apenas lo conocía, no había visto las películas de moda y sólo lo salvó que sabía bastantico de música. Nos bajamos de la buseta más animados, hablando de que la próxima salida sería a una taberna a oír a Diomedes, así nos tocara decir otra mentira. Felices, llegamos al Metropol, hicimos fila y terminamos por entrar a aquel teatro inmenso que era ideal para enamorarse porque allí cabía hasta el amor más intenso e infinito. Apenas trajo las palomitas y las cocacolas, le volví a coger la mano y me recosté en su hombro. Apagaron las luces, apareció en letras rojas el nombre de la película y apareció Alex recorriendo Pittsburgh en bicicleta. Mientras la veía pedalear por un puente me puse a pensar que no tenía nada que envidiarle a aquella nena, que tenía el mismo pelo, los mismos ojos negros, redondos y expresivos, el mismo cuerpo estilizado y el mismo trasero de mulata. Pensaba en eso cuando empezó a sonar *What a feeling, What a feeling, What a feeling, life is only half way in our hands*, y aunque no supe bien qué quería decir la canción, sí alcancé a entender que el destino estaba en nuestras manos y decidí que aunque no me convenciera del todo ese pelao, sería chévere quererlo un tiempo. Más me demoré en tomar esa decisión que en aparecer Nick en la pantalla. Al ver la sonrisa segura de Nick, me arrepentí de lo que acababa de decidir, y cuando apareció aquel humorista bajito y medio tonto que echaba chistes malísimos dudé aún más y hasta alcancé a sentirme como la camarera que hacía de novia del humorista y que por andar con alguien tan güevón terminó trabajando de puta. Pero evité que me vencieran los malos augurios y cuando Nick le sonrió a Alex con esos dientes tan bonitos y la abrazó con esa seguridad de man con plata y después la siguió por la ciudad para que nadie intentara hacerle daño, me dije voy a hacerle pa'lante y le acerqué tanto la boca al pelao que no tuvo que hacer ningún esfuerzo para besarme. Fue torpe, pero yo había practicado con otros manes y le fui enseñando y conseguí que me besara bien y hasta le encontré ventajas porque me encantó cómo temblaba, cómo me miraba a punto de llorar. Me dio risa cuando acerqué su mano a uno de mis senos y él dudó tanto en apretarlo que cuando quiso hacerlo ya me había dado rabia y le dije que no se pasara, que excederse era de aprovechados y de cobardes. El pelao se estuvo quieto un rato, sin saber qué hacer, pero

Alex empezó a quitarse el brasier delante de Nick y volví a acercarle la mano a mis senos y el pelao, que había aprendido la lección, puso el pulgar y el índice justo encima del pezón y empezó a acariciarme con esos dedos tan suaves y delicados que tenía. Ahí me conquistó, y cuando Nick se llevó a Alex a la cama ya había decidido que me iba a acostar con el pelao y no dudé ni cuando pareció que Nick había traicionado a Alex ni cuando ella fue y rompió el vidrio de la habitación donde Nick dormía. Después vinieron las escenas de reconciliación que nos ayudaron a besarnos y tocarnos todavía más y el momento en que Alex bailó y logró convencer a todos esos jurados amargados de que era la mejor bailarina de este planeta. Me gustaría bailar igual que ella, ser profesional del baile, dijo el pelao cuando salimos del Metropol y quedé supercortada porque los bailarines siempre son maricas. Y, ¿para qué?, le pregunté. Para bailar contigo, contestó él, y me tranquilicé y lo vi otra vez tan tierno y bonito que lo agarré a besos.

Pa' bravo yo...

La muerte de Armando Castro acabó con la poca vida que aún le quedaba a mi tía y dejó claro que ella no era más que la viuda fantasmal del fantasma. No tenía paz. Cuando no estaba llorando, estaba quejándose y cuando no estaba quejándose, estaba rompiendo fotos o tirando a la basura cada uno de los recuerdos que le habían quedado de los tiempos del MOREI. Pasaba días enteros sin comer, sin bañarse, sin arreglarse, sin ir a trabajar y culpando a los militantes del partido, incluido yo, del asesinato de Armando. Por consejo de un médico, entregamos el apartamento del Marco Fidel y conseguimos una casa en el barrio Quiroga, «para que tenga silencio, pueda serenarse, estar tranquila y, si es posible, leer, oír música y tomar el sol». La casa nueva, en lugar de aliviarle la amargura y los resentimientos, se los hizo más hondos y corrosivos. Cansado de esperar una mejoría, el médico firmó la incapacidad laboral y le recetó antidepresivos. Yo intentaba seguir haciendo una vida normal, en las mañanas iba al colegio, a mediodía regresaba a casa y abría las ventanas para que el aire le quitara tanta tristeza; bañaba a mi tía, la vestía y le preparaba el almuerzo. Con la mesa servida hacía grandes esfuerzos para que ella comiera e intentaba conversarle o contarle anécdotas del colegio a ver si lograba arrancarle una sonrisa. Eran esfuerzos perdidos, ni una sola vez Cristinita salió de la tristeza, tan sólo tragaba un par de bocados y después se sentaba en una mecedora que había en el patio y se dejaba calentar por el sol de la tarde. Yo la vigilaba desde el comedor sin entender qué le estaba pasando, sin tener idea del mecanismo que se le había dañado, mecanismo que sólo ella, a pesar de estar medio loca, podía comprender y, si ocurría un milagro, reparar. La euforia de la revolución había terminado y la vida no sólo se había vuelto solitaria sino algo peor, se había vuelto amarga. Marcos intentó visitarnos, pero la reacción histérica de mi tía al verlo, la sarta de amenazas que profirió y la porcelana que le arrojó lo espantaron y no regresó. Felipe seguía en París, Antonia se había marchado para México, el Diablo había tenido que volver a su pueblo porque le habían allanado y destruido la taberna. Los únicos que seguían pendientes de nosotros eran Memo y Zulma, pero Memo empezaba a ser un dirigente sindical importante y apenas tenía tiempo de pasar por nues-

tra casa y Zulma gastaba la vida cuidando los dos hijos
que ya le había dado a Memo. Después de reposar, estudiaba e intentaba seguir con mis lecturas revolucionarias pero, la verdad, me aburría y siempre terminaba
sentado frente al televisor. A veces me cansaba de ver
novelas y me paraba junto a la ventana a espiar a un
grupo de muchachos que se reunía en la esquina de la
casa. Los oía hablar de marcas de ropa, de rumba y de
mujeres y los veía drogarse, jugar con las motos y, a
pesar de los desencantos que me había dejado el MOREI,
pensaba que estaba muy mal que en lugar de apoyar a
los sindicatos o las guerrillas pasaran los días pensando
en comprar la ropa y los demás productos que les ofrecían los enemigos capitalistas. Pero los días fueron pasando y la misma vida que había abandonado a Cristinita a su suerte también había decidido que era el
momento de reconquistar al sobrino. Entonces qué,
pelao, ¿juicioso a estudiar?, dijo alguien a mi espalda
cuando entré al colegio el primer día de clase de 1980.
Era uno de los muchachos que hacían vida de pandilleros en la esquina. Le sonreí con una mezcla de miedo y
curiosidad. A mí también me tocó venir a perder el
tiempo a este antro, añadió y estiró la mano para saludarme. Mucho gusto, Héctor. Mucho gustó, contesté.
Héctor me cayó bien porque visto de cerca me hizo
acordar del Diablo y porque apenas empezó a hablar
me recordó al Pollo. No le ponía misterios a la vida,
hablaba de robar y pelear como si fueran asuntos normales, hablaba de música como si estuviera hablando
de comida, y de mujeres con una soltura y una seguridad que dejaban claro que no había hembra en este
mundo capaz de resistírsele. Ya he pasado por otra docena de colegios y sé que estudiar es inútil, pero la única

manera de que mi papá y mi mamá no me echen de la casa es venir de vez en cuando por aquí, terminó de contarme. No está tan mal estudiar, dije. Ay, pelao, he pasado hasta por la cárcel, así que cómo no me voy a aburrir en un colegio, añadió, y fue tanta la intimidad que creó aquella confesión que terminamos contándonos la vida entera y pactamos que él me ayudaría a sobrevivir entre los chacales que oficiaban como alumnos del colegio si yo le ayudaba a estudiar. Ese mismo día, Héctor me invitó a refrendar el acuerdo en la Nuevayork, una tienda del barrio donde acostumbraban reunirse buena parte de las pandillas que merodeaban las calles del Quiroga. Nos sentamos en el pequeño antejardín que hacía las veces de local de la tienda, pedimos unas cervezas y Héctor me presentó a Lenon, un flaco alto, desgarbado y de gafas que en verdad se parecía al ex beatle; a Garabato, un morenito pequeño y flaco que tenía por igual fama de ladrón y de buen estudiante, y a Maguila, un negro alto y bien formado que ya había decidido que lo suyo no eran los colegios sino la calle y, si las cosas salían derechas, el tráfico de armas. Entre cerveza y cerveza me pusieron al día sobre la forma como las pandillas se repartían las calles del Quiroga, sobre la ropa que estaba de moda, sobre las drogas que había que probar y, lo más importante, sobre cuáles eran las mejores nenas del barrio. La tarde pasó a ser noche y se acabó el dinero que habíamos reunido para tomar cerveza. Sin plata y así de prendidos, se lamentó Lenon. Vaya a su casa y tráigase un billete, le dijo Héctor a Garabato. No, si ayer mi mamá me pilló sacándole plata de la caja, me armó mierdero y me prohibió entrar a la carnicería. Entonces, ¿nos vamos a quedar iniciados?, preguntó Maguila. Pues está berraco conseguir para otra ronda, dijo Garabato. Dígale a la dueña de la tienda que le fíe, dije con ingenuidad. Me da un machetazo donde siquiera se lo insinúe, contestó Héctor. Nos quedamos ahí sentados, ellos prendidos y yo sin ganas de volver a casa a aguantar las amarguras de mi tía. Miren quién viene ahí, sonrió de pronto Garabato. Volteé a mirar y vi a un gordito de unos veinticinco años llegar en una moto. ¿Quién es ese man? Granados, un amigo que dejó preñada a una hembra y, para responder, le tocó casarse y meterse a trabajar de oficinista. Ah. El hombre está superjuicioso y enamorado, pero le hace falta la calle y todos los días, antes de ir a casa, se da una vuelta por aquí en busca de un baretico para llegar más contento a los brazos de la mujercita. Hoy sí está grave, dijo Héctor apenas Granados se acercó a saludar. ¿Por qué?, ¿no me dejaron nada? Se acabó, contestó Lenon a pesar de que Maguila tenía guardado en el bolsillo un puñado de mariguana. ¿Ni una patica?, preguntó Granados. Nada, pero si nos presta la moto, podemos ir a buscar, sugirió Héctor. Granados lo miró con desconfianza. ¿Ahora se va a chichipatiar? Para pedir mariguana es un berraco, pero para prestar la moto le tiembla el culo. Es que la última vez me tocó ir a sacarla de los patios, contestó Granados. Ay, hermano, y uno qué culpa de que la policía esté jodiendo siempre por ahí, dijo Garabato. Pues sí, hermano, pero a mí me tocó pagar la multa y ustedes todavía no me han respondido con el billete. Ya empezó a cobrar este man, y eso que ahora tiene tremendo puesto en un banco, rechistó Héctor. También tengo una hija, recordó el gordito. Quién lo manda, usted fue el que estuvo tres meses detrás de esa nena para que se lo diera, dijo Lenon. Bueno, bueno... tampoco se me meta al rancho, contestó Granados. ¿Quiere un bareto, sí o no?, preguntó Héctor. Sí, vayan lo buscan, pero pilas, apenas vean la tomba, se abren, no se pongan a dar papaya. Héctor dio un brinco y saltó sobre la moto. Vamos, chino, me dijo. Quedé tan sorprendido por la invitación que ni me moví. Se arrugó este pelao, dijo Maguila. Súbase güevón, me ordenó Garabato. ¿O es que le tiene miedo a una motico?, preguntó Lenon. Para no perder el respeto de mis nuevos amigos, bajé de la barda y me subí a la moto. Ya venimos, dijo Héctor sonriente y desde ese día aprendí que el «ya venimos» era la contraseña que abría la puerta a los mejores y a los peores acontecimientos que iban armando la historia de aquel grupo de pandilleros. Bajamos por la Treinta y seis y buscamos la Veinticuatro para ir hacia el norte. Héctor manejaba con seguridad, serpenteando entre los carros, y yo, que nunca en la vida había montado en una moto, estaba doblemente asustado: en cada curva el corazón me quedaba empantanado en el vacío y, si me relajaba un poco, me ponía a pensar que íbamos a un sitio donde vendían droga y ese destino me parecía una locura peor que ir a toda velocidad entre los carros. Relájese, güevón, que si sigue así de tieso nos vamos a caer, ordenó Héctor. Es que va muy rápido, hermano, contesté. Nada de rápido, güevón, mire, dijo Héctor y giró aún más el acelerador. La moto obedeció a la intención de Héctor y empezamos a serpentear entre buses y busetas y a saltarnos semáforos en rojo y era tanto el miedo que me producía la velocidad que pensé que si Héctor desaceleraba un poco me iba a sentir tan relajado como si estuviera en las playas del río Telembí. Pero mientras pensaba, Héctor aceleraba todavía más y en un par de segundos pasamos la Veintiocho, dejamos atrás el estadio del Olaya y estuvimos a punto de matarnos porque cogimos un carril en contravía y en la esquina de la Veintisiete apareció un campero que sólo pudimos esquivar subiéndonos al andén y arrinconando contra la fachada de una casa a varios peatones. Estos choferes son unos malparidos, no respetan semáforo, dijo Héctor después de sentir pasar la muerte a pocos milímetros. ¿Para dónde vamos?, me atreví a preguntar. A comprar brandy. Y, ¿por qué hasta aquí? Porque es más barato, contestó Héctor. No me pareció lógico pero decidí callar. Entramos al Restrepo y empezamos a recorrer con calma las calles del barrio. ¿Qué pasa? Nada, que no encuentro el sitio. En todas partes vale lo mismo, dije. No, chino, en cada lugar es distinto, dijo Héctor. Encontramos una cigarrería que sólo tenía una diferencia con las del Restrepo: estaba en la única parte solitaria del barrio. Hágame un favor, hermano, pida una botella del mejor brandy, viene, me la muestra y me dice cuánto vale. ¿Y con qué plata vamos a pagar?, pregunté. Con una plata que le tengo guardada a mi mamá, dijo Héctor. Me pareció imprudente que Héctor se fuera a gastar en trago una plata de la mamá, pero ya había mostrado suficiente inocencia aquel día como para discutir con él. El mejor de todos los brandys del mundo, me dijo el paisa de bigote canoso y mirada desconfiada que atendía la cigarrería, y puso frente a mí una reluciente botella negra cubierta con etiquetas doradas. ¿Qué vale? Aquí está el precio, contestó el paisa y con un dedo velludo y también canoso me señaló la etiqueta que tenía marcado el precio. ¿Puedo mostrarle la botella a un amigo que está afuera?, pregunté. El paisa agarró la botella por el cuello y me miró hasta asustarme, pero asintió con la cabeza y soltó la botella. Rapidito y sin manosearme mucho la mercancía, dijo. Salí de la cigarrería y, apenas me vio, Héctor le dio una patada al arranque y encendió el motor de la moto. Súbase, ¡rápido! ¿Cómo así?, pregunté. ¡Súbase marica! El paisa se asomó a la puerta. ¡Malparidos, hijueputas!, empezó a gritar. Salté sobre la moto. Héctor arrancó y el paisa dejó de gritar. Qué raro. ¿Por qué se habrá callado?, pensaba cuando sonó el primer disparo. Héctor zigzagueaba para evitar ser blanco fácil de los disparos y estuve a punto de caerme de la moto, pero me sostuvo el miedo que me dio el segundo disparo. El tercer balazo se oyó cuando habíamos alcanzado la esquina y cuando detrás de nosotros chirriaron las llantas de un carro. Este hijueputa es un chichipato, va a perseguirnos por una botellita de brandy, dijo Héctor mientras se saltaba otro semáforo en rojo. No fue el único que irrespetó las normas de tráfico, el paisa hizo lo mismo. Héctor cruzó la Veintisiete, se metió en el Olaya y empezó a dar vueltas por las calles del barrio a ver si podía despistar al hombre. Lo hubiéramos logrado si, al girar por una esquina, la rueda delantera no patina sobre una tabla botada en la calle. Héctor perdió el control y, antes de que pudiéramos siquiera parpadear, fuimos a dar contra el suelo. No prende esta hijueputa, dijo Héctor cuando nos levantamos. Empújeme, ordenaba Héctor cuando por una esquina apareció la camioneta del paisa. ¡Rápido, hermano!, gritó Héctor y le obedecí con tanto empeño que el motor recobró el aliento. No fue necesario que nadie me diera órdenes y salté sobre la motocicleta. Volteamos por la esquina y la curva nos dio algo de ventaja, pero en la recta el paisa estuvo a punto de alcanzarnos, tanto que casi sentía que el hombre me iba a poner el revólver en la nuca e iba a apretar el gatillo. Con la amenaza encima, pasamos junto al estadio del Olaya y llegamos a la Veintiocho. Estamos salvados, dijo Héctor mientras daba un cabrillazo, se metía en un callejón y me ordenaba que le ayudara a esconder la moto en un antejardín. Obedecí como esclavo recién comprado y moto y pasajeros terminamos metidos detrás de un montón de rosales. Segundos después, el paisa, revólver en mano, asomó por la entrada al callejón, lo caminó de un lado a otro, se rascó la cabeza, escupió y se fue. Por fin se mamó el güevón, dijo Héctor y me empujó para que saliéramos del escondite. Agarrado de la cintura de Héctor, intenté recobrar la calma mientras el viento de la Veintinueve, la Treinta y la Treintaiuna me pegaban en la cara. Cuando Héctor frenó, intenté bajarme de la moto pero no pude. Héctor me rapó la botella y se la lanzó a Garabato. ¿Y a este chino qué le pasa que viene pálido y arrastrado?, preguntó Maguila. Pues que ya probó, dijo Héctor y soltó la risa.

mujer, tú eres mi presidio…

Unos cuantos golpes y el Pepino y yo perfeccionamos el sistemita; ya no sólo robábamos para ir bien vestidos y para seducir a las nenas, sino que nos volvimos los Pierre Cardin del Quiroga y le vendíamos ropa de marca a toda la gente dura del barrio. Dimos golpes divertidos y emocionantes, otros fáciles y aburridores, algunos complicados, con brinco, escapada y persecución incluidas, pero ninguno tan triste como el de la tienda Lacoste de El Lago. Era un robo clave, ese almacén tenía ropa que buscábamos hacía tiempo y teníamos vendidas de antemano algunas de las camisetas porque en esos días había una rumba en el Colegio Parroquial. Pero no fue sino entrar al almacén y respirar la coquetería de las dos nenas que lo atendían, ver cómo movían las caderas al ritmo del vallenato que sonaba en la radio, tropezar con los ojos de la más morena y con el cuerpo delgadito y la camiseta ombliguera de la más blanquita, para presentir que ese robo se iba a complicar. Esto va a estar fácil, dijo el Pepino, estas dos nenas además de ser amables, están solas. Seguro, sonreí. Minutos después, Rosana y Yazmín nos tuteaban y reían y hablaban con nosotros como si más que unos clientes fuéramos amigos de la infancia. Entre chiste y chiste y charla y charla, empezamos a probarnos ropa; camisetas iban y venían; se te ve mejor la rojita, decía Rosana; no, se le ve mejor la verde, contradecía Yazmín. ¿Y con estas gafas?, preguntaba yo; con esas gafas pareces un maricón, intervenía el Pepino. Las horas se nos volvieron canciones y juegos de palabras y hablamos de marcas de ropa, de música, películas y telenovelas, y hasta practicamos el pasito cachaco, un estilo de baile que estaba de moda y que ellas quisieron ensayar con nosotros. Y, entonces, ¿no van a comprar nada?, preguntó Yazmín cuando dijimos que era hora de irnos. No, perderíamos la oportunidad de volver a verlas, contestó el Pepino. Compren algo hoy y cuando vuelvan compran más, dijo Rosana. Vamos a decidir con calma y mientras tanto seguimos visitándolas, intervine y ellas se olvidaron de vender y rieron conformes. ¿Y si en vez de robar nos gozamos esas nenas?, insinué cuando salimos de la tienda. El Pepino me miró con ganas de matarme. ¿Se dejó enredar por las muchachitas?, preguntó. Pues están muy buenas, insistí. Sí, están ricas, pero no hay que mezclar los negocios con el placer. ¿Ni un poquito?, pregunté. El Pepino dejó de caminar. ¿Se está faltoniando? No, ¿cómo se le ocurre?, sólo pensaba en voz alta, contesté. Pues no piense tanto, güevón, que se le sube la mierda al cerebro, dijo el Pepino. Había mucho tráfico y nos dio tanta hambre que hicimos una parada en el Restrepo para comer perros calientes. El olor a salchicha, salsa de tomate y mostaza relajó al Pepino y terminó por confesarme que ese golpe lo ilusionaba porque desde niño había sido fanático de la marca del lagarto y porque había visto en la tienda unas gafas que quería regalarle a la Cuatro Vientos, la trigueñita de pelo ensortijado que lo traía loco por esos días. Con el estómago satisfecho, salimos al sereno de la calle y, mientras caminábamos las cuadras ruidosas que separan el Restrepo del Quiroga, decidimos que lo mejor era actuar rápido y dar el golpe al otro día. En la mañana, llegué a buscar al Pepino, y la mamá, que siempre era amable conmigo, me miró con desconfianza antes de hacerme seguir. ¿Qué le pasó, marica? Que anoche, cuando nos despedimos, me sentía todavía muy lleno y me fui para la Nuevayork. ¿Y? Pues que ahí estaban tomando Edgar Joya, el Burro, el Loco Gustavo y el güevón del Maguila. No me diga que se emborrachó y se puso a pelear. Pues sí, contestó, mientras las manchas moradas que le ocultaban los ojos parecían oscurecerse aún más. No hubo hielo, rodajas de tomate ni cremas que curaran la hinchazón que los rasguños y las costras de la pelea le habían dejado al Pepino, por lo que la «Operación Lacoste» debió aplazarse. ¿Preparado para el trabajito?, preguntó por teléfono el Pepino la mañana que se miró al espejo y vio que no le quedaba en la cara ni un solo rastro de la pelea. Claro, le contesté, aunque estaba todavía medio dormido. Lo espero en el paradero de buses, dijo, y colgó. Me di una ducha, desayuné un chocolatico, recibí la bendición de mi vieja y me fui para el paradero. El Pepino se puso feliz al verme, me saludó de abrazo y lo vi tan animado que me dieron remordimientos y estuve a punto de confesarle que mientras él se recuperaba yo había ido varias veces a esperar a Rosana a la salida del trabajo. El primer día la había acompañado a la casa, el segundo la había llevado al cine, el tercero había conseguido que me diera unos cuantos besos y, la noche anterior, después de haberle llorado y haberle hablado del amor a primera vista, había estado a punto de conseguir que la nena entrara conmigo en una residencia. Me dio miedo hacerlo. Desde que el Pepino me había aceptado como cómplice oficial, había usado buena ropa, había sido invitado a las fiestas más importantes del barrio y había aprendido a seducir hasta a la más difícil de las hembras. El Pepino era rabón, un man muy atravesado que se había ganado a pulso el respeto del Quiroga y pensé que si le contaba que había puesto en peligro el robo, iba a emputarse y a mandarme a la mierda. Eso si no me agarraba allí mismo a patadas y barría conmigo el suelo sucio y manchado de aceite de carro del parqueadero. El bus atravesó con pereza el Restrepo, el Centro y Chapinero mientras el Pepino, que ya se sentía curado para toda la vida, hablaba de chacos, cadenas y navajas y me contaba hasta los detalles más truculentos de las otras muchas peleas en que se había metido. Nos bajamos unas cuadras antes para que el viento nos quitara el olor a gasolina que dejaban en la ropa aquellos buses viejos y pasamos junto a Caprino y a Shetland y entramos a Lacoste. Era media mañana, la tienda estaba vacía y Rosana y Yazmín acomodaban ropa en las estanterías. ¡Qué madrugadores!, dijo Rosana que, aunque había acordado conmigo ocultar nuestros encuentros, no disimuló la felicidad de verme. No podíamos pasar ni un día más sin hacerles una visita, contestó el Pepino. Ah, pues no parece, ripostó Yazmín. Las ocupaciones de la vida, se excusó el Pepino. ¿Alguna novedad?, pregunté para cambiar de tema. ¿De nosotras o del almacén?, preguntó Yazmín. De ustedes, por supuesto, sonrió el Pepino. Yazmín contó la historia de un cliente ciego «pero de muy buen gusto» que había atendido la tarde anterior y mientras hablaba entre asombrada y burlona, el Pepino me guiñó el ojo como indicación de que había vía libre para actuar. Esta mañana llegaron nuevas camisetas, dijo Rosana apenas Yazmín terminó con la historia del ciego. Están bacanos los colores, dijo el Pepino. No sólo eso, miren lo suavecitas, dijo Rosana y acarició la tela. Me gustaría ser camiseta, dije. ¿Sí?, preguntó Rosana. Sí, contesté y le acaricié la mano. Bueno, bueno, carraspeó Yazmín. No sea celosa, mamita, el amor hay que dejarlo florecer, dijo el Pepino y acarició la mano de Yazmín. ¿Hoy sí van a comprar?, preguntó Yazmín y apartó la mano de la mano del Pepino. Claro, hoy es día de estrenar, dijo el Pepino y cogió un montón de ropa y entró al vestier. El Pepino entró y salió decenas de veces del vestier y se probó de todo, hasta gafas y calzoncillos. Le va a salir carísimo, dijo Yazmín cuando el Pepino le mostró lo que supuestamente iba a comprar. Para eso trabajan los cuchos, contestó él. Y tú, ¿no vas a comprar nada?, me preguntó Rosana. Claro, dije y cogí una camiseta y entré al vestier. Apenas estuve dentro, vi que el Pepino no había fallado y que entre una y otra entrada al vestier había logrado dejar bien encaletadas las camisetas, el pantalón, los calzoncillos y hasta las gafas que queríamos llevarnos. Coronamos, pensé, pero en lugar de ponerme feliz, sentí como un puñetazo en el estómago. ¿Cómo te queda?, preguntó Rosana allá afuera. Me puse la camiseta y salí. ¡Te ves papito!, dijo Rosana y me acomodó la camiseta con el mismo amor que una madre viste a un recién nacido. El Pepino sonrió de felicidad, orgulloso de haberme enseñado bien el oficio y miró el reloj y me hizo el gesto que señalaba la hora de irse. Entré otra vez al vestier, me desnudé por completo, me puse la ropa que el Pepino había escondido y me puse encima mi ropa. ¿No te vas a probar nada más?, dijo Rosana defraudada. No puedo, ya es hora de irnos, contesté. Pruébate este pantalón, propuso Rosana. Es que tenemos afán, dijo el Pepino. Pero si ni siquiera hemos hecho la cuenta, dijo Yazmín y le sonrió coqueta al Pepino. Sólo un segundo, quiero ver cómo te queda, insistió Rosana. Bueno, pero se mide ese pantalón y nos vamos, dijo el Pepino. A ver, dijo Rosana y cogió el pantalón y se metió conmigo en el vestier. No, no, exclamé cuando intentó soltarme el cinturón. ¿No quieres que te quite la ropita?, dijo Rosana. Ahí debí haber salido corriendo, pero no aguanté las ganas de volver a besarla. Quiero que me quites la virginidad en este vestier, murmuró. ¿Ahora? Sí, anoche tuve ese sueño y quiero que me lo hagas realidad. No, aquí no, dije. ¿No seas bobo, dijo y empezó a bajarme la cremallera del bluyín. La agarré de los brazos, pero ella se tomó mi negativa como un juego e insistió hasta que logró sacar mi camiseta y descubrir que no sólo tenía puesta mi ropa, sino que, debajo, llevaba un pantalón y varias de las camisetas que ella vendía. ¿Qué es esto?, preguntó. Nada, le dije. ¿Cómo que nada?, insistió. Nada, nada, repetí y empecé a meterme las camisetas dentro del bluyín. ¿Nos estabas robando?, preguntó. Cállate, por favor, le supliqué. ¿Por qué me haces esto?, sollozó ella. No te hago nada, esta ropa no es tuya. Pero es como si lo fuera, cada prenda que se pierde nos toca pagarla a nosotras. Perdóname, no lo sabía. Malparido, me dijo. Todo esto es una confusión, dije. Eres un ratero hijueputa, gritó. No, no, por favor, no grites, rogué. ¡Yazmín, Yazmín!, empezó a llamar Rosana mientras se me echaba encima. ¿Qué pasa?, preguntó Yazmín corriendo la cortina del vestier. Nada, dije, pero Yazmín vio a Rosana pataleando mientras yo la agarraba del cuello y le tapaba la boca. Yazmín se me echó encima y el Pepino se tiró encima de Yazmín. Póngase los zapatos, güevón, ordenó el Pepino cuando logró controlar a Yazmín. ¡Hijueputa!, enamorándome para robarme, ¿para eso me trajo chocolatinas, para eso me acompañó a la casa?, empezó a gritar Rosana. El Pepino me volteó a mirar. ¿Para eso dejó que lo llevara a mi casa y que se lo presentara a mi mamá?, añadió Rosana. No pudo decir más porque terminé de hacerle el nudo a los cordones y volví a taparle la boca. Fue un acto inútil. El Pepino soltó a Yazmín, cogió las gafas para la Cuatro Vientos y salió corriendo. Al quedar libre, Yazmín me empezó a dar puños y a arañar y consiguió que soltara a Rosana. Busqué la salida, pero Rosana fue más rápida y se me atravesó con una silla en las manos. No te vas a ir de aquí, ladrón, gonorrea, traidor, decía entre lágrimas. Alcancé a imaginar el amor y el placer que habría sido capaz de darme Rosana y más que un mal ladrón me sentí un imbécil. Intenté quitarle la silla de las manos, pero ella se resistió y con el forcejeo ella resultó en el suelo. Era la único que podía hacer, Yazmín ya había alcanzado la calle y estaba gritando: ¡Un ladrón, ladrón! Aun así, dudé un segundo y volví a mirar a Rosana y vi que empezaba a llorar. Salté sobre ella y con la poca dignidad y las pocas fuerzas que me quedaban, crucé la puerta y eché a correr.

please don't go...

La vida de pandillero terminó por gustarme más que la vida en el MOREI. En la calle la gente no habla mierda ni teoriza sobre empresas imposibles; está intentado conseguir plata, rumbear, trabarse, emborracharse, levantarse un polvo; mejor dicho, está intentando vivir. O, si la vida se complica, intentando sobrevivir, intentando evitar que la maten. En la calle, uno aprende que debe cambiar su propio destino porque a este mundo no lo cambia nadie. Entre ausencias al colegio, falsas reuniones para estudiar y viajes a la biblioteca jamás hechos, mis tardes empezaron a irse en el callejón donde se reunían Héctor y los amigos. La rutina empezaba con un baretico. Lo armaba Lenon, lo prendía Héctor y, mientras el olor dulzón de la mariguana invadía el callejón, nos lo fumábamos Maguila, Garabato y yo. La pata era exclusividad de Héctor y mientras se quemaba los dedos para no desperdiciar ni un milímetro de yerba, los demás empezábamos el rito de destrabarnos. Sentados en la barda de un antejardín, nos contábamos confidencias, nos burlábamos de esas confidencias, hacíamos planes y, cuando la garganta estaba reseca de tanto hablar, íbamos a la Nuevayork a tomarnos unas cervecitas. Más serenos, hacíamos visita en las casas de las nenas que nos interesaban y aguantábamos que nos las negaran y nos conformábamos con verlas a través de las ventanas o, si había suerte y los papás estaban fuera, disfrutábamos de las caricias, los besos y las promesas que lográbamos arrancarles. Volvíamos al callejón, prendíamos otro baretico y nos tomábamos unos tragos de brandy. Los jueves, la semana se ponía emocionante; a los brandys le seguía un churrasco en El Farol, un restaurante de la Treinta y dos; el postre del churrasco era más mariguana y, apenas la ciudad se iba a dormir, arrancábamos para Piscis, Pispis o alguna de las discotecas gays del centro de Bogotá. Con los maricas, la rumba era de verdad, había pepas, perico, romilar; las luces y la música se juntaban furiosas y el baile no terminaba hasta que salía el sol y tocaba sentirse un desgraciado si lo echaban de la discoteca con la traba viva o un afortunado si algún maricón cometía el error de invitarnos a seguir la rumba en su apartamento. Los viernes desenguayabábamos en la Nuevayork y buscábamos más rumba fuera del barrio, y los sábados volvíamos a ser muchachos decentes e íbamos a las fiestas vespertinas del Quiroga en las que se bailaba salsa y vallenato y donde nos cruzábamos por fin con las nenas que habíamos intentado ver durante la semana. El domingo jugábamos banquitas en el parqueadero de enfrente de la Nuevayork y después de una ducha, comida casera y otro baretico, dejábamos que se acabara el día comentando los sucesos más importantes de la semana. Esa rutina me devolvió las ilusiones, volví a estar en un mundo donde era imposible aburrirse, a conocer mucha gente y, lo mejor de todo, aprendí las dos normas básicas de la vida: que uno puede llegar a amar a una mujer más que a uno mismo y que lo único que puede estar por encima de ese amor es el sexo. Una tarde iba con Héctor a buscar al Bobo de la Foto, un man al que Héctor le había vendido unas Ray-Ban y estaba haciéndose el güevón para pagarle, cuando, por uno de los callejones de la Treinta y tres, vimos pasar a una morena de labios carnosos que caminaba como una princesa africana. ¿Quién es esa? No sé, contestó Héctor. ¿Acaso usted no es el güevón mejor informado de este barrio? Sí, pero algo se me tiene que pasar, dijo él. Sigámosla, sugerí. ¿Y el Bobo de la Foto?, preguntó Héctor. No sea cagada, sigámosla, rogué. Listo, contestó. Huy, esa nena está muy rica, dijo Héctor. Más respetico, ordené. ¡Qué amor tan veloz!, sonrió Héctor. Seguimos tras ella y la vimos abrir la puerta de un antejardín, entrar, convertirse en una melena que parecía flotar encima de las matas y perderse detrás de una puerta metálica que se cerró sin la menor compasión. Esa noche no pude dormir; pasé horas dando vueltas en la cama, preguntándome cómo se llamaría, dónde estudiaría, si tendría novio y, al amanecer, cansado de tanto sentir miedos y vacíos, decidí hacerme una buena paja para tratar de descansar un rato. La nena se me volvió una obsesión, hablaba de ella todo el tiempo, la veía en todas partes, rondaba siempre por el callejón donde vivía y hasta el cielo dejó de ser el cielo triste y brumoso bajo el cual lloraba Cristinita y pasó a ser un inmenso fondo azul donde podía ver la sonrisa entre tierna y rebelde de la morenita. ¡Ya!, ¡cállese hermano!, nos tiene locos con el cuento de esa hembra, dijo una tarde Maguila. No grite al pelao, me defendió Héctor, ¿no ve que está enamorado? Es que estamos mamados del temita, dijo Garabato. Huy, sí, que man tan jarto, dijo Lenon. Una cosa, mijo, preguntó Héctor. ¿Qué? ¿Qué le vio a esa nena? No sé, dije y la voz se me quebró. Huyyyy, chifló Maguila. Esto está grave, rió Lenon. Y sólo tiene un remedio, dijo Garabato. ¿Cuál?, pregunté. Asesorarlo, dijo Héctor. ¿Asesorarme?, pregunté. Sí: a-se-so-rar-lo. Vamos a ayudarlo a que conquiste a esa nena, dijo Héctor y me abrazó, y Garabato, Lenon y Maguila sonrieron con complicidad. Lo primero es matar al papá de la hembra, dijo Maguila, así se siente huérfana y cae rendida en brazos de este chino. No sea bruto, Maguila, dijo Garabato. ¿Bruto por qué?, rechistó Maguila. ¿Quién la va a mantener?, ¿usted le va a comprar la ropa para que este pelao la vea bien vestidita y buenona? No había pensado en eso, sonrió Maguila. Hay que aplicar la táctica de siempre, interrumpió Héctor. ¿Qué táctica?, pregunté. Las amigas, dijo Lenon. ¿Las amigas?, insistí. Igual que le hicimos a Sandra, afirmó Maguila. Exacto, hay que hacerle inteligencia y ver cuáles son las nenas que la acompañan, dijo Héctor. También hay que hacerle un cambio de imagen a este chino, propuso Lenon. Huy sí, que bote esa ropa de comunista trasnochado, compre unos levis, unas camisetas lacoste, zapatillas puma y calzoncillos y medias de buena marca; una nena no se conquista con ropa comprada en el Tampico, dijo Garabato. Se da por empezada la misión, concluyó Héctor. Un baretico para celebrar, dijo Lenon. Perfecto. Yo pago unas cervezas, dijo Maguila. Por el pelao y la negrita, brindó Héctor. Por el pelao y la negrita, brindaron los demás. Al otro día, nos repartimos y visitamos a las gemelas Patiño, a Claudia, Nelly, Carolina, Dora y Adriana y hasta a la Cuatro Vientos, una ex de Héctor que todavía lo odiaba de tantas mentiras que le había dicho el man mientras habían sido novios. La cosa no está fácil, dijo al anochecer Garabato, casi nadie la conoce y las hembras que la conocen, la odian. Huy, no, dije. Escogió mal, pelao, dijo Lenon. ¿Por qué no busca una hembra menos complicada?, sugirió Maguila. Esa es la que me gusta, lloriqueé. No vamos a darnos por vencidos tan rápido, dijo Héctor, pero la verdad es que nos desanimamos y nos quedamos callados. El silencio lo rompieron Sandra, la novia de Maguila, y la Tenedor, una flaca huesuda que vivía en Ciudad Berna pero que era feliz yendo al Quiroga. Huy, ¡qué caras! Es que a este man le dio por enamorarse de la nena más creída del barrio. Sandra me miró con esa seguridad que asumen las mujeres cuando enfrentan a un hombre derrotado. Precisamente por eso veníamos. ¿Cómo así?, preguntó Héctor. Sandra le dio un codazo a la Tenedor. Yo estudio en el mismo colegio que Natalia. ¿Se llama Natalia?, pregunté. Sí, sonrió Sandra. Deje hablar a la nena, protestó Maguila. El papá es el Negro Andrade y la mamá se llama Leonor; el Negro es contador y parece buena gente, pero es todo misterioso, tiene pocos amigos, es muy celoso con las hijas, no las deja salir ni a la esquina y les paga colegios caros para que no se mezclen con la gente del barrio. Con razón no la tenía en la lista, dijo Héctor. ¿Y nadie ha logrado acercársele?, pregunté. Novios no le he conocido, pero ¿conocen a la Gorda Liliana, la hermana de Pescuezo? ¿El basquetbolista picao de la Cuarenta? Sí, ese. Pues la Gorda Liliana estudia en el mismo colegio que Natalia y es la única con la que habla en el Quiroga. Por ahí es, dijo Héctor. Tocó volver a jugar básquet, dijo Lenon. Toco, rió Garabato. Pasamos nuestra sede del callejón al parque de la Cuarenta y cambiamos la ropa de marca por sudaderas, y los bareticos y las cervezas por chicles y aguas minerales. ¿Para qué?, ¿para aplastarlos?, contestaron Pescuezo y los amigos el día que Lenon los retó a un partido de básquet. Eso se llama miedo, dijo Héctor. Los manes eran profesionales y fue imposible ganarles, pero les dimos briega y varios partidos y decenas de codazos después ya sabíamos que Natalia tenía dieciséis años, que era buena estudiante, que el papá viajaba mucho a Cali y, lo más importante, que el Negro le había pegado a un par de manes que había visto coqueteándole a la hija. ¿Y cada cuánto va Natalia a su casa?, le preguntó Héctor a Pescuezo una tarde que tomábamos gaseosa después de jugar. Una o dos veces por semana, Liliana es aficionada a la salsa y Natalia también; intercambian música, graban casetes y cotorrean hasta que el Negro Andrade se desespera y va a sacar a Natalia de mi casa. ¿Y por qué están tan interesados en Natalia y en Liliana?, preguntó de pronto René, el amigo inseparable de Pescuezo. Por nada, dijo Garabato. Liliana es novia mía, dijo René. Es verdad, ¿cuál es el interés?, preguntó Pescuezo. Ninguno, contestó Héctor. Ojalá, porque si el Negro Andrade es tocado, mi papá es un asesino, dijo Pescuezo. Huy, pero se puso agresivo el man, dijo Lenon. Agresivo no, es que ya me extrañaba que ustedes andarán por este parque. ¿Qué insinúa?, preguntó Héctor. Los conozco… Les digo una cosa: olvídense de mi hermana y de Natalia, porque los voy a estar vigilando, dijo Pescuezo mientras ponía la botella de gaseosa en la mesa y le decía a René que lo mejor era que se fueran. ¿Y por qué no mató ahí mismo a ese hijueputa?, preguntó Maguila cuando le contamos. Porque si lo levanto, el asunto hembras se nos complica más, contestó Héctor. Les dije que ese güevón era un picao, rugió Maguila. Bobo hijueputa, añadió Lenon. Y, ahora, ¿qué sigue?, pregunté. Fresco pelao, una cosa es que no haya cascado a Pescuezo y otra es que deje que ese man se atreva a retarme, dijo Héctor. Se ganaron un enemigo, dijo Garabato. A ese par de hijueputas no me los puedo comer, pero a la Gorda Liliana sí, añadió Héctor y se frotó las manos. Esa misma noche, Héctor consiguió hacerle llegar a Liliana el rumor de que le gustaba y un par de días después la Gorda le mandó un papelito con el número de teléfono y con la indicación de las horas en las quedaba sola en la casa. Héctor empezó a decirle a la hembra que desde que la había visto bajarse del bus del colegio le había encantado y que no hacía más que soñar con ella, con consentirla, con darle un besito. La Gorda, atraída por la fama de matón de Héctor, contestó a las llamadas con credenciales que Héctor no abría, pero que iba poniendo sobre la mesa de noche y que, cada vez que iba a buscarlo, me mostraba mientras decía: Mire cómo crece el montón, pelao. Mientras llamadas, credenciales y promesas iban y venían, los demás se dedicaron a mi cambio de imagen. Revisaron los armarios para ver qué ropa podían prestarme, me llevaron a la peluquería y empezaron a darme clases de glamur pandillero. Dejé mis viejos zapatos croydon y, haciéndole trampas en las cuentas del mercado a mi tía, pude ir a Sanandresito y comprarme unas nike. Mis pantalones de terlenka fueron cambiados por unos levis originales que le compramos a mitad de precio al Pepino, y con el producido de la venta de una bicicleta robada, brinco en el que participé como campanero, me compré mi primera lacoste. Perfumé la pinta con una loción que le había regalado a Héctor la misma Cuatro Vientos y mi capacidad de seducción fue enriquecida gracias a las instrucciones que tardes enteras me dieron Maguila, Lenon y Garabato. Héctor terminó por llevarse a la Gorda a la cama y consiguió que ella le llevara razones y credenciales a Natalia de mi parte. ¿Unas onces? Sí, unas onces en la casa de Pescuezo. Huy, ¿cómo lo consiguió?, pregunté. Con amor, mijo, con amor, rió Héctor. Recién bañado y vestido con mi mejor pinta, recogí a Héctor, subimos por la Cuarenta, llegamos a la Veintiuna, cruzamos la cancha de básquet y timbramos en la casa de Pescuezo. ¿Se-

guro que los papás no están? Relájese, marica, ordenó
Héctor. Nos abrió Liliana. ¡Amor!, saludó y le dio un
beso a Héctor. Tras ella estaba Natalia, radiante; era la
primera vez que estábamos tan cerca y me pareció aún
más linda que cuando la seguía a escondidas por los callejones del barrio. Te presento al amigo del que te había
hablado, dijo la Gorda. ¿Usted es el que me manda las
credenciales? Sí, contesté más rojo que la blusa de Natalia. No se quede ahí, siga, me ayudó Liliana. Después de
los saludos pasamos a la mesa y Liliana y Natalia nos
sirvieron chocolate y tamales. Comimos entre risas, volvimos a la sala y pusimos música. ¿Un traguito?, preguntó Liliana y sacó una botella de ron. Bebimos el primer
trago y Héctor y Liliana empezaron a besarse; después
del segundo trago, desaparecieron. Quedé sentado frente a Natalia, en la situación que quería estar hacía meses
pero, a pesar de los consejos de Maguila y Garabato, no
supe cómo actuar y decidí ponerle la mano en el muslo.
No voy a hacer lo mismo que Liliana, dijo. Perdona.
Natalia miró para otra parte. Intenté buscar alguna frase
para empezar conversación y como no la encontré, se
formó a mi alrededor una burbuja de silencio que no me
dejaba ni disfrutar de la música que sonaba. ¿Qué hacemos?, pregunté. Bailemos, Liliana me contó que usted
es buen bailarín, contestó. La cercanía me quitó parte de
la timidez, pude llevar el ritmo con seguridad, Natalia
respondió con soltura y nuestros cuerpos consiguieron
la armonía que no habían conseguido nuestras palabras.
¿Quién le enseñó a bailar tan bueno?, preguntó. La vida,
le contesté. Pues debe haber llevado una muy buena
vida. O muy mala, sonreí. Entonces muy mala, se rió y
pegó su cuerpo al mío. Como si el cielo nos quisiera
ayudar, empezó a sonar *Frente a mí*. Natalia pasó las

manos por mi cuello y recostó la cabeza en mi hombro. Diomedes empezó a describir el amor que sentía frente a la mujer que amaba y sentí que, gracias a la música, empezaban a amontonarse dentro de mí los momentos que había pasado buscando, espiando y deseando a Natalia, y que la voz de Diomedes y el acordeón de Elberto López eran capaces no sólo de hacerme soportable aquella suma de momentos, sino también de convertirlos en más amor. Nos besábamos cuando oímos abrir la puerta del antejardín. Dios mío, los papás de Liliana, dijo Natalia. Y vienen con Pescuezo y René, añadí yo. ¡Gorda, Gorda!, empezó a gritar Natalia mientras subíamos las escaleras. Nadie contestó. Abrimos la puerta de la habitación de Liliana y estaba vacía. Abrimos la puerta siguiente, también estaba vacía. Abrimos la habitación de los papás y allí, sobre la cama y con la televisión encendida, estaban tirando Héctor y la Gorda. ¡Sus papás!, gritó Natalia. ¡Qué cagada!, dijo Héctor. Debajo de la cama, ¡rápido!, dijo Liliana mientras Héctor se vestía y ella intentaba meter las enormes tetas dentro de un brasier. ¿Y este desorden?, preguntó el papá de Liliana cuando entró al cuarto acompañado de Pescuezo, René y la mamá de la Gorda. Nos cansamos de estudiar y subimos a ver un poquito de televisión. ¿Ustedes solitas?, preguntó Pescuezo. Claro, ¿con quién más?, contestó la Gorda. Vamos a ver, dijo e intentó agacharse para revisar debajo de la cama. La Gorda se interpuso. Diles que salgan. ¿A quiénes?, preguntó Liliana. A ese par de hijueputas que hay debajo de la cama, dijo el papá de la Gorda. Toco frentiar, susurró Héctor. Salí y vi al papá de Liliana con un machete en la mano, a Pescuezo con otro machete y René con un bate de béisbol. No estábamos haciendo nada malo, dijo la Gorda. Sal de aquí,

Liliana, esto es un asunto entre varones, dijo el papá. Es verdad, no estábamos haciendo nada malo, gimió Natalia. Mejor cállese, mija, no diga más mentiras para defender a esta perra, dijo el papá de la Gorda y señaló a la hija. Sólo estábamos de visita, dije asustado. Ya se acobardaron, en la calle son unas fieras, pero aquí son unas niñitas, dijo Pescuezo. Queremos evitar problemas, dijo Héctor. Problemas ya tiene, dijo René. Usted lo que está es rabón porque le quité la novia, le dijo Héctor. ¡Altanero, el chino hijueputa!, dijo el papá de la Gorda y de un planazo tumbó a Héctor. ¡Alfonso!, una cosa es sacarlos de la casa y otra muy distinta darles machete, dijo la mamá de la Gorda y se metió entre nosotros y el marido. Quítese, mamá, tenemos derecho a darles una buena lección a estos pandilleros, dijo Pescuezo. ¡Calmados!, decía la señora cuando sonó el timbre de la casa y, antes de que pudiéramos siquiera parpadear, vimos entrar al Negro Andrade. ¿Qué pasa, compadre?, preguntó. Estos chinos hijueputas que creen que pueden venir a la casa de uno a irrespetarle las hijas, contestó el papá de la Gorda. Con que esas tenemos, dijo el Negro y estiró el brazo para que Pescuezo le entregara el machete. Sólo bailábamos un rato, dijo Natalia y empezó a llorar. El Negro ni la escuchó, de la rabia empezó a ponerse morado y me mandó el primer planazo. Lo recibí en el hombro, me doblé, y con el segundo golpe caí. El papá de la Gorda atacó a Héctor, pero él lo alcanzó a esquivar, le quitó el bate a René y, con el bate, golpeó al viejo. El hombre sacó un revólver. Te voy a matar, hijueputa, le dijo. ¡No, no, Alfonso, qué vas a hacer!, dijo la mamá de la Gorda y volvió a meterse entre el marido y Héctor. Tampoco es para tanto, dijo el Negro Andrade, que me tenía a mí arrinconado. ¡Deme el revólver,

Alfonso!, insistió la mamá de la Gorda. Natalia y la Gorda la apoyaron y se pararon junto a ella. El man respiró profundo. No vas a dañarnos la vida a todos, Alfonso, insistió la señora. Su mujer tiene razón, compadre, dijo el Negro. Es mejor que se vayan, dijo la mamá de la Gorda y agarró a Héctor y empezó a empujarlo hacia el corredor. Natalia me ayudó a levantar y me llevó hasta la escalera. Bajamos y cruzamos la puerta. Ufff, marica, nunca me había salido tan caro medio polvo, dijo Héctor cuando ya íbamos lejos de esa casa. Ni a mí me habían cogido a planazos por besar a una mujer, contesté.

Otro año que pasa y yo tan lejos,
otra Navidad sin ver mi gente…

Me había hecho guerrillero de puro aburrimiento. Tenía dieciocho años y estaba en Medellín, una ciudad repleta de mujeres hermosas pero interesadas, donde a un pobre le era imposible levantarse un buen polvo. Mi mamá, en los ratos libres que le dejaba el último amante, me asaltaba con consejos: Mijo, póngase a estudiar, no se quede por ahí fumando porquerías, mire que usted es mi única esperanza. Me reía, ¿esta vieja güevona pensará que le creo el cuento?, si apenas aparece el cabrón de turno se olvida de mí y se desvive por alcanzarle una silla, por servirle un juguito, por hacerle la comida y por irse a revolcar con él. Yo la pasaba tomando cerveza, fumando bareta y hablando mierda con los manes del barrio en una tienda que quedaba en la esquina de mi casa. Ahí estaba la tarde que la ranyer roja pasó varias veces delante de nosotros y ahí seguía cuando frenó y se estacionó. De la camioneta saltó un mulato alto, fornido, con cara, sonrisa y voz de cantante de salsa que nos hizo charla y nos invitó una cervecita. ¿Quieren ver cómo rumba el motor de este trasto?, preguntó. Claro, contestamos y nos subimos al platón de la camioneta. No quiero detallar cuánto me emocionó la velocidad ni hablar de lo bacana que se sentía la brisa ni de lo bonita que se puso la noche ni de lo abandonado y solitario que estaba el potrero donde paramos. El negro nos hizo bajar, nos sentó en hilera, nos confesó que era un guerrillero del DEME y nos explicó por qué había tomado la decisión de empuñar las armas. Tampoco voy a criticar la cara de susto que pusieron mis amigos ni mucho menos voy a dar detalles de todo lo que dijo el mulato para convencerme de seguir la causa guerrillera. Asistí a una charla política y a una jornada de entrenamiento militar en las montañas que hay detrás de la ladera de la que está colgada mi casa. Al final del entrenamiento, me dieron un revólver y el mulato recalcó que mi primera misión era cuidar aquella arma y tenerla lista para cuando llegara el momento de darle utilidad. Me sentí realizado y me despedí agradecido por la confianza que ponían en mí los compañeros. Estar armado es tenaz, uno se siente poderoso, pisa el mundo sin miedo, escupe con desprecio, sabe que cualquiera que se sobrepase se va a tragar las amígdalas del susto apenas uno saque el fierro y le haga saber que no es ningún güevón. Veía a Medellín desparramada abajo en el valle y me sentía amo y señor de aquellas tierras cuando aparecieron los dos tombos. Ni los miré, pero fue peor porque se sintieron despreciados y corrieron hacia mí. ¡Contra la pared!, dijo uno de ellos. Pensé en el mulato, pensé en los otros guerrilleros, pensé que si me encontraban el revólver me iban a meter a la cárcel y decidí que no podía ni ir a la cana ni fallar en la primera misión que me habían encomendado. Así que hice varios disparos para asustar a los tombos y eché a correr. Por el periódico me enteré de que había matado al más flaco de los dos policías. El titular me dejó grogui, no sabía qué hacer, si ir a contarles a los guerrilleros, si mejor contárselo a mi mamá, si entregarme a la policía o si quedarme callado; al fin de cuentas había huido y nadie sabía que el asesino había sido yo. Pero me ganó el susto, empecé a sentir que la gente me miraba con desconfianza, a toda hora oía movimientos extraños fuera de la casa y temblaba cada vez que recordaba que tenía el arma homicida debajo de mi cama. No aguanté más y fui a hablar con los compañeros. El mulato me escuchó sin perder la sonrisa y se rascó la calva cuando me puse a llorar. Hay que esconder a este pelao mientras decidimos qué hacer, dijo. Sí, con lo asustado que está es un peligro dejarlo por ahí suelto, confirmó otro guerrillero. Me metieron en una casa de campo y aunque era cómoda y hasta tenía piscina, me puse todavía más nervioso. Veía fantasmas por todas partes, cualquier ruido me ponía en guardia y era incapaz de dormir pensando que la policía iba a asaltar el lugar y, en vez de arrestarme, me iban a matar igual que yo había matado a su compañero. Tienes que irte lejos, mijo, no puedes seguir escondido porque te estás consumiendo, dijo llorando mi mamá cuando por fin consiguió que los manes del DEME la llevaran donde me tenían escondido. La dejé llorar y le pregunté cómo iba con el último hombre. Ella siguió llorando y esas lágrimas me confirmaron que debía irme. No quería seguir escondido, caer en la cárcel ni, aparte de estar preso, tener que aguantarle otro despecho amoroso a mi mamá. Los guerrillos me consiguieron dinero, una cédula falsa,

un pasaporte falso y un pasaje de avión para Francia.
Una tarde de noviembre, cuando el invierno empezaba
a patear el otoño, aterricé en París. Fue un viaje intranquilo. Desde que me sacaron de la finca tuve que mos-
trarles mis papeles falsos a policías amenazantes, en el
aeropuerto estuve al borde de un ataque de pánico cuando el man del DAS me miró con recelo, en el avión sentía
miedo al ver las insignias del uniforme de las azafatas y
en el aeropuerto de París, apenas los agentes de inmigración empezaron a hacerme preguntas en un idioma que
no entendía, creí que me habían identificado y que la
Interpol ya había dado orden de detenerme; pero no
pasó nada. En el aeropuerto me esperaba Hernando
Páez Franco, un profesor universitario muy educado
que no sólo subió mis maletas a un carro nuevo, sino
que me preguntó cómo había estado el viaje, me pidió
detalles de la situación política de Colombia y hasta me
dio una vuelta por el centro de París. Con la misma
amabilidad, Franco me llevó a un hotel, me inscribió en
la recepción y me dijo que no me preocupara de nada,
que esperara allí, que irían unos compañeros a ayudarme a iniciar una vida nueva. El hotel se llamaba París-
Ópera y era sucio, frío y olía a mierda. Lo aguanté con
resignación creyendo que me habían llevado a ese lugar
porque era el mejor sitio para esconderme. Páez Franco
nunca volvió al París-Ópera y tampoco aparecieron los
compañeros que me había anunciado. El día que gasté
la última moneda, me asomé a la ventana de la habitación y vi aquel mundo triste y congelado y vi la cara de
aburridos de los franceses y sentí que estaría mejor en
una cárcel colombiana porque al menos tendría con
quién hablar. La cabeza se me amargó, me puse a llorar
y pensé que así hubiera matado aquel tombo no mere-

cía que me hubieran dejado tirado en un mundo tan diferente al mío. Pero ni quejarse ni llorar alivian el hambre, y como las tripas me chillaban más que los ojos, decidí ponerle el pecho al problema. Tenía dos posibilidades: entregarme a la policía o rebuscarme la vida. Como buen colombiano, escogí la segunda. Le hice saber a la dueña del hotelucho que no tenía dinero y la mujer, una cuarentona medio amargada pero todavía jugosa, me miró con desconfianza, murmuró algo que sonó terrible y después de un largo rato, me alcanzó una escoba, un balde y un trapero. Seguro que esta vieja no tiene quién se la coma, pensé, porque algo en aquella francesa me acordó de mi mamá. Tenía razón. La hembra me puso a lavar baños, a limpiar corredores y a tender camas, y aunque las primeras noches me tocó dormir en un cuarto sin ventilación ni calefacción, a los pocos días amanecí en la cama de ella. No estaba muy buena, pero a los dieciocho años un culo plano y frío y un par de tetas, así estén medio caídas, son un verdadero manjar; manjar francés, pensaba cada vez que tirábamos. Vivianne se portó muy bien, me salvó de morir de hambre y frío, intentó enseñarme francés, me compró ropa, me explicó cómo debía actuar para no incomodar a los inacomodables franceses y hasta pagó un abogado para sacarme de la ilegalidad. Las primeras semanas creí que tenía resuelta la vida, pero pasados unos meses empecé a sentirme igual de aburrido que en los días que conocí al mulato, y el amor y la dedicación de Vivianne sólo conseguían hacerme sentir más lejos, más solo y más desgraciado. Así estaba cuando encontré en la basura aquel periódico deportivo. En la portada había una bandera de Colombia igual a la que ponían los compañeros del DEME en el campo de entrenamiento; delante de la bandera había unos manes vestidos con uniformes de colores chillones y unas gafas aerodinámicas tan raras que parecían un equipo ciclístico recién llegado de una competencia en Marte. El escaso francés que había aprendido me hizo saber que esos manes eran mis paisanos y que participaban en una carrera en Francia, pero no sólo eso: ¡que la iban ganando! Qué alegría tan berraca me dio, siempre había evitado hablar con cualquier compatriota por miedo a que fuera un detective que me andara buscando, pero aquella foto me quitó el miedo y me prometí que así se acabara el mundo iba ir a ver la etapa final de esa carrera. Era verano y Vivianne, después de liberarme de toda obligación laboral, de darme calor y comida durante el invierno y de darme amor y comida durante la primavera, se puso a programar nuestras vacaciones. Pero yo había comparado fechas y descubierto que el día que se corría la última etapa del Tour era el mismo en el que Vivianne y yo debíamos coger el avión para ir a broncearnos a las islas Canarias. La veía empacar y me sentía un traidor; intenté decírselo, pero o no me entendió o entendió a la perfección porque me miró rayado, me dio la espalda y se metió entre las cobijas a leer. La noche anterior a viajar la consentí, le di muchos besos y le di verga sin compasión para asegurarme de que durmiera profundamente. Apenas la oí roncar, cogí la maleta que ella misma me había preparado y me escapé. En Châtelet compré un pasaje de tren, y un par de horas después salí rumbo a Divonne-les-Bains, donde se correría el final del Tour. Sentado en aquel tren, vi por primera vez Francia y quedé embobado con los campos verdes y bien cuidados de las afueras de París, los caminos, los viñedos, los ríos y los castillos que parecían siempre sacados de alguna película. Llegué a Divonne-les-Bains y seguí hipnotizado con las fuentes, los bule-vares y los Alpes. Fue fácil saber dónde era la meta, había carteles por todas partes y el pueblo mostraba una agitación y una alegría que no había visto nunca en París. ¿Paisa?, me preguntó de pronto un man. Sí, contesté. Mucho gusto, Valdomero, dijo el hombre y me dio la mano. La fortaleza del apretón me acordó de mi barrio, de mis amigos y lo abracé. El hombre hizo lo mismo y cuando se separó de mí, se secó unas lágrimas, sacó una botella de vino y me invitó un trago. Pobre nena, debe de estar muerta de rabia, dijo Valdomero cuando le conté lo de Vivianne. ¿Por qué pobre?, no quiso oírme y me dio la espalda como si fuera un perro, contesté. En eso tiene razón, si la nena lo hubiera escuchado, estaría aquí y después se irían junticos a España. Exacto, si la hembra fuera más fresca no me habría tocado escaparme. Igual, aquí está bien, ¿o no?, rió Valdomero. Aquí estoy del putas, confirmé. Un brindis por nuestros ciclistas, dijo Valdomero y se tomó otro sorbo de vino. Un brindis por nosotros, dije y repetí también la dosis de vino. No se amargue, aquí las hembras son prácticas, apenas se le pase la rabia, la Vivianne lo vuelve a recibir, dijo Valdomero. ¿Será? Es más, por Vivianne, que le ha ayudado tanto, brindó Valdomero. Por Vivianne, me reí y volví a tomar. ¡Ahí vienen, ahí vienen!, gritó alguien que estaba cerca de nosotros. Empezaron a llegar motocicletas, carros de asistentes, ambulancias y a sonar sirenas y Valdomero me abrazó. Vimos pasar a Burghold, a Henczka, a Gerrit van Gestel y Jan Nevens y a otro montón de los rusos, franceses, belgas y españoles. Después, pegados a ellos, a Acevedo, Jiménez, Arias y Flórez. ¡Ganamos!, exclamó Valdomero, que entendía bien francés y tenía un radio pegado a la oreja. Empezamos a abrazarnos, a echarnos el vino por la cabeza y sólo paramos cuando las hembras que acompañaban a los ciclistas subieron al podio y, detrás de ellas, vimos subir a Alfonso Flórez, el ganador del Tour de l'Avenir. Flórez se quitó las gafas, se puso la camiseta de campeón y alzó los brazos. Mientras la gente aplaudía, me quedé mirándolo, me froté los ojos y exclamé: ¡Jueputa, pero si es igualito al tombo que maté en Medallo! ¿Qué?, preguntó Valdomero, que estaba pegado a mí. Nada, nada, dije asustado. ¿A cuál tombo?, insistió. A ninguno, dije, y me puse a aplaudir. Valdomero me sostuvo la mirada, era una mirada hostil, pero por primera vez en muchos meses me sentí fuerte. ¿No puedo hacer una broma?, pregunté. Valdomero siguió mirándome. ¿Y yo no puedo seguirle las bromas?, preguntó. Tenía que ser paisa este güevón, me reí. ¿Un traguito?, preguntó Valdomero. Un traguito, dije, y me tomé otro sorbo de vino.

Hoy te he visto, con tus libros caminando
y tu carita de coqueta, colegiala de mi amor…

Después de muchas peleas, el Negro Andrade dijo que podía ir a visitar a Natalia si ella ayudaba más en la casa, mejoraba en los estudios y llevaba nuestros amores con prudencia y respeto. Natalia ni parpadeó antes de aceptar. Hice la primera visita, acepté las excusas del Negro, conocí a doña Leonor y a Camilita, la hermana menor de la familia. Dejé de ir al callejón, de fumar tanta bareta, de hacer conejo y de robar bicicletas y me dediqué a llamar a Natalia, a visitar a Natalia, a saber lo que sentía Natalia, a ir a la tienda a comprar lo que quería Natalia y a ayudar a lavar los platos donde había comido Natalia. Doña Leonor escuchó la historia de mis papás y mi tía y me adoptó como un hijo; el Negro me gastaba cerveza y me hacía confidencias y Camila terminó por acostumbrarse a que fuera yo quien le ayudara a hacer las tareas. Apenas sonaba el despertador cogía el teléfono y llamaba a Natalia; me duchaba, me vestía, me perfumaba, corría a acompañar a Natalia a esperar el bus del colegio y hasta que no veía la mano de ella agitarse para decirme adiós y no veía el bus desaparecer por la esquina no sentía que empezaba mi día. Volví a estudiar, almorzaba con Cristinita y corría a la casa de Natalia. Hablábamos un rato, estudiábamos, hablábamos otro rato, nos pasábamos a la sala y ella se recostaba en mis piernas y me contaba sus secretos y yo la oía y le contaba mis historias mientras al fondo sonaba el último disco de Diomedes o el disco nuevo del Binomio de Oro. Si Natalia hubiera traicionado la confianza que nos daban los papás y se hubiera metido en la cama conmigo, habría terminado por creer que llevaba la vida perfecta. Se lo dije, güevón, peor si lo aceptan, decía Héctor. Así lo neutralizan a uno, añadía Garabato. Pobre chino, le pasan ese culo por la cara y no puede ni olerlo, reía Lenon. Igual, tiene que estar atento, si no se decide a meter mano, puede aburrirla, afirmaba Maguila. Tampoco es tan bueno fallarles al Negro y a doña Leonor, decía yo resignado. Cargaba con ese dilema cuando el cura del Colegio Parroquial aceptó organizar una rumba el día de las brujas. ¡Esa es la noche!, exclamó Héctor. ¿La noche para qué?, pregunté. Para que Natalia le dé una prueba de amor. ¿Será? Claro, el día de las brujas es como la Navidad, ahí se sabe quién lo quiere a uno y quién no, apuntó Garabato. Le tiene que hacer brujería a la negrita esa noche, rió Lenon y movió las manos como si fuera un exorcista. ¿Hasta qué horas?, preguntó el Negro Andrade cuando le pedimos el permiso para ir a la fiesta. La idea es bailar hasta el amanecer, dijo Natalia. El Negro se quedó callado. ¿Se van a portar bien?, intervino doña Leonor. Claro, dije. ¿Nada de trago ni de sobrepasarse?, preguntó el Negro. ¿Cómo se le ocurre, papá?, dijo Natalia. Vayan, cedió el Negro. El permiso del Negro se volvió epidemia y a Héctor le contaron que Dora Patiño, la única mujer que lo embobaba y la única que se había dado el lujo de rechazarlo, iba a ir a la fiesta. Garabato confirmó la asistencia de Jimena, Maguila la de Sandra, y Lenon, que era negado para las mujeres, estaba ilusionado porque tenía listos para la rumba dos frascos de romilar y unas cuantas drulas. Los días previos a la fiesta fueron mágicos, era como si la música, el baile y la alegría hubieran empezado ya en alguna parte y como si desde ese lugar nos llegaran de pronto ecos y reflejos de aquella felicidad. En el callejón, discutíamos sobre la ropa que íbamos a llevar, chismoseábamos sobre la gente que pensaba asistir, hablábamos de las canciones que iban a marcar los momentos claves y hasta hacíamos apuestas sobre lo que cada uno conseguiría de la respectiva pareja. Ya veremos cuál es el hijueputa al que hay que amansar esa noche, decía Maguila y se frotaba las manos. No marica, olvídese de pelear por una noche, decía Héctor, que no quería seguir perdiendo puntos con Dora Patiño. Nada de eso, hermano, fiesta sin pelea no es fiesta, contradijo Garabato. ¡La pelea es como una droga!, exclamaba Lenon. El día de las brujas amaneció lluvioso, pero estaba tan animado que decidí ir a la tienda, comprar queso, hacer arepas, preparar chocolate, cambiar el mantel y servirle un buen desayuno a mi tía. Cristinita, en lugar de desayunar, siguió fumando. No te hagas tantas ilusiones con la vida, dijo. Come, está delicioso, le dije. ¿Estás enamorado?, me preguntó. Sí. El amor sólo trae sufrimientos, dijo y empezó a llorar. La arepa se me atragantó y no pude probar el chocolate. Llevé a mi tía a la sala, la acomodé junto a la ventana y me puse a revisar la ropa que usaría por la noche. La tenía planchada y perfumada desde días atrás, pero quería darle otro repaso para que quedara perfecta. El resto de la mañana estuve jugando micro, almorcé donde Natalia, dejé ir la tarde fumándome un baretico en el callejón y, cuando cayó la noche, volví a casa y me duché. Mi tía se había quedado dormida, con las piernas dobladas sobre el sillón y cubierta con el pañolón que le había regalado el Fantasma. La alcé y la llevé a la cama. De la mujer gruesita que había ido a buscarme a Barbacoas no quedaba rastro. Preferí no pensar en ella, frité un pedazo de carne y unas papas y comí bien para aguantar el trago y el baile que me esperaban. A las nueve salí a recoger a Héctor. En el callejón nos esperaban Maguila, Lenon y Garabato; juntamos el dinero, apartamos el valor de las entradas y compramos dos botellas de brandy para meterlas camufladas a la fiesta. Entre los cinco nos fumamos un par de baretos y, amontonados debajo de una sombrilla porque volvió a llover, salimos para el Colegio Parroquial. El gimnasio, habilitado para la fiesta, hervía. En las mesas del fondo estaban el Pepino, Claudio, Pebles, Tornillo y otros manes de la Veintiocho. Hacia el centro estaban el Burro, Malboro, Pacheco y Élmer, que eran de la Treinta y dos. Cerca de la entrada estaban el Loco Gustavo, Hernán, Carepapaya, Nilson y el Bobo de la Foto con otros manes de la Cuarenta. Mejor dicho, en la rumba estaba el Quiroga en pleno porque a cada uno lo acompañaban la novia, las amigas de la novia, los hermanos de la novia, los hermanos de las amigas de la novia y hasta había mesas donde se había colado algún papá y alguna mamá. Saludamos a los amigos, miramos con odio a los enemigos y, como no quedaban mesas libres, espantamos a un grupo de muchachitos y nos instalamos en las mesas que se habían atrevido a ocupar. Nos acomodábamos cuando entraron Natalia, Jimena, las gemelas Patiño, Sandra, la Tenedor y la Gorda Liliana. Dora Patiño, Nadia Patiño y la Tenedor fueron hacia el rincón donde estaban Pescuezo, René y demás basquetbolistas, y Natalia, Jimena y Sandra vinieron hacia nuestra mesa. ¡Qué madrugadores!, dijo Jimena. No queríamos dejarlas solas ni un segundo, dijo Garabato. Así me gustan los hombres, dijo Sandra. ¿Puntuales?, pregunté. No, mi vida, con mesa, contestó ella. El escaso dinero que nos quedaba se nos fue en comprar gaseosas y media de brandy para irla llenando a escondidas con las dos botellas que habíamos entrado de contrabando. Sonó la música, Héctor se perdió en busca de Dora, Garabato sacó a bailar a Jimena, Maguila a Sandra, yo a Natalia y Lenon fue al baño y se tomó el primer frasco de romilar. Marqué el paso. Natalia respondió como si un viento inquieto viviera dentro de ella; cantaba *sorpresas te da la vida* y daba una vuelta, *la vida te da sorpresas* y daba otra vuelta y, cuando volvía a mirarme, me cubría con una mirada que me hacía sentir al mismo tiempo protegido y desprotegido. A Rubén Blades lo siguieron Héctor Lavoe, Willie Colón, Fruko, Pérez Prado, Celia, Tito Puente, la Fania, El Gran Combo, Ismael Rivera y Oscar de León, y las chicas se animaron tanto que Garabato, Maguila, Héctor y yo no paramos de bailar. Pasada la medianoche se habían formado las parejas y el disyey soltó la primera canción de Diomedes: *sé que no gustas de mí, pero yo soy feliz no más con tu desprecio; que en tu pensamiento esté, no importa mal o bien, pero yo estoy contento; por eso te puse serenata, por eso te mandé un ramo de flores, para que te regañen en tu casa y te prohíban hasta que me nombres.* Fui a traer más gaseosas y cuando volví a la mesa Natalia no estaba. En la pista, Héctor bailaba con Dora, Garabato besaba a Jimena, Lenon boqueaba por las pepas y Maguila se olvidaba de la violencia y se amacizaba con Sandra. Busqué a Natalia y la vi hablando con el Pepino, un güevón de la Veintiocho al que el barrio temía porque de robar ropa había pasado a ser atracador de bancos y de ser atracador de bancos había pasado a convertirse en secuestrador. Natalia se despidió del Pepino. Nuestra canción, dijo, y me arrastró a la pista. Empezamos a bailar siguiendo el ritmo de la caja y dejando que la melodía nostálgica del acordeón nos acariciara los sentimientos. La amo, Natalia. ¿Seguro?, sonrió ella. Segurísimo, contesté. ¿Le gusta? ¿Qué?, pregunté. Amarme. Sí. ¿De verdad? Sí, dije, y no pude evitar que mi respuesta se convirtiera en lágrimas. Ella se apretó todavía más contra mí. La sentía muy cerca, pero quería estar todavía más cerca, la besaba y saboreaba su aliento, sentía su temblor en mis manos y me excitaba con el olor que producía la mezcla de nuestros perfumes y nuestros sudores. Habríamos empezado a levitar si la magia de ese momento no se hubiera roto por los gritos de varias mujeres. ¡A mi novia nadie le coquetea!, oí gritar a Maguila. Acomodé a Natalia contra una pared, corrí hacia el tumulto y vi a Maguila parado enfrente de Tornillo. Detrás de Tornillo estaban el Pepino, Claudio y Pebles, y frente a ellos, Héctor, Garabato y Lenon. Usted no es más que un güevoncito, así que mejor deje el azare, dijo Tornillo. Pídame excusas y lo dejamos así, contestó Maguila. No le pido excusas ni a mi madre, dijo Tornillo. Ah, ¿no?, dijo Maguila y se lanzó contra Tornillo. ¡Paren, paren!, gritó el cura del Parroquial y trató de detenerlos, pero un puñetazo perdido de Maguila lo hizo retroceder. Tornillo y Maguila empezaron a pegarse y la pelea fue pareja hasta que Tornillo falló un golpe y trastabilló. Cuando cayó, Maguila empezó a patearlo. Tornillo empezó a sangrar y el Pepino intervino. Claudio y Pebles respondieron por el Pepino, y Héctor, Garabato, Lenon y yo respondimos por Maguila. La pelea dejó de ser un combate entre dos borrachos para convertirse en un tropel donde los gritos, los puños, las patadas, las sillas y las botellas iban y venían. Media fiesta terminó peleándose contra la otra media fiesta porque en el barrio había demasiadas rivalidades y había manes que ya llevaban rato rozándose o mirándose mal y aprovecharon el desorden para cobrar cuentas. Las mujeres seguían gritando, los hombres pegando sin fijarse a quién, el cura llamando a la cordura sin que nadie le obedeciera y la gente mayor buscando a las hijas e intentando huir, cuando alguien me agarró de la camisa. Iba a manotear, pero sentí el perfume de Natalia. Ven, me dijo y fue como si el caos se detuviera y sólo quedáramos ella y yo. Natalia me sacó del gimnasio, me llevó por un corredor y me hizo entrar al cuarto donde guardaban las colchonetas. Que se maten los demás, nosotros vinimos a querernos, dijo y cerró la puerta. Pero ¿y mis amigos? Están peleando como bobos, contestó ella. ¿Y tu papá y tu mamá? Están dormidos, se rió y empezó a soltarse los botones de la blusa. Empecé a acariciarle los senos y a apretarle las nalgas. Quedó desnuda y por fin pude besar por completo cada rincón de su cuerpo. Natalia me quitó el levis, me quitó la camiseta y, cuando me tuvo desnudo, curioseó por mi piel, y me acarició y besó la verga. ¿Toca meterme esto tan duro?, preguntó. Si tienes ganas, sí, susurré. Ella se puso encima y vi cómo se acomodaba y soltaba un quejido mientras yo entraba. Empezó a subir y bajar y yo me agarré duro de la colchoneta hasta que ella se cansó de estar arriba y me pidió que me pusiera encima. Empezamos a separarnos y juntarnos y a apretarnos y a rasguñarnos y era como si mientras más chocáramos, más juntos estuviéramos, y mientras más separados estuviéramos, más ganas tuviéramos de volver a estar pegados. Nuestros gemidos crearon una comunicación nueva que ambos aprendimos al mismo tiempo, el estremecimiento final de ella fue la única prueba de amor que necesité para estar satisfecho, y mi última sacudida, la única demostración de fuerza que ella quiso de mí. Nuestros quejidos se apagaron, me abrazó, la abracé y con nuestro silencio llegó también el silencio al gimnasio y supimos que la pelea había acabado, que debían de estar recogiendo el desorden y volviendo a organizar las mesas. La fiesta no había acabado, sólo volvía a empezar y sonó Diomedes otra vez: *es porque tiene ese algo extraño que al conocerla, uno presiente que ya hace tiempo la conocía. Es como ver aquella esperanza que el alma sueña en los instantes de soledad y melancolía.*

> *Quién pudiera tener la dicha que tiene el gallo,*
> *el gallo sube, echa su polvorete,*
> *racatapum chinchín...*

A la Treinta y siete se pasó a vivir una nena con una cara feísima pero con unas tetas, una cintura, unas caderas y un culo tan bien tallados que, cuando salía a la calle, hacía babear a los manes del barrio. Y, lo mejor, la nena no era complicada; semanas después de llegar al Quiroga ya se la habían comido los malandros más importantes del barrio, algunos bondadosos padres de familia y hasta un par de imbéciles que habían tenido la suerte de cruzarse con ella cuando estaba muy arrecha. La promiscuidad, en lugar de darle mala fama, la hizo más apetecible. Los afortunados contaban maravillas sobre las habilidades sexuales de la hembra y era fácil verlos achantados durante semanas cuando ella les decía, sin darles chance de rechistar, que no quería que volvieran a su casa, que se había cansado de tirar con ellos. Gemidos, la bautizaron, porque más se demoró el primer güevón en salir de la casa de la hembra que el barrio entero en enterarse de que ella era insaciable y de que acostumbraba pedir más y más y más verga en medio de gritos y súplicas. Y no sólo eso, comentó el Pepino, siempre pone un casete del Binomio de Oro y quiere que uno se venga justo cuando suena *La creciente*. Mi turno llegó apenas se aburrió del Pepino. Salía de mi casa, enguayabado porque la rumba de la noche anterior había sido tenaz, y me senté en una tienda a tomarme una cerveza que me ayudara a continuar el día. La hembra entró y sólo tuve que aguantarle la mirada para saber que me había elegido. La primera vez estaba nervioso, a Gemidos se la habían tirado muchos manes que quería y respetaba y también varios de mis enemigos, y sabía que si no respondía a las expectativas de la nena iban a enterarse no sólo mis amigos, sino la gente que más odiaba. Pero salió bien. Apenas Gemidos dio la vuelta para poner en la grabadora el casete del Binomio de Oro y vi aquel culo, la verga se me puso tiesa y el cuerpo y la cabeza se me llenaron de un sentido de la responsabilidad que no tenía idea de que existía. Esa extraña serenidad me ayudó a aguantarme las ganas de metérsela de una, tuve paciencia para acariciarla, para besarla y para darle toda la lengua que exigió antes de entrar en calor. Con la verga adentro, empezó el ritual de gritos, súplicas y lamentos, pero, a pesar de que la bulla me excitaba, mantuve el control; le di verga boca arriba, dejé que me choferiara y sólo empecé a ponerme ansioso cuando ella se puso en cuatro y tuve sus dos nalgas enfrente. Gracias a Dios empezó a sonar *La creciente* y recibí la orden de venirme y la última exhalación de Gemidos me dejó claro que habíamos logrado lo imposible: que un primer polvo fuera perfecto. Gemidos me abrazó y empezó a llorar. Me sentí el mejor amante del mundo, le limpié las lágrimas y cuando nos arrunchamos y ella se dio la vuelta y pegó el cuerpo contra mí, supe que el sexo nos acababa de atar y que nos iba a costar un buen tiempo desatarnos. Era delicioso ser el amante de Gemidos; después de cada polvo uno se sentía eterno y el recuerdo del olor y de los gritos de ella lo perseguían días enteros y le empacaban la vida en una burbuja sexual de la que no se quería salir. Al placer lo seguía la fama, el honor de ser algo así como el mesías sexual del Quiroga. Mejor que ser amante de Gemidos era mirar el reloj y con una sonrisa decir: Ya vengo, tengo que ir a hacer una visitica, mientras los amigos lo miraban a uno con una envidia muy cercana al rencor. Gemidos me hizo conocer la felicidad. A esa primera cita le siguió otra cita y otra más y la relación se alargó y pasó de ser un capricho sexual a un ritual en el que, antes de tirar, ella me contaba intimidades que nunca le había contado a nadie y yo lloraba en sus brazos mientras le confesaba que Dora Patiño me había vuelto a rechazar. Ninguno de los dos tocaba el tema, pero era fácil darse cuenta de que nos estábamos enamorando. Gemidos no volvió a verse con ningún otro man, nuestros encuentros se hicieron más largos y ya no se metía en la cama lo más pronto posible; me esperaba vestida, maquillada y casi siempre me tenía algo rico para comer. Empecé a actuar como un novio. Le preguntaba por detalles de la vida cotidiana y era feliz escuchándola y dándole y recibiendo consejos. Pero Gemidos no era una mujer que uno pudiera sacar de paseo; una cosa es que fuera el mejor polvo del barrio y otra muy distinta que tuviera posibilidad de ser presentada como la novia oficial de alguien como yo, que tenía una reputación que defender porque ya había sido novio de las mujeres más bonitas y apetecidas del Quiroga. La primera vez que intentó insinuar que fuéramos al cine o saliéramos a bailar le contesté con tal violencia que no volvió a tocar el tema. Desde ahí cambió nuestra relación. Gemidos ya no gritaba ni exigía más sexo como antes y a mí ya no sólo me daban ganas de darle verga, sino que también me daban ganas de tratarla mal, de pegarle, de humillarla. Era como si con su silencio y pasividad quisiera decirme que no era una puta y merecía una oportunidad, y como si yo necesitara despreciarla para poder sacarme de adentro el amor que sentí por ella. Más que encoñado, usted está enamorado, dijo un día Garabato. ¿Me cree capaz de enamorarme de esa vieja tan fea?, le contesté. Y tan buena, dijo Lenon. Y tan famosa, sonrió Maguila. ¡Qué va!, la hembra es un polvazo y es mejor estar tirando con ella que estar aquí aburriéndose con ustedes, pero de ahí a enamorarse hay muchísima distancia, riposté. Para acabar con las sospechas, pasé de contarles detalles sexuales a describirles las humillaciones a las que la sometía. Ellos escuchaban entre crédulos e incrédulos. Ay, Héctor, ya no hable más mierda, mejor cásese con la nena, dijo un día Lenon. ¿No me cree? No, respondió Lenon. ¿Quiere que se lo pruebe? ¿Cómo?, preguntó Lenon. ¿Se la quiere tirar?, le pregunté. Lenon se quedó callado. ¿Quiere o no? Claro, dijo Lenon. Mañana cuando vaya a verla le dejo la puerta abierta; usted entra, se esconde y cuando estemos tirando, se empelota y se nos pega; va a ver que la nena no dice nada, esa hembra hace todo lo que le digo. ¿Es en serio?, preguntó Lenon. Más que en serio, contesté. Esa idea está chévere, dijo Garabato. La verdad, sí, dijo Lenon, sonrió y puso la cara de traidor que ponía cuando se ilusionaba por algo. Al otro día, llegué a la casa de Gemidos y dejé la puerta entreabierta. Me senté, dejé que Gemidos me contara los últimos chismes y, cuando la sentí ganosa, empecé a besarla, a tocarla, a darle dedito. Estábamos en lo más rico, el Binomio ya cantaba la canción anterior a *La creciente* y Gemidos decía te amo, te amo, cuando Lenon salió empeloto de atrás de una cortina. Paré y Gemidos abrió los ojos, pero no pudo protestar porque vio el cuerpo flaco y lechoso de Lenon junto al mío. ¿Qué es esto?, preguntó. Que tenemos invitado, dije. Lenon, que estaba trabado y arrecho, trató de acariciarle las tetas. Ella se quitó. ¿Qué le pasa a este güevón? Ya te dije, es un amigo y lo invité a participar. Gemidos se puso la blusa. ¿No me vas a dar gusto?, le pregunté. ¿En verdad quieres que tire con este man?, preguntó. Sí, contesté. ¿Seguro?, insistió Gemidos. Seguro, le dije, pero la verdad es que empecé a dudar. Ven, le dijo Gemidos a Lenon y se echó en el sofá. Lenon se pegó a ella y dejó que ella le ayudara a entrar. Gemidos empezó a moverse y Lenon empezó a disfrutar de la fuerza sexual y la vitalidad de Gemidos. Al comienzo, yo besaba a Gemidos, le acariciaba los senos, la pellizcaba, pero cuando Lenon empezó a resoplar y ella empezó a excitarse y a gritar de la misma manera que lo hacía conmigo, me entró un sentimiento de culpa que se me convirtió en celos y, un segundo después, se me volvió rabia. Paren, ahora sigo yo, dije. Ellos ni me escucharon. Ya, paren, repetí y traté de meterme en medio pero Gemidos me empujó. No sea sapo, dijo. De la rabia pasé al desespero y agarré a Lenon de las mechas y se lo quité de encima a Gemidos. ¡Basta!, grité. ¿Qué pasa?, preguntó Lenon. No quiero ver más, vístase y váyase. No, no se vaya, dijo Gemidos, todavía no hemos terminado. Ya terminaron, insistí. No, no hemos terminado, dijo ella. Mejor me voy, dijo Lenon. No, quédate, insistió Gemidos. La vi desnuda frente a mí, desnuda frente a otro y le di un puñetazo que la tumbó al suelo. ¡Perra hijueputa, malparida!, empecé a gritarle. No, Héctor, ¡¿qué le pasa?!, decía Lenon mientras intentaba evitar que empezara a patearla. Gemidos se levantó. Tenía la boca rota, un ojo negro y sangraba por la nariz. Es mejor que se vayan, dijo. Sí, vámonos, dijo Lenon. No me quiero ir, dije y empecé a llorar. Es mejor que te vayas, dijo Gemidos.

se me perdió la cadenita...

El amor de Natalia, que en un principio me alejó de los amigos, me llenó de tantas ganas de vivir que terminó por empujarme de nuevo hacia ellos. Los manes, en lugar de protestar por el abandono, me recibieron como a un héroe. Se volvió varón este chino, dijo

Héctor. Sí, el pelao coronó, dijo Lenon. Está probando con esa hembra, rió Maguila. Probando carnecita de la mejor, aplaudió Garabato. No sólo volví a pasar tiempo con ellos sino que volví a fumar más bareta, a coquetear con otras nenas, a meterme en peleas y a colaborar en brincos que, en mi ausencia, habían pasado de ser calaveradas adolescentes a convertirse en crímenes. ¿Qué tal la tarde?, preguntó Héctor. Sonreí. Mucha suerte, se ennovia con una hembra y los papás se van de viaje, dijo Garabato. Volví a sonreír. ¿Cómo hizo para escapársele a la nena?, preguntó Lenon. Le dije que durmiera a Camila que ya volvía a rematar la labor. Tampoco chicanee, regañó Maguila. ¿En qué andan?, pregunté. Vamos a hacer una vuelta, dijo Héctor. ¿Adónde? A un sitiecito, sonrió Maguila. ¿Va a pegarse?, preguntó Garabato. No puedo, Natalia me está esperando. ¿No le bastó con la tarde? ¿Cuál es el plan?, pregunté. No, si no se apunta nunca lo va a saber, dijo Héctor. Llevaban puesta la mejor ropa que tenían y hasta habían pedido ropa prestada a otros manes del barrio. ¿Hay que ir tan elegante?, pregunté. Claro, contestó Lenon. Me quedé callado. Y nosotros que creíamos que se había vuelto varón, dijo Garabato. Una cosa es estar enamorado y otra dejarse dominar de una nena, dijo Maguila. Quise imaginar lo que tenían entre manos pero no lo conseguí. ¿Se anima o no?, dijo Héctor. Pensé en Natalia, «hoy será nuestra cuarta noche», había susurrado antes de dejarme salir. ¿A qué hora piensan volver? No sabemos, depende de cómo vaya el cruce. Vamos, si se aburre se devuelve, propuso Maguila. Acepté. Treinta y nueve segundos, cronometró Lenon cuando acabé de quitarme la ropa y empecé a ponerme el bluyín, la camiseta y la chaqueta que Héctor y Garabato habían ido a buscar. Es rápido para empelotarse, con razón tiene a Natalia tan contenta, dijo Maguila. Lenon prendió un baretico para «calentar motores», Maguila invitó un par de cervecitas en la Nuevayork «para emparejar» y animados y felices salimos del Quiroga. Mientras ellos se frotaban las manos y hablaban en clave para que ni el taxista ni yo entendiéramos los planes que hacían, empecé a arrepentirme de haberlos acompañado. Natalia me hacía falta, veía las calles vacías del Restrepo, Ciudad Berna y el Centro y pensaba que ella también debía estar mirando la calle, también debía estar extrañándome e, incluso, preguntándose con preocupación por qué no había regresado. Llegamos, chino, dijo Garabato cuando el taxi paró en la Veinticuatro con Décima. ¿Qué queda aquí?, pregunté. Piscis, contestó Lenon. ¿La discoteca gay? Exacto, la discoteca de los volteados, dijo Maguila. Y, ¿a qué venimos? A pasarla bien, rió Héctor. ¿Para dónde van los nenes?, preguntó un man alto que hacía las veces de portero. Pa' dentro, contestó Maguila. ¿Traen las cédulas? Sí, dijo Héctor y sacó un billete. El portero cogió el billete y lo examinó. Quedaron bien en la foto, dijo y se hizo a un lado. El lugar me pareció chévere. La luz era escasa pero los meseros caminaban con seguridad, y la mayoría de maricas llevaban ropa apretada y tenían cara de ser felices. ¿Sí ve esos catanos del fondo?, me preguntó Héctor. Sí, ¿qué hacen acá un par de cuchos? Son cacacenos. ¿Cacacenos?, pregunté. Maricones viejos con ganas no sólo de rumbear, sino de levantarse un pelaíto y volver a probar carne fresca. Quien los ve, dije. Si un cucho de esos se le acerca, sea amable, coquetéele, pórtese bien. ¿Para qué? No se ponga preguntón, confíe en mí, dijo Héctor. Listo, dije. La noche se animó, Héctor y yo nos sentamos en la mesa de un comerciante y de dos de sus primos, Maguila y Garabato en la mesa de varios artistas y Lenon reía y conversaba con un sesentón que tenía cara de importante y que, contrario a la informalidad de la mayoría, iba vestido de traje de paño y corbata. Es magistrado y está podrido en plata, nos informó Lenon. Ese es, dijo Héctor. ¿Ese es qué?, pregunté. La víctima. Estos comerciantes que nos están dando trago son gente curtida, demasiado sagaz y peligrosa, y los artistas que están con Maguila y Garabato tienen pinta de varados, no creo que podamos sacarles nada. ¿Vamos a robar a uno de estos cacacenos? Claro, güevón, contestó Héctor. Que gasten primero y después les quitamos hasta la camisa, dijo Lenon. Huy, dije asustado. Si no quiere ir en la vuelta, váyase para donde su noviecita, dijo Garabato. Miré la gente feliz, las barras repletas, los meseros, a un par de maricas barbudos besándose, otro par de maricas morboseándose en un rincón, a varios manes que compartían un bareto, y ante tanta libertad no sentí ganas de volver donde Natalia. ¿Una rayita?, invitó el comerciante. Claro, dijo Héctor y se metió la raya. ¿Y vos?, me preguntó. A ver, dije, y aspiré mi raya. El vértigo de la noche me entró en la sangre, reía con los cacacenos, jugueteaba con ellos, dejé que la música me llevara a otra dimensión y, por primera vez en la vida, alcé los brazos y los agité sin miedo de que alguien dudara de mi masculinidad. Aprendí que no era necesario tener pareja para bailar, el perico que metía lo emparejaba con vodka, el vodka lo neutralizaba con más perico y, cuando no estaba bailando, me sentaba con los cacacenos y, mordiéndome la lengua, hablaba bobadas con ellos y confirmaba que mientras más pasaba la noche más frágiles se volvían. El mundo parecía perfecto, la música seguía sonando, las drogas eran una bendición, el sexo no tenía barreras y nosotros teníamos el control de varias vidas ajenas y no había nadie capaz de arrebatárnoslo. Héctor tenía razón: los dos comerciantes, apenas confirmaron que no iban a tener sexo con nosotros, nos abrieron furiosos; los artistas casi no logran reunir para pagar el vodka que se habían tomado Garabato y Maguila y, al final, terminamos todos sentados en la mesa del magistrado. ¡Este montón de niños para mí!, reía el magistrado y nos abrazaba. Estaba tan feliz que se animó a bailar y, después de brincar un rato, se amacizó con Lenon. El Lenon se está mariquiando de verdad, dijo Maguila. Huy, sí, dijo Garabato. Mejor, dijo Héctor y lo miró de reojo. En este país la justicia la impongo yo, así que los maricas son otros, dijo el magistrado emocionado cuando volvió a la mesa. Es cierto, le celebramos y el man soltó una carcajada y se metió una raya de perico. Lenon nos miraba feliz, era claro que estaba convencido de que era el protagonista de la noche. Vámonos para mi apartamento, dijo el magistrado apenas bajaron el volumen a la música. Otro día, estamos cansados, dijo Maguila. Huy, muchachos, el viejo soy yo. Sí, mejor otro día, ayudó Lenon. No vamos a convertir una gran noche en un triste amanecer, insistió. Estoy muerto, dijo Lenon. En casa tengo una botellita de wiski que ha estado esperando una buena ocasión para ser abierta, añadió el magistrado. Si Lenon se anima, yo voy, dijo Héctor. Dependo de ti, dijo el magistrado y miró a Lenon. Bueno, un ratico, dijo Lenon. Subimos por la Veinticuatro, volteamos por la Séptima, vimos el Centro Internacional, el Parque Nacional, La Javeriana, la Setenta y dos y fuimos a parar a un edificio que quedaba justo frente al Gimnasio Moderno. El apartamento era muy parecido a la casa de Felipe Sáenz Escobar; amplio, decorado con muebles modernos y bien iluminado. Por la ventana de la sala se veía el campo de fútbol del colegio y más allá se veían los cerros. Lo prometido es deuda, dijo el magistrado y puso delante de nosotros una botella de Chivas. Así me gusta, dijo Maguila y destapó la botella. El magistrado echó el brazo sobre el hombro de Lenon y lo empujó hacia el cuarto. A ver qué tiene este man, dijo Héctor apenas se cerró la puerta de la habitación del magistrado. Revisamos la sala, los otros cuartos, el estudio y la cocina. No hay mucho, lo grueso debe estar en la habitación del güevón, dijo Garabato. Aquí hay una cuerda, dijo Maguila. Esa sirve, aprobó Héctor. Dejemos que se lo coma antes de entrar, propuso Garabato. Maguila soltó la risa. Sí, dejemos que se lo coma, sonrió Héctor. No me gustó la idea pero callé. Nos sentamos, servimos wiski y brindamos. Por nuestro primer cacaceno, dijo Garabato. Porque no sea el último, dijo Maguila. Ni el más rico, brindó Héctor. Mejor entremos, de pronto Lenon está encartado con ese cucho, me atreví a sugerir. Qué va, si en Piscis andaba en los baños besándose, dijo Héctor. Si a Lenon le salió la vena maricona, ¿qué podemos hacer?, dijo Maguila. Ahora sí que terminó de perder los pocos puntos que le quedaban, dijo Garabato. Vamos, no seamos tan cagadas, insistí. Héctor, Maguila y Garabato se miraron. ¿Usted qué dice?, le preguntó Héctor a Maguila. Hagámosle caso al chino, dijo y cogió la cuerda. Bueno, dijo Héctor y se levantó del sofá. Garabato empujó la puerta y sobre la cama vimos a Lenon en cuatro y al magistrado de espalda masturbándose, intentando que la verga se le pusiera dura para poder metérsela a Lenon. Héctor, Maguila y Garabato se tiraron encima del magistrado. Lenon, que nos vio desde el primer momento, se quedó quieto, haciendo estorbo, como haciendo el reclamo de que le hubieran dañado el polvo. El magistrado cayó sobre la cama pero, en lugar de entregarse, empezó a revolverse y se les soltó. ¡Hijueputas!, gritó. Lo vi meter la mano en el cajón de la mesita de noche y supe que iba a sacar un arma. Así que querían robarme, dijo, y nos apuntó. Héctor quedó frente al hombre, Maguila a un lado de Héctor, Garabato al otro lado, yo junto a la puerta y Lenon, que seguía como zombi, a espaldas de él. Agrúpense, ordenó el magistrado. Tenía tanta rabia que obedecimos. Lenon, que para cumplir la orden debía pasar junto al magistrado, reaccionó. Una patada y la pistola voló por los aires. ¡Quieto, hijueputa!, gritó Garabato apenas recogió el arma. El magistrado no obedeció y se tiró contra él. Héctor, Maguila y Lenon no tuvieron otra que intervenir y cogieron al magistrado a golpes, patadas, rodillazos y cabezazos. Al final el hombre no resistió más y se quedó quieto, como si fuera un muñeco al que se le hubieran acabado las pilas. Déjenme ponerme al menos los calzoncillos, suplicó. Tenga, dijo Lenon y se los entregó. La cuerda, pidió Héctor. El magistrado se acomodó en un rincón y dejó que Héctor lo amarrara y le metiera un pañuelo en la boca. ¡Cacorro hijueputa, me dañó la camisa!, exclamó Maguila, y le dio la última patada. El man quedó de lado y empezó a llorar. No deje de apuntarle, le dijo Héctor a Garabato, mientras Maguila y él revolcaban la habitación. Había joyas, relojes, dinero en efectivo y muchas tarjetas de crédito. Terminamos de guardar el botín y, a pesar del pañuelo, alcancé a oír gemir y lamentarse al magistrado. Empezaba a amanecer y pensé con tristeza en Natalia, en que debía de haberme estado esperando toda la noche y en que es muy triste estar amando a alguien y, en un segundo, pasar de la ternura y el deseo a ser víctima de tanta violencia y humillación. Mientras mis amigos acababan con la botella de wiski, me acerqué y le saqué el pañuelo de la boca al magistrado. Todo esto ha sido una verdadera cagada, me atreví a decir. El man paró de llorar y, como si mis palabras lo hubieran curado, dejó de ser un desecho y se convirtió en un boxeador que había perdido, pero había peleado con dignidad. Me miró con odio. Perdone, añadí. Vaya a pedirle excusas a su madre, chino hijueputa, dijo, y me escupió.

trata de cerrar la herida que me abriste...

Era sábado y para evitar que mi mamá pusiera problema a la hora de salir, me levanté temprano y me puse a arreglar la casa. Tenía que hacer un montón de oficio, pero me rindió y terminé antes de mediodía. Después, como si quisiera no sólo limpiar mi cuerpo sino la embarrada que estaba a punto de hacer, me di una ducha larga, me perfumé, me puse un bluyín y una blusita y llamé a Liliana. Natalia, ¿está segura de lo que va a hacer?, me preguntó la Gorda. Sí, y apure que la cita con el Pepino es a las cinco, le contesté y cogimos un taxi que nos llevara hasta Unicentro. El vestido no tiene que ser muy fino, su mamá no es boba y no se va a comer el cuento de que le presté tanta plata, dijo la Gorda cuando ya estábamos en Sears. ¡Qué cagada!, con los vestidos tan bonitos que hay. El dinero me lo había dado el Pepino la noche anterior. Nos habíamos encontrado a la salida del Ley y él, que siempre me había coqueteado, me invitó a tomar gaseosa a la Vitapán. No debí haber aceptado, pero el Pepino siempre me había dado curiosidad y no aguanté las ganas de hablar un rato con él. Me preguntó por el colegio, me escuchó con calma y antes de despedirnos me propuso que fuéramos al cine. Le dije que no podía y se quedó callado, como si mi negativa le diera muy duro y no supiera bien cómo reaccionar. Al menos déjeme que la acerque a la casa, propuso. Bueno, contesté. El Pepino abrió la puerta del carro y cuando subí y lo vi tan bonito y sentí que aún olía a nuevo, recordé que medio barrio murmuraba que el Pepino había comprado ese carro con las ganancias del secuestro por el que había estado preso. Tuve ganas de bajarme, pero el Pepino giró la llave y el motor arrancó muy suave y al tiempo empezó a sonar la voz de Héctor Lavoe. Sonó clara, clarita como si Héctor Lavoe no estuviera allá en Nueva York o en Puerto Rico, sino sentado en la parte de atrás del carro nuevo del Pepino. Suena superbacano, dije. Tiene que ser, el pasacintas me costó más que el carro. Tampoco exagere, me reí. El Pepino se rió. Me gusta tanto la voz de Héctor Lavoe que si me agarra medio triste me hace llorar, dije. Si Dios existe se llama Héctor Lavoe, dijo el Pepino. Es verdad. El Pepino le subió el volumen a la música y en lugar de ir hacia mi casa cogió por la Veinticuatro en dirección al Restrepo. No dije nada. Me dejé llevar por la música, por el calorcito y por el deslizamiento del carro. El Pepino empezó a manejar, a explorar las calles sin prisa, mirando siempre al frente, sin mirarme a mí. Héctor Lavoe cambió de canción y el Pepino me acarició una mano. Empezamos a dar vueltas por el Olaya, por el Restrepo y por Ciudad Berna, y cuando se acabó el casete y pasábamos junto a un parque de Ciudad Jardín, el Pepino paró el carro y empezó a besarme. No, no, tengo novio y lo quiero mucho, dije.

Ay, pelada, no meta a nadie entre nosotros, usted siempre me ha gustado y esto es sólo entre usted y yo. Mientras lo oía confirmé que lo que decían en el barrio sobre él era cierto; el man tenía escritas en la cara la mala vida, la entrada a la cárcel y hasta la muerte de alguien. Me sentí cohibida y recordé que mi novio estaba esperándome, pero al mismo tiempo sentí ganas de que el Pepino me volviera a besar. Es muy tarde, lléveme a la casa, dije. Él no rechistó, pero hizo el camino de vuelta con la misma parsimonia que el camino de ida. Paramos dos cuadras antes de donde vivía para evitar que mis papás me vieran bajar del carro. ¿Qué dice del cine? No puedo, dije. Yo sé que sí puede, dijo él. No, créame que no. Yo sé que sí, insistió y volvió a besarme. No, no, aquí no, dije y me le volví a soltar. ¿Entonces dónde, en el cine? Le sonreí. La recojo aquí mañana a las cinco, dijo. Bueno, contesté. Abría la puerta del carro para bajarme cuando sacó el fajo de billetes y me lo puso en la mano. Cómprese un vestido, quiero que mañana sea la mujer más linda y elegante del mundo. Quedé aturdida y no supe qué decir, por un lado me dio rabia el atrevimiento del güevón, pero por otro lado sentí que el man me daba el dinero de corazón y el detalle me pareció lindo. El Pepino notó mi duda y me besó con una seguridad con la que nunca me habían besado. ¿Algún problema?, preguntó. Es que no me siento bien recibiéndole plata. Es con amor, dijo él. ¿Con amor? Sí, pelada, con amor, y cogió los billetes y los empujó dentro de mi bolso. Él carro arrancó y pensé que ese man en verdad me quería y que al menos debía corresponderle poniéndome el vestido que me quería regalar. Después de discutir y discutir con la Gorda, compramos un vestido negro, elegante pero de corte sencillo, unas medias que estaban de moda y unos aretes. Ahora me tiene que invitar a almorzar, mire toda la plata que le sobró, dijo la Gorda. Entremos al mejor restaurante que veamos, le dije. Y, ¿qué va a hacer con lo que todavía sobra? Se lo voy a devolver. No sea boba, me dijo la Gorda. Es mejor, Liliana, no quiero estar comprometida más de la cuenta con ese man. Tiene razón, dijo con tristeza Liliana. Otro taxi nos regresó al barrio, me volví a bañar, me volví a perfumar, me puse el vestido y las medias y le dije a mi mamá que me iba a cine con la Gorda y otras compañeras del colegio. Le luce el negro, dijo el Pepino apenas me vio llegar. También compré los aretes, me atreví a decir. Así me gusta, dijo el Pepino. Sobró esto, dije y aproveché para devolverle el dinero. Guárdelo, mi amor, no se va a poner odiosa a estas alturas, dijo él. No, no quiero esta plata, me parece muy bacano que haya sido tan espontáneo, pero no quiero quedarme con lo que sobró, si no lo acepta me va a hacer sentir mal. Pero ¿por qué? Hagamos un trato, dijo el Pepino. ¿Cuál? Le voy a contar cómo me gané esa plata y si cuando terminé de contarle usted todavía no la quiere, acepto que me la devuelva. ¿Cómo se la ganó?, me da miedo oírlo, dije. Nunca tenga miedo de nada. Bueno, cuente a ver, dije. Lo que pasó fue que… No se va a poner a hablar aquí, estamos demasiado cerca de mi casa. Huy, perdone, dijo el Pepino y prendió el carro. Cogimos por la Caracas hacia el norte y después de atravesar los mismos barrios de la tarde anterior nos estacionamos en el parquecito donde nos habíamos besado. El Pepino empezó a besarme y yo lo dejé, y él se animó y empezó a desabotonarme el vestido y yo lo dejé, y me empezó a acariciar los senos y me puse arrecha y entonces pensé que lo estaba dejando llegar demasiado lejos. ¡Espere, espere!, primero cuénteme la historia, y lo empujé para apartarlo. El Pepino respiró hondo para serenarse. Usted sabe que acabo de salir de la cárcel, pero las cosas no son como la gente dice; yo sí he hecho mis cruces por ahí, no soy ningún santo, pero no soy ningún secuestrador ni ningún asesino. Al contrario, me metieron en la cárcel por buena gente, por güevón. ¿Cómo así? Claudio, Tornillo y yo nos la pasábamos de rumba y, claro está, el dinero que conseguíamos no alcanzaba para nada. Así que Claudio se enteró de un sitio donde vendían partes de carros robadas y al Tornillo se le ocurrió comprar partes allí y venderlas en los talleres del Quiroga, el Olaya y el Restrepo. No era ningún delito, nosotros no robábamos los carros, lo único que hacíamos era conseguirles repuestos baratos a los mecánicos de estos barrios. En uno de esos talleres trabajaba Marlon, un mecánico que me cayó bien porque, a pesar de las manos inmensas y callosas que tenía, era un mago para armar baretos. Siempre que iba a cobrar, saludaba a Marlon y el man me ofrecía mariguana y charlábamos un rato. Una tarde, Marlon me contó que los repuestos eran para el carro de un viejo que tenía mucha plata y que, lo mejor de todo, también tenía una hija preciosa que siempre que iba por el taller le coqueteaba. Al principio, Marlon se frotaba los ojos porque no podía creer que una hembra tan bonita y tan de buena familia le echara los perros, pero al final entendió que los coqueteos eran de verdad y decidió hacerle caso a la peladita. Salieron a bailar y remataron la bailada en una de las residencias del Restrepo. El sexo funcionó y la peladita, a pesar de que el man era feo y mal vestido, se encaprichó con él y empezó a proponerle que se fueran a vivir. El man le decía que no, que era una locura porque ella estaba acostumbrada a vivir superbién y que él no tenía ni dónde caerse muerto. Marlon vivía en Las Lomas y le daba hasta miedo llevar a una mujer como esa a un barrio tan peligroso. Ella decía que no le importaba, que el amor lo podía todo, pero Marlon, que había vivido más que ella y que había comido mucha mierda en la vida, no daba el brazo a torcer y no aceptaba llevársela a vivir con él. Desesperada, la nena le dijo al papá que quería irse a vivir sola. Lo hizo un mal día porque el papá acababa de enterarse de que la pelada llevaba dos semestres sin ir a la universidad y que lo único que había hecho durante ese año era decirle mentiras. Así que en lugar de discutir sobre la posibilidad de que viviera sola, empezó a vaciarla. La pelada se le enfrentó y la discusión llegó tan lejos que el papá le pegó. Esa tarde, la nena apareció por el taller donde trabajaba Marlon llorando, quejándose, diciendo que no se aguantaba más a ese viejo hijueputa y que ahora sí comprendía por qué la mamá se había largado de la casa. Marlon se murió de rabia al ver los morados que la pelada tenía en los brazos y a uno de los dos, no sé a cual, se le ocurrió la idea de simular un secuestro para sacarle plata al viejo e irse a vivir juntos. En esos días, aparecí por el taller y, como siempre, Marlon se fumó un bareto conmigo. Le tengo un negocio, me dijo cuando estábamos bien embalados. No es nada malo, al fin de cuentas la plata también es de ella, dijo Marlon para concluir. Y, ¿qué hay que hacer?, pregunté. No mucho, vigilar al viejo para estar seguros de que no vaya a la policía y, cuando sea el momento del pago, recoger el billete. Está fácil, me reí. Sabía que podía contar con usted, dijo Marlon. La nena se encerró en un hotelito del Restrepo con Marlon y el viejo recibió una carta donde le anunciaban el secuestro y le pedían una cifra cuantiosa por el rescate. El viejo, que estaba arrepentido de haberle pegado a la hija, se asustó de que fueran a matarla antes de reconciliarse con ella y aceptó pagar sin avisar a la policía. El lío fue que el cucho en realidad no tenía mucho billete. Era ejecutivo de una multinacional y tenía un buen sueldo, pero también tenía muchos créditos e hipotecas y le tocó pedir plazo para completar el dinero del rescate. Como la parejita lo que quería era vivir sin que nada les faltara, la oferta les pareció buenísima. Así que me puse a montarle la perseguidora al cucho y me encargué de recoger los pagos que el hombre dejaba religiosamente en el hueco de un pino del Parque Nacional. Pero, por andar siguiéndolo, un día me tropecé con el hombre y terminé hablando con él. El viejo se tomó a pecho mi fraternidad, me invitó a tomar algo y, cuando íbamos por la quinta o sexta cerveza, se puso nostálgico y empezó a contarme la vida. Me contó que la mamá de la nena lo había traicionado y ahora vivía con uno de sus mejores amigos en un apartamento en Cartagena que él había pagado con los ahorros de toda su vida. Después se puso a llorar y me dijo que, para colmo de males, había sido incapaz de entenderse con la hija y cuando la relación estaba en el peor momento posible se la habían secuestrado. Y añadió que le había tocado diferir el pago del rescate y que, aunque ya había pagado una buena parte, para las últimas cuotas no tenía nada que vender y que estaba incluso a punto de perder el trabajo porque vivía angustiado y no rendía ni la mitad de lo que rendía antes de que secuestraran a la niña. Al final le dio como un ataque de nervios y me tocó llevarlo hasta su casa. Pasé la noche sin dormir, pensando en el dolor de ese pobre catano. A mí sí me gusta la plata fácil, pero no soy ningún hijueputa. Al otro día me levanté temprano y fui a hablar con Marlon. Le dije que dejara al viejo en paz, pero el man ni me escuchó; al contrario, se puso a contarme los planes que tenía con la hembra y hasta me confesó que harían lo mismo que la mamá: irse a vivir bien bueno a Cartagena. Me dio mucha piedra la desfachatez de Marlon y de la peladita y me dije: ya estuvo bueno, a este par de hijueputas hay que darles una lección. Duré varios días pensando en una forma de ayudarle al viejo y, como no se me ocurría nada, un día entré a una iglesia y me puse a rezar a ver si la Virgen me iluminaba, y recé tanto y le pedí tanto que se me ocurrió una idea genial, una idea que era tan fácil de hacer que hasta me sentí como un marica de que no se me hubiera ocurrido antes… decía el Pepino cuando ¡pum! sonó un estruendo y yo, asustada, cerré los ojos. Estaba tan embobada con la historia que ni se me ocurrió pensar que había sido un disparo. Pero cuando abrí los ojos vi el vidrio roto y vi al Pepino con la cara ensangrentada. ¡Pepino, Pepino!, empecé a gritar mientras lo sacudía, pero era inútil. El man ya estaba muerto, y algo me dijo que lo que tenía que hacer era salir corriendo de ese carro. Intenté hacerlo pero no pude mover la piernas, era como en una pesadilla, quería moverme pero el cuerpo no respondía a mis órdenes. No sabía qué hacer, nunca había tenido un ataque de pánico, creo que gritaban, creo que me puse a llorar, creo que hasta me lamenté de que el vestido se me hubiera manchado de sangre, y hasta ahí me acuerdo porque me desmayé.

Por la esquina del viejo barrio lo vi pasar…

La traición de Natalia me dejó peor de deprimido y derrotado que la muerte del Fantasma a Cristinita.

Me encerré en mi cuarto, lloraba a toda hora, dejé de comer, no hacía más que maldecir y, cuando me dolía el cuerpo de tanto estar en la cama, caminaba de un lado a otro fumando mariguana o me sentaba a ver televisión y a alimentar la rabia, porque las imágenes me dejaban claro que el mundo seguía girando a pesar de mi dolor. Recordaba a Natalia, su aliento, las curvas de su cuerpo, la tensión de sus nalgas cuando hacíamos el amor, su sudor, sus gritos entrecortados y me ardía pensar que la habían encontrado medio empelota en el mismo carro en que habían asesinado al Pepino. Ella iba a buscarme, intentaba darme explicaciones, pero empezaba a oírla y recordaba las mentiras que había dicho para verse con el Pepino, las miles de veces que me había jurado que me amaba; las explicaciones me revolvían por dentro y, como me entraban ganas de pegarle, le pedía que se callara. No puedo creer que por tu orgullo vayamos a terminar, me dijo la última vez que la vi. El que no puede creer lo que pasó soy yo, le contesté. Piensa en lo que hemos vivido, en lo que te he amado, añadió. Pienso en eso y me queda más claro que eres una perra. ¿Una perra?, preguntó. ¿Tú qué crees que eres?, le contesté. Empezó a llorar. Es verdad, soy una perra, mejor me voy, dijo. Asentí. ¿Ya no me quieres?, preguntó. Ya no, le contesté. Natalia se limpió las lágrimas, pasó de mirarme con dolor a mirarme con odio y supe que no iba a rogar más y tuve ganas de decirle que nos diéramos una oportunidad, pero me tragué las palabras. Eres un pobre imbécil, dijo. Los ojos se me llenaron de lágrimas, pero seguí en silencio y ella me dio la espalda, abrió la puerta y salió. Subí al cuarto, armé un bareto y me lo fumé. Rechacé los consejos que me dio doña Leonor, abandoné los juegos y las tareas con Camila y evité cruzarme con el Negro Andrade; ni quería sentirme humillado frente a él ni quería que él se sintiera humillado frente a mí. Usted está igual que yo, dijo una tarde Cristinita que por aquellos días se veía mejor y empezaba a salir con Pacho Moscoso. Oírla decir eso me hizo dar rabia. No estás ni tibia, le contesté y me encerré de nuevo en mi cuarto. La rabia se me pasó, pero las palabras de mi tía me siguieron dando vueltas en la cabeza y decidí que iba a salir a la calle, que iba a ir al callejón e iba a aceptar la humillación frente a mis amigos. Fresco, pelao, esa no es la única hembra que hay, dijo Maguila. No se va a dejar acabar por una mujer, añadió Héctor. Mucho menos por una traidora, dijo Garabato. Uno siempre puede pegarse una borrachera o una traba y olvidarse de esas maricadas, sonrió Lenon y sacó del bolsillo una cerveza y me la ofreció. Los ojos se me aguaron. Varias tardes de cervecitas, unos cuantos baretos, cuero duro para aguantar las burlas que circulaban por el Quiroga y logré olvidarme un poco de Natalia, convertir mi dolor en la excusa que necesitaba para entrar de lleno al mundo criminal en el que hacía tiempo vivían mis amigos. Empecé por trabajos menores, les ayudaba a planear los golpes y como mi tía pasaba la mayor parte del tiempo con Moscoso, convertí nuestra casa en la bodega donde se guardaban la ropa, las carteras, las joyas y demás mercancías que ellos robaban. Como el recuerdo de Natalia a veces me hacía tambalear, decidí que necesitaba más emoción. Era buenísimo examinar el lugar de un brinco, buscar los flancos débiles, sentir burbujear la sangre al descubrirlos y mirar con aire superior a las futuras víctimas, porque uno sabía que, una vez las robáramos, iban a llorar de tristeza e impotencia. Ese Tornillo es mucho hijueputa, dijo Maguila cuando Héctor nos contó que Tornillo había descubierto una caleta donde el hermano escondía la coca, le había robado un kilo y necesitaba alguien prudente que se encargara de venderla. Eso es lo de menos, lo importante es que si le encontramos cliente, el man nos da la mitad de lo que consigamos por el kilo. No sé, el hermano de Tornillo es muy peligroso, si nos descubre, nos mata, dijo Garabato. Y, ¿cómo nos va a descubrir?, preguntó Sandra, que también participaba en los cruces. Esa platica nos caería de perlas, dije. Sí, para irnos unos días para la costa, dijo Sandra. Huy sí, el mar, sonrió Garabato. Encontrar comprador no fue fácil, nadie quiere hacer negocios de drogas con principiantes ni desconocidos, pero Maguila y Garabato se movieron y lograron ofrecerle el kilo a una gente que tenía una olla en el Centro. La vuelta es mañana por la noche en el parque de La Estanzuela, dijo Maguila. ¿Será de fiar esa gente?, preguntó Héctor. Nunca se sabe, pero fueron los únicos clientes que conseguimos, dijo Garabato. Toca ir preparados, dijo Héctor. Preparados siempre estamos, dijo Maguila, y Sandra sonrió orgullosa. La noche del cruce, Héctor, Garabato y yo nos reunimos en el callejón y empezábamos a discutir si el viaje debía ser a Cartagena o a Santa Marta cuando, montados en la moto que Maguila le había robado a un niño bonito de Santa Isabel, aparecieron Sandra y Maguila. Vestían como si fueran de rumba, y Sandra llevaba colgado a la espalda un morralito de alpinista. Deberíamos probarla antes de venderla, propuso Garabato. Ni abrir ese paquete, que lo abran los clientes, dijo Maguila. ¿Trajo los fierros?, preguntó Héctor. ¿Cuál quiere?, contestó Maguila y sacó del bolsillo un revólver y una pistola. La pistola, dijo Héctor. Trae proveedor de repuesto, dijo Maguila. Ya no importa si los manes son de fiar o no, sonrió Héctor y guardó la pistola y el proveedor. ¿Y el carro?, preguntó Maguila. Está en el parqueadero, contestó Garabato. Le entrego nuestro viaje a la costa, dijo Sandra y me dio el morral. Revisé que la coca estuviera dentro. Se está volviendo desconfiado el muchachito, dijo Maguila. Es que ya lo traicionaron muy feo, rió Héctor. Maguila se abotonó la chaqueta, prendió la moto y, con Sandra abrazada a él, arrancó. Esta nave es mucha bendición, dijo Héctor cuando subíamos en el carro por la Treinta y dos. Bendición cuando nos lleve a ver el mar, dijo Garabato. Bendición costeña, me reí. Hasta guardaespaldas tenemos, dijo Héctor cuando vio que Maguila se había puesto detrás de nosotros. Ese Maguila es un mago, uno nunca lo ve, pero siempre está ahí, firme, dijo Garabato. Héctor aceleró y la Caracas dejó de ser una avenida aburrida y se volvió una pista de carreras donde los buses viejos en que antes montábamos iban quedando atrás como caballos enfermos. Suave, mijo, que si nos paran y nos requisan nos jodemos, dijo Garabato. A esta hora nadie jode, la calle es de los duros, contestó Héctor. Pasamos la estación de bomberos de la Veintidós, Ciudad Jardín, la Primera y llegamos a la Sexta. ¿Por qué será que las ollas siempre quedan junto a una estación de policía?, preguntó Garabato. Es que la tomba es la que más come, contestó Héctor. Sí, en Colombia la policía no sirve sino para joder a los pobres, dije yo. Tampoco se ponga comunista, dijo Héctor. Huy sí, no empiece con esas maricadas, dijo Garabato. Vi la estación Cien de policía, las calles vacías que la rodeaban, la Clínica de Los Comuneros y pensé que si Natalia no me hubiera traicionado estaría durmiendo a escondidas con ella en lugar de estar buscándome problemas en el sector más peligroso de Bogotá.

Por el semáforo, indicó Garabato. Este barrio es pura decadencia, dijo Héctor. Ahí está el parque, interrumpió Garabato. Héctor paró el carro y apagó el pasacintas. La soledad del barrio se convirtió en silencio. Vi el estanque de los patos, la caseta vacía del vigilante, los columpios rotos, la reja destrozada y me volví a acordar de Natalia. ¿Dónde estará Maguila?, pregunté. Bien camuflado, dijo Garabato. Héctor sacó la pistola y se la puso entre las piernas. Usted entrega la droga y los vigila mientras la prueban, me ordenó. ¿Y yo?, preguntó Garabato. Usted recibe el billete y lo cuenta. El tiempo empezó a correr y la noche se puso más fría. Una motocicleta se asomó por una esquina, rodeó el parque y llegó hasta nosotros. ¿Héctor?, preguntó uno de los que iban en la moto. Soy yo, contestó Héctor. Mucho gusto, Mangosta, dijo el man y le estrechó la mano. Buñuelo, se presentó el otro. ¿Trajo el encarguito?, preguntó Mangosta. El encargazo, sonrió Héctor. Síganos, ordenó Buñuelo. Héctor quiso decir que no se movería del parque, pero Mangosta y Buñuelo ya iban cincuenta metros adelante. La moto pasó junto al Hospital de San José y las casetas de ropa de la Plaza España y giró hacia el occidente. Buñuelo nos hizo señas y la moto giró hacia el norte y se metió en un callejón que al final se convertía en parqueadero. Alrededor del parqueadero había un montón de casas viejas y Mangosta y Buñuelo estacionaron frente a la más arruinada de las casas. ¿Vamos a entrar ahí?, pregunté. Toca, dijo Héctor y cogió la pistola. Negocios son negocios, añadió Garabato y bajó del carro. Me colgué el morral y salí detrás de él. Mangosta era alto, flaco, huesudo, narizón y a pesar del frío llevaba una camisa desapuntada que dejaba a la vista los escasos vellos del pecho. Buñuelo era bajito, cachetón y rechoncho, tenía un ojo torcido y una sonrisa tan amable que producía desconfianza. Frente a nosotros se abrió un corredor que olía a humedad y orines. Un perro empezó a ladrar, Mangosta sacó un revólver. Este güevón sí les tiene miedo a los perros, dijo Buñuelo. Los ladridos del perro se hicieron más fuertes, y Héctor, Garabato y yo nos detuvimos. Está amarrado, no hay problema, dijo Mangosta. Llegamos al patio, entre las sombras vi al perro mirarnos con los ojos llenos de desesperación. Dejamos ese patio, caminamos por otro corredor, salimos a un segundo patio y vimos luz salir por debajo de una puerta. Están en su casa, dijo Mangosta mientras empujaba aquella puerta. Era una habitación grande, más húmeda y maloliente que el resto de la casa; había un catre metálico, un pequeño escritorio y montones y montones de televisores, radios, repuestos de carro y herramientas usadas. Sentado en la cama estaba un hombre que era la peor mezcla posible de los dos guías; era más bajito que Buñuelo, pero más flaco que Mangosta. En la cara huesuda y amarilla tenía dos ojos inquietos que hacían contraste con la piel llena de cicatrices que le cubría los huesos de la cara; era un verdadero espanto y me acordó de los mutantes de una película que habíamos ido a ver por aquellos días. ¿Puedo ver?, preguntó el Mutante con una voz aflautada. ¿Tiene la plata?, preguntó Héctor. Ahí está, chilló el Mutante y señaló una bolsa de plástico que había sobre el escritorio. Héctor asintió y saqué el kilo de coca del morral y se lo pasé al Mutante. Vaya contando, dijo Mangosta, y le entregó la bolsa de dinero a Garabato. Garabato empezó a sacar los billetes mientras el Mutante rajaba la envoltura en que iba la coca y con la punta de una navaja se ponía un montoncito de droga en la lengua. El Mutante se saboreó y las cicatrices que tenía en la cara se tensaron aún más. Mangosta, mijo, pruebe la maravilla que nos trajeron estos nenes. Garabato sonrió, pero yo intuí que algo iba mal. Mangosta metió la navaja en el paquete, sacó un montoncito, se lo puso en la muñeca, lo aspiró y empezó a estornudar. ¿Qué es esta mierda?, preguntó. Maicena, contestó el Mutante. ¿Maicena?, preguntó Héctor. Así que querían robarnos, dijo Buñuelo y le apuntó con un revólver a Garabato. ¡No puede ser maicena!, exclamó Héctor. Es, contestó furioso el Mutante y nos tiró encima el paquete. ¿Creyó que éramos güevones?, preguntó Mangosta y le apuntó con otro revólver a Héctor. No, claro que no, contestó Héctor. ¡Pirobos!, dijo el Mutante y caminó hacia mí con una llave inglesa en la mano. Me iba a dar el primer golpe cuando Héctor sacó la pistola y disparó sobre Mangosta. El segundo que necesitaron Buñuelo y el Mutante para reaccionar, fue suficiente para que Héctor le diera una patada al Mutante, Garabato empujara a Buñuelo y los tres saliéramos corriendo. El perro volvió a ladrar. Cruzamos el segundo patio, el segundo corredor e íbamos atravesando el primer patio cuando sonaron los disparos. ¡Me pegaron, me pegaron!, gritó Garabato. Volteamos a mirar y vimos a Garabato tendido en el piso. Héctor me dio las llaves del carro, cogió a Garabato por la cintura y empezó a arrastrarlo. Abríamos la puerta del carro cuando Buñuelo volvió a disparar. Héctor soltó a Garabato e intentó responder, pero Buñuelo fue más rápido y nos encañonó. Así que muy valientes, dijo el Mutante y le pegó con la llave a Héctor. Intenté intervenir, pero Buñuelo me puso el cañón de su revólver en la sien. ¿Qué hacemos con estos mariquitas?, preguntó Buñuelo. Quebrarlos por abejas, contestó el Mutante. Pero no aquí, con tanto ruido se nos van a incomodar los vecinos, dijo Buñuelo y me quitó las llaves del carro. Cojan a ese güevón y súbanlo, dijo el Mutante y señaló a Garabato. Alzamos a Garabato que ya convulsionaba. Necesita un médico, dije. Para qué, si lo importante es que se muera, dijo el Mutante. Entonces apareció Maguila. ¡Cuidado!, advirtió Buñuelo al Mutante. Fue tarde porque Maguila le echó la moto encima. Corrimos y nos metimos detrás de un camión que había en el parqueadero. Buñuelo intentó llegar hasta nosotros y Héctor disparó para mantenerlo alejado. Quedamos muy lejos del carro, dijo Héctor. Toca neutralizar a esos manes, dijo Maguila y empezó a arrastrarse a ver si podía disparar sobre Buñuelo. Sonó un tiro. Buñuelo había visto a Maguila y había disparado sobre él. No puedo moverme, dijo Maguila. ¿Qué hacemos?, preguntó Sandra. No hubo que responderle, empezó a sonar la sirena de una patrulla de policía. El Mutante y Buñuelo salieron corriendo. Alzamos a Maguila y lo llevamos hasta el carro. Héctor sacudió a Garabato. ¡Está muerto!, lloriqueó Sandra. Es mejor que se vayan, dijo Maguila. ¿Y usted?, preguntó Héctor. Me quedo para que la policía me lleve al hospital. No, nosotros te llevamos, dijo Sandra. Terminamos todos en la cárcel, afirmó Maguila. La sirena se oyó más cerca. ¡Vamos!, dijo Héctor. Yo me quedo, dijo Sandra. Ve, amor, le dijo Maguila. No, no voy a dejarte solo, insistió ella. Llévensela, ordenó Maguila. Héctor y yo empujamos a Sandra dentro del carro. Arrancamos, volteé a mirar y alcancé a ver cómo Maguila se recostaba sobre el cadáver de Garabato.

Todavía quedan restos de humedad...

Llegaba a la salida de la Veintiséis cuando oí las explosiones, vi la humareda, los estudiantes correr y la montonera de policías que los perseguían. Mejor abrámonos que empezó la pedrea de inaugurar el semestre, dijeron las dos compañeras que iban conmigo. En lugar de huir como esas gallinas, caminé directo hacia el mierdero. Un montón de estudiantes con las caras cubiertas cruzaban la Veintiséis y les tiraban piedras y cocteles molotov a los policías. Los tombos se protegían con unos escudos de plástico y, apenas explotaba el último coctel, contraatacaban apoyados por una tanqueta que, en lugar de escupir plomo, botaba chorros de tinta fucsia para marcar a los estudiantes y así poder detenerlos cuando huyeran por los senderos de la universidad o por las calles de los barrios vecinos. La vida universitaria es divertida, pensé mientras sentía por dentro esa alegría revuelta de miedo que es lo más cercano a la felicidad. Me acerqué a la batalla, una pelada me pasó un par de ladrillos y no aguanté las ganas de correr hacia el otro lado de la avenida y tirárselos a los policías. Así se va a joder el brazo, dijo una voz a mi espalda apenas tiré el primer ladrillo. Volteé a mirar y mis ojos chocaron con un man blanco, alto, flaco y con cara de caballo. Estaba parado en medio de la pedrea, impasible, sin una mancha de tinta encima a pesar de ser tan grande y visible, bien peinado y sin el menor rastro de sudor en la cara. Tiene que coger el ladrillo, flexionarse hacia atrás y lanzarlo con el impulso del cuerpo; si lo tira sólo con la fuerza de los brazos, no llega lejos y puede dislocarse el hombro, añadió el flaco mientras me quitaba el otro ladrillo de la mano y lo lanzaba contra los policías. ¡Qué

man!, pensé y, si no es porque ya la policía contraataca-
ba, me habría quedado ahí, parada, mirándolo, son-
riéndole, rogándole que me diera más instrucciones de
guerra. De ahí en adelante, cada vez que tiraba una piedra, imaginaba que el flaco me observaba y era como si
estuviera tirando piedra en las puertas del cielo y ante
los ojos expectantes de Dios. Estaba excitada, disfrutando como si estuviera en una piñata, cuando un policía
se resbaló y un grupo de estudiantes lo rodeó y empezó
a darle patadas. Me acerqué a ver la paliza y tropecé de
nuevo con el flaco, seguía limpio, sin sudor y bien peinado. Estaba junto a él, cuando se agachó, le quitó la
pistola y el proveedor al policía, se guardó la pistola debajo del cinturón y me entregó el proveedor. Lo hizo sin
mirarme, como si fuera una vieja conocida y hubiéramos actuado de esa manera muchas otras veces. No sabía aún que lo que me había dado era un proveedor,
pero supuse que debía de ser algo valioso. Iba en minifalda, no tenía bolso ni bolsillos ni tampoco brasier; así
que, con pena porque sentí que toda la universidad me
estaba mirando, metí la mano debajo de la falda y guardé el proveedor entre los cucos. El frío y el peso del proveedor empezaban a fastidiarme cuando, del mismo
grupo de estudiantes que tiraban piedra, se apartaron un
par de manes, sacaron cada uno un revólver y amenazaron a los estudiantes que estaban pateando al policía.
Tiras hijueputas, gritaron los estudiantes y retrocedieron.
Iba a hacer lo mismo, pero uno de los tiras agarró del
brazo al flaco y el otro tira me agarró a mí. Entreguen el
arma, ordenaron. ¿Qué arma?, preguntó el flaco. El tira
le torció el brazo al flaco, le metió la mano debajo de la
camisa y le quitó la pistola. ¿Y el proveedor?, me preguntó a mí el otro tira. ¿Cuál proveedor?, le contesté. El tira

me empujó contra un árbol. ¿Dónde está?, insistió. Ni siquiera sé qué es eso, contesté. A mí no me va a mariconear, vi cuando el güevón se lo entregó. No sé de qué habla, repetí. Deje quieta a la hembra, ella no tiene nada que ver con esto, dijo el flaco. Vamos a comprobarlo, dijo el tira y empezó a requisarme. Me revolví furiosa. Parece que no tiene nada, dijo el tira. El tombo al que habían pateado se me acercó. ¿Cuántos años tiene?, preguntó. Quince, contesté. ¿Muy enamorada?, añadió. ¿De quién?, dije. De este flaco embaucador, dijo. Ahora sí que no sé de qué me hablan. ¿Dónde lo botó?, preguntó el policía. No sé quién es este man, nunca lo había visto en mi vida y mucho menos sé qué es un proveedor. El policía me sostuvo la mirada. Es más, no estudio en la universidad sino en el colegio de bachillerato que hay ahí adentro, ya le dije que sólo tengo quince años. Mire niña, para usted esto es un juego, pero si vuelvo a la estación sin ese proveedor, me van a sancionar, dijo el tombo. A la que van a sancionar es a mí si no llegó rápido a la casa. ¿La vuelvo a requisar?, preguntó el tira. El tombo me miró de arriba abajo. Súbala a la patrulla, dijo. Quiero ir al baño, dije apenas llegamos a la estación. Ni lo sueñe, dijo el tira. Déjela, tampoco quiero que se orine encima, dijo el policía. El baño era un asco, olía horrible, los sanitarios y los lavamanos estaban rotos o vencidos, había papeles sucios en el suelo, dibujos y frases pornográficas llenaban las paredes y, donde no había dibujos, había costras de mierda. Saqué el proveedor para botarlo, pero me acordé del flaco y pensé que si lograba quedarme con él, el man iba a quedar feliz. ¿Dónde lo escondía?, con las ganas de manosearme que tenía el tira no iba a superar otra requisa. Alcé el proveedor, lo examiné y me acordé que mi mamá contaba que las esposas de los presos burlaban los controles de la cárcel llevando en la cuca armas y drogas. Cogí el proveedor, lo lavé, lo unté de babas, abrí las piernas, me metí dos dedos entre la cuca para hacer espacio y, aunque supe que me iba a doler, puse el proveedor entre los labios y empecé a empujar. Hacía un frío horrible pero sudé. Cuando el proveedor quedó por completo dentro de mí, me sentí violada pero también me sentí valiente y poseída por un ideal. Revise a ver si tiró el proveedor, ordenó el policía al tira apenas salí del baño. No hay nada, contestó el tira después de la inspección. Toca requisarla de nuevo, dijo el policía. Pues sí, dijo el tira. El malparido volvió a meterme mano sin miedo y esta vez supo con más certeza que tenía unas nalgas duras, que mis tetas estaban bien desarrolladas y que tenían unos pezones grandes y carnosos. ¡Ya, ya hijueputa!, grité cuando el tira intentaba repetir la requisa. No lo tiene, dijo el tira. ¿Lo ve?, dijo el flaco, deje ir a esa niña que no tiene nada que ver con este lío. La culpa es suya, cabrón, dijo el policía y le pegó un puñetazo al flaco. El tira y los otros tombos rodearon al flaco y ayudaron a golpearlo. ¡No le peguen, malparidos, no le peguen!, empecé a gritar y me metí entre el flaco y los policías. Mejor váyase, me dijo el policía cuando logré detenerlos. ¿Por qué?, contesté. Váyase, ordenó el tira y me amenazó con una pistola. No me voy sola, entré con este man y me voy con él. ¿No dizque no lo conocía?, dijo el tira y me puso la pistola en la frente. Ahora lo conozco, contesté. El tira me miró con odio y supe que si hubiéramos estado en un lugar más discreto habría sido capaz de disparar. Déjelos ir, no nos vamos a meter en un lío sin necesidad, dijo el policía. El tira empujó más fuerte la pistola contra mi frente. Mejor lárguense, dijo y bajó el arma. Cogí al flaco de la camisa y lo ayudé a levantar. Mucho gusto, Boris, se presentó el flaco cuando estuvimos fuera de la estación. Mucho gusto, Ángela, contesté. Me salvó de una tunda bien brutal. Usted me enseñó a echar piedra, una por otra, dije. Y, ahora, ¿qué hacemos?, preguntó Boris. Buscar un baño, lo necesito urgente. A esta hora no hay nada abierto, le toca en el parque. Bueno, dije. Caminamos las tres cuadras que nos separaban del Parque Nacional y entramos por uno de los caminos que llevan hacia el cerro. Ahí, dijo Boris y me mostró unos pinos. Me metí detrás de los pinos, me bajé los calzones, me acurruqué, me volví a meter los dedos entre la cuca y saqué el proveedor. Después respiré profundo y limpié el proveedor con la falda. Mire, le dije a Boris apenas regresé. El man miró el proveedor aterrado. ¿Dónde lo tenía? Lo miré con pudor. No lo puedo creer, rió Boris. Créalo, dije. No sé cómo darle las gracias. Llevándome a mi casa. ¿Dónde vive? En Quinta Paredes. Listo, vamos dijo Boris y me cogió de la mano. Vamos, contesté.

ojalá las paredes no retengan tu ruido...

Héctor se fue para una finca del abuelo de la Cuatro Vientos y Sandra y yo para la casa de doña Irene, una tía solterona de Sandra que el primer día se puso feliz de que «fuéramos a acompañarla un ratico», pero que, apenas descubrió que estábamos escondiéndonos, empezó a mirarnos con desconfianza y a murmurar que así nos estuviera persiguiendo el diablo era nuestra obligación marcharnos y no meter en problemas a una mujer inocente. Una llorada de Sandra nos ayudó a ganar tiempo, pero esa misma noche Sandra me pidió que fuera a averiguar cómo estaba el ambiente en el barrio para ver si volvíamos a nuestras casas o si nos íbamos también fuera de Bogotá. Es mejor a la madrugada, seguro que el frío espanta a cualquiera que esté vigilando nuestras casas, dijo Sandra. Subí al taxi y apenas entramos al Quiroga el corazón se me aceleró; empecé a ver gente sospechosa en las esquinas, la sonrisa de despedida del taxista me pareció la sonrisa de un verdugo y el chirrido de las llantas del carro al arrancar me dejó temblando de miedo. Metí la llave en la cerradura con la ilusión de tranquilizarme apenas estuviera dentro de la casa, pero cerré la puerta y en lugar de sentir alivio, me sentí en un lugar ajeno y más hostil que la casa de doña Irene. El plato donde había comido la última noche seguía encima de la mesa, en el cenicero de mi tía estaban las mismas colillas que recordaba haber visto antes de salir, en la cocina se pudría un arroz que yo mismo había preparado. En mi habitación seguía la ropa sucia que había dejado tirada y el cuarto de Cristinita estaba vacío, sin la respiración triste que siempre oía cuando llegaba a casa al amanecer. Un mal presentimiento se sumó al miedo y llamé a la casa de Pacho Moscoso. No está y hace días que no viene, dijo una voz somnolienta antes de colgar. Miré por la ventana y creí ver sombras sospechosas, pero supe que estaba más asustado por la ausencia de mi tía. Se le teme más a la soledad que a la muerte. Déjeme averiguo, me dijo Memo, también somnoliento, apenas hablé con él. Memo se ahorró el paseo por los hospitales y las cárceles y fue directamente a Medicina Legal. En una nevera encontró los cadáveres de mi tía y de Moscoso; los había atropellado un bus ejecutivo que, según el testigo que llamó a la policía, iba tan rápido que no pudo maniobrar para evitarlos. Además la parejita estaba borracha, dijo el médico forense cuando firmó la autorización para sacar los cuerpos. Sumarle a la invalidez de Maguila y a la muerte de Garabato que el cadáver de mi tía llevara más de una semana en Medicina Legal sin ser reconocido, me terminó de hundir y me dejó con ganas de que Buñuelo o el Mutante me encontraran y me hicieran el favor de matarme. Fresco, pelao, me dijo Memo cuando eché a llorar mientras los compañeros del MOREI entonaban *La Internacional* para acompañar la entrada de los ataúdes de Pacho y de Cristinita a las respectivas tumbas. Arranqué una flor de una de las coronas, la tiré sobre el ataúd de Cristinita y dejé que Memo me agarrara del brazo y me sacara del cementerio entre las miradas de lástima de los pocos militantes que aún tenía el MOREI. Tiene que volver al colegio, dijo Zulma al otro día. Y dejar esas amistades, añadió Memo y llamó al rector de mi colegio. Es peligroso para él y para los demás alumnos, ha venido gente muy rara a preguntarlo, contestó el rector. No vamos a dejarnos joder por un rectorcito, sumercé es el presidente del sindicato de los maestros, dijo Zulma. No puedo darle órdenes a ese tipo, dijo Memo. ¿Entonces?, preguntó Zulma. Si han ido a buscarlo, es mejor que no vuelva por allá, añadió Memo. Tampoco vamos a dejar sin futuro al muchacho, reclamó Zulma. No te aceleres, mi amor, el Restrepo Millán no es el único colegio que hay en Colombia, ripostó Memo. Esa misma mañana, fuimos al Liceo Nueva Patria, colegio del que era dueño y rector Guzmán, un viejo amigo de Memo. Toca inventarse las notas y falsear los exámenes, pero estamos a tiempo de que se gradúe, dijo Guzmán después de que Memo le invitó un par de cervezas. Eres un gran tipo, dijo Memo y abrazó a Guzmán. Las cervecitas que Memo le pagó a Guzmán se volvieron wiskis cuando Memo invitó a casa a un burócrata y a un sindicalista de la Universidad Nacional y les sugirió que me dieran una mano en el examen de ingreso. No podemos manipular los resultados, pero podemos conseguir una copia de los exámenes, dijo el burócrata. Y también podemos buscarle un lugar en las residencias para que esté tranquilo y concentrado, dijo el sindicalista. Perfecto, dijo Memo. ¿Qué quieres estudiar?, preguntó el sindicalista. No sabía ni lo había pensado, pero no quise hacer quedar mal a Zulma y a Memo. Filosofía, contesté. Un filósofo, qué bueno, sonrió el maestro. ¡Un gran filósofo!, exclamó Zulma. Acompañado por Memo y Zulma, compré un vestido de paño, zapatos, camisa y ropa interior y asistí a mi grado de bachiller. Pasé Navidad, Año Nuevo y Reyes yendo a paseos y fiestas donde no era más que un extraño y donde la alegría y buena voluntad de la gente sólo me hacían sentir más solo. Quería saber qué había pasado con Sandra y con Héctor, vivía con ganas de ir a buscar a Natalia y, para completar, me debatía entre el miedo y el deseo de que los cómplices de Mangosta me localizaran y acabaran conmigo. Pero si los días eran tristes, las noches eran tenaces. Los recuerdos y los remordimientos por la muerte de Cristinita me perseguían, la veía en la oscuridad, la oía llorar, tenía pesadillas con ella y sólo podía volver a dormirme si tomaba unas pastillas para dormir que había encontrado en el botiquín de Zulma. Menos mal que, tal como lo había dicho el sindicalista, la universidad me sentó bien. La gritería y la euforia de los estudiantes, los prados, los grafitis de los edificios y el aire de libertad y curiosidad me gustaron y me hicieron sentir ilusionado. En el salón de clases había gente aún más jodida que yo, había mucha clase media y había hijos de familias poderosas que tenían una actitud abierta, conciliadora y hasta fraternal. El maestro de Presocráticos, la primera clase que tomé, resultó ser un sesentón lituano que tenía más energía que los estudiantes y que dio una lección de amor por la filosofía que me dejó boquiabierto y hasta me hizo sentir feliz de haber escogido esa carrera. Al final de la primera mañana, estaba convencido de que el conocimiento era más apasionante que el crimen o la revolución y había decidido estudiar en serio y olvidarme de las tragedias que me había tocado vivir. Salí de clase, me paré enfrente del Jardín de Freud y me dije: ¡Qué bien!, esto es como la comuna pero mucho más grande. No debí haberlo dicho porque terminó por ser cierto. Hora de tragar, dijo Míster Pepo, el cuentero más importante de la universidad, y me invitó a la cafetería. Faltaban varios minutos para el mediodía, pero más de tres mil estudiantes hacían fila para almorzar. Esto es lo que más me gusta de la universidad, dijo Míster Pepo. ¿Hacer fila?, me burlé. No güevón, las mujeres, mire el desfile. Míster Pepo tenía razón, había montones de hembras. Mejor no miro, dije, porque me acordé de Natalia y de mi tía. Comimos delicioso, fuimos a otra clase y, a media tarde, Míster Pepo dijo que había llegado la hora de trabarse y se sentó conmigo en el Jardín de Freud y armó un bareto. Nos destrababamos haciendo un tour por la universidad. Míster Pepo me mostró el edificio de Economía, el estadio, la Facultad de Artes, los edificios de Ingeniería, correteó los caballos sarnosos que tenían para sacrificar en la Facultad de Veterinaria y sólo se despidió cuando logró enredar a una primípara que se nos había pegado y que estaba deslumbrada con las miles de historias que el man contaba. Comí solo pero feliz; el ruido de los platos, el olor de la carne, las risas y los gritos de los estudiantes me dieron serenidad y me hicieron sentir que el tráfico de Bogotá y la vida dura del país habían quedado atrás. Por unas semanas disfruté. Iba de las residencias a las clases, de las clases a la cafetería, de la cafetería a las funciones de cine, teatro o música, de los eventos culturales a la biblioteca y de la biblioteca a los partidos de fútbol o a las fiestas que se armaban en las residencias. Pero abandonar el pasado no es fácil, algunas noches me volvía el insomnio, miraba la ciudad por la ventana, recordaba a Cristinita, a mis amigos y me entraban una angustia y un sudor que sólo me curaban un bareto, una caminata y una llorada por los potreros de la Nacional. ¿Usted tampoco entiende?, me preguntó una tarde Lina Suárez, una compañera que a veces se trababa conmigo y que me encontró debajo de un árbol con la pensadera encima. No, tampoco, esta vida es muy complicada, le contesté. Lina era una versión juvenil de mi tía, tenía el mismo pelo rizado, los mismos ojos redondos, negrísimos y muy abiertos, el mismo cuerpo gruesito pero bien torneado y los mismos senos y nalgas. Lo que no tenía era la alegría de mi tía cuando llegó a Barbacoas. Lina era melancólica hasta cuando se reía y andaba siempre con un cuaderno tomando notas o escribiendo poemas, y era normal encontrarla tirada en el pasto llorando o mirando al cielo con curiosidad como si allá arriba no estuviera el esmog, sino algún halcón. ¿Cómo va la tarde?, le pregunté. Triste, dijo ella y prendió un cigarrillo. Pero el sol está bacano, dije. Sí, pero la tarde triste, dijo y me pasó el cigarrillo. Hagamos algo para alegrarla, me atreví a decir. ¿Como qué?, preguntó. Una cervecita. ¿Tiene plata?, me preguntó. No, le respondí. Bueno, yo invito. Eché a andar junto a ella. Usted me da curiosidad, dijo. ¿Por qué? Porque lo he visto mirándome. Pensé que no se había dado cuenta. Vivo trabada, pero me doy cuenta de todo, sonrió ella. Usted me gusta, le dije. A ella mi confesión en lugar de animarla, la hizo callar. Pasamos junto a Derecho, cruzamos la Plaza Che y buscamos la salida de la Cuarenta y cinco. El tráfico de la Treinta contaminó el silencio que nos unía y Lina, que sabía cuán frágiles son los sentimientos, me cogió de gancho y se aseguró de ir acompañada. Con las cervezas asentadas en los riñones, salimos de la taberna y caminamos hasta el Jota Vargas. Entre, me dijo cuando abrió la puerta de la casa. Crucé un garaje donde había varios carros nuevos pero llenos de polvo y una sala donde había muebles y alfombras y cuadros ostentosos, pero igual de sucios y abandonados que los carros. ¿Con quién vive?, pregunté. Sola. ¿Sola? Sí, mis papás están de viaje. La respuesta le quebró la voz. ¿Un baretico? Claro. En la parte de atrás había un jardín y nos refugiamos allí. ¿Usted sí cree que vale la pena vivir?, me preguntó. No me haga esas preguntas. ¿Por qué no? Todos tenemos problemas y esas preguntas nos los complican más. Eso sí. Ahora estoy bien, aquí, con usted, tal vez sólo por eso vale la pena vivir. Pero esto se va a acabar, no va a durar por siempre. No sé, de pronto dura, le dije. No, no va a durar, dijo ella y se recostó en mis pies. Durmió un rato, se despertó, dijo que tenía hambre, preparó arroz y fritó huevos, me invitó a la cama y no dejó de besarme hasta que se quedó dormida. Al otro día, mientras Lina se destrababa del primer baretico, limpié y ordené la casa. Huy, marica, parece como si estuviera mi mamá, dijo ella y los ojos se le llenaron de lágrimas. Me instalé en esa casa. En el estudio que había junto al jardín intenté ponerme al día con las tareas universitarias, pero apenas me sentaba frente a los libros me volvía la pensadera y la cabeza y el alma se me empañaban y siempre terminaba abandonando el propósito de estudiar. Lina tampoco ayudaba, a toda hora quería ir al cine, fumarse un baretico, comprarse unas pastillitas o alquilar una película para verla juntos. ¿Usted sabe manejar? Sí, le contesté. ¿Dónde aprendió? Con los amigos del barrio, dije. ¿Nos damos una vuelta? ¿Tiene las llaves de esos carros?, pregunté. Claro. Estuvimos en Unicentro, comimos helados, fuimos a ver la ciudad desde un mirador de la vía a La Calera, nos trabamos y nos bebimos todas las cervezas que le caben a la vejiga de un estudiante universitario. Lléveme a Coconito. ¿A Coconito? Sí, hace tiempo quiero ir. Listo, vamos, le dije. Bajé sin afán, cogí la Séptima, puse un casete de Pablo Milanés, fui hasta la Veintiséis, aceleré y sólo me detuve justo a la entrada del motel. Está muy bacano este sitio, se merece un bareto, dijo Lina. Sí, pero ya nos lo fumamos, contesté. Siempre tengo una reservita, contestó Lina y sacó una pata del estuche de las gafas. Mire ese espejo en el techo, dijo Lina. Huy, cómo nos vemos de trabados, dije. Ahora veámonos empelotos, dijo Lina y se quitó la camiseta. Después se quitó el bluyín, el brasier, los cucos, me desvistió y empezó a acariciarme. El orgasmo fue mejor que la traba y, por primera vez en meses, pude olvidarme de Natalia, de mis amigos y de mi tía. ¿Y si nos quedamos aquí para siempre?, preguntó Lina. Estaría bien, contesté. ¿Le gustaría? Claro que me gustaría. Pero sabe que no se puede, que tarde o temprano tendremos que irnos. No pensemos en eso, estamos aquí para pasarla rico. Pues sí, dijo Lina. A la visita a Coconito le siguió un paseo a Melgar; al paseo a Melgar, otro a Villa de Leyva, y al de Villa de Leyva, un viaje al volcán nevado del Ruiz. Así estábamos, sin ir a la universidad y dedicados a pasear cuando, una madrugada, timbró el teléfono. Aló, contestó Lina y se quedó oyendo unos gritos que sólo se silenciaron cuando ella colgó. Me dio la espalda, se encogió sobre sí misma y se puso a llorar. ¿Qué pasa? Nada, me dijo. Quiero saber qué pasa, insistí. No pasa nada, no te afanes, contestó. A partir de la llamada, Lina abandonó la alegría de los últimos días y se puso aún más triste que cuando la conocí. No volvimos a sacar los carros ni a salir a paseos y ella prefería las incomodidades y la falta de intimidad de las residencias universitarias que ir a la casa del Jota Vargas. También se me empezó a ir de las manos. Metía más y más droga y pasé de ser su pareja a ser su guardaespaldas. Tenía que insistirle que comiera, que se bañara y se cambiara de ropa; dejamos de hacer el amor y hasta dejamos de dormir porque la atacó el insomnio y no le gustaba que me durmiera y la dejara sola. Aun así, cada día la quería más y me prometía que no le iba a hacer a Lina lo mismo que le había hecho a mi tía: no iba a abandonarla así no tuviera ni la menor idea de lo que le estaba pasando. Una tarde, fuimos a la casa por ropa y la encontramos destrozada. Habían revolcado los armarios, las bibliotecas y los cajones de los muebles de la cocina, habían roto los forros de los colchones, hecho huecos en el jardín, en la sala y el comedor y habían dejado letreros amenazantes en las paredes. Me voy, dijo Lina y empezó a empacar. ¿Para dónde? Es mejor que no lo sepas. ¿Y yo? Tú, sigue tu vida, contestó. No quiero seguir sin ti. Y yo no quiero que te pase nada. ¿Cómo así?, pregunté. No quiero que pagues por cosas que no has hecho. Vámonos para algún lugar donde nadie nos conozca. Tú sabes que ese lugar no existe, dijo. No voy a dejar que me abandones, le dije y empecé a llorar. Ella dejó de empacar. Dame un tiempo, dijo y me acarició la cabeza. ¿Cuánto? No sé, unos meses. ¿Seguro vuelves? Sí, bobito, dijo y me besó. Terminó de empacar, pidió un taxi, me llevó hasta la universidad y me dio dinero. Suerte, me dijo. Nos vemos, contesté y la besé. Lina le hizo una señal al chofer y el hombre arrancó. Los vi irse y el corazón me dijo que esa despedida era definitiva. Fue como si hubiera vuelto a perder a Cristinita, como si volviera a ver agonizar a Garabato y entendí que la mariguana de esas semanas con Lina, y las caricias y las sonrisas y el sexo, tan sólo habían sido una ilusión y que esa ilusión había terminado.

Muchas veces te dije que antes de hacerlo había que pensarlo muy bien...

Subí las escaleras y vi al man, estaba sentado en el corredor, trabado, tenía una lata de cerveza entre las manos y jugueteaba con ella con una tristeza que me agujereó el corazón y me hizo sentir esa mezcla de ternura y lástima que es capaz de hacer que las mujeres hagamos milagros. ¿Con malparidez?, le pregunté. El man me miró con los ojos aguados. La malparidez es la ñapa, dijo. Le sonreí. Es que no entiendo la vida, añadió. Nadie la entiende, bobo el que se pone a descifrarla, le dije. Pues sí, dijo. ¿Le queda cerveza?, pregunté. Un poquito, contestó y me alcanzó la lata. Hágame campito, dije. Volvía de una pedrea buenísima y estaba mamada, pero también llevaba dentro esa excitación casi sexual que me producían las peleas con los tombos y me pareció relajante hablar un rato con alguien triste. ¿Estudia en la U? Sí, contestó. ¿Qué estudia? Filosofía. Yo también. ¿Qué semestre? Primero. Yo también. Qué raro, nunca la había visto. Es que casi no voy a clase. ¿Y eso? No me queda tiempo, tengo muchas cosas que hacer, le dije. En esta universidad nadie tiene tiempo de nada, los que no se deprimen, se suicidan; y los que no se suicidan están vendiendo droga, haciendo la revolución o ambas cosas, que son una forma más de deprimirse o suicidarse, dijo. Ufffff, tiene la trágica encima, dije. Un poco, susurró. ¿Qué le pasó? Nada, contestó. ¿Tiene dónde dormir? Dormía en aquella habitación pero se me olvidó cerrarla y me la invadieron. Si me promete que deja esa cara de tragedia le pongo una colchoneta en mi cuarto y lo dejo dormir ahí. No sé si me dé sueño. Sigamos hablando en el cuarto, es más calientico. Esa noche me contó quién era y por qué andaba en la universidad y yo le conté mi vida entera, menos que era la novia de un man del DEME y que me la pasaba haciéndole cruces raros al hombre. No sabía quién era el güevón y podía ser un lengüilargo o un infiltrado. Al otro día fuimos a desayunar, le pedí al man que me acompañara a hacerle unas vueltas a mi mamá, almorzamos en mi casa, le presenté a mis hermanas y en la tarde fuimos al auditorio del IDEP a ver *Fuego fatuo*, una película de la que no recuerdo nada y en la que el man se quedó como ido y, al final, se puso a llorar. La llorada de la película nos unió más, fuimos a comer a la cafetería de la universidad, caminamos un rato y terminamos en mi cuarto de nuevo. ¿Usted sí cree que vale la pena?, preguntó. ¿Qué? Estudiar. No sé, tal vez estudiar no sea tan importante, pero estar en la universidad es bacano. Si uno no va a clase, seguro. ¿Me está regañando? No, sólo decía. Menos mal, porque odio que me regañen. ¿Siempre está aquí sola? Una mujer que se respete nunca anda sola, contesté. El man se quedó callado. ¿Le gusta Silvio? ¿Rodríguez? Claro.

No mucho. ¿Por qué? Ese man es un peleón y cree que hasta el amor es una batalla. Huy, hermano, le tiró a matar al pobre Silvio. Si quiere oírlo, póngalo. ¿Y Milanés? Ese sí me gusta, Milanés sabe querer. ¡Tan romántico!, me burlé y el man casi que vuelve a llorar. Puse un casete de Milanés y me recosté en la cama. *Muchas veces te dije que antes de hacerlo había que pensarlo muy bien*, empezó a cantar el negro Milanés y el man sonrió reconfortado. Venga, recuéstese, le dije y me palmoteé los muslos. El man se recostó en mis piernas. Milanés pasó a cantarle a Salvador Allende y empecé a acariciarle el pelo. Era claro que ese man andaba muy jodido porque se quedó quietico, cerró los ojos, encogió el cuerpo y volvió a llorar hasta que se quedó dormido. A mí me dio un poquito de piedra, a pesar de que no me gustaba, no había podido controlar la vanidad y había pasado el día provocándolo; en la mañana, me había sentado a hablar con él apenas cubierta con la toalla de baño y durante el día, aunque había empezado a contarle algunos detalles de mi relación con Boris, no había dejado pasar la oportunidad de rozarlo más de lo necesario. Lo moví hacia un lado, alcé las cobijas, lo moví hacia el otro lado, lo tapé y, después de ponerme una piyamita, me acosté junto a él. Amanecimos inseparables, y si no tiramos fue porque Boris me tenía muy enamorada y me sentía incapaz de serle infiel. Le propongo un trato, le dije. ¿Qué?, preguntó. No tengo tiempo de ir a clases, vaya usted y cada noche me cuenta lo que han dicho. No creo que vaya a seguir estudiando. No sea bobo, siga, nada pierde, me ayuda a hacer los trabajos y a cambio le doy posada. Bueno, asintió. Era rico estar con él, me gustaba cuidarlo, consolarlo, darle fuerzas; lo llevaba a fiestas y, si hacía mucho frío o me sentía muy sola, lo dejaba dormir en mi cama. En las mañanas, el man se levantaba y me hacía tinto en un reverbero que teníamos en el cuarto. Me alegraba sentirlo, oír cómo echaba agua en la olla, cómo hacía sonar el empaque de papel metálico del café, cómo esperaba sin hacer ruido para no despertarme hasta que el agua hervía, cómo echaba el azúcar y, ahí sí, revolvía con fuerza y hacía sonar la cucharita para que me despertara y le regalara la primera sonrisa del día. Clara y Helena, mis dos hermanas, se burlaban. Pobre, decía Clara. Huy, sí, pobrecito, decía Helena, cuando les contaba mi convivencia con el man. Debe estar más provocado. ¡Eso, claro!, contestaba. En las noches, después de leer un rato o de volver del cine, el man aprovechaba mi entrada al baño, se quitaba la ropa y se metía en la cama. Yo salía del baño, apagaba la luz, me desvestía, me ponía mi piyama y hacía lo mismo. El man me abrazaba. Hablábamos un rato y nos reíamos hasta que nos iba cogiendo el sueño. Entonces sentía cómo el man me empezaba a acariciar junto a los senos pero sin tocármelos, en la cintura pero sin tocarme las nalgas y yo sentía cómo el man se me pegaba con la verga grande y dura. Lo sentía respirar, casi jadear y me sentía mujer y sentía que amaba aún más a Boris porque a pesar de tener la tentación tan cerca no me daban ganas de que otro man me la metiera. Pero los jugueteos no pueden ser eternos. Una noche, el man empezó a acariciarme y me rozó un pezón y sentí que la piel se me erizaba y no lo detuve y el man aprovechó y puso la mano sobre mi teta y me la apretó. Yo no me movía, pensaba en el man, pensaba en Boris y sentía una confusión que me excitaba todavía más. El man metió la mano debajo de mi piyama y me empezó a acariciar la cuquita, lo dejé hacer y, como llevaba semanas sin Boris, me vine. El man se me montó, pero como ya estaba satisfecha y no me podía sacar a Boris de la cabeza, cerré las piernas. No me haga eso, dijo él. Es que no puedo hermano, seguro que no puedo. Ángela, por favor, susurró. Mejor bájese y duerma en la colchoneta, así evitamos tentaciones, dije. No, al menos déjeme aquí. No, mejor bájese. Al man le dio piedra y se bajó. Lo sentía despierto y dando vueltas y me sentía culpable y pensé que después de haberme dado dedo tan rico se merecía un polvo. ¿Está dormido?, pregunté. No, contestó el man. ¿Quiere que lo abrace? No sé, dijo. Me quedé callada, sin saber cómo invitarlo a subir a mi cama sin sentirme una zorra. ¿Quiere que suba?, preguntó él. Iba a decir que sí, pero abrieron la puerta. ¿Quién es este hijueputa?, preguntó Boris. Un amigo, contesté. Amigo, levántate, le dijo Boris mientras le pegaba una patada. Calma, calma, le dije a Boris. Quiero que este man desaloje, insistió Boris. El man se levantó. Necesitamos estar a solas, le dije al man. Listo, no hay lío, dijo él, se vistió y se fue.

comején me está cayendo, comején me está comiendo…

Boris era mentiroso, arrogante y manipulador, cuando no estaba humillando a la gente, estaba tratando de sacar provecho de ella; tenía enredos con directivos corruptos, con jíbaros y traficantes de armas y hasta con tiras a los que vendía información sobre los movimientos de los otros grupos guerrilleros que actuaban en la universidad. A Ángela la enredaba, la usaba, la engañaba y, cuando ella amenazaba con dejarlo, la cara de caballo del güevón se convertía en la cara de un potro indefenso que pedía perdón y daba explicaciones estúpidas que Ángela siempre terminaba por aceptar. No entendía por qué Ángela se dejaba enredar, era como si tuviera miedo de sí misma y necesitara un matón que le ayudara a controlar la ferocidad de su cuerpo, sus ideas y sus palabras. Boris, que pretendía estar sobrado, vivía lleno de problemas, siempre estaba huyendo, dándole largas a la gente, intentando componer las cagadas que hacía, metiéndose en planes que salían mal y, para completar, siempre estaba sin plata. Mami, si viene Veneno a preguntarme, dile que hace días no me ves; mami, llévame este revólver a tal dirección con esta notica y espera un sobre que te van a entregar; mami, necesito que te pares delante de tal banco y anotes en un papelito quién entra y quién sale; mami, guárdame estos pasaportes falsos; mami, pídele a tu mamá algo de dinero que me quedé sin un centavo y necesito ir a hacer un trabajo de inteligencia. Yo no podía hacer ni decir nada, Ángela me había rescatado en el peor momento y quería seguir cerca de ella, así me tocara desaparecer cada vez que Boris reaparecía o me tocara aguantarme los abusos del hijueputa. Le tengo una propuesta, dijo Ángela una tarde que disfrutábamos del solecito en el Jardín de Freud. ¿Qué clase de propuesta?, pregunté prevenido, porque si Ángela esperaba un momento de armonía para decir algo, era que iba a meterme en un problema. Boris ha pensado que estar en la universidad nos está aburguesando y que tenemos que hacer trabajo en el mundo real. Ay, Angelita, estoy bien aquí, no tengo ganas de salir al mundo real. Deje la paranoia, seguro que afuera nadie se acuerda del tal Mutante ni de ese kilo de coca falsa, la gente tiene muchos líos para andar pegada al pasado. ¿Usted qué sabe?, riposté. ¿No le gustaría enseñarles a adultos a leer? ¿Y desde cuándo a Boris le dio por hacer trabajo social? Boris está pensando siempre en la gente. ¿No dizque vive tan ocupado tomándose el poder? Yo sé que no le cae bien, pero no lo juzgue sin antes oírme. Qué quiere, ¿que vea cómo abusa de usted y coma callado? ¿No le anima que salgamos de aquí, que hagamos otras cosas? No. ¿No saldría ni conmigo? La miré y me sonrió con una mezcla de dulzura y malicia. ¿Dónde es? En una escuela de La Despensa. ¿Y no hay nada torcido detrás de la alfabetización? Nada. ¿Seguro? Seguro. Bueno, intentémoslo. Ángela saltó de la felicidad y me dio un beso. Sabía que me iba a apoyar, usted es lento pero no faltón, se rió. La tarde siguiente, salimos a la Treinta y cogimos un bus que iba para Soacha; Ángela me agarró de la mano y se recostó en mi hombro y, mientras ella dormía, volví a respirar el tráfico caótico de Bogotá, a ver la gente correr de un lado a otro y a oír las historias tristes que cuentan los desplazados en los buses. Empezó a anochecer y me acordé del Mutante y Buñuelo, pero la respiración de Ángela, el olor a champú de su pelo y la cercanía de sus senos y sus caderas me dieron seguridad. La Despensa era un barrio de calles polvorientas que apenas nacía, no había alumbrado eléctrico, pero había felicidad; en los andenes los vecinos chismoseaban, grupos de muchachos echaban piropos a las muchachas y los más pequeños jugaban fútbol a pesar de que los carros no disminuían la velocidad cuando pasaban junto a ellos. La Escuela Manuela Beltrán, donde estaban citados los alumnos, era un edificio de ladrillo idéntico a la Antonio Ricaurte, el mismo portón metálico pintado de verde, el mismo corredor oscuro en medio de dos hileras de salones, la misma rectoría al final del corredor y el mismo patio de cemento con la misma cancha de microfútbol sin malla y con los postes pintados de un blanco agrietado por el óxido. Nos esperaban un montón de trabajadores de la construcción, empleadas domésticas, meseras, vendedoras, mensajeros, gente un poco avergonzada de reconocer su ignorancia, pero con ganas de aprender. ¿Cómo la ve?, preguntó Ángela. No pude contestar de la emoción. Formamos a los alumnos y los repartimos en cinco grupos, que era la cantidad de profesores con los que contábamos. Fue hermoso oír las presentaciones de los alumnos, verlos empezar a aprender, sentir cómo entraban en un mundo nuevo. La alfabetización se tragó nuestras vidas, nos la pasábamos pidiéndoles a los compañeros cartillas y libros para llevar a la escuela, hablábamos las veinticuatro horas de las historias que nos contaban los alumnos, investigábamos sobre las mejores técnicas para enseñar a leer a adultos y era tanta la emoción que sentíamos que no sólo había perdido el miedo a salir de la universidad, sino que hasta había empezado a sentir respeto y cariño por el trabajo que hacía Boris. ¿Ve por qué lo amo?, Boris no piensa en él, lo da todo por Colombia, repetía Ángela. Todo marchaba hasta que por la Manuela Beltrán apareció Germán Torres, un burócrata de la Facultad de Odontología. Entró tan tranquilo y sonriente que me dio desconfianza. Minutos después Boris pasó por los salones y repartió unas facturas con el membrete de la Facultad para que las firmaran maestros y alumnos. ¿Qué es esto?, le pregunté a Ángela. No sé, contestó ella. Examiné los papeles, eran recibos de compras falsas. No pensarán usarnos para robar a la universidad, le dije a Ángela. Eso no es robar, Torres quiere ayudar a la causa revolucionaria. Robarle al pueblo no es ayudarle a la causa revolucionaria. Alfabetizar a esta gente cuesta y nadie ha querido financiar el proyecto, así que Torres nos está dando una mano. La miré con rabia. No se vaya a poner misterioso ahora que estamos haciendo algo chévere, dijo Ángela. Robar no es algo chévere, dije. Mejor sigamos trabajando, vea toda esa gente con ganas de aprender, me cortó ella. Acepté la trampa de los recibos y la situación siguió complicándose. Unas noches después de la ida de Torres, apareció por la escuela Veneno, un jíbaro de la Nacional, y se encerró en la dirección de la escuela con Boris. ¿Sí ve?, aquí hay algo que no sabemos, le dije a Ángela. No, hermano, aquí no hay nada raro, es usted que vive paranoico y ve fantasmas por todas partes. Esa noche di vueltas y vueltas en la cama, me sentía traicionado, pero no quería dejar sin clase a los alumnos ni pelear con Ángela. Decidí averiguar en qué andaban Boris, Torres y Veneno, desenmascararlos y hasta limpiar el camino para que Ángela fuera mía. Empecé por seguir a Boris, descubrí que era amante de una mujer madura que trabajaba como peluquera en el barrio Trinidad Galán y con la que pasaba las largas temporadas que desaparecía de la vida de Ángela. Torres tenía una mujer joven y bonita, hacía vida de familia y era papá de unas gemelas que pasaban los días jugando con la mamá en el antejardín de la casa. En El Madrigal, la urbanización donde vivía, Torres se daba ínfulas de rico, gastaba a manos llenas y acababa de comprar un carro último modelo. Seguir a Veneno me costó más; el jíbaro se movía por el centro de Bogotá y me daba miedo tropezar con Buñuelo o el Mutante. Aun así me enteré de quiénes eran sus proveedores, con cuáles putas dormía y en qué hoteluchos amanecía. Tanto ir y venir me sirvió para saber que Boris, Torres y Veneno estaban asociados con Gamboa, un tira al que todo el mundo en la universidad tenía identificado, pero que seguía yendo a la Nacional como un estudiante más. La aparición de Gamboa alimentó mis sospechas y decidí colarme un fin de semana en la escuela y revisar el salón donde se reunían los cuatro socios. Descubrí que Boris, Torres, Veneno y Gamboa habían improvisado en ese salón una caleta y que en ella guardaban drogas y armas. Quiero mostrarle una cosa, le dije a Ángela. ¿Ahora con qué va a salir?, contestó ella. La llevé hasta el salón, moví las cajas y el material escolar que ocultaban la caleta. Mire, dije. ¿Y estas pistolas tan bonitas para qué serán?, preguntó Ángela. No sé, pero sí sé que Boris y los socios las han ido acumulando mientras damos clase. Ese Boris es un berraco, dijo Ángela. ¿Cómo así?, pregunté. Imagínese, ¡enseñarle a leer a la gente y de paso conseguir armas para la revolución! Ángela, esto es muy peligroso. ¿Peligroso?, preguntó ella. Mire qué más hay escondido. Ángela escarbó y aparecieron los paquetes con droga. ¿Cómo lo ve? Ángela pensó un momento. Ahora sí que estoy más convencida, dijo. ¿Convencida de qué? Si con lo que guarda aquí, Boris sigue pidiéndome dinero, es que es muy honesto y que esta droga y estas armas hacen parte de un plan revolucionario que sólo conocen él y gente de la dirección del DEME. ¿Y Torres y Veneno y Gamboa? Qué voy a saber, hermano, usted sabe cómo son estas operaciones. Lo único que sé es que Boris y esos manes nos están poniendo en peligro a todos. Ay, hermano, no sea complicado, las cosas están funcionando; esta gente aprende a leer y escribir, nosotros hacemos algo que nos gusta y Boris consigue armas y dinero para la guerra; en esta operación nadie pierde. Prefiero bajarme de este bus, dije. ¿Cómo?, preguntó. No me voy a prestar a esta farsa, hasta hoy dicto clases. No puedo creer que me haga eso.

Esta vez no puedo ayudarla, estamos arriesgando demasiado, añadí. ¿Me va a dejar botada?, preguntó. Quiero mucho a esta gente para usarla de escudo de un plan que ni conozco. Si quisiera y respetara a esta gente no huiría como un cobarde. No soy ningún cobarde. Demuéstremelo. Es que lo que hace Boris me da desconfianza. No piense en Boris, piense en la gente, piense en mí, dijo Ángela. Me quedé, pero decidí seguir investigando y uno de los jíbaros de la universidad me contó que Boris, Veneno y Torres querían quedarse con el negocio de drogas en la Nacional y, para hacerlo, habían contratado a Gamboa para que montara un grupo de limpieza que sacara a los otros jíbaros del negocio. Era una operación perfecta, no sólo porque el mercado de la universidad era grande, sino porque al lugar no podía entrar la policía y desde allí se podía organizar una red que también proveyera de drogas el mercado de Bogotá. Ya me está cansando, hermano, lleva meses conmigo, lo he tratado bien, lo he cuidado, le he explicado la situación y sigue sin entender nada, dijo Ángela cuando le conté mi último descubrimiento. ¿Cómo así? No entiende que por la revolución hay que engañar a la gente, hacerle creer una cosa mientras se hace otra. No, hacer eso siempre sale mal, se lo digo por experiencia. Estoy segura de que Boris debe estar utilizando a Veneno, Torres y Gamboa, pero que sólo va por las armas; no me imagino a un revolucionario como él metido en tráfico de drogas y mucho menos en grupos de limpieza. ¿Y por qué no se lo pregunta, por qué no sale de la duda usted y de paso me saca de la duda a mí? Porque no lo quiero desconcentrar con dudas tontas, porque si algo siempre he hecho es tenerle fe y apoyarlo. Usted está loca. Loca no, hermano, lo que pasa es que todavía tengo ideales. Pues quédese con sus ideales, yo no vuelvo por la escuela ni me voy a quedar callado: les voy a decir a mis alumnos que me retiro y que les aconsejo que dejen de ir por la Manuela Beltrán. Usted no puede hacer eso, dañaría todo. Entonces, ¿qué se supone que tengo que hacer?, pregunté. Quedarse callado y seguir en lo suyo, ni usted ni los alumnos están haciendo nada malo, así que no les va a pasar nada. ¿Así que acepta que Boris y esos manes andan en algo raro? No he aceptado nada, contestó. Esta vez no me va a convencer. ¿Entonces piensa dañar la fiesta? ¿Cuál fiesta? La que está organizando Boris para clausurar el semestre y darle regalitos a la gente que ya aprendió a leer. Así de bueno estará el negocio, que alcanza para dar regalitos, dije. ¿Les va a poner problema también a los regalos?, preguntó Ángela. No pongo problema: pienso. No debería pensar tanto, más bien debería ayudar a organizar la rumba, esta gente ha hecho un gran esfuerzo y se merece una noche de alegría. La idea de la fiesta me pareció buena, sobre todo para los estudiantes, y no tuve más opción que volver a hacerle caso a Ángela. Torres y Veneno donaron una lechona, Boris compró aguardiente y varias canastas de cerveza y Ángela y yo nos encargamos de los festones, las guirnaldas y la decoración de la escuela. Un alumno hizo trampas en el bar donde trabajaba y trajo un equipo de sonido y, con la música sonando, la fiesta se materializó y la alegría nos invadió. ¿Sí ve hermano?, tanto joder y mire, todos contentos. Vi el salón y me acordé del MOREI. Mientras Diomedes, Lisandro Meza y Pastor López se adueñaban de la noche, Ángela empezó a tomar y a besarse con Boris y yo decidí desaburrirme con Liz, una alumna que me andaba haciendo ojitos desde los primeros días de clase. Brindábamos por la educación, el amor, la amistad y la solidaridad, cuando entraron los matones. ¡Quietos!, gritaron. Dos tiros al aire y todos, menos Boris, Veneno, Torres y Gamboa, que saltaron una pared y huyeron, estábamos tirados en el suelo. Queremos la droga y las armas, dijo el que llevaba la ametralladora. Alcé la cara y miré a Ángela. No vaya a abrir la boca, susurró. Sólo queremos la droga y las armas, repitió a gritos el matón porque del susto nadie había apagado la música. No sabemos de qué habla, dijo Ángela. El matón se agachó junto a ella. Seguro que sí sabe, dijo. Los que venían con él alzaron a Ángela y la pusieron contra una pared. ¿Esta es la hembrita?, preguntó uno de ellos. Esa es, contestó otro. A ver, mamita, a cantar, dijo el matón y le clavó la ametralladora en el estómago. Miré a Ángela y ella evitó mirarme. Yo sé dónde están esas cosas, grité.

te están matando los años...

Cuando se le apareció el Divino Niño, mi mamá ni siquiera estaba en la camilla, gemía en un banco de madera junto a la entrada de la sala de partos a la espera de que alguna de las otras parturientas diera a luz y dejara libre una cama para que ella también pudiera parir. Las contracciones eran violentas y mi pobre vieja, que nunca tuvo dignidad para enfrentar el sufrimiento, las combatía apretándose el estómago con las manos, llorando, gimiendo y maldiciendo el polvo que una noche de borrachera se había echado con mi padre. Alicia, eres una bendecida, dijo una voz que salió de la veladora que iluminaba el altar en el que las enfermeras rogaban al Divino Niño que les ayudara a sortear con buena voluntad la falta de medios, medicamentos y médicos. Este chino marica ya me está haciendo oír voces, pensó mi pobre vieja. Pero el Divino Niño no se había tomado la molestia de aparecer para dejarse derrotar por la primera duda de la elegida, sino para dejar claro por qué, a pesar de su carita inocente, había sido designado como el redentor de un país de asesinos. ¿No me reconoces, Alicia? Soy el Divino Niño, insistió la voz. Mi madre fijó la mirada en la veladora y vio cómo en el azul de la llama empezaron a dibujarse el traje rosado, las dos manitas y el rostro del Divino Niño. Alicia, darás a luz un hijo que aunque te llenará de dolor, será el encargado de mostrarle el valor de la vida a este país enviciado con la violencia y la muerte. La siguiente contracción hizo dudar de nuevo a mi madre y la pobre cerró los ojos y, sólo cuando la naturaleza dejó de acosarla, volvió a mirar hacia la veladora. El Divino Niño le sonrió paciente y amoroso. Mira a tu derecha, le dijo. Mi madre, que en ese momento entró en éxtasis, giró el cuello y vio una caneca azul marcada con unas calaveras fosforescentes que indicaban el alto nivel tóxico de los desechos que iban a parar allí. Alicia, prosiguió el Divino Niño, apenas nazca tu hijo, sumérgelo en esas aguas y será inmortal. ¿Inmortal?, iba a preguntar desconcertada mi madre, pero, en ese momento, regresó la contracción y volvió a llorar, a gemir y a maldecir y cuando pudo abrir de nuevo los ojos, ya no había luces ni voces celestiales y la veladora se había apagado. Una sensación de vacío invadió a mi vieja y habría muerto allí de tristeza si no es porque la siguiente contracción fue tan fuerte que la obligó a dejar de resistirse y a permitir que yo le rasgara las carnes y cayera en este mundo. El cordón umbilical no lo cortó un médico sino otra partu-

rienta, y la primera palmada no me la dio una enfermera sino un policía que pasaba por el corredor en dirección
a la sala donde intentaban curar a un compañero que
había sido herido por oponerse a que atracaran un banco. Apenas se retiraron los improvisados médicos, la
vieja, todavía enamorada de la mirada celestial del Divino Niño, me cogió de un brazo y me sumergió en la
caneca de los desechos. Empujaba con fuerza, porque
dentro no sólo había líquidos, sino también gasas y
otros materiales que hacían muy difícil que me hundie-
ra, cuando apareció una enfermera. ¡Lo quiere matar, lo
quiere matar!, gritó la enfermera y a mi madre, que no
la había querido atender nadie, la rodearon en menos
de un segundo más de una decena de médicos, paramédicos, enfermeras y celadores. Así que mi vieja no tuvo
dieta, sino que fue directo a la comisaría y yo me quedé
varios días de juguete de las enfermeras hasta que un
juez sintió lástima de mi pobre madre y firmó la orden
para que le dieran la libertad y para que recobrara mi
custodia. Mi papá, que no quería a mi mamá y menos
quería tener hijos con ella, se dejó ganar de la curiosidad y apareció un día por el cuarto donde vivíamos. Mi
mamá, que seguía enamorada de él y era incapaz de
ocultarle nada, le contó cómo había sido el parto, le
explicó que jamás había querido hacerme daño, le describió con detalles la aparición del Divino Niño y lloró
confesándole que yo no era un bebé normal, sino un
enviado de Dios. Ese cuento se lo creyó José, que era
marica y vivió hace más de dos mil años, pero yo no, yo
soy un varón, dijo mi papá y convirtió la historia de mi
inmortalidad en la excusa para irse y no regresar nunca.
Mi mamá se puso a llorar y para consolarse empezó a
acariciarme y descubrió que mi cuerpo tenía un color

oscuro muy firme y brillante, pero que el brazo del que me había agarrado seguía rosado como si hubiera acabado de nacer. Tanto se preocupó por esa diferencia mi vieja, que se acordó de un cuento que había escuchado en la casa de una de sus patronas y corrió a buscar un cuchillo. Ya verá el malparido del Manuel que este niño sí es inmortal y no sólo eso, sino que a diferencia del tal Aquiles, mi hijo no tendrá ninguna parte débil, y alzó el cuchillo y de un tajo me cortó el brazo. Esa agresión ya no se la perdonó el juez y mi vieja fue a parar al manicomio. Sin quién viera por mí, terminé al cuidado de una congregación de monjas. Triste y solitario, pero jugando con las novicias, durmiendo cada noche con una monjita distinta, finalmente superé el desamparo y crecí gordo, cachetón y un poco distraído. Habría sido algo así como el mensajero nostálgico y agradecido de aquel convento, si no es porque la hermana Julia, la más bonita de todas las monjas, decidió que la mejor manera de celebrar mis primeros siete años de vida era llevarme a ver una función de títeres. Comimos helados, paseamos por Chapinero, jugué en un parquecito y llegamos puntuales a la primera función del teatro de Pepe Mancera. Fue uno de mis días más felices y la hermana Julia habría logrado anotar una buena acción en su diario si a la misma función no asisten los hijos y la mujer de un mafioso que era magnífico padre, pero que tenía la maña de no pagar las deudas que iba contrayendo con los otros mafiosos. Gozamos y reímos con *La bella durmiente* y cuando las caras de nostalgia de los papás y las caras de felicidad de los niños empezaron a buscar la salida del teatro, de los mismos asistentes salieron un par de matones, sacaron unas ametralladoras y apuntaron sobre la mujer tetona y sobre los hijos del mafioso. Las balas empezaron a sonar y cayeron los niños y cayó la madre, pero en un espacio tan cerrado y con unas armas tan aparatosas es difícil ser preciso y cayeron otras madres, otros padres y otros niños. Yo sentí las balas empujarme, las sentí rebotar y casi vi cómo una de ellas pegaba contra la pared, volvía a rebotar y se metía en la columna vertebral de la hermana Julia. Salí sin un rasguño, pero la hermana quedó inválida y aunque a todo el mundo le extrañó mi suerte, nadie, salvo yo mismo, se acordó de que mi madre insistía en que era inmortal. El cargo de conciencia hizo que me esmerara en acompañar y cuidar a la hermanita y tanto la atendí, que era yo quien iba junto a ella cuando, una tarde, cansada de una vida miserable, decidió lanzarse al paso de una volqueta. Calculó bien porque el impacto contra la volqueta acabó con la poca vida que le quedaba, pero calculó mal porque no pensó que yo la quería lo suficiente como para intentar salvarla y que a mí la volqueta también me iba a lanzar por los aires. Por contemplar el milagro de cómo un niño había salido ileso de un terrible accidente, la gente olvidó el cuerpo destrozado de la hermana y sólo cuando una mujer histérica empezó a gritar: ¡La monja, la monja! Los curiosos se dieron cuenta de que el espíritu de la hermanita ya no habitaba en este mundo. Más que alegrarse de mi salvación, las monjas del convento ataron cabos, alguien recordó la locura de mi madre y empezaron a intuir mi «satánica» naturaleza. Es mejor que no siga aquí, concluyó la madre superiora y, antes siquiera de que enterraran a la hermana Julia, decidió entregarme al cuidado del padre que hacía las veces de confesor del convento. El padre se comportó como un verdadero padre colombiano y me puso al cuidado de la amante que le equilibraba las penurias del

voto de castidad. No lo pasé mal, al contrario, me adap-
té rápido, disfruté de los juegos y las comidas con el
padre, de la posibilidad de quedarme con parte de las
limosnas para comprar dulces y de los cuchicheos y los
gemidos eróticos que arrullaban mis noches cuando
nos íbamos a acostar y yo me hacía el dormido sólo
para saber cómo se amaban un padre y una discreta y
cándida feligresa. Fuimos una familia feliz hasta que la
muchacha llegó un día muy agitada, se encerró en el
baño y, después de llorar y llorar, le anunció al padre
que estaba embarazada. El escándalo que armó la improvisada suegra fue público y llenó de murmullos las
misas. La muchacha se fue a tener al niño al mismo
convento del que yo había venido y aunque las aguas se
calmaron, el mayor perjudicado de tanto alboroto fui
yo. El obispo ordenó cambiar los olores a incienso de la
iglesia y la voracidad por las limosnas por el ambiente
turbio y agresivo de un orfanato estatal. El orfanato fue
una mala época, porque yo había sido criado entre mujeres y era débil y tuve que soportar muchos golpes y
violaciones para entender que en este mundo se sobre-
vive golpeando primero y que una cosa es ser inmortal
y otra muy diferente es ser invulnerable. De ese mula-
dar humano, como es lógico, pasé a la calle, y de la calle
pasé a la carretera, y de la carretera pasé a los pueblos y
en uno de esos pueblos abandonados adonde iba en
busca de olvido, calor y un poco de comida, pasé a la
guerrilla. En el monte se comía mejor que en el orfanato o que en la calle y a pesar de las madrugadas, de las
largas caminatas entre la selva, de los gritos y los abusos
de poder de los guerrilleros, esa vida me gustó y decidí
quedarme. Aprendí a ser astuto, a camuflarme bien, a
disparar con la mano que me quedaba, a esconderme

para hacerme una paja con la misma mano y, a pesar de tanta carreta sobre el socialismo, fue en la guerrilla donde terminé por entender el valor del dinero. Tanto lo entendí, que me gané la simpatía del comandante de mi frente y el hombre empezó a utilizarme como correo humano para llevar y traer las ganancias que dejaban las extorsiones, los secuestros, el tráfico de coca y demás trabajos revolucionarios a los que nos dedicábamos. Estaba feliz, sentía que a los diecisiete años me había convertido en un varón y hasta soñaba con el momento en que iba a descubrirles a los camaradas mi secreto y de ese modo convertirme en una verdadera leyenda revolucionaria, cuando, un amanecer, mientras protegíamos una importante remesa de dinero, nos asaltó un grupo de enmascarados. Los manes aprovecharon que la mayoría de nosotros dormía y dispararon a mansalva sobre nuestros cuerpos y, para asegurarse de que no iba a haber sobrevivientes, a cada uno nos remataron con un tiro en la nuca. Me hice el muerto y cuando los manes se quitaron las máscaras, pude ver que quienes dirigían el asalto eran los dos hermanos menores de mi propio comandante. Eso me dolió, no podía creer que en el mundo pudiera existir tanta traición y si no me levanté e hice valer allí mismo mi condición de inmortal, fue porque ya había aprendido que la venganza siempre es más eficaz si se planea con tiempo y cabeza fría. Los manes empezaron a buscar el dinero y apenas lo tuvieron entre manos, se abrazaron, brindaron con una botella de aguardiente que llevaba uno de ellos y, jubilosos, se marcharon. Detrás de ellos salí yo y, después de más de una semana de viajar por carreteras destapadas, ríos crecidos y de marchas solitarias por la selva, logré llegar al campamento de mi frente guerrillero. El comandante quedó pálido al verme llegar, pero disimuló y se sentó a escucharme. Entonces, ¿no le pasó nada?, preguntó. Nada, contesté y le conté que era inmortal. El hombre se rascó la cabeza, me miró largamente y me pidió que me quitara la camiseta para examinarme. Con sus manos callosas tocó mi piel intacta y se convenció de que no le mentía. ¿Sí ve?, ni un rasguño, le dije orgulloso. Asintió. Hazte al pie de ese árbol un momentico, me pidió. Le hice caso y el hombre sacó el revólver. Sonreí feliz, al fin y al cabo era la primera vez que iba a probar mi condición voluntariamente. El comandante apuntó y el silencio mágico de la selva fue interrumpido por uno, dos, tres, cuatro y cinco disparos y por la carrerita que pegó mi comandante para rematarme con el sexto tiro. ¿Sí ve, mi comandante?, no le estoy hablando mierda, le dije sonriente. El hombre me miró asustado, como si se le hubiera aparecido un fantasma, y preguntó: ¿Qué quieres? Yo, que me sentía como el Che Guevara, pero inmortal, no entendí la pregunta. ¿Qué quiero de qué? ¿Pues qué quieres, por qué viniste?, insistió mi comandante. Porque no puedo traicionar la causa revolucionaria y mucho menos dejar que sean sus propios hermanos quienes roben a un hombre que me ha enseñado qué es la lealtad. El comandante se rascó la cabeza. Te doy cinco millones si te marchas y no vuelves a venir jamás por esta región, dijo. ¿Y no vamos a vengarnos, no vamos a recuperar el dinero que nos pertenece? No, dijo cortante. ¿Por qué no? Son mis hermanos, no los voy a mandar a matar. ¿Y la causa? Ninguna causa, dijo desesperado, aquí el problema es usted; si estuviera muerto, todo estaría bien. Entonces, ¿son cómplices? Eso a usted no le importa. Me dio tan duro oírlo que me sentí derrotado, cogí el dinero que me ofrecía y me marché. Sin ideales y sin rumbo, vagué por Colombia gastándome la plata con la que habían pagado mi silencio. Hasta me habría ido del país si en un bar de putas de Envigado no conozco a Índice, un matón que me cayó superbién porque cuando le conté mi historia, en lugar de burlarse de mí, me propuso hacer negocios. Así que usé el entrenamiento que había recibido en la guerrilla para convertirme en gatillero y triunfé porque me arriesgaba al máximo para acercarme a la víctima y, como era lógico, jamás salía herido. No puedo creer que un mocho tenga tanta puntería, decía siempre Índice y brindaba por la suerte de haberme conocido. Nuestra carrera de sicarios funcionó, y de sicarios pasamos a guardaespaldas, de guardaespaldas a tesoreros y de tesoreros a traquetos; minoristas, pero ya traquetos. Al dinero en abundancia le siguió el placer, y al placer, el amor, y terminé enamorado de Norys, la hermana menor del mismo Índice. El amor me dio más fuerzas y fuimos ganando espacio; nos seguimos enriqueciendo hasta pasar de mandar kilos a mandar decenas de kilos, y estábamos a punto de dar el gran salto y convertirnos en verdaderos duros del negocio, cuando pasó lo que tenía que pasar: sufrimos un atentado. Fue brutal, no sólo habían puesto bombas debajo de nuestros carros, sino que apenas pasó el fragor de la explosión, de entre la humareda surgieron varios de nuestros guardaespaldas y ellos mismos nos fumigaron con plomo. Protegí con mi cuerpo a Índice y, con la ayuda de un par de hombres fieles, logramos huir. Nuestra reacción fue implacable, nos asociamos con aquellos que iban surgiendo con nosotros, rescatamos nuestras habilidades de gatilleros y matamos a cuanto hijueputa consideramos culpable o sospechoso del atentado. Los muertos pusieron las cosas en su sitio y los enemigos nos llamaron a firmar una tregua y nos propusieron asociarnos en lugar de seguir en guerra. Celebré haber alcanzado el último escalón profesional llevando a Norys de viaje por Colombia, mostrándole lleno de amor el mundo que antes había visto triste y miserable, y si no seguimos paseando y contándonos detalles de nuestra vida, fue porque Índice me mandó a llamar para la reunión en la que nos repartiríamos la torta grande del traqueteo. Yo andaba eufórico, imaginaba que por mi condición de inmortal no sólo me iban a nombrar jefe de jefes, sino que iban a darme la mayor tajada del negocio y ya soñaba con proponerle matrimonio a Norys y con los lujos que iba a darles a los hijos que íbamos a tener. Te vamos a dar un billete para que te retires, me dijo el mismo Índice cuando estuvimos reunidos. ¿Cómo así?, pregunté sorprendido. Como lo oyes, hemos estado hablando y nadie aquí quiere ser socio tuyo, así que te vamos a pagar lo que quieras para que te vayas. ¿Por qué?, insistí. ¿No lo entiendes? No, la verdad no. Porque eres inmortal. ¿Acaso eso no ha sido la gran ventaja?, pregunté. Para ganar la guerra sí, pero para hacer negocios, no. ¿Por qué? La coca no es negocio para inmortales, en esto uno debe matar y debe poder ser asesinado para que funcione, un inmortal lo desequilibraría todo. Me dio una rabia la hijueputa, qué tal el güevón, zafándome después de que le había salvado la vida, pensé y saqué la pistola. Más me demoré en apuntarle que todos los guardaespaldas, mejor dicho, mis compañeros, en saltar sobre mí, desarmarme, cogerme a patadas y amarrarme. Perdónanos, hermano, pero ninguno de nosotros estaría tranquilo si no te retiras, insistió Índice. Lleno de dinero, pero amargado porque no podía ni siquiera ejercer el único trabajo que es rentable para un pobre en Colombia, fui a buscar consuelo donde Norys. Ella, que siempre corría a mi encuentro, casi ni me abre la puerta. No, güevón, es que he estado hablando con mi mami y ¿una para qué quiere un marido inmortal?, ¿para que todo el mundo le huya?, ¿para que una se vaya poniendo vieja y al hijueputa no le salga ni una arruga?, no, ¡qué pereza!, me dijo y, por la forma como me miró, supe que también me había quedado sin mujer. Lleno de rabia, viajé a Bogotá, al Veinte de Julio, al santuario del Divino Niño. Sudando, incómodo por el gentío, entré y me senté en una de las bancas. Oí el sermón del cura, acepté darle la paz a un par de güevones que había a mi lado y después, cuando la gente empezó a irse, me acerqué a la estatua del Divino Niño y empecé a reclamarle. Le dije que no quería ser inmortal, que quería tener la oportunidad de ser normal, sentir el miedo a la muerte, de poder hacer negocios, poder tener amigos, poder tener una mujer que me quisiera y poder tener un hogar y unos hijos. No, tú eres mi profeta, me contestó la estatua. Yo no quiero ser profeta, por ser inmortal perdí a mi papá, perdí a mi mamá, perdí a mis benefactores, perdí a mis amigos, perdí mis negocios y hasta perdí la mujer que amaba; ser inmortal en Colombia más que una bendición es una maldición, la peor de las maldiciones. Los designios divinos son inescrutables, debes tener paciencia, dijo cariñoso el Divino Niño. ¡Qué va!, ¡malparido hijueputa, qué inescrutables ni qué mierda!, grité y escupí contra la urna de cristal que protegía la imagen. Pero el Divino Niño, en lugar de mirarme ofendido, me miró con dulzura. Más furioso todavía, arranqué un palo de la baranda que protegía la estatua y con él rompí la urna en la que estaba. Pero, en lugar de oír las protestas del Divino Niño, oí las voces que gritaban: ¡Blasfemo, blasfemo! Y sentí cómo empezaban a golpearme y a arrastrarme por el atrio de la iglesia y cómo me sacaban de ella y me tiraban sobre el suelo de la plazoleta. Seguido por la mirada furiosa de la multitud, solo y desencantado de nuevo, me eché al hombro mis pertenencias y me paré enfrente de la iglesia, y viendo la imagen inocente del Divino Niño que se me volvió a aparecer, dije: Ya verás malparido, no voy a ser tu profeta, esto no se va a quedar así…

ay, que se va, que se va, que se va la vida,
ay, que se va, que se va, que se va el amor…

El asalto a la Manuela Beltrán adelantó la guerra para la que venían preparándose Torres, Boris y Veneno. Pasado el susto y evaluadas las pérdidas, el trío decidió darle vía libre a Gamboa y empezaron a aparecer en las paredes de la universidad unos grafitis que decían: «Muerte a los jíbaros: MAJI»; «Muerte a los viciosos: MAJI». Los grafitis alborotaron la Nacional y mientras los estudiantes debatían sobre la importancia del derecho al libre desarrollo de la personalidad y sobre cómo rechazar las tácticas fascistas, en el Jardín de Freud apareció el primer cadáver. Ese muerto y la cara de decepción que pusieron los alumnos de la Manuela Beltrán al ver las armas y la droga hicieron que el amor de Ángela por Boris por fin se agrietara. El numerito de potro indefenso le sirvió a Boris para ganar un poco de tiempo, pero el tiempo acabó la madrugada que íbamos hacia Gorgona, las residencias donde vivíamos, y tropezamos con otro muerto: Míster Pepo, el cuentero que se había hecho famoso en la Nacional con la historia de *El Inmortal*. Estaba tirado en un potrero y tenía encima un letrero que decía: «Por dar mal ejemplo a la juventud: MAJI». Ángela volteó el cadáver y vio la tronera que la bala había hecho al salir por la espalda. ¡Hijueputa!, exclamó. ¿Fue con la pistola de Boris? Sí, me contestó. Vámonos, si nos ven cerca de este muerto, nos metemos en un lío, le dije. Ángela me hizo caso. ¿Sabe qué, hermano?, dijo Ángela cuando ya estábamos en Gorgona. ¿Qué? Cancelados los planes de hoy, quiero hacer una vuelta. No se vaya a meter en problemas, supliqué. Tranquilo, sonrió. Pasaron la mañana, el mediodía, la tarde, y Ángela no regresó. Después de comer y caminar por una universidad desierta por el miedo, volví a Gorgona, me eché en la cama y me quedé mirando el techo y rogando que a Ángela no le fuera a pasar nada. ¡Pelao, pelao!, me despertó al amanecer. ¿Dónde andaba?, pregunté. Por ahí, haciendo inteligencia, contestó. La acaricié todavía asustado. Necesito que me ayude en una vuelta, dijo. ¿Qué vuelta? El asalto a la escuela obligó a Boris y a los socios a pasar la caleta a la universidad, quiero saber dónde la pusieron. ¿Y si mejor los denunciamos a la policía? Usted es bobo, ¿no ve que Gamboa es policía? Me rasqué la cabeza. Levántese, tenemos mucho que hacer, ordenó Ángela. ¿Por dónde empezamos?, pregunté. Como Boris anda perdido, toca montarle inteligencia a Veneno. Huy, seguir a ese man me da susto, dije. Ángela me besó de verdad por primera vez. ¿Más tranquilo?, preguntó. Claro, contesté. Veneno entró en los mismos bares que ya lo había visto entrar, visitó las mismas prostitutas, los mismos hoteluchos, llamó decenas de veces desde teléfonos públicos, se reunió con Torres y le entregó en una cafetería de Chapinero una bolsa de dinero a Gamboa. Ese man es muy precavido y no tiene intenciones de ir a la nueva caleta, le dije a Ángela después de varios días de seguimiento. Calma, si algo aprendí de Boris fue a ser paciente, contestó Ángela. Una semana después, un viernes de pedrea, Veneno salió del hotelucho donde dormía, cogió un colectivo, se bajó en la Veintiséis, entró a la universidad, pasó junto a Ciencias Humanas, Odontología y el estadio y entró a Gorgona. Subió las escaleras, llegó al tercer piso, caminó por el corredor y golpeó en una puerta. ¡Malparidos!, tienen la caleta aquí mismo, exclamó Ángela. Estos manes son unos genios, dije. Qué genios ni qué mierdas, estos malparidos están vendiendo droga y matando gente en las narices de nosotros y no se los voy a permitir. ¿Y cómo lo piensa impedir?, pregunté. Tenemos que entrar en esa caleta. Huy no, a eso no me le mido, está gente no está jugando, mire cómo dejaron a Míster Pepo. Nada es fácil en esta vida, pero cuando toca hacerlo, se hace y punto, dijo Ángela y nos pusimos a vigilar los movimientos que ocurrían alrededor de la caleta. Pasaba el tiempo y empezaba a creer que Ángela más que asaltar el lugar quería saber de Boris, cuando regresó Veneno y, con la ayuda de los manes que cuidaban la caleta, descargó varios bultos. Eso tiene pinta de coca, dije. Llegó el momento hermano, si les botamos esa cocaína, quedan jodidos. Y, ¿cómo vamos a hacerlo?, con tanta perica adentro, esos manes van a estar ahí atrincherados y no se van a mover, dije. ¿Cómo que no?, preguntó Ángela. Miré hacia la puerta y vi salir a Veneno. Esperemos un rato más, añadió. Ángela había aprendido bien de Boris, porque más se demoró Veneno en desaparecer, que en salir de la caleta dos de los cuatro manes que la cuidaban. Quedan sólo dos, dije. Estamos parejos, sonrió Ángela. No estaría tan seguro, me quejé. Yo estoy segura, dijo ella. La pedrea seguía y a las papas explosivas empezaban a sumárseles los disparos esporádicos. ¿Y cómo vamos a entrar?, pregunté. De la manera más sencilla, contestó Ángela y caminó hacia la caleta. La agarré de un brazo. Ángela, no sea loca. Usted verá si me acompaña o no, dijo ella y se sacudió para soltarse. Los golpes en la puerta no sonaron contra la madera, sino dentro de mí. Nadie abrió. Devolvámonos, susurré. Ángela volvió a golpear y uno de los vigilantes entreabrió la puerta. ¿Qué quiere?, preguntó el man. Necesito hablar con Boris, contestó Ángela. No está. Muy raro, dijo Ángela, porque me citó aquí. Pues no está. ¿Puedo esperarlo? No creo que venga. ¿Y si viene? El man la miró de arriba abajo y los ojos se le alegraron. ¿Usted es Ángela? La misma. Nos dejó pasar. Había un baño sin puerta y la habitación en realidad eran dos, porque habían tumbado la pared que la unía con la habitación de al lado. No había camas, sólo un par de colchonetas, unas sillas y una mesa alrededor de la cual los manes jugaban cartas. ¿Puedo jugar?, preguntó Ángela. El man la examinó, vio la ropa a punto de reventar por la fiereza de las caderas y los senos y fue incapaz de negarse. Me senté en una de las colchonetas y, como el lugar parecía vacío, me hice la ilusión de que tal vez no había droga y de que tampoco iba a haber problemas. Veintiuna, dijo Ángela y mostró las cartas. Esta hembra juega demasiado, dijo uno de los caleteros. Suerte de principiante, dijo el otro. Sabiduría de mujer, intervino Ángela. El juego se convirtió en charla, la charla en coquetería y el man que nos abrió empezó a acariciarle los muslos a Ángela. Ella le pasó la mano por la cintura y descubrió el revólver que el man guardaba en el cinto. ¡Otra vez no!, exclamó el man del revólver cuando Ángela volvió a ganar, y pasó de acariciarle las piernas a intentar darle un abrazo. Ángela le quitó el revólver. Amárrelos, me ordenó. No, Ángela, mejor vámonos, dije. ¡Que los amarre!, gritó ella. Me quité los cordones de los zapatos e iba a amarrar el primero, pero el man me dio una patada. Caí junto a la puerta y el hombre me puso el pie encima y el otro una navaja en el estómago. ¡Suéltenlo!, gritó Ángela. Deje el azare mamita, dijo el de la navaja. Usted nos entrega el arma y nosotros soltamos a este man, propuso al que le había quitado el arma y caminó hacia ella. Ángela dio un paso hacia atrás. Deme el revólver que aparece el jefe y se mete en un problema, dijo el man y dio otro paso. No se le olvide que Boris me enseñó a disparar. Debió enseñarle a respetar, dijo el man que me tenía amenazado a mí. Ángela disparó. El tiro sonó seco, como si uno de los cocteles molotov de la pedrea hubiera estallado junto a la entrada de la habitación. El herido se tocó una pierna y la mano se le llenó de sangre. Suéltelo y hágase al pie de su amigo, le ordenó Ángela al que me amenazaba. El man me soltó. Ahora sí, amárrelos, ordenó Ángela. Los medio amarré porque las manos me temblaban. ¿Dónde está la droga?, preguntó Ángela. ¿De qué habla?, contestó el herido. Del cargamento que les llegó, afirmó Ángela. ¿Cuál cargamento?, contestó el otro. Estos cuartos están vacíos, aquí no hay nada, intervine. Ángela me miró con odio. ¿Quiere otro pepazo?, le dijo Ángela al herido y le acercó el revólver. En la colchoneta más gruesa, confesó el hombre. Apúnteles, ordenó Ángela y me entregó el arma. Ángela le quitó la navaja al caletero, rompió el forro de la colchoneta y aparecieron los kilos de coca marcados con una cara de Minnie Mouse. La decepción le aguó los ojos. Cogió la navaja, caminó hasta el baño, rasgó el primer paquete, echó la coca en el lavamanos y la vio desaparecer bajo el chorro del agua. ¡No, no, no haga eso!, exclamó el herido e intentó moverse, pero me dio tanto miedo que le apunté y el man se quedó quieto. Ángela cogió el siguiente paquete: ¡Perro hijueputa, traidor, malparido, nunca debí quererte tanto, nunca debí darte todo mi amor!, lloraba mientras la coca se iba por el sifón. Veía el último kilo desaparecer cuando se abrió la puerta y entraron Gamboa y los dos caleteros que habían salido. Tenemos que irnos, la policía va a allanar la universidad, dijo Gamboa. Nadie se movió y Gamboa me vio a mí amenazando a sus compinches, a Ángela llorando y las bolsas donde estaba la coca vacías en el suelo. Gamboa se echó encima de mí, me hizo el favor de desarmarme y le devolvió el revólver al herido. ¡Maricas, se dejaron joder de una hembra!, gritó Gamboa. Caminó hacia Ángela y sacó una pistola. Esta perra me las va a pagar. No la vaya a matar que es la mujer de su socio, dijo el herido. Mi socio es un güevón, cómo se le ocurre andar con una hembra tan abusiva, dijo Gamboa. No, no, no vaya a dispararle, pedí. ¿No qué?, rugió Gamboa y me apuntó. No la vaya a matar, por favor, insistí. ¿Quiere morir usted primero?, preguntó Gamboa. Cerré los ojos, pero en lugar del tiro oí a uno de los caleteros decir que ya venía la tomba. ¡Vámonos!, ordenó Gamboa. No me van a dejar botado, dijo el herido. Usted fue el que la dejó entrar y se dejó quitar el revólver, dijo Gamboa. De aquí no sale nadie, dijo el herido y dejó de apuntarnos a nosotros y les apuntó a los demás. No sea malparido, hermano, para qué nos va a joder a nosotros por un error que cometió usted, dijo uno de los caleteros. Al primero que se acerque a la puerta le pegó un tiro, contestó el herido. Gamboa se acercó al herido. ¡Atrás!, le ordenó el hombre, pero él, en lugar de retroceder, se acercó más, le dio una patada en la mano, lo desarmó y salió corriendo. Detrás de él salieron los otros. Los suelto si me ayudan a escapar, dijo el herido. Ángela asintió. El man se arrastró, soltó a Ángela y ella me soltó a mí. Alzamos al herido y abrimos la puerta para irnos, pero vimos aparecer los cascos de la policía al final del corredor. Soltamos al herido y corrimos hacia la ventana. Salte, marica, me ordenó Ángela. Vi los tres pisos que me separaban del suelo. Si salto me mato, dije. Salte, insistió Ángela. La policía tumbó la puerta y al ver al herido y el arma en el piso empezó a disparar. Me dieron, gritó Ángela. Salté. El golpe fue tenaz, pero intenté pararme y lo conseguí. Miré hacia arriba y vi a Ángela con medio cuerpo fuera de la ventana; un par de policías había alcanzado a agarrarla e intentaban meterla de nuevo dentro del cuarto. Sonaron más disparos y el instinto me ordenó hacer lo mismo que hacían los centenares de estudiantes que salían en tropel de Gorgona: huir.

tal vez lloré, tal vez reí,
tal vez gané, tal vez perdí...

Tenía cáncer. Del papá gordo, sonriente, soñador y seguro de sí mismo no quedaba nada, sólo una sonrisa que intentaba ser la misma de antes, pero que ya estaba teñida de muerte. Mientras hacía fila en inmigración, recordé que hacía ochos años no lo veía y que también hacía años que no había tenido en mis manos una foto reciente de él. No terminaba de hallarle sentido al viaje, pero Helena estaba embarazada, Ángela desaparecida y mi mamá había dicho que así se estuviera muriendo no quería verlo. Nueva York, ¡qué bacano!, habían dicho los compañeros de la universidad; cuando oí los comentarios sobre la vida artística de la ciudad, sentí más ganas de conocer el Metropolitan y el Guguenjain que de ver al viejo. Tenía recuerdos bonitos de él, de cuando nos llevaba al parque y jugaba con nosotras, de los juegos de palabras que nos enseñaba, de los almuerzos que nos hacía los domingos. Pero después de esos buenos años, mi papá se había ido desvaneciendo y sólo me acordaba de sus constantes líos de plata y de las discusiones interminables que mantenía con mi mamá. Un día se fue y terminó por convertirse sólo en una mala noticia; no sabíamos nunca dónde estaba, salvo cuando se enfermaba, jamás enviaba dinero y si llamaba era para excusarse por algo que había prometido y no podía cumplir. No quería verlo, pero tampoco me sentía capaz de dejarlo morir solo. El vuelo fue largo. A uno le hablan tanto de Nueva York y la ve tanto en las películas que piensa que está cerca, pero ir desde Bogotá a Nueva York es igual de lejos que ir a Europa. En la corta charla que habíamos tenido por teléfono, le pedí que se quedara en casa, que yo iría en metro hasta su casa, y aunque él había aceptado, su figura fue lo primero que vi cuando pisé la salida del aeropuerto. Estaba peor de lo que imaginé, si no hubiera llevado el cartel que decía con la letra desparpajada de siempre: «Clarita, aunque no lo creas, soy yo», habría dudado que en verdad era mi papá. No debiste salir de casa, dije cuando se acabó el largo e incómodo abrazo. No había nadie libre para recogerte y no quería que anduvieras por ahí sola, contestó. Lo miré a los ojos, le vi la soledad, la tristeza, el miedo y, aunque me costó un esfuerzo horrible, decidí volver a abrazarlo. Se puso a llorar y, entre lágrima y lágrima, a toser. Le pedí que se calmara, le dije que todo iría bien, que estaba feliz de verlo y le acaricié la cabeza. Vivo lejos, cuesta demasiado ir en taxi, dijo. No importa, dije, aunque en realidad iba escasa de plata. Subimos al taxi y mientras cruzábamos puentes y viajábamos por grandes autopistas, mi papá me cogió de la mano y se quedó mirando por la ventana con cara de asombro, como si el turista fuera él y no yo. Lo seguí por una escalera sucia hasta el apartamento en que había pasado los últimos años. El apartamento estaba ordenado pero, igual que él, se estaba muriendo. Los libros en las estanterías no tenían ese brillo que tienen cuando uno los repasa a menudo, sino que estaban desteñidos, demasiado bien puestos y era claro que nadie los tocaba hacía tiempo. Te voy a hacer los huevos como te gustan, me dijo. Rico, contesté. Un par de pasos y recorrí el lugar; eran dos cuartos: el salón donde estábamos y una pequeña habitación sin luz ni ventilación donde no quise entrar, porque si en el salón todo parecía enfermo, en aquel cuarto se presentía la llegada de la muerte. En un rincón vi la máquina de escribir y los manuscritos; estaban sobre un pequeño mueble y supe que allí no había más páginas que las que siempre había visto sobre el escritorio que mi papá tenía en casa mientras vivió con nosotras. No he avanzado mucho, se excusó cuando me acerqué y revisé uno de los manuscritos. Me paré junto a la ventana, se veía Queens, ese mundo lleno de latinos que iban y venían por unas calles que, aunque armadas con edificios de apartamentos y locales comerciales iguales a los de algunos barrios de Bogotá, para mí tenían el mismo aire de lejanía y brutalidad que los pueblos de las películas del Oeste. Aquí tienes, dijo mi papá y puso la cazuela con los huevos, unas rebanadas de pan y un par de cafés sobre la mesa. El viejo se sentó y sirvió. Le acaricié la mano y empecé a comer, pero no dejé de vigilarlo y me di cuenta de que intentaba engañarme, que el cáncer no sólo lo había convertido en un esqueleto que fingía vestir elegante, sino que no le permitía tragar. ¿Y tu madre?, preguntó. Ya sabes, de la casa al juzgado, del juzgado a la casa y de la entrada de la casa al estudio; siempre redactando sentencias o leyendo procesos. Tu madre era una gran escritora, nunca debió dejarlo. Me dio rabia, nos había abandonado y aun así se atrevía a juzgar a mi mamá. Tenía tres hijas que mantener, dije. Me miró triste y empezó de nuevo a toser. Estaba seguro de que iba a conseguirlo, de que un día iba a volver y a darles cosas que justificaran los sacrificios. No han sido sacrificios, ha sido soledad, abandono, le dije. Pasó un trago de saliva y volvió a llorar. Me arrepentí de haber ido a verlo. Ya no importa, ya pasó, dije. Sí importa, es terrible ver venir la muerte, hacer balance y saber que uno lo hizo todo mal, contestó. Agaché la cabeza y me tomé el café. ¿Y qué quieres hacer en Nueva York? No tengo planes, sólo acompañarte. No vas a venir a Nueva York a quedarte encerrada con un moribundo, allá afuera hay mucho que ver, dijo. Volví a mirar por la ventana y no estuve tan segura de que hubiera mucho que ver. ¿Te va bien con los estudios? Sí, contesté. Quiero que vayamos mañana al Museo de Arte Moderno. ¿Y no tienes que ir a los médicos? Los médicos me mandaron a casa, estoy desahuciado. Esta vez la que tragó saliva fui yo. ¿Qué dices? No nos vamos a poner a pasear mientras estás agonizando. ¿Entonces qué vamos a hacer? No sé, pero pasear no. Estás hablando como tu mamá. No empecemos de nuevo. Te alisto la cama y mañana vemos, ¿te parece? Me parece, contesté. Estaba

cansada, pero apenas me eché en el sofá me dio la pensadera; recordé a mi mamá, lo poco que hablaba con
ella, lo poco que ella sabía de mí. Pensé en Ángela, en esa
locura que le desbordaba el cuerpo, en los celos que me
daban cuando se reía, cuando decía groserías y cuando
se levantaba en medio de una fiesta a buscar un trago y
los hombres volteaban a verle el culo como si estuvieran
a punto de ver un milagro. Me levanté, cogí uno de los
manuscritos y me puse a leer. Era la historia de un vendedor callejero de dulces y, a pesar de que el personaje
era llamativo, era evidente que mi papá escribía mal; no
daban ganas de seguir leyendo después de las primeras
líneas. Recordé que había dicho que mi mamá tenía talento, me dio rabia y me dieron ganas de salir corriendo
de allí, pero no tuve más remedio que taparme con la
colcha y llorar hasta dormirme. Desperté cuando mi papá empezó a hacer ruido con los trastos. El café y las
tostadas estaban ricos y mi viejo se había acordado de
que me encantaba la mermelada de frambuesa y me había comprado un frasco y eso me animó. Esta vez no
disimuló, tomó sólo té, esperó a que yo comiera y se fue
a vestir. Miré mejor el apartamento y vi los afiches del
Moma, afiches de exposiciones por los que cualquiera de
mis compañeros de la universidad mataría. ¿Lista?, preguntó. ¿Y esos afiches? A veces trabajo como guía en los
museos para pagar el alquiler. ¿Estás seguro de que puedes salir? Déjame llevarte, suplicó. Ok, le dije y me puse
la chaqueta. En el metro nos abrazamos y mientras pasaban las estaciones, sentí que ese abrazo volvía a ser cá-
lido, volvía a tener afecto y sentido. El gentío, los pitos
de los carros, los edificios interminables y el frío de la
Calle 53 me sentaron bien. Cogidos de la mano, entramos al Moma, los celadores lo saludaron y aunque no-

taron el deterioro, sólo hubo alabanzas para esa hija tan guapa que no había tenido la cortesía de llevar antes al museo. Él sonreía feliz; tomó aliento, empezó a caminar conmigo, a mostrarme cada exposición y entre estornudo y estornudo, me contó anécdotas del mundo del arte y empezó a explicarme las ideas de los artistas que me iban gustando. Al oírlo me acordé de lo bien que hablaba y lo dejé explayarse hasta que le faltó el aire. Nos sentamos en la cafetería del museo, vi a la gente mientras leía, cada uno en su propio mundo, y de pronto sentí la soledad del man, perdido entre personas que le sonreían pero que ni siquiera iban a visitarlo así se estuviera muriendo. Pensé en la soledad de mi mamá, en el amante que le descubrimos. Vi a mi papá de nuevo tomar aire y supe que no me quedaba más opción que disfrutar de ese paseo, de las pocas cosas que todavía podía darme y, sobre todo, que no me quedaba más opción que perdonarlo y ayudarlo a morir en paz.

esta cobardía de mi amor por ella…

Corrí hasta que los pulmones, el corazón y los pies protestaron peor que los estudiantes y me obligaron a detenerme. De estar muerto del susto, pasé a estar muerto de sed. Conté unas monedas, busqué una tienda, pedí una gaseosa e hice un mapa mental de la situación. Por mi culpa habían herido y capturado a Ángela en una habitación donde había un güevón abaleado por ella y también armas y restos de drogas. Me sentí culpable y, aunque me moría del susto, decidí desandar la huida e ir a buscarla. La Nacional estaba acordonada. La policía no dejaba acercar a nadie y tuve que ir a la estación de la Treinta y nueve para a ver si la habían llevado allí. Este pelao se cree detective privado, dijo uno de los dos policías que vigilaban la entrada cuando pregunté por Ángela. Debe estar acá, vi cuando la detuvieron, insistí. Mire, chino, con esa cara de comunista que tiene, olvídese de hacer preguntas y mejor lárguese, dijo el otro policía. ¿Y si no me voy? Lo metemos en el calabozo, con eso busca a su amiguita, contestaron los tombos. Me puse a caminar por la Trece y la culpa me puso nostálgico. Pensaba en Ángela, en la tarde que la había conocido, en la primera vez que me había dejado tocarla, en las borracheras que nos pegábamos cuando íbamos a bailar salsa, en la noche que me dejó a medias y en la pasión con la que me había besado esa misma mañana. Recordé la precaria estufita donde le hacía el tinto, los largos viajes que compartíamos de bus en bus, cómo colgaba los cucos recién lavados en el baño y recordé que si no hubiera dudado en saltar, ella estaría conmigo y yo no estaría muerto de frío y de tristeza caminando por Bogotá. Estábamos buscándolo para ver si nos decía dónde anda metida, me dijo Clara cuando fui a preguntarla a la casa de la mamá. Abrí la boca para contarle que la habían herido y arrestado por mi culpa, pero me dio pena. ¿Qué le habrá pasado?, pregunté. Si no sabe usted, contestó Clara. Gasté la noche y el día siguiente yendo a las estaciones de policía, a los hospitales y hasta a la morgue, pero no encontré ni siquiera una pista: el allanamiento a la universidad había dejado varios muertos, y la policía, en lugar de dar información, se esforzaba por ocultarla. Volvió la noche y como la universidad seguía militarizada, el sueño y el frío me obligaron a amanecer en la funeraria donde habíamos velado a Pacho Moscoso y a Cristinita. Necesitaba un baño y fui donde Memo. Zulma me saludó con alegría y me dio un buen desayuno, pero cuando apareció Memo, entendí que durante los meses que había estado en la Nacional algo se había roto entre ellos; el ambiente era tenso, no se miraban y sólo cruzaban indirectas o frases de reproche. Me quedé a almorzar pero entendí que Memo y Zulma querían vivir su guerra de pareja a solas y llamé a Héider Rojas, un compañero de estudio que me daba refugio cuando Boris aparecía donde Ángela. Toca consultarlo con la dueña de la casa, me contestó cuando le pedí hospedaje. Aceptó, pero a la viuda hay que pagarle la sobretasa con sexo, dijo Héider cuando volví a llamarlo. Pobrecito, le dije. Cualquier sacrificio por los amigos, contestó él. Con un sitio donde dormir y con algo de comida a mano, seguí buscando a Ángela. Volví a Medicina Legal, a las estaciones de policía, a las cárceles, a los hospitales y a la casa de las hermanas; pero los celadores de los hospitales me prohibieron la entrada, los policías de las estaciones y las cárceles me amenazaron con apalearme y las hermanas de Ángela dejaron de abrirme la puerta y de pasarme al teléfono. Tampoco pude rastrear a Boris; vigilé a la mujer del Trinidad Galán, la casa de Torres, la de Gamboa y hablé con los jíbaros que habían trabajado para Veneno en la universidad, pero no conseguí ninguna pista. Tiene que olvidarse de esa hembra, así es este país, la gente desaparece, dijo Héider. Sí, esas cosas son normales, añadió la dueña de la casa. La cogieron por mi culpa y ni siquiera me he atrevido a contárselo a las hermanas. Si le pasó algo, ya no puede hacer nada, dijo Héider. Y si está viva y no aparece, por algo será, apoyó la viuda. Yo sé que no está muerta, dije. Entonces no se preocupe más, dijo Héider. ¿Y qué hago? De eso le queríamos hablar, dijo la viuda. ¿Cómo así?, pregunté. Hace tres meses cerraron la universidad y con la droga, las armas y demás porquerías que encontraron no la van a abrir durante mucho tiempo, así que toca que se ponga a hacer algo, dijo Héider. Lo miré con desconfianza. Tiene que buscarse un trabajo, preocuparse de la vida real, dijo la viuda. ¿Están jartos de ayudarme? No se trata de eso, se trata de que debe aterrizar en este mundo. No sé, dije y se me llorosearon los ojos. No se ponga así, hermano, me palmoteó Héider. Es más, le tenemos una buena propuesta, dijo la viuda. A ver. Un tío mío, que tiene una videotienda cerca de Unicentro, se va de viaje y necesita alguien que atienda el negocio y que viva ahí mismo, en un cuartico construido en la parte de atrás del local. Vi los ojos serenos de la viuda, la sonrisa maternal, el pelo tinturado cayendo sobre la piel ajada y supe que ella había decidido por mí y que tenía que aceptar el trabajo. Dos días después había hecho inventario de la tienda junto al tío, había compartido con él desayunos, almuerzos, comidas y habitación y sabía más del negocio de alquiler de películas que de filósofos o filosofía. La videotienda estaba en una calle tranquila, los clientes eran amables y podía pasar el día viendo películas que siempre me habían interesado. Pero no pude olvidar a Ángela, tenía que adelantar las escenas de amor para no sentir un puñetazo en el pecho cada vez que una pareja se besaba, las escenas violentas y las persecuciones me alborotaban la culpa y la música final y los créditos me ponían a llorar. No dormía, vivía imaginando lo malo que le podía estar pasando, compraba el periódico a ver si salía una noticia que la mencionara, me torturaba repitiéndome que ella nunca iba a perdonarme y me sentía mal de vivir en un barrio donde la gente se veía próspera y daba la impresión de ser feliz.

Empecé a cerrar la videotienda temprano para ir a buscarla y como tampoco la encontré, decidí gastar dinero del negocio en pagar una información sobre su posible paradero que me ofrecieron unos agentes del DAS. Faltan más de un millón de pesos, me dijo la viuda una noche que llegó de sorpresa a revisar las cuentas. No supe qué decir. Me gustaría saber dónde está esa plata, añadió y en los ojos apareció una expresión que dejaba claro que pasaba de ser un querido compañero de la universidad de Héider a ser un vulgar ladrón. Héider se encargó de empacar mis cosas y de echarme. Esa noche intenté dormir en la sala de velaciones, pero los celadores del lugar, que hacían bien el trabajo, me descubrieron y me sacaron de allí. Aburrido, fui al Centro, compré mariguana y me senté en un parque a fumarme un baretico. La mariguana me quitó la rabia con la viuda, el desencanto con Héider, las ansias de vengarme de los manes del DAS y, lo mejor de todo, me aminoró la culpa. Armé otro bareto y después otro y amanecí dormido en el parque. Al otro día repetí la dosis de mariguana, me puse a vagar por Bogotá y regresé a dormir al mismo parque. Desperté sin chaqueta ni zapatos y tuve que suplicar a los atracadores que no me apuñalaran cuando vieron que en la billetera no había plata. Fue un asalto aterrador, pero tuvo su lado bueno: aprendí que pedir era fácil, y de pedir clemencia pasé a pedir comida, ropa y dinero. Sin darme cuenta, le cogí gusto a caminar trabado por San Victorino, La Estanzuela, San Bernardo y el Centro; a sentarme a ver a la gente y a imaginarme que del gentío iba a salir Ángela y que la soledad, las malas ideas y el remordimiento iban a acabarse. La traba me traicionaba y creía también que iban a aparecer mi mamá, mi papá, Cristinita, el Pollo y hasta el Fantasma, y necesitaba volver a trabarme para dejar de ver gente muerta. Un día iba caminando por la Séptima, tropecé con Memo y el man no me reconoció. Me pareció muy extraño y me puse a preguntarme por qué no me había reconocido y, después de fumarme dos bareticos y darle vueltas y más vueltas, concluí que la vida en la calle me estaba convirtiendo en otro y pensé que esa vida era buena porque, si me volvía otra persona, dejaría atrás tanta soledad, tanta angustia y tantos malos recuerdos. Recorría Bogotá con los ojos entre el culo, a veces riendo, a veces llorando; perdido entre las putas, los vendedores ambulantes y los otros desechables. Me tiraba en los potreros y me dejaba llevar por el delirio; cuando el frío, la lluvia o los policías me despertaban, volvía a caminar hasta quedar agotado y así poder dormir al menos un ratico. Uno piensa que la ciudad es muy grande, pero cuando uno la recorre y se entera por cuáles calles no lo dejan pasar, comprende que en realidad es pequeña y que, si uno es hábil y no se deja matar, la puede convertir en una especie de hogar. Pero en Colombia no hay hogar exento de malas sorpresas, y una noche que iba pasando junto al muro del Cementerio del Sur, aparecieron un montón de soldados y un camión. Una batida, alcancé a pensar, e intenté huir. Los soldados apuraron el paso y me rodearon; iba tan trabado que empecé a reírme de las órdenes que me daban. Uno de ellos me pegó un culatazo en las costillas, caí al andén y los otros empezaron a patearme. No recuerdo bien si sentía dolor o si seguía riéndome, sólo que se cansaron de pegarme y uno de ellos me agarró de la camisa y me levantó. Quedé frente al soldado, un moreno de estatura media, flaco y con cara de asustado; si hubiera tenido el pelo largo y hubiera estado sucio, habríamos podido tomarnos una foto y pasar por hermanos. Una requisa, dijo el soldado y me puso contra la pared. Mientras me esculcaba, recuperé algo de conciencia y me dieron ganas de llorar, pero no me salió ni una lágrima. Papeles, pidió otro de los soldados. Busqué entre mis bolsillos y no encontré nada. Este man está muy trabado, dijo el soldado que me sostenía, me soltó y volví a caer al suelo. Los soldados se rieron y volvieron a darme patadas. ¡Despiértese, hijueputa!, decían. ¡Alto!, dijo una voz detrás de ellos. Abrí los ojos y vi a un militar vestido con un uniforme distinto al de los soldados. El militar se agachó y me examinó. Agua, pidió. El soldado que más duro me pegaba le entregó una cantimplora. El militar me echó el agua por la cara. Intenté moverme y los soldados me apuntaron con los fusiles. Suban este pelao al camión, ordenó el militar. El camión dio vueltas y fue como si cada nuevo hombre que subían me trajera un poco de lucidez, porque cuando llegamos a la Escuela de Artillería estaba completamente consciente. Nos obligaron a dormir en el suelo de un galpón y, al amanecer, nos hicieron formar en medio de un campo de entrenamiento. En frente se veía La Picota y atrás las montañas invadidas por la neblina y por los ranchos de los desplazados. La fila no fue para desayunar, sino para que nos peluquearan. De ser una partida de vagos con pinta de jipis, pasamos a ser un montón de reclutas calvos, asustados y hambrientos. Una taza de aguadepanela y un pan duro y volvimos a formar. Apareció el militar que me había mandado subir al camión y dio una vuelta a alrededor de nosotros. A estos cabrones el ejército les va a sentar de maravilla, sonrió. Se detuvo frente a mí y me hizo una seña para que lo siguiera. ¿Sabe manejar?, me preguntó. Sí, contesté. De ahora en adelante, usted es mi chofer.

No es preciso decirte de dónde vengo,
simplemente la vida lo quiso así...

Cada vez que cerraban la Nacional, el bobo del Hernán y yo nos pegábamos las aburridas del siglo, pero desde un día al güevón, que a veces se despercudía y ponía a funcionar el cerebro, se le ocurrió que podíamos hacer autoestop; desde entonces lo aburrido era cuando abrían la universidad. En la primera salida caminamos kilómetros y kilómetros, aguantamos hambre, dormimos en la calle y nos dejamos robar los morrales, pero, de tanto comer mierda, aprendimos que las carreteras se las inventaron para los carros, no para la gente; que en la Tierra hay mucha plata y sólo hay que saber pedirla; que si íbamos a gastar tiempo mintiendo para pedir comida, había que hacerlo en un buen restaurante y que, si uno se mostraba frágil y aparentaba ser decente, conseguía alguien que lo hospedara. Lo que no aprendimos fue que ser forastero y hablar como niño consentido hace que las mujeres de los pueblos se derritan por uno, pero también consigue que los manes de esos mismos pueblos se enfurezcan y uno quede al borde de ganarse un puño, un machetazo o, si el pueblo no es tan pobre, un tiro. Íbamos para la costa, charlamos a la nena del peaje de La Caro y ella le juró al chofer de un dobletroque que éramos sus primos. El man, que cada vez que pasaba por ese peaje le tiraba los perros a la hembra, se mostró encantado de llevarnos hasta Aguachica. El hombre nos gastó desayuno, nos contó la historia de las innumerables amantes que tenía en las carreteras, nos gastó almuerzo y onces y nos dio un billete de dos mil pesos antes de despedirse. Quedamos felices, en un solo día habíamos adelantado tres cuartas partes del trayecto y, para completar la dicha, en Aguachica había fiestas. Las mujeres iban y venían coquetas por la plaza, había casetas, orquesta y hasta degustación de aguardiente. ¡Esto va a estar memorable!, exclamó Hernán y se frotó las manos. Ay, Hernancito, sumercé no es capaz ni de hablarle a una de esas hembras, así que no chicanee, dije. Hoy voy a levantarme una nena y al que le va a tocar vigilar va a ser a usted, replicó Hernán. Lo cierto es que si no levanta hembra, le toca vigilar de nuevo, me reí. La verbena empezó y estuve de un lado para otro buscando mujer pero, o me evadían o, cuando las tenía bien engatusadas, aparecía una mamá, un papá o un hermano y se las llevaban de mi lado. Tanto me empeñé en la búsqueda de nena, que me olvidé de Hernán y sólo me acordé de él cuando la plaza quedó medio vacía y en el suelo no había más que botellas rotas, basura y borrachos. Listo, hermano, la nena dijo que sí, dijo Hernán cuando por fin apareció. ¿Cuál nena? Una preciosura que está despidiéndose de las amigas. Me burlé, pero pasé del escepticismo a la sorpresa cuando una muchacha le hizo una señal a Hernán y empezó a caminar hacia donde estábamos. ¿Dónde se levantó ese bombón? Por ahí… ¿Y usted sí puede con todo eso? Deje la envidia, mijo, más bien afine el ojo porque he visto unos manes haciendo mala cara desde que le estoy cayendo a la hembrita, dijo él. Caminé detrás de ellos y me puse a pensar que Hernán estaba aprendiendo demasiado y, que si no me ponía pilas, se iban a cambiar los papeles e iba a terminar convertido en el secretario del güevón. El pueblo se acabó, llegamos a un potrero y, mientras las vacas me vigilaban con los ojos cansados, ellos desaparecieron detrás de unos árboles y me dejaron allí, solo, arrecho, decepcionado y acosado por el olor a mierda de un corral. Me dio rabia estarle cuidando el polvo a un man tan pendejo como el Hernán y decidí que ese papel no era para mí y busqué un árbol y me eché a dormir. Había tomado aguardiente y no me costó nada ponerme a roncar; habría dormido unas cuantas horas, si no me despiertan los sacudones, las patadas y las voces. ¿Dónde está Yazmín?, me preguntó un man malacaroso al que el sombrero no le servía para protegerlo del sol sino para enmarcarle los ojos de asesino. ¿Cuál Yazmín?, pregunté todavía entre sueños. ¿Cuál va a ser?, mi novia, güevón, la que estaba con su amigo. Las miradas de los acompañantes del man me avisaron que debía inventar una mentira rápido porque no había el menor chance de huir de esos animales. No sé, a lo mejor ni están juntos. El man me calló de una patada y los amigos lo imitaron. Cuente a ver, insistió el man y sacó un revólver. Miré el cañón del arma, miré alrededor, respiré el aire fresco de la madrugada y me pregunté si era mejor encontrar a Hernán y a la nena o no encontrarlos. No pude saberlo. Los manes me empujaron y me hicieron caminar hacia los árboles; debajo de uno de ellos encontramos a Hernán y Yazmín durmiendo abrazados y desnudos sobre las ropas de ambos. Ella ya no era el bombón que no cabía en los bluyines y en la blusita ombliguera, sino un cuerpo satisfecho y lleno de vida, y Hernán ya no era un macho ansioso de sexo, sino un niño durmiendo feliz en el regazo de la madre. Me conmovió la escenita romántica, pero al cornudo lo llenó de rabia y a Hernán le fue peor que a mí, porque a las patadas y los gritos para despertarlo, le sumaron varios planazos. ¡Horacio!, exclamó Yazmín apenas abrió los ojos e intentó coger los cucos, pero Horacio los pateó. ¿Para qué se va a vestir, si así está lo más de contenta?, rugió Horacio. Horacio, no seas bestia, gimió Yazmín y corrió a buscar los cucos. ¿Así que anda arrecho y cree que puede enredarle la mujer a uno con cuenticos bogotanos?, le dijo Horacio a Hernán. No sabía que tenía novio, dijo Hernán. Tan inocente este hijueputa, dijo uno de los acompañantes de Horacio. Lo que necesita es que alguien le quite esa arrechera, dijo Horacio y se bajó la cremallera del pantalón. Hernán intentó escapar, pero los otros lo agarraron. Horacio se metió la mano entre el pantalón y se sacó la verga. Arrodíllese, le ordenó. ¡No!, ¿qué está creyendo?, grité. ¿Está celoso?, ¿también quiere?, preguntó Horacio y me mostró la verga. Me callé. Arrodíllese, le ordenó de nuevo Horacio a Hernán y le puso el revólver en la frente. Hernán no obedeció, pero los acompañantes de Horacio le pegaron en las piernas hasta que se doblegó y quedó de rodillas. No abuses, Horacio, dijo Yazmín. Tú te callas, le ordenó él. Horacio puso la verga contra los labios de Hernán. Hernán apretó la boca. Ábrala, malparido, gritó Horacio y le pegó con la cacha del revólver. Por la cara de Hernán empezó a chorrear sangre. Horacio, no sigas, por favor, lloriqueó Yazmín. ¿Qué pasa, ya se enamoró de este pirobo?, le dijo Horacio. Yazmín también prefirió callar. Este man necesita que lo defiendan las mujeres, hay que enseñarle a ser varón, dijo Horacio y le dio una patada en el estómago a Hernán y le siguió pegando hasta que ya no se le veían ni los ojos de lo inflamada y amoratada que tenía la cara. Abra la boca, insistió Horacio cuando los acompañantes volvieron a coger a Hernán y lo arrodillaron frente a él. ¡Mama, hijueputa, o te mato!, gritó y empezó a meter el cañón del revólver en la boca a Hernán. Hernán cedió y por entre los labios sangrantes salió el cañón del revólver y entró la verga de Horacio. Hernán se atragantó, pero Horacio lo agarró del pelo y empezó a moverse hacia adelante y hacia atrás. Horacio cerró los ojos, empezó a gemir y se movió más y más rápido hasta que soltó una especie de ladrido y eyaculó. Hernán pareció recobrar el sentido, escupió y empezó a vomitar. Este man es marica, dijo Horacio. Los manes se rieron y soltaron a Hernán, que se cayó al suelo. Se salvó porque se quedó calladito, dijo Horacio y me dio un puñetazo que me hizo caer junto a Hernán. Vámonos, ordenó Horacio a Yazmín. No quiero irme con usted, dijo Yazmín. ¿No?, preguntó él y le dio una cachetada que la tiró también al suelo. Horacio la alzó, Yazmín se acarició la mejilla y se puso a llorar. Aparte de perra, chillona, dijo Horacio y empujó a Yazmín para que empezara a caminar. Yazmín obedeció y, sin siquiera mirarnos a mí o a Hernán, se fue detrás de su novio.

La conocí un domingo…

El ejército no estaba mal, era rico levantarse temprano, oír órdenes, trotar, oír órdenes, hacer flexiones de pecho, oír órdenes, hacer abdominales, oír órdenes, ducharse con agua helada, oír órdenes, desayunar entre risas y bromas salvajes, oír órdenes, aprender a disparar, oír órdenes, hacer ejercicios de guerra, oír órdenes, fumar mariguana a escondidas y no oír más órdenes. Tanta acción, tensión y camaradería me llenaron de vida y empecé a dejar atrás la sensación de vacío, a olvidar las ansias de morirme y a arrinconar en las noches la soledad, la tristeza y el desamparo. Lo tenaz eran las guardias; en medio del silencio y el frío, volvía a preguntarme si la herida de Ángela había sido grave, si la habían empapelado y estaba en la cárcel, si la habían desaparecido, si había muerto y si algún día podría perdonarme haber sido tan cobarde y haberla dejado arrestar. La protección del teniente Rendón me dio algunas semanas de reposo, pero, terminado el tiempo de instrucción, nos permitieron recibir visitas y supe que una cosa es evadir los problemas y otra muy distinta resolverlos. Era domingo, los reclutas se levantaron animados, entrenaron, se ducharon, se pusieron el uniforme y, bajo el sol de la mañana, se sentaron a esperar a las mamás, a los hermanos, a las novias y a los amigos. A mediodía sonreían sobre el pasto, probaban la comida que les habían llevado de la casa, contaban intimidades del cuartel y, los más afortunados, se besaban con unas novias que mostraban curiosidad por el uniforme y las armas y ternura y compasión por las caras y las manos quemadas por los fríos del amanecer. ¿Tampoco viene nadie a visitarlo?, preguntó alguien a mi espalda. Era Sanabria, el único soldado del regimiento que me caía mal. Soy solo, dije. Somos dos, podemos charlar entre nosotros, dijo. ¿Me trajo comidita?, pregunté. Comidita es lo que le tengo, dijo y se tocó la güevas. Le respondí con una patada y él hizo lo mismo. De las patadas pasamos a empujarnos y a forcejear en el pasto, del forcejeo pasamos a las burlas y de las burlas a la camaradería. Caminamos la tarde entera alrededor del batallón, compartimos historias y unas cervezas, criticamos a las novias de los otros soldados, examinamos con cuidado a las hermanas de los mismos soldados y, cuando empezó el frío, nos fumamos un bareto y nos mandamos un par de aguardientes. Nos volvimos inseparables; trotábamos juntos, compartíamos las guardias, nos guardábamos el turno en las filas, nos cubríamos la espalda para ir a comprar mariguana a los barrios cercanos, nos prestábamos ropa y útiles de aseo y nos campaniábamos cuando alguno de los dos necesitaba robarle a otro recluta. Huy, que hembronón, marica, dijo Sanabria un domingo que buscábamos la salida del batallón para hacer nuestra tradicional caminata. ¿Cuál, cuál?, pregunté. Esa, indicó Sanabria. Volteé a mirar y tropecé con Ángela. Me froté los ojos, pero no era ninguna alucinación, era ella guiada por dos soldados. Venía hacia mí con el desparpajo de siempre, diciendo las groserías de siempre, riendo y mirando sin miedo, como dispuesta a escupir a quien intentara cruzarse en su camino. Corrí, la alcé, la abracé, le di vueltas y la besé. ¡Está viva, está viva!, gritaba. Estoy superviva, rió ella apenas le di un respiro. ¿Qué hace aquí, cómo me encontró?, pregunté. Eso pregunto yo, ¿qué hace aquí?, contestó ella. Ya ve. Cuente. Una batida. ¿No les mostró el carné de la universidad? ¿Para qué?, aquí iba a estar mejor que en la calle. Nunca pensé que iba a terminar trabajando para el enemigo. No trabajo para ningún enemigo. ¿Cómo que no?, el ejército está bajo el mando de Beibi, el presidente que no hace sino darnos plomo y que mandó cerrar la universidad. ¿Usted cree que de verdad el ejército trabaja para ese poeta de quinta? ¡Pues claro! Sólo estoy refugiado aquí, afuera estaba muy mal y necesitaba estar en paz. ¿En paz en un batallón? Sí, en paz. ¿De verdad está bien aquí?, preguntó Ángela. Ahora no estoy bien, estoy superbién, contesté y me puse a llorar. Ángela me abrazó. No sabe cuánto la busqué, cuánto lloré por haber sido cobarde esa tarde en Gorgona, dije. Olvídelo, ya pasó, dijo Ángela. Es que usted me hacía mucha falta. ¿Falta para qué? Para tener con quién hablar, con quién dormir, con quién meterme en problemas, con quién tomar ron, con quién bailar salsa, mejor dicho, para tener con quien…, sonreí entre lágrimas. Pues aquí me tiene, dijo. Todavía no puedo creerlo, susurré. Créalo, dijo ella y me limpió las lágrimas. Se veía cansada, incluso un poco mayor, pero estaba linda y deseable, llevaba una blusita escotada, los senos vibraban bajo la seda, el pelo recogido le resaltaba la fiereza de los ojos, tenía las uñas de los pies pintadas y las costuras del bluyín apenas lograban contener las nalgas y los muslos. No puedo ni hablar de la emoción, lloriqueé. No hable, dijo Ángela y me jaló para que me sentara junto a ella en el pasto. ¿Me perdona?, insistí. No tengo que perdonarlo, yo armé ese enredo. Volví a llorar. No llore, me va a poner triste. ¿Qué ha hecho estos meses? Nada. ¿Cómo que nada? Estar por ahí, dijo. La he estado buscando por todo lado, les pagué a unos manes del DAS que me salieron con información chimba y, cuando me metieron aquí, a otro de la inteligencia del ejército para que me ayudara a localizarla. No estaba haciendo nada o si no alguno de esos sapos me habría encontrado. ¿Y, Boris? No quiero hablar de ese hijueputa. ¿De qué quiere hablar? De nosotros. ¿De nosotros? Estos meses también lo he recordado, usted me ha hecho falta. ¿De verdad? Sí, quería saber cómo estaba, quería tenerlo cerca, tocarlo, confesó y me acarició. Parece un erizo, se rió. ¿Dónde está viviendo? Eso no importa. A mí sí me importa. Déjeme ver el fusil. ¿Para qué? Me encantan estos fusiles. No, no lo coja. ¿Me va a enseñar a manejarlo? No puedo. ¿Por qué? Esto no es la universidad, aquí hay que respetar las reglas. ¿Y quién pone las reglas? Mi teniente. Mii teeniieentee, rió ella. Hable más bajito, rogué. ¿Por qué, dónde está ese hijueputa? ¡Shhh! ¿Dónde está el teniente?, insistió. Ahí, sentado con las hijas. Ah… Ángela puso mi cabeza en sus muslos y consiguió que me sintiera como el primer día, tranquilo, protegido, querido. ¿Le sacan mucho la leche? No tanto, le caí en gracia al teniente y me tiene de chofer. ¿Le gustan los muchachos al teniente? No sea boba. Prefiero que se entrene para la guerra a que ande de chofer de un milico, dijo ella. No quiero entrenarme para la guerra. ¿Por qué? Ya no me gusta la guerra. ¿Dónde duerme? En ese campamento. ¿Podemos ir? Es zona militar, no entran civiles. ¿Le pido permiso al tenientico? ¡No!, dije, pero ella ya caminaba en dirección a Rendón. Unos minutos después estábamos en los dormitorios. ¿Cuántos duermen en este galpón? Mucha gente. ¿Quiere ver la herida? Claro. Se soltó el cinturón y se bajó el bluyín. Volvieron a aparecer el par de piernas que había acariciado tantas noches, las tangas minúsculas y el triangulo ennegrecido por vellos. ¿Cómo la ve? ¿Sólo fue eso? Sí. Pensé que había sido peor. No fue grave, hasta se me ve bonita, dijo. Sí, se le ve bonita, dije y me arrodillé y bese la cicatriz y aproveché para besarle los muslos. Ángela se subió el bluyín. Intenté besarla. No vaya a empezar, hermano. La quiero. Sólo vine a verlo y a hablar un ratico. Quedé cortado y ella empezó a hablar; me contó que la mamá sufrió un ataque cuando Clara llamó a confirmar la muerte del papá, y que no sólo le había dado tremenda crisis, sino que se había gastado los ahorros familiares en repatriar el cadáver. Lo peor, es que no llevaba ni dos semanas de enterrado el cucho y ya tenía novio oficial. Hizo lo que usted quería, dije. Sí, pero fue medio raro, dijo Ángela. La vida es rara, le dije. ¿Nos arrunchamos? Clara acaba de ganarse una beca e, igual que mi papá, se va a vivir a Nueva York. Ojalá ella sí la logre. Clara tiene talento, el talento de mi mamá. ¿Y

Helena? Helena está jodida, sigue tragada del papá del niño y no hace sino buscarlo, rogarle, pero el man no le para bolas ni responde por el bebé. Helena es demasiado para ese güevón. Sí, pero ella no lo sabe. Nos dormimos y confirmé que Ángela seguía viva porque me pude refugiar en su calor y su respiración, en esa respiración profunda y sosegada que no parecía salir de una mujer capaz de armar los peores enredos cuando estaba despierta. Nos despertó el bullicio de una jauría de soldados. No sabe cuánto quería volverlo a ver, me dijo antes de irse. No sabe cuánto me alegra saber que sigue viva y, sobre todo, que no me haya olvidado, le contesté. Me besó y se fue y, aunque, como siempre, quedé arrechó, el corazón me dejó de doler, respiré feliz y me sentí agradecido con la vida. Está buena la hembra, dijo Rendón. Sonreí. ¿De dónde la sacó? Es sólo una amiga. A los comunistas siempre les tocan las mejores hembras, añadió. No siempre. Siempre, confirmó Rendón. Ángela me recogía los domingos; si estaba en plan tranquilo, íbamos a caminar y comer helados al Parque Nacional, al Salitre o al Jardín Botánico. Si necesitaba hacer compras, íbamos a Chapinero, a Unicentro o al Avenida Chile. Si quería bailar salsa íbamos a un metedero de negros en el Centro, o si quería ir a cine, al Embajador, al Metropol o a los Cinemas. Era feliz, me sentía completo cuando ella escogía la película, cuando compraba crispetas para dos, cuando me entregaba la gaseosa, cuando me apretaba la mano porque la acción se ponía violenta, cuando se enfurecía si intentaba besarla, cuando comentábamos el final y cuando decidíamos trabarnos porque la última escena nos había dejado nostálgicos. ¿Entonces andaba todo loco por estas calles? Sí, estaba cansado, no le encontraba sentido a nada. Usted es peor que yo. No creo. ¿Cuántas veces lo atracaron? No me acuerdo, muchas. Mientras más jodido está uno, más lo joden, se rió ella. Seguro. ¿Y si lo hubiera encontrado y no lo hubiera reconocido? Eso no habría pasado. ¿Por qué? Porque no; con usted es distinto. Ver a Ángela cada domingo volvió a ser mi razón de existir, vivía pendiente de que me llamara, vivía asustado de que no me llamara, sentía que el mundo empezaba de nuevo cuando por fin la veía entrar al batallón, guardaba como tesoros las chocolatinas que me llevaba y me las comía a escondidas, despacio, saboreándolas, dándoles a esas chocolatinas los placeres que ella me negaba. Hoy quiero invitarlo a donde vivo, me dijo el último domingo. ¿Y eso? No pida tantas razones que es jarto. Cogimos bus, pasamos por la Cuarenta y cuatro, la Treinta, bajamos en San Jorge Central, cruzamos un garaje hecho con rejas, vimos una sala sin muebles, subimos una escalera y entramos a una habitación decorada con afiches del Che Guevara, fotos de cantantes de salsa y muñecas de trapo. Había un colchón en el piso, casetes por todas partes, una alfombra de fique y decenas de recortes de periódicos. Está bacano este cuarto. Sí, es lindo y tiene vista al parque. Fui a la ventana, vi el barrio, el sol esplendoroso y me sentí parte de Ángela porque la habitación tenía la mezcla de fuerza, ternura y caos que hacía que ella me enloqueciera. De pronto, a mi espalda, empezaron a sonar unos platos, me volteé y vi a Ángela improvisando una mesa sobre el colchón, poniendo servilletas, cubiertos y frutas. ¿Qué hace?, pregunté. Le hice carne como la que hacía mi mamá y le gustaba tanto. Me acerqué, la besé y me acomodé para comer. Esperé este momento mucho tiempo. No piense en eso, disfrútelo. Le hice caso, me comí la carne, tomé gaseosa y volví a besarla. Ángela me abrazó y me besó el cuello. No me haga eso, le rogué y me levanté otra vez. Ángela se levantó conmigo y empezó a desabotonarme la camisa. No sabía qué hacer, ¿le respondía, me quedaba quieto, me iba? No tuve que decidir, ella bajó las manos, me soltó el cinturón, me bajó el pantalón y los calzoncillos y empezó a acariciarme la verga. Yo miraba el parque, veía los niños que jugaban, las mamás que corrían detrás de ellos, el hombre de los helados y los columpios que se mecían de un lado para otro, y todavía no podía creer que esa mujer hubiera dejado de verme como a un amigo para verme como a su amante. Venga, dijo y me empujó hacia la cama. La ayudé a desvestirse, vi aparecer las tetas duras, la cicatriz del balazo y empecé a apretarla, a morderla y a besarla. Venga, métamela, ordenó. Me acomodé y entré con fuerza, con rabia, porque me acordé de una vez que la había oído tirar con Boris y estuve a punto de amargarme el polvo. Ángela tomó el control, dejó que el placer la inundara, empezó a decirme que me necesitaba, que sin mí no era nadie, que me moviera, que no me fuera a salir, que le jurara que nunca la iba a dejar y empezó a resoplar y a ponerse exigente y como logré hacer lo que me ordenaba, me pidió más y, al final, pasó de gemir a quedar como en trance y se vino con un largo quejido. Si hubiera sabido que estaba tan rico, me lo como antes, dijo. Pensé en Boris de nuevo. ¿Y por qué se demoró tanto en decidirse? No sé. ¿Por qué se decidió hoy? Porque esta noche entrego este cuarto y me voy. ¿Cómo así?, ¿para dónde? Tengo una misión. ¿Una misión? Me incluyeron en un operativo que va a cambiar este país, que va a poner orden y a juzgar a Beibi. Ay no, dije. Ay sí, se rió ella. No quiero saber nada, dije. Si no se lo hubiera contado es como si no me tuviera, tendría mi cuerpo pero no mi alma. Pues me quedo sólo con su cuerpo, me reí. ¿No le da curiosidad conocer los detalles? No quiero detalles de nada, esas maricadas siempre salen mal. Tenía que decirle que cuando pase algo grande, ahí voy a estar, ahí me va a ver. No se meta en líos ahora que por fin lo nuestro puede funcionar. No son líos, es la vida, la libertad, la justicia. Se lo ruego, sálgase de eso, le pedí y los ojos se me llenaron de lágrimas. Ahora que es mi hombre no se ponga a llorar, dijo y empezó a besarme. Dejé que me volviera a excitar, que se me montara, que se moviera sin pausa y que se viniera mientras yo, más que disfrutar, presentía que no había retorno y que iba a perderla de nuevo.

Coroncoro se murió tu maee,
déjala morí…

Me enteré del asalto al Palacio de Justicia por andar buscando a Boris. Había prometido no buscarlo pero siempre me inventaba excusas para hablar con gente que lo conocía, para recorrer los lugares donde había alguna posibilidad de verlo o revisaba los periódicos con la esperanza de que hubiera hecho alguna cagada y lo hubieran pillado. No lo encontré, pero encontré una noticia que anunciaba que el DEME iba a tomarse el Palacio. La sangre se me revolvió, el miedo que cargaba desde que me habían herido en el allanamiento de la Nacional se esfumó, mi cabeza, mi cuerpo y mi corazón encajaron otra vez y decidieron que era el momento de volver a la lucha contra la injusticia. Releí la noticia y cuanto más lo hacía, más me emocionaba y tanto me emocioné que, aunque también había prometido dejar

la mariguana, tuve que fumarme un bareto para serenarme. No sé de qué habla, ningún grupo guerrillero
pone en la prensa los golpes que va a darle al gobierno,
dijo Lucho, el man del que, después de mil pesquisas,
chantajes y hasta de un polvo con un guerrillero que
olía medio feo, me enteré de que era el escogido para
comandar la operación. No me eche cuentos, Boris ya
me echó demasiados, le contesté. Eso es lo otro, añadió
Lucho, no hay nada pero, si lo hubiera, no habría lugar
para usted; la gente de arriba está puta con Boris y usted
era la novia del güevón. Esa postura es machista, dije.
Es la postura de los comandantes, contestó Lucho. Volví a las pesquisas; averigüé quiénes iban a participar en
la toma, empecé a caerles de sorpresa, a ayudarles en los
trabajos que les encargaban y, como quien no quiere
la cosa, a insinuarles que quería que me incluyeran en la
acción. Ir y venir alrededor de los afortunados surtió
efecto y una noche me enteré de que una de las compañeras elegidas había quedado embarazada y había dicho
que no le parecía bien participar en una operación tan
peligrosa con un bebé en el vientre. Lo único que pido
es que me traten con igualdad, corrí a decirle a Lucho.
No insista más, pelada, que no le va a servir, contestó él.
Me acordé de Boris, de tanto sexo, tantas promesas,
tantos sueños traicionados y se me aguaron los ojos. Me
están juzgando por quererlo, Boris lo engañó a usted,
pero usted va a dirigir la toma, engañó a la dirección del
DEME y la dirección sigue ahí tranquila; en cambio yo,
que me dejé engañar por amor, no tengo derecho a una
nueva oportunidad. Lucho se rascó la cabeza. Les vuelvo
a consultar y le digo, soltó. Me aceptaron, me dieron
entrenamiento y, cuando se acercó la fecha de la toma,
Lucho me llevó como compañera de fachada para arren-

dar la casa en que íbamos a tener la base de operaciones. ¿Le gusta?, preguntó con avaricia la dueña del lugar. Está bien, pero le falta un patio más grande, dije. La mujer rebajó el precio, firmamos el contrato y acuartelamos a la gente: treinta y cinco guerrilleros emocionados y nerviosos como si fueran integrantes de una selección en la víspera de la final de un Mundial de fútbol. Vamos a asaltar el Palacio de Justicia, confirmó Lucho y sonrió como si en lugar de estar anunciando una acción peligrosísima, estuviera invitándonos a un paseo de fin de semana. Saltamos, nos abrazamos, nos besamos y empezamos a dar vivas: ¡Viva la lucha contra los milicos!, ¡viva la toma del Palacio de Justicia!, ¡viva el DEME! Lucho nos mandó callar y Andrés, el otro comandante, explicó las razones políticas de la operación y nos leyó la proclama que el DEME iba a entregar a la opinión pública apenas tuviéramos el control del Palacio. Con la ayuda de planos y mapas, Lucho describió el lugar, explicó los detalles logísticos, indicó por cuál puerta íbamos a entrar, cuál era la estrategia de despliegue y cómo íbamos a asegurar el control de la edificación. Andrés resolvió dudas, asignó funciones y, lo mejor de todo, repartió las armas. Nos fuimos a dormir, pero ¿quién puede dormir con tanta emoción en el cuerpo? Esa toma pondría en evidencia la traición de Beibi al proceso de paz, le confirmaría al pueblo que el DEME no se iba a rendir y reactivaría la lucha guerrillera. Acaricié la pistola, le puse el seguro y la volví a acomodar debajo de mi almohada. Me puse a mirar la pintura descascarada del techo, y no sé por qué, pero perdoné a Boris y me acordé del compañero de la universidad que estaba en el batallón de artillería y sentí que lo amaba y que había hecho bien en entregarle mi amor porque, si me mataban, al menos le había dejado el mejor de los recuerdos. Me dieron ganas de orinar, busqué el baño y vi prendida la luz del cuarto de Lucho y Andrés. ¿Usted cree en lo que dijo el tipo? ¿Qué? Que es una encerrona y que nos están esperando. Puede ser. ¿No sería mejor aplazar la toma? Ya la hemos aplazado varias veces. Por eso, otro aplazamiento no importaría. Esta toma no da más espera; así sea una trampa, hay que hacerla, hay que asumir el costo que toque por defender nuestra lucha. Me senté en el baño, recordé que me había enterado de la toma por los periódicos, que el rumor de que el ejército nos esperaba corría de boca en boca y decidí buscar el botiquín, tomarme una pepa para dormir y meterme de nuevo en la cama. A las once de la mañana, llegaron la van, el camión y la camioneta que nos iban a llevar al Palacio. Me paré junto a Lucho y Andrés, me tomé una fotografía con ellos y me puse a ayudar a subir los explosivos, las armas, la munición, las medicinas, la comida y los demás pertrechos y provisiones a los tres carros. El trancón de la Décima estaba tenaz, como si el mundo quisiera decirnos que no nos tomáramos tantas molestias, que así tuviéramos el capricho de cambiarlo, él no tenía ni la menor intención de cambiar. Subimos por la Doce, giramos por la Octava y, cuando llegamos al Palacio, el chofer dio un timonazo, se llevó la barrera de entrada y los dos celadores que había junto a la barrera. Los manes volaron por los aires, saltamos del carro y los rematamos. Apareció el administrador del Palacio, se puso agresivo y también lo matamos. Seguimos disparando para asegurar el control del parqueadero, pero el lugar estaba lleno de guardaespaldas y los tipos se atrincheraron detrás de las columnas y respondieron a nuestro fuego. Esos manes se la pasan hablando mierda, jugando cartas y durmiendo en los asientos traseros de los carros, uno los ve frescos e imagina que son unos cobardes y que cuando alguien decida atacarlos van a salir corriendo; pero no, a esa gente le gusta la candela y si andan relajados es porque saben que apenas empiece la plomacera van a responder con ferocidad. Nos costó un muerto y tres heridos neutralizar a los guardaespaldas, no fue un mal balance porque el tiroteo del sótano asustó a todo el mundo en el Palacio y bastó subir las escaleras, mostrar las armas y hacer unos tiros al aire para que la gente se pusiera dócil y permitiera nuestro despliegue. Subimos al cuarto piso y buscamos la oficina del presidente de la Corte. Lucho pateó la puerta y vimos un hombre menudito y muy elegante intentando marcar un número de teléfono. ¡Presidente!, grité, y el man volteó a mirarme. Lucho lo encañonó y los compañeros que venían detrás gritaron: ¡Lo tenemos!, ¡lo tenemos!, ¡tenemos al presidente de la Corte Suprema de Justicia! Búsquenme al hermano de Beibi y a la mujer del ministro de Gobierno, ordenó Lucho. Los compañeros obedecieron. Hay que montar las ametralladoras y minar las puertas, ordenó Andrés. Cumplíamos la orden cuando sonó una explosión. ¿Qué pasa?, le pregunté a Lucho. ¿Qué va a ser?, que el ejército sí nos estaba esperando. La explosión tumbó la puerta que daba a la Plaza de Bolívar y un tanque de guerra entró por esa puerta. ¿Y la ametralladora y las bombas que debían proteger esa entrada?, pregunté. No alcanzaron a llegar, contestó alguien. ¡Qué cagada!, pensé, y en verdad fue una cagada porque detrás del tanque entraron decenas de soldados y se armó una guerra de locos. A uno lo podían matar las balas de los enemigos o las balas de los amigos, caían guerrilleros, caían soldados, las explosiones sacaban a los rehenes de los escondrijos y ellos corrían desesperados de un lado para otro sin encontrar un nuevo refugio. Toca asegurar este cuarto piso, dijo Lucho y apostó gente en el corredor. ¿Y el hermano de Beibi y la mujer del ministro?, pregunté. Esas ratas se escaparon, contestó un compañero. Huy, se nos va a complicar la negociación, dijo Lucho. Nada se va a complicar, Luchito, dije y agarré un fusil. Salí a la batalla y vi que el Palacio había dejado de ser un palacio y se había convertido en una ciudad en guerra. Había hombres atrincherados detrás de cada muro, las balas se perseguían unas a otras, la sangre manchaba suelos y paredes y en los breves momentos de silencio sólo se oían groserías, órdenes o amenazas. Disparaba sin miedo y, a pesar del contraataque, creía que la toma iba a prosperar y que, pasada la rabia inicial, el gobierno no tendría más opción que sentarse a negociar con el DEME. Una granada explotó en el primer piso e hizo saltar por los aires a la compañera que manejaba una ametralladora, el ejército tomó el control de ese piso y empezó a sacar rehenes del Palacio. Quedamos partidos en dos comandos, el mío que estaba en el cuarto piso y otro que se había hecho fuerte en el segundo. Nuestra resistencia no desfallecía y los militares decidieron pasar de los disparos y las granadas a los rockets, las bombas y la dinamita para tumbar las paredes que nos servían de trincheras. Esto se pudrió, toca apurar el trabajo político, dijo Lucho y marcó el número de una emisora de radio: Si el gobierno no ordena parar al ejército, asesinaremos a los magistrados, uno por uno, y tiraremos sus cuerpos a la Plaza de Bolívar y el presidente de la República y los militares serán los únicos responsables de la muerte de los rehenes, advirtió. Lo están trasmitiendo en directo, dijo una secretaria que tenía un pequeño radio pegado a la oreja como si saber lo que decían los locutores fuera a salvarle la vida. Hable usted, ordenó Lucho al presidente de la Corte. Necesitamos que se detenga el fuego, la guerrilla quiere negociar y, si el ejército da una tregua, se pueden salvar las vidas de los rehenes, dijo el presidente. Las palabras de Lucho y del presidente, en lugar de quitarles intensidad a los combates, hicieron que el gobierno censurara la radio y la televisión y que el comandante de las Fuerzas Armadas diera orden de acelerar el rescate. Llegaron más soldados, desplegaron francotiradores, el tanque que estaba dentro del Palacio recargó munición y arreció el fuego, y los tanques que estaban afuera empezaron a disparar contra las fachadas del edificio. A la polvareda del combate se le sumó el humo de los gases lacrimógenos; parecía Navidad, pero con la gente enloquecida y echando los totes, los voladores, los volcanes y demás juegos pirotécnicos dentro de la casa. Los vidrios estallaban, las paredes hacían rebotar las balas, los rehenes gritaban, lloraban y pedían auxilio y los soldados y guerrilleros heridos intentaban salvar su vida danzando bailes primitivos y macabros. No había música, pero el Palacio parecía repleto de tambores y los soldados y los guerrilleros mostraban tanta felicidad cuando mataban a un enemigo, que parecían tener ganas de poder levantarse y celebrar aquellas muertes con besos, con abrazos y hasta con un brindis. No entiendo por qué el presidente de la República no quiere hablar conmigo, le reclamó el presidente de la Corte al presidente del Senado. No te preocupes, le explicaré la situación y estoy seguro de que dará la orden de detener el asalto, contestó el presidente del Senado. Nunca supimos si el politiquero habló con Beibi, pero, pasado un rato, empezaron a oírse helicópteros y al ruido de los helicópteros le siguieron explosiones en el techo del Palacio. ¡No puede ser que el ejército quiera acabar también con nosotros!, lloriqueó el presidente de la Corte. Era tan decente, estaba tan bien vestidito, tenía las manos tan suaves y limpias y las palabras todavía tan llenas de esperanza que me quedé mirándolo y supe que ese man era el presidente de la Corte Suprema de Justicia de Colombia, pero no tenía ni idea qué clase de país era Colombia. Los guerrilleros nos están apuntando y dicen que si el ejército asalta el cuarto piso o entra por el techo nos van a matar, insistió el presidente de la Corte en una llamada que hizo al director de la policía. Páseme al líder del comando, pidió el director de la policía. Tiene que entregarse si quiere que paremos la avanzada, le dijo el general a Lucho. Este operativo es crucial y vamos a llevarlo hasta las últimas consecuencias, contestó Lucho y le devolvió el teléfono al presidente de la Corte. ¿Qué dijo el general?, preguntaron los rehenes apenas el presidente de la Corte terminó de hablar con el director de la policía. Que el presidente de la República no va a negociar ni a dialogar con los guerrilleros, porque hacerlo pondría en riesgo las instituciones de la nación. Los rehenes bajaron la cabeza, e hicieron bien en hacerlo porque sonó otra explosión y justo encima de nosotros se abrió un boquete en el concreto. No dejen bajar a nadie por ahí, ordenó Lucho mientras obligaba a los rehenes a arrinconarse. Apuntamos hacia la polvareda que rodeaba el agujero y disparamos sobre los policías que intentaron saltar por él. Por el hueco empezaron a caer granadas y las explosiones nos obligaron a replegarnos. Quedamos entre dos fuegos, el de los soldados que intentaban acceder a nuestro piso por la escalera y el de los policías que habían logrado bajar por el hueco del techo. Aun así, los mantuvimos a raya: Salgan malparidos, chusma hijueputa, asesinos, nos gritaban los policías y los soldados. Somos el pueblo y vamos a resistir hasta la victoria, les contestábamos. Empezó a oscurecer, cortaron la luz y la oscuridad y el miedo hicieron bajar la intensidad de la balacera. Habría habido una tregua y tiempo de recapacitar e intentar un diálogo, si no hubiera empezado el incendio. El humo invadió los pisos superiores y el fuego que venía persiguiendo al humo empezó rodearnos y nos tocó ponernos las máscaras antigás, obligar a los rehenes a cubrirse la cara con pañuelos y camisas mojadas y a usar las canecas de la basura para recoger agua y mojar los muebles y las divisiones de madera de las oficinas a ver si lograban sobrevivir al fuego. Dejen de disparar para que salgan los rehenes, pidió Lucho a los militares cuando vio que era imposible detener las llamas y que si no salíamos íbamos a morir achicharrados. Hubo una pausa en los disparos. Salgan, dijo al fin un militar. Un par de rehenes se apresuró a obedecer y una ráfaga de ametralladora los barrió y los devolvió hasta nosotros. ¡No disparen, somos magistrados!, gritaron quienes iban detrás. Les contestó otra ráfaga de ametralladora. Nos quieren quemar vivos, dijo Lucho. El fuego calentó el suelo y las paredes y empezó a consumir las divisiones, los escritorios y las máquinas de escribir. Cada cual queda a su suerte, dijo Lucho. No me voy a quemar viva, dijo una mujer y buscó el corredor. La mataron. Al verla caer, los demás rehenes se acurrucaron en el único rincón que se mantenía libre de las llamas y dejaron claro que preferían la esperanza de vivir unos segundos más que les daba el fuego, que salir a que los remataran los militares. Vámonos, me dijo Lucho. Nos tiramos al suelo y empezamos a arrastrarnos por el corredor. Sonó una ráfaga, Lucho intentó responder, pero lo alcanzaron y murió. Me quedé quieta, esperando que la siguiente ráfaga me matara a mí. Las llamas me iluminaban y pensé que los soldados y los policías debían de tener un blanco perfecto. ¡Toca evacuar, toca evacuar!, gritó un militar mientras por los huecos de la fachada del Palacio empezaba a entrar agua. Los soldados saltaron por esos huecos y, con la ayuda de los bomberos, huyeron del Palacio. Quedé pasmada un buen rato y, cuando por fin se me pasó el susto, miré alrededor y vi el radio que oía la secretaria. Lo agarré y oí la voz de un narrador de fútbol. Cambié la emisora y de nuevo oí fútbol, cambié de nuevo y oí al Binomio de Oro cantar *Dime pajarito*. Como las llamas volvían a cercarme, tiré el radio, cogí mi pistola y empecé a arrastrarme en busca del baño donde resistía el otro comando. ¡Soy Ángela!, tuve que gritar porque me recibieron con disparos. ¿De dónde salió?, preguntó Andrés. No sé, le dije temblorosa y me eché a llorar. Andrés me acarició la cabeza y me dio un poco de agua. Entonces, ¿se quemaron todos los del cuarto piso?, me preguntó. Sí, le contesté. ¡Déjennos salir antes de que pase lo mismo!, pidió un rehén. Esta operación aún no ha terminado, contestó Andrés. Ya fue suficiente, ríndanse, no insistan más, dijo una mujer. Vinimos a pelear, no a darnos por vencidos, contestó Andrés. Si al ejército no le importó dejar que se quemaran los del cuarto piso, menos va a respetarnos a nosotros, dijo otro rehén y nos dio la espalda para irse. Andrés alzó el arma y se la puso en la cabeza. Los demás compañeros encañonaron al resto de rehenes y esa pobre gente entendió que la protesta había terminado. Se apagó el incendio, amaneció y se reanudó el combate. Los tanques empezaron a disparar contra nuestro baño y los rockets y las granadas explotaban junto a nosotros. Enséñeles a respirar a los rehenes para que no se revienten con tanta explosión, me ordenó Andrés. Obedecí. ¿Puedo intentar una negociación?, preguntó un magistrado. Bueno, cedió Andrés. Hagamos una lista, si saben quiénes quedamos vivos, seguro paran los ataques, propuso otro magistrado. Alguien alcanzó un esfero, otro buscó entre los bolsillos un papel y empezaron a firmar uno por uno. El magistrado cogió la lista y una camisa blanca. No me maten, soy un rehén, gritó y corrió en busca de la salida. Los soldados lo dejaron bajar, lo cachearon y le dieron paso. Seguro aceptaron, dijo uno de los rehenes porque el ataque se detuvo. Sí, por fin esto se arregló, dijo otro rehén. Mis hijos no me lo van a creer, dijo una mujer. Todavía falta la negociación final, advirtió Andrés. No hubo negociación. Al silencio y al optimismo los destrozó un rocket que rompió la pared exterior del baño y que al entrar despedazó a varios rehenes y a un par de guerrilleros. Por el agujero hecho por el rocket entró el cañón de una ametralladora, empezó a disparar y mató a más gente. Nadie sale de aquí, dijo Andrés y encañonó a los que intentaron huir. Por favor, no sea terco, déjennos ir, insistió un rehén. Sí, hermano, esto se acabó, le dije a Andrés. Andrés me miró, vio el reguero de cuerpos en el baño y asintió. Los rehenes buscaron trapos blancos, se formaron y se cogieron de las manos. No disparen, somos rehenes y vamos a salir, gritaban. Tú también te vas, dijo Andrés. Le entregué la pistola, me puse ropa de unas de las muertas, me compuse el pelo y me metí en la fila. Salgan, gritó un militar. Le hicimos caso, y mientras cruzaba la puerta del Palacio, la cara de triunfo de los soldados me entristeció y no pude dejar de mirar hacia atrás y pensar que los compañeros que quedaban arriba no iban a resistir más tiempo y que iban a morir.

conoce bien cada guerra,
cada herida, cada sed…

La calma de la tarde desapareció; los oficiales empezaron a gritar, los soldados a oír órdenes, las armas a repartirse, la munición a cargarse, los motores a rumbar y los carros a moverse. ¿Qué pasa?, pregunté. ¡Que el DEME se tomó el Palacio de Justicia!, me contestó Sanabria. ¿Seguro? Sí, esto se puso bueno, rió él. ¿Nos van a llevar para allá? No sé, toca preguntarle a Rendón. Era tanta la agitación, que nadie nos impidió la entrada al comedor de oficiales. Mire, marica, dijo Sanabria y me señaló el televisor. Un tanque de guerra se movía con torpeza en la Plaza de Bolívar, disparaba rockets contra la fachada del Palacio y el edificio se estremecía como si no fuera una mole de concreto sino una maqueta de cartón. Me acordé de Ángela y clavé los ojos en la pantalla como si ella fuera a aparecer, pero sólo vi al tanque repetir los disparos, unos soldados correr asustados por el fuego enemigo y un helicóptero desembarcar policías en el techo del Palacio. Pensé en el almuerzo tan rico que me había hecho Ángela, en la dulzura con la que me lo había servido, en cómo me había besado, en los niños que jugaban en el parque y sólo volví a la realidad cuando los oficiales empezaron a aplaudir y gritar: ¡Así queríamos ver a esa chusma: acorralada y quemándose! Rendón no estaba y a Sanabria y a mí nos pusieron a hacer guardia. ¿Qué le pasa, lanza?, preguntó Sanabria. Nada, hermano. ¿Seguro? Es el frío. ¿Cuál frío?, si esto lo que está es caliente, rió Sanabria. No me gustan estos mierderos. A mí sí, sin guerrilla viviríamos aburridos. ¿Y los muertos? Mientras el muerto no sea uno…, dijo él. La neblina empezaba a tomarse la noche y el mundo parecía replegarse y buscar escondite, pero sabía bien que el mundo no estaba quieto, sino que estaba haciendo destrozos, tentando a la muerte. La guardia terminó e intenté dormir, pero no pude hacerlo. No lograba olvidarme del tanque, de los soldados, de los helicópteros ni mucho menos del incendio que había en el Palacio. Me preguntaba si Ángela estaría allí, si la habrían matado, si se habría quemado, si iría a ser capaz de huir, si la capturarían. Salí a tomar aire y me puse a mirar las barracas de los soldados, las casas de los oficiales, los cañones viejos que decoraban el batallón y, perdido entre el frío y los recuerdos, me encontró el amanecer. Júnteme la gente, mijo, que tenemos trabajo, dijo de pronto Rendón a mis espaldas. ¿Qué trabajo? No sea sapo, pelao, contestó el teniente. ¡Por fin tocó ir a frentiar!, exclamó Sanabria. ¡Vamos a darles bala a esos perros!, apoyó Bayona. Los compañeros subieron al camión de la brigada y Rendón y yo al nisán que usaba el teniente. Pasamos Santa Lucía, el Quiroga, cogimos la Veintisiete, fuimos hasta la Primera, buscamos la Séptima y, después de superar varios controles, llegamos al Palacio de Justicia. Rendón fue a la Casa del Florero a recibir órdenes y mientras volvía, sonaron los últimos tiros, salieron los últimos rehenes y empezó la celebración de los militares por el éxito de la retoma. ¡Acabamos con los bandoleros!, exclamaban los oficiales. ¡Somos unos varones!, confirmaban los soldados y unos y otros se abrazaban. El Palacio echaba humo pero no dejaba escapar polvo; en apenas unos segundos pasó de ser el escenario de los combates a ser una ruina envejecida que parecía haber estado allí hacía miles de años. ¿Listos los nenés?, preguntó Rendón y nos entregó unos paquetes. En fila, como si fuéramos estudiantes de preescolar, caminamos junto a los muros derruidos del Palacio y pasamos por el agujero en que se había convertido la puerta. Esto parece la tercera guerra mundial, dijo Sanabria. Huy, sí, qué mierdero, dijo el Flaco. Bueno, bueno, no vinimos a chismosear, sino a trabajar, intervino Rendón. Saltando entre lo que quedaba de las escaleras subimos hasta el cuarto piso. Los escogí para este trabajo porque son de mi entera confianza, así que espero que cumplan al pie de la letra las órdenes y, sobre todo, que lo que vean o hagan aquí, jamás salga de sus boquitas, dijo Rendón. Nos miramos con miedo. ¿Entendido?, preguntó Rendón. ¡Entendido!, contestamos en coro y Rendón nos guió hasta la oficina del presidente de la Corte. Sanabria fue el primero en vomitar, lo siguieron García, Salamanca, Villamizar, Vásquez, Bayona, el Flaco y Robinson. ¡Ay!, y yo que pensaba que mis muchachos eran valientes, se burló Rendón. Nadie le puso atención, seguimos vomitando. ¿Ya se les pasó la impresión a los señoritos? No pudimos más que asentir. Abran los paquetes, ordenó el teniente. Salieron escobas, recogedores, mangueras, baldes y bolsas plásticas. Recogen las armas y las ponen a un lado, empelotan los cadáveres y los ponen a otro lado y el resto del mugrero lo dejan en un rincón. No soy capaz, dijo Sanabria en voz baja. Toca obedecer, contesté. No, hermano, digamos que no somos capaces, insistió Sanabria. Intentémoslo, insistí, porque seguía pendiente de Ángela y prefería estar allí buscándola que volver al batallón a dejarme carcomer por las dudas. Nos acercamos al primer cadáver y el olor a carne chamuscada subió hasta nosotros. ¿Qué les pasa, nunca habían visto un muñeco?, preguntó Rendón y le quitó el fusil al cadáver y me lo entregó. Quítele la ropa, le ordenó a Sanabria. Sanabria desnudó el cuerpo y llevó los pedazos de camisa, de pantalón y de zapatos al lugar donde estaban poniendo la ropa de los otros muertos. Cójalo de los pies, me ordenó Rendón. Cogí el cadáver y ayudé a ponerlo con los otros cuerpos. ¿Sí ve?, no es tan complicado, dijo Rendón. Cogí fuerzas, miré los muertos que estaban enteros y ninguno se me pareció a Ángela. Sanabria agarró el siguiente cadáver, empezó a rezar y me pareció buena idea imitarlo. Padre nuestro que estás en los cielos, santificado sea Tu nombre, venga a nosotros Tu reino, hágase Tu voluntad así en la Tierra como en el cielo, danos hoy nuestro pan de cada día, perdona nuestras ofensas, así como nosotros perdonamos a los que nos ofenden, no nos dejes caer en tentación y líbranos del mal, amén, repetíamos mientras separábamos los cadáveres que se habían pegado entre sí por las llamas, los desnudábamos e intentábamos que no se desmembraran al llevarlos de un lugar a otro. ¡El magistrado de Piscis!, exclamé. ¿Cuál, el maricón del que me contó?, preguntó Sanabria. Sí, ¡qué mal agüero encontrarse a ese man aquí!, exclamé. Rendón se agachó sobre el cuerpo del magistrado. Tráigame la gasolina, le ordenó a García. El hombre obedeció y Sanabria y yo volvimos a rezar. Rendón echó la gasolina sobre el cuerpo del magistrado. Le cedo el honor, dijo y me entregó los fósforos. Me iba a negar, pero no necesité hacerlo. ¡No, no, no lo queme!, gritó Sanabria y me empujó y los fósforos saltaron lejos del magistrado. ¿Qué le pasa?, pregunté. Nadie tiene derecho a quemar a ese man, dijo Sanabria y me empujó. Díaz y Villamizar lo agarraron. No quiero que quemen a nadie, insistía Sanabria y forcejeaba. Este man se enloqueció, dijo Rendón y encendió un fósforo y lo tiró encima del magistrado. Cerré los ojos y volví a pensar en Ángela. Bueno, bueno, muévanse, ordenó Rendón y nos pidió hacer inventario de las armas, recoger los casquillos, intentar separar civiles de guerrilleros y ponerse a juntar pedazos de cadáver para ver si pertenecían al mismo muerto. Hay que lavarlos, dijo Rendón al final y cogió una manguera y empezó a echarles agua. El tizne cedió, la carne dejó de ser negra para volverse café y quedaron al descubierto dientes, uñas y partes de huesos. Tome, dijo Rendón y le dio la manguera a Bayona, y Bayona siguió lavando cadáveres. ¿Le ayudo?, pregunté cuando vi que Bayona empezaba a temblar. Sí, mejor, contestó él. Echaba el agua sobre los cadáveres y no sabía si rogar que uno de ellos fuera Ángela y por fin terminaran mis dudas o si rogar que ninguno de los quemados fuera ella y pudiera conservar la esperanza de volver a verla. Muy bien, muchachos, quedó limpiecita la primera parte, dijo Rendón y nos condujo hasta el baño del segundo piso donde habían muerto los rehenes y guerrilleros del segundo grupo. La estrechez de espacio, la luz más intensa y los cuerpos mutilados pero sin quemar nos enseñaron que una situación siempre puede empeorar. Repetimos el trabajo del cuarto piso. Ángela tampoco estaba ahí, ni estaba entre los muertos que recogimos en el resto del edificio ni había nada de ella entre las pertenencias y documentos que recuperamos de las cenizas. Súbanlos a los carros de Medicina Legal y se devuelven para el batallón, ordenaba Rendón cuando entraron un capitán y dos soldados arrastrando un hombre. Este también hay que mandarlo a Medicina Legal, dijo el capitán y sacó un revólver. El hombre, a pesar de estar lleno de heridas, pataleó y pidió clemencia. El capitán le disparó a la cabeza y, antes de que el eco del disparo acabara, un soldado se acercó, le roció gasolina y también le prendió fuego. Rendón se despidió del capitán, le echó agua al cadáver del recién quemado y les pidió a Bayona y al Flaco que lo pusieran en el camión junto a los otros. Rendón es un hijueputa, deberíamos matarlo, dijo Sanabria cuando lo desaté para que volviera al batallón con los demás. Deje esas ideas hermano, así es la milicia, le contesté. A nosotros nos toca seguir volteando, me dijo Rendón. Salimos del Palacio, entramos a la Casa del Florero, oímos el gorgoteo de la fuente, cruzamos el patio colonial, fuimos al segundo piso y nos metimos en la habitación donde tenían a unos detenidos. ¿Son estas gonorreas?, preguntó Rendón apenas vio a los tres hombres y a una mujer amarrados. Miré a la mujer y supe que ni era Ángela ni era guerrillera. Súbanlos al nisán, ordenó Rendón. Salimos del cerco militar que rodeaba el Palacio y cogimos la Séptima hacia el norte. Era media tarde, pero la ciudad estaba vacía y el silencio y la cara de miedo de los soldados que la vigilaban le daban un aspecto de ciudad asolada por la peste. Venimos a entrenamiento, dijo Rendón cuando llegamos a la puerta de la Escuela de Caballería. Los soldados rieron y nos dieron paso. Dejamos atrás el campo de equitación, las barracas y fuimos hasta las caballerizas. Más mercancía, le dijo Rendón a Martillo, un negro que era famoso en el ejército por la brutalidad que mostraba para torturar detenidos. Martillo dio orden de bajar a los presos y se puso a bromear con Rendón. Entré a las caballerizas y vi un man colgado de una cadena, a otro lo sumergían en una caneca llena de agua, a otro le ponían cables eléctricos en las güevas y a una mujer le daban patadas, la manoseaban y amenazaban con violarla. Esto está peor que el Palacio, pensé. A los muñecos los suben al nisán, ordenó Martillo, y a los nuevos me los alistan para trabajarlos. Oí a la mujer llorar y volví a pensar en Ángela. ¿No hay más?, le pregunté a un soldado. Al fondo hay una hembra medio muerta, contestó. Oí unos gemidos, abrí una compuerta y ahí, tirada sobre suelo, estaba Ángela. Sentí miedo, como si los ojos de Martillo, de Rendón y de los soldados que ayudaban en las torturas estuvieran mirando hacia mi nuca. Me agaché e intenté tocar a Ángela, pero ella chilló y se apartó. Volteé a mirar asustado, pero cada cual seguía en sus labores. Volví a intentar acercarme y ella volvió a chillar. Voy a matar a estos hijueputas, me dije y apreté el fusil. ¡Quieto, marica!, me dijo Rendón al oído y sentí el revólver del teniente puyándome las costillas. Son unos hijueputas, dije. Cállese, ordenó. ¿Me va a matar? No, sólo quiero que se tranquilice. ¿Qué me va a hacer? A usted nada y a ella sacarla de aquí, dijo Rendón. Quedé confundido. ¿Verdad?, pregunté. Verdad, dijo Rendón y guardó el arma. Esta nos la llevamos, dijo Rendón en voz alta y señaló a Ángela. Esa está viva, contestó un soldado. Martillo se acercó, se quedó mirando a Ángela y le apretó los pezones. Estaba rica, dijo. Sentí de nuevo deseos de rebelarme, pero sólo fui capaz de alzarla y subirla al nisán. ¿Adónde llevan toda esta escoria?, le preguntó Martillo a Rendón. Ya sabe, mijo, a un lugar discreto, contestó Rendón. Subí al nisán, volvimos a pasar junto al campo de equitación, los soldados abrieron la puerta y Rendón les dio un paquete de cigarrillos. Aceleré por la Séptima y empecé a llorar. Yo manejo, dijo Rendón y me hizo parar el carro. ¿Cómo estás, cómo estás?, le pregunté a Ángela. No contestó, sólo manoteó para que me alejara. No quería que terminaras así, era lo único que no quería…, lloriqueé. Ella seguía manoteando y quejándose. ¿Dónde la dejamos?, preguntó Rendón. Cerca de la Nacional, contesté. Bajamos por la Veintiséis, llegamos frente a la casa de la mamá de Ángela. ¡Tírela, rápido!, ordenó el teniente. Me limpié las lágrimas, le pedí perdón y la boté.

dejó un capullo,
un capullo con todo su encanto escondido…

La avioneta se la compré a un narco arruinado y la usaba para mover coca, químicos y dólares; para impresionar a las peladitas que quería comerme y para trastear traquetos y esconderlos en la selva cuando los negocios se les ponían muy calientes en la ciudad. Esa noche, de pura casualidad, tenía la avioneta en mantenimiento en Bogotá y, mientras los mecánicos trabajaban, dormía en Prado Veraniego, en un apartamento medio chimbo que le había comprado a una negrita que me tenía encoñado. En el reposo de un polvito, prendí el radio y oí la noticia. No la creí, subí el volumen; el locutor repitió la información y seguí sin creerle porque apenas unos días atrás había visto arder el Palacio de Justicia y me parecía imposible que dos tragedias tan tenaces pudieran ocurrir tan cerca una de la otra. El locutor le dio cambio a Juan Gusanín y el gordo empezó a vociferar, a hacer aspavientos, a entrevistar sin respeto a los sobrevivientes y la voz quebrada de los entrevistados me convenció por fin de que una avalancha de barro y piedras había sepultado a Armero, mi pueblo. Recordé las palabras de mi vieja cuando juré no llamarla nunca más ni, muchos menos, volver a prestarles plata a los ladrones de mis hermanos. Me acordé también de los amigos de la infancia, de las nenas con las que había hecho el bachillerato, de los partidos de fútbol y de billar; de las comilonas del San Pedro y de las rumbas de las noches de las velitas, de Navidad y Año Nuevo. Seguí atento al radio, como si los periodistas fueran a hablar de mi familia o como si alguno de los entrevistados fuera a decir: A Pavimento, allá donde esté traqueteando con su avioneta, que no se preocupe, que la mamá, los hermanos, los amigos y las ex novias están a salvo. Pero nadie habló de mí y empecé a desesperarme, a sentirme impotente y miserable en ese apartamento tan chiquito que le había comprado a la Negra. Acuéstese y mañana averigua bien qué pasó, dijo ella y se puso una piyamita y me extendió los brazos. Me metí en la cama, la abracé, ella se me pegó, empezó a roncar y yo, después de dar vueltas y vueltas, me levanté y volví a prender el radio. Las noticias empeoraron y decidí irme para el aeropuerto. Un cheque a nombre de un burócrata me consiguió un turno de decolaje. Subí en la avioneta, la hice carretear por la pista, alcé vuelo, vi la mancha oscura de la sabana de Bogotá y la ciudad luminosa en el centro de la mancha. La sombra de la cordillera se me vino de frente y, por primera vez en la vida, sentí miedo de volar. Aceleré, porque al miedo hay es que hurgarlo, y cuando llevaba media hora de viaje, apareció allá abajo el río Magdalena y me puse a buscar el pueblo. Encontré Lérida, Guayabal, Mariquita, Honda, pero donde debía estar Armero sólo había una llanura de lodo. Miraba el barrial, busca-

ba la casa de mi mamá, las casas de mis hermanos, la
iglesia, los bares, las discotecas y, como no las encontraba, volvía y daba la vuelta a ver si estaba buscando en el
lugar correcto. No me merezco esto; sólo quería darles
una lección, enseñarles que la plata no es para derro-
charla, gemía mientras sobrevolaba la mancha. Me des-
concentré, la avioneta dio una cabriola y casi me mato.
Aterricé, me persigné y, aún en la oscuridad, empecé a
caminar y a cruzarme con seres semidesnudos y untados
de barro que intentaban orientarse o siquiera entender
qué les había pasado. El ambiente era tan desolador que
estuve a punto de seguir el consejo de mi negrita y devolverme al apartamento a esperar las malas noticias por
la radio. No quedaba nada, sólo carros patas arriba, tejas
flotando en el barro, árboles mutilados, ganado muerto
y cadáveres. Ayúdeme por favor, dijo un hombre que
estaba hundido entre el barro. Me acerqué y lo jalé, pero
no salió. Debo de estar atrapado con algo, dijo. Metí
la mano, sentí la carne tibia del man, empecé a bajar por la
cintura y tropecé con un pedazo de muro. Me acomodé
e hice toda clase de esfuerzos y maromas para mover el
muro. Es imposible, dije. El man empezó a llorar. No
me vaya a dejar aquí, tengo que buscar a mi mujer. Ya
hice lo que pude. Al menos deme un poco de agua. No
tengo, contesté y sentí que más que una ayuda, era un
estorbo. El man volvió a llorar. Me amarré el corazón,
le di la espalda y decidí ponerme a buscar una señal que
me ayudara a saber dónde estaba la casa de mi vieja.
Encontré la señal y confirmé que la casa de ella y las de
mis hermanos habían sido sepultadas por la avalancha.
Quedé más perdido que los sobrevivientes y empecé a caminar, a mirar a la gente a ver si conocía a alguien, a
tratar de quitarme de encima el barro que ya se me ha-

bía pegado y a intentar preguntar por los míos a una gente que ni siquiera me oía porque estaba intentando saber quién era o quién se le había perdido. El sol brutal que siempre calentó a Armero espantó la noche y pude ver completa la tragedia; los cuerpos esparcidos por la llanura, la gente subida en los árboles, los niños caminando solos, los heridos, los mutilados y los que no se resignaban y seguían buscando a los seres queridos entre la destrucción. Llegaron los helicópteros, la Cruz Roja, la Defensa Civil, y lo que antes era desconcierto, tristeza y lamentos, se convirtió en carros y ambulancias que iban y venían, en carreras de médicos y enfermeras, en hospitales improvisados y en rescatistas dispuestos a cualquier sacrificio. Ya estoy aquí y lo único que puedo hacer es ponerme a ayudar, me dije y me puse a bajar mercados y medicinas de los carros, a armar carpas, a alcanzar camillas, a sostener potes de suero y a consolar gente. Me sentí mejor y volví a tener esperanza de que aparecieran mi mamá y mis hermanos. Los milagros empezaron a ocurrir, por el techo de una casa sacamos un bebé, de entre los hierros retorcidos de un camión rescatamos a un muchacho y en un tejado encontramos a una anciana rezando. La gente se reencontraba, se abrazaba, se consolaba, se ponía a llorar, le daba gracias a Dios y los miles y miles de cadáveres perdieron importancia y la vida recobró su valor. Llegaron carrotanques con agua y pudimos lavar a los rescatados, comprobar que estuvieran sanos o lavarles las heridas para curarlos. Entre ayuda y ayuda, estaba pendiente de que aparecieran los míos y, aunque no los encontraba, seguía colaborando porque pensé que mientras más lo hiciera, más fácil sería que para mí ocurriera también un milagro. Se acabó el día, los helicópteros y las ambulancias se fueron y el silencio volvió a enfrentarme al llanto y los lamentos de los sobrevivientes y a la certeza de que mi familia estaba muerta. ¿Me puede ayudar?, preguntó un man de la Cruz Roja. Lo seguí y fuimos hasta un punto del lodazal donde había un niño atrapado entre los restos de una casa. Estaba morado y apenas si podía sacar la nariz del agua. Toca cortarle la pierna, dijo el man de la Cruz Roja y sacó de un estuche una especie de serrucho. No, hermano, ¿qué va a hacer?, exclamé. Salvarlo, contestó. Mejor llamemos más gente y tratamos de mover las paredes que lo tienen atrapado, dije. Llevamos el día entero intentándolo y no pudimos, contestó el man. El niño cerró los ojos y metió la cabeza entre el lodo. ¿Sí ve?, se está muriendo. No puedo, dije. Apure, nadie se puede dar cuenta, los médicos ya lo desahuciaron, dijo el man. Cogí al niño. Téngalo fuerte. No, no soy capaz, dije y lo solté. No sea malparido, dijo el man. Abracé el niño y le saqué la cara del barro. El man se acomodó y sentí el cuerpo ir y venir al ritmo del serrucho. El man jaló al niño, el cuerpecito mutilado salió del barro y el man corrió hacia la carpa que servía de enfermería. Busqué dónde sentarme y empecé a llorar. Nunca debí haberme puesto cansón por esa plata, nunca debí gritarle a mi vieja, nunca debí olvidar a mis amigos, nunca debí haber dejado que Gloria se casara con Caregato. No llore, al menos estamos vivos, dijo de pronto una mujer que caminaba semidesnuda en busca de quién sabe qué cosa. Me quité la camisa y se la entregué. ¿No le quedó nadie?, me preguntó. No, ¿y a usted? No sé, acabo de despertarme. ¿Le ayudo a buscar?, pregunté. Claro, contestó. Recorrimos los campamentos y no encontramos a su familia. No puedo más, dijo ella. Vamos, sólo faltan unas pocas carpas, no pierda la esperanza, le dije. En realidad busco porque me da miedo aceptar la verdad que ya me dijo el corazón, dijo ella. Sigamos, insistí. ¿Y los suyos?, me preguntó. Tampoco los encontré. Lo siento. ¿Usted no los conoce?, los Arango, doña Cecilia, don Alberto, Julio, Jaime, Andrés, Magdalena, Nora. La mujer me acarició. No, este pueblo había crecido, ya nadie conocía a nadie. Miré la explanada de barro, las sombras que habían vuelto a apoderarse del lugar y volví a llorar. Ella se acomodó junto a mí y también se puso a llorar. Así duramos un buen rato hasta que alcé la mirada y vi que estábamos junto a la cocina del campamento. ¿Hacemos fila?, me preguntó la mujer. Pues sí, le contesté. Se ve rico, dijo ella. Sí, se ve bueno, dije.

picoteando por ahí…

Beibi pagó nuestro silencio con medallitas. Tuvimos que aguantarle un discurso que no se creyó ni él mismo porque en la cara aún se les notaba el miedo a los militares y el temblor de su voz dejaba claro que él sabía que los muertos y los desaparecidos eran su responsabilidad. El güevón se me acercó, me sonrió y agarró una medalla de las que traía en una bandeja el edecán. Tuve ganas de empujarlo, de escupirle la cara, de patearlo; pero vi a los soldados, a los generales, a los ministros, al público y me acobardé, y no sólo dejé que me condecorara, sino que le agradecí por el pedazo de lata que me colgó en el pecho. La condecoración no es gratis, toca rematar el trabajo, dijo Rendón esa misma noche y nos mandó a quitarnos los uniformes de gala y subir al nisán y al camión de la brigada. En la Escuela de Caballería recogimos a un cura y los cadáveres de quienes no habían aguantado más las torturas de Martillo. En Medicina Legal obligamos a los forenses a entregarnos los cadáveres que el día de la toma habíamos tenido que dejar guardados allí. Con la mercancía completa, buscamos el Cementerio del Sur. Aquí lo recluté, pelao, dijo Rendón cuando pasamos junto al muro del cementerio. Sí, aquí nos juntó esta vida, contesté. ¿Anda aburrido? Es jarto lidiar con tanto muerto. Pero si lo condecoró el presidente, dijo Rendón. No creo que me sirva de nada, me atreví a decir. Rendón me miró con desconfianza. ¿Dónde van a echarlos?, preguntó el celador rascándose los ojos para espantar el sueño. En los mismos huecos de los de Armero, contestó Rendón. Sus deseos son órdenes, mi teniente, sonrió el celador y nos guió por las galerías y los corredores hasta un potrero que había en la parte de atrás. Ahí están, dijo Sanabria cuando cavamos y tropezamos con el brazo de uno de los cadáveres. El cura de la brigada se tapó la nariz y miró hacia otro lado mientras bajábamos los cadáveres del camión y los echábamos en la fosa. Cuando cayó el último, el cura sacó una Biblia, se acomodó la estola, se persignó e improvisó una misa. Rendón se descubrió la cabeza y nos dio la orden de imitarlo. El olor a muerto obligó al cura a acortar la misa, sacó agua bendita, regó los cadáveres y los absolvió de todos sus pecados. Esta noche tampoco puedo dormir, dijo Sanabria. Estamos igual, le contesté. ¿Está pensando en ella? Sí, ¿y usted? En mi papá. Todavía no creo lo que me contó. Créalo. ¿No estará equivocado?, de pronto ver esa gente quemada lo confundió. No, no es ninguna confusión, por fin entendí por qué mi vieja no me quiere, por qué nunca se toma la molestia de llamar para saber cómo estoy. A uno no se le borra la película de esa manera. A mí se me borró. ¿Seguro que usted fue el que dejó caer el cocinol? Sí, fui yo. En todo caso, usted no tiene la culpa de que su papá hubiera estado fumando. Le eché el cocinol encima y, lo peor, me quedé viendo cómo se quemaba sin avisarle a mi mamá. No piense más en eso, no vale la pena. Es como si yo le pidiera que no pensara en Ángela. Eso es distinto. ¿Por qué distinto? Porque lo de Ángela fue apenas hace unos días. De lo de mi papá apenas me volví a acordar ese día en el Palacio, es casi lo mismo. No sé que más hacer para poder dormir. Nada, hablar. Pues sí, además para qué dormirse y tener pesadillas. Huy, sí. Debí matar a Martillo. Ahora es usted el que le da vueltas a lo mismo. ¿Usted lo habría matado? Yo sí, ahí mismo le habría descargado la munición completica del fusil. ¿Soy un güevón? No, hermano, se quedó bloqueado igual que yo, pero al menos usted le salvó la vida a la hembra; si no la sacan esa noche, sería uno de los cadáveres que llevamos hoy al cementerio. Es verdad, pero aun así no tengo paz. Nadie tiene paz. Necesito saber qué pasó con ella. Pues búsquela. Rendón dice que Martillo nos sapió, que nos tienen vigilados y que si llamo o voy a la casa de Ángela, pongo en peligro la vida de ella, la de la mamá y la de las hermanas. Mejor quedarse quieto. A veces me dan ganas de matar a Rendón. ¿Por qué no lo ha matado? El man ha sido chévere conmigo y se arriesgó para salvar a Ángela. Pues sí. Pero es un malparido. Obedecía órdenes. Para hacer lo que hizo en el Palacio se necesita más que ser obediente. Nosotros hicimos lo mismo. Es verdad. ¡Qué cagada ser igual a Rendón! A veces me dan ganas de pegarme un tiro. Yo también he pensado en matarme. ¿Y va a hacerlo? No creo, no tengo güevas para suicidarme. Entonces, ¿qué va a hacer? Seguir fumando bareta hasta que se me pase la pendejada. ¿Y si no se le pasa? Al final todo pasa. Pero las pesadillas, en lugar de pasar, se hicieron más frecuentes. ¿Y si mandamos un anónimo y contamos la verdad? ¿A quién? No sé, a la prensa, a un juez, a alguien. Periodistas y jueces es lo único que había en el Palacio y ninguno de ellos ha hecho nada. ¿Y si sacamos los muertos de la fosa y se los entregamos a los familiares? Ahora sí se enloqueció, se le aparece uno a esa gente con un muerto y, así sea el familiar, ellos mismos lo mandan meter a uno en el manicomio. Al menos nos sentiríamos menos culpables. Más que los muertos del Palacio, el verdadero problema son Ángela y mi papá. Tiene razón y, ¿sabe qué?, ayer llamé donde la mamá de Ángela. ¿Desde cuál teléfono? Del de la oficina de Rendón. Usted es una güeva. ¿Por qué? Ese teléfono debe de estar interceptado. ¿Será? Seguro. ¿La cagué? Claro. Es que necesito verla, saber cómo está. Usted nunca piensa en soluciones, sólo hace cosas que nos complican más la vida. No puedo seguir sin saber qué pasó. Le toca aguantar. Si su papá estuviera vivo, ¿usted se aguantaría? No, la verdad, no. Sanabria se conmovió y el siguiente domingo me acompañó a subirme a un bus, bajarme de ese bus, subirme a otro bus, bajarme del otro bus y a seguir así hasta que creímos haber despistado a cualquiera que nos estuviera siguiendo. Aquí no vive nadie con ese nombre, dijo el man que abrió la puerta de la casa de la mamá de Ángela. Aquí vivían hasta hace unos días, insistí. Se habrá confundido, dijo el tipo y cerró la puerta. Ese man tenía cara de tombo, dijo Sanabria. Huy, tiene razón. Mejor vámonos. No, preguntemos a los vecinos. No, vámonos, insistió Sanabria y me arrastró hasta la Veintiséis. ¿Qué hacía donde esa hembra?, preguntó Rendón furioso esa misma noche. Quería saber cómo estaba. Si de verdad le preocupara, la protegería, no la estaría llamando ni yendo a buscarla. ¿Qué pasó con ella?, pregunté. No sé ni me importa, contestó Rendón y llamó a García y a Salamanca y les ordenó que me encerraran en un calabozo. Sin luz, sin mariguana y sin tener con quién hablar, se me enredó todavía más la cabeza y ya no sabía si estaba despierto o metido en una pesadilla; veía quemados, veía a Ángela y oía disparos y voces a todas horas. Tantas voces oí y tanto deliré que del calabozo me sacaron a la enfermería y de la enfermería sólo pude salir gracias a unas pastillas que tomaba varias veces al día. ¿Verdad, se le apareció su papá? Sí, y me soltó: no eres mi hijo, sólo eres un asesino y te maldigo. Usted está peor que yo. Hace rato, sólo que no hago tanta bulla, dijo Sanabria. Así seguimos, enredados entre los vivos y los muertos, hasta que un día nos pasamos de traba y durante un entrenamiento empecé a vomitar. Huy, este man anda cada día más niña, dijo García. Sí, anda muy loca, dijo Villamizar. De vomitar pasé a convulsionar. ¡Quiten, malparidos!, ese man se está muriendo y ustedes ni se dan cuenta, dijo Sanabria y me llevó de nuevo a la enfermería. No tiene nada, son mariconadas, dijo el enfermero. Aquí el único maricón es usted, contestó Sanabria. Mucho cuidadito, soldado, no se vaya a hacer sancionar, amenazó el enfermero. En lugar de amenazarme, mire qué le pasa al hombre, insistió Sanabria. A ese man no le pasa nada, lléveselo de aquí que está estorbando. ¡Hijueputa!, exclamó Sanabria y le dio un puñetazo al enfermero. El enfermero cayó, Sanabria lo pateó y le apuntó con el fusil. No tiemble maricón, que no pasa nada, gritó Sanabria. El enfermero tragó saliva. No pasa nada, repitió Sanabria y le pegó en la cara con el fusil. ¿Qué es este desorden?, preguntó un oficial que en ese momento entró a la enfermería. Salga de aquí o el muerto va a ser usted, dijo Sanabria y le apuntó al oficial. Baje el fusil, soldado, dijo el oficial y sacó la pistola. No se vaya a hacer matar, dije, me bajé de la camilla y me metí entre Sanabria y el oficial. Estos hijueputas no entienden nada, sólo merecen morirse, dijo Sanabria. Nadie entiende, dije y empecé a llorar. Les salvó la vida un enfermo, dijo Sanabria y bajó el fusil. Tienen que tranquilizarse, exigió Rendón. Créanos que lo intentamos, contestó Sanabria. No tienen que intentarlo, tienen que hacerlo, el ejército no es para los débiles, dijo Rendón. Usted no sabe de lo que habla, teniente, para usted matar inocentes es normal, dije. Agradezca que ya no está bajo mi mando, soldado, dijo Rendón. ¿Cómo así que ya no estamos bajo su mando?, preguntó Sanabria. Acaban de darles la baja, dijo Rendón. ¿La baja? Sí, la baja, añadió Rendón y nos extendió un papel para que lo firmáramos. ¿Nos echan como perros?, preguntó Sanabria. Es lo mejor, la gente de inteligencia está molesta y me dijeron que o me deshacía de ustedes o lo hacían ellos. Nos asustamos, firmamos y del batallón salimos acompañados tan sólo del miedo, una tula y unos pocos billetes. Vámonos para mi casa, propuso Sanabria. No sé. ¿Para dónde va a coger solo? En Paloquemao subimos a una Coopetrán que iba para Bucaramanga. La flota cruzó los valles que unen a Bogotá con Tunja, los abismos que unen a Tunja con Bucaramanga y frenó en una calle llena de tiendas, borrachos, residencias y putas. ¿Qué hace aquí?, le preguntó la mamá a Sanabria apenas lo vio. Nos dieron la baja, contestó Sanabria. La mujer me miró de mala gana, levantó a los hermanitos de Sanabria de la cama donde dormían, los apretujó en su propia cama y nos cedió a mí y a Sanabria la cama recién desocupada. ¿Trajo plata?, preguntó la mujer al otro día. No, pero hoy mismo salimos a buscar trabajo. La mujer volvió a mirarme y retiró de mi plato los panes que había puesto en él. Mejor me voy, su mamá ya se incomodó. No, lanza, no sea bobo, ya que estamos aquí, hagámosle pa'delante. Examiné los ranchos a medio hacer de Morrorrico, la barriada donde estábamos, y me acordé de Meissen, San Francisco y Lucero Alto. No creo que aquí consigamos mucho que hacer, este barrio se ve muy jodido, dije. Aquí no, pero allá abajo sí, dijo Sanabria y me señaló Bucaramanga. ¿Y por dónde empezamos? Por el comienzo, dijo Sanabria y echó a andar. Lo seguí, le charlé, lo apoyé cada vez que se acercó a un edificio en construcción a pedir trabajo y cada vez que intentó convencer al dueño del algún negocio de que nosotros éramos los indicados para hacer el trabajo que había ofrecido en un aviso de prensa. Pero la ropa vieja, la falta de recomendaciones y la cara de locos no ayudaban, y la gente nos miraba con desconfianza y se negaba a contratarnos. Una semana caminamos Bucaramanga y cada día terminaba más desesperanzado y tenía más pesadillas. ¿Qué hace, lanza?, preguntó Sanabria cuando me vio empacando la maleta. Me voy, hermano, en Bogotá hay más chance de conseguir trabajo, al menos allá hay gente que me conoce. Ese es el problema, dijo Sanabria. ¿Cómo así? ¿Usted cree que al ejército ya se le pasó la tentación de matarnos? No me meta miedo. Sólo le digo lo que pienso. Me quedé y seguimos de un lado para otro hasta que un día, mientras caminábamos por el barrio El Prado, de una toyota se bajó una mujer con un bebé. Estaba tan buena que me quedé mirándole las piernas y las tetas y no vi cuando Sanabria se acercó, agarró la cadena de oro que colgaba del cuello de ella, la jaló y echó a correr. ¡Cójanlos, cójanlos!, empezó a gritar la mujer. ¡Debió haberme avisado!, exclamé cuando Sanabria se sintió a salvo y se detuvo. ¿Cómo, güevón?, si la hembra dio el papayazo, no lo iba dejar pasar, dijo Sanabria y sacó la cadena del bolsillo. Me quedé mirándola. No es gran cosa, pero al menos es un comienzo, dijo Sanabria. En una compraventa nos dieron dinero suficiente para tomarnos unas cervezas y hacer un mercado que sirvió para que la mamá de Sanabria dejara la mala cara. La plata se acabó, pero nos robamos otra cadena, y después un bolso y después varias billeteras. Robar no me gustaba, pero las carreras me relajaban, me hacían sentir vivo y, lo mejor, servían para llegar cada noche a la casa de Sanabria con dinero y hasta con dulces para los niños. Habríamos pasado un buen tiempo así, si a Sanabria no se le despierta el instinto de ladrón y empieza a ver oportunidades de robar donde sólo había peligros. ¿Otra vez empacando? Sí hermano, bastante tengo con la angustia y las pesadillas para andar buscando que la policía me reviente a golpes y me vuelva a encerrar un fin de semana en un calabozo. El ataque que le dio en esa estación me hizo recapacitar y ya busqué una solución, contestó Sanabria. ¿Cuál solución? Vamos a robar al aeropuerto. No, ya le dije que no quiero seguir robando. Una gente del barrio me dijo que allá es más fácil, que la gente se descuida y uno se puede llevar las cosas sin tanto brinco. Prefiero volver a Bogotá. Con probar no perdemos nada. No quiero probar. ¿Me va a dejar solo?, preguntó Sanabria y los ojos se le empañaron. No es eso, hermano, sólo que no quiero más calabozos ni más golpizas. Yo también tengo pesadillas, pero no me voy a dejar morir, quiero seguir viviendo. Busquemos otra manera, propuse. Bueno, pero al menos reunamos algo de dinero para sobrevivir mientras encontramos la otra manera. ¿Y dónde? Pues en el aeropuerto, insistió Sanabria. Aquí hay mucho policía, dije cuando fuimos a tantear el terreno. Mejor, así la gente se confía, contestó Sanabria. Tuvo razón y ese día salimos de Palonegro con una billetera y dos bolsos. Pero los siguientes días nos fue mal. Sanabria se desesperó e intentó coger un bolso antes de tiempo. La dueña lo descubrió y empezó a gritar: ¡Ladrones, ladrones! Un policía hizo un disparo y el susto fue tan grande que pasamos de ser dos vulgares carteristas a ser corredores olímpicos. El policía, la dueña del bolso y un par de amigos de la dueña del bolso aceptaron la competencia y estuvieron tan cerca de agarrarnos que nos tocó salirnos de la carretera y meternos en el campo. No encontramos dónde escondernos, sólo había tierra roja y sembrados de piña, y no tuvimos más opción que tirarnos por una cañada. Nos salvamos, dijo Sanabria cuando vio que el abismo había desalentado a nuestros competidores. ¿Y ahora qué hacemos?, pregunté. Buscar agua, me estoy muriendo de sed, dijo Sanabria. ¿Dónde? Allí, contestó él. Alcé la cara y vi las carpas sobre una pequeña meseta. ¿Y eso qué es, un circo? No sé, pero ahí debe haber agua. ¿Y si ya la policía los ha alertado? No sea ave de mal agüero, dijo Sanabria. Subimos la cuesta y cuando nos acercamos a las carpas aparecieron varias mujeres. ¿Vienen al satsang?, preguntaron. Sí, contestó Sanabria. Sigan, sigan, invitaron ellas. Los trajes hindúes, las sandalias, los cabellos recogidos con pañuelos de colores y las lentejuelas rojas en la frente me hicieron sentir como en otro planeta. ¿De dónde vienen?, preguntó una de las chicas. Uf, si supiera, contestó Sanabria. ¿Y las maletas?, preguntó otra. Las dejamos en el aeropuerto, improvisé. ¿Quieren un té?, preguntó la más amable. Huy, sí, contestó Sanabria. Nos sirvieron té helado, nos condujeron a la carpa grande, nos hicieron quitar los zapatos y nos acomodaron en medio de un montón de gente sentada en posición de flor de loto. ¿Qué mierda es esto?, preguntó Sanabria. Una reunión de marcianos. Lo que no veo es dónde estacionaron los platillos voladores. Por ahí deben estar, me reí. ¡Shh!, susurró alguien, exigiéndonos silencio. Iba a pelear con quien me mandaba callar, cuando la gente empezó a cantar en una lengua extraña. Mejor abrámonos, dijo Sanabria. No, espere, esto está interesante. No, esto está es muy raro, está gente está loca, insistió Sanabria. Un momentico, le pedí. Sanabria miró a las mujeres. Bueno, aceptó. La gente terminó de cantar y apareció un hindú vestido de blanco y empezó a repartir bendiciones mientras iba hacia la plataforma que le habían preparado para que hablara. Lindo el maestro, ¿no?, preguntó Maritza, la más amable de las mujeres. Sí, precioso, le contestó Sanabria y me sonrió como diciendo: está más loca que las otras.

qué locura enamorarme yo de ti,
qué locura fue fijarme justo en ti...

Fui a Unicentro, compré velas, incienso, una botella de vino, salsa para pasta, verduras y, lo más importante, un brasier supersexi y unos cuquitos que me costaron un platal a pesar de que no habían gastado ni un tris de tela para hacerlos. Volví al apartamento, llené la tina, le eché sales minerales, puse un casete de los Bee Gees en la grabadora, me desnudé y me metí a cocinarme en agua caliente. La música me sentó mal y empecé a preguntarme si abandonar a Mario estaba bien o si me estaba precipitando. Doce años junto a un man es mucho tiempo y, aunque el amor se esté acabando, es difícil irse. Pensaba en lo que nos estaba pasando y así estuviera de compras, en una fiesta o en un paseo, me ponía a llorar. Es muy jarto estar chillando a todas horas en todas partes. Recordaba la noche que Mario se emborrachó y me confesó que me amaba, los besos a escondidas porque la confesión fue simultánea a mi noviazgo con Gonzalo Álvarez, las mentiras que tuvimos que decir para irnos de paseo al Tayrona, los domingos de cine y las idas a bailar a Quiebracanto. El calor del agua me puso a sudar y me acordé de las decenas de noches que trasnochamos para hacer trabajos de la universidad, de las tardes que gastamos alimentando nuestros sueños, de la curiosidad permanente en que vivíamos y de las muchas veces que juramos no separarnos nunca. Mis lágrimas mojaron el sudor y recordé los años en Estados Unidos, el cuarto sin ventanas que nos sirvió de hogar, la cama estrecha y siempre destendida, las hamburguesas como único menú y los paseos por las calles frías del pueblito donde quedaba la universidad en que estudiábamos. De vuelta a Colombia, el ministro de Salud, que era amigo de papá, le pidió a Mario que le ayudara a organizar el caos en que había encontrado el Ministerio. Apenas lo pongamos en orden hablamos del instituto de investigación que me están proponiendo, añadió el ministro. Un amigo del ministro ayudó a que me dieran trabajo en una fundación para minusválidos y pagamos el primer alquiler con nuestro dinero, nos arriesgamos a comprar un carrito viejo y empezamos a sentir que tantos esfuerzos para estudiar habían valido la pena. Me van a nombrar viceministro, dijo, un año después, Mario. ¿Y el instituto de investigación?, pregunté. Toca aplazarlo otro tiempo. ¿Ya aceptaste? ¿No te alegra? Es que me cae de sorpresa. Alégrate, por favor, me pidió Mario. Aunque me sentí traicionada, lo abracé, le mordí la oreja y lo besé. A la aceptación del Viceministerio, le siguieron el carro oficial, las invitaciones a clubes y eventos sociales, los viajes al exterior y hasta yo me olvidé del instituto. Detrás de los privilegios vinieron los negocios. Mario empezó a pactar los precios de los medicamentos con los gerentes de las farmacéuticas, a recibir dádivas por los contratos o licencias que autorizaba y a encargarles a los amigos del colegio y la universidad la búsqueda de terrenos para la construcción de hospitales o de proveedores para la dotación de esos mismos hospitales. La vida se nos iba en miles de compromisos, pero aun así nos quedaba tiempo para organizar unas fiestas monstruosas donde se bailaba y se bebía sin descanso y en las cuales siempre se terminaba hablando de dinero y calculando los porcentajes y comisiones que le tocaban a cada uno de los presentes. A veces me acordaba de los planes iniciales y me sentía mal, pero pensaba en un vestido que me quería comprar, en las vacaciones que me había prometido Mario, en los muebles que habíamos encargado y me decía que mientras el hospital quedara bien o mientras las drogas fueran de buena calidad, no estaba mal aceptar aquellos pagos. Después de las fiestas, Mario sonreía tan satisfecho que me olvidaba de mis escrúpulos y dejaba que aquellas cifras se convirtieran en deseo y que él volviera a ser el muchacho un poco tímido que con unos tragos encima perdía los pudores y conseguía amarme con una furia que nadie que lo conociera en su sano juicio podría imaginar. Todo habría ido bien y hasta me habría acostumbrado a la corrupción si con tanto negocio, tanto viaje y tanto compromiso, Mario no hubiera empezado a alejarse, a hacer las reuniones fuera de casa, a ocultarme información y a viajar solo. Empecé a mentirme sobre lo que en verdad ocurría y, cuando Mario anunciaba el regreso, hacía arreglos en el apartamento, ponía flores, quemaba incienso y preparaba una cena para recibirlo. Pero cuando iba a recogerlo al aeropuerto y lo miraba a los ojos y lo acariciaba y lo abrazaba, sentía que el hombre que llegaba no era el mismo que había mandado de viaje. Aun así, le ayudaba con la maleta, aprovechaba el trayecto hasta el apartamento para contarle las novedades, le servía la cena y le hacía el amor. ¿Por qué no volvemos a irnos para el extranjero?, le solté un día. Al extranjero, ¿a qué? A seguir adelante con nuestros sueños. Nuestros sueños ya se están cumpliendo, dijo. No, Mario, no se están cumpliendo. ¿Por qué no?, preguntó. Tanto trabajo, tanto viaje, tanto compromiso, ni siquiera hemos empezado con el instituto de investigación. Si pagas la hipoteca del apartamento y liquidas las deudas que tenemos, nos vamos para donde quieras, contestó. La respuesta fue un golpe bajo y apenas empezaba a asimilarlo, cuando vi en la televisión el documental de Román Castro sobre el estado de la salud en Colombia. Las imágenes de los hospitales abandonados, las salas de urgencias llenas de pacientes que se morían, el informe sobre el precio impagable de los medicamentos y los testimonios de los desahuciados me revolvieron el estómago y me acabaron de descomponer el corazón. Mal coctel de documentales sociales y penas de amor. En las propagandas, miraba el apartamento, los últimos cuadros que habíamos comprado, pensaba en las cenas y los asados que hacíamos y, sobre todo, pensaba en que Mario ya no era mío. Se despidió Román Castro y me paré enfrente de la ventana de la sala. Se veía una ciudad infinita y llena de luces. Volví a llorar. Al otro día, paseaba por El Lago cuando tropecé con Claudia Arbeláez. ¿Qué te pasa?, me preguntó. Nada. ¿Qué pasa?, insistió. Volví a llorar. Claudia me abrazó, me invitó a almorzar y cuando se acomodó en la mesa, se quitó las gafas oscuras y vi los rasguños en la cara, los párpados ennegrecidos y los coágulos de sangre en los globos de los ojos. ¿Te pegó? Sí, anoche. ¿Por qué? Le pregunté por unas inconsistencias en la contabilidad de la fundación y empezó a gritar, a decirme que era una bruta, una desagradecida y que no tenía ni idea de cómo funcionaba este mundo. ¿Y los niños? Vieron todo, dijo Claudia y se soltó a llorar. ¿Lo vas a dejar?, le pregunté. No sé. Deberías dejarlo. ¡Malparida fundación!, lloriqueó. La corrupción es una epidemia, dije y traté de consolarla. Comimos en silencio, mojando los panes y el pollo con lágrimas. ¿Y qué vamos a hacer?, pregunté cuando el mesero recogió los platos. ¿Qué puedo hacer?, tengo tres hijos, lo único es seguir adelante, dijo Claudia. Debe haber una solución, insistí. Hacer yoga, dijo Claudia. ¿Yoga?, pregunté. Sí, yoga, repitió ella. Barájamela más despacio, pedí. El carro oficial y los guardaespaldas nos llevaron a la casa de Claudia y descorchamos una botella de vino y nos encerramos en un cuarto a leer unos libros que Claudia había ido consiguiendo durante los últimos meses. Decían que en este mundo no existía el amor, sino la lujuria, que cada acto humano era egoísta, que la vida era una ilusión, que en este plano nada estaba hecho para perdurar y que había que practicar la humildad y la sencillez y buscar a Dios. ¿Será que lo nuestro no es amor, sino ganas de vivir revolcándonos con los traicioneros de nuestros maridos?, pregunté. No sé, a veces creo que es sólo eso, contestó Claudia. Yo quiero a Mario, dije y me puse a llorar. Sigamos leyendo, dijo Claudia. La solución a los problemas es abandonar el deseo y los apegos, retirarse del mundo. Tiene razón ese libro, eso es lo mejor, retirarse de este mundo, dijo Claudia. De los ministerios, dije yo. Sí, de los ministerios, dijo ella y se rió mientras yo me limpié las lágrimas y pensé que, si iba a retirarme del mundo, tenía que darle a Mario una buena despedida.

siempre a tus caricias yo amén diré,
aleluya, dulce mujer hermosa...

El hindú habló cinco días de amor, dieta vegetariana, verdad, castidad, prácticas espirituales, humildad, servicio desinteresado, reencarnación, planos espirituales, dioses menores, demonios y un dios mayor. Aunque no entendíamos nada, Sanabria y yo sentimos el ambiente cargarse de armonía, y caímos en un mundo donde la gente quería oírse, comprenderse, aceptarse, consolarse y ayudarse a obedecer las sugerencias del hindú. Tenía razón, hermano, estar aquí me hace sentir bien, dijo Sanabria. Quedémonos, nadie nos está echando, le propuse. Listo, contestó Sanabria y me sugirió que les ayudáramos a las nenas que nos habían recibido a repartir comidas y a guiar a los asistentes al evento. ¿Cuál hembra le gusta?, me preguntó Sanabria. Todas, contesté. Escoja una, insistió Sanabria. ¿Para qué?, esto es una secta y las nenas nos tratan bien porque está el hindú, apenas el man se vaya esas hembras ni nos voltearán a mirar, dije. A mí me gusta Maritza, dijo Sanabria. Muy mal gusto, lanza, esa es la que está menos buena. Puede que no esté tan rica como las otras, pero es dulce y parece más entregada y sincera. Huy, ¡ya está haciéndose ilusiones con una desconocida! Soñar es gratis, contestó Sanabria. Terminó el programa espiritual, los iniciados hicieron fila para despedir al maestro, el hindú paseó la barba frente a ellos, les regaló dulces y, antes de subirse al carro, juntó las manos e inclinó la cabeza. La gente se puso a llorar y yo habría hecho lo mismo si Sanabria no se me adelanta y me obliga a llevarlo a la carpa de los médicos a que le hicieran acupuntura para tranquilizarlo. Detrás del hindú se fueron los cantos místicos, las meditaciones, los satsangs, la comida gratis y las mujeres bonitas. ¿Quieren seguir haciendo seva?, nos preguntó Asdrúbal Medina, el patriarca de la congregación, cuando nos vio despistados en medio de una montonera de gente que se despedía con besos, abrazos y promesas de volverse a reunir. Sí, contestó Sanabria. Medina nos entregó bolsas de basura, escobas y recogedores. Mejor limpiar un ashram que un edificio lleno de muertos, dijo Sanabria. Pues sí, contesté. ¿Y qué vamos a hacer ahora?, preguntó Sanabria. Seguir jodidos, dije. Lo único malo que tiene este lugar es que toca abandonarlo, dijo él. El hindú lo anunció: nada de lo bueno es eterno. Sólo dura la mala suerte, dijo Sanabria. Al menos escapamos de los tombos y tuvimos unos días de vacaciones, lo consolé. En este lugar hay cosas de mucho valor, soltó Sanabria. Ay, hermano, no vamos a robar a esta gente que nos ha tratado tan bien. Las cosas que hay aquí no son de nadie, añadió Sanabria. No, hermano, no quiero seguir robando. Le sentó mal el hindú, se quejó Sanabria. Ese man sabía mucho sobre

Dios. Eso no lo niego, pero tanta sabiduría no da plata, dijo Sanabria decepcionado y se puso a barrer. Llegó la oscuridad y el aeropuerto de Bucaramanga, que se veía perfecto desde el ashram, pasó de ser un edificio resquebrajado por el calor a ser un cubo luminoso puesto sobre la superficie de un planeta lejano. ¿Terminaron?, preguntó Medina a nuestras espaldas. Falta desarmar la carpa, contestó Sanabria. Lo hacen mañana, es hora de comer, dijo Medina. Fuimos a la cocina y Maritza puso enfrente de nosotros frutas, galletas y té. He estado pensando en lo que me contaron y concluí que si quieren olvidar, necesitan acercarse a Dios, dijo Medina. Dedicarse a la vida espiritual, añadió Maritza. No podemos darnos ese lujo, contestó Sanabria. ¿Por qué no?, preguntó Medina. Tenemos que trabajar, dije. Podrían quedarse aquí, este ashram necesita mucho trabajo, dijo Medina. ¿Qué opina?, me preguntó Sanabria. No sé. Si hacen seva y siguen nuestras normas, no sólo podrían vivir aquí, sino que es posible que el maestro acepte darles la Iniciación, concluyó Medina. Anímense, yo me voy a quedar, dijo Maritza. Me quedo, sonrió Sanabria. Yo también, dije de inmediato y, mientras Medina nos miraba satisfecho, nos pusimos a comer. ¿Usted ya entendió qué es la Iniciación?, pregunté esa noche a Sanabria. No, pero la gente que se inició ayer estaba supercontenta. Aquí todo el mundo está contento, dije. Es que aquí todo el mundo tiene plata, dijo Sanabria. Nosotros no tenemos plata y estamos aquí. Estoy seguro de que si nos quedamos en este ashram, terminaremos por tener plata, dijo Sanabria. Al menos tendremos dónde vivir sin tener que robar, dije. Medina le asignó a Maritza los trabajos de casa y a nosotros el trabajo en la huerta y el campo y el mantenimiento del ashram. Le fui tomando gusto a vivir como en un monasterio y decidí que si para sentirme tranquilo debía volverme vegetariano, practicar la no violencia, ser veraz, humilde, desapegado y hasta casto, iba a intentarlo. Me levantaba a las tres de la mañana, me sentaba en posición de flor de loto, cerraba los ojos y empezaba a repetir el nombre del maestro. Los recuerdos de Ángela, de los quemados del Palacio de Justicia, las imágenes de mi papá, de Cristinita, de Natalia, de Lina y de los amigos del Quiroga, se me venían encima, pero repetía el nombre del hindú y la olla de presión de mi cabeza empezaba a soltar vapor y se convertía en un guiso en calma. Al terminar de meditar, regaba la huerta, podaba las matas, cortaba leña, desayunaba y salía a trabajar en los otros cultivos. El doctor Medina nos enseñó cómo se manejaba el barretón, cómo se hacía un hueco, cómo se abonaba la tierra, cómo se ponía el árbol y cómo se le deseaba buena suerte a aquella alma en su reencarnación como planta. Del campo volvíamos a casa, hacíamos otra meditación, almorzábamos y, reposada la comida, volvíamos al trabajo. El calor, la tierra y el cansancio me los quitaba una ducha, luego, caminaba hasta el kiosco que usábamos como sitio de satsang. Medina, vestido a la usanza sikh, con la barba blanca y la mirada llena de amor, leía historias sobre gente sabia y paciente; hablaba de emperadores que torturaban a los maestros espirituales, mujeres que amaban a esos emperadores al mismo tiempo que eran discípulas de los maestros torturados, niños que les daban ejemplo de sabiduría a los adultos, dioses vengativos que debían pedir perdón por sus malas acciones y ladrones de caballos que se convertían en grandes místicos. Sanabria, Maritza y yo escuchábamos y, mientras el sol se apaciguaba y los grillos empezaban a hacer coro, en-

trábamos en una especie de burbuja de armonía y serenidad. Empecé a vivir en éxtasis, era amoroso con los demás, cuidaba de los pájaros, los perros y los gatos, les
pedía perdón a las plantas por comerme los frutos, le
daba gracias a Dios por el agua, el aire, la tierra y los
alimentos y me cuidaba de no matar ni una hormiga
cuando salía de paseo por los alrededores del ashram.
Estar aquí me quitó las pesadillas, dijo Sanabria. Yo también me siento mejor. Ya no me da rabia a toda hora y
estoy aceptando que lo de mi papá fue un karma y que
la actitud de mi mamá conmigo también es otro karma.
Y yo ya casi no me acuerdo de Ángela, ni veo muertos
por todas partes, ni siquiera me ha hecho falta la mari-
guanita. Es verdad, ya ni me acordaba de la mariguana.
Imagínese, no acordarse ni de la bareta. Algo me decía
que andar con usted me iba a traer buena suerte, dijo
Sanabria. No soy yo, es Dios, le dije. Dios actuó por
medio suyo, dijo Sanabria. Dormí agradecido por las
palabras de Sanabria y seguí feliz varios meses hasta que
una mañana Maritza me pidió que la acompañara a la
huerta. Cuando se agachó a recoger unos pimentones, el
culo se le pegó a la tela de la falda, me quedé mirándolo
y la sangre se me alborotó. Lindos, ¿no?, dijo Maritza y
me mostró los pimentones. Sí, preciosos, dije y di un
paso hacia atrás. ¿Me tiene miedo?, preguntó Maritza.
No, ¿por qué? Parece, dijo ella. Sólo intento respetarla.
¿Y si le pidiera que no me respetara tanto? No sabría qué
hacer, confesé. Tendría que saberlo, dijo Maritza antes
de volver a la cocina. Pasé un buen rato alterado, sin
decidir si Maritza me estaba coqueteando o si había soltado una frase inocente. ¿No se siente solo a veces?, preguntó Maritza unos días después. Nunca me he sentido
tan acompañado como en este lugar, contesté. Maritza

alzó la mirada, y la fijó en la luna empañada por las nubes y por la tormenta que asomaba por un lado de la montaña. Yo sí me siento sola. Debería de volver con Mario. Ojalá pudiera, pero ya se consiguió otra. ¿Cuándo lo supo? Ayer. Un karma menos, le dije. O uno más, dijo ella. Entremos antes de que llueva, sugerí. Me gustaría quedarme aquí, dejar que el agua me cayera encima y ponerme a llorar. Le daría gripa, bromeé. Nunca pensé que Mario hiciera eso, pensaba que iba a entender por qué me había marchado, a reflexionar y venir a buscarme, añadió ella. A veces la gente no reflexiona, no tiene tiempo para hacerlo, dije. Seguramente, dijo ella y se despidió y entró al ashram. No puedo dormir, me dijo Sanabria esa noche. ¿Volvieron los malos recuerdos? No, es otra cosa. ¿Qué cosa? Me estoy enamorando de Maritza. ¿Y qué va a hacer?, pregunté y me rasqué la cabeza porque la vida empezaba a complicarse. Esperar que la nena me dé alguna señal, no quiero que se incomode y nos haga echar de aquí. Nos estamos volviendo sabios, dije. Somos sabios, dijo Sanabria y se echó la sábana encima de la cabeza. Me puse a pensar en Maritza, en que nunca me había dado cuenta de que tenía un culo tan bonito, en lo dulce que se veía cuando se ponía triste, en la forma como se le movían los senos cuando trotaba, en la manera que reía cuando se alegraba por algo y sentí un vacío en el estómago y le pedí al maestro que nos ayudara a mantener la armonía en que vivíamos, que por favor ese ashram no fuera a terminar como la comuna del MOREI. Pero así terminamos. El doctor Medina se fue para Canadá a dirigir unas iniciaciones y Sanabria aprovechó para coquetearle a Maritza y ella para dedicarle más tiempo a su arreglo personal, a oír música, leer revistas de moda y a intentar que yo le pusiera más atención. Siempre necesitaba que le ayudara a cargar una olla, a pelar unas papas, a recoger unas frutas, a cambiar un bombillo, a colgar un cuadro del maestro o a untarse una crema en la espalda. Intentaba seguir con mis rutinas espirituales y mantener la distancia con ella, pero las circunstancias no ayudaban. Una tarde intenté reacomodar una teja, resbalé y caí de la escalera. Maritza aprovechó el accidente para convertirse en mi enfermera, me hizo las curaciones, se dedicó a cocinar para mí, me daba masajes para que no se me durmieran las piernas de estar tanto tiempo acostado, controlaba los horarios de los medicamentos y me hacía acupuntura y me ponía imanes para apurar la cura. No se ponga tan tenso, no lo voy a violar, me dijo durante una sesión de masajes. Tampoco podría, le dije. ¿Es que no le gusto? No se trata de si me gusta o no, dije. Usted se lo pierde, dijo ella y dejó el masaje a medias. ¿Será que usted le gusta a Maritza?, preguntó Sanabria. ¿Por qué lo dice? La hembra anda como muy amable con usted. Sólo intenta seguir los mandamientos del maestro, dije. Pues los sigue demasiado bien, se quejó Sanabria. ¿Está celoso? Sí. No se ponga celoso, esa hembra le gustó a usted desde el principio y jamás intentaría quitársela, dije. ¿Seguro? Seguro, contesté y el man me miró feliz. La felicidad de Sanabria me hizo sentir que en verdad había encontrado un buen refugio y como las historias que leíamos estaban llenas de hombres que habían enfrentado grandes tentaciones y habían logrado superarlas, decidí seguir esos ejemplos. Disminuí la comida, incrementé el trabajo, eludí las caminatas y las largas sesiones de conversación que hacíamos con Maritza y Sanabria, y dediqué más horas a meditar y a repetir el nombre del hindú. Tanto lo repetí que en mi cabeza empezó a estar a toda hora aquel nombre y, al cerrar los ojos, empecé a ver una luz y a oír una música que conseguían hacerme sentir como si estuviera bien trabado y de verdad hubiera conseguido la armonía con los seres humanos y la naturaleza. ¿Por qué anda tan contento?, me preguntó Sanabria. Iba a contarle que la meditación me estaba funcionando y empezaba a tener algunas de las experiencias místicas, pero recordé que era mejor no contarlo y le inventé alguna excusa. Me sentía un verdadero yogui, un hombre capaz de dominar los deseos, de ser humilde y tratar a las almas con amor, cuando una noche me despertaron unos ruidos. Salí al comedor a ver qué ocurría y encontré a Sanabria y a Maritza dándose besos. Sanabria le arrancó la blusa a Maritza y le chupó los senos, ella le bajó la cremallera del bluyín y metió la mano entre los calzoncillos y él le quitó la falda y empezó a lamerle la cuca. Me quedé mirándolos, primero sin dar crédito a lo que veía, después con curiosidad y, por último, con excitación. Se echaron tres polvos y me quedé a verlos completos y, sólo cuando terminaron, volví a mi cuarto y entendí que me sentía como un completo güevón. No pude dormir, me levanté a meditar y no pude concentrarme, la luz había desaparecido, no había música y el nombre del hindú era incapaz de espantar de mi cabeza las imágenes de Sanabria y Maritza. Durante varios días intenté volver a las rutinas espirituales, pero no lo conseguí y mis esfuerzos por madrugar sólo sirvieron para seguir espiando los polvos de Sanabria y Maritza y para aceptar que ya no los miraba con excitación sino con rabia. Ahora resulta que yo también voy a estar enamorado de esa nena, pensé. Y de pensarlo pasé a creerlo, y de creerlo a llenarme de celos, y de tener celos a buscar una manera de salir de la duda. Lo único es acostarme con ella, concluí y aunque vivía prometiéndome que no lo haría y diciéndome que no estaba allí para dedicarme a la traición y al sexo, lo cierto es que el tiempo se me iba en buscar una ocasión para estar a solas con ella. La ocasión llegó, Sanabria se fue a podar unos mangos que estaban lejos de la casa, Maritza volvió a coquetearme y después buscó la letrina que nos servía de baño y no aguanté las ganas de seguirla. Busqué un agujero y me puse a espiarla. Ella se levantó el vestido, se acurrucó, orinó y empezó a acariciarse los vellos de la cuca. Me quedé mirando aquel triangulo repleto de pelo y me arriesgué a empujar la puerta. La lámina se movió y Maritza alzó la cara. Al fin se decidió, dijo. Asentí. ¿Quiere? Asentí de nuevo pero no me atreví a ir hacia ella. ¿Quiere o no quiere? Me acerqué y estiré la mano y mis dedos se pegaron a los labios de la cuca de Maritza y sintieron el calor, la humedad y las palpitaciones. Ella se paró, me hizo arrodillar y me puso la cuca en la cara. Mi lengua empezó a lamer y se acordó de lo rico que es el sabor de una mujer cuando uno lleva meses y meses sin tirar. Maritza me levantó, me bajó los pantalones, me acarició la verga y se la metió a la boca. El pelo de Maritza me cubrió el estómago, ella empezó a chupar y me habría venido en ese mismo momento si ella no se da la vuelta y se pone en cuatro. Métamela, ordenó. Le hice caso, y cuando sentí la tibieza rodeando mi verga se me pasó la rabia y me sentí feliz, igual que en los días de trance místico, pero sin flotar, con los pies en la tierra y con un cuerpo al cual aferrarme. Muévase, dijo Maritza. No puedo, estoy que me vengo. Muévase, insistió. Créame que no puedo. Entonces sálgase. No, déjeme un momento. Ella se pegó a mí y sentí sus nalgas contra mi pelvis. Todo lo que se ha estado perdiendo, susurró.

Qué marica he sido, dije y el olor de Maritza subió hasta mí y fue tan intenso que me animé y empecé a moverme. Entraba y salía feliz, confirmando que nada es más sagrado que el sexo, cuando se oyó un estruendo y la puerta de la letrina saltó por los aires.

tú me hiciste brujería,
me quieres mandar pa' la tumba fría…

Di muchas vueltas en la vida cuando se acabó el MOREI; intenté sin éxito terminar la carrera, trabajé haciendo planos para estudios de importantes arquitectos, conocí más maricas, fui a fiestas, a bares, a discotecas y, aunque el ambiente me sirvió para aceptar que ser gay no era una enfermedad, terminé por aburrirme, por sentirme superficial y sin rumbo. Un novio que conseguí me dejó por «un man más alegre y decidido» y la crisis que me dio fue tan tenaz que pensé volver a Pajonal, hablar con Capulina y meterme a guerrillero. Al menos allí lucharía por algo. Me miré al espejo y vi que mi homosexualismo había brotado, que ya no se podía esconder y que en la guerrilla no me iban a aceptar. Decidí consultar a un brujo. El man resultó superamanerado, mejor dicho, supermarica. Su inestabilidad es porque aún no ha encontrado su verdadera vocación, dijo. ¿Y cuál es mi vocación?, le pregunté. ¿No ha pensado en ser brujo? No, nunca, vine aquí porque me insistió un amigo. ¿Un amigo?, rió el brujo. Un amante, me atreví a decir. Míreme a los ojos, dijo. El brujo empujó hacia mí la bola de cristal. Quiero que me adivine el futuro, que me diga qué va a pasar con mi vida. Usted está loco, le dije. ¿No lo va a intentar?, preguntó y me hizo sentir como un imbécil. Yo, que había sido un man sobrado, repilo, de pronto estaba perdido en la vida y me ponían nervioso hasta los jugueteos de un charlatán. A ver, dije y acerqué la bola de cristal. ¿Qué ve? Nada, sonreí y me sentí fuerte, seguro, como en los viejos tiempos. Ahora míreme a mí. Alcé la cara, vi el rostro ajado del hombre, los ojos sin luz, el bigote espeso y las arrugas densas sobre la cara y supe que ese man no tenía mucho tiempo para seguir viviendo, que pronto lo iban a matar. ¿Qué ve?, insistió el brujo. Nada, repetí. No le creo, sé que vio algo. Nada, no veo nada, yo no soy brujo. ¡Dígame lo que vio! Revisé el cuarto, los animales disecados puestos en las paredes, las imágenes religiosas mezcladas con imágenes de chamanes indígenas y de místicos orientales, las botellas llenas de aguas de colores rezadas para atraer la buena suerte y espantar el mal de ojo, y volví a sentir que al brujo ya no le quedaba mucho tiempo de vida. ¿No me lo va a decir? No vi nada, dije. ¿Quiere que le pague?, preguntó el hombre. ¿Cuánto me va a pagar?, sonreí. Mire, dijo y me estiró un billete de quinientos pesos. Uf, hace meses no veía uno de esos. Es suyo. Lo van a matar, dije; dentro de poco, alguien lo va a matar. El hombre calló y sentí el poder que da saber el futuro del otro. Pero puede ser una equivocación, este no es mi trabajo, añadí. No es ninguna equivocación, sé que estoy condenado, es más, lo estaba esperando; usted me ha confirmado que ya no hay reversa. Está loco, y yo que vine aquí a ver si me aclaraba el destino. Este es su destino, dijo el brujo. ¿Cuál, condenarlo a usted a muerte? No, la muerte es mi destino, usted sólo lo confirma; pero este lugar le pertenece, este consultorio debe quedar en sus manos. Volví a revisar el lugar, vi las fotos del brujo con el Muelón, con el Borracho, con el Gangoso. Sería incapaz de pasar más de una hora en este cuarto. ¿Por qué no lo intenta?, yo le enseño y si no le gusta no pasa nada, pero si le gusta, cuando me maten el negocio será suyo. Estudié arquitectura, no tengo nada que ver con brujería, le dije. Usted es un hombre con un don y si no lo aprovecha, ese don lo va a destruir. Pensé en mi inestable vida de los últimos años, en que no había olvidado todavía al Pollo ni me arrepentía de haber matado al Fantasma, y pensé que si ya había sido comunista, marica arrepentido y asesino, ¿qué tenía de malo intentar ser brujo? El brujo me leyó el pensamiento y me alcanzó unos libros ya casi sin pastas de tanto consultarlos. Léase esto y lo medita; eso sí, no se olvide de que voy a morir pronto, dijo. Al menos no me cobró y salí con plata y algo que hacer, me dije cuando abandoné el consultorio. Leí los libros y me gustaron. Fui a la biblioteca, me puse a buscar más información y dejé de lado los planos y las fachadas para interesarme en los espíritus, los médiums, los elementos y la tradición mística o indígena. Un antropólogo gay que había conocido en una discoteca me consiguió libros en inglés y terminé por animarme con la idea de ejercer un tiempo como brujo. Estaba en esas cuando, una noche, mientras traducía uno de los libros del antropólogo, presentí que al brujo no le quedaba ni siquiera un día más. Era de madrugada apenas, pero me vestí, cogí un taxi y me fui para el consultorio. Todo estaba apagado, pero supe que el brujo estaba en su casa. Golpeé y golpeé hasta que él se asomó y una sonrisa le iluminó la cara. Pensé que eran los sicarios, dijo. Voy a intentarlo, le dije. A ver si nos dan tiempo, contestó él, que, sin el disfraz de indio, no era más que otro marica viejo y frustrado como muchos que frecuentaban las discotecas que tanto me aburrían. Abrió el armario, sacó la corona de plumas, los collares, el falso traje de chamán y empezó a vestirme. Me miré en el espejo y comprobé que era igual que el brujo, sólo que más joven. ¿Y qué le voy a decir a la gente? Que es mi hijo. ¿Su hijo? La gente lo cree todo, sólo hay que decírselo con convicción. El brujo me contó anécdotas, me recomendó clientes y me dio las cifras del negocio. ¿Por qué no huye? ¿Para dónde?, en este consultorio está mi vida. ¿Se va a dejar matar sin luchar? Ya luché, mijo, más de lo que tocaba, aquí está el testamento y una carta para mis clientes que debe enmarcar y poner en la entrada. ¿Cómo le tengo que pagar? Sea un buen sucesor, mantenga vivas mis virtudes y mis vicios, se rió. ¿Y si su familia aparece a reclamar la herencia? Yo no tengo familia, soy el último que quedaba de un clan masacrado en la época de la Violencia. Me siento mal si no le pago de alguna manera. Bueno, podría pagarme con el entierro, un gran entierro de brujo, con sahumerios, con rezos, con riegos y una procesión con todos mis clientes. ¿Y si le pago ayudándole a huir? No, no vale la pena, dijo y me abrazó. Lo sentí cerca, como si la poca vida que le quedaba se le hubiera amontonado en ese abrazo. Me dieron ganas de besarlo. Aceptó el beso, me abrazó y empezó a llorar. Vámonos, insistí. No, así está bien, dijo. No supe qué más decir. Es mejor que se vaya, no quiero que maten a mi sucesor, sonrió. Lo volví a abrazar; está vez fui yo quien lo apretó duro, muy duro. Después le limpié las lágrimas, le di la espalda, bajé las escaleras, abrí la puerta, miré para todos lados y, como vi la calle vacía, eché a correr.

con la misma ropa anda…

Sanabria me encontró con los pantalones abajo; entró enfurecido y ansioso por cobrar la traición de un amigo y la infidelidad de una mujer. Llevaban meses de amantes, estaban superencoñados y como Maritza les enviaba dinero a la mamá y a los hermanitos, Sanabria no sólo creía que iba a casarse con ella, sino que estaba convencido de que lo iba a sacar de pobre. El primer puñetazo acabó con mi excitación, el segundo me hizo trastabillar y aunque el tercero se perdió en el aire, fue remplazado de inmediato por una andanada de patadas. Me habría matado a golpes si en ese momento un jeep no cruza la entrada del ashram y del jeep no se baja el doctor Medina. El viejito vio a Sanabria machacándome, a Maritza gritando sin intervenir y no tuvo otra opción que meterse en medio. Sanabria dudó en detenerse, pero le ganó el respeto por Medina. Me levanté sangrando por la nariz y la boca, me di cuenta de que aún tenía los pantalones abajo, y el dolor y la humillación se me convirtieron en vergüenza. Ayúdame con las maletas, pidió Medina a Sanabria. Sanabria obedeció y, un rato después, estábamos duchados y mientras el doctor calmaba a Sanabria, Maritza me limpiaba las heridas y me hacía las curaciones. Excúseme, me dejé ganar de la ira, dijo Sanabria cuando terminó la charla con Medina. Fue culpa mía, me dejé llevar por la lujuria y el egoísmo, le contesté. Vamos a hacer satsang, interrumpió Medina y los cuatro caminamos en dirección al kiosco. Medina ocupó el lugar de siempre y habló sobre la humildad, el perdón, la armonía y el amor. Creo que ha llegado la hora de que ustedes reciban la Iniciación, dijo al final. ¿No importa lo que acaba de pasar?, preguntó Maritza. Por lo mismo, dijo Medina, los tres necesitan dar un paso adelante en su formación espiritual. No me siento preparado, dije. Nadie está preparado, la Iniciación es un acto de generosidad de Dios, contestó Medina. Pero algo tendremos que hacer nosotros para ser dignos de la Iniciación, preguntó Sanabria. Lo que dejaron de hacer, obedecer las órdenes del maestro y hacer las prácticas espirituales, dijo Medina mientras cogía una bolsa que había puesto junto a la silla y empezaba a hurgar en ella. ¿Qué es?, preguntó Maritza. Unos regalos que les traía. Sanabria, Maritza y yo nos miramos avergonzados. Medina nos entregó a cada uno un vestido hindú. Se los traje porque lo de la Iniciación lo decidí en Vancouver y quiero que estrenen esta ropa el día que por fin sean discípulos completos del maestro. Maritza se puso a llorar y Sanabria y yo intentamos contenernos, pero no lo conseguimos y las lágrimas también nos empañaron los ojos. Comí algo, me encerré en el cuarto y me puse a pensar en los meses que llevaba en ese ashram. En la serenidad que me habían dado los ejercicios espirituales, en las dudas del comienzo, en los afanes posteriores por autocontrolarme, en mis problemas con la lujuria, en las noches gastadas oyendo los gemidos de placer de Maritza, en la brutal reacción de Sanabria y en aquello tan secreto que llamaban «Iniciación». No pude armar nada coherente, eran demasiadas piezas, pero me sentí agradecido por la actitud asumida por Medina. Dormí un poco, me levanté lleno de buenas intenciones, intenté meditar, cumplí con cada favor que me pidió Maritza, fui humilde con Sanabria, estuve trabajando en la huerta y escuché con agradecimiento los comentarios que me hizo el doctor Medina sobre el incidente del día anterior. Maritza volvió a usar ropa discreta y me habló con dulzura pero sin coquetería. Sanabria, se puso a instalar una motobomba y cuando necesitó que le diera una mano, me lo pidió con una camaradería que me relajó y que me hizo sentir peor por haberlo traicionado. Pero pasaron los días, Maritza olvidó la discreción y volvió a usar ropa insinuante, Sanabria volvió a sentirse enamorado y, por lo mismo, engañado y yo empecé a vigilarlos de nuevo. Era claro que, a pesar de las promesas de Iniciación, seguir las órdenes del hindú no era sencillo, y el resentimiento y el deseo empezaron a corroer nuestras buenas intenciones. Intentábamos mantener la armonía, pero mientras más voluntad le poníamos, más malentendidos había, más falsas parecían nuestras excusas, más turbio se volvía el ambiente y más fuera de lugar nos sentíamos los tres. La que la llevaba peor era Maritza. La presencia de Medina la obligaba a mantenerse alejada de Sanabria, pero se notaba que estaba acostumbrada a él y que le hacía falta sentirlo cerca, tenerlo, dormir con él. Además Sanabria quiso aclarar lo que había pasado en la letrina, y ella, en lugar de decirle que había sido un momento de locura, le dio vueltas y vueltas y terminó por insinuar que yo había asaltado el lugar y que ella sólo intentó ser amable para evitar que fuera a enfurecerme y que, de pronto, le hiciera daño o intentara violarla. La mentira tranquilizó el corazón de Sanabria, pero acabó con cualquier posibilidad de que él me perdonara. Los traidores merecen la muerte, soltó una vez que estábamos trabajando juntos. A Maritza tampoco le sirvió aquella mentira. Sanabria supuso que, aclarado el incidente, podían seguir juntos y volvió a buscarla en las noches y ella tuvo que rechazarlo para evitar que Medina los descubriera y se fuera al traste la posible Iniciación. Sanabria, en lugar de entender las circunstancias, se sintió herido de nuevo. Una noche, gateó hasta el cuarto de ella y, aunque la encontró dormida, empezó a acariciarla, a besarle los brazos, el cuello, las piernas y los senos. No, ya le dije que no, dijo ella. Por favor, pidió él. Necesito un tiempo, tenga paciencia, contestó ella. No puedo resistir que me rechace un día más, dijo él. No me mendigue amor, no me gusta, dijo ella. Si usted de verdad me quiere, esto no es mendigar, dijo Sanabria e intentó besarla. Ella volvió a evitarlo, pero Sanabria la agarró del cuello y forzó el beso. Ella se echó para atrás, se limpió la boca y le ordenó que se marchara. No me voy, dijo él y le pegó un puñetazo. Maritza, que jamás en la vida había sido golpeada, empezó a gritar y yo, que estaba espiando como siempre, no tuve más remedio que salir de mi escondite e intentar controlar a Sanabria. No puedo creer que hayan convertido este ashram en un burdel, dijo Medina. La culpa es de esta perra, contestó Sanabria. Por favor, interrumpió Medina. Sanabria calló. Esto no puede seguir así, mucho menos ad portas de una Iniciación, dijo Medina. No va a seguir así, lo prometo, lloriqueó Maritza. No, así no va seguir, me largo, dijo Sanabria. Lo seguí, vi cómo sacó la maleta del clóset, cómo tiró la ropa sobre la cama y cómo se sentó en el suelo y, recostado contra la maleta, se puso a llorar. Las lágrimas se acabaron y Sanabria no tuvo más opción que empacar. Lo hizo con lentitud, como a la espera de que Maritza fuera a buscarlo y le pidiera que se quedara. Pero Maritza no salió de su cuarto y Sanabria no tuvo más opción que cerrar la maleta y buscar la salida del ashram. Fue triste verlo partir sin una palabra ni un gesto de despedida, pero Medina estaba encerrado meditando, Maritza seguía sin aparecer y, cuando intenté detenerlo, recibí como respuesta un manotón. El maestro cuidará de él, dijo Medina durante el desayuno. Maritza calló y yo hice lo mismo. La partida de Sanabria relajó el ambiente; Maritza volvió a ser la misma mujer sonriente que nos había recibido,

Medina pudo meditar sin alteraciones y yo pude organizar el trabajo y dejar tiempo para leer libros del hindú, volver a meditar y prepararme para la Iniciación. Llegó la respuesta del maestro, dijo Medina una mañana. ¿Aceptó?, preguntó Maritza. Sí, me ordena iniciarlos lo más pronto posible. Maritza empezó a saltar y gritar de la felicidad y, cuando no pudo controlarse más, me abrazó. Al ashram llegaron otros satsanguis y pasamos de ser tres pelagatos a ser una comunidad, y esa comunidad empezó con los preparativos para el gran día. Mientras reparábamos la casa y el kiosco, pintábamos los muebles, colgábamos más fotos del maestro, podábamos jardines, hacíamos limpieza y poníamos flores en cada mesa y rincón del lugar, cantábamos himnos hindúes y el ashram se llenó de la misma armonía de la semana en que el maestro estuvo allí. La gente no hacía más que felicitarnos; Maritza y yo pasamos de ser dos seres avergonzados a ser como una especie de novios expectantes que compartían la ilusión de casarse con Dios. Una campana, que sólo se tocaba en fechas especiales, nos despertó el día de la Iniciación. A Maritza y a mí nos llevaron a una tina metálica y nos dieron un baño con agua caliente y aceites orientales, y apenas nos pusimos los vestidos que nos había llevado Medina, nos sirvieron un té con cardamomo y tostadas. Medina se tomó el té y nos invitó a seguir al cuarto que se había acondicionado para la ceremonia. Entramos, hubo más himnos y nos dejamos envolver por la luz de las velas, el colorido de las flores y el olor a incienso. Medina se acomodó, sacó de una caja de madera un libro marcado con letras doradas, hizo una venia ante la foto del maestro que había en la portada del libro y lo abrió. Fue una lectura larga, con explicaciones sobre los planos astrales y causales, los planos espirituales, los diferentes nombres de Dios, los sonidos que se oían en cada uno de esos planos, la luz que iluminaba cada sitio y las diferentes maneras en que el maestro guiaba a los discípulos por aquellos parajes. Medina terminó la lectura, caminó hacia Maritza, le corrigió la posición en que estaba sentada, le puso la mano en la frente y le susurró unas palabras al oído. Ella repitió las palabras y cerró los ojos. Ahora vamos a meditar para ayudar a esta alma a ir lo más lejos posible en su primer viaje espiritual, ordenó Medina. Le hice caso y cerré los ojos e intenté concentrarme hasta que Medina dio orden de volver a abrirlos. ¿Qué viste?, le preguntó a Maritza. Ella empezó a llorar. Esperamos a que se calmara. Vi la luz, dijo al fin. Medina sonrió. ¿De qué color? Azul. ¿Y qué más? Las estrellas y el sol, dijo Maritza y volvió a llorar. Sentí que sus lágrimas eran lágrimas de paz y me sentí aún más entusiasmado de que yo fuera la siguiente persona a quien Medina iba a iniciar. Medina vino hacia mí, puso la mano en mi frente y sentí como si estuviera en una de esas películas de Semana Santa, y que en verdad Medina fuera Jesús. Medina se agachó, me susurró la primera palabra e iba a decir la segunda, cuando un golpe hizo saltar por los aires la puerta y al lugar entraron un montón de hombres armados. ¡Quietos, malparidos!, gritó uno de ellos y le puso una pistola en la cabeza a Medina. Los otros nos amarraron. Estos hijueputas no parecen ni colombianos, miren esa cara de buenas personas que tienen, dijo uno de los hombres. Así son los ricos, viven en otro mundo, dijo otro. ¿Qué pasa aquí?, preguntó Medina. Nada, cucho, que nos vamos de paseo, contestó el que estaba al mando. Los asaltantes revisaron el ashram, cogieron los objetos de valor, se comieron parte del desayuno que los sevadares habían preparado para celebrar las iniciaciones y nos montaron en los carros. Pasamos junto al aeropuerto y cogimos carretera. Maritza lloraba y el doctor Medina repetía y repetía un mantra mientras yo pensaba en lo que había visto Maritza y no terminaba de entender por qué me había tocado quedarme sin Iniciación. Salimos de la carretera pavimentada, cogimos un camino destapado y, varias horas después, paramos. Estos valen billete, pero este man no vale nada, dijo de pronto la voz de Sanabria. ¿Qué hacemos con él?, preguntó uno de los asaltantes. Botarlo, ordenó Sanabria. Los manes abrieron la puerta y me empujaron con los pies hasta tirarme de la camioneta. Listo, ahora sí sigamos, dijo Sanabria, y yo confirmé que se habían marchado por el polvo que me tocó tragar cuando las llantas arrancaron a toda velocidad.

¿tan bonita para qué, si no tiene alma?,
¿tan bonita para qué, si no tiene corazón?

A veces, al amanecer, cuando regreso de cada masacre, me pongo mal. Me da mareo; como que el mundo se vuelve triste y me entra eso que los ricos llaman depresión y que nosotros llamamos aburrimiento. Es berraco lavarse sangre que uno no sabe si es de un hombre, de un niño, de un viejo o de alguna de esas mujeres embarazadas que hay que matar para que no sigan pariendo enemigos. Es duro y, como dice el comandante Castro Castaño, requiere valentía, heroísmo. Uno está matando y los gritos de los asesinos y de los asesinados se mezclan. Uno dispara con miedo, porque sabe que está matando a la muerte para evitar que la muerte lo mate a uno. Uno se deja llevar, apunta, acierta y se tranquiliza. Pero a la muerte le siguen las manchas de sangre en la tierra, las súplicas de los heridos, los tiros para rematarlos y el silencio que confirma que el trabajo ha quedado bien hecho. Ahí es cuando empiezan a pesar los muertos. Toca guardar las armas, subirse a los carros y abandonar los caseríos. Llegar al campamento, evitar la mirada llena de muerte de los compañeros e ir al río a lavarse la piel y las ropas manchadas de sangre. Uno se acomoda en la orilla y siente el sol que empieza a calentarle la nuca. Oye la cascada que forma el río a sus espaldas y ve la sabana en la lejanía. Piensa en las alegrías de la infancia, en los amores de la adolescencia y en las emociones y privilegios que da la vida de paraco. Las borracheras en Doradal, las putas, el entrenamiento con los israelíes, el dinero que nunca falta y el respeto de la gente que aplaude los muertos que uno ha ido dejando por los caminos. Y vuelve a ser tenaz, pero ya no es tan triste porque uno sabe que esos muertos le van a dar una nueva oportunidad a Colombia. Que todos vamos a tener trabajo, a ser ricos. Que vendrán turistas. En ese momento se me acaban las dudas y me siento afortunado de estar ayudando a construir un país mejor.

a escondidas tengo que amarte,
a escondidas, como un cobarde...

JJ rondaba los cincuenta, era flaco, desgarbado y canoso. Tenía la piel rastrillada de tanto afeitarla y, como buen paisa, llevaba pantalones de dril, carriel y poncho con rayitas de colores. Había sido teatrero en la juventud y hablaba con la soltura propia de quienes alguna vez han pisado un escenario. Era campechano pero sabía defender con claridad las ideas en que creía, y desde que Carla, una actriz de la que se había enamorado, lo había cambiado por un mafioso, cultivaba un humor ácido que mantenía asustada a Talía, la hija a la que la actriz también había abandonado. Yo lo había conocido en un retiro espiritual en el ashram y nos habíamos hecho amigos porque JJ era un místico descomplicado y no un vegetariano arribista y depresivo. Otra vez sin rumbo, me acordé de las palabras que él me había soltado antes de irse del ashram: Pelao, si alguna vez se aburre o no tiene adónde ir, recuerde que en Itagüí tiene un amigo. Sin saber si los planos espirituales de los que había hablado Maritza existían, y triste por el secuestro del doctor Medina, me subí a la flota, dejé que arrancara, entrara al valle del Magdalena y empezara a trepar las montañas de Antioquia. Me bajé en la terminal de transportes de Medellín, eché a mi espalda la tula del ejército y me subí en un colectivo que me llevó hasta la Plaza de Itagüí. Ese papel no lo lee ni García Márquez, que es premio Nobel, me contestó un vendedor ambulante al que le pregunté dónde quedaba la dirección que JJ había escrito en una servilleta. Tenía razón, las letras y los números no se entendían y la gente, en lugar de ayudarme, se burlaba y me decía que ese pueblo era peligroso y que me fuera antes de que anocheciera y me atracaran. ¿Usted no conoce por aquí a un señor que tiene una dodge pintada con personajes de cuentos infantiles?, le pregunté a la mesera de un restaurante al que entré a comerme unos fríjoles. ¡Claro!, dijo ella, don Jacinto Jaramillo, el titiritero. La felicidad que mostré tuvo que haber sido enorme porque la mesera me cogió del brazo, me arrastró varias calles y sólo se sintió satisfecha cuando golpeamos en un portón oxidado y a punto de caerse. ¡Por fin se acordó de los pobres!, exclamó Talía, y me hizo seguir a un patio lleno de escenografías abandonadas. ¡Pelao, qué gusto!, saludó JJ, y vi que la camiseta descolorida que llevaba hacía juego con el descuido del patio. No alcancé ni a volver al ashram y los otros iniciados me echaron como a un perro, conté cuando terminé la historia de Maritza y Medina. Agradezca que no terminó en la cárcel. ¿Por qué? Porque usted era el mejor amigo de Sanabria, dijo Talía. Es lógico que sospecharan, añadió JJ. Ya no era amigo de Sanabria, me defendí. Fresco, a nosotros no tiene que darnos explicaciones, dijo JJ. Una embarrada, porque estaba contento en el ashram, lloriqueé. Eso ya no importa, mejor siga y comemos algo, dijo JJ. Entramos; no había comedor, sala o habitaciones, sólo un espacio decorado con afiches de obras de teatro, un rincón que hacía las veces de cocina, una nevera, una estufa y una mesita. Las ventanas aún no tenían marcos, en lugar de vidrios había tríplex y las camas de JJ y Talía estaban una junto a la otra. Después de comer nos sentamos en unas mecedoras que había en el patio. La noche estaba abrigada, las estrellas brillaban y desde los bares que había en esa calle llegaba el rumor de la música de despechados y las risas y la gritería de las mujeres que acompañaban a los sufrientes. ¿Qué piensa hacer?, preguntó JJ. No sé, estoy despistado, confesé. Padre e hija se miraron, la música siguió sonando, la gritería se hizo más fuerte y alguien hizo unos tiros al aire. ¿Un baretico?, preguntó JJ. Hace tiempo no me trabo. Usted verá, dijo él. Sonreí. Talía fue por la mariguana, la desmenuzó, armó el bareto y se lo pasó a JJ. El hombre lo prendió. Me voy a dormir, dijo Talía. No pude evitar mirarle el culo cuando nos dio la espalda. Esa niña es mi vida, el que se meta con ella, se mete en un problema, dijo JJ y me pasó el bareto. En uno de los bares empezó a sonar *Tarde lo conocí* y la voz de Patricia Teherán contó la historia de una mujer enamorada del hombre de otra. La hembra de esa canción es muy descarada, dijo JJ. Pero ¿qué hace si está enamorada del güevón? Buscarse un man que no sea casado, contestó. Si el amor fuera transferible, todos seríamos felices, dije. Huy, y yo que pensé que tanto tiempo en ese ashram le había enseñado que en este mundo no se debe ceder al deseo. Intenté abandonar los deseos, pero lo único que aprendí es que los deseos son más poderosos que uno mismo y que al final siempre ganan, dije. ¿Cómo así?, explíqueme eso bien, dijo JJ. Si supiera todo lo demás. Cuente, dijo JJ. Le obedecí y me destrabé dándole detalles de la historia de Maritza y Sanabria, y el man se rió y, como recompensa, me contó la historia de la mamá de Talía. Se nos acabaron las historias, se nos pasó la traba, nos pusimos tristes y decidimos irnos a dormir. JJ buscó una cama que tenía debajo de las escenografías y la puso justo en medio de la cama de él y de la de Talía; lo hizo con tanta naturalidad que me sentí incapaz de decirle que, después de la advertencia que me había hecho, prefería dormir más alejado de su hija. El silencio me salió caro. A pesar del cansancio, sentir tan cerca a Talía me excitó y no me pude dormir. JJ empezó a roncar y los ronquidos terminaron de desvelarme. Me puse a espiar a Talía, a ver cómo se movía debajo de la sábana, cómo sacaba las manos de las cobijas y cómo el cabello le hacía rayas negras en la piel. Me cansé de tanto mirarla y me levanté a hacer yoga. Llevaba un buen rato luchando contra las fantasías eróticas que me producía Talía, cuando oí unos pasos. Uno coge estas mañas y nunca las abandona, dijo JJ. Le di campo para que pusiera un cojín, pero no alcanzó a hacerlo porque una explosión sacudió la casa. ¿Otra bomba?, preguntó Talía, que se despertó con el golpe. Seguro, contestó JJ, y corrió a mirar por el hueco que tenía uno de los tríplex de las ventanas. Debió ser lejos, porque el barrio está tranquilo, dijo JJ. Yo la sentí cerquita, dijo Talía. La verdad, no sonó tan lejos, intervine. Prendimos la luz, hicimos tinto, pusimos las noticias y, al saber que la bomba apenas había dejado un par de muertos, JJ y yo nos tranquilizamos y Talía se volvió a acostar. ¿Sabe qué, hermano?, dijo JJ. ¿Qué? Este silencio de la madrugada siempre es un silencio traidor. ¿Traidor? No es la primera vez que pasa; muchas veces me he sentado aquí y apenas he estado a punto de concentrarme, ¡pum!, estalla una bomba. Quedo nervioso y empiezo a preguntarme dónde la habrán puesto, si habrá muerto algún conocido, si habrá dañado muchas casas, y empiezo a escuchar el ruido de las sirenas de la policía y de las ambulancias. Entonces me acuerdo de los tiempos en que hacía teatro y era revolucionario, y me pregunto si vale la pena estar haciendo yoga, si no me he convertido en un cobarde y si no haría más organizando gente e incitándola a luchar para detener la sangría que está ocurriendo ahí afuera, añadió JJ. Una vez en el ashram me dio esa misma pensadera, pero me acordé de lo que había visto en el Palacio de Justicia y preferí seguir haciendo yoga; cada vez que alguien decide intentar que este país cambie, ocurre una catástrofe peor, dije. ¿O sea que es mejor esconderse de la vida?, preguntó JJ. Uno no puede esconderse, pero es sabio dejar pasar la vida de ladito. JJ se rió. Además los narcos son muy sanguinarios, ¿quién se va a poner a pelear con unos manes que ni los gringos han podido controlar?, añadí. Lo peor es el tatareto que les pusieron de enemigo. Huy, sí, yo pensaba que después de Beibi no podía haber un presidente peor, pero el Tatareto está haciendo méritos para superarlo. Da risa ver a ese enfermo de alzhéimer declarándole la guerra a Pablo. ¿Sí ve, hermano?, mejor estaba en el ashram, concluí. Pues ya está afuera, así que le toca ponerle el pecho a la vida, dijo JJ y me contó cómo iba la guerra. Enumeró los periodistas, jueces y políticos que la mafia había matado; habló de los compinches y familiares de Pablo que la policía mataba en venganza y de los atentados y las vendettas entre los mismos mafiosos. Con tanta habladera no dejan dormir, reclamó Talía y se levantó. Llevaba una piyama de algodón que dejaba ver la forma de los pantis y que no hacía el menor esfuerzo por disimular las curvas del cuerpo gruesito pero bien redondeado que la hija de JJ había heredado de la madre. Padre e hija se pusieron a hacer el desayuno y aproveché para darme un baño. ¿Se puso bonito el pelao?, rió JJ. Huy, sí, está todo churro, añadió Talía. JJ carraspeó y Talía escondió la mano con la que empezaba a acariciarme. Sabe que llegó en buen momento, dijo JJ. ¿Por qué?, le pregunté. Hay un man que tiene mucha plata, el dueño de una distribuidora de juguetes que hace meses me ha estado proponiendo un negocio, dijo JJ. ¿Cuál negocio? El tipo quiere asociarse conmigo en lo de los títeres; la idea es que hagamos funciones en los locales de los distribuidores que tiene por Colombia y que le lleve en el camión juguetes muy valiosos que le da miedo mandar por mensajería. Parece buen negocio, dije. Sí, es fijo, plata cada mes. ¿Y entonces? Lo estaba dudando, pero si usted me ayuda, lo intentaría. No sé nada de títeres, dije. Yo le enseño, es divertido, y si trabajamos duro, podré terminar esta casa e incluso cumplir con mi sueño de mandar a Talía a la universidad. Bueno, con probar no se pierde nada, contesté. Esa tarde, JJ fue a hablar con Ordóñez, el dueño de la distribuidora; cerraron el trato y, con el anticipo que le dio Ordóñez, mandamos, anillar el motor de la camioneta, nos pusimos a recomponerles los trajes a los títeres y repintamos las escenografías. Ordóñez nos visitaba, nos animaba, se trababa con nosotros y empezó a hacer la programación de las presentaciones en las sedes de las distribuidoras de sus juguetes. A mí tanta facilidad me parecía sospechosa, ya sabía que en Colombia lo que empieza fácil siempre termina mal, pero, la verdad, no tenía mejor plan y me dejé llevar por la cercanía de Talía y por el fervor de JJ. Hicimos la primera función en Sabaneta, y salió tan bien que Ordóñez nos mandó de inmediato para Cartagena. Cogimos la carretera de la costa escuchando a Alci Acosta, que era lo que le gustaba a JJ, a Rocío Durcal, que era lo que oía Talía, y a Diomedes Díaz, que era lo que me entusiasmaba a mí. Abandonamos las montañas, cruzamos el Cauca y entramos a las sabanas de Córdoba. El calorcito y el paisaje me hicieron recordar a Cristinita, al Diablo, al Pollo y a los campesinos con los que una vez habíamos organizado una invasión de tierras en esa misma región. Pasamos por Planeta Rica, Sahagún, Cereté, Corozal y fuimos a parar en un lote amplio de Ternera, donde no sólo quedaba la cárcel de Cartagena, sino que también quedaba el almacén de juguetes al que Ordóñez nos había enviado. La obra también les gustó a los costeños y, felices por los aplausos de padres y niños, fuimos a celebrar a la playa. Comimos pescado, nos tomamos unas cervezas, nos burlamos de las fallas que yo había cometido durante la presentación y acordamos hacerle unos ajustes a la historia. Hoy estoy feliz, no sólo vuelvo a los títeres, sino que la vida me ha dado el cómplice perfecto, dijo JJ ya borracho. Talía sonrió, alzó la cerveza y brindó por la obra y por mí. Contratamos un grupo vallenato, nos tomamos otras cervezas y, cuando empezó a vencernos el sueño, buscamos un hotel. JJ, que creía que dormir en promiscuidad asentaba los vínculos familiares; tomó una habitación con tres camas e, igual que en la casa, me asignó la de la mitad. Me cogía el sueño, cuando sentí a Talía. Hola, cómplice perfecto, me susurró. ¿Qué haces? Adivina, dijo Talía y se apretó contra mí. Escuché el ritmo de su respiración, sentí la suavidad de su piel, la firmeza de sus tetas y la verga se me puso tiesa. Talía empezó a acariciármela. Tu papá, le dije. Ni lo mires que lo despiertas, susurró. No pude evitar mirarlo. Por favor, Talía, nos vamos a meter en un lío, dije. Pero ella no me escuchó, se puso encima de mí y me ayudó a entrar en ella. Mi papá está loco, me trata como a una niña, pero ya soy una mujer, dijo y empezó a subir y a bajar. Volví a mirar a JJ. No te preocupes, es sólo cogerle el ritmo a los ronquidos. ¿Cómo?, pregunté. Mira, contestó ella e hizo coincidir sus gemidos con los ronquidos de JJ. ¿Cómo lo haces? ¿Cómo crees que me he masturbado estos años?, rió. Le empecé a chupar las tetas y supe que entre el cuerpo de Talía y el respeto y la gratitud a JJ, acababa de decidirme por el cuerpo de ella.

el luto llévenlo dentro, teñido con buena sangre…

A veces había suerte, íbamos por la calle, frescos, en plan de rumba, y aparecía un policía de vuelta a casa, pensando en la mujer, en los hijos, en la comidita que le habían preparado, y pum, le dábamos un pepazo y el trabajo estaba hecho. Era tan fácil que daban ganas de comprar brandy, conseguir nenas, encender una hoguera, disfrazarse y ponerse a danzar alrededor del cadáver. Pero, apenas se supo que Pablo estaba pagando dos millones por tombo, los golpes de suerte se acabaron y tocó trabajar duro porque los polochos vivían asustados, era imposible pillarlos solos o desprevenidos y, para complicar más la vuelta, uno tenía también que espantar a la competencia. Quince tombos muertos y no he podido empezar a arreglarle la cocina a la cucha, dijo Caramelo. No se queje tanto, güevón, dijo Yónier. No me quejo, sólo les informo, contestó Caramelo. ¿Nos informas qué?, preguntó Fritanga. Les informo que como la plata no está alcanzando, me toca trabajar con menos gente, dijo Caramelo. ¿Nos estás zafando?, preguntó Fritanga. No puedo seguir arriesgando la moto, las armas y el pellejo por nada, contestó Caramelo. La moto está bien envenenada y anda bueno, pero el que dispara soy yo, así que tengo derecho a opinar, interrumpió Yónier. Pues opine, dijo Caramelo. Podríamos bajarle la participación a Fritanga y a Alicate, así no habría necesidad de sacarlos del negocio, dijo Yónier. ¿Cómo así que bajarnos la participación, quién te has creído?, interrumpió Fritanga. Es la única manera de seguir trabajando juntos, dijo Yónier. Usted propone esa fórmula porque Alicate es su amigo y Fritanga su cuñado, dijo Caramelo. No mezcle las cosas, interrumpió Yónier. No mezclo nada, de mi plante están comiendo su socio, su cuñado y hasta su hermana, respondió Caramelo. Yónier me miró para que lo ayudara. Bueno, bájennos la participación y listo, dije. Esa es una solución a medias y las soluciones a medias son problemas para el futuro, interrumpió Caramelo. Es que los tombos los pagan muy baratos, dijo

Fritanga. Ya le dije eso al man de la oficina, pero el man dijo que la guerra está saliendo cara y que, además, a los tombos los reponen todos los días, así que no tienen más opción que pagarlos baratos, contestó Caramelo. ¡Qué cagada que un polocho valga tan poquito!, exclamé. Tocaría tirarle a un ministro, dijo Fritanga. Sí, pero esos negocios no se los dan a gente que está empezando, esos cruces le caen a gente con experiencia, dijo Caramelo. Entonces, ¿qué vamos a hacer?, pregunté. Pues abrirnos y cada cual a rebuscarse la vida por su cuenta, selló Caramelo. Yo no me voy a dejar sacar tan fácil, rugió Fritanga. Y, ¿qué va a hacer?, lo encaró Caramelo. Hacerme respetar, dijo Fritanga y sacó la pistola. Caramelo dio un salto atrás y sacó el revólver. Si dejaras de meter tanto vicio, el billete te rendiría y no tendrías que faltoniar a la gente, dijo Fritanga. Yo hago con mi plata lo que me da la gana, contestó Caramelo. ¡Esperen, esperen!, gritó Yónier y se metió entre ellos. No vamos a matarnos entre nosotros, ayudé. Caramelo y Fritanga guardaron las armas. Lo vuelvo a decir, ni hago descuentos ni me salgo, insistió Fritanga. Dejemos ese tema y hablemos de una vueltica que ya tengo iniciada, dije. ¿Cómo así, cuál vuelta?, preguntó Caramelo. Una vuelta que me encontré de casualidad y que está fácil, contesté. Yónier me miró sorprendido y por la cara de decepción que puso, supe que el güevón se había puesto de acuerdo con Caramelo para zafarnos. Bueno, hagamos esa vuelta y vemos, dijo Caramelo. ¿Has estado siguiendo tombos sin decirme?, preguntó furioso Fritanga cuando Caramelo y Yónier se abrieron. No, pero no iba a dejar que usted se matara con Caramelo o que nos sacaran del negocio sin ganar tiempo. A mí no me van a sacar, repitió Fritanga. Fresco, hermano, relájese que ya se me ocurrirá algo. Si no se te ocurre nada, arreglo esto a mi manera, dijo Fritanga. Me fui para la casa, vi televisión y, cuando todo el mundo se acostó, busqué un papel y me puse a sumar y a restar para saber cuánto habíamos cobrado por los tombos muertos, cómo habíamos repartido el billete y cómo había gastado mi parte. Caramelo tenía razón, pagaban muy mal y había que replantearse el negocio. Lista la solución, le dije a Fritanga al día siguiente. ¿Cuál es? No se la puedo contar todavía. Fritanga me miró con más desconfianza que el día anterior. ¿No será que le estás haciendo el juego a Caramelo y a Yónier y ganando tiempo para que yo no brinque? ¿Tengo cara de traidor? Sí, contestó Fritanga. No, güevón, de traidor nada. ¿Entonces? Sólo estoy buscando una solución que nos sirva a usted y a mí, que somos los más jodidos. ¿Y qué tengo qué hacer yo? Seguirme la cuerda. ¿Sólo eso? Sólo eso, ya verá que nos va es a ir bien. No sé… Ay, Fritanguita, confíe por una vez en los amigos. Fritanga me miró a los ojos y yo intenté que encontrara en ellos confianza y solidaridad. Bueno, le doy otro día, dijo. ¿Dos hermanos?, preguntó Caramelo. Sí, dos hermanos, recién llegados de Bogotá, ingenuos y listos para ponerlos a comer tierrita, contesté. Ese barrio me da desconfianza, ¿no pueden hacerles más inteligencia para darles chulo en otro sitio?, dijo Yónier. Sí, claro, no hay problema, acepté. No…, qué más inteligencia, hagamos esa vuelta de una, ordenó Caramelo. ¿Cuál es el afán?, preguntó Yónier. Estos días no hemos hecho nada, no quiero que se me pase otra semana sin cumplirle a la cucha, añadió Caramelo. Si te va tan mal, ¿por qué andas haciendo planes?, intervino Fritanga. Esa conversación ya la aplazamos, dijo Yónier. Sí, Fritanguita, no caliente las cosas. Fritanga bufó, pero guardó silencio. Me senté, les hice a Yónier y Caramelo el mapa, les expliqué cuál era el mejor sitio para disparar y les mostré la mejor ruta de escape. ¿Una cervecita mientras estos manes van a preparar el terreno?, le preguntó Caramelo a Yónier. Sí, una amarga para ponerse a tono, contestó él. Fritanga y yo fuimos a la estación donde trabajaban los policías, vigilamos hasta que los vimos salir y llamamos a Yónier y Caramelo. Seguimos a los tombos, nos subimos en el mismo bus que ellos, nos bajamos en la autopista y, apenas la cruzamos para entrar al barrio, vimos a Caramelo y a Yónier aparecer en la moto. Fritanga le dio la señal a Caramelo y el man aceleró mientras Yónier sacaba la pistola. Me tiré sobre Fritanga y más me demoré en tumbarlo que en aparecer los otros policías. Los manes fueron rápidos. Caramelo y Yónier recibieron una ráfaga de plomo, cayeron y quedaron quietos igual que la moto. Los policías se acercaron, les dispararon otra vez y, cuando se les acabaron las balas, empezaron a patearlos y a escupirlos. ¿Los vendiste, marica?, me preguntó Fritanga. Los negocios son los negocios, contesté. No, hermano, la cagaste. ¿Por qué? ¿Ahora qué le digo a la hermana de Yónier?, preguntó. Nada, ¿qué le va a decir si usted no sabía nada? Huy, no. Ay, Fritanga, tanto frentiar a Caramelo y ahora se va a poner a llorar porque lo mataron. Debiste consultarme. ¿Para qué?, Caramelo nos iba a joder y yo encontré una manera de resolver el asunto. Todos estos manes creen que pueden decidir por uno, dijo Fritanga, y sacó la pistola. No decidí por usted, sólo lo dejé sano para que no cargara con culpas, dije. No me sigas enredando, dijo y me apuntó. Ya, Fritanga, por estos dos muñecos vamos a cobrar mucho más de lo que nos han pagado por los quince tombos. No es un asunto de plata, dijo Fritanga. Oí un disparo. Este malparido me mató, pensé. Pero no, el que había disparado era uno de los policías. ¿Este era el otro?, me preguntó. Sí, ese era, contesté.

¡titiritero, allez hop!

La obra que representábamos se llamaba *El país de la esperanza* y era la historia de Gaitanita, una niña a la que robaban unos truhanes, la llevaban muy lejos, la humillaban, la maltrataban y la ponían de sirvienta y esclava sexual. Después de muchos padecimientos, una noche de Navidad, los truhanes se emborrachaban y ella conseguía escapar pero, en los afanes de la huida, Gaitanita tropezaba, se daba un golpe en la cabeza, perdía la memoria y, sin saber quién era, viajaba por Colombia. El viaje era maravilloso por las bellezas naturales del país y era peligroso porque había mucho bandido y asaltante; pero Gaitanita se cruzaba con gente buena que la protegía y la ayudaba a superar los obstáculos que se le presentaban. Aprendía mucho, pero un día se cansaba de ir de un lado a otro sin rumbo y sin saber quién era, y cuando la tristeza y la soledad estaban consumiéndola, se daba otro golpe en la cabeza, recobraba la memoria, recordaba dónde estaba la familia, volvía con ellos y era feliz para siempre, por supuesto, en Colombia, el país de la esperanza. Las aventuras de Gaitanita eran caóticas, peligrosas y turbias, pero muy divertidas y, en aquellos días en los que la guerra arreciaba y había atentados, asesinatos y bombas a diario, la obra la agradecían hasta los adultos y, al final, cuando Gaitanita se abrazaba con el abuelo y le regalaba un escapulario que llevaba con ella para jamás perder la esperanza, el público no sólo aplaudía, sino que dejaba brotar lágrimas de emoción. El éxito de la obra era tan grande que me empecé a entusiasmar con los títeres; aprendí a hacerles las cabezas con engrudo y papel periódico, a pintarlos con vinilos, a ponerles el pelo, a armarlos con icopor y alambres, a vestirlos, a doblarlos y empacarlos con cuidado para que no se dañaran durante los viajes. Mientras JJ se trababa y se iba para el bar, donde al fin había encontrado una amante capaz de astillarle el resentimiento con las mujeres, Talía se dedicaba a enseñarme a mover los títeres, a hacerlos abrir y cerrar la boca, a hacerlos caminar, correr o abrazarse y a hacerlos llorar o reír o mostrar sorpresa. Aprendí la mecánica del oficio y Talía pasó a enseñarme la actuación; me dio instrucciones para el manejo de la voz, me enseñó a acercarme o alejarme del micrófono, a rugir de rabia, a sollozar de desamparo, a dar gritos de alegría y, lo más difícil, a coordinar la voz con los movimientos de los títeres. Aprendía rápido, Talía me felicitaba y, si me ganaba la torpeza, se burlaba de mí, pero, al final, siempre me abrazaba, me besaba y me empujaba hasta la cama. Nos desvestíamos, nos tocábamos, entraba en ella y ella empezaba a hablar como Gaitanita y, en lugar de sentirme un abusador de niñas, me sentía más arrecho; ella se movía como un títere y hacía voces y gemidos y yo pensaba que tenía en mis brazos no sólo a la mujer que amaba, sino a las miles de mujeres que también había en el mundo de los títeres. Mi aprendizaje y mi entusiasmo aumentaron, y pasé días y días rediseñando los muñecos, discutiendo con JJ posibles cambios en la obra, haciendo escenografías nuevas y animando a Talía a que les hiciera trajes nuevos a los personajes. Me sentía completo, vivía sin afanes, tenía una casa, un gran amigo, ganaba plata y, con tanto viaje, vivía siempre de luna de miel. De Cartagena fuimos a Barranquilla, de Barranquilla a Santa Marta, de Santa Marta a Riohacha, de Riohacha a Valledupar, de Valledupar a Cúcuta y de Cúcuta a Bucaramanga. De Bucaramanga a Vélez y Barbosa, de Barbosa a Tunja, de Tunja a Chía, Zipaquirá y Cajicá y de Cajicá a Bogotá. En cada ciudad entregábamos el pedido, dábamos una función, salíamos a hacer turismo, a comer en buenos restaurantes y a dormir también en buenos hoteles. JJ solía cansarse rápido de tanto ajetreo, volvía temprano al hotel y Talía y yo terminábamos los días visitando museos que no visitábamos, viendo películas que no veíamos, caminando parques que jamás pisábamos porque, apenas quedábamos solos, nos encerrábamos en un motel a tirar sin tener que someternos al ritmo de los ronquidos de JJ. Pero si nosotros estábamos felices, JJ lo estaba aún más; contrató un albañil para que terminara la casa y, como yo aprendía bien el oficio, empezó a insinuar que iba a dejar la viajadera y se iba a dedicar a su sueño de siempre: escribir obras de teatro. El bienestar empezó a fluir como fluye siempre en Colombia, con vértigo, y yo hice lo único que sabe hacer un colombiano cuando la vida empieza a tratarlo bien: dejarse arrastrar sin tomar precauciones por si algo sale mal. Sólo me amargaba el recrudecimiento de la guerra. Los televisores habían invadido los restaurantes, los bares, las salas de espera y hasta los cuartos de los moteles, y era tenaz estar comiendo, descansando o echándose un polvo y oír el «tantantan tantantan tantantan» que anunciaba el extra de un noticiero, ver el último atentado, las imágenes de los edificios destruidos, los cuerpos mutilados, los heridos y las caras llorosas de los familiares de las víctimas. Este mundo sí es muy raro, nosotros pasándola tan bueno y este país estallando, le dije un día a JJ. Así es la vida, hermano. ¡Qué contradicción!, exclamé. Como usted mismo dijo la noche que llegó a mi casa, mejor dejar pasar esos líos de ladito, contestó él. Pues sí, dije, pero me sentí mal. Tú no sabes vivir en paz y así es muy difícil, dijo Talía una noche que paré de besarla por ver las imágenes de una nueva bomba. Es que me gana la curiosidad. Hay a quien le toca la tristeza y a quien le toca la alegría, dijo y me jaló de nuevo hacia ella. La acaricié y sentí la piel sudorosa. Volvía a excitarme cuando sonó otro «tantantan tantantan tantantan» y anunciaron otro atentado. Mira, es en el pueblo donde acabamos de presentarnos, dije. Talía no contestó; se levantó y se puso los cucos. Me importa un culo dónde haya sido, es sólo una bomba más. No es ninguna bomba más, puede haber muerto gente que acabamos de conocer. Puede haberse muerto hasta el perro, pero ¿yo qué puedo hacer?, dijo. Apagué el televisor y me senté en la cama. Perdóname, no quería amargarte el polvo, dije. Mira, amor, si alguien no tiene por qué amargarse somos nosotros, *El país de la esperanza* es un oasis de tranquilidad en medio de esta guerra. ¿Y si la obra es tan sólo un sedante que evita que la gente tome conciencia y reaccione contra tanta maldad? Huy, se le salió el alma de comunista, se rió Talía. Me reí también. Olvídate de esas bobadas, dijo Talía y volvió a desvestirse. Hicimos funciones en Bosa, en Soacha, en el Parque Nacional y en Las Ferias. JJ tuvo que volver varias veces a Medellín a recoger más juguetes y con Talía nos dedicamos a ir de verdad a los parques, los cines, los bares y los museos. La gira continuó por el Meta, Casanare y Arauca. En el Llano hicimos una parada para descansar y aprendimos cómo montar a caballo, comer mamona, poner el toldillo y dormir en chinchorro. Mientras JJ roncaba, Talía y yo nos amábamos en una hamaca, arrullados por una música que sonaba dulce, pero que siempre hablaba de grandes pasiones o traiciones. Hubiéramos seguido de paseo si no nos avisan que las obras en la casa estaban terminadas. Era un lugar distinto, no había patio lleno de basura sino un prado con sillas y una fuente en el medio, no había una sola habitación inmensa, sino tres cuartos, una sala, un comedor y una cocina con vista al patio. Los cielos rasos brillaban, había puertas y un poco de intimidad, las ventanas dejaban ver la gente que pasaba por la calle y había muebles modernos y cortinas que lo hacían sentir a uno como en el más lujoso de los hoteles en que hubiéramos dormido. A la fiesta de inauguración de la casa asistieron los viejos compañeros de JJ, unas amigas del colegio de Talía, un par de amigos que me había hecho yo en el pueblo y hasta la prostituta con la que JJ andaba de amores. Tomamos, bailamos y comimos hasta el amanecer. JJ me abrazó y repitió hasta el cansancio que una parte de aquello era mío y que, mientras siguiera trabajando duro, nunca me iba a dejar ir de su lado y nunca me iba a faltar ni afecto ni compañía. La fiesta habría seguido en la casa si, al amanecer, el pito atronador de un camión no resuena junto a la puerta de la casa. Talía y yo salimos a ver quién pitaba y nos estrellamos contra un camión nuevecito conducido por Ordóñez. Era el doble de grande que la dodge y tenía pintadas unas letras de colores que decían: «Nuevo Retablo Rodante de Itagüí». Talía y yo subimos al camión, vimos la bodega para los juguetes, el escenario y el pequeño rincón acondicionado como camerino y empezamos a abrazarnos y a saltar de la felicidad. Ahora hay celebración doble, dijo JJ y mandó a comprar más trago. Vámonos para La Pintada, propuso uno de los amigos de JJ. Eso, sigámosla en La Pintada, dijo Ordóñez, y los asistentes a la fiesta empezaron a saltar dentro del camión. Ya cumplí, muchachos, de aquí en adelante el retablo queda en sus manos, nos dijo JJ después de dos días de piscina, trago, comida y más baile. Huy, no, hermano, no me siento capaz de hacerle solo. Pues le toca ser capaz, ahora los artistas son ustedes dos, contestó JJ. Usted lo que está es borracho, dije. Le tocó, mijo, le tocó, dijo Ordóñez y brindó con JJ. Tiene razón, papá, llegó nuestro momento, dijo de pronto Talía. ¿Cómo así?, pregunté. Usted y yo vamos a poner a descansar a este viejo, dijo Talía y sonrió con tanta esperanza que fui incapaz de contradecirla. Pasaron las celebraciones, nos acomodamos en el nuevo escenario y JJ y Ordóñez decidieron que la primera función del Nuevo Retablo Rodante de Itagüí sería para los niños del mismo pueblo en que vivíamos. El rumor de la función gratuita corrió y hasta el alcalde se metió en la organización del evento. Parqueamos el camión en la plaza, la policía cerró los accesos al lugar, los comerciantes ofrecieron bebidas gratis para los niños y los colegios no sólo llevaron a los alumnos, sino que les pusieron como tarea hacer resúmenes de la obra. El día de la función, Itagüí respiraba euforia; JJ había pasado de ser un teatrero triste, vicioso y derrotado a ser un prohombre del pueblo; Ordóñez andaba feliz diciendo que si los negocios seguían tan buenos se lanzaría a la política, Talía iba de un lado a otro presumiendo de ser la nueva artista del lugar. El único nervioso era yo, que, a pesar de los ensayos, todavía no estaba muy convencido de ser capaz de remplazar a JJ. La policía abrió el paso y las sillas se llenaron de niños y padres, madres, tíos y abuelos que se acomodaron frente al camión. El alcalde se subió en una tarima preparada para el evento y empezó a echar un discurso sobre la capacidad del arte para ayudar a alcanzar la paz y el progreso, pero tuvo que callarse porque la gente empezó a chiflar y a tirarle los vasos desechables en que les habían servido la gaseosa. Ordóñez, el siguiente orador, en lugar de hablar bobadas, aprovechó para anunciar que al final de la función rifaría entre los niños asistentes las últimas novedades en juguetes que su «gran empresa ha importado de Estados Unidos y la lejanísima China». El pueblo entero aplaudió la generosidad de Ordóñez y le llegó el turno a JJ. El viejo salió vestido como un saltimbanqui y dio un par de volteretas para subirse a la tarima y con ellas dejó claro que se había acabado la política y había llegado el momento de los artistas. Un par de chistes, una imitación del alcalde, una imitación de Ordóñez y, entre aplausos, contó que le había llegado el momento del retiro y que pasaba el testigo a Talía, su hija, y a mí, el más fiel y talentoso de los ayudantes. Subimos al escenario, hicimos la venia para saludar, el público aplaudió y, mientras Ordoñez rompía contra la carrocería del camión una botella de champaña y daba por inaugurado el Nuevo Retablo Rodante de Itagüí, nosotros nos colábamos en la tras escena, nos dábamos besos para animarnos, sacábamos los títeres, nos acomodábamos, le pedíamos a un voluntario que prendiera el equipo de sonido y le pedíamos a otro que corriera el telón. La música calló al público y todos se pusieron a ver cómo Gaitanita era feliz en casa con su abuelo y cómo, a espaldas de abuelo y nieta, un par de maleantes se filtraban en el lugar, golpeaban al viudo y se llevaban a la niña. Me costó seguir, pero amarré los nervios y me dejé llevar por la historia: Gaitanita aguantó que la golpearan y la amarraran, y soportó el largo viaje hasta el lugar donde la escondieron los secuestradores. La dejaron pasar hambre y sed, la maltrataron, la humillaron, la forzaron a hacer cosas inconfesables y, cuando tuvieron doblegada su voluntad, la pusieron a cocinar, a trapear y a lavar ropa. La mirada orgullosa de Talía me ayudó a pasar a la parte en la que los malos se emborrachaban y se quedaban dormidos mientras Gaitanita se desataba, salía huyendo y sufría el lastimoso accidente que le hacía perder la memoria. Despertaba en un claro de la selva sin saber ni quién era, pero el instinto le ayudaba a saber que debía huir y, mientras huía, el más malo de los malos trataba mal a los otros malos y los amenazaba con hacerles pagar las pérdidas que le produjera el escape de Gaitanita. Con una voz entre triste y desesperanzada, Talía contó el largo viaje de la niña por Colombia, la forma como se maravillaba ante los hermosos paisajes, cómo lloraba de soledad ante tanta hermosura, las mil maneras como siempre la acosaban los malos y la bondad con la que siempre la salvaban los buenos. Después de una lágrima y ya con seguridad, narré el momento en que la niña desfallecía, se declaraba vencida de buscar a una familia que no recordaba y cómo, después de agradecer a quienes le ayudaron, subía a un bus para irse a un país lejano. El chofer de ese bus cometía la imprudencia de exceder la velocidad, se estrellaba y hacía que Gaitanita se pegara otro golpe en la cabeza. Empezó a anochecer y el público se dejó envolver no sólo por la música y las aventuras de los títeres, sino por el ambiente nostálgico de las tardes del trópico. Gaitanita despertaba entre hierros retorcidos y se quedaba mirando a un viejo que agonizaba a su lado, entonces recordaba quién era y a qué pueblo debía retornar y, armada tan sólo de un escapulario que había comprado para no perder nunca la fe, bajaba del bus e iba, por fin, en busca de su destino. La gente se emocionó en ese momento. Nosotros nos emocionamos aún más y tuvimos tanta confianza, que le hicimos cambios a varios diálogos, alargamos un poco el final y conseguimos que la gente se riera mientras Gaitanita sentía el placer infinito de volver a ser ella misma y de pisar un territorio que consideraba propio. El abrazo de reencuentro entre Gaitanita y el abuelo se ganó chiflidos, gritos y un aplauso general, y cuando se cerró el telón Talía aprovechó para darme el beso más feliz que he recibido, el beso que me hizo sentir el hombre más hombre que pudiera haber pisado la Tierra. Los títeres salieron una y otra vez a recibir aplausos, y cuando el público se cansó de aplaudir, nos hizo salir a Talía y a mí y nos aplaudió y chifló hasta que el alcalde se desesperó e hizo apagar las luces del escenario, y empezaron él mismo y su señora a repartir los sánduches y las gaseosas que el municipio había donado para la función.

véndela, véndela,
o dile a su madre que me fabrique otra igualita...

La celebración tenía que ser perfecta, no todos los días cumple uno dos años de estar enamorado, de tener quién lo cuide y lo aliente, y de disfrutar una mujer con la que tira como un dios. Dos años en que había ido cada tarde a recogerla al gimnasio donde trabajaba, que la veía aparecer con el pantalón y la blusa blancos que le servían de uniforme, que la veía sonreírme, que veía al portero mirar para otro lado cuando ella me besaba y que la oía decirme al oído con voz de niña: Ya era hora de que llegaras, estoy muerta de ganas de que me la hundas. Dos años en que íbamos siempre a las residencias de La Mayorista, que sobrado le picaba el ojo al güevón que cobraba la habitación, que la veía quitarse los tacones y el uniforme y pasar de ser una manicurista coqueta a ser una mujer descalza que se volvía tímida por la desnudez. Este aniversario no me vas a encerrar en un motel, este año quiero que me lleves a cenar, me había dicho muy seria. Claro, le contesté. Pero ni creas que me vas a llevar a esa pizzería barata de siempre, añadió. Puse mala cara porque no me gusta que me impongan nada, pero esa misma noche hablé con mi mamá y le pedí que me prestara la plata que me hacía falta para llevarla a un buen restaurante. Pelusa, un taxista que vivía en la misma cuadra que nosotros, me prestó el carro para ir a recogerla y antes de ir por ella hice una parada en una floristería y le compré unas rosas. Rojas, las de la pasión, dijo la nena de la floristería. El restaurante que había escogido quedaba en Las Palmas, así que cogimos la Setenta, llegamos a la Quinta y empezamos a subir la cuesta. Ella acariciaba las flores, veía la ciudad quedar atrás y me sonreía. Estaba preciosa, tenía una blusa escotada, los senos se veían casi enteros y el pantalón ceñido al cuerpo dejaba claro que no iba al gimnasio sólo a pintar uñas, sino también a darles tono a los músculos. Llegamos y sentí pena de estacionar el taxi junto a las camionetas de lujo que había en el parqueadero del restaurante, pero la vergüenza se me pasó cuando entramos y todas las mujeres voltearon a mirarla y ninguno de los hombres pudo disimular la envidia al ver que yo era el man que me comía a esa mujerzota. Nos sentamos y empezamos a besarnos y sólo nos interrumpió el mesero. Pollo con champiñones, pidió ella, porque fue lo único que se le hizo conocido en la carta; un bistec, pedí yo, porque también fue lo único que no me sonó raro. Mientras traían la comida, me siguió contando la historia de una compañera de trabajo que se había enmozado con un mafioso y que, de ser manicurista igual que ella, había pasado a ser cliente del gimnasio. Lo peor es que la perra nos trata como a sirvientas, dijo. Los platos llegaron y empezamos a comer. La música sonaba y ella iba partiendo y comiendo uno por uno los champiñones, y yo iba partiendo la carne y me sentía feliz y la miraba, la acariciaba por debajo de la mesa y empezaba a entender lo que ella supo desde el primer día: que nos íbamos a casar, a tener hogar e hijos. Terminábamos de comer cuando el mesero se acercó y puso una botella de champaña sobre nuestra mesa. Lo miré asustado porque llevaba el dinero exacto para lo que ya habíamos pedido y pensé que ese error me iba hacer pasar la vergüenza más grande de mi vida. Te amo, dijo ella y acarició la botella. Miré al mesero. Es una atención del señor, me dijo y señaló a un hombre que comía solo y rodeado de un grupo de guardaespaldas. Las cadenas de oro que llevaba el hombre destellaron por las luces del restaurante. Ese man es un narco, dijo ella, y la alegría se le acabó. Dígale que muchas gracias, pero que tenemos afán y no alcanzaremos ni a abrirla, le dije al mesero. El mesero iba a coger la botella, pero el hombre se levantó y vino hacia nosotros. Mucho gusto, Roky, dijo y estiró la mano para saludarme. El mesero retrocedió. Álvaro, contesté y le apreté la mano. Soy un romántico y no pude evitar sentirme conmovido y mandarles esa botella. Muchas gracias, sólo que ya nos vamos, dijo ella y se levantó de la mesa. No sea odiosa, comparta un poco de felicidad. Es una cena privada, añadió ella. Sí, qué pena, dije intentando imitar a mi novia y también me levanté para irme. No sea envidioso, dijo Roky y me miró con desprecio. Di un paso hacia atrás, ella se me pegó e intentamos salir, pero fue imposible porque a nuestro alrededor se pusieron los guardaespaldas. Una celebración es una celebración, no vamos a amargárnosla, dijo y se sentó en nuestra mesa y ordenó al mesero abrir la champaña. Gracias, dijo ella cuando el mesero le alcanzó la copa. El mesero me pasó la copa a mí y también acepté brindar. Por el amor, dijo Roky y estrelló su copa contra la mía. Por el amor, dije y abracé a mi novia. La gente empezó a irse del restaurante. Gracias y adiós, dijo ella. Sí, vámonos, dijo Roky y sacó la tarjeta de crédito y se la entregó al mesero. No, yo pago, dije. Guarde esa billetera, me ordenó uno de los guardaespaldas. Ella me apretó la mano y empezó a buscar la salida. No tan rápido, dijo Roky y sacó un revólver y me lo puso en la espalda. Los meseros y la gente que quedaba miraron para otra parte. Los guardaespaldas también desenfundaron las armas y no tuvimos más opción que dejarnos llevar. Te puedes quedar o te puedes ir, me dijo Roky apenas estuvimos en el parqueadero. Miré a mi novia, vi la ciudad luminosa detrás de ella y supe que lo mejor era irme. Pero también que ella jamás me lo perdonaría. Las camionetas salieron del parqueadero y en lugar de regresar hacia Medellín, siguieron subiendo por la montaña con nosotros hasta llegar a un conjunto de casas campestres. El celador abrió la reja y nos saludó a todos con una sonrisa. ¿Otra copa?, preguntó Roky apenas estuvimos junto a la piscina. Sí, dijo ella. ¿Y el señor?, me preguntó uno de los guardaespaldas. Bueno, también, dije y recibí la copa. Así me gusta, si nos relajamos la pasamos mejor, dijo

Roky y le acarició el pelo a mi novia. Por favor, señor, déjenos ir, insistió ella y empezó a llorar. No llore, mamita, no va a pasar nada grave, sólo vamos a divertirnos, añadió Roky. Me tiré contra él, pero me recibió con un puñetazo. Caí y los guardaespaldas me dieron un par de patadas. Levántese, malparido, ¿no dizque la ama?, dijo Roky. Le hice caso y volví a cargar contra él. Roky me volvió a tumbar. No le pegué más, por favor, lloriqueó ella. Roky se detuvo, se fue hacia ella y le desabotonó la blusa. Los guardaespaldas me rodearon. Tiene un novio muy alzadito, dijo Roky mientras empezaba a quitarse la ropa. Maten a ese hijueputa, añadió. ¡No, no, por favor!, lloró mi novia. ¿Quiere a ese güevón?, rió Roky. Ella se quedó mirándome. Mátenlo, insistió Roky. No le hagan nada, susurró sin fuerzas. Roky terminó de desnudarla. Esta hembra no sólo está rica, sino que es inteligente: no lo maten, mejor que mire.

creo que sembré en tierra mala
o no supe sembrar…

La presentación en la plaza de Itagüí, el orgullo con que Talía se refería a mí y la protección incondicional de JJ me hicieron sentir que había vuelto a encontrar un lugar en el mundo. No era el único que soñaba, JJ y Talía hacían lo mismo; fue como si los tres hubiéramos decidido de pronto vivir en el mundo de los títeres y creer que tan sólo iban a ocurrir las historias que nos inventábamos. Aún no decido si mandarla a una universidad aquí en Medellín, en Bogotá o a una en el extranjero, decía JJ cada vez que hablaba sobre el futuro de Talía. A la mejor de todas, sugería ella y sonreía como si la fueran a mandar al cielo. Se llamará International Itagüí Theatre Group, tú serás el gerente y productor general, y no daremos abasto cuando representemos las obras que voy a escribir ni cuando nos pongamos a vender las licencias y derechos de traducción de esas obras, decía JJ cada vez que hablaba de su otro gran sueño. Seguro que antes de irme, mi mamá vuelve, y como mi papá todavía la quiere, seguro la perdona y volveremos a ser una familia, soñaba Talía. ¿Y qué va a pasar conmigo?, preguntaba yo. Usted tranquilo, estoy segura de que mi papá ya sabe que estamos juntos, sólo que no lo acepta porque perdería muchos privilegios conmigo, me tranquilizaba ella. De pronto un día su papá se fuma un baretico conmigo y me dice: ya chino, deje de disimular, más bien vaya pensando en organizar la boda, que estoy cansado de que la gente murmure que ustedes son pareja cada vez que volteo por una esquina, decía yo. Mañana volvemos a la carretera, dijo JJ después de una larga charla que tuvo con Ordóñez. ¿Adónde vamos?, preguntó Talía. A la Zona Cafetera, contestó JJ. Qué rico, tierras conocidas, dijo ella. Y esta vez no iré como actor, voy como empresario, dijo JJ. ¿O sea que me toca volver a protagonizar la obra?, pregunté. O sea que ahora va a ganar más plata, contestó JJ. Subimos al camión, salimos de Medellín, pasamos por Fredonia, Aguadas, Riosucio y Anserma, y llegamos a Manizales. Parqueamos el camión en un potrero junto a la distribuidora de juguetes, sorteamos los vientos que enfriaban todavía más el aire frío de la ciudad y dimos una función que terminó por confirmar mi capacidad de remplazar a JJ. Esto vamos a celebrarlo con un pericazo, dijo JJ y sacó una papeleta de coca. Talía me hizo un gesto para que le siguiera la corriente al papá. Nivelamos la coca con un baretico y nos pusimos a tomar cerveza. Cuando lo vi en ese ashram, nunca imagine que usted fuera a ser mi mayor apoyo para salir adelante, dijo JJ. Al contrario, usted me acogió, nunca podré pagarle que me haya acogido. ¿Sabe?, hoy se me ocurrió la idea para mi primera obra. ¡Qué bien!, cuente. No, todavía no se la diré a nadie, voy a madurarla. Cuente, hermano, no sea egoísta. No es egoísmo, es más, si sigue como va, tal vez deje que usted la protagonice. Huy, no, una cosa es contarles cuentos a unos niños escondido detrás de unos muñecos, y otra muy distinta es salir a un escenario a darle la cara al público. Ya verá que un día lo hago parar frente a miles de personas. No hablemos de eso, mejor vámonos a dormir, dije. ¿Otro pericazo para bajar la borrachera? No, me meto otro pase y no duermo. ¿Y para qué quiere dormir? No sé, pero quiero dormir. Cobarde, dijo JJ y se metió el pase. Amanecí superenguayabado, pero Pereira nos esperaba y me subí al camión, manejé, hice la presentación junto a Talía y sólo descansé cuando sentí que había cumplido con las obligaciones que me había delegado JJ. Otra función, un viaje a Medellín a traer más juguetes y nos fuimos para Armenia, la ciudad donde JJ tenía familia y donde pensábamos dar varias funciones de *El país de la esperanza*. El éxito continuó y después de otra traba y otra borrachera en unas tiendas que había junto a la Universidad del Quindío, un primo de JJ nos invitó a quedarnos en una hacienda cafetera que hacía poco habían convertido en hotel. Como empresario, JJ es un éxito y lo pasamos mucho mejor, le dije a Talía cuando nos paramos en el segundo piso de la casa de la hacienda y vimos los cafetales hacer figuras sobre las curvas de las montañas. Está linda la vista, dijo Talía. Linda es el pico, le dije. Qué cagada…, dijo de pronto ella.

¿Qué cagada qué? Que nada pueda ser perfecto, contestó. ¿Qué pasa?, le pregunté. Tengo un retraso, soltó. ¿Un retraso? Sí, de dos meses, dijo ella. Miré otra vez los cafetales, el corral con el ganado, la tienda de artesanías y pensé que no podía haber un lugar más hermoso en Colombia para que le anunciaran a uno que iba a ser papá. La abracé y empecé a besarla. ¿Qué te pasa?, dijo ella y me apartó. ¿Qué me va a pasar?, que vamos a tener un hijo. ¿No se te olvida algo? ¿Qué?, le pregunté. Mi papá, un embarazo mío es lo último que espera. Eso ya no importa. ¿Cómo que no importa?, preguntó Talía. Ahora lo importante somos nosotros dos y, sobre todo, el bebé. Talía hizo una mueca de disgusto y me pidió que habláramos en otro lugar. Bajamos las escaleras, cruzamos el patio y nos sentamos junto a un estanque en el que nadaban unos patos. El retraso me ha hecho revaluar lo que estamos haciendo, dijo Talía ¿Cómo así? Una cosa es tirar, pasarla bien, y otra defraudar por completo a mi viejo, añadió. Nada de tirar y pasarla bien, nosotros nos queremos, dije. Sí, nosotros nos queremos, pero hemos sido muy irresponsables, recalcó ella. Y, entonces, ¿qué vamos a hacer? Usted nada, yo voy a abortar, dijo. No puedes hacer eso. ¿Por qué no? Es hijo de los dos y yo quiero tenerlo. Es hijo mío, está en mi cuerpo y seré yo quien decida qué hacer con él, subrayó Talía. ¿Por qué no lo piensas mejor?, le pedí. Se le escaparon unas lágrimas y me abrazó. La dejé que llorara y la besé. ¿Puedo contar contigo para lo que sea? Claro, le dije. Talía se serenó, hicimos las otras funciones, le compré unos aretes y unas sandalias, y me dediqué a portarme bien y a quererla para que sintiera que estaba con ella. Dos días después JJ se fue de cabalgata con el primo, y Talía yo compramos la prueba de embarazo. Yo hice guardia junto a la puerta del baño mientras ella se encerraba a salir de la duda. Positiva, dijo apenas salió. Volví a sentirme feliz, pero disimulé para no molestarla. Ella me cogió de la mano, me llevó hasta el lobby del hotel, cogió un periódico y se puso a revisarlo. Apenas encontró lo que buscaba, rompió la hoja del diario y se guardó el pedazo de papel en el bolsillo. No nos precipitemos, intentemos hablar con tu papá, dije en el taxi que nos sacó del hotel. No tenemos nada que hablar con él, contestó. No quiero que lo hagas, lloriqueé. ¿Estás conmigo o no lo estás?, preguntó Talía y me soltó la mano. El taxi pasó por Calarcá, entró a Armenia y buscó el centro de la ciudad. Bajamos frente a un edificio y el ascensor nos abandonó en un corredor maloliente al final del cual encontramos la oficina anunciada en el periódico. Sigan, dijo la mujer que nos abrió y me miró de arriba abajo y me ordenó sentarme en un sofá, mientras cogía de la mano a Talía y la hacía pasar al «consultorio». La puerta se cerró y me quedé en esa estrecha recepción sin saber qué hacer, sin saber qué pensar y sin saber qué estaba ocurriendo en la habitación a la que habían entrado la mujer y Talía. Pasó un buen rato y salió la mujer. Ciento cincuenta mil, dijo. Abrí la cartera de Talía, entregué el dinero y la mujer lo contó sin quitarse los guantes de cirugía. Al rato salió Talía, estaba pálida, con los ojos llorosos y supe que de la joven que me había hecho feliz durante los últimos meses ya no quedaba nada; se había convertido en una mujer con los ojos apagados y llenos de decepción. No quiero ir todavía a la hacienda, me dijo. Entramos en una cafetería que había en el primer piso del mismo edificio, nos sentamos en un par de sillas y nos quedamos un buen rato callados, sin mirarnos y viendo por la televisión las noticias de los últimos atentados. Habían secuestrado al hijo bobo del dueño de un periódico, habían matado a decenas de policías, quemado varios laboratorios de droga y había salido un nuevo comunicado de Los Extraditables, que era como se llamaba el grupo de mafiosos que estaba enfrentado ya no al gobierno del Tatareto, sino al de la Loca, un político que había llegado a presidente de casualidad, porque al verdadero candidato lo había asesinado la mafia. Las noticias sobre la guerra dieron paso a la información sobre deportes, los deportes a las notas de farándula y cuando la tetona que presentaba la sección iba a contar las curiosidades del Reinado Nacional de la Belleza, Talía me agarró la mano y la apretó. ¿Qué te pasa?, pregunté. Se desmayó. La alcé y vi el charco de sangre bajo la silla en la que estaba sentada. La dueña de la tienda entendió lo que ocurría y corrió a buscar un taxi. Se puso mala y me tocó llevarla a la clínica, mentí cuando volvimos a la hacienda y entramos a la habitación que, como siempre, compartíamos con JJ. Es la regla, me llegó muy fuerte, ayudó Talía. Mentimos esa noche y la mañana siguiente, pero fue imposible seguir haciéndolo porque la hemorragia aumentó. Es un aborto mal hecho, dictaminó el médico que examinó a Talía más tarde. JJ me miró y fui incapaz de sostenerle la mirada. El médico se sintió fuera de lugar y se marchó. Quiero que recoja sus cosas y se vaya, no quiero que se acerque más a mi hija, ordenó JJ. Déjeme explicarle…, empezaba a decir cuando JJ remató la orden con un puñetazo. Con el ojo hinchado, salí de la habitación y me senté en la sala de espera de la clínica. Le dije que se largara, volvió a decir JJ cuando salió de la habitación. Quiero que hablemos, pedirle excusas, dije. ¡Qué excusas ni qué mierda!, dijo JJ y me empujó.

Es mejor que se vaya, dijo el celador de la clínica que impidió que JJ me pegara. Asentí y busqué la salida. Acababa de llover y al calor se le sumaba la humedad; la gente iba y venía, el tráfico era denso y me puse a caminar sin rumbo mientras me preguntaba si Talía iba a mejorar y si JJ iba a ser capaz de perdonarme. Se me acabaron las preguntas y me di cuenta de que nada iba a ser fácil, que había estado engañando a JJ durante meses y que, con el aborto, la conexión entre Talía y yo se había roto. Otra vez me iba a quedar solo en este mundo. Mejor no pienso en esa posibilidad, me decía cuando estalló la bomba. La onda explosiva me hizo caer. Quedé como borracho, y en medio de la borrachera empecé a ver cómo la nube de polvo se iba aclarando, cómo corría la gente, cómo gritaban las mujeres y cómo se iban muriendo los heridos. Unos empezaron a ayudar a otros, a subir mutilados a los taxis, y los ladrones se afanaron por robar antes de que llegara la policía y acordonara la zona. Me levanté, me toqué por todas partes, como vi que estaba completo, me dejé ganar por la curiosidad y caminé hacia donde había sido la explosión. Me acercaba al cráter que había dejado la bomba cuando vi uno de los juguetes que nosotros íbamos llevando de un lado a otro del país. Era un wokitoki. Cuando lo levanté, alguien dijo: Con esos aparatos es que hacen estallar las bombas. Le di vuelta al wokitoki, revisé la marca y, como llegó la policía, lo escondí. En una cafetería me dejaron lavarme la cara y ahí mismo me senté y seguí mirando el wokitoki mientras me preguntaba cómo podía haber llegado hasta el lugar de la explosión. No sabía qué hacer, no sabía qué pensar y mientras más pensaba, más me confundía y decidí que lo único sensato era volver a la clínica. ¡Le dije que no viniera por acá!, gritó JJ apenas me vio. Mire, le dije y le mostré el wokitoki. JJ se rió. ¿Qué creía, que nos pagaban toda esa plata sólo por dar funciones de títeres? La frase fue tan contundente que quedé más aturdido que con la bomba. No íbamos por el país sólo llevando alivio, también había que hacerles favorcitos a los patrones de Ordóñez, dijo y sentí que con esas palabras se vengaba de mis amores con Talía. Lo voy a denunciar, amenacé. ¿Y qué va a decir, que usted no sabía nada? Malparido, susurré. JJ me volvió a pegar. Volteé a mirar a Talía. ¿Tú sabías?, le pregunté. Se quedó callada. Dime que no, le rogué. Siguió sin hablar. Usted es peor que su papá. Talía me miró y la expresión de sus ojos pasó de la sorpresa a la lástima y terminó por volverse rabia. ¿Sí ve por qué no quise tener un hijo suyo?, usted es un güevón. La miré todavía sin creerlo. Es mejor que le haga caso a mi papá, váyase, aquí no tiene nada que hacer, añadió. ¡Malparida, asesina!, grité, y JJ sacó un revólver y me apuntó. Hágale caso a la niña. Salí, caminé por el corredor de la clínica, seguí caminando y volví a recorrer la avenida. Mientras lo hacía, me puse a hacer la cuenta de las ciudades que habíamos visitado, de cuántos muertos había dejado cada bomba, de cuántos heridos, de cuántos mutilados, de cuántas viudas y huérfanos y seguí apurando el paso hasta llegar al borde de una quebrada. Y ahí, como si de pronto volviera a ser el niño de Barbacoas, me sentí completamente perdido en el mundo y me puse a llorar.

quiero morir en tu piel…

Andrés tenía unos ojos tristes que me ponían toda blandita por dentro; escribía y cantaba lindo, pero nunca supe por qué en lugar de enamorarme, tanta ternura y romanticismo me habían cansado y estaba aburrida. Llevaba un mes poniéndole los cuernos con un músico que él mismo me había presentado y, como cada día el pobre Andrés me componía más canciones, empezaba a sentirme la peor de las zorras. Así que lo invité a almorzar al Centro Noventa y tres para decirle que había algo que no iba bien y que necesitaba tiempo para pensar si seguíamos o lo dejábamos. Tenía tantas ganas de salir de ese enredo que, cosa que nunca había hecho en mi vida, llegué temprano a la cita. Y no era fácil. Estudiaba en el Centro y me había tocado capar dos horas de Economía, aguantar el trancón de la Séptima, perderme un cuentero que me gustaba y decirle que no a una invitación de mi nuevo amante. A pesar del esmog y el bullicio, Bogotá estaba bonita; el sol la calentaba y la gente iba de un lado a otro en mangas de camisa, como si en lugar de estar en la nariz del páramo estuviera en una playa del Caribe. Llegué a la entrada del centro comercial, vi que Andrés no había llegado, y decidí ir hasta una tienda que habían abierto en la Ochenta y seis a probarme un vestido. Marcia, la vendedora del almacén, fue superamable y como el vestido no me quedó bien, me pasó otros modelos, y me embobé probándome el morado, el verde, el blanquito y uno azul, color que odiaba, pero al que ese mediodía decidí darle una oportunidad. Entre prueba y prueba, le conté a Marcia mi historia con Andrés, y mientras conversábamos sobre mis dilemas amorosos, pasó el tiempo. Es mejor que se vaya, pobre man, hacerlo esperar tanto para echarlo, dijo Marcia. Verdad, contesté y salí de la tienda. Rumiaba las palabras que debía usar para terminarle a Andrés cuando explotó la bomba. El ruido fue seco y no me impresionó, pero el caos y la gritería que invadieron la Quince sí me asustaron y eché a correr hacia el centro comercial. No había entrada, sólo una nube de polvo de la que salían zombis cubiertos de tierra que chorreaban sangre. No entre, el edificio se puede derrumbar, me dijo un vigilante. Lo ignoré y me metí entre el polvo. El que Andrés estuviera allí por mi culpa me llenaba de angustia y me dio fuerzas para ir de un lado a otro mientras la nube de polvo se convertía en la basura que cubría los destrozos de la explosión. Un par de policías y varias mujeres empezaron a sacar gente de entre los escombros y decidí ayudarlos para ver si encontraba a Andrés. El primer cuerpo que sacamos era el de una mujer que había muerto de un golpe, y empecé a pedirle a Dios que Andrés no hubiera ido a la cita y que, si estaba allí, no estuviera muerto, porque si se moría yo no me iba a perdonar cada una de las veces que le había mentido para irme a revolcar con el otro man. Tengo que ponerle optimismo, pensé y me puse a mover piedras y vidrios para sacar a una mujer que estaba viva. Eso me animó y seguimos hasta que debajo de un pedazo de pared apareció el bluyín que le había regalado a Andrés en Navidad. Toca entre varios para mover ese muro, dijo un policía y llamó a otros policías y a otros manes que habían llegado a curiosear. Andrés no se movía y no sabía si estaba vivo o muerto; cada segundo de espera se me hizo eterno y me abracé al brazo que tenía por fuera y me puse a llorar y a pedirle perdón. Por fin movieron el muro y sacaron a Andrés. Estaba inconsciente. Me acordé de que en el bolso llevaba una botella de agua y la saqué y me puse a lavarlo. En ese momento sentí que sí lo quería y recordé los versos de las canciones que me hacía y cómo me miraba después de hacer el amor. Ya le tenía limpia la cara cuando se movió. Si está vivo lo vuelvo a amar, me prometí y se me pasó la culpa. Inmediatamente me acordé del otro músico, sentí miedo de que Andrés se salvara y se me enredaron los sentimientos. Andrés abrió los ojos, miró para todos lados como si no me viera, pero preguntó: ¿Estás viva? Sí, aquí estoy. Qué bien, dijo, y sonrió. Pensé que te habías muerto, lloriqueé. No me quiero morir, te quiero mucho, dijo. No te vas a morir. Me duele todo. Voy a buscar una ambulancia, dije y fui de un lado para otro. Tiene que esperar, hay heridos más graves, me dijo un enfermero. Volví al lado de Andrés. Mira en mi bolsillo. Metí la mano y saqué un casete roto. Son las últimas canciones que te hice. Empecé a llorar. ¿Me amas?, preguntó. Claro, te adoro.

quiero cantar de nuevo, caminar
y a mis amigos buenos visitar…

No sé cuántos días lloré ni dónde lo hice, vagué por la Zona Cafetera haciendo una y otra vez cuentas sobre los posibles muertos, los posibles heridos, los posibles mutilados, las posibles viudas; siempre borracho o trabado, durmiendo en la calle, comiendo sobras y buscando fuerzas para tener el valor de pegarme un tiro. Pero ni la traición ni la mala conciencia son capaces de acabar con un cobarde, y arrastré de un pueblo a otro las ganas de morirme. Un par de meses después conocí en un bar de La Virginia a un ex guerrillero que estaba más jodido que yo. Él me contó tantas historias y me explicó tantas verdades, que consiguió hacerme sentir mejor. Entonces, ¿busco y mato a JJ y a Talía o me olvido de ellos?, le pregunté al ex guerrillero. Como usted no es capaz de matarlos, le toca olvidarlos, me dijo el man. No podría matar a una mujer que amé tanto. Pues entonces deje eso atrás y busque un lugar donde pueda empezar de nuevo. Y usted, ¿por qué no lo hace? Para mí no existe ese lugar. ¿Por qué? A mí no me queda nadie, yo sí mandé fusilar a la mamá de mis hijos. No me asuste, hermano. No lo asusto, le cuento. Vi el pelo enmarañado y sucio del hombre, los ojos llenos de niebla, el tic que tenía en las manos y decidí hacerle caso y buscar una manera de volver a empezar. Quedó bonito, pelao, dijo el ex guerrillero cuando, después de darme un baño en una quebrada de las afueras de La Virginia, me corté el pelo, me afeité y me puse un bluyín y una camiseta. Es lo único que no me robaron, le dije. Algo le quedó, dijo el man. Pues sí, algo me quedó, pensé mientras seguía al hombre para ir al pueblo y subirme en una flota. Durante el viaje, intenté decidir si buscaba a Memo y Zulma, a Ángela o a Lina, o si me arriesgaba y volvía al ashram de Lebrija; pero cada una de las posibilidades me daba miedo o pereza y me hacían sentir como un gusano. El bus pasó por La Línea, Ibagué, Girardot, Melgar, Fusa, Soacha y, cuando entramos a Bogotá, a lo único que me animé fue a bajarme en Matatigres para dar una vuelta por el Quiroga. Recorrí las calles del barrio mirando qué casas estaban caídas, cuáles resistían el paso del tiempo, cómo estaban los colegios de la Treinta y seis, qué tiendas nuevas habían abierto y qué gente conocida veía en los andenes. Están muertos, en la cárcel, desaparecidos o fuera del país, me contestó Élmer cuando me lo encontré en la Vitapán y le pregunté por Héctor, Maguila, Lenon, Sandra, las gemelas y el resto del combo. ¿Y usted? Casado y trabajando con mi papá en una droguería. ¿Se salvó de tantos enredos y cagadas? Me salvó una nena. ¿Pamela? Exacto, Pamela. No supe qué decir. Élmer entendió mi silencio y decidió darme una esperanza. ¿Sabe qué, chino? ¿Qué? Volvió a tiempo, dijo. ¿A tiempo de qué? Todavía viven en la misma casa. ¿Quiénes? Usted sabe. ¿Los Andrade? Sí, ahí siguen, pero dicen que al Negro le ofrecieron un supertrabajo y en unos días se van para Cali. ¿Será que Natalia se acuerda de mí? Con ir a averiguar no pierde nada, contestó Élmer. Le di la mano y salí de la Vitapán. ¡Milagro!, gritó Natalia y empezó a saltar y a abrazarme cuando abrió la puerta. Los ojos se me empañaron, la lengua se me enredó, un ventarrón de emociones empezó a empujarme y sólo pude tenerme en pie porque ella me agarró del brazo para hacerme entrar a la casa. ¿Quién es?, preguntó doña Leonor desde la cocina. ¡No lo vas a creer!, contestó Camila, que ya bajaba las escaleras para saber por qué armaba escándalo Natalia. ¡Huy!, exclamó el Negro Andrade y esperó a que las mujeres terminaran de saludarme para darme un apretón de manos. Felices, los Andrade me hicieron sentar en la sala, le bajaron el volumen a la música, me sirvieron un jugo y un sánduche, se acomodaron a mi alrededor y me bombardearon con preguntas. Menos mal había aprendido teatro con JJ porque no tuve más opción que mentir: me había ido del barrio por la tristeza que me habían dejado la muerte de mi tía y la separación de Natalia, había estudiado Filosofía y conocido a varios artistas y, después de una época dedicado a la vida espiritual, había tomado partido por el arte y me había hecho titiritero. Improvisaba la razón por la que había decidido alejarme de JJ y Talía, cuando alguien metió una llave en la cerradura y abrió la puerta. Mi novio, dijo Natalia, y me presentó a Alberto Ramírez Orjuela, un man de mi edad, vestido con ropa de marca, que llevaba cadena de oro y una esclava en la muñeca derecha. Se me pasó la alegría y volví a sentirme como un gusano, pero puse cara de amabilidad, le di la mano a Ramírez Orjuela, le dije mi nombre y no dudé en replicar que era un placer conocerlo. Ramírez Orjuela abrazó a Natalia, recibió también un jugo y un sánduche y se sumó al público. Las Andrade siguieron entusiasmadas con los detalles de mi historia y me pidieron que representara una parte de *El país de la esperanza* y rieron y aplaudieron al oír las aventuras de Gaitanita y mi forma de imitar las voces de los otros personajes. El novio de Natalia se mostró más escéptico; pasó de mirarme con desinterés a mirarme con desconfianza, y el Negro Andrade debió olfatear las mentiras porque, en el momento en que las mujeres nos dejaron solos, me preguntó si tenía dónde pasar la noche. Tartamudeé. Hija, hay que alistarle una cama al aparecido, le pidió el Negro a Camila. Nosotros no volvemos, así que se puede quedar en mi cuarto, dijo Natalia, y ahí sí que se me acabó por completo el consuelo que me había dado la amabilidad de los Andrade. Había espiado a Natalia y había visto que a la ternura y la belleza de la adolescencia les había sumado más malicia en la mirada, más carne en los huesos, un maquillaje permanente y un par de tetas de silicona que volvieron deseo el amor que aún le tenía. Alberto me consiguió el contrato de la vida, contó el Negro mientras comíamos y pasábamos de mis historias a las de los Andrade. Lo mejor del asunto es que el trabajo es en Cali, así que volvemos a nuestra tierra, añadió doña Leonor. Qué rico irse a vivir en tierra calientica, dijo Camila. A la sucursal del cielo, dijo Natalia. Descanse, que usted ha vivido y viajado mucho, dijo Ramírez Orjuela y apretó mi mano más de lo necesario para despedirse. Natalia me volvió a abrazar y tuve que hacer un gran esfuerzo para mantenerme sereno. Muchas veces me pregunté qué había sido de ti y esta noche le agradezco a la vida que me haya dado una respuesta, dijo Camila mientras me conducía al cuarto de Natalia. Cerré la puerta y descubrí que los peluches que le había regalado a Natalia seguían sobre una estantería, que debajo de la estantería había fotos de los paseos y las fiestas a las que habíamos ido cuando éramos novios y que junto a esas fotos había fotos con otros manes en otros paseos y otras fiestas y un montón con imágenes de Ramírez Orjuela en los Estados Unidos. El mundo se me volvió a venir encima. Me puse a mirar por la ventana sin saber si había hecho bien en ir allí. Abrí los cajones del escritorio de Natalia, busqué el cofre donde guardaba los regalos y encontré las credenciales que le había mandado, las cartas que le había escrito y hasta unas hojas de cuaderno con unos poemas que le había dedicado. Debí haberla perdonado y haberme quedado aquí en lugar de irme a comer mierda para volver derrotado. Un rato después me puse a pensar en Élmer, en que el man había sacado una vez a escondidas el carro del papá y había atropellado a una viejita y que, a pesar de ese accidente, ahora estaba feliz. Lo había salvado una mujer y tal vez a mí podría pasarme lo mismo. Si recuperaba a Natalia, podría olvidar todo lo ocurrido y mi vida podría volver a tener sentido. La fantasía de recuperar a Natalia fue como una iluminación, como si una virgen o un profeta se me hubieran aparecido y me hubieran dicho unas palabras capaces de entrar en mi cabeza y de sacar a codazos los malos recuerdos. Me puse a fantasear cómo sería mi vida con Natalia, cómo bailaríamos salsa de rico, cómo tiraríamos cada noche, cuántos hijos tendríamos, y tanto soñé que soñando me encontró el Negro Andrade al otro día. ¿Me acompaña a hacer unas vueltas?, preguntó. Claro. Mientras visitábamos bancos, oficinas de abogados y apartamentos lujosos, el Negro y yo comentamos la guerra con los narcos de Medellín; la forma como Pablo Escobar se había hecho una cárcel a la medida, cómo se había fugado de esa cárcel y cómo se burlaba de la policía, el ejército, la CIA, la DEA y, lo más divertido, de la Loca, que ejercía como presidente. De la política pasamos al fútbol, que estaba muy bien porque lo manejaba la mafia; a la música nueva que había sacado el grupo Niche y a contarnos qué había sido de cada una de las mujeres del Quiroga. ¿Una cervecita antes de volver a casa?, invitó el Negro. Unita, para no despreciarlo, sonreí. ¿Está sin plata?, preguntó Andrade, apenas nos sentamos en la tienda. En la reolla, le contesté. ¿Quiere trabajar conmigo? No sé bien qué quiero, contesté. Mejor si no sabe, así aprende, rió el Negro. Desde hoy, este pelao es mi asistente personal y la primera misión que tiene es ayudar con el trasteo, anunció el Negro apenas volvimos a casa. ¡Cayó del cielo, mijo!, mi marido vive muy ocupado y estaba afanada sin saber quién nos iba a dar una mano con tanto trajín, aprobó doña Leonor. Qué chévere que sea alguien conocido, dijo Natalia y sonrió agradecida. Los afanes del trasteo, la compañía de las Andrade y la necesidad de seguir disimulando mi tragedia me ayudaron a superar los primeros días en Cali y, aunque en las noches volvía a ponerme triste, ya no pensaba tanto en la muerte y no me sentía tan culpable de lo que había pasado con Talía y JJ. ¡Qué palacio!, exclamó Camila cuando entramos a la casa que los jefes del Negro habían alquilado para recibirlo en esa ciudad. Al fin hizo algo bacano mi papá, dijo Natalia mientras taconeaba de un lado a otro y confirmaba que el lugar era varias veces más grande que la casa del Quiroga y que, aparte de entrada de templo griego, tenía piscina, jardín, barbacoa, casa para perros e incluía guardaespaldas. Los jefes del Negro no son ningunos empresarios emprendedores, deben ser mafiosos, iba a decir, pero no quise empañar la alegría de las Andrade. El lujo no es gratis, mijo, así que me pongo a trabajar y usted se encarga de instalar a estas hembras, me dijo el Negro y se subió en la camioneta que también le habían asignado los patrones. Poner tres mujeres de acuerdo para decorar una casa tan grande cuesta tiempo y paciencia, pero al final lo conseguí y compramos las dos salas, los tres comedores, las diez camas, las decenas de mesitas auxiliares, el nevecón, las mecedoras, las cortinas, cuadros, lámparas, trastos de cocina, sábanas y hamacas que se necesitaron para llenar el templo griego. Se va a llamar Bruno, como el guardaespaldas que nos cayó mal, dijo Natalia cuando sellamos las compras escogiendo el perro. Sólo faltan los nietos, dijo doña Leonor al ver lo bonita que había quedado la casa. Eso, ahora hay que darle nietos a la patrona, dije, y miré a Natalia. No será contigo, dijo ella que, por culpa de un par de insinuaciones anteriores, había pasado de estar feliz a estar incómoda conmigo. ¿Y ahora qué vas a hacer?, preguntó Camila. Te tendrán que poner sueldo de hijo, dijo doña Leonor. Algo así, dijo el Negro y me pidió que recogiera mis cosas porque me tenía lista la siguiente misión. Aquí tienes una casa, dijo doña Leonor para despedirme. La abracé, besé en la mejilla a Natalia y a Camila y subí a la camioneta del Negro. El carro salió de Ciudad Jardín, siguió por la Quinta, atravesó el barrio San Fernando y buscó la Circunvalar. ¿Le gusta la vista?, preguntó el

Negro cuando paramos en un lote que había al borde de la avenida. Sí, está preciosa. Pues aquí vamos a poner nuestro primer negocio. ¿Qué negocio? Un motel. ¿Un motel? Exacto, en esta ciudad se culea mucho, así que el mejor negocio es un motel. ¿Para culiar con esa vista?, pregunté. Una caleña y esta vista, ¿qué más puede pedir un varón?, preguntó el Negro. Una botellita de brandy. También se la damos, sonrió. Me instalé en una caseta que había en el lote y me convertí en la sombra del arquitecto que los patrones le habían recomendado al Negro para que diseñara el motel. El man, un flaco que siempre vestía de blanco y al que los mismos patrones del Negro mandaron matar unos años después, me enseñó qué eran un volumen, un aislamiento, un antepecho, una cubierta, una luz cenital, y me explicó cómo distribuir las habitaciones de tal manera que todos los clientes disfrutaran de la vista del lugar. Era chévere hablar con ese flaco, sentársele al lado, verlo dibujar una y otra vez fachadas e interiores y verlo borrar y volver a dibujar, como si de verdad el mundo fuera fácil de crear, destruir y volver a hacer. Entonces, ¿quiere recuperar a la hembra?, me preguntó el arquitecto un día después de que yo le contara mi historia con Natalia. Esa es la intención, le contesté. Buena intención, sonrió el arquitecto. El vértigo de la obra, la amistad con el arquitecto, las salidas de los viernes a bailar salsa con los maestros, las visitas de los domingos a doña Leonor y el asombro sobre las cifras de dinero que empezó a mover el Negro Andrade me siguieron ayudando a sanar y, mientras mejor estuve, más crecía mi ilusión de reconquistar a Natalia. Deje esas bobadas que nos vamos a meter en problemas, me dijo ella unos días antes de casarse con Ramírez Orjuela. No son bobadas, usted sabe que nunca he dejado de quererla. Por eso nunca me perdonó. Sí la perdoné, estoy aquí. Pues me perdonó tarde y es mejor que lo acepte, remató ella. Me fui para la obra, me serví un trago y traté de convencerme de que tenía que hacerle caso a Natalia; pero volví a acordarme de Ángela, de Lina, del Palacio de Justicia, de Sanabria, de JJ y de Talía, y un vacío me congeló el estómago. No me voy a dar por vencido, así me toque seguirla, le dije al arquitecto. ¿No será peligroso, hermano? Lo bueno siempre es peligroso, le contesté. Me da ejemplo, hermano, es más, el día que Natalia vuelva a sus brazos vamos a celebrar con pólvora, rumba y mujeres, así esa fiesta sean los primeros cuernos que le ponga a la hembra, dijo el arquitecto. Solté la risa, brindé por mi primera infidelidad a una mujer que no tenía y al día siguiente me levanté con más ganas de perseverar en la reconquista de Natalia. Pero fue como si Natalia me oliera y tuviera la capacidad de ir siempre un paso adelante de mí y lo peor era que, aunque nunca la veía, siempre terminaba por enterarme de los detalles de lo bueno que la pasaba con Ramírez Orjuela. Quiero saber por qué le anda ofreciendo plata a la gente para que le informen sobre mi esposa, dijo Ramírez Orjuela una noche en la que apareció de sorpresa por la obra. No le he ofrecido plata a nadie, mentí. ¿Tú qué dices?, le preguntó Ramírez Orjuela al guardaespaldas de Natalia al que yo le había hecho la oferta. Que este man es un faltón y un mentiroso, contestó el guardaespaldas. Alberto me dio el primer puñetazo y se hizo a un lado para que los otros guardaespaldas terminaran la golpiza. Ni una palabra de esto a las hembras, si no quiere que le remate la muenda con un pepazo, dijo Ramírez Orjuela antes de irse. Me dieron tan duro que tuve que inventar un atraco callejero para justificar los golpes ante el Negro y doña Leonor. Pero lo más grave no fueron las heridas, sino que la golpiza consiguió lo que no habían conseguido las negativas de Natalia: hacerme entender que no la iba a recuperar. El mundo se me vino encima otra vez, empecé a ir de un lado a otro con el corazón apretado, viendo gris una ciudad llena de sol. El ruido de la construcción me sacaba de quicio, la vista ya no me interesaba y pasaba las noches espantando zancudos y maldiciendo haber aceptado irme a vivir a Cali. El día de la inauguración del motel me sentí como en una Navidad con la familia recién muerta, y cuando se acabaron la música, el trago y la pólvora, y los invitados se fueron, me puse a caminar por los corredores del motel y volví a llorar como había llorado durante los días posteriores a la traición de Talía y JJ. Tiene que olvidarse de ella, me dijo el arquitecto. Mire, pelao, allá abajo hay miles de Natalias para escoger, me dijo mientras señalaba la ciudad. No sé, ella es mi salvación, le contesté. Cada lucecita de esas es varias mujeres, muchas de ellas preciosas, verdaderos bombones, dijo. No quiero a ninguna de esas, sólo a Natalia, insistí. ¿Sólo quiere a esa hembra? Sí, sólo a esa. Entonces no lo voy a dejar morir, si esa mujer es su salvación, vamos a insistir hasta conseguirlo, me prometió el arquitecto. Mire lo que le mandaron, dijo unas semanas después el hombre y me entregó una carta. ¡Una cita, hermano!, ¡me está poniendo una cita!, dije, y salté de felicidad. Mi vida volvió a tener sentido, pensaba en Natalia cada segundo, volví a hacer planes de futuro con ella y cuando me ponía negativo y recordaba que si nos pillaban nos podían matar, concluía que bien valía la pena. El día señalado en la carta fui a La 14, compré ropa, un reloj y una loción. Me gasté un buen rato en la ducha, me afeité hasta casi quedarme sin piel y, subido en un taxi, hice el viaje hasta el motel donde Natalia me había citado. Habitación 503, me dijo el portero del lugar. El cuarto estaba a oscuras, pero se sentí la presencia de alguien, así que decidí desvestirme. Una luz se prendió y vi a doña Leonor. Huyuyuy, dijo mientras yo me vestía a la carrera. No quiero que persigas más a Natalia. ¿Le ha dicho algo? No necesito que ella me lo diga para darme cuenta. No supe excusarme. No vine a decirte sólo eso. La miré sorprendido. También vine aquí por el bien tuyo y, sobre todo, por el bien de mi otra hija, sonrió. ¿Cómo así? ¿No has pensado en Camila? La verdad, no. Ay hijo, tienes el mar enfrente y no lo ves.

Yo todo lo que tengo lo doy por las damas,
mas nunca me entretengo a ver si me aman…

Alberto se había obsesionado con el trabajo, iba y venía con las camionetas y los guardaespaldas, revisaba laboratorios, se reunía con socios, vigilaba la calidad de la mercancía, cuidaba los embarques. Yo lo veía cada vez menos, lo oía menos, lo tocaba menos y sentía que mientras más dinero ganaba, más se alejaba de mí. Me daba rabia, peleaba, pataleaba y Alberto intentaba pactar, ponerme más cuidado. Pero me fui cansando de exigirle atención y de la rabia pasé a la tristeza, a estar las tardes enteras llorando, viendo televisión u oyendo decenas de veces el mismo disco. Después vinieron la resignación y el desencanto. Alberto no me escuchaba ni se preocupaba ya por inventar buenas excusas para irse con otras. Ni siquiera se enteraba de la ropa que me había comprado ni del día que me la había estrenado y, a pesar de que vivíamos como reyes, estaba superaburrida. ¿Vamos a celebrar?, me preguntó Alberto. ¿Solos o con tus socios? Alberto no me contestó. Volví al cuarto, me senté en la cama y me puse a pensar que tenía que ir; si no lo hacía, íbamos a tener otra pelea e iba a darle otra excusa para que me pusiera los cuernos. Nos sentamos en la mesa de siempre, nos atendió el mesero de siempre, llegaron los socios de Alberto y volvimos a hablar de las mismas historias de traiciones, de presos, de embarques perdidos, de deudas pendientes y de muertos. ¿Bailamos?, me preguntó de pronto un mulato que se había dado cuenta de mi cara de aburrimiento. Miré a Alberto y él frunció los hombros y siguió pendiente de la historia que le contaba Ají, uno de sus compinches. ¡Qué decepción!, un par de años atrás Alberto se habría levantado de la mesa para pegarle al mulato por atrevido. Salimos a la pista y me puse a bailar, primero con recato, manteniendo la distancia, poniendo la mano en el hombro del mulato cada vez que intentaba acercarse más de lo necesario y evitando sonreírle o mirarlo a los ojos. El mulato sabía bailar, casi mejor que mi primer novio, y me fue enredando en su ritmo, con la agilidad con que cambiaba el paso y, a medida que me daba vueltas, entramos en armonía. Me hizo sentir que la música entraba mejor en mi cuerpo si coordinaba hasta la respiración con él. Dos canciones después estábamos acoplados como si hubiéramos sido pareja de baile por años y de nuevo los tambores y las luces volvieron a encantarme y sentí que la vida volvía a ser alegre, a fluir sin peleas ni desacuerdos y que era posible sentirme bien porque un hombre me dominaba y porque a ese dominio respondía con una coquetería que terminaba por doblegarlo a él. *Hagamos lo que diga el corazón y vamos a querernos sin medida*, en cada canción el mulato me acercó más a su ritmo, a su felicidad, a su deseo y, cuando volvía a la mesa y Alberto me abrazaba y me besaba, me sentía un poco vengada. El ron bajaba suavecito por mi garganta y sentí que el alcohol podía poseerme por entero y sacudir cada una de mis células y hacer que ellas también se coordinaran con la sonrisa de la gran pareja de baile que había encontrado. Empecé a coquetearle, a dejar que me rozara los senos y que me pegara la verga dura al vientre, lo dejé acariciar mis nalgas y le sonreí insinuante cuando terminó la última canción y caminé hacia el baño. Alberto seguía inmerso en sus historias y sus cuentas y me miré en el espejo y supe que existía de nuevo y que existir era rico; servía para vestirse sexy, maquillarse, salir de casa, tomar, cantar y gritar, y hasta para hacer que los hombres se estremecieran tan sólo de verla a una moverse. Una sombra se deslizó detrás de mí y una hilera de dientes apareció en el espejo. Un cuerpo sudoroso se pegó al mío y un par de manos me acariciaron la cintura y me apretaron las tetas. Aquellos dientes desaparecieron del espejo y me mordieron el cuello, y aquella sombra me empujó contra la pared, me subió la falda y me bajó los pantis. El mulato buscó el clítoris, lo acarició hasta hacerme estremecer, metió un dedo y empezó a masturbar una cuquita que, a esas horas, estaba más borrachita que yo y que, a pesar de la humedad, estaba muerta de sed. El mulato se arrodilló, abrí las piernas y él abrió la bocaza y sacó de esa bocaza una lengua larga y la metió dentro de mí y empezó a moverla como si se estuviera ahogando y necesitara decir algo muy importante antes de morir. La lengua del mulato, sabia como sus pies y sus manos, terminó la labor, y él se levantó y se sacó la verga y me la enterró y empecé a gemir, a buscar que los gritos me ayudaran a encontrar el orgasmo. Estaba a punto de conseguirlo, cuando alguien empujó la puerta y por esa puerta entró Alberto. El mulato se guardó la herramienta y, acorralado como estaba, se paró para pelear. ¡Vas a ver, aprovechado!, le dijo Alberto y se le tiró encima. Pensé que una noche tan mágica no tenía por qué terminar en peleas y me metí en la mitad. Por favor, Alberto, estamos borrachos, no vayas a cometer una locura. Alberto me dio una cachetada y me mandó al piso. Me levanté y le dije al mulato: No pelees, no le des oportunidad de que te haga daño. El mulato me empujó y también me mandó al piso. El par de bestias empezaron a darse puños, a patearse, se abrazaron y cayeron al suelo. Supe que ninguno de los dos entendía lo que me estaba pasando. Recuperé mis pantis y me los puse delante del montón de curiosos que estaban mirando la pelea. Me abrí paso entre la gente, crucé la pista, salí a la calle y me senté en el andén. El mundo me daba vueltas y las luces de los carros que pasaban por la Quinta tomaban formas extrañas y casi que parecían venir hacia mí. ¡Se están matando!, me dijo angustiada una voz. Miré a la voz y se me hizo parecida a la de Camila, mi hermana. Por mí, que se maten, dije, y me puse a vomitar.

paso a paso detallamos,
con cinismo comparamos…

Camila se bajó de la limusina, arrastró por el andén la cola del vestido, me cogió de gancho, oyó la música y me hizo una señal para que cruzáramos la puerta de la iglesia y empezáramos a caminar hacia el altar. Los invitados callaron, el cura abrió la Biblia y Natalia, el Negro

Andrade y doña Leonor me sonrieron felices. Camila me apretó la mano y, mientras el cura explicaba el valor sagrado del matrimonio, recordé mis épocas de comunista, de pandillero, de yogui, de teatrero y pensé que si ya había hecho esas cosas, no tenía nada de malo que empezara a creer en Jesús, en la Virgen, en la familia, en los hijos y, sobre todo, en la importancia de ser fiel a la esposa en la salud y en la enfermedad. El cura preguntó si alguien quería oponerse a nuestra unión y aunque temí que alguien lo hiciera, nadie lo hizo y el cura bendijo las argollas, nos ordenó ponérnoslas, nos declaró marido y mujer y nos permitió besarnos. El Negro ofreció la fiesta en la finca que acababa de comprar en las afueras de Cali y, como no tacañeó ni un solo peso, la decoración era impecable, los banqueteros eran complacientes y las dos orquestas contratadas se turnaron para que la música sonara la noche entera y los políticos, banqueros, industriales, obispos, ganaderos, agricultores, artistas, jugadores de fútbol y hasta los patrones del Negro, que llegaron en helicóptero, bailaran, bebieran y comieran durante dos días. Camila y yo sonreíamos y aceptábamos felicitaciones de gente que no conocíamos y nunca íbamos a volver a ver, pero que eran tan amables y habían traído tan buenos regalos, que en verdad parecían interesados en que nosotros fuéramos felices para siempre. La luna de miel nos llevó hasta un hotel de cinco estrellas en Cancún; disfrutamos de la enorme cama, de la vista al mar, de la playa, de las piscinas, de las discotecas; subimos y bajamos por las paredes de pirámides escondidas en la selva y, de regreso, paramos en Ciudad de México para comprar artesanías, tomar más tequila y oír mariachis en la Plaza Garibaldi. El deseo nos alargó la luna de miel y en Cali seguimos besándonos y tirando a cualquier hora y lugar; felices de estar oliendo siempre el uno al otro y de pasar los días encerrados en una casa que no tenía muebles porque no teníamos ganas de perder tiempo saliendo a comprarlos. Los recesos del sexo los gastábamos chismoseando sobre los negocios de mi suegro, sobre las compras exóticas de mi suegra, sobre las peleas de Natalia con Alberto y sobre la vida de los amigos que habíamos ido consiguiendo. Vivíamos como flotando, agradecidos de la capacidad que tenía cada uno para darle amor al otro y asombrados de la buena racha económica y familiar que estábamos pasando. Sólo poníamos los pies sobre la tierra para bailar: sonaba Niche y la sonrisa de Camila iluminaba la pista, me paraba frente a ella, le estiraba la mano, la agarraba fuerte, le daba la primera vuelta y la veía irse con la música, fundirse con ella y regresar a mí convertida en una verdadera diosa. La noche empezaba a poseernos, el trago a saber más dulce y no sólo pisoteábamos la pista sino que cantábamos, nos rozábamos, nos tocábamos y hasta íbamos al baño y nos metíamos un pase de coca para asegurarnos de que no estábamos perdiéndonos de nada, que estábamos sorbiendo la felicidad completa. Entre el trago, el perico y el baile agotábamos la noche y volvíamos a la casa, nos empelotábamos y Camila me la chupaba y me la mordía hasta que le rogaba que no lo hiciera más y se tiraba desnuda sobre la cama, me estiraba los brazos y yo empezaba a buscar en su piel y en todos sus orificios los rastros de sudor, alcohol y hasta música que hubieran quedado pegados allí después de la fiesta. Se la metía y ella empezaba a buscarle más placer a la borrachera mientras le apretaba las tetas, las piernas, el culo y le jalaba el pelo y entraba y salía de ella hasta que la oía gritar por el orgasmo y decirme: ¡No se imagina cuánto lo quiero! Camila no tenía la picardía ni la combinación de ternura y fiereza de Natalia, pero era más joven, estaba más buena y era más entregada que ella. Rápido aprendió qué me gustaba, qué me disgustaba, qué tenía que cocinar para halagarme y qué debía hacer si me entraba el aburrimiento y me ponía de mal genio de improviso. También aprendió que el sexo era nuestro combustible, y lo aprendió tan bien y le sacó tanto provecho al aprendizaje, que habría acabado conmigo de tanta cuerda que pedía si una noche no hace una cena deliciosa y, antes de servirla, no me muestra una prueba positiva de embarazo. La agarré a besos, le hice el amor ahí mismo como si quisiera volver a embarazarla y, después, lloré en sus brazos hasta que me quedé dormido sin probar la cena y sin que ella alcanzara a entender por qué aquel bebé significaba tanto para mí. A partir de ese día, trabajé con más berraquera. Madrugaba al motel, daba las instrucciones necesarias para organizar la jornada, me encargaba personalmente de los pequeños arreglos que había que hacer en las habitaciones y, cuando lo urgente estaba listo, me encerraba en la oficina a organizar las cuentas y a hacerles pedidos a los proveedores. Después del almuerzo, hacía extras para el Negro. Le ayudaba con la administración de la finca, firmaba chequeras enteras para que él pudiera mover dinero sin despertar demasiadas sospechas y le cubría la espalda para que se pudiera ver con una hembrita que lo tenía embobado y que debía esconder bien porque doña Leonor le había advertido que lo único que jamás le perdonaría sería una infidelidad. Después de ver tanta gente entrar al motel con ganas de amarse, de espiarlos por unas cámaras de televisión que pusimos para divertirnos y de verlos salir satisfechos y agradecidos, iba directo a la casa a hacer lo mismo que toda esa gente: a amar a la mujer que deseaba. Ella me desvestía y me hacía el amor y, ya satisfecha, me hacía acostar, me llevaba la comida a la cama y se echaba a mi lado para que le acariciara la panza y le cantara al bebé. No tanta salsa que no quiero que me salga muy rumbero, me pedía. Cómo no va a salir rumbero si ya casi nace y no has dejado de ir conmigo a las discotecas. Una cosa es que esté embarazada y otra que te vaya dejar suelto con tanta loba que merodea por ahí, contestaba. A nuestra felicidad se le sumaba la alegría de las visitas a la casa del Negro y doña Leonor, los asados familiares en los que me volví experto adobando carne, asándola y cortándola en porciones exactas. Y si faltaba algo para que la felicidad fuera absoluta, apareció el fútbol. Los jugadores del América organizaban en el motel las fiestas que hacían a escondidas de los directivos y ese privilegio me daba acceso a boletas gratuitas para los partidos más importantes. Mi suegro también tenía conexión directa con el club porque los mayores accionistas eran sus patrones, y me llevaba con él a ver los partidos que el equipo jugaba en el exterior. A ser pobre uno no se acostumbra nunca, pero a ser rico se acostumbra en un momentico, y rápido me acostumbré al amor, al progreso y a los privilegios que nos daba ser empleados de los hombres más ricos e importantes de la ciudad. Pablo Escobar aún daba guerra en el resto de Colombia, pero en Cali eran tiempos inmejorables; había plata, progreso, oportunidades y hasta una firme sensación de seguridad porque los patrones se habían hecho del lado de la Loca y, con la ayuda del ejército, los paramilitares, gente del mismo Pablo y los gringos, tenían acorralado a Pablo y listo para matarlo. Los médicos me invitaron a entrar al parto y terminé por enamorarme más de Camila. Las contracciones la hacían sudar y gemir, pero nunca la vi tan feliz, tan fuerte ni tan esperanzada y nunca podré olvidar la felicidad que la invadió cuando le pusieron la niña entre los brazos. Un bebé no es sólo un sueño, es un olor, una atmósfera, un pequeño mundo que se apropia del mundo de los grandes y que los convierte en esclavos del milagro de la vida, del gusto por la crianza y del placer de proteger a quien los ha protegido con su llegada. Alzar a la niña, conocer los progresos del día, verla hacer la mueca nueva y jugar con los regalos que le llevaban me hacía sentir un hombre realizado. Miraba en sus ojos y agradecía a Dios y pensaba que había llegado el momento de no fallar, de estar a la altura de los privilegios y los dones que recibía. El Negro compró también una casa en el barrio San Fernando, la mandó tumbar y empezó a construir un edificio al que pensaba llevar a vivir a la familia entera. Necesito que le des una mano a Natalia, no quiero que maneje sola el divorcio con Alberto, la está maltratando y la quiere tumbar, me pidió el Negro la noche que celebramos con pólvora, trago y más rumba la muerte de Pablo. Claro, dije en medio de la euforia, porque para mí no moría sólo Pablo, sino que morían la rabia que sentía por Talía y JJ. Esa perra no tiene derecho a nada y tampoco quiero negociar con usted, dijo Alberto la tarde en que nos encontramos en un asadero de las afueras de Cali. Alberto, nosotros tuvimos diferencias, pero estos últimos tiempos hemos sido como hermanos, hemos trabajado para la misma gente, hemos luchado juntos, no vayamos a dañar las cosas buenas por este divorcio. Si el Negro está tan preocupado por la hija, que la mantenga él, ese man gana diez veces más plata que yo, contestó Alberto. No se trata de eso, hermano, le dije. De eso se trata, dijo Alberto, la hembra se creyó muy libre, la dejo libre, que se busque la vida. Volví a Cali preocupado, con el presentimiento de que cumplirle con ese favor al Negro me iba a empañar la felicidad. El presentimiento se cumplió. Necesito que me ayudes a vender lo más pronto posible estos carros, me dijo Natalia una tarde. No pelees por plata, le pedí, no vale la pena. Ese hijueputa no me va a dejar en la calle, yo le comí mucha mierda. La escuché con paciencia. Tengo que arreglar una conexión de televisión en un cuarto, ¿me acompañas y seguimos hablando?, le pregunté. Salimos del ascensor y entramos a la habitación. Me puse a mirar qué pasaba con el cable mientras le insistía que no era bueno ponerse a vender barato y a las carreras los bienes que tenían, que Alberto tenía un buen abogado y que no le iba a quedar nada difícil demostrar que los carros eran de ambos y así se iba a complicar y a demorar más el divorcio. Ella se quedó callada. Qué lío separarse, dijo al rato. Sí, todo se vuelve una mierda, anoté. Ella siguió callada y yo seguí cacharreando hasta que el silencio se puso incómodo y levanté la cara y la vi llorando. ¿Qué pasa? Es que me siento sola. La abracé. Ella empezó a gemir y la apreté más duro y sentí sus senos contra mí y le acaricié el cabello y ella lloró más y le limpié las lágrimas y ella dejó de llorar y me acercó la boca. El beso fue largo y se convirtió en una caricia y en otro beso y de ese beso pasé a soltarle la blusa y mientras le soltaba cada botón pensaba en Camila, pensaba en la niña, pero fui incapaz de detenerme hasta que no la desnudé. Ella hizo lo mismo conmigo y volví a estar enfrente de mi novia de la adolescencia, de la seguridad con la que se movía, de la respiración afanosa que la poseía cuando no podía aguantar más las ganas, de sus movimientos seguros y del grito que siempre daba al final, que era para mí más importante que mi propio orgasmo. De vuelta a casa, me sentí traidor cuando besé a Camila e hipócrita cuando alcé a la niña, y un malparido cuando me metí en las cobijas y las abracé a las dos. Duré varios días arrepentido de lo que había hecho y hasta me reuní con Natalia y hablamos y prometimos no volver a hacerlo. Pero la promesa nos duró un par de días y la bigamia se me volvió no sólo natural, sino indispensable. Mantenía la mejor relación con Camila, seguía igual de cariñoso, estaba pendiente de cada necesidad de ella y de la niña, y al mismo tiempo era el apoyo en el proceso de divorcio de Natalia y disfrutaba de ella y de la necesidad que tenía de seguir sintiendo que alguien la amaba. Estaba tan contento que hasta empecé a creer que aquella infidelidad era parte de esa vida mágica a la que nos había llevado el Negro, y que no sólo había encontrado la felicidad completa, sino el placer total. Y habría sido así si no hubiera llegado el final del gobierno de la Loca y no se lanza a la presidencia el hijo del Muelón. Los patrones le dieron plata a él y al Chancho, con el que competía. El Chancho resultó ser una abeja, le ganó al hijo del Muelón, y el imbécil, que no era más que un niño consentido, salió por la televisión llorando y contando que el Chancho le había ganado con plata de la mafia. ¡Este es mucho sapo hijueputa, si también le dimos plata a él!, exclamó el Negro. Fresco, eso es un problema allá en Bogotá, eso aquí no nos toca, le dije. Ojalá no, pero esa rabonada nos puede salir cara, insistió el Negro. Tenía razón. A las lágrimas las siguió la filtración de una charla en la que uno de los tantos periodistas que trabajaban para los patrones daba órdenes sobre pagos a políticos. Y, como siempre pasa en Colombia, hubo un escándalo público por lo que ya todo el mundo sabía en privado. A pesar de que cada día mi suegro se mostraba más nervioso y que el Chancho, presionado por los gringos, mandó a Cali a perseguirlos al mismo batallón que había asesinado a Pablo Escobar, yo no le ponía mucho cuidado a esos líos y pensaba que la piel, la mirada y el amor de mis tres mujeres me iban a proteger. Pero, al final, todo lo que hacen los políticos lo afecta a uno. Un día, mientras empezaba mi polvito de media tarde con Natalia, mi suegro recibió una llamada de un general del ejército que le advertía de una orden para detenerlo y allanarle las oficinas. Le insistió que debía esconderse y mandar a alguien para que quemara los documentos comprometedores que había en el archivo. Mientras doña Leonor le hacía la maleta, el Negro cogió el teléfono y me marcó al motel, pero yo había desconectado el aparato para poder estar en paz con Natalia. El Negro llamó a Camila y le pidió que fuera a buscarme y me dijera que debía ir a la oficina para esconder los archivos en el motel. Camila dejó a la niña con la empleada y corrió a buscarme. Los porteros y las camareras del motel intentaron evitar que subiera, pero ella iba tan asustada que nadie pudo pararla y, con la llave que yo mismo le había dado alguna vez, abrió la puerta y descubrió que yo no usaba el sofá que ella me había regalado para hacer la siesta o para atender a los proveedores, sino para comerme a su hermana.

yo quisiera que la Tierra girara al revés,
para hacerme pequeño y volver a nacer…

El Quiroga no tenía nada que ver con el barrio alegre, lleno de parques, mujeres y niños del que tanto me había hablado. Era un barrio de casas sucias, agrietadas, con las fachadas llenas de rejas y los antejardines sin flores ni verdor. Lo que sí me pareció es que era justo el lugar de donde podría haber salido alguien como él; un lugar lleno de gentes de buena voluntad, pero desorientadas por los líos y enredos de la supervivencia. Me puse a buscarlo, a ir de un lado para otro con la ilusión de que de pronto apareciera en una callejuela de esas y me reconociera y me abrazara, y que con ese abrazo me ayudara a recuperar la vida que, de tanto esconderme, se me había perdido. Caminé por la Cuarenta, estuve un buen rato sentada frente al Restrepo Millán, el colegio donde él había estudiado, fui al parque de la Treinta y seis, al parqueadero de la Treinta y dos, a la Nuevayork y compré un desodorante en el Ley, el supermercado donde él siempre iba con los amigos a robar. No lo encontré. Me senté a comerme un roscón en una panadería. Me habría gustado ver su figura delgada, las manos en los bolsillos, esa mirada triste que lo perseguía y lo hacía tan atractivo y esa sonrisa que de pronto le salía de algún rincón y que convertía las miserias de la vida en una oportunidad para la esperanza. Yo llevaba demasiados años huyendo, saltando de un sitio a otro, cambiando de nombre, viviendo entre extraños, pensando en mi pasado, en ese muchacho que me había amado y que un día de noviembre me había salvado la vida. Pero él estaba tan desaparecido como yo, tal vez huyendo de una muerte que lo perseguía igual que a mí. Me habría gustado preguntarle si de verdad me había querido, si todavía me quería, si era cierto que mi recuerdo lo hacía llorar, si era verdad que odiaba a Boris y que lo habría matado con sus propias manos si yo se lo hubiera permitido. Frente a la panadería pasó una patrulla de la policía y los policías se quedaron mirándome como si conocieran a toda la gente del Quiroga y se les hiciera extraña mi presencia allí. Me puse nerviosa y sentí que era hora de dejar de soñar bobadas y largarme. Salí, cogí la primera buseta que pasó y mientras el trasto recorría las calles del sur de Bogotá me puse a llorar y mientras lloraba aceptaba que jamás iba a volver a verlo y que haber vuelto a Colombia a buscarlo había sido una locura.

que no quede huella, que no y que no,
que no quede huella…

Camila se lanzó contra Natalia, empezó a darle puños, cachetadas, a jalarle el pelo, a clavarle las uñas; Natalia se enconchó y aguantó la andanada sin quejarse ni reaccionar mientras yo miraba impotente. Natalia era mi amante, pero Camila era mi esposa y si defendía a mi amante podría empeorar el lío con mi esposa. Ya, amor, no te pases, dije al fin y agarré a Camila. Ve a decirle amor a tu madre, dijo Camila y forcejeó hasta zafarse. Por favor, Cami, rogué, pero ella volvió a pegarle a Natalia. Tú no eres mi hermana, eres una perra barata, le gritaba y le daba patadas. Vi sangre y agarré de nuevo a Camila y la arrastré hasta el baño. ¡Traicionero, malparido!, me gritó apenas cerré la puerta. No es lo que crees, dije y ella me tiró el jabón, la crema dental y el cepillo de dientes y el champú. La puerta de la oficina sonó y Camila supo que Natalia había huido. Por qué no te largas con ella, dijo. Amor, por favor, déjame explicarte. ¿Explicarme qué, que te estabas acostando con mi hermana mientras me desvivía por atenderte y por cuidar a tu hija?, me interrumpió Camila, y la rabia empezó a convertirse en ahogo y el ahogo se le empezó a volver dolor y dejó de gritar, se sentó sobre el bidé y se puso a llorar. ¡No puedo creer que alguien pueda ser tan falso, tan hipócrita, tan sucio!, sollozaba, y como tampoco supe qué hacer o qué contestar, salí del baño y me senté en el sofá. Camila lloró y, cuando se le agotaron las lágrimas y las maldiciones, cogió la cartera, pasó junto a mí, me escupió y se fue. La escena de infidelidad le hizo olvidar a Camila a qué la habían mandado al motel. Mientras Natalia iba a una droguería a que le curaran las heridas, yo me limpiaba la sangre y Camila iba a nuestra casa a recoger a la niña para irse a casa de la mamá, el Bloque de Búsqueda allanó las oficinas del Negro Andrade. Revolcaron escritorios, archivadores y cajas fuertes y no sólo encontraron las pruebas de los pagos por tráfico de drogas y lavado de dinero, sino que también hallaron las colillas de los cheques que demostraban que los patrones tenían en la nómina a gran parte de los banqueros, industriales, senadores, alcaldes, concejales, policías, militares, arquitectos, ingenieros, taxistas, curas y prostitutas del país. Tú ya no eres mi esposo, me dijo Camila cuando fui a la casa del Negro. Ni tampoco eres de esta familia, añadió doña Leonor. Por favor, suegra, rogué. No tienes ni idea de lo que has hecho, añadió ella y cerró la puerta. No tuve más opción que acariciar a Bruno, abandonar la casa de los Andrade y ponerme a caminar hacia el centro de Cali. Pasé por Ciudad Jardín; el barrio desierto, las miradas desconfiadas de los celadores detrás de las garitas de vigilancia y las casas de los patrones cercadas por el ejército me hicieron presentir que algo grave había ocurrido y, lo más seguro, que los tiempos de prosperidad se me habían vuelto a terminar. Caminé por la Quinta hasta San Fernando, entré al Carulla, compré una botella de aguardiente, subí al Parque del Perro, me senté en una banca y destapé la botella. Anochecía, la gente que regresaba a casa me miraba con disimulo, se fijaba en la botella, confirmaba que estaba solo y apresuraba el paso, como si verme les despertara algún miedo y les hiciera pensar que iban a llegar a casa y no iban a encontrar a las personas que amaban. ¿Cómo podía haber sido tan tonto?, ¿cómo podía haber engañado a Camila de esa manera?, ¿cómo podía haber puesto en riesgo la felicidad de la niña?, me preguntaba y como no encontraba respuesta, tenía que volver a tomarme un trago y a pedirle al ardor que sentía en la garganta que me ayudara a olvidar mi estupidez. El aguardiente se acabó y decidí ir a dormir al motel. En el camino tropecé con más camiones del ejército y más patrullas de la policía y cuando llegué, a los camiones y a las patrullas se les sumó un cordón de soldados que tenían rodeado el edificio. Tampoco voy a poder dormir ahí, pensaba en medio de la borrachera, cuando alguien se me acercó por detrás, me torció un brazo y me tiró al suelo. Mientras los policías y soldados destrozaban los muebles, los colchones, las almohadas, las cajillas de seguridad de las habitaciones y la caja fuerte del motel, me llevaron a las oficinas de la Fiscalía de Cali. Queremos que nos cuente lo que sabe de las actividades de su suegro, me dijo el fiscal. No sé nada que ustedes no sepan ya, le contesté. Mire, añadió y tiró encima de la mesa varias carpetas. Eran los recibos y las chequeras que cada tarde le firmaba al Negro. Queremos que nos diga por qué concepto se hacían estos pagos. Ni idea, mi suegro me pedía el favor de que figurara en las cuentas y yo lo hacía sin preguntar nada. Estos recibos y estos cheques van a enredar a gente poderosa, gente que se va a poner muy brava y que va a reaccionar muy mal, amenazó el fiscal. Me rasqué la cabeza sin entender todavía la magnitud del asunto. Le puedo decir lo que quiera del motel, pero de esa contabilidad no, siempre firmaba las chequeras en blanco. Nadie le va a creer ese cuento, dijo el fiscal. Créame, si supiera algo se lo diría, insistí. El fiscal me miró con rabia, caminó hasta la puerta y dejó entrar un par de hombres. Trabájenlo un rato, les ordenó. Me dieron una golpiza peor que la que me habían dado los guardaespaldas de Ramírez Orjuela y, cuando sangraba por la nariz y la boca, me volvieron a sentar en la silla para que el fiscal me siguiera interrogando. No dije mucho y me llevaron a un calabozo. Los días que siguieron, el mismo fiscal me hacía sacar, ponía enfrente de mí más papeles de la contabilidad de mi suegro y volvía a pedirme explicaciones. No me va a sacar un dato que le sirva porque no lo sé, le repetía. Al menos revise los papeles, haga algún esfuerzo. Le hacía caso, pero seguíamos en las mismas. El fiscal se desesperaba, llamaba a los hombres del primer día y ellos repetían el ritual de la paliza. Al menos invente algo, mienta, no se deje pegar como una niña, decía el fiscal. Créame, no lo puedo ayudar. ¿Quiere algo a cambio? Lo único que quiero es salir de aquí y buscar a mi esposa y a mi hija, contestaba. Este tipo de verdad no sabe ni mierda, aceptó un día el fiscal y me mandó al calabozo sin hacerme pegar. Me eché en el suelo y hasta alcancé a creer que iba a estar mejor. Se me fue pasando el dolor y mientras más se me pasaba, más se me venían encima los recuerdos de Camila y la niña, y me sentí tan mal que empecé a desear que volvieran a interrogarme y pegarme. Ya estamos aclarando su situación, dijo el fiscal unos días después. ¿Me puedo ir? No es tan sencillo. ¿Cómo así? Necesito que me firme varias declaraciones. ¿Qué voy a declarar? Usted firme y no pregunte, que es lo que sabe hacer, dijo el man. Leí las declaraciones. ¿Quiere que testifique contra gente inocente? ¿Cómo sabe que son inocentes?, preguntó el fiscal. ¿Puedo pensarlo?, pregunté. No, contestó. El hombre estaba recién bañado, tranquilo, bien vestido, seguro de la vida que llevaba y entendí que no me quedaba más opción que obedecerle. Seguirá un tiempo preso mientras confirma estas declaraciones ante el juez y, cuando lo haya hecho, yo mismo me encargaré de que lo dejen libre, dijo. Este lugar es duro para cualquier preso, pero es más duro para los sapos, dijo el director de la cárcel de Villahermosa apenas le entregué la cédula. No soy ningún sapo, aclaré. Por su culpa está enredado hasta el presidente, ¿cómo se le llama a eso?, preguntó el hombre. Seguí sin entender, me empeloté, aguanté la inspección anal, me volví a vestir y le pedí al director que me dejara conservar las fotos de mi familia. Tómelas, dijo el man, y dio orden a los guardianes de que me llevaran a una celda de aislamiento. Medí la celda, ni siquiera podía caminar, así que me eché sobre el cemento y me puse a pensar en los nombres de los personajes que había en las chequeras y por fin entendí que la cagada había sido muy grande y que iba a necesitar mucha suerte para salir de ella. Después me puse a mirar las fotos de Camila y a preguntarme por qué ninguno de los Andrade iba a buscarme. Estar solo no es mi especialidad, menos con tanta culpa encima y dejé de comer y perdí la noción del tiempo y entré en una especie de delirio: veía la cara de Camila, veía la cara de Cristinita, veía a Lina trabándose y burlándose de ellas. Yo lo dejé a tiempo, presentí que este man era un malparido, decía Lina antes de que una ráfaga de ametralladora la barriera. Me quedaba dormido y soñaba con Ángela, estaba embarazada y decía: Una sola vez y vea cómo me dejó, ¡qué puntería!, nunca debí meterme con un soldado. Me paraba enfrente de Ángela y nos poníamos a bailar, pero aparecía Sanabria y me empujaba. Ángela se convertía en Camila y empezaba a besar a Sanabria. Yo intentaba separarlos y aparecía la niña y se ponía a llorar y me decía: Este es mi verdadero papá, tú ya no existes. La situación se le complicó, dijo un día un guardián y me agarró del brazo y me sacó de la celda de aislamiento. Seguí al guardia mientras cruzábamos rejas, corredores y patios de la cárcel. Esta es su celda, cuídela, dijo el guardián y se marchó. Iba a echarme en el planchón de concreto para seguir con mis delirios, cuando entraron varios presos. Los faltones no tienen derecho a celda, dijeron y me echaron de allí. Me senté en el corredor y trataba de poner en orden la cabeza, cuando llamaron a almorzar. Los sapos no tienen derecho a comer, me dijeron los mismos presos que me habían echado de la celda y varios de ellos escupieron en mi bandeja. Dejé la bandeja y busqué un sitio donde sentarme. Tiene suerte de que no hayan dado la orden de matarlo todavía, me dijo un preso que se sentó a mi lado. ¿Quién va a dar orden de matarme?, pregunté. Usted como que hace las cagadas y ni se entera, dijo el man. No tengo ganas de ponerme hablar de mis cagadas, dije. ¿De qué tiene ganas? De llamar a mi mujer. ¿A cuál de las dos?, sonrió el hombre. A mi mujer, le repetí. No se ponga bravo conmigo, yo tengo orden de cuidarlo. Lo miré más asustado que antes. ¿Está de redentor de los desamparados, Pegantico?, le preguntó al preso que me hablaba uno de las manes que me perseguían. ¿Desde cuándo le importa saber qué hacen los demás?, contestó Pegante. Ya, ya, hermano, no se empute, sólo preguntaba. No pregunte, se arriesga a que le conteste, dijo Pegante. El preso se fue. ¿Usted qué sabe?, le pregunté a Pegante. Lo mismo que sabe toda la cárcel; que usted es el man que, por andar culiando, dejó que cogieran el archivo del contador de los patrones. ¿Y la gente cómo se iba a enterar de eso?, pregunté. ¿Cree que los policías y las camareras se iban a aguantar las ganas de contar esa historia tan buena?, rió Pegante. Sólo estaba tratando de saber qué se sentía tener una amante, dije. Pues se puso a averiguar en mal momento, afirmó Pegante. Pues sí, dije con tristeza. Fresco, culiar no es pecado, dijo Pegante y me dio unas monedas. Corrí al teléfono y me puse en la fila. Llegó mi turno y marqué el número de la casa de mis suegros. No contestó nadie. Es una sola llamada por preso, si no le contestaron, le toca volver a hacer la fila, dijo el man que estaba detrás de mí. Repetí la fila y marqué el teléfono de mi casa. Tampoco contestó nadie. Hice de nuevo la fila y le marqué a Natalia. No contestó. Me desesperé y empecé a darle puñetazos al teléfono. Quiten a ese sapo de ahí, dijo alguien, y los presos me arrancaron la bocina de las manos y ya me iban a coger a golpes cuando apareció de nuevo Pegante. Así que usted es el sapo, dijo uno de los amigos de Pegante apenas llegamos al rincón del patio donde se reunían los compinches de mi protector. No soy ningún sapo, volví a decir. No lo jodan, este man necesita un poco de paz, déjenlo fresco que ya nos contará la película, ordenó Pegante. Algo pasó con ellas, algo no está bien, le dije a Pegante cuando me resigné a que mis llamadas a la casa de los Andrade no dieran ningún fruto. Su gente cayó en desgracia, hermano, sólo Dios sabe dónde están, dijo Pegante. No, hermano, el que estaba metido en enredos era mi suegro, ni mi suegra ni mi mujer ni mi cuñada tienen por qué haber huido. Ninguna mujer tiene obligación de venir a verlo a uno a la cárcel, más si uno lo último que hizo antes de caer preso fue traicionarla con la hermana, dijo Pegante. Los ojos se me aguaron y aunque Pegante intentó cambiar de tema, esas palabras terminaron de joderme la vida. Comía poco, vivía llorando, me echaba a dormir en cualquier corredor o caminaba de un lado a otro del patio sin entender qué hacía allí y qué había pasado con mi mujer y mi hija. A veces, me quedaba dormido y soñaba que volvía a tener a mi lado las respiraciones de Camila y la niña, y era peor porque me despertaba ilusionado sólo para tropezar con la realidad de la cárcel. Le voy a dar algo para que se alivie, me dijo Pegante y me regaló la pata de un baretico. La mariguana me sentó bien, salí de mi amargura para estar en otras fantasías y quedé tan tranquilo que, apenas se me pasó el efecto, fui a pedirle más yerba a Pegante. No, mijo, no hay más, la mariguana no la regalan, me dijo Pegante. La necesito, le dije. Le toca aguantar así, le di esa patica sólo porque lo vi muy mal. Intenté pasar sin mariguana, pero me sentí peor, y a la culpa y a la tristeza que cargaba se les sumó la ansiedad por encontrar droga. Como a un aprendiz de loco le queda fácil disimular, pude vigilar los movimientos de los manes que vendían la yerba en el patio y logré saber dónde tenían las caletas. Vigilando también supe a qué hora dormían los manes, cómo rotaban las guardias y cuál era el mejor momento para robarlos. Llegó ese momento, el caletero se paró para ir al baño, el otro caletero dormía y me arrastré, tanteé la pared, encontré el ladrillo suelto, lo moví y metí la mano. Palpé las papeletas de perico, las de bazuco y los moños de mariguana. Cogí uno de los moños, lo saqué, puse el ladrillo en su sitio y me arrastré de nuevo hasta el lugar donde fingía dormir. Apenas el caletero salió del baño, me levanté y me fui para ese baño. No me aguanté las ganas y saqué un cuero que le había robado a Pegante y me puse a armar un baretico. Mientras lo armaba pensé en Natalia, en Camila, en la niña, en mi suegra y hasta en el Negro y me sentí mal, pero lo prendí, y el humo en la boca y los pulmones me llenó de paz. ¿De dónde sacó vicio?, preguntó de pronto un preso que entró al baño e intentó quitarme el bareto. Me revolví para no dejarme quitar la mariguana y se armó tanto alboroto que llegaron los dos caleteros. ¿Qué pasa?, preguntó uno de ellos. Mire, contestó el preso que me había descubierto y le mostró el bareto. El caletero empezó a esculcarme y encontró el moño de mariguana que me había robado. ¡Ladrón hijueputa!, exclamó y empezó a pegarme. ¿Qué pasa?, preguntó Pegante apenas entró al baño. Que este man nos estaba robando, contestó el caletero. Pegante me miró furioso. No lo vayan a matar que se nos complica la situación, dijo. ¿Cómo que no?, a este man hay es que rematarlo, dijo furioso el caletero. No, toca mantenerlo vivo un tiempo, hay gente que lo necesita, explicó Pegante. Además, un cadáver y nos hacen una batida y nos desorganizan el patio, ayudó uno de los compinches de Pegante. ¡Hay sapos con mucha suerte!, dijo uno de los caleteros. Mejor vaya y dígale al jefe que aquí tenemos un problema, le dijo Pegante a otro de sus amigos. El hombre asintió. Un rato después volvió a haber ruidos y entró al baño un hombre de pelo corto, vestido con ropa de corte militar y acompañado de dos guardianes. ¿Este es el problema?, preguntó el recién llegado. Problema es poco, este man fue el que vendió a los patrones. ¡Faltón hijueputa!, dijo el recién llegado y me dio una patada. Para completar, es ladrón, dijo el caletero. El man me dio otra patada y me enconché para que no me pegara en la cara. No seas cobarde, maricón, añadió el man y se agachó para verme bien. ¿Primo?, preguntó de pronto. La pregunta me removió un recuerdo y me quité las manos de la cara. ¡Marica, primo!, exclamó el hombre y me abrazó. ¿Quique? El mismo, dijo el recién llegado. Lo abracé mientras los presos miraban sorprendidos. Marica, qué suerte tenerlo aquí, dijo. No tanta, güevón, le contesté y la voz se me quebró. Ahora mismo cambian a este man para mi patio, les dijo Quique a los guardianes. Ellos obedecieron y Quique sacó un fajo de billetes del bolsillo y pagó la mariguana que yo les había robado a los caleteros. Gracias, hombre, hizo bien en mandarme a llamar, le dijo Quique a Pegante y también le dio dinero. Huy, hermano, ahora es dueño de esta cárcel, le dije a Quique apenas estuvimos en la lujosa celda que tenía. Yo no, pero mis jefes sí, dijo él. ¿Cómo así? Es una historia larga y con un comienzo triste, dijo Quique. No me la cuente a palo seco, dije y le señalé el moño de mariguana robado. Quique cogió mariguana y armó un bareto. Así que los hijueputas lo embalaron y ahora andan perdidos. No sé qué haya pasado, vivo con angustia, me estoy volviendo loco. No se angustie que todo tiene solución, dijo y me pasó el bareto. Pues sí, todo tiene solución, dije y le recibí también el encendedor.

Necesito una compañera
que me ame y que en verdad me quiera,
que no tenga maldad,
que en su alma tenga humanidad…

He sido un hachepé,
he golpeado, violado, matado.
He prendido fuego a los ranchos

y me he sentido invencible
al ver las llamas iluminar los cadáveres.
He jugado tiro al blanco
con el cuerpo del enemigo,
he bebido su sangre,
jugado con sus cabezas
y lo he troceado con el machete
o la motosierra.
He cobrado mi dinero
y me han dado ratos libres
y he ido a las fiestas,
he bailado,
abrazado a mis amigos.
Me he emborrachado
y me he enamorado.
Y ellas me han dado sus besos
su calor y su cuerpo.
Y ese amor me ha dado fuerzas
para seguir adelante,
para no fallar,
para hacer bien el trabajo.

la magia de tus besos me tiene como loco,
me tiene como un tonto, que ya no sé qué hacer...

La historia era simple, el tío Martín había dejado la bohemia, se había puesto a trabajar juicioso, había
progresado y, cuando ya tenía unos ahorros, la guerrilla
lo extorsionó. Lo descuartizaron, hermano, él fue a expli-
carles que no podía entregarles el trabajo de toda la vida
y lo descuartizaron, finalizó Quique. ¿Y por eso anda de
paraco?, le pregunté. ¿Qué más hacía, dejarme matar?,

dijo él. ¿Y eso qué tiene que ver con esta cárcel? Tuvimos que matar a una gente, nos cogieron y, cuando llegamos aquí, los guerrilleros presos intentaron vengarse. Así que nos organizamos, les hicimos frente y como hubo tanto muerto, terminamos por hacer la paz. Nos repartirnos la cárcel, ahora cada cual manda en sus patios y nos respetamos. Quique me exigió sumarme a los entrenamientos y pasé de ser un preso desechable a ser de nuevo un soldado. Nos levantábamos temprano, trotábamos, hacíamos abdominales y marchábamos. Después desayunábamos, nos duchábamos y nos reuníamos para recibir instrucción política. No le paraba muchas bolas a la carreta, pero los ejercicios diarios, la buena comida, la compañía de Quique, las cervecitas y los bareticos que nos fumábamos me ayudaron a mejorar. No hay rastro de ellas, me confirmó Quique después de varias semanas de tener gente investigando lo que había pasado con las Andrade. ¿Qué voy a hacer, hermano…? Esperar que lo suelten y buscarlas, no hay de otra. Ojalá el fiscal me cumpla, dije. De eso no se preocupe, a ese man ya lo mandé a apretar. Las amenazas de Quique funcionaron y unos días después me llegó la orden de salida. Recibí el abrazo de Quique y de los otros paras, crucé el patio, me acerqué a la reja y oí al guardia agitar las llaves. Empezaron los aplausos, los gritos, las peticiones. ¿No va a dejar nada?, preguntó un preso y extendió la mano a través de los barrotes y me agarró de la camisa. No seas chichipato, deja algo, pidió. Las miradas enfermas, las pieles demacradas, el olor a muertos vivos y la agresividad me asustaron y me sacudí con violencia. ¡Sos un maricón!, dijo otro, y los demás se rieron y empezaron a chiflarme. Se abrió otra reja, crucé otro patio y otro corredor y por fin llegué a la última puerta y vi la sonrisa de un guardián. La luz de la calle reventaba libre contra el asfalto. Desde el día en que me habían avisado que quedaría libre, vivía imaginando el reencuentro con Camila. Quería verla, tirarme a sus pies, pedirle perdón, decirle que lo de Natalia había sido una locura fugaz y que le perdonaba que jamás hubiera ido a verme a prisión, que estábamos a mano y que sólo quedaba luchar juntos por construir el futuro de la niña. Metí la mano en el bolsillo, confirmé que aún llevaba el dinero que me había dado Quique y me subí en un taxi. El taxista buscó el sur, me puse a ver las panaderías, los almacenes de carros, los motociclistas, el velódromo, y cuando aparecieron las tribunas del estadio y las banderas del América de Cali, me sentí de verdad libre. ¿No hay nadie?, preguntó el taxista que se había quedado espiándome mientras timbraba y timbraba sin que nadie saliera a abrir. Parece que no, dije. Si quiere lo llevó a otra parte, dijo el taxista. Ya no viven aquí, nos dijo un celador a la entrada de la urbanización donde vivían mis suegros. Déjeme mirar al menos, le pedí al celador. ¿Para qué?, preguntó el hombre. Déjenos entrar y salir, le pidió el taxista que seguro había recogido mucha gente en la cárcel y ya sabía cómo comportarse. Dimos la vuelta por el conjunto, vi la casa del Negro ocupada por otra familia, un par de adolescentes que se besaban en la piscina y me acordé de Natalia. Mejor vámonos, le pedí al taxista. El motel estaba clausurado, el apartamento de Natalia también estaba habitado por un extraño y sólo me quedó ir al edificio que estábamos construyendo en San Fernando. De pronto ya lo terminaron, me dijo el taxista, que a esa hora ya conocía mi historia. Después de dejar atrás el Parque del Perro, le indiqué al taxista dónde tenía que voltear y estacionarse. Esto todavía no es un edificio, dijo el taxista. La verdad, no, dije. Suerte, hermano, que la vida mejore, dijo el taxista cuando le pagué la carrera. Gracias. El taxista arrancó y quedé en el andén, mirando el edificio que había sido el último sueño de mi suegro. La estructura de concreto empezaba a teñirse del gris sucio que vuelve fantasmales los edificios a medio terminar, y aunque los cuatro pisos seguían humillando a las otras casas de esa calle, en el sueño de mi suegro no se respiraba más que abandono. En los espacios donde deberían estar las ventanas y la puerta de aluminio, que eran lo último que yo mismo había pagado, había tablas y pedazos de tríplex. Busqué una piedra y empecé a golpear, y más tardé en hacerlo que en escuchar ruidos adentro. Alguien se movía y un perro empezó a ladrar. Los ladridos de Bruno me devolvieron la esperanza. Si estaba el perro, estaban todos; en esa familia nadie hubiera sido capaz de dejar solo a Bruno. Esperé un rato, se movieron unas tablas y Natalia se asomó por el tercer piso. Hola, le dije, como si fuera un adolescente avergonzado que viene a visitar por primera vez a la novia. Ella se puso pálida. Le volví a sonreír. Ya bajo, dijo. Mientras esperaba, me puse a pensar en el sermón del cura que me había casado con Camila, en lo importante que era el matrimonio y, sobre todo, la familia. Otra vez oí ruidos y tuve enfrente a una Natalia contagiada del abandono del edificio. ¿Puedo pasar?, pregunté. Natalia lo dudó. No habría aceptado si Bruno no se me echa encima. El edificio estaba peor por dentro que por fuera. Natalia buscó la escalera. ¿Y los otros?, pregunté. No están, dijo Natalia. ¿Se demoran? Yo sí creo, dijo. ¿Qué pasa? Natalia se puso a llorar. La abracé. En un rincón, Natalia había puesto una cama y un televisor, encima de la cama tenía revistas, debajo una maleta a medio abrir y a un lado había improvisado una cocina. ¿Y los demás?, insistí. Ya te dije que no están. ¿Y Camila y la niña? Se fueron, dijo Natalia. Pero ¿adónde? No sé. ¿Cómo así que no sabes?, ¿qué ocurrió? Natalia me contó lo ocurrido. Asustado por los allanamientos y la persecución de la policía, el Negro había aceptado negociar con la DEA y se había incorporado a un plan de testigos protegidos. Una noche, los mismos agentes de la DEA lo llevaron disfrazado a la casa y el Negro dijo que debían irse de Colombia. Doña Leonor empacó sus cosas y Camila hizo lo mismo. La verdad, lo mejor es que te quedes, le dijo doña Leonor a Natalia. Es tuyo, ahí te lo dejo, remató Camila. Natalia se echó a llorar y vio al papá subirse en el carro y abrazar a Camila y a doña Leonor. Pero debe ser posible saber dónde están, al fin y al cabo estamos hablando de mi hija y de mi mujer, le dije. Natalia me miró como si mirara el vacío. No, no hay posibilidades de saber cómo se llaman ni mucho menos dónde están. Sentí que me faltaban fuerzas y empecé a llorar, a preguntarme cuánto habría crecido la niña durante los meses que yo había estado en la cárcel, cómo estaría Camila, si estaría más bonita, si estaría feliz, si estaría con otro. ¿Y Alberto?, pregunte después de un rato. Lo mataron, contestó Natalia. ¿Por qué te quedaste? Me dio miedo irme. Pero te pueden matar. Podrían. ¿Y entonces? Esta ciudad es mi vida, aquí he sido feliz e infeliz, me encanta bailar, aquí están mis amigos; cambiar de identidad, vivir escondida, no poder llamar a nadie, sería como estar muerta, y si es para morirme, mejor me quedo aquí, dijo Natalia. ¿Por qué no fuiste a la cárcel?, le pregunté. No tenía fuerzas. Y ahora, ¿qué piensas hacer? No sé, gastarme la plata que me queda y, cuando se acabe, buscarme un trabajo. Me quedé mirándola, viendo su perfil agotado por el sufrimiento. ¿Por qué no te vas conmigo, por qué no lo intentamos juntos? Estás loco. Al fin de cuentas nosotros siempre nos hemos querido. No, tú eres el marido de mi hermana. Pero es como si ella estuviera muerta. Todo eso se acabó, dijo; no sé lo que quiero hacer, pero cualquier cosa que haga, no te incluye a ti.

oiga, mire, vea,
véngase a Cali para que vea...

¿Que le pinte ese ojo?

Sí.

No sé.

¿Es que no le gusta el ojito o qué?

Bueno... es que pensé que me iba a comprar un cuadro de los de la exposición.

Ah, si ese es el problema, después le compro uno.

Bueno, pero es que su mujer dijo que...

Huy, hermano... no meta a mi mujer en esto porque se nos complica el negocio.

La verdad, es que me cogió por sorpresa, yo venía con otra idea.

Pero lo importante es que le voy a comprar, ¿o es que no le gusta el billetico?

Claro que me gusta, y lo necesito, pero no soy muy amigo de trabajar por encargo.

A usted lo que le falta es una cerveza; mire, tómese esta.

Bueno, una cervecita sí le acepto.

Así me gusta. Ahora escúcheme, nada pierde con escuchar.

Bueno, lo escucho.

Quiero que sepa que si lo mandé a llamar es porque gracias a usted comprendí el arte moderno.

Bueno, mi arte no es precisamente moderno.

Para el caso es igual, y también me gustaron muchos sus cuadros o, ¿cómo es que usted les llama?

Mi obra.

Ah, sí, su obra.

Eso ya es algo.

Es mucho, mijo, mucho.

Bueno, mucho.

Primero, le aclaro que si mi mujer no me hubiera insistido tanto ni asomo por allá.

Entonces, ¿cómo le puede gustar mi obra?

Tenga paciencia, mijo.

Perdone, siga.

Bueno, vi sus dibujos y la forma tan tenaz en la que pintaba esas manos y esas caras, quedé fascinado y me dije: este es el personaje que necesito.

¿Y eso, por qué?

Bueno, fueron las imágenes.

Qué bacano.

Sí, me gustaron mucho y decidí acercarme a usted y hacerle la propuesta de pintar este ojo.

¿Por qué no lo hizo de una?

Tengo mis normas para hacer negocios, cuando le di la mano y lo felicité, me di cuenta de que usted estaba trabado y preferí aplazar la charla.

Lástima, me habría gustado vender algo esa noche.

Pero todo llega, mijo. Esa misma noche le dije a mi mujer: consígame una cita con ese toche, pero para un día que esté en su sano juicio.

Qué organizado.

Nos vamos entendiendo, mijo. En todo caso, el negocio es así: quiero que me pinte el ojo, y si le queda como los de la galería, le pago lo que pida y, de ñapa, le compro otro cuadro para que mi mujer no joda.

¿Puedo saber por qué es tan importante este ojo?

Eso va a ser más complicado.

Me está poniendo curioso.

Mejor que no, la curiosidad es muy peligrosa.

Ya lo sé, pero si me lo cuenta, me puede servir de inspiración.

Ay, los artistas…

Es verdad, es que así, tan en frío, sin una motivación, no me va a salir un buen cuadro.

¿Usted sí es bien varón?

¿Quiere que se lo pruebe?

Tampoco, tampoco, mijo. Pero si se lo cuento, tendría que guardarme el secreto.

Bueno, es un trato entre varones.

No sé, con esa pinta de marica que tiene usted…

Si le digo que no le cuento a nadie es que no le cuento.

¿Y me pinta bien el ojito?

Se lo pinto con pasión, le queda del putas.

Me convenció, le voy a contar, pero primero tómese otra.

Listo.

Mire, mijo, ya se habrá dado cuenta de que yo no nací con plata, era pobre y tampoco fui transportador toda la vida.

Bueno, algo sabía.

Así que el primer billete grande que vi, me lo pagaron por matar a un güevón.

¿Verdad?

Como lo oye, mijo.

Con razón no quería contarme.

Ya ve, motivos poderosos.

Lo que me impresiona es la tranquilidad con que lo dice.

Eso es el pasado, mijo, con lo bien que me ha ido, no me voy a amargar por algo que ocurrió hace mucho tiempo.

Siga, ya me intrigó.

Pues esta foto, es la foto del ojo del primer man que tuve que matar.

Uffff… ¿y por qué lo mató?

En esa época vivía en Santa Marta, y un concejal me encargó el cruce.

Pero ¿por qué tenían que matarlo?

No sé, imagino que el tipo se estaba poniendo problemático por algún negocio y tocaba chuliarlo.

Y qué, ¿usted salió maniático y le tomó fotos al primero que mataba?

No, mijo, esto no es una película.

Entonces, ¿de dónde salió la foto?

Resulta que, como era mi primer muerto, dejé huellas y me iban a pillar.

¿Lo metieron a la cárcel?

No se adelante, mijo.

Perdone, siga.

Al ver las complicaciones, el concejal me echó encima a la policía para que me agarraran y me mataran antes de que pudiera declarar y comprometerlo a él.

Qué hijueputa.

Concejal, pelao, concejal.

¿Y entonces?

Que dio la casualidad de que el policía que mandaron a matarme había sido mi compañero en la escuela. Cuando el hombre me vio, en vez de disparar, me contó todo y me dijo que me daba el chance de que me perdiera de la ciudad.

¿Y usted se escapó?

No, eso no se hace nunca; a la vida hay que irle de frente.

¿Entonces?

Dejé que llegara la noche y le monté la perseguidora al concejalito.

¿Lo mató?

No. Esa noche, cuando el hijueputa estaba echándose un polvo con la mocita de turno, le caí de sorpresa.

¿El man estaba tirando después de mandarlo matar a usted?

Sí, tirando tranquilamente. Pero se le amargó, porque él que le mete la verga a la mocita y yo que le meto el revólver en la boca.

¡Qué mal comienzo de polvo!

Cogí al güevón del poco pelo que le quedaba, se lo quité de encima a la vieja y delante de ella, para que le quedara más claro, le dije que o me sacaba del problema o le iba a matar toda la familia antes de matarlo a él.

Bien hecho, para que no fuera tan hijueputa.

Le sentó la cervecita, mijo, tómese otra.

Gracias.

La sorpresa fue tal, que la hembra se puso a llorar y el hombre, ahí, todo empeloto y asustado, me prometió que él resolvía el asunto.

¿Y le cumplió?

Está bien que lo dude, mijo.

Con todo lo que ha pasado…

Entonces el concejalito de mierda se puso pilas y consiguió sobornar al juez para que dijera que todo había sido un error.

Qué mañoso ese hijueputa.

Así son, hermano, pero no se ponga misterioso, si quiere, prenda ese baretico que tiene escondido en la camisa.

A usted no se le pasa ni una.

Con una que se me pase, el muerto soy yo.

Bueno, me fumo el baretico mientras termina.

Un par de meses después el juez me declaró inocente, pero yo seguía prevenido y con ganas de quebrar al concejal.

¿Por qué?

Intuiciones, mijo, presentimientos.

Ajá.

Así que el hombre, para probarme que todo estaba limpio y no había de qué preocuparse, me citó una tarde en una playa del Rodadero y me entregó el sumario del proceso. Quémelo y quedamos en paz, dijo.

Eso era, el man guardaba el sumario por si acaso.

Sí, muy precavido, el güevón.

¡Qué abeja!

Sí, ni le cuento el trabajo que ahora tiene el malparido, hasta nos reconciliamos y a veces hacemos negocios.

¿Cuál?

Vaya con calma, mijo, vaya con calma.

Bueno, sigamos con el ojo.

El caso es que, antes de quemar el sumario, me puse a mirarlo.

Era lo lógico.

Me va entendiendo, mijo.

La verdad, sí.

Entre tanto papel y tanto sapo que hacía las veces de testigo, encontré la foto.

Ah…

Cogí la foto y empecé a ver al muerto desde todos los ángulos.

¿Y no le dio remordimiento?

Al comienzo no, para esa época ya había visto un montón de fotos de esas en los periódicos.

¿Al comienzo?

Sí, la cosa se complicó cuando vi el terror que le había quedado al muerto en la mirada.

La verdad es que impresiona.

En ese momento me di cuenta de que la vida no era un juego, que iba en serio y que había que ser berraco si uno no quería terminar así.

¿Guardó la foto como recordatorio?

Exacto, hermano. Le sienta bien la bareta, lo pone a pensar. Entonces como lo que me había impactado era el ojo, lo recorté y lo guardé en la billetera.

Qué man tan corrido.

De corrido nada, mijo, sabía bien lo que hacía.

¿Y qué hacía?

De ahí en adelante, ese ojo se convirtió en mi ángel guardián, en mi mejor protector. Cada vez que la vida se pone dura, que no hay billete o que algo sale mal, saco esta foto de la billetera y la miro y me digo: este muerto no puede ser gratis, hay que seguir adelante, ponerse pilas, no dejarse joder.

Tenaz.

Como lo oye, mijo. Esta foto me ayudó a salir adelante, me dio fuerzas para matar a unos cuantos más y me inspiró para sentar cabeza, dejar de ser un matón a sueldo y comprarme los camiones. Todo lo que tengo, se lo debo a este ojo.

¿Como una iluminación?

Sí, mijo, como la aparición del ángel ese que dejó preñada a la Virgen.

Igualito.

Por eso quiero que me haga un cuadro bien grande con este ojo para la casa nueva.

¿Y qué la va a decir a su mujer?, no creo que a ella le guste el ojo.

Nada.

¿Nada?

Para eso está usted, hermano.

No entiendo.

Seguro ya se le pasó la traba.

No, es que todo me suena muy raro.

Pues, hermano, cuando la mujer proteste, hablo de usted, le digo que esto es arte moderno y asunto arreglado.

¿Arte moderno?

Sí mijo, arte moderno.

¡Oh, gloria inmarcesible!
¡Oh, júbilo inmortal!

Sin Camila, sin la niña y sin Natalia, me aferré a Quique. Iba a visitarlo cada fin de semana a la cárcel, le ayudé a liquidar los negocios que tenía en Barbacoas y me paré enfrente del penal el día que la presión de un senador sobre el juzgado consiguió que ordenaran su libertad. ¿Todo listo?, preguntó Quique con la misma sonrisa esperanzada con la que había llegado a El Porvenir el tío Martín. Abrí un morral que llevaba en la mano y los fajos de billetes que había dentro relucieron bajo el sol de Cali. Muy bien, vamos, sonrió Quique. ¿Adónde?, pregunté. A trabajar con gente poderosa, con gente de plata, gente que quiere cambiar este país. ¿Va a seguir de paraco?, pregunté. Voy a seguir para adelante, contestó Quique y paró un taxi. ¿Conoce La Casa Rosada?, le preguntó Quique al taxista. Y a todas las hembras que trabajan ahí, rió el taxista. No sé si quiera ir de putas, intervine. Cuando vea las nenas de La Casa Rosada se le van a acabar las dudas, dijo el taxista. Estaba en lo cierto. Mientras Quique hablaba con uno de sus jefes, Alcira, una negra de Buenaventura, se me sentó en las piernas, me jugueteó, me besó las orejas y me convenció de pasar con ella a uno de los reservados. La negra se desvistió y confirmé que los senos, la cadera y el culo de Camila eran atributos de negra y se me vino a la cabeza la imagen de mi esposa y de las sonrisas del día del matrimonio. ¿Qué pasa, mi vida, no le gusté?, preguntó Alcira. Es que usted es tan linda que me llené de recuerdos, dije y se me quebró la voz. Alcira alzó las sábanas y se metió en la cama. Recuéstate, ordenó. Le obedecí. Tu jefe ya me pagó y a mí no me gusta ganarme la plata sin hacer nada, así que me vas a contar qué clase de recuerdos hacen que un hombre no quiera disfrutar de esta negrota, dijo Alcira. Tragué saliva, dejé que ella me acariciara, dejé que el olor a sexo y sudor de ella me acogiera y me solté a llorar. Alcira me dejó llorar, me fue haciendo preguntas y consiguió que le contara completa la historia de Natalia, Camila, los Andrade y mi hija. Usted se portó como un malparido, pero si alguien me amara a mí como usted ama a esas mujeres, me saldría de puta, concluyó Alcira. Sonreí. Qué pena tener la verga tan blandita, dije. Está linda, dijo Alcira y me la acarició y se deslizó hacia abajo y se la metió en la boca. Es imposible, no va a reaccionar, le dije. Si reacciona lo dejo de admirar, sonrió Alcira y siguió lamiendo. ¿Cómo le fue con este muchacho, mi negra?, preguntó el hombre que hablaba con Quique cuando volvimos a la mesa. Ustedes dos juntos no suman un varón como este, contestó Alcira. ¿Sí ve, pelao?, estas hembras hacen milagros, dijo Quique y me pasó un aguardiente. Sí, hacen milagros, murmuré y acepté la invitación a bailar que me hizo Alcira. Bailar sí sabe, dijo ella. Bailar ha sido siempre mi afición. Buena afición, dijo Alcira y dio la vuelta por la izquierda, después por la derecha, se dejó traer hacia mí, apretar y volvió a sincronizarse conmigo y con la música y a hacerme sentir bien acompañado. De la Casa Rosada, Quique y yo salimos para la Terminal de Transportes y cogimos una flota para Bogotá. Quique se quedó dormido apenas el bus aceleró por la carretera que llevaba a Tuluá; me puse a ver los cañaduzales y me acordé de los sembrados de maíz que había visto en las películas americanas y volví a pensar en Camila. La flota dejó atrás Armenia, empezó a escalar la montaña y aparecieron los cafetales sembrados en hileras, y pasé de pensar en Camila a pensar en la niña, a recordar la placidez con que dormía, la ansiedad con la que tomaba pecho y el olor que salía de ella cuando Camila la ponía a dormir entre los dos. No se vaya a dejar enredar por la nostalgia, en esta vida no se debe mirar para atrás, dijo Quique apenas despertó y me vio todo aburrido. Es imposible no mirar atrás, contesté. Yo lo de atrás ya lo tengo organizado, ahora me preocupo de lo que tengo en frente. Yo nunca podría organizar lo que he ido dejando atrás. Porque a usted la cabeza le da muchas vueltas, pero ya aprenderá a pararse como un varón incluso frente a los malos recuerdos. ¿Sí aprenderé? Seguro, nadie se muere güevón. Ojalá. Póngale fe. Un hotel de Chapinero nos guardó del frío bogotano, vimos novelas, dormimos rico, nos levantamos temprano y salimos a caminar. Toca hacer tiempo mientras abren los almacenes para comprar ropa decente, dijo Quique. Nos sentamos en la misma cafetería de la Sesenta y tres con Caracas en la que una vez había espiado a Gamboa y Veneno. Comimos almojábanas y buñuelos hasta que empezaron a pasar frente a nosotros las nenas que atendían los almacenes de ropa del sector. Vimos cómo iban entrando a los locales, los iban barriendo, trapeando, limpiándoles el polvo e iban subiendo por completo las rejas que habían dejado a medio cerrar mientras hacían el aseo. Vestidos de paño, pasamos por una de las peluquerías del pasaje de Seguros Bolívar, y elegantes y bien peinados subimos a un taxi. A los Altos de Yerbabuena, ordenó Quique al taxista. Mientras Chayanne decía que estaba completamente enamorado y después prometía que lo dejaría todo por la mujer que amaba, el taxi pasó por la Cien, por la Ciento setenta, por el club de Millonarios, por un peaje, abandonó la sabana de Bogotá y se trepó en los cerros hasta llegar a una de esas urbanizaciones lujosas donde los ricos de Colombia se esconden del caos y la violencia que ellos mismos provocan fuera de ellas. Los dejo a las puertas del cielo, dijo el taxista, repitiendo la frase de una de las canciones que nos habían acompañado durante el trayecto. Quique sonrió y le pagó la carrera. La entrada al lugar estaba cerrada por un muro alto, una reja y una garita desde la que un vigilante nos hizo señales para que le habláramos por un citófono. Vamos a donde el senador Pablo Triunfo, dijo Quique. El celador nos examinó y encendió el wokitoki para anunciarnos. Síganme, dijo otro celador apenas abrieron la puerta y nos escoltó hasta la entrada de la casa de Triunfo. Una jauría de dóbermans corrió hacia nosotros y empezaron a ladrar furiosos, a gruñir y a mostrarnos los colmillos. Mejor que ni abran la puerta que nos tragan vivos estas fieras, dije. Que abran y mato un par de perros hijueputas, dijo Quique. Ya, niños, ya, les dijo a los perros la empleada que salió a abrir la puerta y a la que el uniforme de sirvienta inglesa no conseguía opacarle la mirada maliciosa de campesina colombiana. Los perros le hicieron caso a la muchacha y, vigilados por ellos, pasamos junto a varias camionetas estacionadas en el lugar y caminamos por el sendero que conducía a la entrada de la casa. El cuerpo de la empleada era gruesito pero muy bien torneado y me quedé mirándolo, pero lo abandoné por completo cuando de la casa salió la mujer de Pablo Triunfo. Estaría cerca a los cuarenta, pero era estilizada como una modelo de revista, tenía una piel blanca y limpia que contrastaba con el color miel de los ojos, y unos movimientos tan refinados y una desenvoltura que la volvían al mismo tiempo deseable e inalcanzable. ¡Ufff, qué clase!, murmuró Quique. La mujer nos dio la mano, nos invitó a seguir y nos acompañó a una gran sala donde esperaba otra montonera de gente. ¡Quique, hermano, qué gusto!, se lanzaron a saludarlo y abrazarlo la mayoría de hombres jóvenes que había en la sala. Le sentaron las vacaciones, dijo el más efusivo de ellos. Este man era el que hacía falta, ahora sí, palasquesea, dijo otro, y Quique se acomodó feliz en un sofá. Me senté junto a Quique y vi que aparte de sus compañeros de batalla, en el lugar había unas pocas mujeres, varios soldados, un par de agentes de la policía, un teniente, un general del ejército y tres cincuentones que se presentaron como ganaderos, pero que no podían ocultar el aire de mafiosos. ¿Sí ve, hermano?, aquí estamos en familia y con los duros, me dijo Quique. Los escudos de armas que decoraban las paredes, los fusiles antiguos que había entre los escudos de armas y el artesonado rojo y dorado del cielo raso me hicieron sentir extraño, como si de pronto se hubiera devuelto el tiempo y estuviéramos más bien en un salón de la Colonia. De una puerta lateral del salón virreinal salió Triunfo. No era ningún español chaparrito, de uniforme ridículo y lleno de mala leche, sino un hombre alto, de piel blanca y bien cuidada, ya medio calvo y algo gordo, vestido con un paño impecable y con más cara de distinción que su propia mujer. Triunfo sonrió satisfecho al ver la multitud que lo esperaba, y nos dio la mano a cada uno como político en elecciones, agradeció nuestra presencia y presentó a la gente importante de la reunión. Lo que vamos a hablar es crucial para el futuro de Colombia y merece un preámbulo, dijo y caminó hasta la biblioteca, sacó un casete de un cajón y lo puso en el equipo de sonido. Después, como un cura, nos invitó a ponernos de pie y se puso firme. Las notas del himno nacional se desparramaron por el lugar y la gente empezó a cantar y afirmarse más sobre el suelo. Terminó el himno y como Triunfo seguía firme, nadie se atrevió a moverse, y empezó a sonar una marcha militar que hablaba de salvar a Colombia del comunismo, de volver a instaurar las banderas de la fe y la libertad y de no darle jamás tregua al enemigo hasta que, igual que el demonio, desapareciera de la faz de la Tierra. Miré a Quique, miré a los militares, a los mafiosos, a la mujer y a los dos niños pequeños de Triunfo, a la gente humilde que había en el lugar, me vi a mí mismo parado en medio de esa sala ridícula y en frente de un hombre muy parecido al senador que había engañado a mi padre y sentí ganas de echar a correr; pero afuera estaban los dóbermans y al lado mío estaba Quique entusiasmado y lleno de sueños, y lo último que quería era defraudarlo. Terminó la música marcial y Triunfo hizo de nuevo un gesto de cura y nos invitó a tomar asiento. Colombia necesita hombres de convicciones firmes, hombres de valor, capaces de reconducir una patria que está plagada de bandidos, de plebe sin Dios ni ley y que quiere evitar que el progreso y la fe se asienten definitivamente en su suelo. Esta no es sólo una reunión para hablar de la reorganización de nuestras fuerzas políticas y nuestros comandos militares, es una reunión para recordar lo esencial, para que nos afirmemos en los fines de nuestra lucha, para que nos convenzamos de que los cambios que vamos a hacer son los más convenientes para la patria, para extirpar las partes gangrenadas y para que, de esa manera, el resto del cuerpo, la parte sana, viva y progrese. Los asistentes estallaron en aplausos; miré a la mujer de Triunfo, a los dos hijos, les veía el bienestar, las ropas importadas, y escuchaba aquel discurso que nos incitaba a la guerra y veía a los demás asistentes con la violencia y la pobreza trazadas en el rostro igual que yo y no entendía por qué estaban tan felices, por qué se sentían tan ilusionados de ser incitados a la muerte. ¿Alguna pregunta?, dijo Triunfo al final del discurso mientras la mujer le entregaba los niños a la sirvienta y empezaba ella misma a repartir pasabocas y bebidas. ¿Ya se sabe cómo va a quedar la reestructuración de los frentes y a qué región nos van a asignar a cada uno de nosotros?, preguntó Quique. Sí, pero el general les dará los detalles más tarde, contestó Triunfo.

¿Y cuánto nos van a pagar?, preguntó uno de los compañeros de Quique. El dinero no es lo importante, dijo Triunfo y el hombre se calló. ¿Alguna duda más? Hubo un silencio y ya nos íbamos a levantar para ir a un salón aledaño a hablar con el general, cuando una mujer dijo: Sí, yo tengo otra pregunta. Triunfo la miró sonriente y le pidió que la hiciera. Dígame, ¿dónde enterró su gente el cuerpo de mis hijos y mi marido? Un murmullo recorrió la sala. No sé de qué está hablando, dijo Triunfo sin perder la sonrisa. Sí sabe, porque, por orden de usted, el capataz y los peones de la finca que tiene en Tumaco mataron a mi esposo y a mis hijos; los mataron para quedarse con nuestra tierra. Les pido perdón, esta mujer está desvariando, dijo Triunfo y miró al general. El general miró a Quique y Quique saltó sobre la mujer. Ella intentó evitarlo, pero Quique estaba muy bien entrenado, la agarró y le tapó la boca. No la vayan a matar aquí, dijo la mujer de Triunfo. ¿Entonces?, preguntó Quique. Amárrenla y póngala en el patio, después nos encargamos de ella, dijo el general. Quique recibió una cuerda de una sirvienta y la ató. ¿En qué íbamos?, preguntó Triunfo. En definir qué hacer con estos muchachos, contestó el general. Ah, sí, dijo Triunfo. Estos muchachos van para Córdoba, la tierra de la libertad.

que te perdone yo, que te perdone,
¡como si fuera yo el santo cachón!

La primera curva de la carretera me acabó de llenar de rabia. Recordé las decenas de veces que había cogido esa curva con ella rogando a mi lado que bajara la velocidad, mientras yo reía y aceleraba más porque mientras ella más gritara más me excitaba, y más ganas me daban de llegar a la cabañita que teníamos alquilada en Río Claro para invitarle una cerveza, besarla, desnudarla y revolcarme con ella. Las llantas chirriaron y quedé en frente de la recta de Doradal; apreté el acelerador y empecé a ver pasar los postes de las cercas, las vacas y las acacias y recordé la noche que la conocí; el güevón que estaba con ella, todo bonito, bien vestidito, con camisa de rayitas rosadas, un pantalón azul y un corte de pelo que seguramente le había escogido la mamá. Ella, al contrario, no se había vestido con sutileza sino con exageración. El bluyín se le pegaba al cuerpo y luchaba aterrorizado por contener el par de nalgas y los muslos que tenía, y terminaba aquel esfuerzo antes de los tobillos para que se pudieran ver las uñas de los pies pintadas de rojo. La blusa era apenas un trozo de tela cruzado sobre el pecho, la espalda se exhibía entera y sólo un nudo intentaba mantener en su lugar una tela que el peso de las tetas descolocaba cada vez que ella respiraba. Nosotros celebrábamos el primer corone del patrón, los bolsillos nos reventaban de dinero y, lo más importante, el corazón nos brincaba sin miedo porque esos billetes eran el anuncio de muchos otros billetes y aventuras. Había un hueco en el camino, la camioneta saltó y se balanceó en el aire, agarré duro la cabrilla y miré hacia adelante y cuando el carro cayó y se estremeció contra el asfalto, volví a acelerar y me prometí que si ella y el patrón estaban juntos, los iba a colgar del techo con las mismas sábanas sobre las que estuvieran tirando. La noche del Magdalena Medio totiaba contra el parabrisas, los mosquitos quedaban estampillados en el vidrio, un amago de lluvia servía para limpiarlo; y el fresco entraba por la ventana sin tener que enfrentarse con la música porque era la primera vez, desde que había comprado ese carro, que llevaba el radio apagado. El frío me pegó en la cara y volví al pasado, recordé la decencia del muchachito, la forma delicada como le alcanzaba los tragos, el pudor con el que le acariciaba la mano. Y me volví a reír de la manera como fui hasta ella y la invité a bailar, y recordé cómo le brillaron los ojos, cómo se dejó apretar y cómo contestó que sí cuando la invité a sentarse en nuestra mesa. Después vino el polvazo que nos echamos en un potrero a las afueras del pueblo, las historias que me contó de la mamá y las hermanas y el paseo que hicimos al río el día siguiente. Antes de diez días ya estaba hablando de matrimonio. Le pedí tiempo y no le gustó, pero tuvo paciencia y siguió enredándose conmigo hasta que el que empezó a hablar de matrimonio fui yo. Detuve la camioneta un kilómetro antes de la casa y me colé en la finca por el mismo desecho que el patrón y yo habíamos preparado en caso de que cayera la ley y tocara volarse. Penacho, el Jipi y Resorte estaban vigilando, les medí los pasos y conseguí llegar al jardín y asomarme a la ventana del cuarto del jefe. Y ahí estaban; ella en tanga, sin brasier y con una copa de champaña en la mano y el patrón, como siempre, empeloto, echado en la cama de medio lado y con la barriga manchando de sudor el cubrelecho. ¡Malparidos!, exclamé y cogí el revólver con la intención de romper el vidrio. Ella se quitó la tanga y le agarró la verga y se la metió en la boca. ¡Zorra hijueputa!, dije, y el dolor que sentí me paralizó. Vi el culo moverse al ritmo de la lengua, pensé en cuántas veces había sido feliz con ese mismo culo pegado a mí y recordé que esa noche salía el primer envío en el que el patrón me llevaba como socio. Si lo mato esa plata y todos mis sueños se van a la mierda. El patrón puso la barriga mirando al techo, ella se le montó encima, se metió la verga y empezó a subir y a bajar. Él le chupo las tetas y volví a alzar el brazo para pegarle al vidrio. La voy a matar sólo a ella, seguro que el man entiende y no se dañan los negocios, me dije. Pero, cuando ya iba a darle el golpe al vidrio, recordé que si lo rompía, la alarma iba a sonar hasta en Medellín y que antes de que pudiera dar explicaciones, mis propios compañeros me habrían matado. Ella se puso boca arriba, él se le montó y no tardó más que unos segundos en terminar. El reposo de ambos me contagió. Volví a pensar en los millones que me entrarían si coronábamos el embarque, y aunque seguía sintiendo ganas de matarlos supe que no iba a ser capaz de hacerlo. Fue como si el polvo me lo hubiera echado yo y me senté en la tierra y me puse a descansar y a hacer cuentas.

al lado de mi hermano,
con quien he batallado, para poder vivir…

Viajamos tres días y llegamos a un caserío cerca de San Pedro de Urabá. No había más que siete ranchos, un billar y un gran kiosco que servía como hotel y supermercado. Por aquí vinimos una vez con Cristinita y otra gente del MOREI a apoyar una invasión de tierras, le conté a Quique. Pues debieron quedarse en Bogotá. ¿Por qué? Porque ustedes dejaron sembrado el comunismo y por eso es que ahora toca ponerse serio y limpiar la región. ¿Nos van a poner a hacer masacres? No sé ni me importa, contestó Quique. Se echó en una hamaca, cogió la guitarra y se puso a puntear una canción de Los Hermanos Zuleta. Me senté al borde del kiosco, me dejé llevar por la música, me puse a mirar la sabana y me acordé de que en aquella invasión habían muerto varios campesinos y me dio tristeza pensar que aquel sacrificio había terminado siendo sólo un problema más de los miles que arrastraba Colombia. De nuevo presentí que estaba donde no debía, pero, igual que siempre, ni tenía adónde irme ni iba a defraudar a la persona que me estaba ayudando. El día siguiente nos dieron uniformes, nos cortaron el pelo y nos llevaron a una finca. Hicimos más entrenamiento militar, oímos más charlas sobre lucha anticomunista y nos presentaron a Doblequince, el comandante paramilitar de la región. ¿Entonces sabe leer y escribir bien?, me preguntó el comandante. Sí. ¿Y es discreto? Claro, contesté. Salga de formación y espere en mi oficina, me ordenó. El hombre terminó de asignarles funciones a los reclutas, se montó en una camioneta y salió de la finca. Estaba viendo las fotos de Doblequince con otros comandantes paramilitares, con generales, con políticos y con la mujer y las dos niñas que tenía, cuando oí regresar la camioneta. Le presento al Paisa, su jefe, dijo Doblequince. Súbase al carro, me dijo el Paisa. Miré a Doblequince. Rápido, pelao, que el hombre es una persona ocupada, dijo Doblequince. Se salvó mijo, me dijo el Paisa apenas arrancamos. ¿De qué?, le pregunté. De andar por ahí matando gente, contestó. No supe qué decir. El comandante lo acaba de nombrar mi asistente. ¿Y qué vamos a hacer? Legalizar estas tierras. No entiendo, dije. Espere que lleguemos a mi oficina y entenderá, rió el Paisa. Estas escrituras son las verdaderas, usted las copia, pero cambia las fechas, los nombres y demás detalles que le ordene, dijo. Sí, señor, contesté. Después las imprime, las sella, les pasa este trapo húmedo, las pone debajo de esta lámpara y cuando vuelvan a estar secas las ensucia con algo de polvo y las archiva. ¿Y para qué tanto proceso? Para que parezcan más viejas, hay que guardar las apariencias. Me puse a escribir y pensar que los nombres que borraba eran de gente que habían desplazado o habían asesinado y me sentí remal, pero ya había decidido quedarme y me amarré la poca conciencia que me quedaba y seguí trabajando. No me aburrí, el proceso de envejecer escrituras era un arte y me volví tan experto en hacerlo que el Paisa no sólo revisaba el trabajo sino que se asombraba con él. ¿Entonces lo pusieron de oficinista?, preguntó Quique cuando fue a visitarme. Sí, el trabajito está bien, es a la sombra y hasta tenemos ventilador. No se puede quejar de su suerte, dijo Quique. Y usted, ¿en qué anda? A veces patrullando, a veces moviendo coca y a veces apretando gente. ¿Muchas masacres? Todas, contestó Quique. Ufff, dije, me pone triste andar en estas. No hay que ponerse triste, lo que hay que hacer es trabajar duro y tener claro que estamos construyendo el porvenir. Ni me nombre esa palabra, dije. No se enrede solo, más bien escuche la nueva canción que me aprendí. A ver, dije. Quique cantó un bolerito, después cantó *Bonita*, de Diomedes, y después me invitó a tomarnos unos aguardientes en el kiosco al que habíamos llegado. Nos emborrachamos, cantamos, reímos, lloramos. Quique y otro combatiente apostaron el primer sueldo disparándole a un árbol a ver cuál tenía mejor puntería. Ya con un oficio y con plata en el bolsillo me dediqué a conocer la región. ¿Usted es el escritor?, me preguntó una morenaza la tarde que fui hasta el San Juan a tomarme una cervecita mirando el río. Más bien soy el notario. Mejor, los notarios ganan más plata que los escritores. Entonces soy el escritor porque gano muy poca plata. ¿Alcanza a ganar para gastarme una cervecita? Una cerveza no se le niega a una dama, le dije. Ni tampoco a mí, rió ella. El sol cayó sobre el horizonte, la morenaza se presentó como Gladys, se animó también a acompañarme a comer y, mientras nos fritaban un pescado y unos patacones, me contó que andaba por allí huyéndole a un hombre que le pegaba. ¿Y cómo la ha pasado? Estoy arrepentida de haber huido porque sólo he encontrado hombres que me tratan peor. ¿Y si alguien la tratara bien?, pregunté. Le entregaría todo esto, dijo y sacudió las tetas. La pasamos muy rico, estaba necesitado de mujer y Gladys sabía lo que quería; amanecimos besándonos, jugando, aprovechando que la vida nos había juntado. ¿Qué lo tiene tan contento?, preguntó el Paisa unos días después. Una hembra, le contesté. Las hembras no son sino problemas, pero mientras una consiga alegrarlo, tendrá mi admiración y mi apoyo, dijo el Paisa y nos asignó una de las muchas casas que habían dejado vacías las masacres. Estaba instalado otra vez. Trabajaba sin prisas, cobraba, le hice caso a Gladys y compré una moto y me dediqué a aceptar su amor, a emborracharme los viernes y los sábados y a ir los domingos en la tarde a bañarme en los ríos y caños de la región. A veces, miraba hacia el horizonte, respiraba el olor dulzón del trópico, pensaba en Camila y en la niña y me entraba la nostalgia, y para no sentir ganas de morirme, seguía mirando la sabana hasta que los recuerdos se diluían en ella. ¿Otra vez con la depre, papi?, me preguntaba Gladys. Un poquito, le contestaba. No se preocupe, un día van a aparecer, decía ella. ¿Será? Una hija siempre es una hija, tarde o temprano preguntará por el papá y a la mamá le tocará hablarle de usted. ¿Y sumercé qué haría si aparecieran? Les haría un sancochito y les diría, ahí lo tienen, gordo y bien atendido. Me reía de las palabras de Gladys, comía lo que me preparaba, me ponía a mirarla, me sentía afortunado y terminaba haciéndole el amor con una mezcla de gusto, agradecimiento y tristeza. A estas les pones especial atención, son del jefe de jefes, dijo el Paisa. ¿De Castro Castaño?, pregunté. El mismo, sonrió el Paisa. Acababa de terminar las escrituras, cuando delante de nuestra oficina se detuvo la jauría de jeeps que escoltaban a Castro Castaño. Las puertas de los carros se abrieron y me sentí como en una escena de *El planeta de los simios*. Castro Castaño entró a la oficina, tenía el cabello cortado a ras, la espalda fuerte, el cuerpo de indio y la mirada tensa de asesino. El Paisa corrió a acercarle una silla y una cerveza. Están listas, comandante, es sólo que firme, dijo el Paisa. Castro Castaño miró con cuidado la oficina, vio los montones de carpetas en las repisas, los computadores y el ventilador. ¿Mucho trabajo?, preguntó. Mucho, ya sabe que en esta región faltaba poner orden. Castro Castaño me recibió las escrituras y, en lugar de revisarlas, me examinó. ¿Y este quién es?, preguntó al fin. El asistente que me asignó Doblequince. Castro Castaño dejó a un lado las escrituras. ¿Cuánto lleva trabajando aquí? Un año, señor, contestó el Paisa. Y, ¿cómo lo ha hecho?, insistió Castro Castaño. Muy bien, es hábil para redactar y, además, discreto. ¿De dónde salió? Vino en el lote de gente que recomendó el senador Triunfo. No me gusta que sea este güevón quien prepare mis escrituras. El Paisa palideció. Pero es un recomendado del senador… A Triunfo lo mantengo yo, así que olvídese de él, dijo Castro Castaño. El Paisa se quedó callado. Venga para acá, me dijo Castro Castaño. Caminé hacia él. Párese firme, ordenó. Junté los pies y enderecé la espalda. ¿Tiene arma? No, señor. ¿Por qué? Aquí no es necesario, estamos en tierra liberada, dije. Mientras en Colombia quede un solo comunista no se debe bajar la guardia. Fui yo quien le dije que no cargara revólver, me defendió el Paisa. Castro Castaño hizo un gesto que silenció al Paisa y dio una vuelta a mi alrededor. No se mueva, ordenó. Quedé firme, parado en medio de la oficina mientras Castro Castaño se sentaba y empezaba a examinar las escrituras. Revisó cada copia, se fijó en que los nombres de él, la esposa y los hijos estuvieran correctamente escritos y, al final, firmó y le devolvió las escrituras al Paisa. El hombre se las recibió, las metió dentro de una carpeta y las guardó en el escritorio. Castro Castaño volvió a caminar hacia mí. ¿Usted cree en los ideales de las autodefensas?, preguntó. Sí, le contesté. ¿Cree que estamos salvando la patria? Sí, repetí. ¿Cree que cada muerto se justifica si sirve para asegurar el futuro del país? Sí, señor, le dije. ¿Es católico? Sí, señor. ¿Es casado? No supe qué contestar. Castro volvió a mirarme con desconfianza. Este hombre no me gusta, tiene cara de comunista. El Paisa alcanzó a esbozar una sonrisa, pero la mirada de Castro Castaño se la borró. Sé oler un comunista a kilómetros, añadió. Y, ¿qué hago con el hombre? Mándeselo al Doblequince, le daré las instrucciones a él. Sí, señor, contestó el Paisa. Castro Castaño le dio la mano, giró sobre sí mismo y salió acompañado de su nube de guardaespaldas. El comandante Castro ha decidido ser generoso con usted y ha ordenado que en lugar de expulsarlo le ponga una prueba, dijo Doblequince. ¿Una prueba? Exacto, una prueba. ¿Y cuál es? Ya le avisaremos, mientras tanto queda relevado de sus funciones en la oficina del Paisa. ¿Matar a un sindicalista?, preguntó Quique. Sí, ese es el trabajo que finalmente me asignaron, le contesté. Está fácil, lo hace y todo queda solucionado, dijo Quique. Lo malo es que no me

siento capaz de matar a alguien a sangre fría. Ay, hermano, no se va a complicar ahora que le dieron una nueva
oportunidad. Prefiero irme que convertirme en un sicario. Nadie lo va a dejar ir después de todo lo que ha visto. Yo no he visto nada, sólo un montón de escrituras y
han sido tantas que no podría acordarme de ningún detalle. Es igual; cumple la prueba o lo van a matar. Nunca
debí venir por aquí, me lamenté. Ahora empiezo a ver
que los comandantes tienen razón, usted sigue siendo
un comunista. Usted no entiende, le dije. Yo sí entiendo
y sé bien cómo se llama lo que le pasa a usted. ¿Cómo?
Cobardía. Puede ser. ¿Y sabe qué es lo peor? ¿Qué? Que
por eso está tan jodido, por eso ni tiene una vida, ni familia ni plata. ¿Cómo así? Usted llegó a viejo y no se dio
cuenta de cómo funciona este país. ¿Acaso cómo funciona?, pregunté. Con muertos, hermano, en este país el
que no ha matado o mandado a matar a alguien no
progresa. Lo miré asustado. Créame, hermano, aquí la
muerte manda y el que no mata ni manda a matar no es
nadie, no vale nada.

la verdad nunca se supo,
nadie los fue a reclamar…

Ahora sé que era pura ilusión, pero en esa época
estaba convencida de que si miraba la cerca sin parpadear, veía una luz. Salía a la noche a refrescarme, me sentaba en la hamaca y, cuando aparecía la luz, recordaba las
miles de veces que había oído historias sobre guacas y me
frotaba los ojos y, como la luz seguía titilando, llamaba a
Albeiro. No veo nada, mija, decía él. Es que apenas usted
aparece, la luz se esconde. Ahí no hay ninguna guaca,

sólo el corral de los marranos, se reía Albeiro. Olvidaba el asunto, me dedicaba a los niños y a la finca, pero siempre que estaba a punto de dejar atrás el asunto, volvía a verla alumbrar. Tantas veces la vi, que terminé por convencerme de que en la cerca sí había una guaca. Empecé a soñar con el oro que íbamos a sacarle y la vida se me llenó de ilusiones. No insista con eso, me repetía Albeiro, se ponía bravo, peleábamos y, lo que nunca nos había pasado, dormíamos separados y sin hacer el amor. ¡Mija!, gritó Albeiro una noche mientras yo estaba acostando a los niños. ¡Es verdad, alumbra!, dijo cuando salí a ver qué necesitaba. Me paré junto a él, pero esa vez fui yo la que no vio nada. Sólo estaban el palo medio torcido de la cerca, los animales y la sabana cubierta por una niebla que se movía con tanta lentitud que daba miedo. ¿Seguro vio la luz?, pregunté. Seguro, por fin la vi, contestó Albeiro. Nos abrazamos, nos quedamos otro buen rato mirando a ver si la luz regresaba y, aunque no volvió, entramos a la casa felices, nos metimos en la cama e hicimos el amor como si hubiéramos vuelto a ser novios o como si en verdad ya fuéramos ricos. ¿Y cómo vamos a hacer para excavar sin que nadie se dé cuenta?, pregunté mientras desayunábamos. No sé, con la desconfianza con que vive esta gente, va a ser difícil encontrar un momento para hacerlo. Bueno, tocará tener paciencia, no quiero compartir esa guaca con nadie. Exacto, ese billete es sólo para nosotros, para nuestra familia, me apoyó Albeiro. Los días pasaban, el patrón venía a la finca y revisaba el avance de los corrales que se estaban haciendo, los paras que él y los otros finqueros tenían apostados por la vereda seguían patrullando y Albeiro y yo seguíamos soñando con el oro de la guaca y con las miles de cosas que nos íbamos a comprar apenas lo tuviéramos en nuestro poder. Pasaron varios meses, llegó la Navidad, el Año Nuevo y llegó nuestra oportunidad: las corralejas. Es el momento, ni el patrón va a aparecerse por aquí ni los muchachos van a dejar de emborracharse, así que tendremos un fin de semana completo para buscar, dijo Albeiro. Lo besé y me puse a ayudarle a afilar el barretón y la pala. La pólvora empezó a sonar en el pueblo, la música se tomó las casetas de la carretera y los patrulleros se fueron en busca de trago, toros y mujeres. Esperamos la noche, acostamos a los niños y nos pusimos a cavar. Nunca había querido tanto a Albeiro, nunca me había sentido tan plena como esa noche al verle los brazos musculosos agarrar el barretón, al ver lo diestro que era con la pala y al ver cómo llenaba los baldes de tierra y me los iba pasando para que los descargara a un lado del hueco que estábamos haciendo. Está duro, lástima que las fiestas de este pueblo se hagan en verano, dijo Albeiro. Mejor, si fuera invierno ya habría aparecido agua y sería peor, le dije. Pues sí, dijo él y siguió trabajando. Siempre supe que un día sería rico, me dijo Albeiro en la pausa que hizo para tomar limonada. Siempre supe que seríamos felices, le dije y él me abrazó y ya no sólo me enamoró, sino que me excitó con su olor a varón. ¡La primera calavera!, exclamó Albeiro cuando la pala intentó sacar tierra y sonó un golpe seco. Albeiro la agarró y la sacó, y de lo que parecía un terrón de arcilla empezó a caer tierra y empezaron a aparecer las cuencas de unos ojos, el hueco de la nariz y unos dientes amarillos que aún tenían ganas de sonreír. ¡Llegamos, llegamos!, grité emocionada y Albeiro empezó a cavar con más cuidado. Yo, en lugar de echar la tierra que salía en el montón, empecé a esparcirla y a revisarla para buscar los collares, los aretes o las monedas de oro.

Así estuvimos un buen rato, pero sólo salían huesos y ya el montón de huesos empezó a ser más grande que el montón de tierra. Esto no es una guaca, es la fosa de alguna masacre, dijo Albeiro. No, tiene que ser una guaca, le contradije. La cagamos, dijo Albeiro. Seguro que ya casi aparecen las ollas de barro y dentro de ellas el oro. Estos no son ningunos restos indígenas, son los campesinos que el patrón mandó matar para quedarse con esta finca. ¿Tantos? Estos deben ser el pico, dijo Albeiro. ¿Qué hacemos?, pregunté. Pues dejar todo como estaba, contestó él. Pues sí, dije y me puse a ayudarle a Albeiro a echar de nuevo la tierra en el hoyo.

killing me softly with his song...

La motocicleta era de alta cilindrada y empezó a oírse un buen rato antes de aparecer. De ella se bajó una negra gruesa que en lugar de casco llevaba boina y que en la camiseta tenía estampada la foto de otra negra que usaba la misma boina. Roberta Flack, se presentó. Mucho gusto, contesté y le di la mano. Roberta saludó a Quique, se limpió el sudor y pudimos ver la curva de los pómulos, la nariz aplastada, la espalda de nadadora y unos brazos aún más negros de tanto exponerse al sol en la moto. ¿Trajo las armas y el billete?, preguntó Roberta. Aquí están, le contestó Quique y le entregó un morral. Roberta lo abrió, miró dentro y lo volvió a cerrar. Le encargo al muchacho, dijo Quique. No lo veo tan muchacho, dijo Roberta. Lo sé, pero es su primera misión y se está jugando el futuro, dijo Quique. Si no se lo estuviera jugando todo, no iría conmigo, dijo Roberta. Igual se lo encargo, insistió Quique. Yo se lo cuido, dijo ella y me inspiró tanto miedo que me hizo sentir seguro. Tomamos unas cervezas, Quique me dio un abrazo de despedida y Roberta y yo subimos en la moto. Hacía tanto calor, que el caserío y la casa nueva que se había construido el Paisa parecían ser sólo la imagen final de una película. Roberta arrancó y apenas desaparecieron las casas, aceleró. Me agarré a ella y supe que mis brazos no eran capaces de rodearla por completo. No apriete tan duro que me asfixia, dijo Roberta. A usted hay que apretarla o uno siente que lo va a dejar abandonado, dije y ella se rió. Pasamos por Caucasia y empezamos a subir la cordillera. Tengo hambre, dije. No voy a parar hasta después de Medallo, dijo y siguió adelante hasta que cruzamos Medellín y llegamos a un hotel de camioneros al borde de Marinilla. Por seguridad, nos toca dormir en el mismo cuarto, dijo Roberta y parqueó la moto y se echó al hombro el morral que le había entregado Quique. Nos dieron una habitación donde apenas cabían las dos camas y en la que el baño tenía por puerta sólo una cortina de plástico. Me duele el cuello, dijo Roberta. A mí me duele el cuerpo entero. Es que la vida de oficinista malacostumbra, contestó Roberta y abrió el morral, revisó las armas, contó el dinero y puso sobre mi cama un revólver y un fajo de billetes. ¿Para qué me da eso?, le pregunté. No me gusta cargar la plata ni las armas de nadie, contestó. ¿Cuándo me van a decir a quién hay que matar?, pregunté. En Bogotá nos dirán quién es; mientras menos sepamos, mejor, estas carreteras están llenas de sapos. Puse el arma y el dinero en el suelo y me eché en la cama. No se preocupe, no tendremos ningún problema, ya he matado muchos sindicalistas, son fáciles, los guardaespaldas que les pone el gobierno los venden, dijo y se desvistió. A pesar de ser tan gruesa, Roberta estaba bien formada y no era flácida, tenía cintura y unas tetas inmensas, pero que aún no habían sido derrotadas por la ley de la gravedad. Entró al baño, se demoró un buen rato en la ducha, se lavó los dientes, salió vestida con una camiseta donde cabrían varios hombres y se recostó en la cama a ver televisión. ¿No se va a bañar?, preguntó. Sí, a ver si me reanimo, le contesté. Me puse bajo la ducha, dejé que el agua caliente me relajara y, después de secarme, me puse unos calzoncillos limpios y volví al cuarto. No sea confianzudo, dijo Roberta. Confianzuda usted, que tiene sueltos ese par de melones. ¿Están buenos?, preguntó. Mucho, quien la ve con esa ropa ancha que usa… Las apariencias engañan, dijo ella. Eso veo. Vístase, cariño, tengo hambre. Cada uno pidió una porción de fríjoles, arroz y arepas y una taza de maíz peto. No le creo, dije cuando Roberta me contó cuánta gente había matado. Yo sí le creo, dijo ella cuando le conté cuántas mujeres me habían abandonado. Nos reímos y hasta se me olvidó que estábamos en ese restaurante sólo en una pausa antes de cometer un asesinato. Pidamos una botellita de ron y nos la tomamos en la habitación, propuso Roberta. Usted me cae bien, no tiene cara de asesino y eso se agradece, añadió. Nunca he matado a nadie, al menos no con mis manos, confesé. ¿No con sus manos? Son historias más tristes que las de las mujeres. ¿Está seguro de que quiere empezar? No tengo opción. Los muertos terminan notándose, lástima que vaya a perder esa mirada tan bonita que tiene. De la mirada no se vive. Depende, dijo ella y se me acercó. Empecé a acariciarla. No se vaya a confundir, no quiero enredos, yo tengo mi vida. Divirtámonos un rato y ya está. ¿Me lo está pidiendo? Sí, le contesté. Hoy no, si uno se pone a pichar antes de un trabajo, pierde reflejos. No creo, un polvito ayuda a sentirse más despierto. ¿Usted cree que me va a transar con un polvito? Pasé saliva. Para que me la pase bien rico me tiene hasta que amarrar y darme látigo, así que respéteme y tomémonos este traguito tranquilos. Asentí. Acabamos con el ron, Roberta se quitó la ropa y se echó a dormir semidesnuda encima de una de las camas. Hice lo mismo, pero no pude dormirme; el ruido de los motores de los camiones, las voces de los choferes en el parqueadero y la cercanía de un monstruo como Roberta me lo impidieron. Me levanté, fui al baño y, al regreso, decidí meterme en la cama de Roberta. Ella se hizo para un lado y me abrazó. Me sentí feliz en medio de tanta carne y empecé a besarla. Roberta se dejó besar. Me animé y empecé a acariciarle los senos. Ay, dijo ella. Metí la mano entre sus piernas. No, papi, ya dije que no. ¿Cuál es el problema? Ya se lo dije. No sabía qué hacer; volver a mi cama o seguir allí, atrapado y arrecho entre ese mar de carne. Concluí que debía forzarla un poquito, que tal vez eso era lo que había insinuado cuando había dicho lo del látigo. Me le monté encima, ella se sacudió y trató de hacerme caer; empecé a chuparle las tetas y pensé que había logrado mi cometido porque ella dejó que se las chupara. Pero volvió a sacudirse y sentí un revólver en la frente. No más, papi, ¿me entiende?, dijo con voz ronca. Entiendo, le contesté y me bajé de ella y de su cama. Ella siguió roncando y yo me quedé ahí, despierto. Nos levantamos, seguimos nuestro trayecto sin mencionar el incidente de la noche anterior y, apenas entramos a Bogotá, fuimos a Carbón de Palo, un restaurante del norte, a recibir las últimas instrucciones. Roberta entró sola y me dejó cuidando la moto. Dos minutos después estaba de vuelta. Vamos, que estamos retrasados, dijo. Cogimos la Caracas, subimos por la Veintiséis y buscamos la entrada del Centro de Convenciones. Roberta detuvo la moto, miró el reloj, sacó la foto que le habían dado y se acomodó a esperar. Apenas llegue el man se lo señalo y usted le vacía el arma, ordenó. Ok, dije, y apreté el revólver que escondía debajo de la chaqueta. Ahí está, ese es, dijo Roberta y vi venir hacia nosotros a Memo. Estaba gordo y ya tenía la cara de vendido que tienen los sindicalistas que llegan a viejos en Colombia, pero era él. Déjelo acercar más, dijo Roberta y prendió la moto. Alcé la pistola. ¡Dispare, dispare!, gritó Roberta, pero no pude hacerlo. Miraba a Memo y pensaba en las veces que me había ayudado y pensaba en Cristinita y pensaba en el Pollo y en Zulma y en los hijos de Memo y era incapaz de apretar el gatillo. Roberta sacó el revólver y apuntó, pero los guardaespaldas de Memo ya se habían puesto pilas y empezaron a dispararnos. Solté el revólver y eché a correr. Sonaban y sonaban disparos y yo corría y veía mucha gente pero no veía sus caras; sólo veía carros que se me atravesaban y oía más tiros y motores y corría más y más.

me sube la bilirrubina,
cuando te miro y no me miras…

El partido fue emocionante, desde chiquito había visto cómo Argentina goleaba a Colombia, cómo esos malparidos se burlaban de nosotros, nos humillaban y, para completar, después venían a trabajar aquí y les pagábamos con nuestra plata la vanidad y la soberbia. Por eso, aunque soy un man serio, canté cada gol con el alma, celebré con aguardiente y cuando nuestro equipo empezó a bailarlos, salté, brinqué y hasta lloré de la emoción. Los abrazos del Pibe, de Asprilla y de Rincón en el centro de la cancha y el aplauso de Maradona y público del estadio me reventaron el corazón y la felicidad ya no me cupo en la piecita donde vivía. ¿Salimos?, le pregunté a Remache. Claro, contestó el hombre. Esto va a estar mejor que el partido, dije y saqué el revólver del cajón de la ropa. Mejor que todo lo que hemos vivido en nuestra vida, contestó Remache y cambió la navaja de bolsillo. ¡Qué cantidad de pípol!, dijo Remache apenas salimos a la calle. Huy, sí, nunca había visto tanta gente contenta. Era un carnaval, los carros iban con la música a todo volumen, la gente gritaba, celebraba, bailaba, se abrazaba y repetía una y otra vez ¡cinco, cinco, cinco, cincocerooooo! ¡No me eche esa mierda!, le gritó Remache a un muchachito que andaba voliando maicena. ¿Cómo que no?, Remachito, ¿no ve que así nadie va a saber quién es quién?, dije. Siendo así, aceptó Remache y le arrancó la caja de maicena al muchacho y me la echó encima. Quedé blanco, vi blanco a Remache, vi la gente igual de blanca y me sentí libre, como si de pronto todo el mundo fuera igual, como si se hubieran acabado las diferencias entre unos y otros. Remache sacó un bareto, lo encendió y me lo pasó. Déjenme la patica, dijo un mendigo que no paró de mirarnos mientras nos trabábamos. Tome, celebre, le dijo Remache y le entregó la pata del bareto. Buscamos más multitud y tropezamos con el marido de la gorda de la carnicería y con ella. ¡Viva Colombia!, gritó el marido de la gorda y nos pasó una botella de wiski. ¡Viva!, gritó Remache y se mandó un sorbo de wiski y me entregó la botella. El marido de la gorda me abrazó y empezó a dar vivas. Nunca creí que ese man nos fuera a abrazar, dijo Remache apenas la pareja se despidió. Es verdad, con todo lo que hemos robado a ese güevón y atreverse a abrazarnos. Cuando me apretó, le sentí la cartera y me dieron ganas de quitársela, confesó Remache. ¿Esta cartera?, le pregunté. Exacto, esta, rió Remache. La romería seguía, me sentí contento de que la Séptima no estuviera llena de gente protestando, sino celebrando el triunfo de unos mechudos que, como nosotros, eran gente salida de pueblos y ciudades de provincia. Este mundo sí es muy raro, dijo Remache. ¿Por qué raro? Fíjese, hasta hace un rato usted y yo no éramos más que un par ladrones a los que nadie se les acercaba, ahora todo el mundo nos abraza y nos da trago. Ladrón usted, yo no soy ladrón. Tan honrado el marica, rió Remache. Más honrado que usted, le contesté. Eso sí, usted es peor ladrón que yo, dijo Remache y sacó del bolsillo la botella de wiski del marido de la gorda. ¡Viva Colombia, hijueputa!, gritó a mis espaldas un enano. ¡Viva!, contesté y alcé la botella de wiski y el man se quedó mirándola como si nunca en su vida hubiera visto una. ¿Un trago, mijo?, le preguntó Remache. Claro, dijo el enano. Le entregué la botella y vi cómo se la acercó al labio y fue como si el man se volviera transparente y pudiera ver cómo el wiski le iba bajando por la garganta y le iba poniendo colorada la carne. Ahora sí, nunca más esos perros argentinos nos van a humillar, dijo el enano y me abrazó. Lo abracé, le sentí el olor a sudor, a vida y aunque me dio rebote, me dije, este man es como yo y tiene derecho a ser feliz. Seguimos hacia el norte y la fiesta se fue poniendo mejor. ¿Hasta dónde vamos a ir?, preguntó Remache. Hasta el final, le contesté. Huy, marica, qué montón de hembras. A las nenas también les gusta el fútbol. Qué va, hermano, a estas nenas les gustan son los argentinos, ni siquiera entiendo por qué andan celebrando. Bueno, de pronto después de este triunfo los colombianos les empezamos a gustar más. No, hermano, eso es imposible, mientras nosotros no seamos blancos y no hablemos cantadito no nos van a querer. Me importa un culo, igual están buenas y mientras ayuden a celebrar, me siento bien con ellas. Pues sí, tiene razón. Seguí gritando, sacándome de dentro la mezcla de felicidad, fracaso y falta de plata que siempre cargaba y me sentí como nuevo, como si en verdad al otro día no me tuviera que levantar a seguir robando. Cuando Dios da felicidad, da mucha, y pisé algo y levanté el pie y me di cuenta de que era un reloj fino y lo agarré y me lo metí en el bolsillo. ¡Devuélvame el reloj!, dijo una voz. ¿Cuál reloj?, le contesté. El que acaba de recoger. No he recogido nada. No se haga el güevón, dijo el dueño de la voz y se me vino encima. Lo recibí de una patada, el man retrocedió y se cuadró para pelear. Nosotros no tenemos nada, dijo Remache. Yo vi cuando lo cogió, dijo el man. Mire bien si está por ahí, dije para despistar. Devuelvan el reloj, no vayan a dañar la fiesta, dijo una nena. Si se lo devuelven, les doy un traguito, añadió. Remache se le acercó, ella le sonrió y le ofreció la botella. Remache se tomó el trago y la nena me sonrió a mí. Saqué el reloj del bolsillo y se lo entregué al man. ¡Colombia, Colombia, Colombia!, gritó la nena y me ofreció la botella. Llevaba la cara pintada y, no sé por qué, me hizo acordar de la cárcel, del patio en que había conocido a Remache, de los manes que había tenido que frentiar, del hijueputa que había matado en un baño y me dije: así es la libertad, así es la vida. Esto está cada vez mejor, dijo Remache cuando un montón de gente empezó a chiflar. Corrimos hacia donde se había armado la rechifla y vimos la gente rodeando a un tipo que llevaba una camiseta de Argentina. Tiene derecho a llevarla, es argentino, decía el amigo que lo acompañaba y pedía que no fueran a pegarle. Matémoslo por traidor, gritó alguien. Cómo lo van a matar por una camiseta, lo defendía el amigo. Hay que matar también al otro man, gritó alguien. Sí, hay que matar a ese par, dijo otra voz. Aquí no se va a matar a nadie, dije yo y me atravesé. Exacto, no vamos a portarnos como animales, me apoyó Remache. La gente vio nuestras armas y se quedó quieta. Al menos que se quite la camiseta ese hijueputa, gritaron. Bueno, dijo el argentino y se la quitó. La gente nos miró como a héroes, nos dieron más trago y un man sacó de entre el bolsillo una papeleta de perico y me la ofreció. Lo abracé como si fuera mi mamá y me acabara de dar un regalo de cumpleaños. Volvimos a la marea humana, como decía el locutor de la radio, y enfrente del Parque Nacional encontramos un grupo vallenato. *Que te perdone yo, que te perdone, como si yo fuera el santo cachón, mira mi cara, ve, yo soy un hombre y no hay que andar repartiendo perdón*, gritaba el cantante y la gente aplaudía y le hacía coro. Una hembra se puso delante del grupo vallenato y empezó a bailar. Era una flaca de esas que salen en la televisión y en las revistas, con el pelo convertido en rastas blancas por la harina y la cara también llena de manchas, pero en lugar de verse fea, se veía más buena, como una de las extraterrestres que salían en *Viaje a las estrellas*. La camiseta que llevaba le dejaba libre los hombros y parte de las tetas y se contoneaba tan rico que nadie bajaba la mirada para confirmar que también tenía un culo perfecto y que el bluyín que le tallaba los muslos era el pedazo de tela más afortunado de Colombia. Me acordé de Karen, una putica que había conocido en el Guaviare y que nunca había querido acostarse conmigo porque decía que mis cicatrices le quitaban la arrechera. Un man se le midió a bailar con la flaca y lo hizo tan bien que la gente empezó a aplaudir y el círculo que se formó fue tan grande que los que no alcanzaban a ver bailar a la pareja empezaron a tirar papeles, vasos desechables y cajas vacías de aguardiente. Los músicos hicieron una pausa para tomarse unos aguardientes y el man que bailaba con la flaca los imitó. La música volvió a sonar y Remache aprovechó que el parejo de la nena no había regresado y se puso enfrente de la hembra. Ella dejó que él la agarrara y trató de seguirle el paso; y cuando Remache consiguió poner el brazo alrededor del cuello, pegó un jalón y le rasgó la camiseta. ¡Huy, qué tetas!, exclamó la multitud. ¡Atrevido!, dijo la hembra y trató de taparse con las manos. Remache no le dio tregua y de otro tirón le voló los botones del bluyín. El hombre habría violado a esa nena delante de la multitud, y hasta lo habrían aplaudido si no aparece el novio y lo encañona. Remache puso a la nena como escudo. Esto no es problema suyo, dijo Remache. Suéltela, dijo el novio de la hembra y vi que un amigo del man se le acercaba por detrás a Remache. La gente se apartó. Remache, que sí estaba muy loco por el trago y la yerba, pero no tanto como para perder el instinto, también lo vio y, sin soltar a la mujer, se giró y lo apuñaleó. Pero entonces Remache aflojó el brazo con el que tenía rodeado el cuello de la nena y ella se soltó y corrió a hacerse detrás del novio. Miré al man y supe que iba a disparar, pero yo disparé primero. La oreja del man se volvió sangre y Remache echó a correr. No corramos más, ya nadie nos sigue, le dije varias cuadras adelante y empezamos a caminar de vuelta al Centro. Qué cagada haber matado a ese man, dijo Remache cuando llegamos a nuestro barrio. Sí, qué cagada, dije, y mientras lo decía salió de un callejón un borracho descalzo y con una botella en la mano. ¡Ganamos, hijueputa, ganamos!, lloriqueó el borracho. Pues sí, ganamos, dijo Remache y le quitó la botella. Pues sí, dije y tomé yo también. El borracho intentó recuperar la botella y Remache lo empujó. Este man no está ni para matarlo, dijo Remache. No, qué pereza, más bien vámonos.

yo pensaba que la vida era distinta...

La carrera para huir de las balas de Roberta y de la policía me llevó hasta La Candelaria. Zigzagueaba para evitar los grupos de estudiantes que entraban y salían de las universidades, cuando una muchacha hizo un movimiento inesperado y tropecé con ella. ¡Imbécil!, me gritaron las amigas, y mientras pedía excusas miré hacia atrás y entendí que nadie me seguía. Volví a mirar; sólo estaban los vendedores ambulantes, los burócratas, los celadores y las secretarias que también frecuentan La Candelaria, y dejé de correr. No sabía qué hacer. El miedo me atascó la cabeza, me sentí mareado, y apenas apareció un letrero que decía Posada Andalucía, entré al lugar. ¿La noche o un rato?, preguntó el cuarentón que administraba la posada. No sé, contesté. El hombre me miró de arriba abajo. ¿Está trabado? No, sólo nervioso. No se ponga nervioso que la vida es jodida, dijo; el man cogió una llave e hizo que lo siguiera. Unas escaleras de madera nos llevaron hasta el cuarto piso, el hombre abrió una de las cinco puertas numeradas, descorrió las cortinas, revisó el baño, las sábanas, las toallas y sacó del bolsillo el control remoto del televisor y me lo entregó. Quince mil la noche y puede hacer lo que quiera, menos drogarse, no me gustan los kolinos, dijo el hombre. Cerré las cortinas, entré al baño, tomé agua y me lavé la cara para tratar de serenarme. No lo logré; el sonido de los disparos, las maldiciones de Roberta, la mirada sorprendida de Memo, la carrera de los policías y el ruido de las motos volvieron a mi cabeza y sentí como si me estuvieran disparando de nuevo. Las escaleras del hotelito crujieron y pensé que me buscaban, que no había logrado despistar a mis perseguidores. Iba a esconderme cuando oí las carcajadas de una mujer y las groserías que le decía un borracho, y entendí que sólo eran un par de amantes. Descorrí la cortina unos centímetros y examiné la calle. Los estudiantes iban de un lado para otro y en un parqueadero un hombre movía carros para abrirle espacio a un nuevo cliente. Me eché en la cama, prendí la televisión y sonó la música que anunciaba un extra de noticias. Alcancé a imaginar mi foto con cara de fugitivo encima de un número pero no, el periodista habló de un avance del proceso de paz que el hijo del Muelón estaba intentando con las guerrillas y se despidió optimista, como si en verdad se fuera a acabar la guerra en Colombia. Seguí ahí, a oscuras, viendo televisión sin volumen para estar atento a cualquier ruido sospechoso, hasta que volvieron a emitir noticias. No parpadeé durante la hora larga que duró la emisión, pero nadie habló del atentado contra Memo ni mucho menos del sicario que había intentado matarlo. Me dolió la espalda y volví a revisar la calle; La Candelaria estaba vacía y lluviosa, como la había visto muchas veces cuando estaba en la comuna y volvíamos a ella después de hacer trabajo político en los barrios del sur de Bogotá. Al miedo se le sumó la tristeza, no estaba en ese barrio porque Memo me estuviera enseñando a bailar, sino porque había intentado matarlo. Mi vida era cada vez peor, y si intentaba imaginar el futuro sólo veía penumbra, como si ya no fuera a salir jamás de aquel cuartucho donde estaba escondido. Me habría gustado tener fuerzas para llorar o para extrañar a Gladys, pero el miedo era más grande que la nostalgia y me tenía paralizada hasta la gratitud. No tuve más remedio que subirle el volumen a la televisión y ponerme a ver *Me llaman Lolita*. En la pantalla, Carla Giraldo jugaba a seducir a Marcelo Cezán, y, mientras tanto, Cezán descubría que para convertirse en pederasta sólo se necesita que una niña se muera de ganas de convertirse en mujer. Me quedé dormido. Soñé que me estaba tirando a Roberta y que, cuando me iba a venir, Roberta sacaba el revólver, me agarraba las nalgas con una de sus manazas y me lo metía entre el culo. Roberta me decía «llegue papi, llegue», pero yo me bloqueaba y ella, en lugar de enojarse, se ponía a reír mientras decía «¡eres un maricón, un verdadero maricón!». Desperté sudando, y en la pantalla seguían el indeciso de Marcelo Cezán y la provocadora Carla Giraldo y supe que no había dormido ni cinco minutos, pero, sobre todo, que ya no iba a dormir ni un segundo más. Caminé por el cuarto, seguí viendo novelas, noticias y repeticiones de novelas y asomándome a cada rato a vigilar la calle. ¿Qué le pasa?, preguntó el cuarentón a media tarde del día siguiente. No, nada, necesitaba dormir, estaba muy cansado, contesté. Me tiene que pagar la otra noche, dijo el hombre. Le entregué el dinero. ¿Seguro está bien?, insistió. Sí, estaba agotado, he tenido días duros, dije. El hombre intentó mirar hacia adentro y decidí moverme y dejarlo inspeccionar tranquilo. ¿Se va a quedar muchos días? Aún no lo sé. Cualquier cosa que necesite, me dice. Gracias, contesté, y cerré la puerta. Lo escuché bajar las escaleras, me di una ducha y salí a buscar algo de comer, así retomaba un poco la normalidad y evitaba levantar más sospechas en el cuarentón. En un restaurante vecino me sirvieron un caldo de pescado; la coquetería de una de las meseras y las sonrisas maliciosas de una estudiante que comía con el novio me dieron seguridad y decidí caminar un rato. Subí por la Doce hasta la Tercera, volteé hasta la Novena, bajé por la Quinta y me devolví hacia el norte. Me sentí bien, hacía solecito y me desentumí, pero una moto estacionó a mi lado y supuse que el hombre que se bajaba de ella era un sicario que me iba a disparar. Vi la Luis Ángel Arango y corrí hacia allí. El silencio y la tranquilidad de la biblioteca me sorprendieron; llevaba tantos años de un lado para otro luchando contra la vida, que había olvidado que existían sitios donde la gente, en lugar de estar luchando contra ella, se dedicaba a entenderla. Me senté en un balcón del segundo piso que los visitantes usaban para leer la prensa, cogí un periódico y me puse a revisarlo. Tampoco había mención del atentado contra Memo y quedé más confundido, como si la ausencia de la noticia en la televisión y los periódicos la volviera para mí inmanejable, un misterio que me paralizaba y que evitaba que pudiera tomar una decisión acerca de lo que debía hacer. Ya vamos a cerrar, me dijo un trabajador de la biblioteca más tarde, y como ya había pagado la noche, decidí volver a la Posada Andalucía. ¿Le sentó el paseo?, preguntó el cuarentón. Me relajé, le dije. Nunca se le encierre a la vida, pelao, al mundo hay que mirarlo de frente, dijo el hombre antes de entregarme la llave. Pude dormir unas horas y, ya más tranquilo, decidí quedarme en ese hotel y refugiarme en la biblioteca hasta que la cabeza se me aclarara o la vida me diera una señal de para dónde coger. No fue fácil, tuve que comprar pastillas para dormir y a veces en la biblioteca me entraba la paranoia y empezaba a ver sicarios sentados en las mesas que abrían libros donde escondían armas que estaban cargadas y listas para dispararme. Estoy peor que un alcohólico, me repetía, y me encerraba en un baño a que se me pasara el miedo, subía a la cafetería y pedía un tinto y me lo tomaba bien caliente para que el ardor en la garganta me quitara el ardor en la cabeza. Con los días, empecé a hacer paseos más allá de la Diecinueve para ir a tomar chocolate a La Florida y para entrar a cine en el Embajador. ¡Me hizo quedar como un güevón!, gritó Quique la noche que me atreví a llamarlo. ¡No fue mi culpa, yo conocía a ese man!, le dije. Por su estupidez casi me matan, añadió. Excúseme, hermano, le rogué. De verdad usted es un güevón, dijo. Le repito, era un amigo. Usted es un perdedor peor que su papá, ladró Quique. Ya, hermano, no se meta con el viejo. Tenía trabajo, billete y hasta una negrota y fue incapaz de dar la puntada final. Quique, hermano, lo llamé para excusarme, no para que me la monte, dije. Yo no soy hermano suyo, y no me vuelva a llamar, dijo. ¿Cómo así?, pregunté. Como lo oye, y escóndase bien porque si lo veo, yo mismo lo quiebro, rugió y colgó el teléfono. La confianza que había ganado con las lecturas, los paseos, los chocolates y las películas se me acabó y, como Colombia estaba infestada de paras, supe que lo único que me quedaba era irme. Pasé la noche en blanco pensando cómo lo hacía; tenía plata suficiente, pero no pasaporte, y me daba terror ir a sacarlo con mi cédula. Castro Castaño había infiltrado todas las dependencias del gobierno y era seguro que si aparecía por la Oficina de Extranjería, el man se iba a enterar de dónde estaba yo. ¿Por qué no me dice en qué anda?, así le doy un consejo, me dijo una tarde de domingo el administrador de la posada. ¿En qué ando de qué? Llevo años parado detrás de ese mostrador y ya conozco a mi gente; a usted se le ven de lejos el miedo y, lo que es peor, el despiste. ¿Quiere que me vaya? ¿Tiene para dónde? No, contesté. No sé lo que le pasa, pero no siga dando vueltas sin hacer nada, búsquese un trabajo, invéntese algo. Es que no tengo papeles y sin papeles nadie me da trabajo, dije. Pues sáquelos. No puedo, me tocaría pedir el registro civil en un pueblo que está muy lejos y al que no quiero volver. ¿Mató a alguien? ¿Me ve capaz de matar a alguien? No, sólo le veo el miedo a la muerte en los ojos. Tiene razón, debería ponerme a hacer algo. Entonces, ¿no puede recuperar la cédula? No. Pues cómprese una. Huy, no, me metería en líos. En líos se va a meter si sigue desesperado y sin hacer nada. ¿Y dónde puede uno comprar una cédula?, pregunté. Pues en la Novena, detrás de la casa presidencial. ¿De verdad? Palabra de hotelero, pelao. Nos tomamos una cerveza, hablamos de fútbol, el hombre me contó historias de huéspedes y, cuando estábamos borrachos, me dijo que de tanto verme dar vueltas me había cogido cariño, y que esperaba que saliera de los enredos en que andaba. Me armé de valor y al otro día eché en el bolsillo una plata y me fui a caminar por la Novena. Di vueltas un día, di vueltas otro día y la segunda tarde se me acercó un man y me preguntó: ¿Anda sin papeles? Sí, contesté. ¿Qué quiere, un pasaporte, una visa, una cédula? Sonreí. Hágase el güevón y siga caminando, me ordenó. Cruzamos la calle Séptima y buscamos los cerros. Entre, me dijo el man cuando pasábamos junto a la iglesia de San Agustín. Le hice caso. Quiero una cédula y si me gusta el trabajo le compro un pasaporte, dije. Son cincuenta mil pesos la cédula y cien mil el pasaporte, pero con lo caliente que está todo, mejor que los compre de una vez. No tengo tanto dinero, dije. Pues entonces me hizo perder el tiempo, dijo el man y se levantó para irse. No, no, espere, dije, y lo agarré del brazo. ¿Tiene o no tiene la plata? Sí. Vamos, dijo el man y salió de la iglesia. Pasamos por la Plaza de Bolívar y fuimos hasta Foto Japón. Ya sabe, mamita, el pack completo porque el man tiene ganas de irse a conocer mundo, le dijo el falsificador a la chica vestida con kimono que atendía la tienda. La chica me invitó a pasar a una cabina, me pidió que me arreglara el pelo y me hizo las fotos. El man las recibió, las revisó y le dio una propina a la falsa japonesa. Listo, deme un número de teléfono donde llamarlo. Me asusté. No, pelao, con desconfianza no podemos trabajar, dijo el hombre y me devolvió las fotos. Es que no tengo. ¿Y una dirección? ¿No podemos vernos aquí? Bueno, haré una excepción; lo espero en este mismo sitio pasado mañana a esta hora. Listo, le dije. ¿Le puedo hacer una pregunta? Sí. ¿Tiene quién le venda el pasaje? No había pensado en eso. Mejor pensar en eso, necesita una agencia que le ayude, que no le ponga problema, que no haga preguntas. Me quedé mirándolo, el hombre no me inspiraba confianza, pero era lo único que tenía. ¿Me puede recomendar alguna? Pasado mañana cuando venga por los papeles, traiga el billete del pasaje y le ayudo con ese tema. Listo, contesté. Si los papeles no son tan chimbos yo mismo lo recomiendo para que le den un trabajito, me dijo el man del hotel cuando le conté cómo había ido la vuelta. Chévere, gracias, le dije y el man sacó un par de cervezas de debajo del mostrador y me ofreció una. Pasé la noche y la mañana siguiente preguntándome si en verdad ese man iba a cumplirme la cita, qué iba a hacer si el man no aparecía y si era prudente llevar el dinero del pasaje de avión encima el día que lo viera. ¿Le gustan? Están perfectos, sonreí. ¿Sí ve chino?, la confianza construye imperios, dijo el man. Bueno, es que confiar no es tan fácil. Olvídese de eso y mire para el rincón. Obedecí. ¿Sí ve a esa hembra de bluyines que está sentada con las piernas cruzadas? Sí. ¿Cómo le parece? Está buenísima. Pues esa nena vende los pasajes, dijo el hombre y me cogió del brazo y me llevó hasta la mesa donde estaba la mujer. Andrea, te presento al amigo del que te hablé. Andrea me miró de arriba abajo. Me lo imaginaba más feo. Mucho gusto, le dije. Encantada, dijo ella. ¿Me puedo sentar? No, vamos a un sitio más chévere, dijo Andrea. No sé, mejor hacemos todo aquí y rápido. No sea aburrido, sonrió, o es que no quiere llevarse un buen recuerdo de Colombia. Tiene razón, un buen recuerdo no le hace daño a nadie, dije mirándole el escote. Bueno, los dejo, dijo el falsificador. Gracias, le dije y le estreché la mano. Se trabaja con amor, dijo él. Adiós, ricura, le dijo el falsificador a Andrea. Sin confiancitas, dijo ella, y el hombre se rió, me picó el ojo y se fue.

y buscaré, oye, pero buscaré…

No habría vuelto a hablarle nunca si esa noche no suena el teléfono, y mi mamá, antes de saludarme, no se pone a llorar con una desesperación que me hizo creer que estaba a punto de morirse y me lo estaba ocultando. Júrame que le vas a contestar el teléfono, insistió. No sé, mamá, no me dan ganas. Es tu hermana. Era, la corregí. ¡Es tu hermana!, gimió la vieja y volvió a llorar. Mientras la oía, pensé en José Luis, en esos ojos azules que tenía y que lo hurgaban a uno tanto que uno sentía que le estaba quitando la ropa. Recordé la noche que fuimos a bailar, la borrachera que cogimos, el hotelito al que fuimos a parar y el polvo tan rico que nos echamos. El único, porque al otro día vio a Margarita y se enamoró de ella. También recordé la mirada hipócrita de mi hermana mientras me contaba que se iba con él para España; me pedía perdón e intentaba llorar, cuando en verdad tenía los ojos llenos de ilusión. Si eso te va a dar paz, la próxima vez que me llame le contesto, le dije a mi vieja. Quedé llena de rabia y volví de nuevo al pasado y vi a mi mamá darle la bendición a Margarita y pedirle a José Luis que le cuidara a la niña y que por favor la hiciera feliz. Alzaba la mirada para ver Entenza huir hacia la montaña, cuando sonó de nuevo el teléfono. Era el mismo número que aparecía en mi pantalla por lo menos dos o tres veces por semana. No contesté, me dio rabia que mi mamá no hubiera esperado ni un segundo para llamar a Margarita. El teléfono dejó de sonar, la luz de la pantalla se apagó y respiré en paz. Me senté en un bar, vi la avenida de Roma romper El Eixample, los avisos de los hoteles que hay alrededor de la estación de Sants y me sentí más sola, más lejos de casa. Quién sabe por qué la desgraciada tiene tantas ganas de hablar conmigo, me pregunté porque el teléfono volvió a timbrar. ¡Milena, Milena, Milenita!, gritó emocionada cuando, tres días después, decidí cumplirle la promesa a mi mamá. ¿Margarita?, pregunté. Sí, sí, soy yo, dijo con la voz quebrada. ¿Cómo estás?, preguntó. Bien, muy bien, contesté. Ella calló y hubo entre las dos uno de esos silencios en los que el mundo se hace de papel y puede rasgarse al menor parpadeo. Gracias por contestar, dijo. De nada. La primera charla se convirtió en un mail, después en un chat y terminamos por mandarnos fotos y regalitos por correo. Tengo unos días libres y pensé que podría ir a visitarte, insinuó un día. ¿Vendrás con él? No, cómo se te ocurre, contestó. Bueno, chévere, dije. En el aeropuerto apareció con el pelo teñido, las uñas pintadas del mismo color que las mías y fue como si me viera a mí misma, pero más asustada, más flaca y peor vestida. Ella me abrazó, me sacudió, me alzó, empezó a gritar y a llorar y sólo se tranquilizó cuando la aparté y le hice sentir que de mi parte no todo estaba olvidado. El arquitecto que diseñó este parque se la fumaba verde, dijo mientras caminábamos entre las columnas del Parque Güell. El Gaudí estaba loco, pero fue una locura buena, porque de lo que hizo vive esta ciudad. Bacano trabajar haciendo edificios raros, dijo, y acarició una de las columnas. Bajamos hasta la explanada del parque y vimos cómo el mar mordía Barcelona. Entonces ¿trabajas en una tienda de ropa?, preguntó. Sí. ¿En cuál? Una de una amiga, dije. Ah…, dijo ella. Es bueno, uno está al día en la moda y a veces mi amiga me deja la ropa más barata. Buenísimo, dijo, y se perdió mirando otra vez el mar. Y tú, ¿en qué trabajas? Ahora no trabajo, contestó. ¡Qué suerte! Es que él no quiere, prefiere que esté en casa. La rabia me enrojeció la cara y Margarita volvió a callar. Bajamos hasta Vallcarca y buscamos el metro. ¿Y ahora adónde vamos?, preguntó. A La Sagrada Familia. Este era mi sueño, ver esta iglesia, dijo feliz y me acordé de tantas noches en que dormimos juntas, de la forma en que charlábamos y nos abrazábamos y de cómo nos reíamos cuando oíamos a la vieja hacer el amor con alguno de sus amantes. ¿Y cómo te ha ido con José Luis?, pregunté. Bueno, ningún hombre es perfecto, pero no me quejo. ¿Se siguen queriendo? Más o menos, contestó. ¿Más o menos? Nos acompañamos, vivimos cómodos y me da la plata que hay que mandarle a la vieja. No pareces muy enamorada.

Llevamos seis años. ¿Y por qué no han tenido niños? No le gustan. Mmm..., dije. Y tú, ¿muchos amores? Bueno, tengo un novio en Alemania, pensamos casarnos apenas él pueda venir a vivir aquí o yo irme para allá. ¿Y dónde lo conociste? En la playa. ¿Ha sido el único? Más o menos, ya sabes que aquí los manes son raros, si uno se pone difícil ni le hablan y si se pone amoroso salen corriendo. Me gusta oírte hablar, sabes explicarlo bien todo, dijo. Pues aquí no me entienden, dije. El alemán te entiende, dijo ella. Bueno, él sí, dije. De La Sagrada Familia fuimos a La Pedrera, de La Pedrera al Laberinto de Horta y del Laberinto a La Barceloneta, Montjuic y La Villa Olímpica. Entonces, ¿estás feliz?, le pregunté ya sentadas en un bar de la Plaza de España. Sí, es duro estar lejos, pero si se puede ayudar a la familia, está bien. ¿Y tú? Fue tenaz estar ilegal, hacer limpieza y aguantarse el mugre de los demás, pero en la tienda me tratan bien y también me siento realizada cada vez que le mando platica a la vieja. Me gustaría tener un bebé, dijo ella. Yo también quiero, dije. Volvimos a caminar, pasamos por la Plaza Universidad, por Pelayo y bajamos por la Rambla. Estaba muerta de cansancio, pero Margarita seguía mirando los edificios como una niña pequeña y tuve paciencia. En la Plaza de San Jaime se emocionó, una lágrima le asomó y le vi las primeras arrugas y hasta me sentí rara porque era menor que yo; si ella tenía arrugas, yo debía estar igual. Cogimos la carrera del Obispo y le mostré la calavera que hay debajo del balcón que atraviesa la calle. Salimos a la plaza y apareció la Catedral. Margarita se quedó mirándola. La vi ahí, sorprendida por un edificio viejo, y sentí que podía empezar a perdonarla. ¿Entramos?, le pregunté. Claro, dijo ella. Las columnas estilizadas y los vitrales viejos nos atropellaron y Margarita se arrodilló. Recemos, propuso. Listo, contesté; cogí su mano y me arrodillé junto a ella. Ella cerró los ojos y empezó a murmurar una oración y yo me puse a mirar el altar y el Cristo que había detrás. Margarita me apretó la mano y trató de seguir rezando, pero se puso a llorar y lo hizo tan desconsolada que la abracé. ¿Todo es mentira?, le pregunté. Sí, dijo, llevo todo el día diciéndote mentiras. Yo también, le dije. ¿No tienes ese novio en Alemania? No. Y, tú, ¿no estás con José Luis? Sí, estoy con él, pero no es mi marido, es un chulo. Al rato se calmó, me acarició la cara y me preguntó: ¿También eres puta? Sí, también.

Granada, tierra soñada por mí...

El robo de los papeles falsos y de la plata del pasaje me dejó más inseguro, asustado y paranoico. Veía paracos a punto de dispararme a todas horas y a mi alrededor no se movía ni una sombra sin que me sobresaltara y hasta me pusiera a rezar para evitar la condenación de mi alma. Pero ¿qué hacía? Lo único que se me ocurría era estar en la biblioteca, seguir viendo mapas y libros y leyendo periódicos. Indio Yamhure, leí un día, y me quedé mirando el anuncio porque la cara del indio se me hizo conocida. Tenía una corona de plumas y unos collares de dientes de jaguar, y aunque la foto no era clara, supe que era Marcos. Salí de la biblioteca, cogí un taxi que atravesó el Centro, bajó hasta el barrio Santa Fe y me dejó enfrente del consultorio del Indio. Me abrió una mujer joven que me miró llena de fe y me dejó claro que creía más en el Indio que en el mismo Dios. Quiero una consulta, dije. La mujer sonrió, pero me exigió pagar por adelantado. Contó el dinero, me hizo subir unas escaleras y me introdujo en un cuarto que tenía las ventanas tapadas con cortinas, las paredes decoradas con cabezas disecadas de animales y en el que había una mesa, una bola de cristal en el centro de la mesa y dos sillas mirando quietas hacia la bola. Siéntate, hijo, dijo Marcos apenas salió de detrás de las cortinas. Me dio risa, no parecía un brujo sino el malo de un cómic. Bienvenido a la casa de la sabiduría, añadió solemne. Le hice una venia y me senté. Él se acomodó, inspeccionó mis ojos y miró dentro de la bola de cristal. Veo miedo y soledad, me dijo. Sólo miedo, cuando a uno lo quieren matar ya la soledad no importa. A uno lo quieren matar cuando la vida lo ha dejado solo, dijo él. Quiero saber cómo escapar de la muerte. Marcos miró la bola de cristal, me miró a mí, volvió a mirar la bola y volvió a mirarme a mí. No puedo decírselo, contestó por fin. ¿Por qué? Porque cuando uno sólo quiere abrazar a alguien se desconcentra, dijo Marcos. Nos abrazamos y los ojos se nos empañaron. Marcos abrió las cortinas, y el cuarto dejó de ser un lugar misterioso para convertirse en el escondite de un traficante de animales. No puedo creer que terminara de paraco, si usted era la esencia misma de la revolución, dijo Marcos. Si usted, que tuvo pantalones hasta para descalzarse, terminó de brujo... Los designios del destino, dijo Marcos retomando el tono trascendental. Los designios del capitalismo, dije y por primera vez en muchos años me volví a sentir como un niño. Marcos ordenó a la secretaria cancelar las consultas del día, me dijo que perdiera el miedo, que mientras estuviera con él nadie me iba a matar y caminó conmigo hasta la Surtidora de Aves. Este pollo frito es lo único comunista que queda en Colombia, dijo Marcos.

¿Cómo así?, le pregunté. En este asadero todos los colombianos somos iguales, aquí adentro no hay ni hambre ni clases sociales. Huy, Marquitos, la brujería lo ha vuelto muy inteligente. Me ha vuelto güevón y en el mundo en el que vivimos eso se llama sabiduría. Satisfechos y ya informados de los principales detalles de la vida de cada uno, cogimos la Veintidós, vimos las putas de la Trece, el trancón de la Décima y entramos al edificio de la Tercera donde Marcos tenía un apartamento. ¿Todo esto se lo ha conseguido con el consultorio de brujo? Sí, sonrió. La gente sí es muy pendeja, dije. Muy agradecida, corrigió él. Entonces ¿la brujería funciona? Muy pocas veces, pero en un mundo tan lleno de desesperanza es suficiente. Debería enseñarme, de pronto me meto de brujo y se me arregla la vida. Su vida ya no tiene arreglo, dijo. No me está dando mucha esperanza. Le toca irse lejos, este país ya no lo quiere, lo está expulsando. Este país no quiere a nadie. Este país quiere a mucha gente y a la gente que quiere le da en abundancia, pero a usted ya no lo quiere. ¿Y para dónde agarro? Ya lo veremos, por ahora necesita perder el miedo, relajarse y de eso me voy a encargar yo. Asentí, ¿qué más podía hacer? Marcos me alcanzó una levantadora, me hizo empelotar, quemó la ropa, sacó del cuarto del servicio varios montones de yerbas, los echó en una olla, hizo un menjurje y lo vertió en la tina del baño. El cuero se me puso rojo cuando Marcos me obligó a meterme en la tina y más rojo se me puso cuando empezó a echarme en la cabeza agua con una totuma y a recitar cantos en una lengua indígena. Descansé viendo telenovelas y Marcos fue hasta la Diecinueve y me compró ropa. Quedé como para ir a un bautizo, dije apenas me vi en el espejo. Esta noche voy a volver a bautizarlo. ¿No me bautizó ya con la danza india? Entonces lo voy a rebautizar, rió y me invitó a salir. Al Goce Pagano, ordenó Marcos al taxista. La estrechez del lugar y las caras arrugadas de la mayoría de clientes del bar me hicieron sentir triste, pero empezó a cantar Héctor Lavoe, a pedirle a una desconocida que lo emborrachara de amor, y la tristeza se me volvió una nostalgia que me hizo sentir mejor. La mejoría me hizo brillar los ojos y una muchacha dejó la cerveza en la barra y me pidió que bailáramos. *No me preguntes qué me pasa, tal vez yo mismo no lo sé, préstame unas horas de tu vida, si esta noche está pérdida, encontrémonos los dos. No me preguntes ni mi nombre, quiero olvidarme hasta quién soy, piensa que tan sólo soy un hombre y si lloro no te asombres, no es por falta de valor.* A usted lo que sí le falta es valentía, dijo la nena cuando ya habíamos hablado un buen rato y sabía que me habían abandonado varias mujeres. ¿Y a usted qué le falta? Amor, pero como el amor no existe, me conformo con una cerveza y un man que baile bien. La noche es nuestra, le dije. Ella sonrió y siguió bailando conmigo. Pasamos por *Todopoderoso, Las tumbas, Aguanile, Mi sueño, Oh, qué será, El cantante, Periódico de ayer* y muchas otras. Los manes que andan con brujos son maricas, me dijo ella cuando estaba borracha. Y las mujeres que andan con maricas son lesbianas. Lesbiana su madre, contestó ella. Ninguna madre muerta es lesbiana, las madres muertas todas son santas. Las lesbianas son santas, dijo ella. Huy, le gustan las hembras. No, es una lástima que no me gusten porque si me gustaran no habría comido tanta mierda en este mundo. Mierda comemos todos. La mierda que se comen los hombres sabe mejor. Eso no lo sé, no soy mujer. Es verdad, usted no es mujer, dijo ella y me besó. Sudaba, olía a alcohol, el pelo le brillaba, tenía la piel firme y sabía pegarse a uno, pero no tuve fuerzas para responder a su soledad, no fui capaz de abrazarla y decirle las mentiras que necesitaba para sentirse bien. Fue bacano bailar con usted, me dijo cuando Marcos abandonó el grupo de nostálgicos con el que había conversado toda la noche y avisó que debíamos irnos. Lo mismo digo, le dije e intenté besarla. No me dé besos de consolación, me hace sentir más sola, dijo. Volvimos a subir a un taxi, pero cuando llegamos al edificio, en lugar de ir al apartamento, Marcos bajó al parqueadero. ¿A Tocaima? Sí, vamos a unos termales, quiero que se siga limpiando de malas energías. Yo lo que quiero es dormir un rato. No sea flojo, eso ni yo que soy marica. Mientras dejábamos atrás Soacha y los abismos que rodean el salto de Tequendama, nos pusimos a oír boleros. ¿Entonces casi mata a Memo?, preguntó Marcos apenas acabó la música. Sí, casi le doy chulo. Ese man es un faltón, debió haberlo matado. Me quedé callado. Ahora tiene un apartamento en Rosales, los hijos estudian en París y él tiene una cuenta en Suiza. ¿Cómo lo sabe? Me lo contó Zulma. ¿Ella ha ido a consultarlo? Sí. ¿Y cómo está? Feliz, ya entendió que Memo nunca la amó, pero siente que valió la pena tanto sacrificio porque tienen plata y, como Memo vive amenazado, es ella la que disfruta, viaja a toda hora y hasta se consiguió un mozo. Memo y Zulma siempre me trataron bien, dije. A mí no, Memo siempre me menospreció por ser marica. ¿Y sabe algo de los demás? ¿De quién más?, si el resto de la gente está muerta. ¿Mataron al Diablo? No, pero es como si estuviera muerto. ¿Por qué? Después de abandonar el teatro y de salvarse de un atentado que le hizo el tío por haberle invadido las tierras, volvió a Bogotá, pidió plata prestada para montar otra taberna de música vallenata y le fue tan mal que le tocó volarse. ¿Y Antonia? Está en México. Marcos notó que la charla no me estaba ayudando y puso boleros de nuevo. El baño de azufre me relajó; al azufre le siguieron unas cervezas en Tocaima y a las cervezas una hamaca en casa de uno de los clientes agradecidos de Marcos. Esa noche pude dormir, la brujería, la bailada y los termales habían hecho efecto. Usted se queda en esta finca mientras le consigo una cédula y un pasaporte falsos que de verdad le sirvan para viajar, me dijo Marcos al otro día. Debería irse conmigo, le dije cuando volvió a buscarme y me llevaba al aeropuerto. No, ya encontré mi lugar, no era el que imaginaba, pero está bien; no soy feliz y a ratos me lleno de rabia y resentimiento, pero la mayoría del tiempo estoy tranquilo. ¿Para dónde voy?, le pregunté cuando me entregó el pasaje de avión. Para Madrid, es uno de los pocos sitios donde todavía no piden visa. ¿Y qué voy a hacer allá? Eso lo resuelve cuando aterrice, contestó Marcos, y me entregó un fajo de dólares. ¿Cuándo le voy a pagar esta plata? No sé, ni quiero preguntármelo, pero se la doy con gusto, dijo mientras bajábamos por la Veintiséis. ¿Nunca le han preguntado si deben matar a alguien? Sí, contestó Marcos. ¿Y qué les ha dicho? A veces matar a alguien es lo mejor. No lo creo. Como le dijo Quique, usted nunca va a entender cómo es la vida en Colombia, por eso se está yendo. ¿Es que nunca va a parar esta matazón? Ya le dije, a veces matar es necesario; uno sólo se entera de la gente que mata y le va mal, pero créame que a la mayoría de la gente que mata le va bien, tienen éxito, salen adelante. Miré por la ventana del carro y vi la Universidad Nacional y la casa de la mamá de Ángela. No está muerta, dijo Marcos. No me diga eso, me dan ganas de quedarme. No tiene por qué quedarse, pero es bueno que sepa que no está muerta. Hijueputa, Marcos, se me revuelve el mundo. No se aferre a nada, deje fluir la vida. Llegamos al aeropuerto, Marcos me cargó la maleta, esperó mientras hacía el chequeo, me invitó a comerme una hamburguesa en Wimpy y me llevó hasta la puerta de inmigración. Suerte, pelao, dijo y me abrazó.

que le sirvan un ron, no, no,
que le sirvan cerveza, no, no...

La mujer estaba en la sala sobre un tapete turco que Elisa me había obligado a comprar y que si llegaba a encontrar manchado de sangre iba a ser para problemas. ¿Para qué la trajo aquí?, le grité furioso a Ramiro. Él, con sus cachetes de imbécil y sus gafitas, me dijo: ¿Adónde más la llevaba?, se me murió en el hotel; fue un problema sacarla de ahí. ¿Nadie lo vio? No. ¿Seguro? Tampoco soy tan güevón. Güevón sí es, debió dejarla tirada en ese hotel o en la calle y listo. ¿Sí?, ¿y usted le paga la coca a Enrique? Lo miré, volví a mirar el tapete y entendí que aunque era tonto, Ramiro sabía cómo eran los negocios. Es verdad, menos mal que la trajo, dije resignado. Y, ahora, ¿qué hacemos?, preguntó. Toca abrirla y sacarle las cápsulas. No, tampoco, dijo Ramiro. Entonces, ¿le damos un laxante?, le pregunté. Bueno, dijo Ramiro. ¡No ve que está muerta!, grité. Dios mío, ¿qué hacemos?, dijo Ramiro. No invoque a ese man que se nos complica más la vida, dije. Ramiro se persignó. Bobo hijueputa, pensé, y me fui para la cocina. Tome, dije mientras le entregaba un cuchillo. Está loco si cree que voy a abrir a esta hembra, dijo. Yo pongo la casa, usted tiene que abrirla. Se quedó callado. Si quiere entregamos la merca incompleta y usted le explica a Enrique y arregla con él, añadí. No me haga esto, suplicó Ramiro. Yo no le hago nada, estas maricadas pasan. No, ni puelputas abro a esta hembra, dijo. Muévase, si Elisa regresa y ve el cadáver ahí se me acaba el matrimonio. Ábrala usted, cóbreme lo que quiera, pero ábrala usted. No, güevón, si usted es un arrancado, usted no tiene con qué pagarme un cruce así. Le doy el carro si quiere, o le firmo la escritura de la casita que estoy pagando en Colombia. Huy, se puso generoso. Lo que me pida. El carrito estaba nuevo y la casita no estaba mal, pero no me dieron ganas de ayudarle; ese man tenía que aprender.

un pasito tun tun, aé,
otro pasito tun tun, aé...

El guardia de inmigración me pidió el pasaporte. ¿Para dónde va? A Madrid. ¿Qué dinero trae? Le entregué los dólares que me había regalado Marcos. El guardia los examinó despacio, acariciándolos, a la espera de que apareciera uno falso y tuviera excusa para devolverme a Colombia. Resultaron legales y pasó a interrogarme: ¿Cuánto tiempo se va a quedar, dónde va a hospedarse, tiene familiares o amigos en España? Le respondí con mentiras y seguro las descubrió porque siguió con más preguntas: ¿Quién es, qué hace, para dónde va? Me habría gustado saber quién era, qué hacía y para dónde iba mi vida, pero como nunca he sabido, seguí mintiendo. Un amigo de la infancia..., repitió en alusión a una de mis últimas respuestas, y llamó a un policía. Sígame, ordenó el tombo. En la cinta transportadora mi maleta daba vueltas más despistada que yo y el tombo me ordenó recogerla. La agarré de la manija, la puse en un carrito y lo seguí. Volvimos por el mismo corredor, detrás de las ventanillas seguían más colombianos nerviosos y a la espera del interrogatorio. Así es mi vida, pensé: un camino de ida y vuelta por el mismo corredor y con un montón de gente más asustada que yo mirándome de lejos. Quítese los zapatos, ordenó el tombo apenas me llevó a una habitación sin ventanas. Me puse nervioso y casi no logro deshacer el nudo de los zapatos. Rápido, no tenemos toda la vida, dijo el tombo. Le entregué los zapatos. El hombre se puso unos guantes, los revisó, los dobló, les metió un punzón en las suelas y me los devolvió. Abra la maleta. Me enredé con las cremalleras y el tombo renegó impaciente. Saqué la ropa y él palpó los bolsillos y las paredes de la maleta. ¿No trae nada más? No, señor. ¿Y esto?, preguntó al ver que debajo de la ropa llevaba un cuaderno. Mis memorias, le dije intentando sonreír. El tombo abrió el cuaderno y vio que había escritas sólo unas líneas. No ha vivido mucho, dijo. No he escrito mucho, dije. Al tombo no le gustó la aclaración. Guarde todo, ordenó, y pensé que me iba a devolver. Quise hablarle, contarle que no quería estar en Colombia, que estaba cansado de ir a un lado y otro de ese país y hasta confesarle que si me devolvía me podían matar; pero el hombre respiraba con tan mal humor que preferí seguir callado. Rápido, volvió a decir. Salimos al corredor, ya no había filas detrás de las ventanillas ni gente recogiendo maletas, sólo había un montón de compañeros de vuelo sentados contra una pared a la espera de la deportación. Los miré, me sentí triste y desamparado. Váyase, dijo el policía. ¿Cómo?, pregunté sorprendido. Que se vaya. Seguí las señales del aeropuerto y empujé el carrito a toda velocidad, no fuera a ser que el policía se arrepintiera y me hiciera sentar con los que se quedaban allí. Busqué un bus. Al rato, encendió motores y empezó a buscar la salida del aeropuerto. Los aviones, la torre de control, los edificios reverberaban por el calor del verano y me sentí llegando a un desierto de la luna en otra galaxia. Final de línea, me sacudió el chofer porque me había quedado dormido. ¿Estamos en Madrid?, le pregunté. En las afueras, dijo. Un andaluz que atendía un kiosco me vendió una tarjeta del metro y me aconsejó que buscara hospedaje en el centro de la ciudad. Cargué la maleta por los corredores y las escaleras del metro y me paré en el andén a esperar. Me bajé en Sol como me había indicado el andaluz, y como tenía hambre, entré a un restaurante. Con el estómago lleno me puse a andar y pasé junto a un pedestal en el que la escultura de un oso intentaba comerse otro pedazo de escultura. Me senté en un banco, la ciudad estaba llena de turistas y me gustaron el bullicio, la sensación de estar lejos, de ser un desconocido y de saber que allí no le debía nada a nadie y nadie iba a aparecer de improviso para coserme a balazos. Volví a caminar, y en un callejón apareció un letrero que decía hostal. Entré y un hombre con peor genio que el policía del aeropuerto me condujo por un corredor y me llevó hasta un cuarto también sin ventanas ni ventilación. El lavabo y la ducha están al final del corredor, contestó cuando le pregunté por el baño. Puse la maleta en un rincón y me eché en la cama. El lugar olía a una mezcla de detergente y mugre que me rebotaba no sólo el estómago, sino también los recuerdos. ¿Y ahora qué hago, qué sigue?, me pregunté. No encontré respuesta y me quedé dormido. Yo le arriendo un cuarto, me propuso unos días después un tolimense, un ex sargento de la policía que me presentaron en el restaurante colombiano al que iba a comer cuando me cansaba de estar dando paseos sin rumbo o de acostarme sin que el sol se hubiera ocultado. El piso no era mejor que el hostal, pero al menos con el ex policía podía hablar y eso era mucha ganancia. Ya con casa, cambié los dólares por pesetas, hice cuentas y descubrí que podía estar sin trabajar unos meses. Nunca había tenido esa oportunidad y decidí aprovecharla para hacer lo mismo que los turistas: conocer Madrid. Fui al Museo del Prado a ver en la vida real los cuadros que había visto en las fotografías de los libros de la escuela Antonio Ricaurte, al Museo Reina Sofía a ver el Guernica, el cuadro por el que suspiraban los compañeros del MOREI, y hasta pagué un montón de plata por ir a ver una corrida de toros. En la Plaza de San Isidro volví a pensar en la muerte, pero me sentí bien y pensé que si alguien llegaba a matarme en esa plaza, yo sería un muerto famoso y no uno más de los miles de muertos anónimos que había cada año en Colombia. Así estuve más tiempo, tomando gazpacho, comiendo olivas y probando jamones hasta que me empezó a dar complejo de culpa estar sin hacer nada y me decidí a buscar trabajo. Nadie se animó a contratarme. Una noche, decepcionado y otra vez a merced de los malos recuerdos, cruzaba la Plaza de Santa Ana cuando de pronto se encendió un reflector que me iluminó de cuerpo entero. Alguien gritó: ¡Quítate de ahí! Hice caso y empezaron a sonar tambores. Quedé paralizado, como si en lugar de tambores fueran tiros. Apenas me recuperaba del susto cuando al otro lado de la plaza se prendió un segundo reflector bajo el cual se ubicó un hombre en trusa que hizo una señal con la mano para indicar que bajo el primer reflector estaban unas bailarinas. Los tambores dieron paso a la melodía y me senté a ver cómo el hombre en trusa bailaba con ellas una mezcla de salsa y ballet. La música y el baile me llegaron bien adentro, seguí el ritmo, los pasos y los saltos y pensé que si algo me gustaría hacer en esta vida sería aprender a bailar de esa manera. La presentación terminó, la gente aplaudió, los bailarines hicieron venias y la paz que se respiraba me terminó de convencer de que por fin había encontrado un destino. Si se mete en eso se vuelve marica, me dijo el ex policía, pero no le hice caso y me puse a buscar una escuela de danza. Estaba muy viejo y no me recibieron en ninguna escuela formal, pero encontré unos cursos de danza moderna en un centro cultural y me inscribí allí. No entendía bien qué era la tal danza moderna, pero el lugar me gustó porque los alumnos eran gente como yo, gente que iba a esa escuela porque no tenía más que hacer o porque el sueño de ser bailarines les había llegado también muy tarde. De todos los estudiantes, sólo una nena se tomaba en serio las clases; llegaba temprano, calentaba y hacía estiramientos; ensayaba con dedicación y pronto nos dimos cuenta de que no sólo bailaba muy bien, sino que sabía armar las coreografías. Está linda, me dijo Joseba, un alumno vasco, la tarde que me vio espiando a la nena. Sí, confirmé. Y es paisana tuya. ¿Verdad? Sí. ¿Eres colombiana?, le pregunté cuando terminó de hacer los ejercicios y pasó junto a nosotros para salir del centro cultural. La chica me miró de arriba abajo y enrojeció. No, contestó, y se fue. Una mujer con tanto miedo de aceptar de dónde viene sólo puede ser colombiana, le confirmé a Joseba. La negativa a hablarme, en lugar de acabar con mi curiosidad la acrecentó, y averigüé que la nena se llamaba María Paula y que, más que ir a aprender a aquel lugar, usaba las clases para montar un espectáculo que ella misma había creado. Más que por aprender danza, empecé a ir a las clases para ver a María Paula. Me escondía y la vigilaba mientras hacía la rutina; la forma como movía cada músculo y la forma en la que los sincronizaba con la música empezaron a enamorarme. Seguí vigilándola y supe que vivía en La Moraleja, en un piso elegantísimo con otra colombiana igual de bonita a ella. Aparte de bailar no tenía otro oficio, y le encantaba ir de compras y caminar con las bolsas de las tiendas en la mano por el Parque del Retiro. Los viernes se encontraba con amigos, también colombianos, e iban juntos a bares y discotecas. María Paula siempre se pasaba con el trago o las drogas y los otros lidiaban un rato con ella pero, al final, la abandonaban y ella se ponía a caminar sola por Madrid. Los domingos se levantaba, iba a trotar, almorzaba en casa y se iba a ver una película, y cuando salía seguía caminando y se ponía a llorar. Ese es el momento de hablarle, tío, me dijo Joseba cuando le conté la situación. Le hice caso al hombre y empecé a esperar que volviera a quedar sola y se pusiera a llorar. Una tarde, la vi encontrarse en la Fnac con los amigos y comprar boletas para el concierto de un grupo francés llamado Air. No me aguanté las ganas y compré también una boleta. María Paula entró con los amigos al Riviera, la sala donde era el concierto, y yo entré detrás de ellos y me senté en un lugar estratégico. Me quedé viendo cómo María Paula se fumaba un porro a la espera de que empezara la música. La vi sonreír con felicidad por primera vez, saltar y aplaudir cuando apareció el grupo, y sacudir el pelo y moverse lento con la música en cada canción. El concierto se acabó y ella volvió a pelear con los amigos. La discusión, en lugar de apagarse, al final subió de tono y María Paula intentó pegarle a uno de los amigos, por lo que ellos de nuevo la dejaron abandonada. Ella empezó a caminar, a correr después, y ya estaba agotado de seguirla cuando se cayó sobre el pavimento. Yo me acerqué a ayudarle y vi que se había hecho una herida grave en la cabeza. La acomodé en el andén y busqué un taxi. El taxista me dijo que no podía recogerla y él mismo llamó al teléfono de urgencias. ¿Usted la conoce?, me preguntó el enfermero de la ambulancia. Sí, dije. Suba. La ambulancia voló por el amanecer de Madrid y llegamos al Hospital San Rafael. Está bien, pero todavía débil y necesita que alguien la cuide, dijo un médico. Asentí. Al rato, apareció María Paula en una silla de ruedas, pálida, con un vendaje en la cabeza y con el brazo conectado a un pote de suero. ¿Usted qué hace aquí? Yo la traje. Váyase, me dijo. Déjeme llevarla a la casa. No; váyase, no quiero verlo. Bueno, dije, y le di la espalda, pero antes de llegar a la puerta me devolví. Dígame al menos una cosa. ¿Qué cosa? ¿Es colombiana? Para qué pregunta lo que ya sabe. Contésteme. Pues sí, soy colombiana, escupió con rabia.

y los que andan de cuello blanco son los peores...

Había aguantado frío en Suecia, Noruega y Holanda, y peleado con los dirigentes del DEME y los directores de las oenegés; les había gritado que estaba jarta de esconderme y que, así me mataran, iba a hacer una vida normal. Cansada de vivir en idiomas extraños, pero todavía con miedo de volver a Colombia, decidí instalarme en Madrid. Un día me levanté, hice tinto con un café colombiano que había comprado en un mercado y me puse a leer el periódico. Leí la página internacional que, como siempre, hablaba de las masacres en Colombia; la página de sociedad que estaba llena del jet set peninsular, los deportes y hasta los clasificados, a ver si de pronto ofrecían algún trabajo que me animara. No encontré nada chévere y me puse a buscar un evento cultural en el que gastarme la tarde. «La Casa de América invita al conversatorio sobre la influencia de la cultura en la construcción de la paz en Colombia». Beibi era el principal invitado. Me dio rabia y me puse a llorar. Yo ahí, en un piso perdido de Madrid, aguantando frío, sola, comiendo cualquier cosa por falta de plata, sin posibilidades de recomponer la vida, mientras el presidente que había permitido la masacre de más de cien personas en el Palacio de Justicia recibía honores y daba conferencias sobre la paz. Seguí llorando toda la mañana y al final me dije: Igual voy a ir, quiero saber qué se atreve a decir ese asesino. Me acordé de que al principio, antes de que ocurriera lo del Palacio, veía a Beibi en los periódicos con su cara de sacristán regañado y me daba lástima. No entendía que se presentara a tantas elecciones y siempre perdiera y siguiera insistiendo, como si en la vida no hubiera cosas mucho más bacanas que ser presidente de Colombia. Con el tiempo aprendí que los políticos funcionan de esa manera, que sólo triunfan cuando los han despreciado lo suficiente y que sólo entonces están listos para servir a los poderosos y cumplir con las porquerías que les ordenan. Saqué de la maleta el mejor vestido que tenía, me di una ducha, me cepillé el cabello y fui a gastarme el poco dinero que me quedaba en una bandeja paisa que vendían en un restaurante colombiano de Chueca. Hice tiempo caminando por Preciados y a las cinco en punto estaba en la puerta de la Casa de América. Estaban poniendo problema en la entrada, pero logré que me dejaran pasar y me senté en uno de los puestos de adelante. Llegaron los invitados: Beibi, Mario Vargas Posa, el experto tal y el analista cual, y se sentaron pomposos y felices y la gente los aplaudió. Vargas Posa empezó a decir que la cultura salvaría el continente y me dio risa. Todo lo que afirmaba no era sino basura, la misma basura que había oído desde la juventud, la misma clase de basura que me había metido en el maldito Palacio y que me tenía rodando por el mundo como una paria. Me arrepentí de haber ido, me sentí como si un hombre al que amaba me hubiera puesto los cachos y tuviera necesidad de seguir oyendo sus excusas y sus mentiras para poder olvidarlo. Empezó a hablar Beibi y confirmé su hipocresía y sentí ganas de tener un revólver y quebrarlo ahí mismo, matarlo para que su existencia de gusano no siguiera empañando el mundo. Sólo falta que se ponga a leer un poema, pensé. Y más tardé en pensarlo que el güevón en ponerse a recitar. Decidí que, así arriesgara la vida, le iba a gritar que era un farsante y un asesino; ya me paraba para hacerlo, cuando vi a mi compañero de la universidad caminar por las escaleras de salida del auditorio. Me dio tanta alegría que me olvidé de Beibi y corrí a alcanzarlo. El auditorio estaba repleto y aunque repartí codazos y empujé a la gente, me demoré mucho en llegar a la salida. Como iba corriendo, uno de los celadores se me atravesó. No pasa nada, le dije, es que necesito hablar con un amigo que acaba de salir. El hombre me miró con desconfianza pero me dejó seguir. Volví a emprender la carrera y recorrí Recoletos pero no lo encontré. Corrí hasta Alcalá pensando que había cogido por ahí, pero tampoco estaba. Me volví loca. Busqué en las bocas del metro, en el Paseo del Prado y, al final, entré al Retiro con la esperanza de que se hubiera ido a pasear a ese parque. Pero no, el man había desaparecido. Muerta de rabia, decidí que no iba a quedarme con ganas de escupirle la cara a Beibi y volví a la Casa de América. Ya se acabó el evento, dijo el celador y no me dejó entrar. Miré hacia adentro y sólo vi unas estudiantes españolas que ponían cara de haber descubierto por fin la solución a los problemas de un país tropical. Sentí asco, cogí por Recoletos, me senté en una banca y me puse a llorar.

hay noches de arreboles, que incitan al amor...

Ya nos habíamos despedido, pero María Paula dio un salto y se metió dentro del vagón del metro. ¿Qué pasó?, le pregunté. Que después de oír tanta estupidez lo último que quiero es encerrarme sola en mi casa. Miré el túnel del metro y miré dentro de los ojos de María Paula. Ella titubeó y sentí deseos de abrazarla, de decirle que oír tanta mierda también me había jodido a mí y que tampoco tenía ganas de ir a masticarla solo. Pero fui incapaz, ya me había rechazado muchas veces y otro rechazo en ese momento me podía matar. ¿Quiere que le confiese algo?, me preguntó. Claro. De tanto oír hablar de coca, de coca y de coca, me dieron ganas de meterme un pase. ¿Conmigo?, le pregunté. Sí, con usted. La felicidad me aleteó en el pecho. Eso no es problema, dije. ¿Tiene perico? Recién traído de nuestra bella patria, le sonreí. Qué suerte, dijo ella. Salimos del metro y pasamos por la Plaza Santa Ana. La entrada oscura y maloliente del edificio hizo titubear a María Paula. ¿No le gusta el rancho? Es que de verdad parece una olla, rió. María Paula vio los muebles recogidos de la calle, la cocina improvisada y el baño dentro de la misma cocina y le costó encontrar un sitio en el que no le diera asco sentarse. En lugar de ponerle cuidado, fui al cuarto del sargento, busqué la caleta donde mantenía las drogas y saqué una papeleta de perico y un moño de mariguana. Volví a la sala, María Paula estaba mirando por la ventana. Puse el perico y la mariguana sobre la mesa y la abracé por la espalda. Ella se giró y aceptó un beso, pero no hubo magia, fue triste. María Paula desmenuzó la mariguana, cogió el cuero y me dejó claro que no necesitaba que nadie le armara los baretos. ¡Qué yerba tan buena!, ese policía que vive con usted es un santo, dijo, y me lo pasó. Le di una buena calada y ambos nos echamos en el sofá. Siempre me pasa, voy a esas charlas a las que me obliga a ir mi papá y, apenas empiezan a hablar de narcotráfico, me acuerdo de mis épocas de estudiante y me entran ganas de trabarme y después me dan ganas de tirar y, para rematar, de meterme un pase. Me puse a acariciarla y ella dejó que lo hiciera. Después me agarró la mano y entrelazó sus dedos con los míos. Dejé que la marimba me entrara y consiguiera que mi mundo diera vueltas y más vueltas, y que esas vueltas se convirtieran en una fuerza centrífuga de la que sólo me mantenía a salvo la mano de María Paula. Al final de las vueltas, vi su mirada desamparada y sentí que esa mirada ya la había visto en alguna parte y quise recordar dónde había sido, pero no logré hacerlo porque ella empezó a desnudarse. Hicimos el amor con lentitud, casi con compasión y cada uno tuvo un orgasmo descoordinado que no se supo bien dónde empezó ni dónde terminó, pero que fue suficiente para conseguir que nos sintiéramos unidos y que estuviéramos un rato abrazados. Ella se puso a llorar. Estoy cansada, hermano, no me gusta esta ciudad, no me gusta este frío, no me gusta ver a tanto hijueputa hablando mierda en los salones y las embajadas y, sobre todo, no me gusta estudiar ballet cuando sé que con bailar salsa y tomarme una cerveza en cualquier lugar de Colombia estaría completamente feliz. Las lágrimas le corrían por las mejillas, y apenas habló de embajadas y cocteles, me acordé de que Felipe Sáenz Escobar era en ese momento embajador en Francia. ¿Su papá se llama Felipe?, le pregunté. Tragó saliva. ¿Por qué lo sabe? Me quede mirándola y esta vez fui yo el que se puso a llorar. ¿Qué pasa, hermano? Nada, le dije, y seguí llorando porque me acordé de Cristinita, del Pollo, del tío Martín y me acordé de mi hija y de Camila y de Quique. Ella se puso a acariciarme mientras me preguntaba: ¿Qué le pasa, hermano, qué le pasa? Que esta vida es muy loca, murmuré cuando por fin pude hablar. María Paula me limpió las lágrimas. Si no llora más, le cuento una cosa. Bueno, cuente. Usted me gustó desde el primer día. ¿Entonces por qué me rechazó tanto? Me daba miedo. ¿Miedo? Es que yo estoy en Europa porque me secuestraron, me tuvieron tres años encadenada a un árbol y le cogí miedo a todo lo que tenga que ver con Colombia. Qué cagada que le hayan hecho eso... Sí, dijo. Pero ¿yo qué tengo que ver con esa historia? Es que usted es igualito a uno de los secuestradores. No me diga. Bueno, no se parece tanto, pero tiene el mismo color, la misma estatura y los mismos ojos achinados de esos manes. Con razón se asustó; pero eso ya pasó, quedó atrás. Y usted, ¿de dónde conoce a mi papá? Es una historia larga. Cuéntemela. ¿Seguro, quiere oírla? Sí, cuéntela.

la cosa comenzó muy niño,
Jaime Molina me enseñó a beber...

Yeni no me dejó ni terminar de contarle lo que había pasado. No quiero que vayas por allá, dijo con el tono de voz que usaba cuando las decisiones eran definitivas. Me quedé callado; uno envejece, se vuelve güevón y hasta se aguanta que la mujer le dé órdenes. Me senté frente al televisor, busqué el partido del Madrid y me puse a verlo. Estaban jugando rebién; Raúl se hizo dos golazos y después empezaron a tocarla, a bailar a los otros, pero no disfruté ni pude dejar de pensar en el cadáver del Burro abandonado en el Anatómico Forense. Me acordé del viaje que habíamos hecho la vez que él había coronado un par de kilos en Londres, de la toyota que habíamos alquilado apenas nos bajamos del avión, del par de nenas que habíamos sacado de una wiskería y con las que habíamos recorrido medio país, bebiendo, conociendo hoteles, playas y piscinas, y tirando, una noche con una y otra noche con otra, hasta que se nos acabaron la plata y la ganas de pasear y de tirar. No era justo que lo dejara botado mientras la mamá me seguía llamando y pidiendo el favor de que le ayudara con los trámites para mandar el cadáver a Colombia. Me metí en la cama. Yeni me hizo el amor feliz de que le hubiera hecho caso, se durmió y mientras oía su respiración pensé que una cosa era haberle obedecido, y otra muy distinta seguirle obedeciendo. Si no se entera es como si no hubiera pasado nada, concluí, y pude dormir. Al otro día, pedí permiso en el trabajo y fui al Anatómico Forense. Me recibieron con amabilidad, aunque sentí que a mis espaldas los médicos y los paramédicos se miraban y murmuraban entre ellos que yo debía ser otro narcotraficante igual al Burro, otro asesino de los mismos. Los manes me llevaron por un corredor que estaba tan limpio que se presentía la muerte, me hicieron esperar en una salita sin luz natural ni ventilación y, finalmente, me hicieron pasar y me dejaron enfrente de la nevera donde estaba el cadáver. Había visto muchos muertos en la vida, incluso un par que había matado yo mismo, pero ver tieso al Burro, al man con el que me había jugado la vida decenas de veces, con el que había rumbiado tanto y había metido tanto vicio, me dio muy duro. Me puse pálido, empecé a temblar y aunque lo miraba no lo miraba porque se me aguaron los ojos; no se había muerto sólo mi mejor amigo, sino buena parte de mi vida. ¿Es el señor Guillermo Amatista? Asentí con la cabeza. El forense se retiró un momento, trajo un vaso de agua y me lo ofreció. Me tomé el agua como un autómata y seguí mirando el cuerpo del Burro. Se me murió este hijueputa, se me murió sin avisarme, sin dejar que le pidiera excusas y ahora de verdad me tocó coger juicio, ya no tengo excusa para irme de nuevo de la casa, ya sólo tengo a Yeni y me va a tocar seguirle haciendo caso. Sin mirarme, el médico empujó otra vez la camilla para meterla en el refrigerador. Un momento, le pedí. El hombre se detuvo y no quedó fuera sino la mitad del Burro. Le puse la mano en la mejilla. Perdóname, maricón, perdóname por haberte fallado estos últimos años, dije. Todavía con lágrimas en los ojos, salí del Anatómico y cogí por la avenida Complutense, pasé junto a un campo de fútbol, vi el río Manzanares y llegué a la M-30. Me puse a caminar por el borde de la avenida a ver si el ruido de los carros me quitaba el ruido de la cabeza. Fue peor y decidí meterme en un barrio y buscar un locutorio. Gracias, mijo, me dijo la mamá de Guillermo apenas acordamos dónde tenía que reclamar el dinero para pagar el transporte del cadáver hasta Bogotá. Volví a la casa, volví a poner fútbol, me tomé unas cervezas y me quedé dormido en el sofá. Al otro día, Yeni, que no era boba y suponía en qué andaba, evitó el tema y me preparó el desayuno que me gustaba. De nuevo fallé al trabajo, reclamé la plata que me mandó doña Rubiela y fui de oficina en oficina, firmando papeles, completando requisitos, hasta que por fin alguien me dijo que podía llevarme el cadáver para donde quisiera. Esa noche volví a vagar por Madrid hasta que se hizo muy tarde y volví a dormir en el sofá de la sala. Yeni volvió a prepararme un buen desayuno. Me faltaba llevar el ataúd al aeropuerto. Dejé la tristeza y decidí hacerlo con calma. Me di cuenta de que durante esos días, escondiéndole la verdad a Yeni y yendo de un lado para otro mientras la gente me miraba como si fuera otro matón, mi vida había vuelto a tener sentido. Pero debía enviar el cuerpo y volver a ser un inmigrante más, resignado al trabajo, a los horarios, a las buenas maneras y a los viajecitos cortos de vacaciones. Era eso o hacerme matar como el Burro. ¿Me puedo ir con usted?, le pregunté al chofer de la carroza fúnebre. El reglamento no lo permite, contestó él, asustado. No le voy a hacer nada, insistí. El man me miró y aceptó. Mientras aguantábamos el tráfico del mediodía, me acordé de la vez que Guillermo me había traicionado, de la vez que casi lo mato, de las noches que pasamos en la cárcel, de las mujeres que habíamos compartido, de las fugas, de los miedos, de toda la plata que nos habíamos gastado. No aguanté más y dejé salir una lágrima, y esa lágrima acabó con mi calma y les abrió campo a otras y empecé a llorar y a llorar mientras los operarios cogían el ataúd y lo ponían en la grúa para subirlo al avión. Me acordé de un entierro al que había ido cuando era niño y pensé que me habría gustado tener la valentía de aferrarme a ese ataúd y de ponerme a llorar y a gritar como lo había hecho la mamá del niño que enterraron. Seguro lo habría hecho si no aparece Yeni. Me vio tan pálido que me abrazó. Ya se lo llevan, le dije llorando, y le señalé con el dedo el ataúd. Ya, amor, ya pasó; déjalo ir...

te fuiste pa' Nueva York, con tu visa de paseo...

María Paula y yo llevábamos cuatro meses juntos y empezaba a sentir que ella me quería de verdad y que con la fuerza de ese amor me había por fin liberado del fantasma de Colombia. Nos habíamos contado la vida y habíamos concluido que si los dos nos amábamos, las dos Colombias irreconciliables de siempre se reconciliaban; como si el sueño abandonado de Felipe y el sueño fallido de mi tía se hicieran realidad. Hablábamos del país todo el tiempo, yo le explicaba las razones de los pobres y ella me explicaba las razones de los ricos, y nos dábamos cuenta de que cada uno la cagaba, pero también de que, a su manera, cada uno tenía razón. El curso de danza había terminado y decidimos matar el tiempo haciendo paseos por Madrid y sus alrededores. Siempre volvíamos a mi piso, nos fumábamos un baretico y después nos encerrábamos en mi cuarto a hablar, a reírnos y a hacer el amor. Era tanta la voluntad que ponía María Paula para que estuviéramos bien, que recogió el desorden que el sargento y yo manteníamos; así pasamos de vivir en un piso oscuro y maloliente a vivir en uno acogedor y bien decorado que olía a incienso. De hacer el amor pasábamos a cocinar y de cocinar a otra trabita. Después nos poníamos a bailar salsa o vallenato. Póngame *La reina*, pedía María Paula, y yo iba a la pieza del ex policía, cogía la grabadora y el casete de grandes éxitos de Diomedes y los llevaba para mi cuarto. *Pueden haber más bellas que tú, habrá otra con más poder que tú, pueden existir en este mundo, pero eres la reina. Las hay con corona de cristal y tienen todas las perlas del mar, tal vez, pero en mi corazón tú eres la reina*, cantaba ella y se ponía romántica y me preguntaba si de verdad era mi reina. Sí, eres mi reina, le contestaba siempre. Después de tirar, casi siempre se ponía triste. No quiero que nadie me vuelva a secuestrar. Nadie te va a volver a secuestrar. ¿Me vas a cuidar? Claro, le decía, y la abrazaba hasta que nos quedábamos dormidos. Fresco, chino, por plata no se preocupe, me dijo el sargento cuando le conté que el dinero que había traído de Colombia se me estaba acabando. ¿Me va a prestar billete? No, pero le puedo dar trabajo. Huy, no sé si meterme en sus negocios. Usted verá, dijo el hombre. Empecé a hacerle mandados. Hacía entregas a casas particulares, llevaba mercancía a algunos bares y hasta busqué nuevos clientes. Entre tanto ir y venir llegó la Navidad, y estaba ganando tan bien que hubo plata para ropa y para comprar la decoración del piso en el Ikea. Estuvimos en Zara, en El Corte Inglés, en Mango y hasta en la Fnac, porque María Paula me pidió que le regalara libros. ¿Adónde vamos a ir después de la medianoche?, me preguntó el día que terminamos de armar el árbol de Navidad. Pues a bailar salsa. No, mucha salsa, vamos a un sitio más moderno. Huy, no sé, salir de aquí para ir a brincar sin sentido, no sé si me anime. Sin sentido no, dijo María Paula, metió la mano en la cartera y sacó una bolsita. ¿Éxtasis?, pregunté. Sí, unas pepitas para pasarla mejor. Tú sabes que yo soy naturista. Yo sé, pero es Navidad, y desde que estoy contigo todo es muy colombiano y me gusta, pero esta vez prefiero que hagamos algo distinto. La besé. Sonaron las campanadas y servimos la cena de Navidad como si en verdad ya fuéramos una familia. El sargento nos acompañó un rato y después se fue a un bar colombiano a celebrar con unos amigos y nosotros nos quedamos ahí, mirándonos, riéndonos y destapando los regalos en medio de la traba. El postre fueron las pepitas de éxtasis, y fuimos a una discoteca en la que bailamos, rumbiamos y gritamos tanto, que entendí por qué no todo podía ser salsa en este mundo. Soy tan feliz…, le dije el veinticinco cuando me desperté. Yo también, me dijo. Nos tiramos en el sofá y vimos películas y nos trabamos de nuevo y dejamos ir el día. ¿Sabes?, cuando estoy contigo no me siento lejos, me siento como en casa, me dijo. De eso se trata, le dije y le pregunté qué íbamos a hacer de Año Nuevo. No sé todavía, esta semana viene mi papá. ¿Por qué no me lo habías dicho? Estoy esperando que me confirme. Vendrá, ya pasaron separados la Navidad. Me imagino, dijo ella. Chévere que venga, así le contamos de lo nuestro. Sí, ya es hora de que te vuelva a ver, rió ella. Felipe Sáenz Escobar confirmó que pasaría Año Nuevo en Madrid. María Paula se fue al aeropuerto a recibirlo y yo me quedé en el piso a la espera de que ella hablara con él y llegara la oportunidad de reencontrarme con un viejo amigo. Pasó la tarde, pasó la noche, pasó otro día y María Paula sólo me llamó al anochecer. Nos vemos en Sol, dijo. Me metí al baño, me di una buena ducha y me vestí con la ropa que María Paula me había ayudado a escoger. Salí del piso, crucé Santa Ana, caminé Espósito y Mina y me enfilé hacía la Plaza del Sol. Estaba haciendo mucho frío, María Paula tenía una chaqueta nueva y apenas se le podía ver la cara entre el peluche de la capota. Me sentí el hombre más afortunado del mundo, me parecía casi irreal estar tan lejos y haber encontrado en esa lejanía una mujer que me acompañara, que me escuchara, que me estuviera dando tanto amor. Noté que no me había visto y la besé, pero ella se apartó. ¿Qué pasa? Nada, es que me pegó un susto muy tenaz. Me quedé mirándola y me di cuenta de que algo no iba bien. Dime, ¿qué pasa? Nada. Ella se alejó y confirmé que no me había llamado para algo bueno. ¿Caminamos un poquito?, dijo y, sin darme la mano, buscó la Fnac. La seguí como ya había seguido la desgracia tantas veces en la vida. ¿Y tu papá?, pregunté. Por eso lo llamé, dijo ella. ¿Qué dice el cucho? Quiere que me vaya para París, dice que aquí no estoy haciendo nada. Y tú, ¿qué le dijiste? Qué le iba a decir, llevo un año aquí de rumba. Pues vámonos para París, dije. No es tan fácil. ¿Por qué? Por todo. Pero si me voy yo que no sé francés… No es eso, es que así nos fuéramos, no creo que podamos seguir juntos. ¿Por qué? Mi papá no aceptaría. Pero eso no es problema, lo importante es que nosotros nos queremos. No, hermano, si así fuera la vida, todo el mundo sería feliz. Hablemos con su papá, él me conoce, él puede entender. Ya lo hice. ¿Y qué dijo? Se puso como una fiera, me dijo que qué estaba pensando, que él no me tenía aquí para que estuviera con vagos y se enfureció tanto que me cansé de discutir y salí corriendo del apartamento. ¿Y, entonces? Yo creo que lo mejor es dejarlo, hay que ser realista. Ya lo había dicho. Se demoró, pero lo dijo. Alcé la cara y observé la iluminación navideña. Todo se había jodido de nuevo, no iba a volver a sentir la alegría que me daba cuando iba a buscarla ni íbamos a bailar más ni a cocinar más ni a volver a hacer el amor.

¡Usted no me puede hacer eso!, protesté. Ella calló. Empecé a tratarla mal, a decirle que era una hijueputa, que era igual que el papá, que me había usado, que yo era para ella sólo un desechable más al que incluso podía mandar matar si le estorbaba. Grité y grité hasta que de pronto me di cuenta de que había un montón de gente rodeándome y que María Paula ya se había ido.

una fotografía fue lo que me quedó...

Vivía en Sants, en un pisito que compartía con Lorena, una caleña que tenía un montón de amantes y que nunca dormía en casa porque cada noche se quedaba en el piso de alguno de ellos. Necesito cierta independencia, no me gusta hacerme las mascarillas delante de nadie ni mucho menos dejar que me vean depilándome; pago este alquiler para proteger mi intimidad, decía. Yo, en cambio, estaba recién separada. Con mi ex, un bajista caleño, habíamos pedido un crédito al Icetex y viajado a España; él a buscar un sitio como músico y yo a hacer un doctorado en Ciencias Sociales. El man llegó a Barcelona, se juntó con otros músicos y entre los ensayos y la infinidad de europeas que vivían dispuestas a comérselo, se olvidó de mí y de la parte del crédito que le correspondía pagar. Vendí el apartamento que tenía en Colombia para pagarle al Icetex, aplacé la universidad, conseguí trabajo en un restaurante y me dediqué a aguantar el desengaño y a ahorrar para seguir estudiando. Es duro estar recién separado en una ciudad lejana, tener los sueños empañados, aguantar cada día el maltrato de los jefes en el trabajo y, todavía más duro, llamar a Colombia y oír que el país se sigue desmoronando. No puedes seguir así, necesitas amigos, tener compañía, concluí, y empecé a ser cortés con cualquiera que se me acercara y a contarle mi historia a la poca gente con la que me trataba. Organicé una cena en casa, invité a dos camareras que trabajaban conmigo, a unos holandeses que había conocido en una exposición y a un profesor de la facultad que llevaba meses echándome los perros. Hasta pensé, ese man no me gusta, pero si me toca comérmelo para rematar la noche, me lo como. Cocinar siempre me ha gustado y toda feliz puse una gran olla con agua en el fuego para la pasta y saqué de la nevera los ingredientes de la ensalada. No logré ni picar la lechuga porque el teléfono empezó a sonar. Primero llamaron los holandeses y dijeron que no podían ir porque habían tenido un día agotador y preferían quedarse en casa. Después llamó una camarera y me contó que el man que siempre había querido follarse la había citado de improviso y que iba a verse con él. Al rato, llamó la otra camarera y me dijo que se le había dañado el coche y que no estaba de ánimo para montarse en el metro. Por último, llamó el profesor y susurró que la mujer había tenido un ataque de histeria y que no quería terminar de complicar su matrimonio. Me puse a llorar mientras guardaba la lechuga, los tomates y las salsas, y pensaba que jamás debí haberme movido de mi casa, entonces alcé la olla con el agua hirviendo, me resbalé y el agua caliente me cayó encima. Quedé paralizada por el dolor de la quemadura. No me habría levantado en horas si esa no hubiera sido la noche de las cancelaciones y el amante del viernes, el único que ella quería, no le hubiera cancelado la cita a Lorena. Estoy aquí, gritó ella con desparpajo apenas entró, pero no oyó música ni cubiertos ni voces, sino mi llanto. Hermana, ¿qué le pasó? Le estiré la mano y empecé a decirle:

¡Me quemé, me quemé! Casi me deja volver a caer cuando me levantó la blusa y abrió la cremallera del pantalón. Tenía la piel en carne viva. ¡No, no me toque!, le pedí cuando quiso terminar de desvestirme. Lorena llamó a otro de sus amantes y el chico nos llevó al Clinic. Me pusieron anestesia, me quitaron el resto de la ropa y pasé de llorar por el dolor del golpe y la quemada, a llorar por el tamaño de la herida. Lorena fue mi ángel guardián; cada día me hacía visita y fue ella, con el man que le había aplazado la cita el viernes, quien me sacó del hospital y me llevó a casa. Las cremas y las pastillas me aliviaban, pero empecé a deprimirme porque Lorena se fue con uno de sus novios de vacaciones y me quedé sola. Me levantaba, me hacía la curación y me sentía supertriste de que nadie me diera ánimo ni fuera testigo de mi mejoría. A veces hablaba con mis hermanos en Colombia, pero ellos no podían verme, y oírlos me hundía todavía más. Así que una mañana me paré desnuda frente al espejo, revisé mi cuerpo trozudito y todavía con ganas de sexo, mi cabello crespo y aún hermoso a pesar de las canas que empezaban a salirme y decidí tomarle una foto a la herida. No voy a dejar que no haya testigos de lo dura y larga que ha sido esta sanación, me dije y seguí tomando fotos cada día. Cuando ya no tuve costras sino la mancha rosada de la cicatriz, tenía tres rollos con la memoria completa de la evolución de la herida. Los llevé a revelar y, con pena, fui a recogerlos. El man del almacén me miró con ojos raros, pero no se atrevió a preguntarme nada. Cogí mi álbum, salí a la calle, lo apreté contra el pecho y me dije: algún día mis hermanos, mis amigas o un novio que me consiga verán estas fotos y podrán ser testigos de cuánto sufrí. Gracias a ellas, no todo pasará al olvido ni habré estado tan sola.

yo tengo una herida muy honda que me duele...

Chino:

Quiero que sepa que le escribo esta carta porque le he tomado mucho cariño y me da pesar y cagada irme sin avisarle. Además, quiero contarle las razones que motivan mi viaje para que haga un intento por comprenderme y se dé cuenta de que no actúo de mala fe. Como usted sabe, yo tengo un hijo bobo que es mi adoración. Si he trabajado en esta vida, si me metí de policía, si después hice esos cruces por los que me echaron de la institución y si viaje a España, fue por él. Porque lo quiero y sé que debo hacer todo lo posible por darle lo que necesita. Por eso me metí aquí en el cuento de repartir vicio. Imagínese, yo, todo un suboficial de la policía colombiana, aquí, en este país, metido de jíbaro. Pero así es el amor, nos lleva a los mayores sacrificios. Nunca le conté nada porque usted tenía sus propios problemas, pero mi hijo ya no aguanta más, ha entrado en una especie de coma y para mantenerlo vivo debo girar a Colombia un resto de billete. Yo no quería dar más plata, creo que el niño sufre más siguiendo vivo, pero la mamá está empeñada en tenerlo a su lado y me ruega cada día que no lo abandone. Así que el dinero de ir pagando la coca que nos provee el Negro Eliseo lo he ido mandando para Colombia y esta es la hora que le debemos casi tres millones de pesetas. Yo he logrado irlo toreando con poquitos, pero el Negro es de muy mal genio y esta tarde, cuando fui a pedirle el último plazo, se puso muy agresivo y empezó a amenazarme. Tuve que decirle mentiras, que no le había llevado la plata porque usted

tenía un problema familiar y me la había pedido prestada. Fue la única manera de conseguir que el hombre me
diera el último plazo. Ya sé que es una cagada, pero no
tuve opción. Ya he empacado mis cosas y esta misma tarde me marcho. Comprenderá que no puedo decirle para
dónde, sólo le aconsejo que se vaya lo más pronto posible
de este piso y que no se vaya a dejar pillar del Negro ni
puelputas porque ese man no va a dudar en matarlo. Un
abrazo, hermano del alma. Gracias por la compañía de
estos meses y mucha suerte.
    Antonio Ruiz,
    Sargento

        en el fondo de esta alma que ya no alegras...

    Botones me tenía jarta. Al comienzo lo adoraba,
me gustaba verlo, sentirlo cerca, me gustaban sus bromas, miraba sus manos frágiles y me excitaba pensar que
esas manos que me recorrían de arriba abajo eran las mismas que, sin la más mínima compasión, habían matado
a tanta gente. Era como si mi cuerpo fuera eterno, como
si con esas caricias me entregara la vida, la alegría y hasta
el amor que les robaba a los muertos. Por eso me escapé
de la casa para seguirlo y por eso lo acompañé por toda
Colombia. Pero un día supe que hasta el amor se cansa
de ir detrás de un fugitivo y que la fuerza de Botones no
era eterna, que él también tenía un límite. El hombre
fue perdiendo las energías, empezó a ser más cauto, a
enfermarse y a dejar que los muertos se le notaran en la
mirada. Cuando aparecía, los traía encima, y cuando me
hacía el amor y se venía dentro de mí, me sentía sucia,
sentía que en lugar de semen me metía la sangre de sus

asesinatos en el cuerpo. Le cogí asco. Quería huir, irme de su lado. Pero los hombres frágiles se aferran al amor y Botones pasó de estar feliz de que lo siguiera de un lado para otro, a decir que debíamos establecernos y a proponerme que nos casáramos y tuviéramos hijos. Lo oía hacer esas propuestas y en lugar de felicidad sentía miedo; seguro que si le confesaba que quería dejarlo, iba a pasar de ser su prometida a ser la siguiente víctima de su rabia y su resentimiento. Por eso, cuando los manes de la secreta me ofrecieron una plata a cambio de entregarlo, no lo dudé. No podía dudar, el amor se había acabado y era el momento de irme. Y me fui.

un feliz año pa' ti,
un feliz año pa' mí,
un feliz aaañooo…

Las luces navideñas rasguñaban la ventana y me recordaban la Navidad que habíamos pasado en Cali con Camila y la niña, los adornos que iluminaban la ribera, la música que parecía sonar sólo para nosotros y los regalos sorpresa y las demás alegrías de una familia que aún no quería ver que el mismo dinero que la llenaba de felicidad ya empezaba a destruirla. Madrid estaba congelada, no tenía nada que ver con el calor, el caos y la alegría de Cali; pero, en los almacenes y las calles, se respiraban las mismas esperanzas, como si el tránsito del segundero de un siglo a otro pudiera en verdad traer el bienestar, la felicidad y la paz que la gente busca. A las sonrisas y la ternura de Camila se superponía la imagen de María Paula, la forma como retiró la mano cuando intenté acariciarla, la frialdad con la que me había mirado en el momento de decir que lo nuestro no tenía futuro y que ella no podía seguir viviendo sin un plan de vida, sin un sueño sólido al cual aferrarse. Volví a estar solo y me sentía tan traicionado que no podía llorar ni lamentarme, sólo sentir rabia, odio, resentimiento, ganas de matar. Pero ¿a quién iba a matar si hasta el sargento se había ido? Empecé a patear el desorden que él había dejado, a coger los recuerdos y la ropa que María Paula se había negado a ir a recoger y a romperlos y tirarlos contra las paredes. Cuando me cansé de patear y romper, releí la carta del sargento y sentí todavía más rabia porque esa carta confirmaba que no sólo era un güevón para el amor, sino también un imbécil para los negocios. Me habría ido mejor con Gladys, pensé al recordar que unas semanas antes había visto a la negra en una calle de Chueca y me había cambiado de acera para no tener que encontrármela. La vida entera se me vino encima, pensé en toda la gente que había pasado por mi vida y me di cuenta de que todos ellos estaban muertos, desaparecidos o, simplemente, intentando olvidar el sino de haber nacido en una tierra donde la muerte y el caos montaron una ruleta macabra. Me puse a llorar, a gemir, y entre lágrimas concluí que la vida no valía la pena, que no quería luchar más, que no quería enamorarme, cargar más recuerdos ni más ilusiones ni decepciones, y que ya ni siquiera quería bailar. Me puse a revolcar el piso a ver si el sargento había dejado uno de los revólveres que solía tener encaletados; detrás de las tablas de un clóset encontré una pistola vieja y, aunque sentí miedo al mirarla, la cogí y me la acerqué a la sien. Con el cañón de la pistola pegada a mi piel, volví a la sala, me acerqué a la ventana, miré la calle vacía y volví a recordar la traición y la despedida de María Paula. Las manos me temblaban, y

antes de que se me volvieran a venir encima los recuerdos, puse el dedo en el gatillo. Mi cabeza siempre ha
sido más rápida que mis manos y recordé que el sargento no hacía sino quejarse de esa pistola porque no lograba conseguirle munición. Miré el proveedor, comprobé
que estaba vacío y tiré la pistola contra la pared. No
puede ser, me dije mientras caminaba hacia la cocina,
cogía un cuchillo y me lo ponía en la muñeca. ¿Y sí
María Paula se arrepentía e iba a buscarme? No, ella no
iba a arrepentirse, a esa hora ya debía estar aterrizando
en París, pensé, y acerqué de nuevo el cuchillo a la vena.
No fui capaz de hacerlo. Volví a la sala y cogí el control
remoto, me tiré en el sofá y prendí la televisión. Ricky
Martin bailaba y cantaba mientras los presentadores y
el público aplaudían e intentaban seguirle el ritmo. ¡Qué
triste morirse en un país donde la gente no sabe ni siquiera bailar!, me dije y apagué el televisor. Sin saber
qué hacer, decidí ponerme a rezar. Lo intenté de corazón, intenté pedirle calma y guía a Dios: Dios mío, la
verdad nunca he creído en ti, pero si existes y estás en
alguna parte, después de hacerme comer tanta mierda
en esta vida, tienes que ayudarme a morir. Le dije muchas cosas más a Dios, pero como eso no me alivió, volví a prender el televisor y a echarme en el sofá. Veía de
nuevo a Ricky Martin, cuando alguien timbró y corrí a
abrir pensando que María Paula había vuelto. ¿Está el
sargento?, preguntó la cara agresiva de un colombiano.
No. ¿Usted es el socio del hombre?, añadió. Era, sonreí.
¿Dónde está el man? No sé, se fue. ¿Para dónde? Tampoco sé. ¿Y nuestro billete? Fruncí los hombros. El man
me empujó hacia adentro, aparecieron otros dos hombres y cada uno sacó una pistola y me apuntó. Súbanle
a ese televisor y bajen las persianas, ordenó el que hacía

las veces de jefe. A mí no me va a engañar, dígame dónde está la plata. Se la llevó el sargento. ¿Y la droga que quedaba? Se la llevó también. No te creo, dijo y me dio un puñetazo. Me doblé y hasta pensé en explicarle lo del hijo bobo, pero cuando uno se quiere morir, de lo último que tiene ganas es de dar explicaciones. El man se hizo a un lado y los otros me tiraron al piso y siguieron pegándome mientras yo pensaba que Dios me había oído y esos manes me iban a hacer el favor de asesinarme. No me lo vayan a matar, dijo de pronto el jefe. Los manes pararon la golpiza. Siéntenlo, ordenó el man. Volvamos a empezar, dijo. ¿Dónde está el sargento? No sé, balbuceé y escupí sangre. El man me pegó otro puñetazo. ¿Adónde se fue ese hijueputa?, insistió y sacó unas pinzas del bolsillo y con la punta de las pinzas me agarró una uña. Moví la cabeza pidiendo un respiro. El man me soltó la uña y me arrastré, abrí el cajón de la mesa de noche y le entregué la carta que me había dejado el sargento. El man la cogió e intentó leerla, pero se ve que llevaba años sin leer y se la entregó a uno de los acompañantes. El otro la leyó en voz alta. Mientras volvía a escuchar las palabras del sargento, volví a pensar en María Paula y volví a desear que me mataran. La lectura terminó y el jefe se rascó la cabeza. Aquí no hay nada, dijo el que estaba requisando la casa. Matémoslo y ya está, dijo el otro y me puso el revólver en la nuca. Cerré los ojos. No, mejor no, dijo el jefe y apartó al sicario. Deberíamos matarlo para que quede claro que de mí no se burla nadie, pero hoy es el último día de este año, el último día de este siglo y es de mal agüero terminar un siglo matando a un man tan güevón; pero para que sepa con quién está metido y para que se ponga pilas y me busque mi plata, le voy a contar una historia. Los otros dos manes me miraron con alegría, como si no matarme fuera un regalo de Año Nuevo o como si la historia fuera muy buena. Alcé los ojos y vi las expresiones casi navideñas en las caras y sentí ganas de escupirlos y de gritarles que no me dijeran nada, que no me perdonaran nada, que lo que quería era que me mataran, pero tenía demasiada sangre en la boca. Para completar, el jefe empezó con la historia: Quince días antes de que el ejército lo matara, Botones, el peor bandolero de Colombia, fue a un bar de Bogotá que era de una flaca a la que le decían la Avispa. La Avispa reconoció a Botones y lo comentó con mi mamá. Mi vieja había sido linda, pero por esa época ya se había puesto fea y había pasado de puta a ser la aseadora del bar. Llevo años intentando quedarme preñada; si ese man que tiene tanta puntería no me hace un hijo, ya nadie me lo hace, le dijo mi mamá a la Avispa. La Avispa dudó, pero aceptó que fuera mi mamá la que atendiera a Botones. Mi mamá se acercó a la mesa del bandolero, le sirvió aguardiente y, cuando ya lo tenía bien entonado, le dijo que fueran al reservado. ¿Y esta vieja tan fea quién se creyó?, dijo el acompañante de Botones, pero el bandolero lo calló. Botones y mi mamá entraron al reservado y al pie de unas canastas de cerveza mi madre le contó su historia al bandido. Empelótese, mi amor, dijo él. Mi mamá se puso feliz. Botones se quitó la ruana y empezó a desabotonarse el pantalón. Mi mamá alisó las sábanas y puso la ruana y la ropa de Botones en una sillita que había junto a la cama. Mi vieja era muy fea, pero tenía buenas tetas y Botones se puso a chupárselas. Mi mamá cerró los ojos y dejó que el bandolero se le montara, y cuando el man se vino, sin fuerza y tosiendo porque antes de que lo mataran Botones estaba muy enfermo, ella supo que había quedado embarazada, que, aún moribundo, Botones había conseguido hacerle un hijo. Cuando crecí y mi mamá se dio cuenta de que mi rebeldía era superior a cualquier autoridad, me dijo: Yo lo tuve con gusto y me siento orgullosa de saber quién fue su papá, así que váyase, mijo, y demuéstreme que es digno de él. Y por eso estoy aquí, por eso nadie me ha quebrado y nadie se atreve a robarme. Así que ni intente fugarse, lo mejor es que me consiga el billete, porque no va a haber un lugar del mundo donde se pueda esconder de mí, ni le voy a dar el gusto de dejarlo morir mientras tenga una deuda conmigo. Cuando acabó su cuento yo seguía ahí, tirado en el piso, muerto de frío. No sé si me dormí o si perdí el conocimiento, el hecho fue que me desperté un rato después, cuando ya había oscurecido y la sangre que tenía en la cara se había secado. A pesar de que me dolían las costillas y el cuello, y de que tenía morados ambos ojos, conseguí levantarme y caminé hasta el baño. Oriné también con dolor y volví a tirarme sobre la cama. En el apartamento de al lado alguien oía *Los amantes*, de Rafael, y me puse peor porque esa canción le gustaba a Cristinita. Los juegos pirotécnicos de Sol apagaron la voz de Rafael. Las luces iluminaron mi cuarto. Eran preciosas, formaban estrellas multicolores, triángulos, círculos, círculos dentro de los círculos, colores entre los colores. ¿Qué hacía allí, en aquella ciudad extraña, metido en ese frío que nada tenía que ver con mi infancia en Barbacoas, solo, vencido y con tantas ganas de morirme? No me voy a quedar aquí, tal vez este sea el último fin de año de mi vida, pensé. Así que me cambié de ropa y salí. Pero cuando llegué a la calle, me dio miedo que el hijo de Botones todavía estuviera por ahí y me metí en un bar. ¡Chaval!, saludó el hombre del bar, que también estaba solo. Le pedí una cerveza. ¿No va a ir a la Plaza del Sol?, pregunté. ¿A qué?, mañana estaremos igual, me contestó. Y tú, ¿por qué no has ido? ¿No me ve?, le pregunté. ¿Alguna pelea? Sí, dije. El animador de la tele empezó a gritar que el siglo acababa. Uvas no, pero una copa de cava sí nos merecemos, dijo el hombre del bar e hizo saltar el corcho de una botella. En ese momento, empezaron a sonar las campanadas y el hombre subió el volumen del televisor. En la plaza la gente gritaba: Una, dos, tres, cuatro… Y hasta el fondo de aquel bar mugriento llegaron las explosiones de los fuegos pirotécnicos y la gritería de la calle. El hombre del bar me entregó una de las copas que había servido. Feliz año, feliz siglo, chaval. Feliz año, contesté y choqué mi copa con la del hombre. ¡Feliz año!

Botones, parcero mío, que fuiste al infierno
a camellar de asesor del Diablo,
protege a este humilde matón
que apenas empieza en la profesión.
No soy un garoso ni pido me ayudes
a matar por miles como tú mataste,
no pido la gloria ni la puntería
ni tantas hembritas como tú violaste.
Sólo quiero una metra buena
y unos cuantos chulos pa' ganar platica.
Y, por favor, amado Botones,
si el pulso me falla y alguien queda vivo
que jamás me encuentren, son muy vengativos.
Gracias, Botoncitos, que el Diablo te cuide,
Pa' que Dios aprenda qué es ser buen padre;
toma buen guarito y goza la muerte
que aquí en la tierrita seguimos jodidos.
Amén

Temas y compositores

qué risa me da el que se suicida,
dejando lo bello que tiene la vida…

039 se la llevó…

de misterio está lleno el mundo,
no sé qué sentirá tu alma…

Por qué miras así y no confías a mí
tus hondos pensamientos…

quisiera y no quisiera…

el arranque era de mano,
el freno frenaba un poco retrasado…

Hoy te he visto, con tus libros caminando
y tu carita de coqueta, colegiala de mi amor...

Quién pudiera tener la dicha que tiene el gallo,
el gallo sube, echa su polvorete,
racatapum chinchín...

se me perdió la cadenita...

trata de cerrar la herida que me abriste...

Por la esquina del viejo barrio lo vi pasar...

Todavía quedan restos de humedad...

esta cobardía de mi amor por ella...

No es preciso decirte de dónde vengo,
simplemente la vida lo quiso así...

La conocí un domingo...

Coroncoro se murió tu maee,
déjala morí...

conoce bien cada guerra,
cada herida, cada sed...

dejó un capullo,
un capullo con todo su encanto escondido...

quiero cantar de nuevo, caminar
y a mis amigos buenos visitar...

Yo todo lo que tengo lo doy por las damas,
mas nunca me entretengo a ver si me aman...

paso a paso detallamos,
con cinismo comparamos...

yo quisiera que la Tierra girara al revés,
para hacerme pequeño y volver a nacer...

que no quede huella, que no y que no,
que no quede huella...

la verdad nunca se supo,
nadie los fue a reclamar…

killing me softly with his song…

me sube la bilirrubina,
cuando te miro y no me miras…

yo pensaba que la vida era distinta…

y buscaré, oye, pero buscaré…

Granada, tierra soñada por mí…

que le sirvan un ron, no, no,
que le sirvan cerveza, no, no...

un pasito tun tun, aé,
otro pasito tun tun, aé...

y los que andan de cuello blanco son los peores...

hay noches de arreboles, que incitan al amor...

la cosa comenzó muy niño,
Jaime Molina me enseñó a beber...

te fuiste pa' Nueva York, con tu visa de paseo...

una fotografía fue lo que me quedó...

yo tengo una herida muy honda que me duele...

en el fondo de esta alma que ya no alegras...

un feliz año pa' ti,
un feliz año pa' mí,
un feliz aaañooo...

Agradecimientos

Tengo que agradecer a Hari, Laura, Arján y Kirpal, mis primeros cuatro hijos, por los sacrificios que han pasado durante los nueve años que tardó la redacción de este libro. A Antonia Kerrigan, a mi madre Lucila Guarín, a David Barba, Antonio Ungar, Jairo Sarmiento y demás personas que me han apoyado durante el largo proceso. Una mención especial a las decenas y decenas de personas que he entrevistado o que me han ayudado a reconstruir las historias. Tampoco habría libro sin los compositores, músicos y cantantes que oí todo este tiempo y que me dieron la alegría y sensibilidad necesarias para mantener vivo un sueño que terminó convertido en locura. Una locura que jamás habría concluido sin Sandra, que apareció cuando ya desfallecía y que me dio su amor y su fe. Y a Sara, la pequeña rebelde que con sus sonrisas y primeras palabras me hizo entender que, tarde o temprano, a los libros hay que ponerles punto final.

SERGIO ÁLVAREZ

Este libro
se terminó de imprimir en Nomos Impresores,
en el mes de mayo de 2011,
Bogotá, Colombia.

2/15 0